Erwin Wickert

Der verlassene Tempel

Roman

Deutsche Verlags-Anstalt
Stuttgart

CIP-Kurztitelaufnahme der Deutschen Bibliothek

Wickert, Erwin:
Der verlassene Tempel : Roman / Erwin Wickert. –
Stuttgart : Deutsche Verlags-Anstalt, 1985.
ISBN 3-421-06238-2

Satz: Typobauer Filmsatz GmbH, Scharnhausen
Druck und Bindearbeit: May & Co, Darmstadt
Printed in Germany

Ἐπειδὴ τοίνυν ἡμεῖς ἠπορήκαμεν, ὑμεῖς αὐτὰ ἡμῖν ἐμφανίζετε ἱκανῶς, τί ποτε βούλεσθε σημαίνειν ὁπόταν ὄν φθέγγησθε. δῆλον γὰρ ὡς ὑμεῖς μὲν ταῦτα πάλαι γιγνώσκετε, ἡμεῖς δὲ πρὸ τοῦ μὲν ᾠόμεθα, νῦν δ᾽ ἠπορήκαμεν.

Da wir nun ratlos sind, so macht uns ausreichend klar, was ihr denn eigentlich meint, wenn ihr das Wort »seiend« gebraucht; denn offenbar wißt ihr darüber seit langem Bescheid. Wir dagegen glaubten es einst zu verstehen, jetzt aber sind wir in Verlegenheit.

Platon, Sophistes, 244 a

Quid est ergo tempus? Si nemo ex me quaerat, scio; si quaerenti explicare velim, nescio.

Was also ist die Zeit? Wenn niemand mich fragen sollte, weiß ich es; wenn mich aber einer fragt, und ich soll es ihm erklären, dann weiß ich es nicht.

Augustinus, Bekenntnisse, XI,14

Von einem Gott mit fuchsrotem Bart

Nichtsahnend kamen zwei Menschen auf dem schmalen Pfad den Hügel herauf. Der Mann war alt, die Frau viel jünger.
Die Sonne war eben im Meer untergegangen, aber es war noch sehr warm. Als sie an dem kleinen, verlassenen Tempel vorbeigingen, hörten sie aus der Cella Flötentöne, eine einfache, schwermütige Melodie; aber sie wußten, daß dies eine Täuschung war und daß die Melodie in Wirklichkeit von einem der fernen Hügel herüberwehte, wo Hirten ihre Schafe und Ziegen hüteten.
Der Mann ging steif und neigte seinen Oberkörper ständig vor wie Landleute, die sich bei ihrer Arbeit auf dem Feld viel hatten bücken müssen. Er hatte graues, kurzgeschorenes Haar, und grau waren auch die Stoppeln seines Barts. Die Frau trug ihr Haar schräg gescheitelt und – scheinbar wild – zur Seite gebürstet. Ihre Haut, fremdländisch dunkel, hatte einen warmen, olivenfarbigen Ton; ihr Gesicht war schmal und ebenmäßig, die Lippen aber ein wenig aufgeworfen.
Sie beeilten sich, an dem Tempel vorbeizukommen. Als sie, noch etwas ansteigend, die drei alten Pinien neben der Stadtmauer auf dem Kamm des Hügelzugs erreicht hatten, hielten sie an, um dort im Schatten auszuruhen. Sie setzten sich auf den großen Felsblock oberhalb des Tempels, wischten sich den Schweiß aus Gesicht und Nacken und sahen zurück.
Der Hügelzug endete im Westen in einem Vorgebirge, das ins Meer hineinragte; dort, auf der Akropolis, stand der große Tempel der Athena mit seinen weiß verputzten Säulen, dem Ziegeldach in warmem rotgelben Ton und den großen roten Terrakottafiguren auf dem Giebelfirst und den Giebelenden.
Links unter den beiden Menschen lag die Stadt Velia mit dem Hafen und rechts vom Hügel der weniger bedeutende Nordhafen, den die Schiffe nur bei starkem Süd- oder Westwind anliefen. Heute war er leer, bis auf einige Fischerboote.
Der kleine Tempel dicht unter den Pinien war alt und verwahrlost, weil nur noch selten jemand aus der Stadt heraufkam.

Allein die Jungen pflegten hier am Abhang ihre Ziegen zu hüten, obwohl das verboten war; denn die Ziegen brachen gerne durch das Buschwerk in die Gärten ein und knabberten die Rinde der Ölbäume an.
Von den Pinien her konnte man auf das Dach des verlassenen Tempels sehen; es fehlten schon eine ganze Menge der rot-rosa Dachziegel, und viele waren entzwei: Vermutlich hatten Hütejungen Steine über den Tempel zu werfen versucht, und dabei waren manche auch danebengegangen. Niemand hatte das Dach ausgebessert.
In den Fugen der Tempelstufen und auf dem Tempelplatz mit dem Altar, ja auch auf der rechteckigen Altarplatte selbst, wuchsen Kamille und am Abhang der starkduftende Ginster.
Eine Wolke stand wie ein dünner Schleier hoch am Himmel. Sie leuchtete hellrot. Noch dämmerte es nicht; es war hell genug, um alles genau zu erkennen. Man hörte die Flöte aus dem Tempel oder den fernen Hügeln nicht mehr. Es war ruhig und windstill.
Da geschah der Überfall.

Die beiden Menschen, der Mann und die Frau, sprangen erschrocken auf und konnten weder atmen noch schreien. Ein Schwarm Dohlen flog auf, aber erst einen Augenblick später, als habe der gleiche Schrecken auch sie gelähmt und als hätten sie ihn erst überwinden müssen. Sie flatterten, ängstlich und erregt krächzend, aus den Wipfeln einer Pinie auf und in weitem Bogen um das Tempeldach herum zur Stadt. Eine Ziegenherde, die unterhalb des Tempel- und Altarplatzes am Abhang gelegen haben mußte, schien es auch gespürt zu haben: Nach kurzem Schreck stürmte sie holterdiepolter den Berg hinab.
Aber der Mann und die Frau standen noch immer regungslos da. Die Frau hatte die Hand vor dem Mund. Sie sahen sich mit weit offenen Augen an.
Dabei hatten sie weder etwas gesehen noch gehört. Es war immer noch ruhig und windstill. Der Himmel, das Meer, die Akropolis auf dem Vorgebirge, die Stadt – es war alles wie vorher.
Es war also offensichtlich gar nichts geschehen. Und dennoch hatten sie das Gefühl, etwas sei wie ein Blitz und in einer Zeit,

die viel kürzer war, als ein Auge blinkt, an ihnen vorbeigezuckt.
Aber was?
Jedenfalls war einen Moment lang alles ganz anders gewesen. Sie hatten es weder sehen noch hören, noch fühlen - sie hatten es nur ahnen können und waren erstarrt aufgesprungen, um zur Flucht bereit zu sein und um nicht in einen Abgrund zu stürzen und zunichte zu werden.
Doch wenn sie einem klaren und nüchternen Verstand, etwa dem des Bürgermeisters Iulius Longus, in einem Verhör hätten Rede und Antwort stehen müssen, dann wäre ihnen nichts anderes übriggeblieben, als zu gestehen, daß sie eigentlich nichts gesehen, gehört und gefühlt hatten.
Dennoch hatten der Mann und die Frau, die dort unter den Pinien standen, nicht Nichts erlebt; ihnen war vielmehr etwas ganz anderes zugestoßen: Nichts Alltägliches, sondern etwas, das selbst dem Mann einen Schrecken eingejagt hatte, ohne daß er es benennen konnte.
Die Frau wußte gleich, daß sie etwas Ungeheures erlebt hatten, von dem noch spätere Geschlechter sprechen würden. Es war etwas, was vor ihnen auch schon anderen Menschen begegnet war und wovon man zuweilen erzählte, zum Beispiel den Kindern vorm Einschlafen, oder wenn die Erwachsenen im Dunkeln oder beim Licht einer Öllampe leise und meist nur andeutungsweise von der tiefen Vergangenheit redeten.
Daher konnte es die junge Frau verstehen, und der alte Mann ahnte wenigstens, was ihnen begegnet war: Ein Gott war an ihnen vorübergegangen. Sie fürchtete sich, und auch dem Mann war nicht geheuer.
Als sie nach einer Weile wieder ruhig atmen konnten und weitergehen wollten, sahen sie ihn.
Der Mann blieb stehen und hob warnend die Hand. Sachte und lautlos gingen sie wieder einige Schritte zurück und verbargen sich hinter dem dicken Stamm einer Pinie.
Er saß vor ihnen auf den Stufen des verwahrlosten kleinen Tempels, war riesengroß, hatte einen fuchsroten Bart, fuchsrotes Haar und hielt die Hand vor die Augen.
Er hieß Walter Carow.

Ihm war schwindlig. Wäre ihm nicht schwindlig gewesen, dann hätte er aus dem Fach in der Bücherwand, in dem auch die Schallplatten standen, die Kognakflasche geholt und sich ein Glas eingegossen. Sein Herz klopfte stark, und er hatte Kopfschmerzen, zum ersten Mal seit langer Zeit. Es duftete nach Kamille, und noch ein anderer Duft, wie von Jasmin, wehte zu ihm herüber.

Er wagte die Hand nicht von den Augen zu nehmen. Konnte es eine leichte Ohnmacht gewesen sein? Oder womöglich etwas Ernstes? Der Insult hatte ihn mit Wucht und mit stechendem Schmerz im Gehirn getroffen. Für einen Mittvierziger eigentlich etwas früh.

Aber man hatte sich schon in seiner Jugend Sorgen um seinen Kopf gemacht, wenn er Schwindelanfälle hatte. Der Vater war Arzt und beobachtete ihn ängstlich und zog auch einmal seinen Kollegen, den Kinderarzt Dr. Burger, zu Rat. Doch man kam zu keiner klaren Diagnose. Im Gespräch der Eltern fiel einmal das Wort Epilepsie, aber nur ein einziges Mal; dann wurde es nie mehr ausgesprochen, aber immer dachte man daran.

Auch Kinder mit einer so ungewöhnlichen Begabung dürfe man nicht zu sehr belasten, meinte der Vater. Er stellte sich das Gehirn als einen Kasten vor, in dem nur eine bestimmte Menge von Gedanken Platz hatte. In den Kasten eines Kindergehirns paßten weniger, in den eines Erwachsenen mehr Gedanken. Wenn man in den Kindergehirnkasten zuviel hineintat, dann waren Schwindelanfälle die Folge; oder es konnte sogar, wenn man im Speichern von Gedanken unmäßig bis zum Exzeß war, zu einer Katastrophe kommen: Der Deckel des Kastens ging dann vielleicht gar nicht mehr zu. Er blieb offen, und die Gefahr bestand, daß die Gedanken und Erinnerungen ganz durcheinander gerieten oder sich womöglich völlig verflüchtigten, so daß die Unterbringung in einer Anstalt nicht mehr zu umgehen war.

Daher nahm der Vater dem Sohn, damals sieben Jahre alt, das Mathematikbuch weg; doch dann dachte der kleine Walter Carow sich eigene Aufgaben aus und schrieb ganze Hefte voll. Er suchte zuerst zu ergründen, ob er andere Ergebnisse erhalten würde, wenn er statt des Dezimalsystems ein Zwölfer-, ein Fünfer- oder ein Binärsystem benutzte; dann versuchte er sich

an neuen mystischen Zahlenreihen, zum Beispiel einer, in der die Zahl *Eins* fehlte und die erst mit der *Zwei* begann, oder einer, in der die *Null* eine Zahl mit eigenem Stellenwert war.
Um ihn von solchen unnützen Spekulationen abzuhalten, über die sich Klein-Walter auch bei Tisch verbreitete, gab ihm der Vater das Mathematikbuch wieder.
Später ging Walter dem Vater gelegentlich in der Praxis zur Hand und zeigte Interesse und Begabung für die Heilkunst; den Eltern war die mathematische Gedankenwelt, in die er sich manchmal verspann, suspekt. Es gelang ihnen, den Sohn zum Medizinstudium zu überreden. Doch nach dem zweiten vorklinischen Semester sattelte Walter Carow zur Mathematik um.
Er hatte die Glockenschläge der Heilig-Geist-Kirche noch im Ohr. Es hatte sieben geschlagen, und es war Zeit für die Fernsehnachrichten. Doch er stand nicht auf. Er mußte erst wieder zu sich kommen.
Die Luft war warm. Woher kam der Duft? Saß er nicht mehr am Schreibtisch? Regnete es draußen nicht? Er tastete nach dem Stuhl, aber er fühlte eine rauhe Steinstufe. Sie war warm, als habe die Sonne darauf geschienen. Er nahm die Hand von den Augen und sah auf seine Armbanduhr. Es war kurz nach sieben.
Er hob den Blick, und da sah er auf eine Stadt mit rötlichen Ziegeldächern und weißen Häusern. Hinter ihr stieg das Meer an. Ein Mann in einem Boot ruderte auf den Hafen zu. Das Kielwasser hinterließ eine lange Spur in dem stillen Meer, das von dem Widerschein der Wolke, die noch im Licht der Sonne lag, rötlich schimmerte.
War das Elea? In welcher Zeit war er?
Es war eine Katastrophe. Erst jetzt erkannte er es. Er erschrak und fühlte einen schneidenden Schmerz im Rückgrat, als sei es in Gefahr auseinanderzubrechen. Der Schweiß trat ihm auf die Stirn. Er sah neben sich auf der Treppenstufe die beiden Koffer und die Schreibmaschine. Über den Koffern lag der Regenmantel mitsamt dem Kleiderbügel. Was sollte er hier mit einem Kleiderbügel!
Er wollte nichts weiter sehen, legte die Hände vor das Gesicht und schloß die Augen. Wenn er die Hände nach einer Weile wegnahm und die Augen öffnete, würde er wieder vor seinem

Schreibtisch in Heidelberg sitzen, links die Blätter mit den Berechnungen und rechts der Computer. Dann konnte er aufstehen, sich einen Kognak eingießen, zum Fenster gehen und in den Regen hinaussehen, der nicht aufhören wollte. Seit einer Woche regnete es schon.
Dann würde sich das merkwürdige Erlebnis von eben, die Erscheinung der Stadt mit ihren weißen Häusern und rötlichen Dächern schnell aufklären. Er würde es Jule beschreiben, der sicher schon unterwegs war, um ihm die Zigaretten zu bringen.
Er wartete, aber nicht lange; dann nahm er wieder die Hände von den Augen: Doch vor ihm lag noch immer die Stadt mit den rötlichen Dächern. Eine Stadtmauer aus grauen Felssteinen zog sich über den Hügel und endete an einem Turm, der schon im Meer stand. Aber es war keine Stadt der Vergangenheit. Man spürte es: Es war eine lebende Stadt, eine Stadt von heute.
Er richtete sich auf, und da sah er über den Baumwipfeln das rötliche Ziegeldach und die weißen Säulen des großen Athena-Tempels auf der Akropolis von Velia.

Meyer-Proske erinnert sich an Jules Besuch bei Redlich

Redlich wußte wieder einmal alles besser.
»Ich verstehe Sie nicht«, sagte er. »Das ist doch *Science-fiction.* Haben Sie denn da den geringsten Zweifel?«
»Und die Dias, die er mitgebracht hat?« fragte ich.
Redlich ging darauf nicht ein.
»Außerdem«, fuhr er fort, »ist das Thema doch schon tausendmal behandelt worden. Vornehmstes Ziel *dieser woche* aber ist es, unseren Lesern jede Woche etwas Neues zu bringen.«
Er lehnte sich in seinen Schreibtischsessel zurück. Die Formulierung mußte er sich merken, weil darin von einem »vornehmen« Ziel unserer Illustrierten die Rede war.
»Und die Dias?« fragte ich noch mal.
»Getürkt. Doch klar. Zum Beispiel der Kerl mit dem Pferdegesicht.«

»Sie werden lachen«, sagte ich, »aber das ist ein Instant-Foto des römischen Kaisers.«
»Des Kaisers?« Redlich lachte wirklich. Ich hatte eine Wut, ich hätte ihm die Brille zerschlagen können. »Das ist doch, wie hieß er noch, Fernandel, der sich einen Lorbeerkranz aufgesetzt hat. Und auf dem anderen Dia, der Dicke mit der Zahnlücke – Charles Laughton in seinen letzten Lebensjahren. Wo sind eigentlich die Dias?«
»Ich habe Renate damit runter ins Labor geschickt. Sie soll Schwarz-Weiß-Vergrößerungen davon machen lassen, damit wir eine Unterlage für das Gespräch mit Herrn Dr. Sommerfeld haben.«
»*Muß* ich den denn sehen?«
»Sie müssen.«
»Also in Gottes Namen! Wissen Sie, was ich glaube? Der Mann hat früher mal in Italien oder wo als Statist beim Film gearbeitet, als sie ›Spartacus‹ oder die ›Abenteuer des Herkules‹ gedreht haben, und da hat er nebenbei diese Aufnahmen aus der Antike gemacht. Man sieht ja gleich, auf den Fotos das sind alles Leute, wie sie auch bei uns auf der Straße rumlaufen, bloß in solchen antiken Kostümen.«
Ich holte Jule rein. Er war klein, aber stämmig und breit gebaut. Angst hatte er vor Redlich keineswegs. Er hatte überhaupt nie Angst.
»Herr Dr. Sommerfeld«, sagte ich.
Redlich erhob sich knapp von seinem Sitz, beugte sich weit über die große Tischplatte und reichte Jule die Hand. Redlich lehnte sich in seinem Schreibtischsessel zurück, bis sein Kopf das Foto berührte, das die halbe Rückwand seines Büros einnahm, und das will was heißen, denn das Büro des Chefredakteurs *dieser woche* war gewaltig, und die Wände waren breit.
Auf dem Foto an der Wand sah man ein Nashorn, das mit gesenktem Kopf auf Redlichs Besucher lostrabte: eine kolossale graue Masse, zwei Meter hoch, etwas von unten aufgenommen. Hinter dem Untier war alles grauer Staub. Es war die letzte Aufnahme des Fotografen: der Nachwelt als schönes und ergreifendes Zeugnis für das Berufsethos hinterlassen, das die Mitarbeiter *dieser woche* erfüllt.
Redlich sah das Bild stets an, bevor er auf den Knopf drückte

und Besucher hereinließ. Es gab ihm Stärke. Außerdem sollte es die Besucher einschüchtern. Sie sollten glauben, das Rhinozeros sei eine Projektion seiner Persönlichkeit, und sich ihr entgegenzustellen, sei einfach sinnlos.

Redlich sah Jule durch seine kleinen Brillengläser in rundem Nickelrahmen an. Aber Jule war kein Mann, der sich einschüchtern ließ, weder von dem Nashorn noch von Redlich. Er fragte:

»Sie haben Carows Manuskript gelesen?«

Redlich hatte es keineswegs gelesen, aber er sagte:

»Natürlich, und außerdem die Zusammenfassung von Meyer-Proske.«

Man konnte Jule Sommerfeld nicht ansehen, ob er Redlich glaubte. Er sagte nur ganz ruhig:

»Es ist die größte Story aller Zeiten.«

»Gewiß«, erwiderte Redlich, »das will ich auch hoffen. Andere Manuskripte haben bei uns ohnehin keine Chancen.«

Er war stolz auf seine Antwort und sah mich an, weil er Beifall erwartete. Ich lachte, aber nur schwach.

»Jedenfalls«, fuhr Redlich fort, und es sollte definitiv klingen, »ist es *Science-fiction*, und dieses ganze Genre überlassen wir anderen. Probieren Sie es doch einmal bei der *hauptsache*! Die veröffentlichen manchmal sowas. Unsere Leser erwarten, daß *diese woche* seriös bleibt. Mit Recht.«

»Seriös?« fragte Jule.

Bevor Redlich sich erkundigen konnte, was Jule mit seiner Frage meinte, warf ich ein:

»Ich habe mir die Dias vorhin noch einmal angesehen. Es sind viele gute darunter.«

»Ein paar davon mögen brauchbar sein«, verbesserte Redlich mich, »wenn man berücksichtigt, daß es sich um Amateuraufnahmen handelt. Man müßte nur gewiß sein, daß sie nicht getürkt, sondern echt sind.«

»Sie sind echt«, sagte Jule.

Redlich rückte die Brille gerade und sah Jule prüfend an. Jule wich dem Blick nicht aus.

»Sie sind echt, und sie sind einmalig wie die ersten Bilder von der Mondlandung. Deshalb habe ich sie Herrn Meyer-Proske auch erst übergeben, als er mir mitteilte, daß Ihre Redaktion sie

für eine Million Mark versichert hat. Natürlich sind sie mehr wert; sie sind unbezahlbar.«
»Eine Million!« rief Redlich, und seine Stimme lag eine Terz höher. »Wir wollen doch auf dem Teppich bleiben. Wo sind die Fotos eigentlich?«
Immer wenn von hohen Summen die Rede war, wurde Redlich nervös. Er dachte dann gleich an Rechnungsprüfer und Aufsichtsrat.
»Ich habe Ihnen doch schon gesagt, daß Renate die Dias und Instant-Fotos zum Labor gebracht hat«, antwortete ich. »Sie wartet da vor der Tür, bis die Schwarz-Weiß-Vergrößerungen fertig sind und bringt dann alles hierher. Ich weiß gar nicht, wo sie bleibt. Sie müßte schon längst hier sein.«
Aber Redlich ließ nichts auf Renate kommen. Sie war zwar meine Sekretärin, aber sie begleitete Redlich auf Dienstreisen und manchmal auch auf Wochenendausflügen, wenn Herta ihm nicht Befehl gab, zu Hause zu bleiben.
»Wir brauchen auf Renate nicht zu warten«, sagte Redlich, »ich habe die Fotos ja schon gesehen. Ich habe nicht viel Zeit. Wir müssen uns jetzt entscheiden – so oder so. Ist die Geschichte echt oder nicht? MP, können Sie die Hand dafür ins Feuer legen?«
Er wollte die Verantwortung auf mich abwälzen. Ich sagte deshalb nur: »Wir können es ja irgendwie in der Schwebe lassen, ob wir selbst daran glauben.«
Redlich lehnte mit ausgestrecktem Arm ab.
»Ausgeschlossen! Höchstens in der Nummer vom 1. April. In allen anderen Nummern erwarten die Leser *dieser woche*, daß wir für das einstehen, was wir veröffentlichen. Wenn wir die Geschichte bringen, nehmen unsere Leser mit Recht an, daß wir sie für echt halten. Wenn sie aber echt ist, dann ist es eine Sensation ersten Ranges, und so müssen wir sie dann auch verkaufen. Wenn wir sie aber veröffentlichen, und es stellt sich heraus, daß sie sich jemand aus den Fingern gesogen hat«, – dabei sah er Jule scharf an – »würde sich doch die ganze Branche totlachen. An den Herausgeber will ich gar nicht erst denken. Oder das Publikum.«
Natürlich hatte er recht; aber sein Gesicht reizt mich immer zu Widerspruch. Ich blieb also hartnäckig:

»Man könnte im Bildtext zum Beispiel schreiben: ›Porträt eines römischen Kaisers von Prof. W. Carow‹ oder ›Professor Carow: Ansicht des antiken Hafens von Velia‹.«
»Wo liegt Velia eigentlich?« fragte Redlich. »Keine Ahnung.«
»Irgendwo in Italien«, antwortete ich.
»Also Velía«, erklärte Jule, »war der römische Name, Betonung auf der zweiten Silbe; die Italiener sagen heute ›Vélia‹, Betonung auf der ersten Silbe. Die Stadt ist als Kolonie griechischer Auswanderer im sechsten Jahrhundert vor Christus gegründet worden. Die Griechen nannten sie Eléa. Parménides – Akzent auf der zweiten Silbe – hat dort gelebt und gelehrt.«
»Parmenides«, sagte Redlich nachdenklich.
»Der griechische Philosoph, der Begründer der eleatischen Philosophie. Um fünfhundert vor Christus.«
»Ja gut«, sagte Redlich, als sei ihm das alles wohlbekannt, »aber wo liegt Velia nun genau?«
»Rund hundertfünfzig Kilometer südlich von Neapel.«
Ich sah, daß wir uns in Detailfragen verlieren würden und kam deshalb auf meinen Vorschlag zurück:
»Wir könnten doch die Geschichte und die Fotos, ohne uns damit zu identifizieren, mit Dr. Sommerfelds Erklärungen veröffentlichen und die Stellungnahme eines namhaften Archäologen daneben stellen. Dann sind *wir* aus dem Schneider.«
»Dann lassen wir doch wieder alles in der Schwebe und können die Story auch nicht als Sensation anbieten. Aber die Sensation ist es ja schließlich, seien wir doch ehrlich, die uns die Leser bringt.«
Zu allem Überfluß fing nun auch Jule an, Einwände gegen meinen Vorschlag zu erheben.
»Die Archäologen, die Velia ausgraben«, sagte er, »wissen einen Dreck. Die haben sich in ihren Publikationen schon längst auf ganz andere und ganz falsche Interpretationen ihrer Ausgrabungen festgelegt, die sie mit Zähnen und Krallen verteidigen werden.
Außerdem verfolgen sie mich, weil ich Carows Manuskript und die Dias ohne ihre Genehmigung ausgegraben und mitgenommen habe. Dabei hätten sie die Sachen doch nie gefunden, weil sie gar nicht wußten, wo sie eingemauert waren. Und wenn sie sie gefunden hätten, dann hätten sie sie vor Schreck gleich wie-

der eingegraben, weil ein solcher Fund doch gar nicht wahr sein darf.
Mit einer Veröffentlichung, die alles in der Schwebe läßt, ist aber dem Ruf Carows nicht gedient. Vielleicht wäre es deshalb in der Tat besser, wenn ich erst einmal mit der Redaktion der *hauptsache* redete.«
Ich hob die Hand und wedelte protestierend damit.
»Nu mal langsam, mal langsam!« rief Redlich, der in Wirklichkeit natürlich auch nicht wollte, daß Jule zur Konkurrenz ging. »Sie sind zu empfindlich. Wir haben Ihnen unsere Bedenken offen vorgetragen. Das ist unsere Pflicht, denn unsere Leser werden natürlich auch ihre Zweifel haben. Vom Standpunkt des Laien aus gesehen, stimmt Ihre Geschichte doch vorne und hinten nicht und ist voller Widersprüche.«
»Wieso?« fragte Jule. »Widersprüche gibt es höchstens in einer Hinsicht, nämlich in bezug auf die Zeit, und auch nur dann, wenn man sie von Ihrem Standpunkt aus betrachtet.«
»Können Sie denn den Lesern *Ihren* Standpunkt erklären, von dem aus sich die Widersprüche auflösen?«
»Grundsätzlich kann ich es jedem erklären, der genug Mathematik versteht, denn es läßt sich nur mathematisch darstellen; aber Carow hat mich dazu nicht bevollmächtigt.«
»Brauchen Sie denn für jede wissenschaftliche Darstellung seine Vollmacht?«
»Nicht für jede, aber für diese. Das hier ist ja auch sein Manuskript.«
»Sie waren sein Assistent, höre ich?«
»Ja, als er noch einen Lehrstuhl in Heidelberg hatte.«
»Wann war das?«
Redlich wußte das genau. Ich hatte es ihm erzählt, aber er wollte es auch aus Jules Mund selbst hören.
»Vor zwanzig Jahren.«
»Und wie alt sind Sie heute?«
»Ich weiß zwar nicht, was das mit dem Manuskript zu tun hat; aber ich kann es natürlich sagen: Ich bin vor siebenundvierzig Jahren geboren.«
Redlich rückte die Brille wieder gerade und sah Jule an, wie man eine Auster ansieht, bei der man nicht ganz sicher ist, ob man sie noch essen kann.

»Ich hätte Sie für viel jünger gehalten. MP, Sie nicht auch?«
»Ja«, antwortete ich. »Er sieht jünger aus.«
Jule gab dazu keinen Kommentar.
Redlich drehte den Sessel halb zur Seite und lieh sich Stärke vom Nashorn. Schließlich sagte er entschieden:
»Wir können die Geschichte nur bringen, wenn Sie darüber Auskunft geben, wie Carow in das antike Velia gekommen ist: Genau. Präzise. Nachprüfbar. Wiederholbar.
Haben Sie ein Foto von seiner Zeitmaschine?«
Jule Sommerfeld lachte.
»Solche Maschine gibt es doch nicht.«
Auf Redlichs Stirn erschien eine senkrechte Falte.
»Natürlich gibt es sie! Ich habe noch nie ein *Science-fiction*-Buch in der Hand gehabt, in dem sie nicht vorkam.«
»Lächerlich«, sagte Jule. »Es gibt keine ›Zeitmaschine‹!«
Redlich schlug mit der flachen Hand auf die Lehne seines Schreibtischstuhls.
»Sie wissen überhaupt nichts!« schrie er. »Autoren wie H.G. Wells und die größten Autoritäten der *Science-fiction*-Wissenschaft erwähnen sie. Ohne Zeitmaschine könnte diese ganze Literaturgattung einpacken, und jetzt kommen Sie mit Ihrer windigen Geschichte daher ...«
»Nein, nein!« rief ich, ruderte hinter Jule Sommerfelds Kopf verzweifelt mit den Armen und verzog das Gesicht zu einer Grimasse, weil Redlich auf dem besten Wege war, sich in Rage zu reden, wo dann kein Halten mehr war.
Jule Sommerfeld bekam rote Ohren. Ich dachte, jetzt wird er gleich aufstehen und Redlich den Stuhl ins Gesicht schleudern. Das hätte ich zwar ganz gerne gesehen, aber dann wären wir auch die Geschichte los gewesen.
Redlich beachtete ausnahmsweise meine warnenden Gesten.
» ... mit ihrer auf den ersten Blick vielleicht dem Leser windig erscheinenden Geschichte«, sagte er und wußte nicht, wie er den Satz beenden sollte. »Jedenfalls«, fuhr er fort, »wenn Professor Carow keine Zeitmaschine benutzt hat, wie hat er sich dann in die Vergangenheit versetzen können? Können Sie es mir vielleicht verraten?«
»Mit dem Kopf hat er das gemacht«, sagte Jule, »nur mit dem Kopf und mit langen Berechnungen.«

»Sie kennen die Berechnungen?«
»Ja.«
»Und könnten sich gegebenenfalls selbst in das antike Velia versetzen oder versetzen lassen?«
»Ja, aber ich denke nicht daran. Doch weitere Auskünfte gebe ich zu diesen Fragen nicht. Es tut mir leid.«
»Mir auch«, sagte Redlich. »Daran wird unsere Zusammenarbeit wohl scheitern; denn glaubwürdig ist Ihre Geschichte nur, wenn wir den Leser über die Modalitäten Ihrer Reise präzise aufklären.«
»Ich habe Ihnen schon gesagt: Weitere Auskünfte gebe ich nicht«, antwortete Jule scharf.
»Ist es vielleicht eine Frage des Honorars? Wäre Ihnen mit einem Vorschuß gedient?«
Jules Ohren wurden wieder rot, und ich sah ihm an, was er dachte. Er dachte: Am liebsten würde ich Ihnen jetzt in den Arsch treten. Es kostete ihn, schien es, große Anstrengung, diese Worte zurückzuhalten.
Er holte tief Atem, und antwortete dann ruhig, aber verbissen:
»Es ist überhaupt keine Frage des Honorars, sondern der Verantwortung, die ich für die Zeit trage.«
Auf Redlich machten diese Worte keinen Eindruck, auf mich auch nicht. Jule merkte das wohl.
»Sie kennen eben die Zeit noch nicht«, sagte er schließlich zur Erläuterung.
»Welche Zeit?« fragte Redlich.
»*Die* Zeit. Wenn ich nur ein Wort darüber verriete, wie Carow nach Velia gekommen ist, würde sie eingreifen, und ich kann Ihnen versichern: Mit ihr ist nicht zu spaßen.«
»Geben Sie mir ein Beispiel!« sagte Redlich.
»Nun, sie könnte veranlassen, daß eine Bombe unter Ihrem Schreibtisch losgeht oder daß das Manuskript und die Fotos sich sofort auflösen, in Staub zerfallen oder verbrennen. Sie hat unzählige Möglichkeiten, indem sie sich des sogenannten Zufalls bedient.«
Redlich sah kurz zu mir herüber, und in seinem Gesicht stand deutlich geschrieben, was er dachte.
»Sie denken vielleicht, ich sei ein Spinner«, sagte Jule.

»Wie kommen Sie denn darauf!« antwortete Redlich und lachte, aber etwas zu laut, und ich sah ihm an, daß er unentwegt überlegte, wie er Jule möglichst schnell wieder loswerden konnte. Er tippte auf das Manuskript, das vor ihm auf dem Schreibtisch lag und fragte:
»Das ist doch wohl nicht das Original von Carows Manuskript, oder?«
»Natürlich nicht. Das ist eine Abschrift der ersten sechzig Seiten – weiter bin ich noch nicht gekommen. Das Original trage ich immer bei mir, wo ich auch gehe und stehe. Nachts liegt es unter meinem Kopfkissen, obwohl ich weiß, daß mir das im Ernstfall doch nichts nützen würde. Es ist neben den Fotos mein einziger und unwiderlegbarer Beweis für Carows Geschichte.«
Redlichs Vorzimmerdame kam herein und flüsterte mir ins Ohr, ich sollte mal schnell rauskommen. Renate wolle mich dringend sprechen. Ich stand auf, entschuldigte mich und rief von der Tür aus zurück:
»Ich bin gleich wieder da.«
Redlich rief jedoch so hilfeflehend und erbärmlich nach mir, daß ich aus lauter Gutmütigkeit umkehrte, mich aber nicht setzte.
Redlich fragte Jule mit ausgesuchter und ungewöhnlicher Höflichkeit, wahrscheinlich weil er dachte, Irre dürfe man nicht reizen: »Können Sie mir zwischenzeitlich einmal das Originalmanuskript zeigen, das Sie immer bei sich tragen?«
Er sagte »zwischenzeitlich« für »inzwischen«.
Jule legte den abgegriffenen Aktenkoffer, der neben seinem Stuhl stand, auf den Tisch und nahm das Manuskript heraus, wickelte es aus der Plastikhülle und reichte es Redlich mit beiden Händen und ganz vorsichtig über den Tisch.
»Die Schrift ist nicht mehr gut leserlich«, sagte er, »besonders am Ende. Das liegt aber nur daran, daß Carows Farbband mit der Zeit immer schwächer und schwächer wurde.«
Redlich nahm die Brille ab und bückte sich tief über das Manuskript. Er war stumm.
»Mein Gott!« rief er schließlich ganz überrascht. »Das sieht ja wirklich alt aus! Das fällt ja bald auseinander, und das Papier ist ganz morsch.«

Er berührte es mit den Fingerspitzen und blätterte vorsichtig weiter.
»Man muß es natürlich auf sein Alter untersuchen lassen.«
»Wenn Sie es wünschen – gerne«, sagte Jule. »Man braucht dazu ja nur eine kleine Ecke; aber die Untersuchung wird allenfalls ergeben, daß das Papier etwas über zwanzig Jahre alt ist. Denn es stammt nicht aus Velia; damals gab es ja noch gar keins. Dieses Papier hat Carow in Heidelberg vor seinem Verschwinden gekauft. Es ist normales Schreibmaschinenpapier.«
Redlich sah das ein. Er hielt das Manuskript an die Nase, roch daran und sagte zu mir:
»Es riecht echt und alt, und es riecht wie ein Manuskript, aus dem wir ein Buch machen können.«
»Aber Redlich«, sagte ich ungeduldig, »Sie haben doch eben gehört: Es ist nicht alt. Es kann gar nicht alt sein.«
»Na ja«, räumte er schließlich ein, »aber es war doch mal bei den alten Römern. Also, MP, wir wollen das Buch machen.«
Nach kurzer Pause fügte er hinzu: »Jedenfalls grundsätzlich.«
Er legte das Manuskript hin und wandte sich Jule zu:
»Es kommt also auf die Fotos an. Wir werden sie von den bedeutendsten Fachmännern der Welt untersuchen lassen. Davon werden wir es abhängig machen, ob wir Ihre Geschichte nehmen.«
Ich ging raus, und im Vorzimmer stand Renate und war ganz bleich. Sie erzählte, was passiert war. Es war eine Katastrophe.
Ich konnte dazu nichts Intelligentes sagen. Ich hielt meinen Kopf mit beiden Händen fest und stieß einen dumpfen Klagelaut aus, der der Dummheit des Menschengeschlechts galt. Das half mir etwas.
»Komm rein«, sagte ich, »und erzähle das denen da drin selbst!«
Aber sie konnte nicht. Sie ließ sich auf den Schreibmaschinenstuhl fallen.
Ich ging also in Redlichs Büro und rief schon von der Tür aus:
»Setzen Sie sich sofort hin!«, obwohl Jule und Redlich saßen.
»Die Dias und Polaroid-Fotos sind alle im Eimer.«
Redlich sagte: »Ich habe Sie eben nicht verstanden.«

Er sah, als er das aussprach, nicht sehr intelligent aus. Dann nahm er auch noch die Brille ab. Er konnte einem leid tun.
Ich hatte das Gefühl, er und Jule wollten Näheres wissen. Ich gab ihnen deshalb Auskunft:
»Renate hatte die Dias im Labor abgegeben und gesagt, sie sollten sofort Vergrößerungen in Schwarz-Weiß machen, weil wir sie für unsere Besprechung brauchten. Aber irgendeine dumme Kuh, die wir gerade neu eingestellt hatten, hat die Dias und Polaroid-Fotos in irgendeinen Tank mit irgendeiner blödsinnigen Flüssigkeit geworfen, und da hat sich die Farbschicht von allen Dias und Fotos ab- und vollständig aufgelöst.«
Redlich setzte die Brille wieder auf und sah erst mich und dann Jule durchdringend an, als hätten wir etwas mit der Geschichte zu tun. Sein Mund stand offen. Er spitzte ihn, aber erst beim dritten Versuch kamen Worte heraus. Er sagte kopfschüttelnd und mehr zu sich als zu uns:
»Es könnte aber doch auch ein Zufall gewesen sein.«
Er hoffte auf Widerspruch, denn er war abergläubisch, und im Grunde glaubte er an Wunder.
»*Das*«, sagte Jule Sommerfeld, »war bestimmt kein Zufall.«

Warum Jule nicht vorausgeschickt wurde

Da saß Walter Carow nun auf den warmen Steinstufen. Sie waren aus rötlichem Sandstein, und Flechten bildeten darauf blaugrüne und schwarze Flecken. Drüben auf dem Vorgebirge, das ins Meer hineinragte, stand ein großer Tempel. Aber Carow schloß die Augen wieder und hoffte, er sehe nur eine Erscheinung, die verschwinden werde, wenn er die Augen lange genug schließe und sich fest auf sein Arbeitszimmer in Heidelberg konzentriere. Er hatte keine Lust, aufzustehen und festzustellen, wo er sich eigentlich befand.
Jule hatte die Reise in die Vergangenheit als erster unternehmen wollen. Als sie vor ein paar Wochen abends zusammensaßen und arbeiteten, meinte er, die Fachwelt werde von Carows Inversionstheorie erst Notiz nehmen, wenn man konkret beweise, daß die Zeit umkehrbar sei und nicht nur in eine Richtung

fließe. »Konkret« – damit meinte er eine Reise in die Vergangenheit.
»Erst einmal müßte meine Theorie stehen«, hatte Carow erwidert, »und soweit sind wir noch lange nicht. Ich würde mich nicht einmal wundern, wenn wir uns in der letzten Phase unserer Berechnungen plötzlich vor einer Wand sehen, die die Zeit selbst vor sich aufgerichtet hat und die uns den Weg versperrt, so daß wir nicht weiterkommen, weder wir noch irgendein anderes denkendes Wesen. Vielleicht hat sie uns in eine Sackgasse laufen lassen, und erst im letzten Augenblick, wenn wir schon glauben, die Lösung in der Tasche zu haben, zeigt sie uns: Unsere Theorie war bereits im Ansatz falsch.
Wir hatten ja manchmal das Gefühl, die Zeit oder wer auch immer sieht uns über die Schulter, schickt uns auf Irrwege oder hilft uns auf die Sprünge, kurzum: jemand scherzt mit uns. Seit ein paar Tagen jedoch ist mir so, als komme demnächst etwas auf uns zu. Aber was? Stehen wir mit den nächsten Schritten plötzlich vor der unüberwindbaren Wand? Dann können wir unsere Arbeiten veröffentlichen: Der Beweis ist grundsätzlich logisch nicht möglich.«
»Das würde die Kollegen freuen«, sagte Jule.
»Ja und nein. Mit dem Versuch zu beweisen, daß die Zeit umkehrbar ist, wären wir zwar gescheitert; andererseits hat immer noch keiner von den Kollegen beweisen können, daß und warum die Zeit notwendigerweise nur in gerader Richtung zur Zukunft hin fließen muß und keine Kurve beschreiben kann.«
»Aber wenn wir den Beweis dafür finden, daß deine Inversionstheorie stimmt und daß die Zeit reversibel ist?«
»Dann wollen wir uns an dem Beweis freuen. Wenn sich daraus aber erkennen läßt, *wie* man die Zeit umkehren kann, müssen wir unseren Beweis ganz schnell im Reißwolf vernichten.«
»Du bist verrückt«, sagte Jule. »Jetzt fängst du wieder damit an! Dann werden die anderen das letzte Wort behalten, und wir können sie nicht widerlegen.«
»Vielleicht doch, und zwar auf die konkrete Weise, die du vorhin erwähnt hast, indem ich auf einer von mir berechneten Kurve der Zeit in die Vergangenheit eines alten Kulturvolkes entschwinde, das einem Fremden, der dort erscheint, nicht gleich die Kehle durchschneidet – also sagen wir: zu den alten

Griechen. Dann würde ich den Kollegen der Universität Heidelberg von dort aus einen Gruß senden, damit sie sehen, daß ich mich nicht in der Gegenwart irgendwohin abgesetzt habe.«
»Du vergißt«, sagte Jule, »daß die Postverbindung aus der Antike sehr unzuverlässig ist. Auf diesem Weg sind uns schon unersetzliche Mitteilungen verlorengegangen.
Und außerdem: Wo bleibe ich eigentlich in deinem Konzept? Schließlich habe ich doch auch einiges zu deiner Arbeit beigetragen.«
»Einiges? Viel!«
»Dann könntest du mich doch als Vorkommando in die Vergangenheit schicken, sagen wir nach Athen. Ich würde unter einem Stein des Parthenon, den wir jetzt bestimmen können, einen Erfahrungsbericht hinterlegen und dir schreiben, was du alles mitbringen sollst, wenn du mir folgst.«
»Jule«, antwortete Carow, »das geht nicht.«
»Warum?«
»Dir fällt zuviel ein. Du siehst die Gefahren nicht. Du bist zu waghalsig.«
Jule schwieg. Schließlich fragte er:
»Und wenn wir uns zusammen auf den Weg machten?«
»Das wäre schon eher möglich«, antwortete Carow, legte sich aber nicht fest.
Carow hatte nach dieser Unterhaltung meist allein gearbeitet und Jule über die Fortschritte, die er auf einmal machte, nicht oder nur obenhin unterrichtet.
Begonnen hatte diese Krise in ihrer Zusammenarbeit aber schon einen Monat früher, als Jule ihm das Haupt- und Schlußkapitel seiner Habilitationsarbeit vorgelegt hatte. Carow hatte es gelesen und am nächsten Tag gesagt: »Es ist ausgezeichnet; aber es ist so gut, daß du es auf keinen Fall publizieren darfst.«
Darauf fragte Jule, wie er sich denn überhaupt wissenschaftlich qualifizieren könne, wenn Carow ihm nicht einmal erlaube, seine Forschungsergebnisse zu veröffentlichen. Carow antwortete:
»Darüber brauchst du dir keine Sorge zu machen. Ich werde dich habilitieren, auch wenn du dieses Kapitel aus deiner Arbeit herausnimmst.«
Das aber ging Jule gegen den Strich, und er wurde störrisch und widerborstig:

»Aber wie ist wissenschaftlicher Fortschritt möglich, wenn du die Publikation neuer Forschungsergebnisse verbietest!«
»Es wird heute überhaupt viel zu viel veröffentlicht«, antwortete Carow, nicht besonders freundlich. »Wir brauchten, wie die Philosophen der Antike, eine Wissenschaft für das *profanum vulgus*, das man vor dem Tempel der Forschung stehen läßt, wenn die Wissenschaft sich gefährlichen Zonen nähert, und eine andere Wissenschaft für den Orden der Eingeweihten.«
»Das ist wieder einmal so ein Standpunkt, mit dem du überall aneckst, weil du damit einen Fortschritt der Wissenschaft unmöglich machst.«
»Richtig«, sagte Carow, »jedenfalls einen Fortschritt, der geradewegs in den Abgrund führt.«
Jule lachte:
»Du redest wie ein Erzreaktionär, heimlich aber arbeitest du in deinem Kellerlabor wie ein Anarchist an einer Bombe.«
»Die Bombe wird aber nicht losgehen. Wenn ich die Lösung gefunden habe und meine Theorie steht, werde ich die Arbeit in den Reißwolf tun.«
»Ja, das sagst du so! Aber nehmen wir an, *ich* finde die Lösung und veröffentliche sie.«
»Wenn ich das kommen sehe, bleibt mir nichts anderes übrig, als dich umzubringen«, antwortete Carow. Beide lachten.
»Aber du mußt doch zugeben, daß das schwer zu verstehen ist«, sagte Jule. »Du bist auf eine Lösung versessen; aber wenn du sie hast, willst du sie sofort vernichten.«
»Ist das so schwer zu verstehen? Du hast ein Kreuzworträtsel mit mittlerem Interesse angefangen, dann siehst du mit wachsendem Vergnügen, wie sich die Felder füllen; aber schließlich macht es dich ganz verrückt, wenn nur noch ein paar Wörter fehlen. Das läßt dir keine Ruhe, und du hörst nicht eher auf, als bis du auch diese Wörter gefunden hast. Aber dann? Was machst du dann? Du wirfst die Zeitung mit dem Rätsel weg. Es ist ja gelöst. Warum ich also an dem Problem arbeite? Pure Neugier.«
Carow saß noch immer auf den Steinstufen. Er öffnete die Augen und sah nach der Uhr. Es war halb acht.
Jetzt mußte Jule mit den Zigaretten in der Wohnung ankommen; er würde auf dem Tisch und Fußboden die Computer-

streifen und die Notizen der entscheidenden letzten Berechnungen finden. Es lag jetzt in seinen Händen, ob die Lösung geheim blieb oder ob sie, in die Welt hinausposaunt, das große Chaos herbeiführte.
Carow war sich nicht sicher, ob Jule der Versuchung gewachsen war. Dabei hatte er ihn heute nachmittag noch verteidigt, als Rebekka Bedenken gegen ihn vorgebracht hatte.
Carow hatte in den Buchantiquariaten gestöbert, die zwischen den Strebepfeilern der Heilig-Geist-Kirche standen, war durch die Hauptstraße zum Universitätsplatz gegangen und am Café Scheu vorbeigekommen.
Am Fenster saß Rebekka, und es war zu spät, noch auf die andere Straßenseite zu wechseln; sie hatte ihn schon gesehen. Er ging also in das Café.
Professor Rebekka Carow lehrte an der Universität Heidelberg Soziologie, und ihr Bruder hielt sie infolgedessen nicht für eine Wissenschaftlerin.
»Mit der Soziologie«, sagte er, »kannst du alles beweisen, alles und auch das Gegenteil. Man kann euch, ebenso wie den Philosophen, nur selten nachweisen, wo eure Ansichten völlig daneben liegen. Aber da bekanntlich von Wissenschaft nur dort die Rede sein kann, wo falsche Aussagen als falsch erkannt und präzise widerlegt werden können, ist deine Soziologie eine Afterwissenschaft.«
»Ach«, erwiderte Rebekka, »das bekannte Argument der Falsifizierbarkeit, das ebenfalls unwissenschaftlich ist, weil man sein Gegenteil nicht als falsch beweisen kann. Außerdem wäre nach deiner Theorie die Astrologie eine strenge Wissenschaft; denn einem Astrologen kannst du leicht nachweisen, wenn er Falsches behauptet hat.«
Walter Carow hielt das aber für eine unerlaubte Schlußfolgerung.
»Denn nicht wir sind es, die der Astrologie nicht eingetroffene Voraussagen als Fehler ankreiden, sondern es ist die Zeit selbst, die diese Fehler aufdeckt, und von der Zeit solltest du nicht sprechen, Rebekka. Die fällt nicht in dein Gebiet; von ihr verstehst du nichts.«
Doch auch Rebekka hatte einige gute Argumente, wenn sie zum Beispiel darüber spekulierte, ob man jemand, der die Geradli-

nigkeit der Zeit in Frage stellte, überhaupt als Wissenschaftler ansehen konnte. Sie hätte noch bessere Argumente gehabt, wenn Carow ihr mehr über seine Arbeit erzählt hätte; aber darüber schwieg er wohlweislich.

Sie saß am Fenster des Cafés, und ihr Bruder setzte sich zu ihr. Gäste, die nach ihnen kamen, begaben sich meist zu den Tischen hinten an der Wand, wenn sie nicht hinauf in das »Storchennest« stiegen; denn dort, wo das Geschwisterpaar saß, hatte das Café Schlagseite, und es war zu befürchten, daß es kenterte, wenn auch nur noch ein einziger Gast an der Fensterfront Platz nahm: Professor Rebekka Carow war einen Meter neunzig, und Professor Walter Carow über zwei Meter groß; beide zusammen aber brachten an die zweihundertfünfzig Kilo auf die Waage.

»Du hast wieder gerötete Augen«, sagte Professor Rebekka Carow. »Das kommt vom Rauchen. Entschuldige, daß ich das so offen sage!«

»Schließlich bist du ja meine ältere Schwester«, antwortete er mit den Worten, die Rebekka selbst gerne benutzte.

Sie rauchte schon seit fünf Jahren nicht mehr und gab oft zu verstehen, daß sie wohl nur deshalb »etwas stark« geworden sei.

»Ich habe eine Bindehautentzündung«, antwortete ihr Bruder, »weil ich gestern abend lange am Computer-Bildschirm gearbeitet habe. Das Rauchen habe ich aufgegeben.«

»Nein!« rief Rebekka. »Schon wieder? Seit wann?«

»Gerade eben. Ich habe, als ich ins Café kam, ein Gelübde getan.«

»Tatsächlich!«

»Ja, ein Gelübde, heute im Café keine einzige Zigarette zu rauchen, weil das Nikotin und die Teerderivate für Herz und Lunge schädlich sind.«

Carow bestellte sich einen Espresso.

»Wie lange hast du denn gestern am Bildschirm gearbeitet?« fragte seine Schwester.

»Bis zwei Uhr.«

»Du erzählst mir nie mehr von deiner Arbeit. Früher war das ganz anders. Kommst du voran? Wirst du bald fertig?«

»Ich hoffe. Mit Gottes und mit Jules Hilfe.«

»Ach Gott!«

»Was meinst du damit?«
»Ich dachte nicht an Gottes, sondern an Jules Hilfe. Ist es richtig, daß er das letzte und wichtigste Kapitel seiner Habilitationsschrift im Speicher seiner elektronischen Schreibmaschine aus Versehen mit einem Knopfdruck gelöscht hat?«
»Ja«, antwortete Walter Carow lachend, »er meint, es sei ein dummer Zufall gewesen; aber erstens war es kein Zufall, und wenn es doch einer gewesen sein sollte, war er sehr klug und weitsichtig. Ich bin nicht unglücklich darüber. Auf dieses Kapitel kann ich gut verzichten. Jule ist ein Genie.«
»Aber mit einer Pechsträhne geboren. Wer startet beim Motorradrennen mit leerem Tank? Jule natürlich.«
»Das war die Schuld der Werkstatt.«
»Mag sein, aber nur ihm passiert so etwas. Da ist ein winziger Ölfleck auf der Autobahn. Tausende fahren darüber weg, aber wer rutscht darauf mit seinem Motorrad aus? Jule, und liegt monatelang im Krankenhaus. Ist er wieder gut beisammen?«
»Längst, bis auf gelegentliche Kopfschmerzen.«
»Er hat, höre ich, neulich im Seminar einen Zornesanfall bekommen.«
»Unsinn! Er hat keineswegs rumgeschrien, wie behauptet wird, sondern ist ruhig rausgegangen. Das hängt sicher mit seinem Unfall zusammen.«
»Du hattest früher auch Wutanfälle. Erinnerst du dich noch?«
»Ich?« rief Walter Carow.
»Vater nannte dich *furor teutonicus*.«
»Ja aber nur, weil ich so groß war und weil alle vor mir wegliefen, wenn wir Räuber und Gendarm spielten.«
»Irrtum! So nannte er dich schon, als du noch ganz klein warst. Als ich dich einmal operiert hatte, bist du aufgesprungen, obwohl ich mit den Nähten noch gar nicht fertig war, und hast mir in den Arm gebissen, daß ich da noch heute eine Narbe habe.«
»Mit Recht, weil du die Schere im Bauch gelassen hattest. Da soll man keinen Zornesanfall kriegen!«
»Das hatte ich aber doch nur so gesagt, um dir einen Schrecken einzujagen, und es war ja auch alles nur Spiel. Hast du in letzter Zeit zugenommen?«
»Ja«, antwortete Carow, »seit ich das Rauchen aufgegeben habe. Ich möchte zahlen.«

»Alles zusammen?« fragte die Kellnerin. »Ein Espresso, ein Kännchen Kaffee und zwei Cremetorten mit Schlagsahne für die Dame.«

Auf dem Weg nach Hause goß es in Strömen, aber sein Tabakladen lag auf dem Weg, und er ging, auch wenn die Sonne schien, selten an ihm vorbei, ohne einzutreten.

Er kaufte drei Stangen Zigaretten, Gauloises, an die er sich als Student in Paris gewöhnt hatte, und ein Dutzend Feuerzeuge, die billigen, die immer funktionieren und die man wegwirft, wenn kein Gas mehr drin ist. Er konnte sie vielleicht einmal als Gastgeschenk gebrauchen, statt Blumen.

Zu Hause legte er alles in einen der beiden Koffer, die immer neben dem Schreibtisch standen, für alle Fälle.

Es hörte nicht auf zu regnen.

Seine Arbeit ging heute über alle Erwartungen gut, ja, je schwieriger die Sache wurde, desto schneller, und zuletzt ging es geradezu ungestüm voran. Es waren Stürme der Eingebung, die ihn weiter und weiter vorwärtstrugen und ihm gar keine Zeit ließen zu fragen, woher sie kamen.

Er zwang sich aber aus alter Gewissenhaftigkeit, jeden Schritt schriftlich festzuhalten. Er zwang sich mit aller Kraft dazu, gerade auch dann, wenn er so heftig vorangetrieben wurde, daß sein Bleistift kaum noch mitkam. Es war ihm, als sei er mit seinem Tischcomputer gleichgeschaltet, der ihm heute schneller zu arbeiten schien als sonst, was natürlich nicht der Fall sein konnte. Dennoch meinte Carow manchmal, der Computer errate seine Fragen und denke mit. Die Rechenstreifen kamen wie Konfetti aus dem Drucker und bildeten Schlangen am Fußboden. Es war nicht ganz geheuer.

Gegen sechs Uhr hatte er die Lösung. Er lehnte sich zurück.

Vor elf Jahren hatte er den ersten Entwurf für die »Allgemeinen Grundsätze« in einem ähnlichen Sturm der Eingebung geschrieben. Er glaubte damals, die Aufgabe in einer Woche lösen zu können.

Eine Woche später hatte er eine Lösung. Er hatte den Gipfel in einem Gewaltmarsch genommen; aber von dort oben sah er eine weitere, noch höhere Bergkette vor sich, und als er sie Monate später erstiegen hatte, die nächste. Elf Jahre lang war er über immer wieder neu vor ihm aufwachsende Gebirge gestie-

gen. Er hatte Eispickel, Kugelschreiber, Seil und Papier oft entmutigt weggelegt, aber nach einigen Wochen dennoch wieder aufgenommen. Jetzt erst, nach elf Jahren, war er am Ziel.
Er holte sich einen Kognak aus dem Schrank in der Bücherwand, setzte sich wieder an den Schreibtisch und sah sich das Ergebnis noch einmal an. Die Formel erschien ihm beim Wiederlesen zu lang und angestrengt. Daran mußte er allein aus ästhetischen Gründen noch weiterarbeiten, aber nicht nur deshalb. So, wie sie dastand, konnte sie nur halbrichtig sein. Alle großen Formeln der Welt sind schön, weil sie einfach sind.
Doch die Aussicht auf diese Korrektur beunruhigte ihn nicht. Vor ihm lagen keine hohen Bergketten mehr, sondern nur noch sanfte Vorberge.
Er machte das Fenster auf und sah über den Neckar, die Altstadt und auf das Schloß. Es regnete immer noch, und der Königstuhl lag in den Wolken. Carow rief Jule an, der dort oben in der Sternwarte arbeitete.
»Ich habe keine große Lust, bei diesem Regen den Wagen aus der Garage zu holen. Kannst du, wenn du nachher runterkommst, im Institut vorbeifahren und mir dort aus meinem Schrank die Tropenpackung mit den Zigaretten mitbringen?«
»Tropenpackung?« fragte Jule.
»Ja, sie sind in einer kleinen Kiste aus Weißblech, und die ist zugelötet. Ganz normale Tropenpackung, wie du sie beim Großhandel bestellen kannst.«
»Hat es auch Zeit bis Montag? Ich wollte nachher mit dem Motorrad nach Baden-Baden radeln und das Wochenende dort bleiben. Ich habe da nämlich eine kleine Verabredung.«
»Da regnet es aber auch.«
»Macht nichts. Wir wollten eigentlich auch gar nicht viel rausgehn. Eilt es denn sehr?«
Carow war zurückhaltend:
»Schwer zu sagen; aber du weißt ja, ich habe immer gerne alles beisammen. Für alle Fälle.«
»Ein Durchbruch?« fragte Jule sofort.
»Jule, du fragst immer zu viel.«
»Soll ich die Verabredung lieber sausen lassen?«
»Das ist wahrhaft aufopfernd. Nein, fahr nur! Die Hauptsache fehlt mir anscheinend noch.«

»Also doch der Durchbruch! In einer Stunde bin ich bei dir. Spätestens um acht.«
»Gut, aber vergiß die Zigaretten nicht! Nachher kannst du ja immer noch nach Baden-Baden fahren.«
»Alles klar!«
Jule würde jetzt gleich alle Papiere auf dem Schreibtisch zusammenpacken und runterkommen, weil er wissen wollte, ob es nun ein Durchbruch war oder nicht. Er war neugierig, und er wollte, wenn er schon nicht vorausgeschickt wurde, wenigstens mitkommen. Er wollte nicht allein zurückbleiben und von dem großen Wunder ausgeschlossen sein.
Carow hängte ein, da kam ihm *der Gedanke.*
Er überfiel ihn so plötzlich, daß er ihn sofort auf die Rückseite eines großen Briefumschlags notierte, der auf der Ecke des Schreibtischs lag. Vom Turm der Heilig-Geist-Kirche schlug es sieben Uhr.
Er gab die neue Formel in den Computer und wollte sich, während der Apparat summte und rechnete, daran machen, den ganzen Haufen von Papieren auf dem Schreibtisch zu ordnen, die Rechenstreifen auf dem Boden zusammenzuschieben, und dann alles in den Reißwolf zu werfen, da traf ihn der Anfall mit einem kaum erträglichen Kopfschmerz und wirbelte ihn in Raum und Zeit umher.
Wie lange? Niemand weiß es. Er selbst drückte sich darüber immer vage aus, und auch als ihn Mitarbeiter der Pholé, die beiden bärtigen Philosophen nämlich, später danach fragten, blieb er unbestimmt und meinte, es gebe darauf sicher verschiedene Antworten, von denen jede richtig sei. Es könnten Sekunden, Tage oder Jahre gewesen sein.
»Oder vielleicht auch Jahrhunderte?« fragten die beiden Philosophen ihn mit aufgerissenen Augen.
»Nicht unmöglich«, erwiderte Carow ihnen. »Allerdings könnte man mit gleichem Recht die Ansicht vertreten, es sei überhaupt keine Zeit vergangen.«
Man sieht, er wußte auch nichts Bestimmtes.
Ihm fiel, wenn er zurückdachte, die Zeit im Krankenhaus vor vielen Jahren ein, als er sich den Muskelriß beim Gewichtheben geholt hatte und deshalb operiert werden mußte.
»Jetzt werden Sie gleich einschlafen und gar nichts mehr spü-

ren«, hatte die Schwester gesagt, als sie ihm die intravenöse Injektion gab. Er sah im Spiegel des Reflektors, wie der Operateur sich über den Tisch beugte und schon die Hand nach hinten ausstreckte, um sich das Skalpell geben zu lassen.

Er wollte der Schwester noch antworten: »Und wenn ich Glück habe, werde ich auch wieder aufwachen.«

Doch bevor er den Gedanken aussprechen konnte, sah er das Gesicht der Schwester über sich. Sie sprach sanft, und ihre Stimme drang wie aus weiter Ferne an sein Ohr:

»Über zwei Stunden hat der Chef gebraucht; aber jetzt ist wieder alles in bester Ordnung, und heute nachmittag werden wir schon die Beine aus dem Bett strecken und morgen die ersten Gehversuche machen können.«

So ähnlich wie damals in seiner Bewußtlosigkeit war und blieb sein Gefühl für die Zeit unmittelbar nach dem Anfall in Heidelberg. So *ähnlich*, denn manchmal schien es ihm, als sei er in dieser Zeit der Zeit ganz und gar entrückt gewesen, noch viel radikaler als in der Ohnmacht einer Operationsanästhesie.

Da stellt sich natürlich die Frage, was das für ein Zustand ist, in dem man sich ganz außerhalb der Zeit befindet und ob es überhaupt ein Wort dafür gibt. Es gibt eins, und der Zustand ließe sich ganz leicht und mit einem einzigen, kurzen Wort benennen. Aber dieses Wort wollte Carow, als er jetzt auf den Stufen saß, nicht einfallen, vielleicht weil es so Endgültiges und Unwiderrufliches ausdrückt und weil er ausschloß, daß es auch auf ihn und seinen gegenwärtigen Zustand zutreffen konnte. Doch bald war er sich nicht mehr so sicher.

Da saß er nun auf den Steinstufen und hatte die Hände wieder vor das Gesicht gelegt.

Er konnte sich nicht auf die Dauer um dieses Wort herumdrükken. Wenn es nun *doch* auf den Zustand, in dem er sich jetzt befand, zutraf? Ein ungemütlicher Gedanke! Das konnte nur bedeuten, daß ihm in seinen Berechnungen ein fataler Fehler unterlaufen war. Dieses Ergebnis wollte er ja gerade nicht – ganz im Gegenteil.

Aber er meinte sogleich, dieser lästige Zweifel müßte sich doch leicht entkräften lassen: Konnte er jetzt nicht den Tempel dort auf dem Vorgebirge sehen, den Raubvogel schreien hören, den Duft der Kamille riechen, die Wärme der Steinstufen fühlen?

Die Beweise waren also reichlich zur Hand. Einer strengen Logik hätten sie zwar nicht standhalten können; aber in ihrer Menge und Mannigfaltigkeit machten sie es doch wahrscheinlich, daß er sich noch zum Seienden zählen durfte und nicht zum Nicht-Seienden herabgesunken war.

Bedurfte dieser absurde Verdacht denn überhaupt einer Widerlegung durch strenge Logik? Der Verdacht nämlich, daß er, hier sitzend, hörend, sehend, riechend und fühlend eigentlich tot und nichts als ein Gespenst sei, das sich schwebend fortbewegte, durch das man womöglich hindurchsehen konnte und das hier nur erschienen war, um Menschen und Tieren einen Schrecken einzujagen, während sein Körper, nunmehr entseelt und unwiderruflich der Zeit entrückt, in seinem Drehsessel am Schreibtisch in Heidelberg nach einem Anfall zusammengesunken, mit Kopf und Armen auf der Schreibtischplatte neben dem noch immer summenden Computer lag, wo ihn Jule in diesen Minuten finden würde?

Jule! Erst jetzt wurde ihm das ganze Ausmaß der Katastrophe klar. Jule hatte ja die Tropenpackung mit den fünfundzwanzig Stangen Zigaretten, die Carow unbedingt brauchte, um die Zeit hier durchzuhalten. Er klopfte an seine Jackentaschen, und in der linken fand er eine angebrochene Packung. Es waren noch fünf Zigaretten drin.

Er öffnete in ziemlicher Hast den ersten Koffer; aber das war der, in dem der Computer, die Batterien, die Kamera und Filme verpackt waren. Er schaltete probeweise den Computer ein; die Leuchtdiode blitzte auf. Gut, und die Zigaretten?

Er fand sie im zweiten Koffer: die eiserne Ration, die er schon vor einigen Jahren gekauft hatte und die drei Stangen von heute nachmittag. Sie würden ihn, wenn er sich stark einschränkte, über die nächsten Wochen bringen, krisenhafte Entwicklungen, die ihn in der Regel zu einem erhöhten Verbrauch zwangen, nicht eingerechnet.

Der knappe Zigarettenvorrat würde ihm aber nicht viel Zeit lassen, um die Beweise beizubringen, mit denen er die kritischen Kollegen zu Hause davon überzeugen konnte, daß er tatsächlich in der Vergangenheit gewesen war. Er mußte also sparen, und damit fing er gleich an. Er steckte die angebrochene Zigarettenpackung wieder in die Tasche.

Er stand auf. Schwindlig fühlte er sich nicht mehr, aber er fand dennoch sein Gleichgewicht nicht sofort. Er wagte nicht vorwärtszugehen. Er blieb stehen.
Vor ihm lag ein ebener Platz, etwa fünfzig Schritte lang und ebenso breit. Er war mit großen, roten quadratischen Ziegelplatten belegt, von denen freilich einige schon zerbrochen waren.
Als er sein Gleichgewicht wieder gefunden hatte, ging er langsam die Treppenstufen hinab und bis zum Rand des Platzes. Ihm war, als gehe er leichter als früher, ja, als berühre er die Erde kaum und als schwebe er.
Ein Weg, mit kleinen runden Steinen gepflastert, führte hinab, zuerst durch Büsche, die Oleander oder Lorbeer sein mochten, und dann an Ölbaumgärten vorbei zu den Häusern der Stadt.
Er sah zurück: Er hatte auf einer der drei Stufen gesessen, die rings um einen Tempel lagen, einen kleinen Tempel mit nur vier nicht sehr hohen, plump wirkenden Säulen an der Front und neun Säulen an den Seiten. Im Tympanon war eine mythologische Szene dargestellt, die Carow nicht verstand. Zudem war eine Figur schon herausgefallen.
Der Tempel war in beklagenswertem Zustand. Sicherlich war er nur einem geringen Gott geweiht, einem lokalen vermutlich, vielleicht einem, der nur hier in den Hügeln etwas zu sagen hatte, und den die Stadtleute glaubten, ungestraft vernachlässigen zu können. Oder war die Zeit, in der er sich jetzt befand, nicht fromm? Hatte sie überhaupt die Götter vergessen?
Der weiße Putz war in breiten Placken von den Säulen gefallen, so daß darunter grobporiger Sandstein zum Vorschein kam, auch er freilich kanneliert und mit scharfen Kanten. Im Pronaos, hinter den Säulen der Tempelfront und vor der Cella also, lag Stuck am Boden. Er war von der Decke herabgestürzt, die, soweit das bei dem schwachen Licht der Dämmerung zu erkennen war, ein braunrotes, geometrisches Muster trug.
Die Tür zur Cella, aus Holz, war grau und verwittert. Auch sie war wohl früher einmal bemalt gewesen. Einer ihrer beiden Flügel hing schief, als sei das Scharnier abgebrochen, nicht erst gestern oder voriges Jahr, sondern schon vor langen Zeiten. Reihen aus dicken, bronzenen Nägeln teilten die Türflügel in viereckige Felder.
Die Cella war schon dunkel, und auch als Carow den schief

hängenden Türflügel weit geöffnet und, damit er nicht zuschlagen konnte, ein Fragment des Stuckwerks davor gelegt hatte, wurde es drinnen nicht viel heller.
Auf einem Sockel stand die Statue, schmal, aber überlebensgroß. Sie trug ein Gewand, das aussah wie ein Hemd. Der untere Rand des Kleidungsstücks war ausgefranst. Der Oberkörper und das Haupt des Standbildes lagen im Dunkel, und Carow konnte nicht erkennen, ob es einen Gott oder eine Göttin darstellte. Jedenfalls aber war es keins der großen himmlischen Wesen, die im Olymp wohnten. Die hätte man doch wohl kaum so schändlich zu behandeln gewagt.
Er klopfte mit dem Knöchel des Zeigefingers an die Statue. Sie war aus Holz.
An der Wand lehnten zwei Harken, denen schon einige Zähne fehlten, auch sie aus Holz. Daneben lag eine Kiepe, aber sie hatte keinen Boden mehr.
Carow holte seine Koffer herein und stellte sie hinter den Sockel des Götterbildes, verbeugte sich vor ihm mit übertriebener Geste und empfahl seine Siebensachen der göttlichen Obhut, wobei er freilich im Zweifel war, ob man diesem heruntergekommenen himmlischen Wesen derartige Werte überhaupt anvertrauen durfte. Doch der Zweifel war, wie sich später herausstellen wird, nicht berechtigt.
Er setzte sich wieder auf die oberste der Tempelstufen, lehnte sich an eine Säule und sah hinunter auf die Stadt. Aus den Häusern und Straßen stieg Rauch auf, lag über den Dächern, wurde emporgetragen und war auch oben am Tempel zu riechen: Es war der Rauch von Holzfeuern. Man war also dabei, die Töpfe und Pfannen für das Abendessen aufs Feuer zu stellen. Auch der Himmel wurde jetzt dunkel.
Carow fragte sich, ob extreme Sparsamkeit nicht zur Verhärtung der Seele und zur Vergeizung des Charakters führen müsse, und kam zu dem Schluß, daß dies wohl kaum bestritten werden könne. Er holte sich daher eine Zigarette aus der angebrochenen Packung und zündete sie mit dem Gasfeuerzeug an.
Ja, es funktionierte auch hier.
Aber im selben Augenblick hörte er schnell unterdrückte Schrekkensschreie von den drei Pinien her, die schwarz gegen den Abendhimmel standen. Zu sehen aber war niemand. Unterhalb

des Tempelplatzes stürzte jedoch etwas durch Büsche und Geröll, und man hörte Schritte wie von Kindern, die in größter Eile und anscheinend barfuß den Weg hinab zur Stadt rannten und sprangen.
Dann war es wieder still, und hinter den mächtigen Pinien glänzte silberweiß eine liegende Mondsichel. Es war noch immer mild. Carow rauchte die Zigarette zu Ende, genoß jeden Zug, drückte sie aus und steckte die Kippe in die Brusttasche seines Hemdes.
Müde lehnte er sich an die Säule und schloß die Augen. Er war ganz froh, daß es dunkel wurde und er deshalb den Gang in die Stadt heute nicht anzutreten brauchte. Denn davor fürchtete er sich.
Wie würden ihm die Menschen begegnen?
Vor einigen Monaten hatte er den Kollegen Faßbender, der seit Jahren nur noch über Thukydides las, gefragt, ob er sich mit einem vorsokratischen Philosophen würde unterhalten können.
»Keine Spur!« hatte Faßbender geantwortet. »Unsere Aussprache des Griechischen ist eine Erfindung des Erasmus von Rotterdam und von dem frühen Griechisch gewiß ebenso weit entfernt wie das Neugriechische. Parmenides etwa würde, wenn ich ihm aus seinem Lehrgedicht vorläse, kein Wort verstehen und sich vor Lachen ausschütten, wenn man ihm sagte, daß ich aus seinem Werk in griechischer Sprache vorgetragen hätte – wenn er überhaupt lachen konnte. Ich habe da meine Zweifel.«
»Sprach man in Elea nicht auch Latein?«
»Zu Parmenides Zeiten? Nein, das wurde damals nur von, grob geschätzt, hunderttausend Menschen in Rom und der näheren Umgebung gesprochen. In Neapel wie in Paestum, Elea, Kroton und den anderen griechischen Kolonien sprach man nur griechisch, auf dem Lande aber oskisch.«
»Könnten Sie sich mit Parmenides denn nicht schriftlich verständigen?«
»Mühsam, und allenfalls in griechischen Großbuchstaben, von denen er wohl die meisten, aber nicht alle, erkennen würde. Denn die Schreibweise der Buchstaben war zu seiner Zeit nicht einheitlich.«

»Nehmen Sie an«, sagte Carow, »Sie kommen nach Elea und suchten das Haus des Parmenides, um ihm einen Besuch abzustatten. Wie würden Sie diesen Wunsch einem Bürger der Stadt aufschreiben?«
»Das ist mir zu schwer«, sagte Faßbender lachend. »Das kann ich nicht aus dem Ärmel schütteln.«
Ein paar Tage später schickte er eine Karte, auf der die Frage nach dem Haus des Parmenides in griechischen Inschriftenbuchstaben des fünften vorchristlichen Jahrhunderts geschrieben war. Und auf die Rückseite hatte er in Umrissen, wie auf attischen Vasenbildern, die Karikatur eines riesigen Carow in athletischer Nacktheit, jedoch mit Feigenblatt, gezeichnet. Carow stemmte mit der einen Hand eine schwere Gewichtheberhantel, in der anderen hielt er die Karte und präsentierte sie einem Jüngling mit blöd hervorstehenden Augen, der sich den Kopf kratzte und mit ihr offenbar nichts anfangen konnte.
»Ich bitte«, schrieb der Kollege Faßbender dazu, »wenn Sie das Haus des Parmenides gefunden haben, mir Bescheid zu sagen und ein vollständiges Exemplar seines Werkes, von dem wir nur Fragmente kennen, mitzubringen. Mit herzlichen Grüßen – Ihr F.«
Die Karte müßte eigentlich in der Brieftasche sein. Carow sah nach, sie war in der Tat noch da, wenn auch etwas verknittert.
Ich werde sie, dachte er, morgen dem ersten besten Menschen auf der Straße geben. Ah, sieh da! Er hält sie verkehrt rum. Er kann nicht lesen. Doch da kommt ein Schuster aus seinem Laden. Beide sehen sich die Karte aufmerksam an; aber der Schuster kennt nur ein paar Buchstaben, und auf die deutet er mit seinen Pechfingern und liest sie laut vor. Er war nur aus seiner Werkstatt herausgelaufen, um der Straße zu zeigen, daß er mehr war als ein Banause.
Doch dann kommt ein junger Mann, von einem Alten begleitet. Er sieht Carow mit dicken Basedow-Augen an. Er findet die Hosen und das Sporthemd sehr merkwürdig. So etwas hat er noch nie gesehen. Er stellt eine Frage und stottert dabei, aber Carow versteht kein Wort, zeigt jedoch dem jungen Mann Faßbenders Karte, die Vorderseite natürlich, mit den griechischen Buchstaben.
Aus allen Türen kommen Leute, und Carow ist in der Menge

eingekeilt. Sie alle wollen sehen, was auf dem Papyrus steht. Sie fassen Carows Hose und sein Hemd an, befühlen den Stoff. Sie lachen.
Der alte Mann, der Begleiter des Jünglings, ein Sklave vermutlich, hat die Schrift inzwischen entziffern können. Er spricht ein paar Worte zu den Umstehenden, und nun kennt die Fröhlichkeit keine Grenzen. Sie schlagen sich auf die Schultern, wiederholen die Worte des Alten, wiehern und sind gar nicht zu halten.
Ja, natürlich: Carow träumte.

Von den Kindern Velias und warum sie an jenem Abend früh zu Bett gingen

Zwei Jungen kamen den Hügel herab. Sie kamen? Nein, sie stürzten durch das Buschdickicht am Abhang der kleinen Tempelterrasse. Sie sprangen über das Geröll, daß sich einige Steine lösten; und als sie den gepflasterten Weg erreicht hatten, rannten sie, was das Zeug hielt, zur Stadt herab. Sie waren barfuß.
Der letzte der beiden fiel längelang hin. Ein andermal hätte er sich die geschundenen Knie und Ellbogen gehalten, hätte sich hingesetzt und geheult; diesmal dachte er nicht daran. Er stand so schnell auf, wie er gefallen war, und hatte gegenüber dem vorderen kaum ein paar Schritte verloren.
Sie rannten, Furcht und Entsetzen im Nacken, bis sie bei den ersten Häusern der Stadt in eine schmale Gasse einbiegen konnten, wo sie Menschen sahen. Da blieben sie stehen und holten erst einmal Atem; dann rannten sie wieder, nur nicht so schnell, zu den Häusern ihrer Eltern.

An der Spitze der Stadtverwaltung Velias standen, gleichrangig, zwei Bürgermeister, die Duumvirn Marcus Pilonius Honoratus und Iulius Longus.
Iulius Longus, erst vor zwei Jahren aus Rom in seine Heimat zurückgekommen und zum Duumvir gewählt, lag mit seiner Frau und einem römischen Ehepaar, das hier früher Land am Hales-Fluß besessen hatte und das zu Besuch da war, beim

Abendessen. Der Bürovorsteher Titus Gelo hatte ihm eine Notiz auf einer Wachstafel hineingeschickt. Aber Gelo, der Schlächter Sossius Celer, der Fischer Flavius Priscus und die beiden Jungen Marcus und Quintus mußten lange im Atrium warten, bis das Gastmahl zu Ende war.

Dann erst kam Iulius Longus heraus, ging mit den Wartenden in sein Arbeitszimmer und setzte sich in den Lehnstuhl; die anderen blieben stehen. Er fragte den Bürovorsteher, ob die Angelegenheit denn wirklich nicht Zeit bis morgen früh gehabt hätte, wartete aber die Antwort gar nicht ab, sondern gab ihm Zeichen mit seinem Bericht anzufangen, lehnte sich zurück und sagte:

»Ich höre.«

Iulius Longus hatte eine Stirn, breit wie ein Brett, seine Lippen waren dünn, und da er sie stets zusammenkniff, konnte man glauben, er habe überhaupt keine.

Titus Gelo sagte:

»Seit der Dämmerung läuft in der Stadt ein Gerücht umher, oben am alten lukanischen Tempel sei ein seltsames Wesen gesehen worden. Es wird in diesem Zusammenhang von ungewöhnlichen Erscheinungen gesprochen, die die Leute in der Stadt beunruhigen.«

»Was für Erscheinungen?« fragte der Duumvir, der von Erscheinungen nichts hielt und auch nicht an sie glaubte. Aber Titus Gelo fuhr fort:

»Ich habe festgestellt, daß die Gerüchte auf diese beiden Jungen, die Söhne von Sossius Celer und Flavius Priscus, zurückgehen. Wenn Sie es wünschen, können die Knaben berichten, was sie gesehen haben.«

Die beiden rieben sich die feuchten Handflächen an den Oberschenkeln und trauten sich nicht, vor dem Magistrat zu sprechen.

»Na los!« sagte der Duumvir.

Aber sie schwiegen und schoben sich näher an ihre Väter heran.

Der Bürovorsteher Gelo fragte sie:

»Ihr habt doch da oben Ziegen gehütet.«

»Ja«, sagte Marcus, »aber nicht ganz oben am Tempel, denn das dürfen wir nicht, sondern nur da, wo sie nicht in die Gärten

gehen können. Und außerdem waren noch andere dabei; Lucius und Publius waren auch dabei.«
»Die sind aber doch sofort weggelaufen, als die Ziegen in Panik gerieten. Ihr beiden indessen habt es gesehen. *Was* habt ihr gesehen?«
»Zu Anfang gar nichts«, sagte Quintus, »bloß die Ziegen haben sich plötzlich so erschrocken und sind schnell zurück in die Stadt gelaufen. Sie waren gar nicht zu halten.«
»Wovor erschrocken?« fragte Gelo.
»Vor nichts, wie Ziegen eben manchmal vor nichts erschrecken. Sie rannten alle zurück in ihre Ställe, und Publius und Lucius hinterher.«
Iulius Longus sagte:
»Vor *nichts* kann man nicht erschrecken. Das müßt ihr euch merken. Auch Ziegen erschrecken immer vor *etwas*, nie vor *nichts*.«
»Vielleicht waren sie so erschrocken, weil auch sie ihn auf einmal gesehen hatten«, antwortete Marcus.
»Wen?«
»Ja, wir wissen auch nicht, wer es war. Wir sahen ihn erst, als wir in den Büschen etwas höher zum Tempel heraufstiegen. Er saß auf den Stufen des Tempels. Er hatte einen knallroten Bart und knallrotes Haar.«
»Und ihr habt nichts gehört?« fragte Titus Gelo.
»Nein, nichts. Es war ganz still«, sagte Marcus.
Quintus wollte etwas sagen, aber er mußte zweimal Anlauf nehmen, dann kam es klar heraus:
»Es hat in den Lüften gesaust und gebraust.«
»Na, also ›gesaust und gebraust‹?« fragte der Duumvir, dem diese Auskunft etwas zu literarisch vorkam. »Ihr müßt euch nun entscheiden, ob gar nichts zu hören war oder ob es ›in den Lüften gesaust und gebraust‹ hat.«
Einen Augenblick waren die Jungen still, weil sie nicht wußten, welche Folgen es haben würde, wenn sie sich für diese oder jene Version entschieden. Marcus entwand sich diesem Dilemma mit der Auskunft:
»Er hat lange auf den Stufen gesessen – *so* – mit den Händen vor den Augen – als ob er schlief; aber dann hat er auf einmal die Hand hochgehoben und geblitzt.«

»Ach?« sagte Iulius Longus und wiederholte. »Und dann hat das Wesen geblitzt! Hat vielleicht einer von den Vätern den Donner gehört?«
»Ich war zu der Zeit noch mit dem Boot draußen«, erwiderte Flavius Priscus und war froh, diese Ausrede zu haben.
»Der Blitz war so hell«, fuhr Quintus fort, »daß wir ganz geblendet waren und nichts sehen konnten. Und dann kamen Flammen und Rauch aus seinem Mund.«
»Flammen und Rauch aus seinem Mund! Beim Herkules!«
Das ließ nun Marcus nicht ruhen.
»Ja«, ergänzte er, »*so* lang.«
Er breitete beide Arme aus.
»Und wie groß war der Mensch?« fragte Gelo.
»Das war kein Mensch«, sagte Marcus, und Quintus brachte nach einem neuerlichen Anlauf heraus:
»Sein Kopf reichte bis zum Dach des Tempels.«
Marcus bemerkte, daß die Augen des Duumvir finster blickten und daß seine breite Stirn sich umwölkte.
»Er reichte *fast* bis ans Dach«, verbesserte Marcus, der erkannt hatte, daß Quintus zu weit gegangen war, »nicht *ganz* bis ans Dach, aber *fast*.«
»Das genügt mir«, sagte der Duumvir Iulius Longus und, zu seinem Bürovorsteher gewandt, fügte er hinzu:
»Dieser Unsinn hätte doch nun wirklich bis morgen früh Zeit gehabt!
Geben Sie den *Vigilantes* Befehl, auf einen möglicherweise entlaufenen Sklaven mit rotem Haar und Bart zu achten und ihn, wenn er sich sehen lassen sollte, zu ergreifen und morgen vormittag dem Magistrat zur Vernehmung vorzuführen.«
Den Vätern der beiden Jungen riet der Bürgermeister, sich dann zu erkundigen, ob die Schilderung ihrer Söhne zutreffend gewesen sei. Wenn nicht, empfehle er, die beiden Knaben kräftig durchzuhauen, auch in seinem Namen, weil sie einem geplagten Duumvir wertvolle Zeit gestohlen hatten.
Er schickte sie hinaus und begab sich wieder zu seinen Gästen.
Das Gerücht jedoch lief weiter durch die Straßen, wobei noch mancherlei hinzugefügt wurde. Am Abend wußten alle Bürger Velias und der Vororte außerhalb der Mauern, daß oben am

kleinen alten Tempel ein riesiges Wesen mit feuerrotem Bart erschienen sei und vermutlich auch jetzt noch dort weile, das Blitze schleudern, Donner herabrufen, Rauch und Feuer speien könne und das ganz gewiß kein Mensch sei. Man sprach so eindringlich davon, daß selbst der Bürovorsteher Titus Gelo sich fragte, ob der Duumvir die Sache nicht etwas zu leicht nehme. Die beiden Väter aber sahen vorerst davon ab, ihren Söhnen eine Tracht Prügel zu verabreichen.

Die Kinder in Velia gingen an diesem Abend früher und ohne Widerrede zu Bett und waren stiller als sonst. Doch auch die Erwachsenen sprachen nicht so laut. Sie waren, wenn sie von dem Ereignis redeten, zwar stolz darauf, daß sich dieses Wunder gerade in ihrer Stadt ereignet hatte; denn es war eine Auszeichnung vor allen anderen Städten. Überall war man begierig nach Wundern. Dennoch, wenn sie an den nächsten Tag dachten, schwankten sie zwischen Furcht und Hoffnung.

Viele gelobten an diesem Abend, fortan ein besseres Leben zu führen, und viele legten sich mit frommem Schauder schlafen.

Meyer-Proske erinnert sich an ein Gespräch mit Redlich über Jules Glaubwürdigkeit

Als ich Jule rausgebracht hatte und wieder reinkam, saß Redlich am Schreibtisch, strich sich nachdenklich den Kinnbart und fragte, als habe er die ganze Zeit über nichts anderes nachgedacht:

»Was meinte er eigentlich, als er zuletzt sagte, das sei bestimmt kein Zufall gewesen?«

»Er glaubt an Sabotage. Irgend jemand sei hinter seinen Dias her. Vermutlich eine milde Form von Verfolgungswahn. Es könnte natürlich auch sein, daß er uns vorwerfen will, wir hätten seine Bilder absichtlich kaputtgemacht.«

»Nein«, sagte Redlich, »da steckt mehr dahinter.«

»Was soll dahinterstecken?«

»Weiß ich nicht. Aber ich habe sowas immer im Gefühl. Glauben Sie mir, da steckt mehr dahinter. Ich rieche sowas ja immer.«

»Eine Story?«
»Vielleicht.«
»Redlich, ich sehe es Ihnen an: Sie glauben an seine Geschichte.«
»Ich glaube an überhaupt nichts. Das wissen Sie doch.«
Natürlich glaubte er an etwas – an Geld.
Er fragte: »Haben Sie ihn beruhigt?«
»Ich habe es versucht, aber der ist nicht so leicht zu beruhigen. Ich fürchte, der wird uns noch Schwierigkeiten machen.«
»Renate«, sagte Redlich, »hat keine Schuld. Aber die dumme Kuh, die die Dias versaut hat, ist entlassen.«
»Ich werde mit dem Personalchef sprechen, ob es geht.«
»Natürlich geht es!« rief Redlich und wurde lauter. »*Sie ist entlassen! Fristlos!*«
»Ich habe Sie verstanden«, antwortete ich. »Wollen Sie vielleicht lieber selbst mit dem Personalchef sprechen? Es könnte sein, daß er erst einmal mit dem Betriebsrat reden will, ob die Entlassung rechtlich möglich ist. Stellen Sie sich einmal vor, die junge Dame kriegt ein Kind. Dann feuern Sie sie mal!«
»Als ich noch beim Rundfunk arbeitete«, erwiderte Redlich, »wurde eine Technikerin, die bei der Sendung ein Band durchfallen ließ und Bandsalat machte, so daß die Sendung unterbrochen werden mußte, *fristlos entlassen*. Da hat kein Mensch gefragt, ob sie gerade ein Kind kriegte oder nicht.«
»Das war wohl in der Steinzeit«, sagte ich.
Aber Redlich war schon wieder auf dem Teppich. Solche Anfälle dauerten bei ihm nie lange. Man mußte ihm nur sofort Kontra geben. Er fragte:
»Was machen wir jetzt mit dem Dr. Sonnenfeld?«
»Sommerfeld heißt er. Erst einmal will er eine Million Deutsche Mark für die versauten Dias.«
»Na ja, die sind ja versichert.«
»Natürlich sind die *nicht* versichert.«
»Ja, um Himmels willen!« rief er entsetzt. »Warum denn nicht?«
»Das haben wir doch nie gemacht.«
»Haben wir nie gemacht – haben wir immer so gemacht – da kann ja jeder kommen: Die Kernsprüche des deutschen Beamten! Mensch, MP, Sie arbeiten bei einer Zeitschrift, die von ihren Redakteuren verlangt, daß sie denken können.«

Ich möchte wissen, was Redlich gesagt hätte, wenn ich damals mit dem Vorschlag zu ihm gekommen wäre, die Dias so hoch zu versichern! Er hörte immer noch nicht auf: »Sie hätten ihm damals gleich schreiben müssen, er soll die Dias entweder selbst versichern oder behalten.«

»Ja, vielleicht; aber nun ist es zu spät.«

»Er wird Sie regreßpflichtig machen.«

»Nicht mich, sondern *diese woche*. Sie können sich dann natürlich an mich halten und sehen, ob Sie die Million von mir zurückkriegen. Ihre Chancen sind aber nicht sehr groß.«

Redlich drehte seinen Schreibtischsessel und sah dem Rhino ins Auge, das aus der Wand auf mich zupreschte, um mich im nächsten Augenblick aufs Horn zu nehmen, in die Luft zu schleudern und ganz breit und flach zu stampfen. Dieser Gedanke gab ihm sein Gleichgewicht wieder.

Er sagte ganz vergnügt:

»Regen Sie sich nicht auf! Das Geld wird er nie kriegen. Stellen Sie sich nur vor, er kommt mit seiner Geschichte zu einem Gericht! Die Richter werden natürlich denken, er will sie verarschen.

Außerdem waren die Fotos, vom professionellen Standpunkt aus gesehen, man nur so-so. In den Farben zum Beispiel waren sie ganz schwach. Die meisten hätten wir nur schwarz-weiß bringen können.«

»Sicher, aber wenn man das Alter bedenkt!«

»Welches Alter? Ach so, Sie meinen, daß sie an die zweitausend Jahre alt waren?«

»Ich meine überhaupt nichts; nur fand ich einige Bilder ganz brauchbar, zum Beispiel von dem Dicken in seiner Bibliothek, von dem Sklaven, der Glas bläst oder den beiden Männern mit Bart, die Karten spielten. Das sah alles gar nicht aus wie Antike: *Und Marmorbilder stehn und sehn dich an.* Von Goethe.«

»Gut«, sagte Redlich, »ein paar Fotos gingen; aber bei den meisten würden die Leser *dieser woche* sagen, die hat er in Marokko oder Tunis aufgenommen. Solche Typen laufen da doch immer rum. Kennt doch jeder. Nein, interessanter waren die Aufnahmen von dem Gladiatorenkampf und dem Wagenrennen. Da war *Äktschen!*«

»Unscharf oder verwackelt«, sagte ich.

»Na gut«, erwiderte Redlich, »die aus ›Ben Hur‹ waren besser; aber die waren eben auch von Professionellen.«
»Aber ›Ben Hur‹ – das waren doch nur Rekonstruktionen, während Jule Sommerfelds Fotos authentisch waren.«
»Richtig!« antwortete Redlich. »Das kommt noch hinzu: Rekonstruktionen wirken immer echter. Mein Gott, wenn Sie doch wenigstens ein paar Schwarz-Weiß-Kopien hätten machen lassen!«
»Wir waren doch gerade dabei, und bei der Gelegenheit ist es ja passiert.«
»Ich meine, Sie hätten sich doch schon vorher gleich welche zur Reserve hinlegen können, für solche Fälle.«
Ich stöhnte wie eine verwundete Wildsau; da sah er selbst ein, daß er Quatsch redete und kam endlich zur Sache:
»Was wollen Sie jetzt machen?«
»Wir müssen einen Kompromiß mit ihm erreichen. Den kriegen wir aber nur, wenn wir seine Story veröffentlichen.«
»Nicht in *dieser woche*. Das nehmen uns unsere Leser nicht ab. Kommt gar nicht in Frage.«
Das war Redlich! Einmal riecht ihm ein Manuskript so, daß er ganz von Sinnen ist und gleich einen Vorschuß drauf geben will. Eine Stunde später stinkt es ihm, und er will nichts mehr davon wissen.
»Und als Buch im *woche*-Verlag?« fragte ich.
»Vielleicht eine Idee«, sagte Redlich. »In der Reihe *Science-fiction*. Dann können die Leser selbst entscheiden, was sie davon glauben wollen und was nicht. Kann er überhaupt schreiben?«
»Er ist doch Wissenschaftler«, sagte ich. »Mathematiker. Rechnen wird er können. Schreiben? Unwahrscheinlich. Aber er kann mir seine Geschichte erzählen, und ich kann ein Buch draus machen. Geben Sie mir acht Wochen Zeit!«
»Vier«, sagte Redlich.

Wie Carow vom Bürgermeister im Rathaus von Velia empfangen wurde

Als Carow die Augen öffnete, sah er schwaches Dämmerlicht durch eine halb offene Tür. Er lag im Tempel, nicht weit vom Kultbild des Gottes entfernt, auf Laub und Piniennadeln, die harzig dufteten. Draußen auf der Treppe war er am Abend eingeschlafen, und hier drinnen war er aufgewacht. War er schlafwandelnd hier hereingegangen, vielleicht weil es ihm nachts kühl geworden war? Denn daß ihn jemand aufgehoben, in die Cella getragen und auf weiches Laub gebettet haben sollte, hielt er für unwahrscheinlich. Bei seinem Gewicht!

Er stand auf, reckte sich und lief um den Altarplatz vor dem Tempel, um die Gelenke zu lockern und warm zu werden. An der niedrigen Balustrade blieb er stehen und sah über die Stadt.

So wie die Zuschauer in einem antiken Theater saßen die Häuser in dem Halbrund der Hügel. In den oberen Rängen waren die Reihen noch leer: Da lagen Olivengärten. Sie gingen hügelabwärts in Gärten über, die zu Villen mit Säulengängen, Terrassen und Innenhöfen gehörten. Weiter unten aber rückten die Häuser enger zusammen; und dort, wo im Theater die Orchestra, der runde Platz vor den Zuschauern also, sein mußte, da lag hier geschlossen und eng bebaut, mit weißen Mauern und unter hellroten Dachziegeln, die Innenstadt. Rechts über ihr, auf dem Vorgebirge, das ins Meer hineinragte, stand die Oberstadt, die Akropolis.

Eine Bühnenwand aber, die das Halbrund des Theaters rückwärtig abschloß und durch die der Chor und die Schauspieler die Szene zu betreten pflegten, fehlte der Stadt. Das Halbrund öffnete sich weit zum Meer, das in seltsam schwarzer Tönung zum blaßblauen Himmel anstieg.

Es war noch zu früh, um in die Stadt zu gehen. Carow war darüber ganz froh. Er kehrte in den Tempel zurück und sah nach seinem Gepäck. Dabei entdeckte er hinter der Statue, in ihrem Sockel, eine tiefe Nische. Er schob die Koffer und die Schreibmaschine hinein, deckte den Regenmantel darüber und legte den Kleiderbügel, da er ihn nun einmal mitgenommen hatte, obenauf.

Gerade als er die Kiepe vor die Nische stellen wollte, kroch lautlos eine schwarze, seidig glänzende Schlange aus dem Dunkel hervor, hob den Kopf, als wolle sie sehen, was hier vor sich gehe, und zog sich dann wieder in die Nische zurück.
Das Morgenlicht schien jetzt heller durch die Tür, und nun konnte Carow auch erkennen, daß das Kultbild nicht eine Göttin, sondern einen Gott darstellte. Er trug sogar einen schmalen, schwarz aufgemalten Bart, der das Gesicht umrahmte und am Kinn spitz zulief. Die großen Augen, auch sie aufgemalt, waren braun. Seine Mundwinkel waren in scharfem Winkel zu einem Lächeln hochgezogen; es war jedoch schwer zu sagen, ob dieses Lächeln die Natur des Gottes oder nur eine formale, für die frommen Betenden aufgesetzte Miene war.
Der Gott stand steif und förmlich da, bar jeder Eleganz und städtischen Leichtigkeit. Das Kleidungsstück war nicht einmal ein Hemd, sondern nur eine altersgraue, zerschlissene Art Schürze, die hinten im Nacken des Gottes zusammengebunden war und bis zu seinen Hüften reichte.
Carow hatte Mitleid mit ihm, und als er wieder hinausging, winkte er ihm zu. Der Gott sah ihm mit den aufgemalten großen braunen Augen nach, lächelte mit den scharf hochgezogenen Mundwinkeln, aber er rührte sich nicht.
Aus der Treppe, die vom Tempelplatz hinabführte, waren schon breite Platten herausgebrochen. Dann wurde aus der Treppe ein Weg.
Rechts und links des Weges standen weißgetünchte Mauern. Sie verwehrten den Fußgängern den Einblick in die Gärten und Höfe. Als er zu den ersten Häusern der Stadt kam, hörte er in einer Nebenstraße einen Wagen über das Pflaster holpern und einen Fuhrmann schimpfen. Irgendwo wurde auf Metall gehämmert. Carow erblickte Menschen, aber nur ganz kurz; sie verschwanden schnell in den Häusern und um die Ecken. Dort, wo er eben noch das Hämmern gehört hatte, war es, als er vorbeiging, still.
Ein Barbier in einem Laden, der zur Straße hin offen war, hielt noch das Rasiermesser hoch in der Hand, weil er dem Kunden mit den unerläßlichen Gesten eine Geschichte erzählte, als er draußen Carow sah. Da stürzte er, ohne das Messer hinzulegen oder den Kunden zu warnen, in das Hinterzimmer. Der Kunde,

erst verwundert, schrie erschrocken auf, als Carows rotbärtiger Kopf im Rundbogen des Ladens erschien. Er sprang aus seinem Stuhl und stürzte Hals über Kopf dem Bartscherer nach, das Barbiertuch noch um den Hals.

Zwei Jungen kamen aus einer Seitengasse herausgejagt. Der vordere hatte ein dünnes gelbes Band um den Arm: Er war das Pferd. Der Junge hinter ihm hielt das Pferd am Zügel, schwang eine Peitsche und schrie. Er war der Kutscher.

Als aber Carow, hoch wie ein Turm, plötzlich vor ihnen stand, blieben Pferd und Kutscher einen Augenblick wie erstarrt stehen, dann machten sie kehrt und galoppierten beide schreiend die Gasse zurück, aus der sie gekommen waren.

Die Straßen waren leer, aber die Menschen standen hinter den Türen, die sie einen Spalt weit geöffnet hatten, oder hinter den Perlvorhängen und blickten ihm heimlich nach. Carow spürte es, und es war ihm nicht geheuer. Die Welt schien anders als früher, die Farbe auf den Dingen blasser zu sein, und er hatte den Eindruck, selbst das Licht sei grauer und kälter. Durch seine Gedanken schlich, erst nur am Rande und noch vermummt, ein Verdacht, der sich nicht verscheuchen ließ, sondern immer näher rückte. Es war ein ungemütlicher Verdacht, der fragte, ob dies eigentlich die Welt der Lebenden sei. Oder ging Carow durch die leeren Straßen einer geträumten Stadt, und waren die Menschen, die sich nicht sehen lassen wollten und verbargen, nur Schemen? War er selbst vielleicht auch nicht mehr als ein Traum, den er nur träumte?

Die Gasse öffnete sich auf die Agorá, den Marktplatz, der mit Marmorplatten belegt und auf drei Seiten von Kolonnaden umgeben war. Zwischen den Säulen hatten Kaufleute ihre Stände errichtet und riefen ihre Waren aus, und vor dem Fisch- und dem Fleischstand wartete eine Schlange von Kunden.

Als die Leute aber Carow sahen, wurden sie still. Die Schlangen lösten sich schnell auf; die Menschen wichen zurück und drängten in das Dunkel des Säulengangs. Die Agorá war leer.

Nur zwei Männer unbestimmbaren Alters gingen, solide und hohe Wanderstöcke in der Hand, quer über den Platz. Sie hatten ungepflegte weißgelbe Vollbärte, und ihr langes Haar hing fettig auf die Schultern ihres hemdähnlichen, grauen Gewandes.

Carow holte die Brieftasche hervor und wollte ihnen die Karte

mit der Frage nach dem Haus des Parmenides zeigen, als sie mit schlurfenden Sandalen an ihm vorbeigingen.
Er sagte:
»Verzeihung! Einen Augenblick bitte!« und suchte das griechische Grußwort, das ihm erst einfiel, als sie schon neben ihm waren.
»Chaire!« rief er.
Aber die beiden blieben nicht einmal stehen. Sie sahen ihn schräg, aber scharf beobachtend von der Seite an, und streckten, weit abwehrend, die rechte Hand gegen ihn aus, als habe er den bösen Blick und als wollten sie ihn weder sehen noch hören, noch sonst etwas mit ihm zu tun haben. Sie wandten ihr Gesicht ab und schlurften, ihre Wanderstöcke fest aufstoßend, eilig weiter. Die Köpfe hatten sie eingezogen und sahen aus wie zwei Krähen, die in Menschen verwandelt waren. Als sie am Rand der Agorá angekommen waren, blieben sie stehen und blickten neugierig zurück.
Ein Gebäude, an dem man weder mit Marmor noch mit Gold und Farben gespart hatte, schloß die Stirnseite der Agorá ab. Es war das Rathaus. Eine Freitreppe führte zum Portal, aus dem zwei Männer traten, die nebeneinander die Treppe herabstiegen und die auch weiterhin nebeneinander marschierten und in Gleichschritt fielen. Vor Carow blieben sie stehen und fragten ihn etwas. Der eine war ein grober, vierschrötiger Kerl mit blondem Haar und Sommersprossen auf der rötlichen Haut; der andere hatte schwarzes Haar und war untersetzt. Sie trugen grobgewebte Gewänder, die man, wären nicht die breiten Ledergürtel gewesen, für Nachthemden hätte halten können. Die beiden Männer rochen ungewaschen.
Carow gab ihnen Faßbenders Karte, die Schrift nach oben gekehrt. Sie nahmen sie in die Hand, befühlten sie, schienen aber die Schrift nicht lesen zu können. Ja, es hatte den Anschein, als könnten sie überhaupt nicht lesen. Sie gaben die Karte zurück und winkten Carow, ihnen zu folgen.
Die Menschen in den Kolonnaden steckten die Köpfe hervor und sahen ihnen besorgt nach, wie sie die Freitreppe des Rathauses hinaufgingen.
Es roch in dem Haus nach Schweiß und vielen Menschen. Sie gingen durch einen dunklen Flur. An seinem Ende zogen Ca-

rows Begleiter einen Vorhang zur Seite und schoben ihn in ein kleines Zimmer. Als erstes sah Carow vor sich in einer Nische die Marmorbüste eines Mannes mit riesigem Kinn, kleinen Augen und kleinem Mund. Auf dem Kopf trug er einen Lorbeerkranz. Unter der Büste aber saß an einem zierlichen Tisch der Duumvir Iulius Longus.

Carow legte die Karte des Kollegen Faßbender auf den Tisch – Karikatur nach unten, Schrift nach oben. Der Bürgermeister beachtete sie zunächst gar nicht. Er lehnte sich zurück, um diesen Riesen, der vor ihm stand, in seiner vollen Größe in den Blick zu bekommen. In seinen Gesichtszügen, so streng und unbeweglich sie auch waren, deutete sich Wohlgefallen an. In präzisen Worten bat er Carow, offen und ehrlich zu sagen, woher und auf welchem Wege er in die Stadt gekommen sei. Wo er früher gewesen sei, welche Legitimationen er vorweisen oder welche Bürgen er nennen könne. Wo und bei wem er gedient habe, ob er im Waffensport ausgebildet und eine Gladiatorenschule besucht habe.

Carow verstand kein Wort; ihm schien nur, daß der Mann vor ihm nicht griechisch, sondern eine romanische Sprache gesprochen hatte. Er schüttelte den Kopf, deutete mit den Fingern auf die Ohren, wedelte mit den Händen und hoffte auf diese Weise klargemacht zu haben, daß er überhaupt nichts verstanden habe.

Der Duumvir nahm nun die Karte auf. Zuerst sah er sich mit ernster Miene die Zeichnung auf der Rückseite an, konnte sie aber nicht deuten. Es schien eine Episode aus dem Mythos der Götter und Helden zu sein, und zwar in der karikierenden Darstellung einer Komödie, einem Mimus oder einem Satyrspiel. Doch in diesen unernsten Literaturgattungen war Iulius Longus nicht beschlagen. Er fragte Carow, der aber nur mit hilflosen Gesten antwortete, weil er wiederum nichts verstanden hatte. Er deutete nun auf die andere Seite der Karte, auf die Schrift.

Der Duumvir drehte die Karte um und beugte sich darüber. Er las, dem Text mit dem Zeigefinger folgend, jeden Buchstaben laut, dann zusammenlautend jedes Wort. Schließlich schien er Faßbenders Frage begriffen zu haben; seine Antwort aber blieb Carow wiederum unverständlich, obwohl Iulius Longus sich, wie er meinte, ganz einfacher Worte bedient hatte.

Der Bürgermeister sah den riesigen Fremden in seiner exotischen Kleidung von oben bis unten an. Hosen trugen Germanen und Kelten. Iulius Longus fragte:
»*Nomen tuum?*«
Das war einfaches, selbst für Carow verständliches Latein.
»Carow.«
»Carus«, wiederholte der Bürgermeister, deutete mit dem Zeigefinger auf Carows Brust und fuhr in derselben rudimentären Sprache fort:
»*Tu – Germanus – esne?*«
Carow nickte erfreut.
»*Si, si!*« sagte er, ebenfalls mit dem Finger auf seine Brust zeigend. »Ich – Deutscher. *I am German. Germanus* – ja!«
Iulius Longus dachte kurz nach, dann gab er Carows beiden Begleitern, anscheinend Soldaten oder Stadtpolizisten, eine Weisung, worauf die beiden stramme Haltung annahmen und, nacheinander stichwortartig und mit lauter Stimme den Befehl wiederholten.
Sie führten Carow hinaus, der glaubte, nun werde man ihn wohl zum Haus des Parmenides führen. Doch es war keineswegs dessen Haus.
Carow mußte vielmehr eine Steintreppe hinabgehen. Man trat in einen kleinen Raum ein. Die beiden Polizisten forderten Carow mit Gesten auf, sich auszuziehen.
Er mußte alles ausziehen und seine Sachen auf einen wackligen, grobgebauten Tisch legen. Dann führten die beiden Büttel ihn ans Licht, das durch ein vergittertes Kellerfenster hereinkam. Sie musterten und untersuchten ihn. Dies geschehe, glaubte Carow, wohl aus medizinischen Gründen, und das werde in Velia bei Fremden Routine sein.
Die grobe Art der beiden Polizisten aber war ihm gar nicht angenehm, und er mußte sich zusammennehmen, um den *furor teutonicus*, der sich schon regte, zu unterdrücken. Sie sahen sich die Stirn, die Hände, Füße, Beine und Oberarme genau an; aber sie fanden nicht, was sie suchten: nämlich Brandmarkungen, die ihn als Sklaven auswiesen oder Narben, die zurückgeblieben waren, als man die Brandmarkungen operativ oder durch Salben entfernt hatte.
Sie durchsuchten seine Kleidungsstücke, während er nackt ne-

ben ihnen stand. Was sie in den Taschen fanden, legten sie ordentlich auf den Tisch. Carow bemerkte jedoch, daß der kleinere der beiden mit bewundernswerter Handfertigkeit einige Markstücke hatte verschwinden lassen. Der größere, blonde hielt ihm die Uhr vor die Nase und fragte etwas; sicherlich wollte er wissen, was das sei.

Aber Carow hatte wieder nichts verstanden, ja, er hatte nicht einmal gemerkt, daß der Büttel Germanisch gesprochen hatte; es war allerdings auch ein alemannischer Dialekt, den schon die benachbarten Hermunduren kaum noch verstanden hätten. Der Kerl fragte nun mit dickem Sarkasmus in dem primitiven Latein, dessen sich auch der Duumvir bedient hatte:

»*Germanus esne?*«

Dabei lachte er widerwärtig und spuckte dicht an Carows Gesicht vorbei auf den Boden.

Carow schloß die Augen und dachte an Rebekkas Worte über seine Reizbarkeit. Er legte die geballten Fäuste fest an die Oberschenkel. Der vierschrötige Blonde stellte nun weitere Fragen, auch diese in Germanisch; aber Carow hörte gar nicht mehr hin. Als der Polizist jedoch mit seinen Fragen insistierte, konnte sich Carow nicht mehr beherrschen. Er unterbrach ihn und sagte:

»Ach, leck mich am Arsch!«

In der Regel benutzte Carow diesen Ausdruck nicht, aber der Zwang, den er sich antun mußte, um dem Kerl nicht den Ellbogen in die Rippen zu stoßen, hatte ihn nervös gemacht. Außerdem, dachte er, wird er ohnehin nicht wissen, was diese Worte bedeuten.

Aber da irrte Carow. Allein der Tonfall hatte verraten, was Carow hatte sagen wollen.

Der Büttel schlug ihn, der die Augen noch immer geschlossen und die Fäuste an die Schenkel gepreßt hatte, mit der Faust ins Gesicht; und da er das ganze Gewicht seiner Schulter in die Faust gelegt hatte, fiel Carow zurück an die Wand, obwohl es eigentlich nicht ganz leicht war, ihn zu bewegen. Er hielt die Hand vor Mund und Nase, die gleich kräftig zu bluten begannen.

Aber bevor er noch sein Gleichgewicht wiedererlangte, schoben die beiden ihn mit vereinten Kräften in den Gang und stießen

ihn in einen dunklen Raum, in dem er zu Boden fiel. Die Kleidungsstücke warfen sie ihm nach, zuletzt die Schuhe. Dann schloß sich eine schwere Tür; draußen wurde ein Riegel vorgeschoben und ein Schlüssel umgedreht.
Es stank wie in einer Jauchegrube. Der Raum hatte nur ein Fenster so groß wie ein Ziegelstein. Carow hockte sich hin und suchte unter den Kleidungsstücken sein Taschentuch, um es vor die blutende Nase zu halten. Er fand es aber nicht und mußte sein Hemd nehmen.
Er fühlte nach seinen Zähnen. Sie waren anscheinend noch in Ordnung, aber die Prothese seiner unteren Vorderzähne spannte etwas und war vielleicht verbogen. Er nahm sie heraus und prüfte sie an dem miserablen Licht, das durch das winzige Fensterloch kam: Es war ihr nichts passiert.
Als er sie wieder einsetzte, hörte er hinten im Raum ein metallisches Klirren: Es waren die Ketten, mit denen sein Zellengenosse an einen Eisenring in der Wand gefesselt war.
»*Quid est nomen tuus?*« fragte Carow und hoffte, darin allerdings irrend, sich korrekt ausgedrückt zu haben. Der andere, auch ein Fremder, dessen Latein nicht viel besser war, verstand ihn jedoch und antwortete:
»Olipor.«

Meyer-Proske erinnert sich an den Abend, an dem er mit Jule und Jeannette Brüderschaft trank

Jule wohnte in Baden-Baden bei Jeannette. Ich hatte mich mit ihm um halb sieben verabredet, aber ich mußte warten, weil er noch nicht aus Heidelberg zurück war. Jeannette leistete mir Gesellschaft. Sie war unruhig. Immer in Sorge.
»Er fährt immer zu schnell«, sagte sie, »und heute wollte er seine neue *Yamaha* ausprobieren.«
Ich war ganz froh, daß ich warten mußte; denn Jeannette erzählte währenddessen von ihm. Er hatte einen kleinen Forschungsauftrag von der KKWG, der Kern-Kraftwerke-Gesellschaft in Karlsruhe, erhalten; deshalb fuhr er oft nach Heidelberg, wo er freitags nach Dienstschluß und samstags im Mathe-

matischen Institut am Computer arbeiten konnte; und niemand fragte ihn, ob er nur für den Forschungsauftrag arbeitete oder dem Computer auch andere Aufgaben stellte.
»Er war aber doch einmal Assistent an dem Institut. Will er da nicht wieder einsteigen?«
»Keine Chancen!« antwortete Jeannette. »Als er von Carow erzählte, haben sie gleich abgewinkt.«
»Die denken also, er spinnt?«
Jeannette nickte.
Sie war Anfang dreißig, schätzte ich, schon ein bißchen mollig, aber nett und um Jule besorgt. Typ: Mütterliche Freundin. Sie arbeitete in der Wissenschaftsredaktion beim Hörfunk.
Vor ein paar Monaten war Jule ohne Geld, aber mit Carows Manuskript in Baden-Baden angekommen und hatte versucht, seine Geschichte beim Funk loszuwerden. Aber keiner wollte etwas von ihm wissen. Sie war die einzige, die ihm seine Geschichte abnahm.
»Glauben Sie sie denn?« fragte ich.
Sie überlegte lange, dann sagte sie:
»Die Frage ist mir zu schwer. Haben Sie Carows Manuskript ganz gelesen?«
»Nein, nur die ersten beiden Kapitel.«
»Dann wollen wir später noch einmal darüber sprechen. Jedenfalls habe ich Jule damals einen Vorschuß auf seine Geschichte gegeben, die Sendung dann aber größtenteils selbst geschrieben.«
»Warum? Kann er nicht schreiben?«
»Doch«, antwortete Jeannette, »Zahlen.«
Sie hatte ihn bei sich aufgenommen, und seitdem lebte er bei ihr. Sie hatte, wie ich aus dem Funkhaus hörte, damals auch allerhand hinter sich: Die Freundschaft mit einem Kollegen vom »Kulturellen Wort« war in die Brüche gegangen. Da erschien Jule gerade richtig.
Sie brauchte jemand, um den sie sich kümmern konnte. Man spürte es gleich: Er war ihre Aufgabe, für die sie lebte.
»Da ist er!« sagte sie, stand auf und ging ans Fenster. Sie hatte sein Motorrad gehört. Ich glaube, sie konnte es unter Hunderten heraushören.
Jeannette hatte einen Tisch im »Römischen Kaiser« reservieren

lassen, weil wir da gemütlich sitzen und uns ungestört unterhalten konnten.

Als wir uns die Speisekarte ansahen, sagte Jule:

»Heute wollen wir mal richtig auf die Pauke hauen. Heute seid ihr meine Gäste. Denn ich nehme an, Herr Meyer-Proske hat die Versicherungssumme mitgebracht.«

Ich sagte:

»Haha!«

Mir fiel nichts Besseres ein. Ich schämte mich. Er wußte doch, daß er das Geld nie sehen würde! Jeannette spürte, daß mir Jules taktlose Bemerkung Verlegenheit bereitete. Sie lenkte seine Aufmerksamkeit auf die reichhaltige Auswahl an Vorgerichten. Aber als wir bestellt hatten, dachte ich, er könnte »Haha!« vielleicht doch als eine zu kurze Antwort ansehen; und ich wollte ja auch etwas von ihm. Ich fügte daher hinzu:

»Der Redaktion ist es seinerzeit leider nicht mehr gelungen, die Fotos rechtzeitig zu versichern. Jetzt sind sie zu unser aller Bedauern nicht mehr vorhanden, und wer dafür rechtlich verantwortlich gemacht werden kann, wird sich nur schwer feststellen lassen.«

»Ich halte mich an *diese woche*«, erklärte Jule unbewegt, »und an wen sich *diese woche* hält, ist mir gleichgültig. Wahrscheinlich werden Sie zahlen müssen. Sie können sich ja dann an die dumme Gans halten, die Sie im Fotolabor beschäftigten.«

»Haha!« sagte ich und war deprimiert, weil mir wiederum nichts anderes eingefallen war.

Aber als er den Wein bestellt hatte – einen kleinen Neuweierer Riesling für den Anfang und einen bejahrten Château La Mission Haut Brion zum Kalbsbraten –, sagte ich:

»Ohne Fotos können wir Ihre Geschichte in der Illustrierten natürlich nicht bringen, aber ich kann Ihnen im Auftrag unseres Chefredakteurs, Herrn Redlich, ein Angebot machen: Wir wären bereit, Carows Stoff als Buch im Verlag *das woche-buch* zu veröffentlichen.«

»Ein wissenschaftlich renommierter Verlag ist das nun gerade nicht.«

»Zugegeben. Aber *diese woche*, der Sie Carows Manuskript und die Fotos zuerst angeboten hatten, gilt im allgemeinen auch nicht als wissenschaftliche Zeitschrift. Würden Sie überhaupt einen wissenschaftlichen Verlag für Carows Geschichte finden?«

»Natürlich könnte ich einen wissenschaftlichen Verlag finden«, antwortete Jule, »vielleicht nicht für das Manuskript, aber für eine exakte Beschreibung des Weges in die Vergangenheit. Es würde eine ganz kurze Arbeit, nicht länger als Einsteins Aufsatz ›Zur Elektrodynamik bewegter Körper‹, mit der er die Spezielle Relativitätstheorie begründet hat. Ich könnte die Arbeit auch ganz billig im Fotokopierverfahren selbst herstellen. Sie würde vor allem Zahlen, Symbole, Formeln und einige Erläuterungen enthalten; der Fachmann wüßte aber gleich Bescheid. Diese Arbeit müßte mir von Rechts wegen ein Ordinariat und Carow postum den Nobelpreis einbringen.«

»Postum?« fragte ich, doch Jule fuhr fort:

»Aber ich werde nicht die geringste Andeutung über Carows Formeln und seinen Weg verlauten lassen. Nie!«

»Warum?«

»Warum? Weil ich damit das große Chaos einleiten würde. Da redet man immer von Ethik der Forschung, und *conscientious scientists* schließen sich zusammen und geben großartige Erklärungen heraus; aber wenn *ich* die ethischen Grenzen der Wissenschaft streng beachte und mich weigere, Carows und meine Forschungsergebnisse zu publizieren, werde ich nicht ernst genommen. Ich könnte verhungern.«

»Nein«, rief Jeannette, »du brauchst nicht zu verhungern. Der Hummer kommt schon.«

»Ich verstehe Sie«, sagte ich. »Fast. Ich frage mich nur, warum Sie die Geschichte nicht überhaupt für sich behalten. Warum kommen Sie zu uns? Warum wollen Sie Carows Manuskript so dringend an die Öffentlichkeit bringen?«

»Die Frage, *wie* und auf welche Weise er sich in die Vergangenheit begeben hat, werde ich nicht publik machen; aber *daß* es ihm gelungen ist, das soll die Welt wissen! Damit will ich all den Klugschnackern unter den Mathematikern das Maul stopfen, die Carow und mich mit unerträglicher Arroganz behandelt und nie ernst genommen haben. Wenn ich das Manuskript nicht veröffentliche, wird niemand jemals etwas von Carows ungeheurer Entdeckung erfahren. Ich bin der einzige, der beweisen kann, daß der Inhalt des Manuskripts nicht *Science-fiction* ist.«

»Wie wollen Sie das denn beweisen? Sie haben doch schon gesehen, daß Ihnen keiner Ihre Geschichte abnimmt.«
»Bis auf Jeannette«, antwortete Jule. »Das Manuskript selbst ist ein unwiderlegbarer, handgreiflicher Beweis. Darum gebe ich es auch nicht aus der Hand. Ich habe es immer bei mir.«
»Hier?« fragte ich. »Wo?«
»Natürlich nicht hier im Restaurant, sondern draußen in Jeannettes Auto. Ich kann hier doch abends nicht mit einem Aktenkoffer reinkommen.«
»Hm.«
Weiter sagte ich nichts; aber das machte ihn unruhig.
Jeannette legte die Hummerschere hin und wollte gleich rausgehen und das Manuskript holen; aber Jule sagte: »Wenn es einer reinholt, dann bin ich es.«
Der Neuweierer Riesling war etwas jung, aber süffig. Wir bestellten noch eine Flasche. Ich sagte: »Es ist heute sehr schwer, ein kritisches Publikum davon zu überzeugen, daß ein solches Manuskript echt ist. Selbst Fotos und Fotokopien überzeugen nicht alle Leser. Man hat ihnen mit Fotomontagen schon zuviel vorgemacht. Man muß gründlicher und umständlicher vorgehen.«
»Wie?« fragte Jule.
Jetzt kam ich mit meinem Vorschlag heraus.
»Man muß Carow als Person lebendig werden lassen und glaubhaft machen, damit das Publikum seine Motive versteht und billigen kann. Man darf sich nicht auf einige Fakten beschränken, sondern muß den Hintergrund und die Leute beschreiben, mit denen er zu tun hatte. Darauf kommt es an.«
»Ich bin kein Schriftsteller«, wandte Jule ein.
»Das macht überhaupt nichts; aber Sie können erzählen.«
»Ja«, bestätigte Jeannette, »und wenn er erzählt, glaubt man ihm jedes Wort.«
Ich erklärte ihm nun, daß ich ihm helfen würde, das Buch zu schreiben. Dabei sollte Carows Manuskript unser Leitfaden sein. Jule wollte sich darauf nicht einlassen: Dann sei die Darstellung nicht mehr authentisch, und der Leser wisse nicht, was von Carow und was von uns sei. Stur wie Luther. *Das Wort sie sollen lassen stahn!*
»Aber unsere Geschichte«, wandte ich ein, »wird beim Publikum die Nachfrage nach dem Originalmanuskript wecken;

dann kann man das auch noch veröffentlichen. Jetzt wird es kein Mensch lesen.«
Jeannette unterstützte mich, und als wir beim Kalbsbraten waren und das erste Glas Château la Mission Haut Brion getrunken hatten, war er einverstanden. Ich fragte ihn:
»Was war Carow für ein Mensch? Wie sah er aus? Beschreiben Sie ihn mal! Sah er zum Beispiel aus wie ich?«
Jule kriegte einen Lachanfall und verschluckte sich, daß die Gäste vom Nebentisch irritiert zu uns herübersahen. Als er sich wieder gefaßt hatte, sagte er:
»Nein, ganz im Gegenteil. Wieviel wiegen Sie?«
»Dreiundsechzig Kilo.«
»Na, da wird er etwa doppelt soviel gewogen haben. Er war ein Turm, über zwei Meter groß. Als er jung war, hat er die Bronzemedaille im Gewichtheben bei den Olympischen Spielen für uns geholt. Ich dachte, das weiß jeder.«
»Bloß Bronze!« sagte ich. »Na ja!«
Jule sah mich an und wollte wohl was sagen. Ich bin nun einmal keine athletische Figur. Was die Natur mir zuteilen wollte, hat sie dem Kopf gegeben. Leider.
»Sie tragen eine dicke Brille, haben ein spitzes Kinn und der Bart hat so eine unbestimmte Farbe. Man könnte denken, da seien einmal die Motten drin gewesen.«
»Jule!« sagte Jeannette mahnend; aber er war anscheinend beleidigt, weil ich die Bronzemedaille nicht ernst genug genommen hatte. Es schmerzte, aber ich duldete und schwieg.
»Carow trug keine Brille. Er hatte auch keine Hühnerbrust, sondern einen Brustkasten wie ein Faß. Er hatte rotes Haar und einen roten Bart.«
»Einen Vollbart? Wie Karl Marx?«
»Nein, nein. Nur an den Kinnbacken und unter dem Kinn. Vorn war das Kinn ziemlich frei. Jeannette, du hattest doch vor ein paar Tagen in einem Buch ein Bild, von dem ich sagte, der sieht genau so aus wie Carow.«
Sie brauchte nicht einmal nachzudenken:
»Papst Innozenz X. von Velazquez. Hängt in Rom.«
»Jesus!« rief ich, von so viel Bildung überwältigt, aber Jule beruhigte mich gleich: »Sie hat Kunstgeschichte studiert«, sagte er, »aber Carow hatte eine viel größere Nase als der Papst. Carows

Nase war keine Nase, das war ein Riecher. Wenn er in ein Zimmer kam, konnte er schon am Geruch erkennen, wer vor ihm drin gewesen war. Manche Leute konnte er buchstäblich nicht riechen. Mit *der* Nase hätte er Hund werden können.«
»Roch er auch an Büchern? Und sagte er, ob ein Manuskript gut ist oder nicht, das habe er im Riecher?«
»Nein, ich erinnere mich nicht. Wieso?«
»Ich kenne einen, der das von sich behauptet.«
»Carow war groß«, fuhr Jule fort, »aber er war auch merkwürdig empfindsam: Als bei einer Adventsfeier im Institut eine Kommilitonin *In dulci jubilo* sang, kamen ihm die Tränen.«
»Das würde ich nicht überbewerten«, entgegnete ich. »Als wir einmal »Vom Winde verweht« sahen, hat Redlich sein und Renates Taschentuch ganz naß geweint; aber als er wieder am Schreibtisch saß, hat er mir durch eine einzige Bemerkung einen Tritt vor das Schienbein gegeben, und das war der Tritt eines Maultiers. Ob die noch so eine Flasche im Keller haben?«
Sie hatten.
»Ich habe noch eine Frage«, sagte ich. »War er eigentlich ein religiöser Mensch?«
Jule sah mich überrascht an. Ihm blieb der Mund offen stehen. Dann konnte er sich nicht halten: Er kriegte wieder einen Lachkrampf, schlimmer als vorher. Er verschluckte sich an einem Artischockenboden und konnte nicht aufhören zu lachen.
Jeannette und mir war das peinlich. Ich schlug ihm auf den Rücken, aber das half gar nichts.
Die Leute in unserer Nähe hörten auf zu reden. Ein Herr am Nebentisch sah Jule durch funkelnde Brillengläser streng und mißbilligend an. Er sagte zu seiner Begleiterin: »Unerhört!« weil er uns betrunken wähnte. Ich entschuldigte mich bei ihm und sagte, unserem Freunde sei nur der Artischockenboden in die Kehle gekommen. Das gehe gleich vorbei. Aber er sah mich an, als sei ich eine Laus und wandte sich angewidert ab.
»Er ist ein gefürchteter Literaturkritiker«, flüsterte Jeannette. »Der findet das gar nicht zum Lachen.«
Jule hatte sich inzwischen erholt und widersprach:
»Der lacht vielleicht nicht über jeden Dreck; aber wenn er Meyer-Proskes Frage gehört hätte, dann hätte auch er sich nicht halten können. Ein religiöser Mensch! Mein Gott!«

»Wieso?« wollte ich wissen. »Was ist denn an meiner Frage so komisch?«
Jule hätte bald wieder einen Lachanfall gekriegt, aber Jeannette antwortete für ihn:
»Sie haben eben nur die ersten sechzig Seiten des Manuskripts gelesen. Wenn Sie es ganz gelesen hätten, dann würden Sie Jule eher verstehen. Du solltest es ihm zu lesen geben, Jule!«
»Nein, nicht das Original«, sagte Jule. »Das gebe ich nicht aus der Hand. Außerdem liest es sich so schlecht, weil das Farbband mit der Zeit immer schwächer wurde und der Buchstabe *r* aussetzte. Ich gehe mal schnell zum Wagen und hole es.«
Aber da kam die neue Flasche aus dem Keller.
Ich fragte Jule, wo die Schreibmaschine jetzt sei.
»Keine Ahnung. Vielleicht finden die Archäologen sie in Velia.«
»Hat Carow das ganze Manuskript auf dieser Maschine geschrieben?«
»Natürlich.«
»Wer hat eigentlich das *Copyright*?«
Jule verstand mich nicht: »Was für ein Copyright?«
»Ich meine, wer besitzt die Urheberrechte am Manuskript?«
»Ich«, antwortete Jule, »wer denn sonst? Wer hat denn das Manuskript ausgegraben? Wer wußte überhaupt, wo es versteckt war? Außerdem hat Carow selbst mir doch den Auftrag gegeben, es zu veröffentlichen.«
»Haben Sie das schriftlich?«
Jule wurde ungeduldig.
»Ich weiß nicht, Herr Meyer-Proske, worauf Sie eigentlich hinauswollen.«
»Ich will nur wissen, wer die Rechte an dem Manuskript besitzt. Das scheint mir gar nicht so klar und eindeutig zu sein, wie Sie annehmen. Hat Carow Erben? Verwandte?«
»Nein«, antwortete Jule, aber Jeannette erinnerte ihn an Carows Schwester.
»Rebekka Carow, natürlich. Hatte ich ganz vergessen. Sie lebt noch in Heidelberg. Aber sie würde die Veröffentlichung nur hintertreiben. Ich kenne sie. Sie war immer auf ihren Bruder eifersüchtig.«
»Es hilft alles nichts«, belehrte ich Jule. »Wir müssen uns mit ihr einigen.«

Da kam der Tischwagen, auf dem der Chef uns Crêpes Suzette zubereiten wollte, und der Sekt wurde auch schon eingeschenkt.
Wir stritten uns nun, wer wen zu dem Essen eingeladen hatte, obwohl das im Grunde ziemlich egal war, denn Jeannette konnte sich dieses Arbeitsessen vom Funk, und ich konnte es mir von der Redaktion *dieser woche* bezahlen lassen. Jule erhob auch seine Stimme und wollte zahlen, aber Jeannette und ich schrien ihn nieder und ließen uns nach den Crêpes Suzette und zum Abschluß noch drei Courvoisiers kommen. Jeannette, die ganz aufgekratzt war, bestellte für sich außerdem eine Flasche Mineralwasser, weil sie fahren mußte.
Wir redeten an dem Abend noch viel, aber an alles kann ich mich nicht mehr erinnern. Ich weiß nur, daß ich ihnen meine Leiden unter Redlich des längeren schilderte. Jule behauptete später, ich hätte dabei geweint; aber das bewies mir nur, daß seine Phantasie manchmal mit ihm durchging und daß man seinen Erzählungen auch nur mit Vorbehalten glauben durfte.
Jeannette hatte Mitleid mit mir und bestellte, um mich zu trösten, noch einmal einen Courvoisier, für Jule auch einen, und sie trank dann mit aus Jules Glas.
Ich fand die beiden unheimlich sympathisch und meinte, wir sollten uns duzen. Sie wollten nun unbedingt meinen Vornamen wissen; aber ich sagte, der sei so gräßlich, den könne ich nicht preisgeben. Alle Leute sagten MP zu mir, englisch ausgesprochen, Emm Pi, wie die Abkürzung von *Member of Parliament.*
Wir tranken also Brüderschaft, indem wir aufstanden und die Arme verschränkten und uns feierlich in die Augen sahen. Ich nannte sie Jule und Jeannette, und mich nannten sie MP wie *Member of Parliament.* Wir waren die letzten, die gingen.
Als wir rauskamen, fanden wir Jeannettes neuen BMW nicht und dachten, das komme von der letzten Runde Courvoisier. Aber Jeannette, die Apollinaris-Mineralwasser getrunken hatte, sah ihn auch nicht. Sie stand am Rand der Straße und sagte immer wieder:
»Hier hatte ich ihn geparkt. Hier hat er gestanden.«
Jule konnte das bestätigen.
Doch es half alles nichts. Der Wagen war weg.

Warum der Gefangene Olipor sich auf den Besuch des Kaisers freut

Carow nahm die Zahnprothese wieder aus dem Mund, weil sie klemmte, und untersuchte sie bei dem kümmerlichen Licht, das durch das kleine Fenster in den Kerker drang. Man konnte sie sicherlich wieder zurechtbiegen.

»He!« rief Olipor aus dem Dunkel.

Carow ging hin, um ihn sich anzusehen; denn Olipor konnte nicht kommen. Die Kette war zu kurz.

Olipor riß den Mund auf, schob die Lippen mit den Fingern auseinander und zeigte, daß er im Unterkiefer keine Schneidezähne und im Oberkiefer nur noch zwei hatte. Er winkte Carow und hielt ihm die Hand hin, weil er die Prothese haben und sehen wollte. Carow gab sie ihm, nicht ohne Bedenken. Olipor wandte sie um und um wie ein Affe; dabei lachte er staunend.

»*Aurum?*« fragte er, auf den Rahmen und die Rückseite der Prothese deutend.

»Ja«, antwortete Carow, »Gold – *aurum.*«

»*Aurum!*« wiederholte Olipor überwältigt.

Er steckte sie, bevor Carow das verhindern konnte, in den Mund und grinste ihn an. Sie paßte ihm natürlich nicht. Carow machte ein Zeichen mit der Hand, daß er sie wiederhaben wollte, und zu seiner Erleichterung rückte Olipor sie wieder heraus, wenn auch nur zögernd. Er hätte die goldenen Zähne gerne behalten.

Die Augen gewöhnten sich an die Dunkelheit. Olipor lag in der Ecke auf einem Strohlager. Er war ein kräftiger, junger Mann mit wildem Haar und ungeschnittenem Bart, der gerne und viel redete, aber nur schwer zu verstehen war, was nicht nur daran lag, daß ihm so viele Zähne fehlten, sondern vor allem daran, daß Carow sein Schullatein fast vergessen hatte, der andere aber anscheinend ein Latein eigener Art sprach.

Carow zog seine Kleider wieder an, trug umherliegendes Stroh zusammen und machte sich unmittelbar vor dem Fensterloch ein Lager, weil dort etwas frische Luft hereinkam. Nicht weit von Olipor stand ein Holzeimer für die Notdurft der beiden Gefangenen. Er war fast voll, und Papier gab es natürlich nicht. Der Kollege Faßbender hatte das perikleische Athen als ein

Zeitalter geschildert, in dem zu leben eine Lust gewesen sein mußte; aber von solchen Dingen hatte er nie gesprochen; auch nicht von Flöhen, wie sie Carow Tag und Nacht, und von Wanzen, wie sie ihn nur nachts plagten.
Am Nachmittag kam ein Mann und brachte für jeden einen Napf mit Brei und einen Krug Wasser. Im Brei, einer Art Grütze, leicht gesalzen, steckte ein Holzlöffel. Carow aß alles auf, aber als er fertig war, hatte er noch immer Hunger. Olipor leckte den Napf mit der Zunge aus, und Carow machte es ihm nach.
Im Lauf der nächsten Tage lernte Carow seinen Mitgefangenen gut verstehen, da dessen Wortschatz begrenzt war, aber für das, was er erzählen wollte, ausreichte. Er stammte aus Britannien. Sein Vater, sagte er zuerst, habe ihn verkaufen müssen, um Schulden zu bezahlen; später gab Olipor einen anderen Grund an: Der Vater habe mit einem Kaufmann gewürfelt und seinen Sohn gegen eine syrische Sklavin gesetzt. Der Vater habe verloren.
Auf diese Weise also, erzählte Olipor, sei er nach Rom gekommen, und dort habe ihn ein reicher Mann aus Tarent ersteigert, der ihm den Namen Olipor gegeben habe. Ein schöner Name, fand Olipor.
Die oberen Schneidezähne bis auf zwei habe er verloren, als er einmal ungefragt in Gegenwart seines Herrn gesprochen, und die unteren, als man ihn nach seiner ersten Flucht wieder eingefangen hatte. Aber beim zweitenmal habe man ihn nicht erwischt, weil er sich zu den Räubern im Alburnus-Gebirge durchschlagen konnte.
Eigentlich habe er nach Britannien zurückwandern wollen; aber er wäre wohl nicht weit gekommen, weil er seit seinem ersten Fluchtversuch auf der Stirn das Brandmal *fugitivus* trage, wenn auch das Haar schon ziemlich weit darübergewachsen war.
»Wenn du aber zu deinem Vater zurückgekommen wärst, hätte er dich vielleicht bei nächster Gelegenheit wieder verkauft oder beim Würfelspiel verloren.«
»Möglich«, sagte Olipor, »aber lästiger ist, daß er mich so viel prügelt. Als Einsatz beim Spiel und auf dem Markt bin ich mit meinem Brandmal nicht mehr viel wert. Er wird höchstens um mich würfeln, wenn er meine Schwestern verspielt hat, aber nicht vorher.«

Carow meinte, wenn sein Vater ihn nicht gegen die syrische Sklavin gesetzt hätte, wäre ihm sicher viel erspart geblieben.
»Möglich«, antwortete Olipor, »aber vielleicht war die Sklavin sehr schön.«
Auf den Vater ließ er nichts kommen.
Ihn selbst, berichtete er weiter, habe man bei einem mißglückten Raubüberfall auf einen Gutshof in den Bergen östlich Velias gefangen. Aber darüber sei er ganz froh; denn bei den Räubern habe es nur wenig zu essen gegeben. Man habe sich in feuchten und kalten Höhlen oder Berghütten verstecken, bei Nacht, Wind und Regen auf Posten stehen oder auf Raub ausgehen müssen. Und außerdem sei immer Streit zwischen verschiedenen Banden gewesen. Hier aber gebe es zu essen, und hier habe man seine Ruhe.
Er habe sich geweigert, den Namen seines Herrn in Tarent preiszugeben.
»Warum?«
Olipor lachte:
»Warum? Er würde mich ans Kreuz oder eine Holzgabel nageln und hängen lassen, bis ich tot bin. Macht ihr es denn in Germanien mit entlaufenen römischen Sklaven anders?«
Der Duumvir Iulius Longus habe ihn auch nur ein einziges Mal nach dem Namen seines früheren Herrn gefragt. Aber er habe die Antwort verweigert und sich gleich *ad bestias* gemeldet. Jetzt forsche kein Mensch mehr nach, wo und wem er entflohen sei. Man habe ihn vielmehr sofort für den Kampf gegen die Raubtiere bei den Spielen vorgemerkt, die der Duumvir beim Besuch des Kaisers im Herbst ausrichte.
»Dann wirst du aber im Kampf mit irgendeiner Bestie oder mit einem Gladiator umkommen.«
»Kann sein, aber vor dem Kaiser und Tausenden von Zuschauern! Die Arena wird jetzt vergrößert. Es wird ein großes Schauspiel, und vielleicht schickt man mich vorher auch noch zur Ausbildung auf die Gladiatorenschule in Capua. Du darfst auf keinen Fall sagen, wem du entlaufen bist! Der Duumvir wird dich auch bloß der Form halber fragen. Er ist nur froh, wenn du dich weigerst, den Namen zu nennen. Ich bin sicher, er freut sich über dich, weil du so groß bist und stark aussiehst. Er sucht solche Leute für die Arena.«

Wie die beiden Bürgermeister über den ungewöhnlichen Fall beraten

»Es ist eine Strafe, auf diesem Kopfpflaster zu laufen«, sagte Lassia. Sie und ihr Mann waren auf dem Weg zu Marcus Pilonius, dem anderen Duumvir oder Bürgermeister. Iulius Longus ließ sich von Lassias Klage nicht beeindrucken.
»Seit Jahrhunderten gehen die Leute über dieses Pflaster. Du hättest solidere Schuhe anziehen sollen.«
»Poppaea Corinna wird uns zum Abendessen einladen«, sagte Lassia.
»Das ist zu befürchten.«
»Sie ist ebenso langweilig wie er.«
Iulius Longus wollte da nicht widersprechen.
Marcus Pilonius und Poppaea Corinna waren in den Sechzigern und schon vielfache Großeltern, während Lassias und Iulius Longus' Kinder gerade erst lesen und schreiben lernten.
Marcus Pilonius mit dem Beinamen Honoratus brauchte sich um die Wiederwahl im nächsten Frühjahr keine Sorge zu machen. Seine Familie war die älteste Honoratiorenfamilie der Stadt, während Iulius Longus aus kleinen Verhältnissen kam und seinen Eintritt in die Ämterlaufbahn nur seiner Adoption und dem Vermögen von Lassias Vater verdankte. Er gehörte zur aufgeklärten, jungen Generation. Er wollte die nächsten Wahlen gewinnen, und dann im Ernst mit dem Schlendrian in Velia aufräumen und die Stadt in die neue Zeit führen.
»Der Fall ist ungewöhnlich«, sagte er, als er mit seinem älteren Kollegen in dessen Empfangszimmer, dem *Tablinum*, saß, während die beiden Damen sich in den Garten begeben hatten. »Er behauptet Germane zu sein; aber als Mannus mit ihm Germanisch sprach, wußte er nicht, wovon die Rede war.«
»Haben Sie ihn gefragt, wie er hierher gekommen ist?«
»Noch nicht. Man kann sich mit ihm ja nicht verständigen. Ich habe ihn erst einmal in den Karzer gesteckt, damit er uns nicht entwischt.«
»Gefesselt? Folter?«
»Nein. Ich wollte mich mit Ihnen darüber beraten; denn vielleicht ist Ihnen in Ihrer langen Praxis schon einmal ein ähnlicher Fall unterlaufen.«

»Ach, mein Teurer! Sie scherzen! Sie haben in Rom gelebt, in Athen studiert: Dort ereignen sich vielleicht solche ungewöhnlichen Fälle, – aber hier in Velia? Wie wollen Sie weiter verfahren?«

»Ich zweifle nicht daran, daß wir es mit einem flüchtigen Sklaven zu tun haben. Ich vermute, er ist überhaupt nicht aus unserer Gegend, sondern von weither, vermutlich von einem Schiff entlaufen.«

»Wenn er aber nicht angefordert wird?« fragte Marcus Pilonius.

»Ich würde sagen, geduldig zu warten. Vielleicht meldet er sich freiwillig *ad bestias*. Er kann eine Sensation bei den Spielen zu Ehren des Kaisers werden.«

Marcus Pilonius schwieg dazu.

»Ich fürchte, ich war damals vorschnell«, sagte Iulius Longus, »als ich mich anbot, die Spiele zu geben. Die Kosten sind ja enorm, meine Mittel aber nicht unbegrenzt. Allein die Bestien sind kaum noch zu bezahlen, und einen Mann solcher Statur wie diesen Sklaven von den Halsabschneidern in Capua für die Spiele auszuleihen, würde ein kleines Vermögen kosten.«

Marcus Pilonius rieb sich die rechte Schulter, in der er Rheuma hatte. Iulius Longus bat ihn noch einmal um seine Ansicht.

»Man sagt, er habe merkwürdige Gegenstände bei sich gehabt.«

»Ja«, antwortete Iulius Longus, »aber wir wissen damit nichts anzufangen. Ich werde sie Ihnen morgen zeigen.«

»Sind es vielleicht Gegenstände der Magie?« fragte Pilonius. »Verzeihung, ich weiß, daß Sie nicht an Magie glauben; aber Sie werden nicht leugnen, daß es Gegenstände gibt, die zu magischen Zwecken benutzt werden können.«

Longus lächelte und zeigte so, wie aufgeklärt und unabhängig er dachte:

»Ich glaube weder an Magie noch an Gegenstände, mit denen man Magie ausüben kann. Ich kann nur soviel sagen: Wozu die Gegenstände dienlich sein können, wissen wir nicht.«

»Fremde bringen immer Unruhe«, sagte Marcus Pilonius. »Ich bin grundsätzlich gegen Fremde in Velia. Je früher wir ihn loswerden, desto besser für die Stadt. Wenn wir es mit einem flüchtigen Sklaven zu tun haben, müssen wir ihn der Militärstation in Buxentum melden, zumal er zu der Räuberbande im Alburnus-Gebirge gehören könnte wie der andere Gefangene im Kerker.«

»Müssen wir?« fragte der Duumvir Iulius Longus.

»Nach dem Rechtssatz *qui fugitivum celavit fur est* wird es sich nicht umgehen lassen. Wenn er jedoch nur ein harmloser, in auffallender Kleidung reisender Tourist ist, der die Gedenkstätte des Parmenides aufsuchen will, sollten wir ihn dem Pholarchen übergeben, aber gleichzeitig den Praetor für Fremdenangelegenheiten in Rom unterrichten, denn vielleicht ist der Fremde *nullius civitatis civis* und nicht gemeldet. Es könnte sein, daß der Praetor ihn daraufhin anfordert; dann sind wir ihn los.

Ihn aber im Karzer zu lassen und darauf zu warten, daß er sich freiwillig für die Arena meldet, oder ihn gar durch die Fäuste unserer Büttel dazu zu überreden – man weiß ja, wie sie vorgehen, wenn sie allein sind –, halte ich verwaltungsrechtlich nicht für vertretbar. Es gibt aber, da Sie mich fragen, auch noch andere Gründe, die uns zu größter Vorsicht zwingen.«

»Zum Beispiel?«

»Die Stimmung in der Stadt. Die Leute, die den Fremden auf der Agorá gesehen haben, verbreiten überall, er sei von übermenschlicher Größe.«

»Unsinn! Pardon! Er ist vielleicht einen Kopf größer als wir. Das kommt doch vor. Der Gladiator Mercurius in Rom war mindestens ebenso groß. Aber die Phantastereien fingen schon am ersten Abend an. Man erzählte mir, er könne Blitze herabziehen, Feuer speien und Rauch ausstoßen. Es waren Kinder, die sich das ausgedacht haben, und ich habe es natürlich nicht ernst genommen.«

»Aber die Leute, die uns wählen, nehmen es ernst.«

»Leider.«

»Ich rate noch aus einem anderen Grunde zur Vorsicht«, sagte Marcus Pilonius. »Der Pholarch hat heute jemand zu mir geschickt und sich erkundigt, ob dem Fremden auch nicht übel mitgespielt worden ist.«

Iulius Longus spürte einen schmerzhaften Druck hinter den Augen. Warum, fragte er sich, hat Phokas, der Pholarch, sich bei Marcus Pilonius erkundigt, der den fremden Sklaven doch gar nicht vernommen hat? Warum hat er nicht zu mir geschickt?

Er stand bald auf, dankte seinem älteren Kollegen für die wertvollen Ratschläge, die er überschlafen wolle, und verabschiedete sich. Eine Einladung zum Abendessen wurde nicht ausgesprochen. Als er mit Lassia über das holprige Kopfsteinpflaster nach Hause ging, spürte er Anzeichen, die seinen Migräneanfällen vorauszugehen pflegten.

Meyer-Proske erinnert sich an seinen Besuch bei Professor Rebekka Carow

Am Montag früh rief Jeannette an, der BMW sei wieder da.
»Gott sei Dank!« sagte ich. »Gratuliere! Kaputt?«
»Nein. *Ciao!*«
»Halt!« rief ich. »Nicht einhängen! Das Manuskript! Habt ihr es wieder?«
»Welches Manuskript? Ach, Jules Manuskript – ja, alles wieder da.«
Ich wunderte mich, daß sie von Jules Manuskript sprach. Es war doch Carows, angeblich.
Am Nachmittag fuhr ich zu Carows Schwester Rebekka, obwohl Jule mich davon abhalten wollte. Es sei unnötig, sagte er. Da komme doch nichts bei raus.
Sie war Professorin für Soziologie, jetzt emeritiert, und wohnte in einem modernen Apartmenthaus in Heidelberg-Neuenheim. Sie war einen halben Kopf größer als ich, und im Flur mußte ich mich dünn machen, um an ihr vorbeizukommen. Wenn Gewichtheben eine olympische Disziplin für Damen wäre, hätte sie sicherlich auch eine Bronzemedaille geholt. Damals, als sie noch jung war, natürlich.
Sie führte mich in ihr Arbeitszimmer: Bücher an allen Wänden, aber alles tadellos in Ordnung, auch ihr Schreibtisch, an dem sie gerade Korrektur gelesen hatte. Mir ist es schleierhaft, wie man bei solcher Ordnung arbeiten kann. Bei mir herrscht immer schöpferisches Chaos.
Sie sagte, sie habe mich eigentlich schon um vier erwartet. Ich murmelte etwas von einem Stau auf der Autobahn und daß sie bei Karlsruhe mit den Bauarbeiten anscheinend nie fertig wer-

den. Es gab Tee und dazu Plätzchen, die wir zu Hause Heidesand nannten: kleine Kalorienpakete praktisch nur aus Zucker und Butter.
Ich erzählte in großen Zügen von dem Manuskript ihres Bruders und dem Pech, das wir mit seinen Fotos gehabt hatten. Sie unterbrach mich nicht, sondern aß Heidesand und hörte zu. Es war ihr nicht anzusehen, wie sie meine Worte aufnahm.
Zum Schluß fragte ich sie, ob sie als mutmaßliche Erbin von Professor Walter Carow Urheberrechtsansprüche an besagtem Manuskript geltend machen würde, und wenn sie darauf verzichte, ob sie mir das schriftlich bestätigen könne.
Ich kam mir bei dieser Frage schrecklich albern vor.
Sie antwortete:
»Was ist das alles? Ist das ein *Gag*, ein schlechter Scherz? Können Sie sich nicht vorstellen, daß das, was Sie hier als phantastische Erzählung präsentieren, bei mir noch heute schmerzhafte Erinnerungen an das ungeklärte Verschwinden meines Bruders weckt?
Ob Sie sich das nun vorstellen können oder nicht, jedenfalls bitte ich Sie, diese Gefühle zu respektieren. Für den Quatsch, den Sie mir da vorgetragen haben, werde ich Ihnen natürlich kein Wort schriftlich geben.
Im übrigen nehme ich an, daß Sie, junger Mann, selbst kein Wort von dem glauben, was Sie mir eben erzählt haben, sondern daß Sie nur eine sensationelle Geschichte für Ihre Illustrierte schreiben wollen.«
Ich hob die Hände und protestierte, aber sie ließ sich nicht unterbrechen.
»Wann ist Herr Sommerfeld wieder aufgetaucht?«
»Vor einem Vierteljahr etwa, soviel ich weiß.«
»Kennen Sie ihn näher?«
»Nein«, antwortete ich, »ich kenne ihn auch erst seit ein paar Wochen. Halten Sie ihn für einen Schwindler?«
Sie ging auf die Frage nicht ein, sondern sagte:
»Ihre ganze Story fällt doch zusammen, wenn man die Handschrift des Manuskripts, die die Handschrift des Herrn Sommerfeld sein dürfte, mit der meines Bruders vergleicht und feststellt, daß sie völlig verschieden sind. Ich habe dort drüben im Regal alle handschriftlichen Entwürfe meines Bruders für seine

Aufsätze und Vorlesungen, teils gebunden, teils in Mappen. Ich könnte ja zum Vergleich ein paar Blätter fotokopieren lassen. Wenn das Publikum nach der Veröffentlichung Ihrer Geschichte feststellt, daß das Ganze nichts als ein Jux war, auf den Sie reingefallen sind, müßte das doch für Sie eine Blamage sein? Oder sieht man das bei Ihnen nicht so?«

Ich ließ mich nicht provozieren, sondern antwortete, das Manuskript, das Jule besitze, sei von Anfang bis Ende mit der Schreibmaschine geschrieben, und zwar mit der alten Maschine ihres Bruders.

»Mit seiner alten Maschine?«

Sie wurde nachdenklich.

»Auch das ließe sich durch einen Vergleich mit den maschinengeschriebenen echten Manuskripten meines Bruders feststellen. Wenn Ihre Behauptung zutreffen sollte, müßte man allerdings die Kriminalpolizei unterrichten.«

»Sie meinen, die Maschine sei gestohlen?«

»Herr Sommerfeld war der letzte, der meinen Bruder an dem bewußten Abend besucht hat. Man hat ihn damals oft vernommen, aber er hat hartnäckig geleugnet, ihn noch angetroffen zu haben. Man hat ihm das Gegenteil nicht beweisen können.

Damals sind mit meinem Bruder zwei Koffer und seine Schreibmaschine verschwunden. Man hat nie eine Spur von ihnen gefunden. Was Sie eben sagten, ist daher von großer Bedeutung; denn in den Koffern, die Walter stets in seinem Arbeitszimmer stehen hatte, befand sich fast sein ganzes Vermögen, darunter eine Sammlung antiker Münzen, die er einige Monate vor seinem Verschwinden ersteigert hatte, und eine hübsche Anzahl moderner Goldmünzen, vor allem Krügerrand und Franz-Josephs-Dukaten. Ich habe das erst nach seinem Verschwinden erfahren. Herr Sommerfeld aber hatte das schon früher gewußt, *niemand außer Herrn Sommerfeld.*

Welche Schlüsse Sie daraus ziehen wollen, überlasse ich Ihnen. Man konnte allerdings Herrn Sommerfeld nichts nachweisen. Aber dann, als man ihn wieder einmal vorlud, hatte er sich plötzlich aufgelöst und war nicht mehr zu finden.«

»Hat man ihn nicht gesucht?«

»Natürlich, aber er war weg.«

»Man hätte doch durch Interpol nach ihm fahnden können.«

»Man hat, aber er war nirgends zu finden.«
Als ich das Jule beim Abendessen erzählte, lachte er und konnte sich gar nicht beruhigen und verschluckte sich wieder wie beim Essen im »Römischen Kaiser«.
»Da wo ich war, hatte Interpol nichts zu sagen«, antwortete er schließlich.
»Aber vielleicht wird man dich jetzt verhaften?«
»Unsinn«, sagte er so prompt, als habe er das schon von seinem Anwalt prüfen lassen. »Das ist doch alles längst verjährt.«

Wie Carow alles Ungemach auf einen kleinen Rechenfehler zurückführt

Er konnte von Glück sagen, daß er nicht in einem ganz anderen Land, etwa in Afrika bei den Pygmäen, inmitten der Arabischen Wüste oder gar im hintersten Sibirien, sondern in Velia gelandet war. Die Zeit des Parmenides, als die Stadt noch Elea hieß und eine griechische Kolonie war, lag offenbar schon weit zurück, und auch die Zeit der Römischen Republik mußte bereits vorüber sein; denn Olipor wollte es ja im Angesicht des Caesar Augustus mit Löwen oder Bären in der Arena aufnehmen.
Carows Kenntnis der römischen Geschichte ging nicht über das hinaus, was er einst in der Schule gelernt hatte, aber das wußte er, daß Olipor nicht Gaius Iulius Caesar meinen konnte, und ebensowenig den Kaiser Augustus, denn auf die Frage, wer dessen Vorgänger gewesen sei, antwortete Olipor, der habe ebenfalls den Namen Caesar Augustus geführt, und der davor auch. Die Kaiser hießen eben alle Kaiser. Olipor verstand Carows Frage gar nicht. Er war ohne Zeit und Geschichte.
In den Berechnungen am letzten Abend in Heidelberg hatte Carow offenbar einen Fehler gemacht und in der Turbulenz der Gedanken, die auf ihn einstürzten, vielleicht nur eine einzige Zahl falsch geschrieben; aber dieser Fehler hatte ihn aus der Bahn geschleudert und nicht in das fünfte vorchristliche Jahrhundert, sondern in das römische Kaiserreich versetzt.
Jule, wenn er dabei gewesen wäre, hätte den Rechenfehler natürlich sofort bemerkt. Aber Carow hatte ihn in letzter Zeit, je

näher er sich einer Lösung fühlte, desto mehr in Distanz gehalten. Er fürchtete, die Kenntnis eines Weges, auf dem man die Zeit überlisten konnte, mit jemand zu teilen. Jule war zwar zuverlässig und präzise in der Arbeit, loyal als Mitarbeiter und Freund; aber er war nicht nüchtern genug und neigte zu waghalsigen Plänen und Versuchen.
In dem stinkenden Karzer unter dem Rathaus von Velia, schien es Carow jetzt, er hätte lieber etwas weniger Skrupel hegen sollen; und er wäre besser beraten gewesen, wenn er Jule zu den Berechnungen hinzugezogen hätte. Denn er selbst war in Rechenoperationen schwach, während Jule mit absoluter Genauigkeit rechnete. Jule, der ständig in Verlegenheiten, Unfälle und kleinere oder mittlere Katastrophen geriet, und immer wieder davonkam – Jule wurde, wenn er rechnete, zu einem Genie der Zuverlässigkeit und Präzision und zu einem Phänomen der Geschwindigkeit.
Die Formel, die Carow gefunden hatte, war also im Prinzip richtig; aber er konnte das nun niemand mehr beweisen. Er lag hier im Gefängnis, und in wenigen Monaten würde, wie Olipor, so wohl auch er von der Arena aus den Kaiser in seiner Loge grüßen, bevor man die Bestien auf ihn losließ.
Carow grübelte. Anfangs war es nur ein Verdacht, aber je länger er darüber nachdachte, desto sicherer wurde er, daß er den Rechenfehler nicht aus Unachtsamkeit begangen hatte und daß hier auch kein Zufall waltete, sondern daß ihm jemand diesen kleinen Stein mit voller Absicht in den Weg gelegt hatte, und er konnte sich auch denken, warum: Weil er nämlich die Zeit hinters Licht führen wollte und ihr zu nahe auf den Leib gerückt war. Das aber schien sie wohl als unstatthaft anzusehen.
Nun saß er hier. Offensichtlich liebte die Zeit groteske Strafen für den, der sie ergründen wollte. So lächerlich also endete der Versuch, nach dem Wesen der Zeit zu forschen.
Nun konnte er nur hoffen, daß Jule die Papiere und Computerstreifen hatte liegen lassen und daß Frau Ey sie am nächsten Morgen zusammengefegt und in den Mülleimer geworfen hatte.
Am Abend wurde Carows Verzweiflung schwarz und bodenlos. Sie schmerzte; aber es war kein Schmerz, den er lokalisieren konnte: Er war in sich selbst ein Schmerz; er war gelähmt und

überall in sich wund. Er lag in einem tiefen Brunnen, aber er konnte nicht einmal in Gedanken an das Licht; er wollte es auch gar nicht. Er wollte nur liegen und leiden. Helfen konnte ihm niemand. Er war gescheitert.
Eine Zigarette hätte ihm vielleicht etwas geholfen. Aber sie lagen alle in den Koffern unter der Statue des verlassenen Gottes. Er war nie gut im Beten gewesen, und seit seiner Jugend hatte er sich darin nie geübt. Jetzt aber dachte er wie im Gebet: Wenn dieser verlassene Gott mir hier heraushilft, werde ich ihm ein Opfer darbringen, vielleicht einen Hahn oder ein Lamm oder was ich mir sonst leisten kann und was ihm gefällt.
Nach dem Gebet wurde ihm leichter; und wenig später kam ein Wärter und warf ihm eine Filzdecke zu, auf die er sich legen und mit der er sich nachts zudecken konnte.

Von römischer Bürokratie und dem *furor teutonicus*

Der Duumvir Iulius Longus hatte sich auf sein Gut begeben, das südlich von Velia, auf dem Weg nach Palinurus lag. Er litt noch immer unter Migräne, und der Leiter der Medizinischen Akademie von Velia hatte ihm deshalb strenge Ruhe und Landluft verordnet. Marcus Pilonius Honoratus führte unterdessen die Geschäfte des Magistrats allein.
Etwa zehn Tage nach Carows Verhaftung traf ein Amtsbote des Stationskommandanten von Buxentum mit dem Befehl ein, den Sklaven Carus unverzüglich in die Militärstation zu verbringen, und zwar in eisernen Fußfesseln. Er sei dringend verdächtig, von einem Landgut in Potentia geflohen zu sein und sich an einem Raubüberfall auf eine Villa bei Blanda beteiligt zu haben. Der Duumvir Marcus Pilonius legte das Schreiben in den Korb mit der Aufschrift *Erledigt*, unternahm sonst aber nichts.
Am nächsten Tag erhielt er ein Schreiben aus Rom in derselben Angelegenheit: Der Praetor für Fremdenangelegenheiten wies den Magistrat des Municipiums Velia an, den Carus unverzüglich nach Rom zu überstellen, damit man dort seine Identität feststelle und über das weitere Vorgehen entscheiden könne.

Wieder einen Tag später kam aus Rom ein Erlaß des Stadtpraetors, der darauf aufmerksam machte, daß der Fall des entlaufenen Sklaven Carus, über den ihn der Duumvir Iulius Longus unterrichtet habe, in die Kompetenz des Stadtpraetoriums, nicht aber in die des Amtes für Fremdenangelegenheiten falle. Der genannte Carus sei sofort nach Rom zu überstellen, wo er als herrenloser *fugitivus* in der großen Herbstauktion zugunsten des Fiskus versteigert werde, wenn sich der rechtmäßige Besitzer bis dahin nicht gemeldet habe. Der Magistrat Velias wurde angewiesen, über Alter, Größe, Gewicht, Zähne, allfällige Krankheiten, Gebrechen, Brandmarkungen und sonstige Kennzeichen des Entlaufenen zu berichten.

Der Duumvir Marcus Pilonius legte auch diese Schreiben aus Rom in den Korb *Erledigt.*

Von all dem ahnte Carow nichts. Er war noch immer im Kerker. Den Eimer hatte er an die Tür gestellt, weil das Methangas, das sich darin bildete, nicht nur stank, sondern auch Kopfschmerzen machte.

Er besaß nun eine Filzdecke; sie schützte ihn aber nicht vor den Flöhen und Wanzen, die ihn plagten, während Olipor sie gar nicht fühlte: Er war Ungeziefer von Kindesbeinen an gewohnt. Es gehörte zum Menschen.

Olipor war wie ein Kind. Wenn immer einer der Büttel kam, begann er, ihnen zu erzählen. Meistens hörten sie gar nicht auf sein Geschwätz, das sie sowieso kaum verstehen konnten, weil er so undeutlich sprach. Aber als er dem blonden Germanen Mannus einmal Carows goldene Zähne rühmte, horchte der auf.

Gold?

Er hatte Olipor den Napf mit Grütze und den Wasserkrug gebracht, holte nun auch Napf und Krug für Carow, trat vor ihn, machte den Mund auf und bedeutete ihm, er solle die Zähne zeigen. Carow, der den Kerl nicht ausstehen konnte, antwortete ihm mit denselben Worten, die schon einmal Mannus' Zorn erregt hatten.

Bislang hatte Carow gesessen. Jetzt aber stand er auf, und Mannus fühlte wohl, daß es nicht geraten war, Carow wieder ins Gesicht zu schlagen. Er lachte verlegen, kehrte dann aber Napf und Krug schnell um, schüttete Grütze und Wasser auf den Boden, war im Nu draußen und schob den schweren Riegel vor. Carow aber wurde vom *furor teutonicus* überwältigt. Er warf sich gegen die Tür, trommelte mit den Fäusten auf dem Holz und schrie vor Wut. Die Tür war jedoch auch teutonischen Wutanfällen gewachsen.

Olipor aber klagte laut und hörte nicht auf, Carow Vorwürfe zu machen. Nun würden sie, jammerte er, tagelang ohne Essen bleiben, und niemand würde den Eimer, der schon wieder voll war, leeren. Selbst Wasser würde man nicht bringen. Warum, beim Herkules, Carow dem Mannus nicht die goldenen Zähne gezeigt habe! Sie hätten ihm doch nur Achtung einbringen können. Er selbst habe sie doch auch schon in der Hand, ja sogar im Mund gehabt. Nie werde er das Gefühl vergessen.

Olipor wollte wissen, was das für Worte gewesen seien, die Mannus so in Zorn versetzt hätten, wie sie in Carows und wie sie in lateinischer Sprache lauteten.

Olipor hatte recht: Es gab an den nächsten beiden Tagen weder Grütze noch Wasser. Doch am dritten Tag kamen Mannus und sein untersetzter Kamerad. Zur Sicherheit hatten sie noch einen dritten mitgebracht. Sie führten Carow in das kleine Amtszimmer, in dem er schon einmal verhört worden war.

Diesmal saß ihm der Duumvir Marcus Pilonius Honoratus gegenüber. Die Verständigung war leichter als mit Iulius Longus, wenn Carow auch gelegentlich Deutsch und andere moderne Sprachen zu Hilfe zog, die er besser beherrschte als Latein, weil er meinte, er könne damit seine Antworten klarer machen.

Der Duumvir Marcus Pilonius sah freundlich aus; er erinnerte Carow an einen Onkel, auf dessen Bauernhof er manchmal die Ferien hatte verbringen dürfen. Der Bürgermeister bot Carow an, auf dem Hocker Platz zu nehmen. Mannus und die beiden anderen Stadtsklaven blieben an seiner Seite stehen. Marcus Pilonius sagte zu Carow, dies solle keine Vernehmung sein, er wolle sich vielmehr nur mit ihm unterhalten, und zum Schluß habe er auch eine kleine Überraschung bereit.

Der Amtssklave Mannus behaupte, Carow habe goldene Zähne, die er sogar aus dem Munde nehmen könne. Ob das zutreffe, und ob Carow sie einmal zeigen wolle.

Carow sagte, das treffe zu, aber zeigen wolle er sie nicht. Das sei bei ihm zu Lande nicht der Brauch.

Der Amtssklave Mannus sah diese Antwort als Unverschämtheit an, dachte wohl auch, in Anwesenheit des Magistrats könne ihm nicht viel passieren. Er griff Carow beim Revers seiner Jacke, und zugleich wurde Carow von dem anderen Büttel bedrängt.

Da vergaß Carow alle Vorsätze, zumal er im Aufblicken das Lächeln auf Mannus' Gesicht sah. Er erhob sich mit einer Behendigkeit, die die anderen nicht erwartet hatten, traf Mannus mit einem linken Haken spitz von unten am Kinn, daß der Kopf zur Seite flog, und folgte dann mit einem Rechten, in den er sich voll hineinlegte, wohl etwas zu stark, denn er fühlte, wie die Faust in Mannus' Gesicht einsank. Nicht notwendig war außerdem, dann noch schnell und kräftig mit dem Knie gegen Mannus' Schritt zu stoßen, so daß er hochgehoben und gegen die Wand geworfen wurde.

Der Duumvir war ebenfalls aufgestanden. Er schrie ein kurzes Kommando, das zweifellos »Halt!« bedeutete und das die anderen Büttel nicht ungern hörten; sie waren ohnehin schon zurückgetreten, bückten sich zu Mannus hinab und hoben ihn auf.

Als er seine Hand vom Gesicht nahm, konnte man sehen, daß die Nase eingedrückt und schief war. Er spuckte zwei Zähne in seine Hand, besah sie sich, faßte wieder in den Mund und brachte noch einen Zahn zum Vorschein. Ihm fehlten nun die meisten oberen Schneidezähne.

Carow sagte:

»*Pardon! Excusez-moi!* Verzeihung! Ich habe mich wieder hinreißen lassen.«

Er hob bedauernd die Hände und hoffte, der Duumvir werde wenigstens diese Geste verstehen. Dennoch war er nicht wirklich zerknirscht; es tat ihm im Gegenteil wohl, Mannus' Gesicht zu sehen, von dem das ekelhafte Lächeln endlich gewichen war.

Marcus Pilonius machte eine kurze Handbewegung. Mannus wurde von seinen Kameraden hinausgeführt, und Carow blieb mit dem Bürgermeister allein. Sie setzten sich, und der Duumvir wartete, bis Carow Platz genommen hatte.

Er war es nun, der sich für Mannus' Unverschämtheit entschuldigte und hinzufügte, der Mann werde bestraft; er könne durch-

aus verstehen, wenn Carow die goldenen Zähne nicht zeigen wolle. Er denke auch nicht daran, ihn zu zwingen, ja ihm überhaupt Ungelegenheiten zu bereiten. Er wolle ihm vielmehr helfen und habe im Sinn, ihn freizulassen. Nur seien vorher noch einige Formalien zu erledigen. Ob Carow alles gut verstanden habe.
Carow nickte.
Der Duumvir wollte nun wissen, ob Carus frei und frei geboren oder ob er Sklave sei und woher er komme.
Die Antworten hatte Carow sich schon im Karzer zurechtgelegt. Er antwortete: »Ich bin frei, bin kein Sklave, nie Sklave gewesen, und ich komme aus keinem Land dieser Zeit.«
»Aus keinem Land dieser Zeit? Ein Fremder? Aber aus welcher Gegend und welchem Erdteil kommen Sie denn?«
»Aus Germanien, aber nicht Ihrem Germanien, sondern dem Germanien der Zukunft.«
»Der Zukunft?« fragte Marcus Pilonius. Lag hier ein Mißverständnis vor? »Und wo liegt das zukünftige Germanien?«
»Etwa da, wo es heute liegt.«
»Ich verstehe Sie nicht ganz. Können Sie es mir bitte erklären?«
»Nein«, sagte Carow.
Der Bürgermeister wußte nicht, wie er weiterfragen sollte. Er ging daher zu konkreten Dingen über, den Gegenständen, die auf dem Tisch lagen: Er gab das Taschentuch zurück, den Füllfederhalter sowie Faßbenders Karte mit der Karikatur und der Frage nach dem Haus des Parmenides; er nahm die Uhr auf und sah Carow fragend an.
»Eine Uhr«, sagte Carow, »eine Armbanduhr.«
Er zog sie auf, da sie abgelaufen war, und zeigte dem Duumvir, wie man ihren Lauf hören konnte. Marcus Pilonius horchte an ihr, gab sie aber schnell wieder zurück. Sie war ihm unheimlich. War ein Käfer in dem Gehäuse?
»Eine Uhr«, wiederholte Carow. »Damit kann man die Zeit messen.«
»Die Zeit? Mit diesem kleinen Ding? Von der Zukunft bis hierher?«
»Nein«, antwortete Carow lachend, »aber alle Zeit, die an uns vorbeifließt.«

Der Bürgermeister schüttelte den Kopf. Er verstand das nicht. Er war ja nur ein Mann der Verwaltung. Vielleicht war der nächste Gegenstand, den er Carow gab, leichter zu erklären.

Carow nahm das Feuerzeug und drückte auf den Kopf. Irgend jemand hatte wohl mit der Einstellschraube gespielt, jedenfalls erschrak er selbst über die große Flamme, die emporschoß.

Der Duumvir Marcus Pilonius aber sprang entsetzt auf und zurück, daß der Stuhl umfiel. Carow hatte jedoch den Knopf sofort wieder losgelassen. Er steckte das Feuerzeug in die Tasche und suchte, den Magistrat zu beruhigen, der sich zwar gefaßt zu haben schien, dem in Wirklichkeit aber bänglich zumute war.

Er wußte ja, daß es göttliche Menschen, Wundertäter und Menschen mit magischen Kräften gab. Carus trat zwar wie ein Mensch auf, aber es war doch leicht zu erkennen, daß er absichtlich in dieser Gestalt erschien und daß er, wenn er gewollt hätte, sich mit einem kleinen Wunder aus dem Kerker hätte befreien können. Es war sicher kein Zufall, daß Iulius Longus, der das nicht einsehen wollte, plötzlich mit Migräne geschlagen worden war.

Dem Duumvir war es in Carus' Gegenwart nicht mehr geheuer.

Er verzichtete darauf, Carow zu fragen, auf welchem Wege er hierhergekommen war. Er wollte möglichst bald zum Schluß kommen. Er wollte ihn los sein.

»Sie sind frei und können gehen, wohin Sie wollen. Der Pholarch bat mich jedoch, Ihnen mitzuteilen, daß er Sie schon seit langem erwarte und daß Sie selbstverständlich sein Gast sind. Oder«, sagte der Duumvir und legte seinen Kopf schief, »wollen Sie sich vielleicht wieder in die Zukunft begeben?«

»Vorerst nicht«, antwortete Carow, »aber wer ist der Pholarch?«

Marcus Pilonius lächelte.

»Mit einem Wort ist das schwer zu sagen. Ich muß überlegen. Er ist vor allem der Leiter der Pholé. Der Philosoph Zenon, Parmenides' Geliebter, war der erste Pholarch, und von ihm aus verläuft eine ununterbrochene Reihe von Pholarchen bis zu unserem, der eigentlich Phokas heißt; aber so nennt ihn niemand. Diese Botschaft des Pholarchen an Sie ist die kleine Überra-

schung, die ich anfangs erwähnte. Soll ich ihm nun einen Boten schicken, daß Sie gleich kommen werden?«
»Sie sagten ich sei frei?« fragte Carow. »Gut, dann kann mein Besuch bei ihm bis morgen warten. Jetzt wünsche ich mir erst einmal ein heißes Bad und dann ein Abendessen, das gut und reichlich sein sollte.«
Und eine Zigarette oder zwei. Aber davon sprach er nicht.
»Mit Vergnügen«, sagte der Bürgermeister. »Ich werde Sie zu den Städtischen Thermen begleiten und einen Boten vorausschicken, daß man Ihnen den privaten Badesalon und die kleine Suite bereitmacht, wo Sie auch ruhen und, wenn Sie es wünschen, übernachten können. Sie wollen mir nicht die Freude machen, zum Abendessen und über Nacht mein Gast zu sein?«
Carow lehnte die Einladung dankend ab. Der Duumvir war erleichtert und führte ihn zu den prächtigen Städtischen Thermen.
Marcus Pilonius Honoratus aber erzählte, als er zu Hause war, es sei absolut sicher, daß man es nicht mit einem gewöhnlichen Menschen zu tun habe.
»Man hört in der Stadt ja allenthalben, er könne Blitze und Feuer aus der Hand springen lassen«, sagte Poppaea Corinna.
»Er kann es auch«, antwortete ihr Mann. »Er hat es getan, als ich im Büro mit ihm sprach. Außerdem hat er Zähne aus Gold.«
»Aus Gold? Hast du sie gesehen.«
»Nein, er wollte sie nicht zeigen; aber er kann sie, wie es scheint, sogar herausnehmen, wenn er sie nicht braucht, und zum Essen wieder einsetzen.«
»Nicht möglich!« sagte Poppaea Corinna; so etwas hatte sie noch nie gehört.
»Nun, Pythagoras hatte sogar eine ganze Hüfte aus Gold«, erwiderte Marcus Pilonius.
»Ja, das ist bekannt, aber Pythagoras war auch ein göttlicher Mensch!«

Als Carow ausgiebig gebadet und gegessen hatte, war es schon dunkel, doch der Mond, bei seiner Ankunft in Velia eine schmale

Sichel, war jetzt voll. Es war hell genug, um zum Tempel zu gehen und Zigaretten zu holen.
Die Straßen waren leer, die Leute in ihren Häusern beim Abendessen. In einer Kneipe, an der er vorbeikam, wurde gesungen. Er ging den Hügel hinauf, und als er auf dem Tempelvorplatz ankam, fühlte er sich ganz wie zu Hause.
Die Luft war mild, und der Mond leuchtete durch die Kronen der Pinien.
Carow trat in den Tempel ein. Die Statue des Gottes stand stumm und einsam im Dunkel. Er ging um den Sockel und schob die Kiepe beiseite, die noch so lag, wie er sie damals hingelegt hatte, um die tiefe Nische, in der er seine Koffer abgestellt hatte, zu verdecken. Er zündete das Feuerzeug an und leuchtete hinein.
Die Nische war leer.

Meyer-Proske schildert an einem Beispiel, wie er unter Redlich zu leiden hat

Redlich rief mich gestern in Baden-Baden an und wollte wissen, wann ich endlich wieder im Büro zu erscheinen geruhen werde. So drückte er sich aus. Er hält das für Sarkasmus. Ich erinnerte ihn daran, daß von den vier Wochen, die er mir in seiner Großmut für die Arbeit an der Story bewilligt habe, erst vier Tage um seien. Außerdem hätte ich den Verdacht, es könne sich hier weniger um *Science-fiction* als um eine Kriminalgeschichte handeln. Als er fragte, wieso, erzählte ich ihm, daß mit Carow auch dessen wertvolle Sammlung antiker Münzen mitsamt einer nicht unbeträchtlichen Menge von Krügerrand und Franz-Josephs-Dukaten verschwunden sei.
Redlich wollte wissen, wieviel alles zusammen wert gewesen sei. Das konnte ich ihm natürlich nicht sagen. Da fing er gleich an:
»Also, Sie sind doch Journalist! Das ist aber doch das erste, was man fragt. Der Leser will wissen, ob Carow sich mit Münzen im Wert von tausend, von hunderttausend oder einer Million Mark eingedeckt hatte.«

»Eine Million war es sicher nicht.«
»Woher wissen Sie das so genau?«
»Weil ein Professor der Mathematik bei seinem Gehalt nie im Leben auf eine Million Mark kommt.«
Er ließ mich nicht ausreden.
»Lieber MP, Sie wissen, ich halte nicht viel von solchen Kombinationen. Er kann doch eine Erbschaft gemacht haben. Er konnte als Mathematiker natürlich rechnen, und Börsentendenzen oder ein Spielbanksystem zu erkennen, ist für solche Leute doch ein Kinderspiel. Wie können Sie da behaupten, eine Million war es sicher nicht!
Wir sind eine seriöse Zeitschrift, die sich Mutmaßungen nicht leisten kann. Was wir brauchen, sind *facts*. Ich bin ein Fanatiker der Präzision.«
Ich hustete vielsagend und sagte dann: »Verzeihung!«
Er konnte gar nicht aufhören. Er hatte wieder einmal seinen schlechten Tag. Krach mit Herta, seiner Alten, wahrscheinlich. Ich ließ ihn reden, und dann hängte ich einfach ein und legte den Hörer neben meinen Apparat, damit besetzt war.
Dann rief ich Professor Rebekka Carow an, die aber am Telefon keine Auskünfte geben wollte und für ein weiteres Gespräch mit mir keine Zeit hatte. Journalist sein ist ein Hundeleben.

Wie Carow einem begegnet, der ihn tröstet

Die Nische war leer.
Carow leuchtete noch einmal mit seinem Feuerzeug hinein, um zu sehen, ob der Dieb vielleicht eine Schachtel Zigaretten verloren hatte; aber hinten in einer Ecke lag nur zusammengerollt die schwarze Schlange. Sie hob langsam den Kopf und sah Carow an. Er dachte:
Zwei Stangen Zigaretten, wenn dein Gott mir wieder zu meinem Gepäck verhilft!
Die Schlange ließ den Kopf wieder sinken.
Carow ging aus dem Tempel, setzte sich auf die oberste Stufe der Treppe und lehnte den Rücken an eine Säule. Der Mond

schien auf die Dächer der Stadt und den kleinen Hafen. Es war windstill, und noch immer dufteten Ginster und Kamille.
Daß er keine Zigaretten mehr hatte, war schlimm. Ebenso schlimm, genau betrachtet noch schlimmer, war der Verlust des Computers, ohne den er die Kurven für die Rückkehr nach Heidelberg nicht berechnen konnte. Wenn er ihn nicht wiederbekam, war er in dieser Zeit gefangen und besaß nur noch, was er am Leibe trug. Er hatte in dieser ganzen Welt keinen Verwandten, keinen Freund. Er war einsam wie auf einem anderen Stern. Sein einziger Bekannter war der Sklave Olipor.
Die schwarze Wolke, die ihn schon im Gefängnis umhüllt und niedergedrückt hatte, kam wieder, und er fühlte, wie sie sich auf ihn senkte. Auf einmal hatte er das Gefühl, nicht mehr allein zu sein. Carow bekam eine Gänsehaut, und die Haare auf seinen Unterarmen richteten sich auf.

Er saß am anderen Ende der Treppenstufe und lehnte sich wie Carow an die Säule. Auch er hatte die Beine angezogen und die Arme um die Knie gelegt. Wie zwei Wächterfiguren saßen sie zu beiden Seiten der Treppe. Der andere sah Carow an.
»Sind Sie schon lange hier oben?« fragte Carow.
»Ja.«
»Und Sie haben mich beobachtet?«
»Ja.«
»Ich hatte Sie nicht bemerkt, als ich kam und mich hier hinsetzte.«
Der andere sagte dazu nichts. Er schien überhaupt einsilbig zu sein.
»Gehören Sie zur Stadtverwaltung?«
Er lachte leise. Nach einer Weile antwortete er:
»Nein.«
Sie sahen beide auf das Meer hinab. Der andere fing von sich aus an:
»Ich hatte Sie schon längere Zeit beobachtet, Sie übrigens schon an dem Abend gesehen, als Sie plötzlich hier erschienen und als die Ziegen auf einmal solchen Schrecken bekamen und davonstoben. Es war großartig.«
»Ach? Ich hatte damals schon den Verdacht, daß mich jemand beobachtete, und einmal war es mir, als ob ich von dort oben,

von den Pinien her, einen Laut hörte, wie von Menschen, die überrascht waren.
Es waren also Ziegen, die in panischem Schrecken den Hügel hinabrannten? Ich dachte, ich hätte auch Schritte von Menschen, barfüßigen Kindern vielleicht, gehört.«
Der andere fragte in seiner merkwürdig harten, knorrigen Aussprache:
»Was meinen Sie mit ›panisch‹?«
»Ich wollte damit sagen, es war, als seien sie vor Pan erschrokken. Wir reden in unserer Sprache von ›panischer Angst‹ und auch von ›Panik‹. Ich nehme an, diese Wörter leiten sich von dem Gott Pan her.«
»Mag sein. Hier ist Pan kaum bekannt. Sie sind also ein Grieche?«
»Nein«, antwortete Carow, »ich bin aus Germanien.«
»Dachte ich es mir doch! Gibt es denn dort Tempel für Pan?«
»Nein, natürlich nicht.«
»Aber dann verehrt man ihn in Ihrem Vaterland ohne Tempel? Vielleicht durch Steinsäulen? Bei den Hirten auf den Bergen vielleicht?«
»Nein«, erwiderte Carow. »Wenn wir von ›Panik‹ oder ›panischem Schrecken‹ sprechen, dann ist das nur eine Redensart, die wir der griechischen Mythologie entnommen haben, an die natürlich keiner mehr glaubt.«
»Hm«, brummte er. »Was für eine Redensart!« Er war anscheinend nicht zufrieden. »Wir halten hier nicht viel von Pan. Er stellte, wie Sie sicher wissen, nicht nur den Nymphen nach, sondern auch den jungen Hirten bei den Herden. Es gibt da einige wenig erfreuliche Geschichten. Hier in Italien kam dergleichen nicht vor; da waren die Hirten in dieser Hinsicht immer sicher. Ihre Frauen freilich – nun, das ist ein weites Feld.
Man erzählt übrigens, Pan sei tot. Haben Sie davon gehört?«
»Nein«, antwortete Carow. »Aber ich bin ja auch erst ein paar Tage hier.«
»Schiffer, die an einer Insel vorbeifuhren, wollen den Ruf ›Pan ist tot!‹ gehört haben.«
»Ich weiß davon nichts.«
»Nun, dann ist es vielleicht auch nur so ein Gerücht. Für einen

Germanen, der erst kurze Zeit hier ist, sprechen Sie aber sehr gutes Latein.«

»Danke! Aber das Gefühl, daß ich alles verstehe und ausdrükken kann, habe ich jetzt, im Gespräch mit Ihnen zum ersten Mal. Die Worte fliegen mir einfach so zu.«

»Wirklich?«

»Ja, aber Sie sprechen auch anders als die Leute in der Stadt.«

»So? Hört man das immer noch? Nun, ich komme eigentlich aus den Bergen, wo Sie noch viele Leute finden, die nicht lateinisch, sondern nur oskisch sprechen. Damit Sie es wissen: Es sind Oinotrer oder Lukanier, denen früher diese ganze Landschaft gehörte, bis die Griechen kamen, die die Stadt dort unten wegnahmen; aber dann folgten die Römer, und die nahmen allen alles weg.«

Carow sagte: »Ich habe Ihren Namen vorhin nicht verstanden.«

»Ich habe ihn auch gar nicht genannt«, antwortete er.

»Ist es bei Ihnen unhöflich, nach dem Namen zu fragen?«

»Nein.«

Er wollte es anscheinend dabei belassen, aber Carow gab sich nicht zufrieden.

»Wie heißen Sie denn?«

»Wir sind eine große Familie, die man einmal so, einmal so nennt. Sie wissen vielleicht, wie es mit den römischen Namen ist: Ich habe kürzlich von einem gehört, der dreißig Namen führte und auf einer Votivstele einmeißeln ließ, aber der Name, bei dem man ihn zu rufen pflegte, war nicht dabei.

Doch ich habe keinen Grund, Ihnen die Antwort auf Ihre Frage zu verweigern: Sie können mich Inuus nennen. So nennen mich die Leute hier in den Bergen, und der Name ist mir deshalb hier auch der liebste. Finden Sie es hier oben nicht sehr einsam?«

»Nein«, entgegnete Carow. »Ich liebe die Einsamkeit, und mir gefällt es hier. Ist dieser Blick auf die Stadt, die Akropolis, die beiden Häfen rechts und links des Vorgebirges und auf das Meer nicht schön? Und hinter uns die alten Pinien und der Tempel?«

»Pah, der Tempel! Er wird bald ganz zusammenfallen.«

Nach einer Weile fragte er Carow:

»Sie scheinen niedergedrückt zu sein.«

Als Carow darauf nicht antwortete, fuhr er fort:
»Ich glaube, ich kann den Grund erraten: Sie vermissen Ihr Gepäck, das Sie hinten im Tempel versteckt hatten. Waren wertvolle Sachen drin? Vielleicht gar Geld?«
»Goldmünzen, ja, aber wertvoller waren mir die anderen Dinge darin.«
»Zum Beispiel?«
»Was ich im Augenblick am meisten vermisse, sind kleine Stäbchen, für die es kein lateinisches Wort gibt. Wir nennen sie ›Zigaretten‹.«
»Stäbchen zum Orakelwerfen?«
»Nein. Wenn man sie anzündet, geben sie einen Rauch, den man einatmet und an den man sich sehr gewöhnen kann.«
»Oh«, rief er, »ich weiß! Den Rauch, den Sie am ersten Abend, als es dunkel wurde, hier auf den Tempelstufen aus dem Mund geblasen haben. Ein *sehr* angenehmer Duft!«
»Gauloises.«
»Bitte?«
»So sagen die Gallier zu den Stäbchen, die ich geraucht habe.«
»Gewisse Hölzer aus Arabien duften auch sehr angenehm; aber der Duft von Ihren Stäbchen war wie ein Duft von seltenen Kräutern, so kräftig, würzig und von einem Aroma, das eine feine Nase nie vergißt. Ich kann verstehen, daß man sich daran gewöhnen kann.«
Er schnupperte, als könne er sich den Duft wieder vor die Nase rufen.
»Es gibt nur einen Geruch«, fuhr er fort, »den ich darüber stellen würde.«
»So? Darüber?« fragte Carow mit deutlichem Zweifel.
»Gewiß! Stellen Sie sich vor: Ein Hammel wird geröstet, das Fett tropft ins Feuer, und dieser volle, scharfe und von der Holzkohle her etwas beißende Duft steigt in die Nase! Kein anderer Duft übertrifft diesen.«
Er beugte sich, als er dies beschrieb, zu Carow hinüber, und dabei wurde sein Gesicht vom Mond beschienen. Er lächelte verklärt mit scharf emporgezogenen Mundwinkeln.
»Ich muß Ihnen leider widersprechen«, sagte Carow. »Den Duft der Stäbchen, die ich eben erwähnt habe, muß ich höher bewerten und dann noch einen anderen. Denken Sie nach!«

»Ich wüßte nicht, welchen Duft Sie meinen könnten.«
»Gans!«
»Bitte?«
»Ich sagte: Gans!«
»Duften Gänse?« fragte der andere und rümpfte die Nase.
»Natürlich nur wenn sie gebraten sind.«
»Nein!« rief er entsetzt. »Sie wollen Gänse braten und dann *essen*? Tiere, die auf zwei Beinen laufen wie wir, wie die Menschen?«
»Essen denn die Menschen in Velia keine Gänse?«
»Die Menschen dort unten in der Stadt – ja. Aber ich nie!«
»Ich verstehe Ihre Ablehnung ganz und gar nicht«, erwiderte Carow, und seine Stimme klang gereizt. »Ich habe gar nichts gegen Hammel. Ein schönes *Gigot* mit einer Soße, in der der Hammelduft konzentriert ist...«
»Und mit Knoblauch!«
»Natürlich«, sagte Carow, »und in diesem Fall nicht zu schwach gewürzt, ich gebe zu, das ist etwas Großartiges. Ich räume das ja ein. Aber eine gebratene Gans – sie sollte übrigens nicht zu fett sein; die polnischen Gänse sind gerade richtig. Doch auch sie sollte zuerst auf dem Herd eine Stunde zugedeckt dämpfen, damit das Fett austritt; dann muß man sie in offener Pfanne in die heiße Backröhre geben und im eigenen Fett braten. Nicht versäumen, sie oft zu begießen und das Fett abzuschöpfen! Und selbstverständlich die Gans zuletzt mit Salzwasser bepinseln, damit die Haut knusprig wird. Einen kleinen Strauß Beifuß hat man hoffentlich nicht vergessen, in die Bauchhöhle zu legen. Gefüllte Äpfel, glasierte Kastanien, Rosenkohl – ich habe den Duft jetzt in der Nase. Wollen Sie im Ernst behaupten, er gehe nicht über Hammel?«
»Allerdings!« rief der andere mit Überzeugung und indigniert über Carows irrige Ansichten. »Ich weiß zwar nicht, was eine polnische Gans ist, aber ich nehme an, daß auch sie Federn hat. Und ein Tier mit Federn am Körper essen! *Ich bitte Sie!*«
»Aber die Gans ist doch gerupft und geflämmt!«
Der andere hob abwehrend die Hand.
»Genug! Bitte, nichts weiter darüber! Hier unterscheiden sich unsere Ansichten fundamental, und ich kann meine Enttäuschung nicht verbergen. Wir werden uns ein andermal, viel-

leicht bei einer Hammelkeule oder einem Hammelrücken, über weniger strittige Themen unterhalten.«
Er stand auf, ganz offensichtlich, weil er den Streit nicht auf die Spitze treiben wollte.
»Ich muß gehen. Ich habe noch eine Verabredung.
Sorgen Sie sich nicht! Ihr Gepäck werden Sie wiederbekommen, es ist in guten Händen. Und wenn Sie es wiederhaben, denken Sie daran, mir einmal ein paar von diesen Stäbchen mit dem gallischen Namen zu spenden. Ich würde sie gerne einmal probieren. Gute Nacht!«
Carow öffnete die Augen, aber an der anderen Säule saß niemand mehr.

Meyer-Proske erinnert sich an einen jungen Schnösel bei der Staatsanwaltschaft

Da Professor Rebekka Carow mich nicht sehen wollte, fuhr ich nach Heidelberg zur Staatsanwaltschaft und verbrachte fast den ganzen Tag damit, dort jemand zu finden, der mir Auskunft geben konnte. Schließlich landete ich bei einem jungen Mann, der mir zwar auch keine Auskunft geben konnte, aber behauptete, für solche Auskünfte zuständig zu sein.
Ungefragt gab er mir darüber Auskunft, daß er Referendar sei und gerade seine *stage* in der Ausbildung zum Assessor bei der Staatsanwaltschaft mache. Er sei bereit, sich einmal nach dem Fall zu erkundigen, obwohl er doch extrem lange zurückliege. Da müsse sicher erst einmal ein Sachbearbeiter in den Keller steigen, um zu sehen, ob noch Akten vorhanden seien. In einer Woche sollte ich wieder einmal bei ihm vorbeikommen. Ob er allerdings ermächtigt werde, über den Fall Auskunft zu geben, wisse er nicht.
Ich sagte ihm, so lange könne ich nicht warten. Ich arbeitete schließlich nicht für eine Behörde, sondern für die Presse. Ob er nicht selbst einmal in den Keller steigen und nachsehen könne.
Es stellte sich heraus, daß angehende Assessoren nicht in den Keller steigen können, dazu haben sie viel zu lange studiert. Sachbearbeiter dürfen dagegen in den Keller steigen, allein oder

in Begleitung eines Amtsboten, der die Akten trägt, da der Sachbearbeiter ja schon genug an der Verantwortung zu tragen hat.

Der angehende Assessor wollte wissen, warum eine Sache, die einundzwanzig Jahre lang vergessen war, jetzt auf einmal so schrecklich eilig sei. Kurz, ein Wort gab das andere, und ich sagte dem jungen Schnösel, er werde noch einmal von mir hören. Diese Worte, mit drohendem Unterton vorgetragen, schleudere ich gerne Leuten, über die ich mich geärgert habe, ins Gesicht – in der Hoffnung, daß sie dann in sich gehen und ihr dämliches Benehmen mir gegenüber einsehen und bereuen.

Im Archiv der *Rhein-Neckar-Zeitung* fand ich drei kleinere Artikel über Carows Verschwinden und die nachfolgenden Untersuchungen; aber die Kollegen vor zwanzig Jahren waren vorsichtige Menschen gewesen. Sie hatten kein Wort geschrieben, das man ihnen als Einmischung in ein schwebendes Verfahren hätte auslegen können. Vielleicht waren sie auch nur faul und uninteressiert gewesen. Wenn Redlich und *diese woche* damals den Fall behandelt hätten, wären Verdächtigungen und Vorverurteilungen in alle Richtungen geflogen.

In einem Artikel stand, Rechtsanwalt Eberhard Vogt habe die Interessen der Familie Carow vertreten. Er war im Telefonbuch; aber als ich anrief und sagte, weshalb ich ihn sprechen wollte, erwiderte eine brüchige Alte-Damen-Stimme, er habe die Praxis doch schon vor acht Jahren aufgegeben. Ich antwortete, ich würde ihn trotzdem gerne einmal sehen; aber die Stimme sagte, das sei nicht möglich, denn er sei vor vier Monaten verstorben.

Warum hatte sie das nicht gleich gesagt? Und warum sagte sie nicht *ge*storben, sondern *ver*storben?

Es war wie verhext, und ich sah keinen anderen Ausweg, als Jule selbst zu verhören.

Wie Carow seine Zigaretten wiederfindet

»Pst!« rief jemand, und nach einer Weile noch einmal: »Pst!«
Es war dunkel. Carow richtete sich auf. Er saß nicht mehr, an eine Säule gelehnt, draußen auf den Tempelstufen, sondern er lag wieder auf dem Laub in der Cella hinter dem Kultbild des Gottes. Er konnte sich auch diesmal nicht erinnern, in den Tempel gegangen zu sein.
In der halboffenen Tür sah er das schwache Licht des Sternenhimmels. Da nahm er einen Schatten wahr, der lautlos und schleichend zur Tür hereinkam und gleich im Dunkel der Cella verschwand.
Es werden, vermutete Carow, die Diebe sein, die die Koffer gestohlen haben und die nun sehen wollen, ob noch mehr zu holen ist. Oder es konnte Mannus mit seinen Spießgesellen sein, die ihm die Boxhiebe von heute heimzahlen wollten.
Er lauschte. Es war still, nur das Laub seines Lagers raschelte, als er sich erhob und vorsichtig auf die Tür zuging. Sehen und hören konnte er nichts, aber riechen. Er roch einen feinen Duft, frisch und wie Wiesenblumen oder Apfelblüten. Nein, Mannus roch so mitnichten. Er ging gebeugt, sprang auf den Duft zu und warf sich drauf.
Es war ein Mensch. Er konnte es jetzt auch fühlen. Sie leistete keinen Widerstand, sondern brach zusammen, hing weich und warm in seinen Armen und begann zu schluchzen.
Darauf war Carow nicht vorbereitet. Er nahm das Feuerzeug aus der Tasche und leuchtete ihr ins Gesicht. Aber da schrie sie vor Schreck auf, ihre Augen waren vor Angst weit geöffnet, und Carow ließ die Flamme sofort verlöschen. Sie wollte sich losreißen; aber er hielt sie fest.
Er hörte eine männliche Stimme von der Tür her.
»Wir sind Freunde«, sagte jemand. »Bitte erschrecken Sie uns nicht! Wir wollen Ihnen helfen. Bitte kommen Sie mit!«
»Nur«, antwortete Carow, »wenn ich meine Zigaretten wiederbekomme.«
»Ihr Gepäck? Wir haben es verwahrt. Es ist alles in Sicherheit. Bitte kommen Sie mit!«
»Kommen Sie!« sagte die Frau.

Carow ließ sie los. Seine Handfläche duftete frisch nach Blumen; er hielt sie an die Nase.
Der Mond war schon untergegangen, und es war dunkel, der Weg kaum zu erkennen. Der Mann ging voraus, und die Frau folgte ihm. Sie faßte Carow bei der Hand und führte ihn auf dem schmalen Pfad, über Treppen, durch das Gebüsch. Sie stiegen auf die Stadtmauer, die auf der Innenseite nur mannshoch war, ließen sich auf der anderen Seite schräg hinabgleiten, und stiegen den Hang hinunter, bis sie auf eine gepflasterte Straße kamen.
Dort stand hinter einem Strauch, an einen Ölbaum gebunden, ein Maultier, auf das sich Carow setzen mußte, wobei ihm der Mann half.
Die Straße führte nördlich von Velia am Fuß des Hügels entlang. Man bog nach etwa einer halben Stunde links auf einen Pfad ab, der durch die Felder führte. Die Sterne verblaßten, und das erste Licht der Dämmerung war im Osten zu ahnen, als sie auf eine Allee kamen, die auf einen Gutshof zuführte.
Vor den Eingangsstufen des Wohngebäudes hielt der Mann das Maultier an. Carow sprang auf eine Steinbank, die wohl als Trittstein zum Auf- und Absteigen gedacht war, und während der Mann das Maultier wegführte, ließ die Frau Carow ins Haus.
Der Flur und das Atrium waren dunkel. Durch eine offene Tür konnte Carow in die Küche sehen, in der eine Öllampe brannte. Ein Mädchen kauerte vor dem Herd und blies in die Asche. Sie wollte mit ein paar dürren Reisigzweigen Feuer anfachen. Als sie sich umdrehte, sah Carow in ein mageres Gesicht mit erschrockenen, großen Augen.
Er wurde in ein kleines Zimmer geführt. Die Frau öffnete den Fensterladen und brachte außerdem die Öllampe aus der Küche. Auf dem Fußboden lagen seine Koffer und die Schreibmaschine. Die Koffer waren geöffnet, die Kleidungsstücke hatte man auf das niedrige Bett an der Wand gelegt. In dem einen Koffer fand er die Zigaretten.
Carow warf die Arme hoch, sang die Anfangstakte des Donauwalzers, nahm die junge Frau – oder war es ein Mädchen? – in die Arme und wirbelte sie herum, mußte sie allerdings hochheben, denn sie war zu erschrocken und hatte ja auch noch nie im

Leben Walzer getanzt. Sie hatte überhaupt nicht getanzt, nicht einmal heimlich, obwohl ihre frühere Herrin auch in dieser obszönen Kunst erfahren war. Als Carow sie losließ, war sie erleichtert.

Er holte eine Zigarette aus der Schachtel; doch als er das Feuerzeug aus der Tasche nahm, lief sie schnell aus dem Zimmer, schloß aber die Tür nicht ganz, sondern sah durch den Spalt mit erschrockenen Augen, den Mund halb geöffnet und das Grauen genießend, wie die Flamme aus seiner Faust aufblitzte und wie Carow sich die Zigarette anzündete, was er etwas umständlicher tat als sonst.

Meyer-Proske erinnert sich an seinen Besuch bei Frau Ey

Eigentlich hatte ich nach dem Fiasko mit dem Schnösel von der Staatsanwaltschaft Jule Sommerfeld verhören wollen, aber als ich gestern wieder in Baden-Baden angekommen war und vor Jeannettes Haus einen Parkplatz suchte, startete er gerade seine neue *Yamaha*. Hinter ihm, in schwarzem Lederdreß, saß Jeannette und setzte sich den Schutzhelm auf.

»Du kannst vor meiner Garage parken«, rief sie.

»Ich wollte aber zu euch. Ich habe was mit Jule zu besprechen.«

»Keine Zeit. Wir sind unterwegs in die Schweiz. In drei, vier Tagen sind wir wieder zurück. Ruf uns gleich an!«

»Nicht vergessen!« rief Jeannette und winkte, als Jule Gas gab und losdonnerte.

Also war ich heute wieder nach Heidelberg gefahren.

Diesmal hatte ich nicht mit dem angehenden Assessor, sondern mit einem alten Amtsboten gesprochen, der mir den Tip gab.

»Gehen Sie doch mal zu Frau Ey, Plöck 66!« sagte er. »Gleich links runter bis zur Uni-Bibliothek, und da fragen Sie noch mal!«

Ein Mann, groß und ziemlich dick, machte die Tür auf.

»Spreche ich mit Herrn Ey?«

»Nein«, antwortete er, rief in den Flur: »Martha!« und ver-

schwand hinten. Martha ließ mich eine Minute warten. Sie schien ein bißchen aufgelöst zu sein.
»Entschuldigen Sie bitte, wenn ich störe«, sagte ich.
»Sie stören gar nicht. Sie kommen sicher wegen dem Zimmer«, sagte sie und strich ihr Haar glatt.
»Wegen welchen Zimmers?«
»Na, ich hatte doch eine Anzeige aufgegeben. Zu Vermieten.«
Ich erklärte ihr, daß ich von der Illustrierten *diese woche* komme und sie interviewen wollte.
Sie dachte, das sei ein ganz fauler Trick, und ich sei in Wirklichkeit ein Vertreter, der ihr etwas verkaufen wollte. Ich mußte lange mit ihr verhandeln, bis sie mich reinließ. Wir setzten uns an den Tisch in der Wohnküche. Sie räumte die Zeitung beiseite und legte ein Handtuch weg, das zum Trocknen über einem Stuhl hing. Es war alles blitzsauber in der Küche.
Sie hatte braunes Haar mit einem goldenen Schimmer und volle Lippen, war schon ein bißchen rundlich, aber noch gut beieinander.
»Sie hatten doch einmal bei Carow gearbeitet. Vor über zwanzig Jahren. Stimmt das?«
»Mein Gott, der Professor!« rief sie.
»Und Sie waren die letzte, die ihn gesehen hat.«
Sie war vorsichtig.
»Vielleicht. Vielleicht aber auch nicht.«
Ich fragte:
»Wer hat ihn denn Ihrer Meinung nach zuletzt gesehen?«
»Dazu will ich mich nicht äußern. Der Herr Dr. Sommerfeld war nach mir in der Wohnung; aber er behauptete, da sei der Professor schon weg gewesen. Koffer, Gold – alles weg.«
»Gold?« fragte ich.
»Ja, der Herr Professor hatte doch immer seinen Koffer mit all dem Gold neben dem Schreibtisch stehen. Er hat gesagt, ich soll drauf aufpassen. Aber ich habe immer gesagt, er soll das Gold lieber auf die Bank tragen.«
»Können Sie einmal erzählen, was Sie an dem letzten Abend gesehen haben?«
Sie wollte zuerst nicht so recht. Es sei doch alles schon so lange her. Sie hatte Weinbrand im Küchenschrank, und wir tranken ein Glas, und sie nachher noch eins.

»Also, was ich gesehen habe, war ganz normal. Ich kam so gegen sechs vorbei und habe den Abendbrottisch gedeckt – kalte Platte. Denn abends hat der Herr Professor immer kalt gegessen, aber richtig. Er war ja ein starker Esser, wenn ich das so sagen darf.
Was wird's gewesen sein? Mettwurst, Salami, Schinken, Sülze, Kartoffelsalat, Leberkäs, Roßbief, Frikadellen, Käse. Ein Mann von der Größe muß doch was Ordentliches essen, oder?«
»Haben Sie Professor Carow an dem Abend denn überhaupt gesehen?«
»Natürlich habe ich ihn gesehen. Als der Tisch gedeckt war, bin ich zu ihm rein; aber er hat da gesessen und gerechnet. Ich habe gesagt: ›Herr Professor, es ist angerichtet, und Sie können jederzeit kommen.‹ Aber er hat nur gewinkt, ich soll ihn nicht weiter stören. Wenn er rechnete, sah und hörte er überhaupt nichts. Um seinen Schreibtisch lag alles voll Papier. Wissen Sie, was immer so aus dem Computer kommt. Was am Boden lag, das warf ich morgens in den Abfalleimer. Wenn aber Papier auf dem Tisch liegen geblieben war, das mußte ich liegen lassen.«
»Und als Sie den Tisch gedeckt hatten?«
»Bin ich nach Hause gegangen. Aber dann ist ja noch Herr Dr. Sommerfeld zum Herrn Professor gekommen. Habe ich ja schon erzählt. Vielleicht eine halbe Stunde später.«
»Haben Sie ihn gesehen?«
»Ich nicht, aber Halbes, die über dem Herrn Professor wohnten. Das heißt, *gesehen* haben die ihn auch nicht, aber gehört, wie er mit seinem Motorrad kam. Das kann man ja nicht überhören. Und dann ist er raufgegangen und nach einer Weile wieder runter.«
»Meinen Sie, daß er etwas mit dem Verschwinden zu tun hat?«
»Natürlich«, antwortete sie, »irgendwas hatte er sicher damit zu tun.«
»Er wird ihn doch wohl nicht – also wie soll ich das ausdrükken? – beiseite gebracht haben?«
»Ah bah!« sagte sie und fiel vor Entrüstung in den Dialekt der Plöck zurück. »Des glaaw isch net. Aber irgendwas hatten die beiden zusammen vor. Sie werden das doch nicht alles in der Illustrierten schreiben, oder?«

»Natürlich nicht wörtlich, und wenn Sie es wünschen, können wir Ihren Namen auch ganz rauslassen.«
»Ach, den können Sie ruhig nennen. Schreiben Sie ruhig: Frau Ey hat das und das gesagt. Martha Ey. Mit Ypsilon.«
»Na, wir werden sehen. Also, Sie sind so gegen sieben Uhr nach Hause gegangen? Und dann?«
»Ja, als ich am nächsten Morgen wiederkam – ich kam morgens immer für zwei Stunden, Schlafzimmer, Badezimmer, Arbeitszimmer, Abwaschen. Und dann nachmittags wieder Abendbrot machen.«
»Als Sie am nächsten Morgen wiederkamen, da war der Professor nicht mehr da?«
»Da war er weg. Es war ganz unheimlich in dem Zimmer.«
»Wieso?«
»Weil es aufgeräumt war, auch der Schreibtisch. Es lag kein Papier mehr rum. Und als ich ins Eßzimmer kam, sah ich: Er hatte überhaupt nichts gegessen. Nicht einmal ein Bier getrunken. Nichts. Da wußte ich gleich: Das ist ein ernster Fall.«
»Und da haben Sie sofort seine Schwester angerufen?«
»Die Frau Professor Carow? Nein, ich habe die Polizei alarmiert.«
»Und was hat die Polizei gesagt?«
»Die ist gar nicht gekommen. ›Abwarten!‹ hat die gesagt und gelacht. ›Das kennen wir. Morgen ist er wieder da‹, hat die gesagt.«

Von Serena

»Ich weiß nicht, ob es richtig war«, sagte Ollius Rufus, und das sollte heißen: Es war nicht richtig.
»Natürlich war es richtig«, antwortete Serena. »Man wird ihn nicht finden, wenn alles so gemacht wird, wie ich gesagt habe: Die drei Zimmer seines Flügels werden ein geweihter, heiliger Bezirk, den nur ich und Tertia betreten; vor das Tor zum Obstgarten wird ein Schloß gelegt. Und du mußt dort gleich eine Senkgrube ausheben und eine *latrina* darüber bauen lassen; denn die vor der Küche kann er nicht benutzen.«
»Warum denn nicht?«

»Weil er da von allen Sklaven und Händlern gesehen werden kann, die in die Küche kommen.«
Serena saß auf einer Bank im Innengarten an einem Tisch, auf den sie mit Kreide den Plan für den ›Heiligen Bezirk‹ und Garten gezeichnet hatte. Ihr Mann stand in seiner ärmellosen, verschmutzten Arbeitstunika daneben. Er war knochig, vertrocknet und von jahrelanger Landarbeit gebeugt; aber die Oberarmmuskeln wölbten sich noch stark.
»Braucht ein göttlicher Mensch eigentlich eine *latrina*?«
Was konnte sie auf solchen Unverstand antworten!
Ollius Rufus fuhr fort:
»Wenn man mit ihm spricht, könnte man denken, er sei ein ganz gewöhnlicher Mensch wie du und ich.«
»Du hast aber doch selbst gesehen, wie er plötzlich aus dem Nichts vor uns erschienen ist. Er wird unserem Haus unermeßlichen Segen bringen.«
»Vorläufig«, antwortete Rufus, »sehe ich nichts als Kosten.«
»So?« fragte Serena. »Und die Goldmünze, die auf den Boden gefallen und in die Ecke gerollt ist, als wir seine Reisetaschen öffneten – meinst du, ich habe nicht gesehen, wer sie heimlich hat verschwinden lassen?«
»Sprich doch nicht so laut! Ich weiß nicht, wovon du redest!«
»Er wird es längst bemerkt haben. Wenn er will, braucht er nur mit dem Finger zu schnippen, und du bist diese Münze wieder los.«
Ollius Rufus faßte verstohlen an den Bausch seiner Tunika. Die Münze war noch da. Er selbst hatte sie eingenäht. Er strich sich mit der Hand über den Kopf. Das Haar war grau, glatt geschoren, aber wieder gewachsen. Es stand aufrecht wie eine Bürste. Auch im Gesicht hatte er graue Bartstoppeln.
Ollius Rufus war älter, er war viel älter als Serena, was vieles erklären mag. Er hatte als kleiner Landpächter mit nur fünf Sklaven angefangen. Er und seine Frau Petacia Rufilla hatten fünfundzwanzig Jahre lang hart auf dem Hof und dem Feld gearbeitet. Dann war sie gestorben. Er hatte sich bald daran gewöhnt, allein zu sein.
Vor zwei Jahren mußte sein Patron, der meist in Rom wohnte, dort in Saus und Braus lebte und ständig in Geldnot war, das Gut verkaufen. Ollius wollte es gerne haben; er war begierig

darauf; aber es war ihm zu teuer. Nun hatte die Frau des Patrons aber eine junge, hübsche Frisier- und Garderobensklavin, in deren Kammer der Patron öfter zu übernachten pflegte als im ehelichen Schlafzimmer. Die Patronin bot die Sklavin ihren Freundinnen zu einem Freundschaftspreis an; aber es stellte sich heraus, daß sie sie nicht einmal geschenkt haben wollten, weil sie ähnliche Scherereien fürchteten.

Da machte die Patronin dem Ollius Rufus einen Vorschlag: Wenn sie die Sklavin freilasse und er sie zur Frau nehme, werde sie ihren Mann überreden, ihm das Gut zu besseren Konditionen zu überlassen. Rufus nahm das Angebot an. Das war vor vier Jahren.

Die Sklavin hieß Serena.

An dem Nachmittag, an dem Carow ihnen auf den Tempelstufen erschienen war, hatten sie dem Patron und der Patronin, die mit ihrer Segeljacht zu Besuch nach Velia gekommen waren, die letzte Rate bezahlt. Das Gut gehörte jetzt Ollius Rufus.

Er war sehr auf Geld aus, und da er gut rechnete, schien es ihm manchmal zweifelhaft, ob es wirklich ein gutes Geschäft gewesen war, mit dem Gut auch Serena zu übernehmen, die zwar in ihrer Art tüchtig war und den Haushalt zu leiten verstand, aber Geld nicht zurücklegen wollte, sondern in einem fort Vorschläge zur Verschönerung des Hauses oder für so unsinnige Projekte wie eine neue Latrine machte.

Der Heilige Bezirk des Hauses sollte nun verbotener Boden für alle außer Serena und Tertia, die Sklavin, werden, die Carow am Morgen seiner Ankunft am Herd gesehen hatte.

Er hatte um einen größeren Tisch gebeten. Serena und Tertia trugen ihn, aber schon weit vor Carows Tür setzte Tertia ihn nieder, blieb stehen, weigerte sich auch nur einen Schritt weiterzugehen, nahm einen Finger in den Mund und wimmerte vor Angst.

Serena rief sie unterdrückt bei Namen und stampfte mit dem Fuß auf; aber Tertia rührte sich nicht vom Fleck. Doch Carow hatte vor der Tür etwas gehört. Er kam heraus, sah Serena mit dem Tisch und half ihr, ihn in sein Zimmer zu tragen.

Sie trat dann aber sofort wieder zurück und blieb im Türrahmen stehen.

Serena war schlank, und es tat Carows Auge wohl zu sehen, wie sie ging und sich bewegte. Ihre Augenbrauen waren hoch und geschwungen, sicherlich mit Antimon nachgezogen; die Augen blickten groß und dunkel aus den blaugrünen Augenschatten. Das Haar war immer vorzüglich frisiert, schräg gescheitelt und mit kühn scheinender Wildheit zur Seite gebürstet. Frisieren hatte sie ja gelernt. Ihr Vater war aus Mauretanien gewesen. Von ihm hatte sie wohl auch die Haut mit dem silbrigen, grün getönten Glanz der Blätter des Ölbaums. Eine Bauersfrau war sie keineswegs und wollte es auch nicht sein.

»Sie haben nun den größeren Tisch, den Sessel, den Hocker, den Tisch und das Waschgeschirr mit Wasser«, sagte sie von der Tür her. »Wenn Sie noch etwas brauchen, sagen Sie es mir bitte! Und wenn ich nicht hier bin, können Sie läuten. Die Glocke steht dort auf dem Fensterbrett. Sind Sie mit dem Bett zufrieden? Es ist unser schönstes Bett, aber Sie sind doch so groß und schwer.«

»Es ist etwas kurz, die Decke auch; aber jetzt im Sommer macht das nichts. Ich glaube, es wird gehen, wenn ich ruhig liege.«

Sie sagte dazu nichts.

Carow setzte sich auf das Bett, das unter seinem Gewicht knarrte, und sagte, er wolle jetzt seine Sachen auspacken und prüfen; dann aber würde er gerne den Hof besichtigen und in die Stadt gehen.

»Unmöglich!« rief sie erschrocken und trat einen Schritt zurück in das Halbdunkel des Flurs. »Eben haben wir gehört, daß Sie vom Magistrat gesucht werden. Die Amtssklaven sind überall unterwegs. Die Leute in der Stadt lachen natürlich über diese Maßnahmen; denn wir wissen ja alle, daß Sie uns jederzeit wieder so entschwinden können, wie Sie gekommen sind; aber wir möchten doch, daß Sie bei uns bleiben.«

Sie beugte ein Knie und kniete auf der Türschwelle nieder, und hob flehend die Hände.

»Wir haben Sie sofort erkannt, als Sie plötzlich auf der Stufe des Tempels erschienen sind. Wir verehren Sie. Wir bitten um Ihren Segen.«

Ihre Stimme war belegt, als sie das sagte. Carow aber machte eine ungeduldige Handbewegung.

»Stehen Sie auf! Mir ist das peinlich. Ich weiß nicht, für wen Sie mich halten; aber wer es auch sei, der bin ich nicht. Sie verwechseln mich. Und wenn ich der wäre, den Sie in mir vermuten, brauchte ich mir über die Anordnungen des Magistrats doch nicht die geringste Sorge zu machen.«

»Das Schlimme ist nur«, antwortete sie, »daß auch die beiden Philosophen der Pholé Sie im Auftrag des Pholarchen suchen.«

»Nun, wer ist schon der Pholarch!« sagte Carow.

»Oh, wie können Sie so etwas sagen!«

»Stehen Sie jetzt endlich auf, und nehmen Sie die Hände runter! Sie wissen: Ich will nicht angebetet werden, weder von Ihnen noch von irgendeinem anderen Menschen.«

Doch es gelang ihm nicht, diese Worte in strengem Ton zu sagen; sie gehorchte trotzdem, stand auf, ordnete ihre Tunika und trat wieder durch die Tür in das Halbdunkel des Flurs.

»Ich weiß ja, daß Sie nicht erkannt werden wollen, aber daß Sie aus dem Nichts kamen, werden Sie doch wohl nicht leugnen wollen. Ich selbst war Zeuge. Und wenn ich zu Ihnen bete, dann tue ich es ja auch nur im Verborgenen, hier, wo es niemand sieht außer Ihnen.«

Carow antwortete: »Ich fürchte, ich werde Sie bald sehr enttäuschen.«

Er stand auf und nahm aus dem Koffer Tastatur, Diskettenstation und Speicher, Drucker und Bildschirm seines Computers und legte alles auf den Tisch.

»Sie werden mich nie enttäuschen«, sprach Serena von der Tür her, »denn ich weiß, wer Sie sind.«

Sie ging und schloß die Tür. Carow setzte sich auf das Bett und rauchte erst einmal eine Zigarette, begab sich dann wieder zum Tisch, prüfte die Kabelverbindungen und schaltete das Gerät ein, doch die Leuchtdiode blieb dunkel. Er suchte den Fehler, da hörte er Serena vor der Tür.

Sie wagte es nicht, einfach hineinzugehen. Sie kniete nieder und betete; erst dann öffnete sie die Tür. Sie brachte einen zusammengefalteten Stoff und bot ihn Carow mit beiden Händen dar.

»Allenfalls«, sagte sie, »können Sie heute abend, wenn es dunkel ist und die Sklaven weggeschlossen sind, einmal über den Hof gehen; aber es wäre zweckmäßig, die Kleidung von uns Menschen anzulegen, falls Ihnen doch zufällig ein Haussklave

oder gar ein Fremder über den Weg laufen sollte. Hier ist eine Sommertunika aus Leinen, die dem früheren Besitzer dieses Hauses gehört hatte. Er ist größer als Ollius Rufus, dessen Tunika Ihnen natürlich keinesfalls passen würde; außerdem hat er nur eine.«
»Gut. Danke. Legen Sie sie bitte auf das Bett!«
»Wollen Sie sie nicht anprobieren?«
Die Tunika war aus zwei Stoffbahnen zusammengenäht und als Carow sie auseinanderlegte und vor sich hielt, sah sie aus wie ein Nachthemd. Sie war nicht zu knöpfen. Serena zeigte ihm, wie er sie über den Kopf ziehen mußte.
Sie ging wieder in den Türrahmen und sah ihm zu, wie er damit fertig zu werden versuchte. Vergeblich, denn er hatte ja auch noch Jacke und Hemd an. Er legte daher die Jacke ab und zog das Hemd aus.
»Oh!« rief Serena von der Tür; es klang halb erschrocken, halb wie ein Seufzer.
»Was ist?«
Sie war verlegen.
»Es ist mir nur so herausgefahren – weil Sie soviel Haar auf der Brust haben, auch auf den Armen, und weil das Haar rot ist.«
»Haben Sie das noch nie gesehen?«
»Nein«, sagte sie, und ihr Gesicht wurde dunkel-olivfarben.
»Es wäre freundlich, wenn Sie mir wenigstens helfen würden, entweder die Tunika über meine Schulter zu ziehen oder meinen Kopf durch dieses vermaledeite Kopfloch zu zwängen.«
Sie kam und zog, aber so schüchtern, daß es nur wenig half. Carow selbst machte eine Anstrengung – dann war er in der Tunika; die Naht war allerdings gerissen.
Serena stand an der Tür und lachte ganz offen und hatte anscheinend jede Scheu vor Carows Gottheit verloren.
»Nein!« sagte sie. »Sie geht Ihnen ja nur bis zum Knie! Außerdem ist sie Ihnen auch viel zu eng, weil Sie eine Brust haben – oh, wie ein Faß!«
»Sie belieben zu übertreiben«, sagte Carow. »Würden Sie mir bitte wieder aus diesem Kleidungsstück helfen?«
Sie half etwas, aber da er ungeduldig war und die Brust weitete, riß die Naht vollends, und er konnte nun ohne Schwierigkeit aus der Tunika heraussteigen.

»Ich werde Ihnen eine passende zuschneiden und nähen. Ich werde Ihnen nachher Maß nehmen.«
»Jetzt habe ich erst einmal mit diesem Ding hier zu tun. Es scheint irgend etwas nicht in Ordnung zu sein.«
»Was ist nicht in Ordnung?«
»Das weiß ich auch noch nicht. Dieses kleine Fenster hier leuchtet nicht mehr. Vielleicht ist es beschädigt.«
»Seltsam!« sagte Serena.
Sie kam näher, und ehe Carow sie davon abhalten konnte, hatte sie den Apparat eingeschaltet, aber die Leuchtdiode blieb tot.
»Seltsam!« wiederholte sie enttäuscht. »Es hat doch noch die ganze Nacht geleuchtet.«
Carow drückte den Knopf der Batteriekontrolle. Der Zeiger schlug nicht mehr aus; die Batterien waren leer.
Da überkam es ihn wieder.
Er faßte Serena bei den Schultern schüttelte sie und schrie sie an und fragte sie, wer ihr erlaubt habe, an dem Computer zu spielen.
Ihr Gesicht war blutleer, die Augen waren voller Schrecken. Sie wollte beten; aber Carow schüttelte sie. Serena erwartete im nächsten Augenblick den Tod.
Er schob sie zur Tür hinaus.
»Ich will nichts mehr sehen, ich will nichts mehr hören! Ich will allein sein!« schrie er. Er schrie es auf deutsch, aber sie verstand ihn dennoch. Sie fiel draußen vor der Tür nieder und schluchzte.

Carows Erschrecken beim Anblick des Großen und Kleinen Bären

Carow setzte sich auf das Bett und legte die Hände vor die Augen wie damals, als er auf den Treppenstufen des kleinen Tempels eingetroffen war. Er wollte allein sein. Doch er *war* ja allein. Er war nun endgültig in dieser Welt und Zeit gefangen. Er konnte nicht mehr zurück.
Die Daten und Kurven für seine Rückkehr hätte er nur mit dem Computer bestimmen können. Aber es war unmöglich, in einer

Zeit, die die Elektrizität nicht kannte, die Batterien wieder aufzuladen.
Er war nun endgültig gescheitert, aber nicht weil seine Ansätze, Formeln und Berechnungen grundsätzlich falsch waren, sondern weil eine Ahnungslose am Computer gespielt und ihn nicht ausgeschaltet hatte. Sie hatte sich an der kleinen grünen Leuchtdiode erfreut!
Ein Zufall? Je länger er darüber nachdachte, desto mehr zweifelte er daran. Es stieg vielmehr der Verdacht in ihm auf, daß hier ein zielbewußter Wille am Werk war, der sich der Ahnungslosigkeit Serenas bedient haben mochte. Vielleicht war im Raum oder auch außerhalb, also im Nicht-Raum, einer – natürlich kein Mensch und kein Gott, der aussah wie ein Mensch, einer mit langem weißen Bart oder einer, der Blitze schleuderte, sondern ein immaterieller Wille, der »Halt!« rief.
»*Halt!* Das ist nun weit genug gegangen! Der Versuch des Professors Carow, der Zeit ein wenig unter die Röcke zu sehen, war ein amüsantes Spiel. Wir hatten ihn eine Weile gewähren lassen, aber jetzt muß das ein Ende haben. Er sieht sonst zu viel.«
Was nun? Er war in dieser Zeit gefangen. Sein Experiment war fehlgeschlagen, es hatte ihn in Velia als ein Monstrum an Land gespült, das niemand verstehen und das er niemand erklären konnte.
Das Bett war hart. Es hatte keine Matratze, nicht einmal einen Strohsack. Über einem Geflecht von Gurten, die grau und morsch vor Alter waren, lag eine Filzdecke, und darauf eine Decke aus Wolle.
Als er aufwachte, war es dunkel, doch er hatte den Eindruck, ein silbergrau leuchtender Schwaden ziehe durch das Zimmer und verändere alles. Er richtete sich auf und sah sich um. Plötzlich war ihm alles fremd. Das verwirrte ihn; er wollte sich nun bei dem Gedanken beruhigen, es werde wohl alles eine Sinnestäuschung sein. Was sollte sich denn verändert haben! Nichts hatte sich verändert. Es war alles an seinem Platz. Was ihm so fremd erschien, hatte seinen Grund allenfalls in einer plötzlichen Alteration des Gemüts, einer Angst, die im Schlaf vielleicht nur für Sekunden wie ein Alp auf ihm gelegen hatte und die ganz banale physiologische Ursachen haben konnte. Das Gefühl werde gleich vorüber sein, dachte er.

Aber so schnell war es keineswegs vorüber. Sein Puls schlug schneller, und Schweiß trat ihm auf die Stirn. Er ging zum Fenster, um frische Luft hereinzulassen; doch als er die hölzernen Läden aufstieß, prallte er zurück.
Ihm war, als habe jemand vor dem Fenster gestanden und ihn beobachtet. Er lehnte sich vorsichtig hinaus, aber er sah nur die Obstbäume des Gartens. Es war niemand da, und doch hatte er einen Blick gefühlt.
Hinter der Tür hörte er Serena, die zwar nicht mehr schluchzte, aber immer noch leise und eindringliche Zwiesprache mit ihrem Gott zu halten schien. Der aber verstand sie nicht, denn er hatte sich auf das Fensterbrett gesetzt und sah hinaus.
Die Sterne über den Bäumen leuchteten wie Punkte und flimmerten überhaupt nicht, sondern sandten stechende Strahlen aus. Die Milchstraße zog sich im Bogen über den Himmel und setzte mit ihrem einen Ende auf dem Vorgebirge Velias auf. Hoch über den Bergen, jenseits des weiten Tales, standen der Große und der Kleine Bär.
Ein vertrautes Bild. Doch als Carow näher hinblickte, schien ihm etwas an den Sternbildern seltsam zu sein; er wußte aber nicht, was. Je länger er hinsah, desto fremdartiger leuchteten sie herab.
Was war das Seltsame? Sie hingen dort oben, und es war ihm, als fragten sie ihn:
»Bist du denn blind?«
Er spürte, daß sie eine Frage stellten und daß die Frage vor ihm lag, aber er konnte sie nicht sehen. Er war mehrmals dicht davor, sie zu erkennen; aber wenn immer der Gedanke zupakken wollte, zog sie sich zurück. Carow wurde ungeduldig; er gab auf. Doch gerade in diesem Augenblick sprang sie ihm plötzlich vor Augen, und er erschrak.
Er sah noch einmal hin. Es konnte keine Täuschung sein.
Carow ging schnell zur Tür und zog Serena, die ängstlich zurückgewichen war, ins Zimmer und zum Fenster, um eine Zeugin zu haben, die ihn bestätigen konnte.
Er beugte sich zu ihr hinab und deutete von ihren Augen aus an den Nordhimmel.
»Der Polarstern?«
»Schräg rechts davon!«

Er hielt ihren Arm in die Richtung. Er roch Apfelblüten und Wiesenblumen.
»Ursa maior – die Große Bärin.«
»Ja, und fällt Ihnen daran nichts auf?«
»Nein«, sagte sie. »Wenn Sie die Linie zwischen den Hinterbeinen der Großen Bärin verlängern, treffen Sie auf den Polarstern.«
»Aber sehen Sie nicht, daß sie falsch hängen?«
»Wie?«
»Sie hängen doch spiegelverkehrt: Der Große Bär sieht in diese, der Kleine in jene Richtung. Es muß umgekehrt sein.«
Sie verstand ihn nicht. Sie hatte die Sterne nie anders gesehen. Er war verwirrt, und es war ihm wieder nicht ganz geheuer.
»Als ich vorhin die Fensterläden öffnete«, sagte er, »war mir, als beobachte mich jemand von draußen; doch es war niemand da.«
Sie war alarmiert.
»Dann machen Sie schnell die Fenster zu! Schnell!«
Sie selbst zog sie heran und schob den Riegel vor.
»Es war bestimmt der Pholarch oder einer seiner Leute. Man sucht Sie. Vielleicht hat man Sie schon gesehen.«
Sie sank vor ihm nieder und umfaßte seine Knie.
»Sie dürfen sich nicht so leichtsinnig in Gefahr begeben! Er möchte sie zu sich in die Pholé nehmen, damit Sie ihm dort dienen wie seine beiden Ständigen Philosophen; aber ich flehe Sie an, entziehen Sie sich uns nicht! Bleiben Sie bei uns!«
»Ich habe Ihnen schon so oft gesagt, daß ich nicht angebetet werden will wie ein Gott. Es ist mir äußerst peinlich.«
»Ich weiß ja, aber hier sieht uns doch niemand. Tür und Fenster sind zu. Ich habe das kleine grüne Licht in Ihrem Gepäck gelöscht und zerstört. Bitte vergeben Sie mir meine Schuld!«
Sie kümmerte sich nicht um seinen Protest, sondern hielt weiterhin seine Knie umfangen und lehnte ihren Kopf dagegen. Carow beugte sich verdrießlich herab und löste ihre Hände mit sanfter Gewalt; aber als er sie emporzog und ihren Duft einatmete, wurde er schwach, und es überkam ihn wieder; aber diesmal war es nicht der *furor teutonicus*.
Die morschen Gurte des Bettes rissen schnell, einer nach dem anderen.

Meyer-Proske beklagt seine Verluste in der Spielbank von Baden-Baden

Jule Sommerfeld und Jeannette waren in der Schweiz; ich nutzte daher die Zeit aus und ging jeden Vormittag ins Friedrichsbad und absolvierte da das ganze irisch-römische Badeprogramm: Dusche, Heißluftbad I und II, Bürstenmassage, Dampfbad und die drei Wasserbecken mit verschiedenen Temperaturen, in denen man liegen und sich in die Betrachtung der Säulen, Kassettendecken, Putten, Atlanten und Stukkaturen versenken konnte, die, vor rund hundert Jahren gebaut, nach der Renovierung wieder ganz prächtig aussahen. Wenn man so in dem warmen Wasser lag, fühlte man sich wie der römische Kaiser.

Man konnte gut verstehen, daß die alten Römer, die hier schon vor zweitausend Jahren gebadet hatten, davon verweichlicht wurden und schließlich nicht mehr in den Krieg ziehen wollten, was dann, wie wir in der Schule lernten, zum Untergang des römischen Weltreiches geführt hatte.

Wenn ich lange genug in den Warmwasserbecken gelegen und mich solchen welthistorischen Betrachtungen hingegeben hatte, sprang ich in das Kaltwasserbecken, wurde dann von weißgekleideten Badedienern in steifleinene, angewärmte Laken gewickelt, in den Ruheraum geleitet, dort in ein Bett gelegt und zugedeckt. Gewöhnlich schlief ich gleich ein, und wenn ich wieder aufwachte, war ich ein neuer Mensch.

Nachmittags saß ich im Café Rumpelmeyer und schrieb den Kollegen in der Redaktion Ansichtspostkarten, in denen viel von meiner aufreibenden Tätigkeit für *diese woche* die Rede war.

Die Abende allerdings waren ein Problem. Abends ging man in Baden-Baden ins Bett – allein, denn die weiblichen Wesen im Hotel waren alle in festen Händen.

Am dritten Abend besuchte ich das Casino und ließ mir erklären, wie man spielt und gewinnt. Eine junge Engländerin mit blondem Haar, das von Natur einen rötlichen Schimmer hatte, mit Sommersprossen und den schönsten Zähnen, die ich je gesehen hatte, war besonders hilfreich und machte mich auf wirklich haarsträubende Fehler von Anfängern aufmerksam. Sie hatte ein System und sagte, wenn ich wollte, könnte ich mit ihr zusammenspielen. Ich kaufte mir für fünfhundert Mark Jetons, die

wir uns teilten. Das Geld wollte sie mir sofort wiedergeben, wenn wir gewonnen hatten.
Kurzum, ich machte an dem Abend rund dreitausend Miese. Die englische Dame konnte sich das gar nicht erklären. Solche Pechsträhne hatte sie noch nie gehabt. Sie hatte genau Buch geführt und wollte am nächsten Tag ausrechnen, ob sich diese Pechserie überhaupt mit den Gesetzen der Wahrscheinlichkeit vereinbaren ließ, was sie sehr bezweifelte und für ganz unwahrscheinlich hielt. Sie trug den Verlust mit Lächeln.
»*Call me Peggy!*« sagte sie, als ich sie zum Hotel Hofgarten, gegenüber der Spielbank, dem teuersten Hotel am Platze, gebracht hatte.
Ihren Nachnamen erfuhr ich erst viel später. Sie hieß Mrs. Williams.
Als ich am nächsten Vormittag im Warmwasserbecken über einer Sprudelöffnung lag, fiel es mir schwer, weltgeschichtliche Betrachtungen anzustellen, weil ich immer wieder darüber nachdenken mußte, wie ich die dreitausend Mark ohne Belege von der Buchhaltung wieder reinkriegen konnte. Ich hinterließ bei Jule, er solle mich gleich nach seiner Rückkehr aus der Schweiz anrufen und fuhr mit dem Nachmittagszug zur Redaktion.
Redlich wollte natürlich wissen, wie weit ich war.
»Mitten drin«, sagte ich.
»Gott sei Dank, dann sind Sie ja bald fertig.«
»Nicht mittendrin im *Buch*«, sagte ich, »sondern in der *Vorgeschichte*; die ist fast noch interessanter als das Buch selbst.«
»Sie meinen«, fragte Redlich, »wenn ich Ihre telefonischen Andeutungen der letzten Tage richtig interpretiere, daß Herr Sonnenfeld Carow umgebracht und die Koffer mit dem Gold beiseite geschafft hat.«
»Halt! Vorsicht! Das habe ich nie gesagt. Ich bin ein seriöser Journalist.«
Redlich sah mich prüfend an und wußte nicht recht, was er darauf antworten sollte; aber schließlich sagte er:
»Und wir sind eine seriöse Zeitschrift.«
Dazu gab ich keinen Kommentar ab.
»Meine Recherchen«, fuhr ich fort, »haben Kosten in Höhe von rund dreitausend Mark verursacht, über die ich keine Belege

beibringen kann. Ich habe den Betrag vorerst aus eigener Tasche ausgelegt. Könnten Sie der Buchhaltung nicht eine kurze Anweisung schicken?«
»MP!«, sagte Redlich traurig, vorwurfsvoll und wahrheitswidrig. »Sie wissen doch genau, daß ich das nicht darf. Sprechen Sie mit Müller in der Buchhaltung! Wenn Sie ihn überzeugen können, werde ich mich nicht querlegen. Sie haben das Geld doch hoffentlich nicht in der Spielbank verloren?«
»Darauf«, sagte ich beleidigt, »antworte ich Ihnen gar nicht. Aber zu Ihrer Frage von vorhin, ob Jule Sommerfeld den Professor Carow umgebracht hat – ich weiß es nicht. Ich kann nur soviel sagen: Auch diese Möglichkeit sollte man nicht ausschließen. Wenn das wirklich ein Kriminalfall ist, dann ist er schon an sich interessant, auch ohne das Manuskript von Carow.
Sommerfeld ist für ein paar Tage verreist, aber sobald er wieder zurück ist, muß ich wieder nach Baden-Baden.«
Redlich wollte etwas einwenden, und ich wußte schon was. Deshalb fuhr ich fort:
»Ich weiß nicht genau, wo er gerade ist und was er vorhat. Er hat sich darüber nur vage ausgedrückt. Man muß natürlich immer daran denken, daß er Verbindung mit der Konkurrenz aufnehmen könnte.«
»Wenn Sie immer am Ball sind, sollte das doch zu verhindern sein. Was machen Sie eigentlich hier in der Redaktion?«
Müller-Kasse saß eisern auf dem Geld. Ich mußte mir etwas anderes einfallen lassen, oder ich konnte die dreitausend Mark in den Schornstein schreiben.
Jule rief an, er sei wieder zurück. Als ich am späten Nachmittag bei Jeannette und ihm in Baden-Baden ankam, war er in der Küche. Er hatte sein Motorrad in lauter Einzelteile zerlegt, die überall verstreut waren. Meistens hatte er Zeitungspapier unterlegt. Er suche einen Fehler in der Zündung, sagte er.
Zwei Stunden später, als ich wiederkam, deckten Jeannette und er den Küchentisch; vom Motorrad war nichts mehr zu sehen. Wir aßen frugal, nämlich Wurst- und Schinkenbrote und tranken dazu Federweißen.
»Ich habe mit Frau Ey gesprochen. Sie sagt, du seiest der letzte gewesen, der Carow vor seinem Verschwinden lebend gesehen hat.«

Jule wurde blaß. Er legte Messer und Gabel hin und sagte, jedes Wort betonend:
»Das ist eine infame Lüge!«
Er nahm sich zusammen, aber man merkte, daß er dicht vor einem Wutausbruch war:
»Wie kommst du überhaupt zu Frau Ey?«
Ich redete mich raus. Von der Staatsanwaltschaft sagte ich nichts.
»Als du in der Schweiz warst, mußte ich doch irgend etwas tun. Ich habe mir Heidelberg angesehen, und da Carow Frau Ey in dem Teil des Manuskripts erwähnt, den du abgeschrieben hast, habe ich sie aufgesucht. Plöck 66.«
Jule sah mich an, als wollte er mich im nächsten Augenblick erstechen. Er fragte: »Denkst du, ich habe ihn umgebracht?«
Jeannette hörte auch auf zu essen und sah mich an.
Ich antwortete: »Wie kommst du nur auf einen solchen absurden Gedanken!«
»Du glaubst also *nicht*, daß ich ihn umgebracht habe?«
Ich wollte mich nicht festlegen und wich aus.
»Das ist keine Frage des Glaubens«, sagte ich. »Ich gehe an die ganze Geschichte ohne vorgefaßte Meinung heran, und ich glaube nur, was ich sehe, erkenne und begreife.«
»Dann wirst du die Geschichte von Carow und mir nie verstehen«, antwortete er.
»Welche Geschichte? Du erzählst mal dies, mal jenes; aber was du an dem fraglichen Abend gemacht hast, darüber hast du zusammenhängend noch nie gesprochen.«
»Nicht? Das ist schnell erzählt.«
»Bitte!«
Jule überlegte kurz, dann fing er an: »Also Carow«, sagte er, »hatte mich am späten Nachmittag, als ich in der Sternwarte arbeitete, angerufen und gefragt, ob ich ihm auf dem Weg nach Hause nicht die Zigaretten vorbeibringen könnte, die in eine Tropenpackung aus Blech eingeschweißt in seinem Schrank im Institut lagen. Ich wollte eigentlich gar nicht mehr runter in die Stadt; denn es war Freitag abend, und ich hatte für das Wochenende eine Verabredung hier in Baden-Baden.
Doch als ich Carow fragte, warum er denn die Zigaretten so dringend brauche, antwortete er merkwürdig ausweichend, daß

mir der Verdacht kam, ihm sei der Durchbruch gelungen. Darum fuhr ich dann doch noch zu ihm; denn es war einmal die Rede davon gewesen, daß ich ihn auf seinem Versuch begleiten sollte. Aber als ich in sein Zimmer kam, war er nicht mehr da.«

»Einen Augenblick! War seine Wohnung nicht abgeschlossen?«

»Nein, die Tür war nur zugeschnappt. Ich hatte aber gesehen, daß in seinem Arbeitszimmer Licht brannte; und da es mir seltsam vorkam, daß er nicht aufmachte, nahm ich eine kleine Plastikkarte wie diese und schob damit den Schnapper zurück.«

Er zog eine Plastikkarte aus der Brusttasche und zeigte sie mir.

»Gewöhnlicher kleiner Reklame-Kalender. Kinderleicht, damit eine zugefallene Tür zu öffnen.«

»So kommt er hier auch immer rein, seit er den Schlüssel verloren hat«, sagte Jeannette. »Wie ein Profi.«

»Wie ein Profi«, sagte ich nachdenklich.

»Soll *ich* reden oder wollt *ihr*? Na also! Carows Zimmer war leer, aber der Zigarettenrauch war noch in der Luft. Er hatte anscheinend eben noch gearbeitet. Der Tischcomputer war eingeschaltet und piepte. Er wollte Arbeit haben oder abgeschaltet werden. Ich stellte ihn ab. Auf dem Tisch und am Boden lag alles voller Papierstreifen, die aus dem Drucker gekommen waren. Das war zwar normal, ungewöhnlich war nur, daß Carow nicht da war, während der Computer lief, daß sein Schreibtischstuhl umgestoßen war und daß die Koffer fehlten.

Im Eßzimmer war Licht; das Essen stand auf dem Tisch, aber er hatte noch nicht gegessen. Ich dachte, er sei vielleicht im Schlafzimmer oder Bad und rief, ich hätte die Zigaretten gebracht. Als er nicht antwortete, sah ich überall in der Wohnung nach, aber er war verschwunden.«

»Wußtest du dann gleich, wo er war?«

»Nein, aber ich hatte einen Verdacht, und deshalb war ich auch so wütend. Er hatte sich nicht an unsere Vereinbarung gehalten. Ich sah ja nachher auch aus den Computer-Streifen, woran er gearbeitet hatte.«

»Und dann?«

»Ich nahm die Zigaretten wieder mit und radelte mit meiner BMW nach Baden-Baden.«
»Aber Frau Ey sagte, als sie am nächsten Morgen kam, war das Zimmer aufgeräumt. Alle Papiere waren weg.«
Jule goß sich noch ein Glas Federweißen ein.
Ich wartete, schließlich antwortete er:
»Ich fürchte, ich muß doch einmal mit der Wahrheit raus: Die Computer-Streifen habe ich alle mitgenommen, auch die dicke Kladde und die anderen Unterlagen, die Carow immer für seine Arbeit brauchte; und nach Baden-Baden bin ich an dem Abend nicht mehr gefahren. Ich war viel zu aufgeregt. Aber der Polizei habe ich das nicht gesagt.«
»Hat sie dich nicht danach gefragt?«
»Doch, ständig; aber ich habe immer geleugnet.«
»Aber warum denn?«
»Weil ich sonst vielleicht die Papiere wieder hätte rausrücken müssen. Die hätte dann ein anderer Mathematiker zu Gesicht bekommen und – wenn er die Rechnungen überhaupt verstand – veröffentlichen können, natürlich unter seinem eigenen Namen.
Ich hatte die Papiere damals nur an mich genommen, weil ich verhindern wollte, daß ein anderer Carow die Priorität stiehlt. Natürlich hatten wir auch oft davon gesprochen, daß die Formel, die Carow suchte, äußerst brisant sein würde. Aber ich nahm das damals noch nicht ernst genug. Ich vermute, Carow hat mich aus diesem Grunde nicht mitgenommen. Aber jetzt habe ich die Lektion gelernt. Ich würde es ihm, wo immer er auch gerade ist, gerne sagen.«
»Ich denke, er ist tot?«
Jule antwortete nicht. Er sah wie abwesend zum Fenster. Da war aber nichts.
»Und wo sind die Unterlagen jetzt?«
»Ich weiß nicht.«
»Dann wird niemand beweisen können, daß Carows Theorie richtig war.«
»Doch, wir beide beweisen es ja mit seinem Buch, das wir herausgeben wollen. Aber ich denke natürlich nicht daran, Carows Prinzip zu erklären, wie dein Herr Redlich es gerne sehen würde.«

»Warum?«
»Hört ihr denn nicht zu? Ich habe das doch schon hundertmal gesagt! Weil sonst Krethi und Plethi in die Vergangenheit reisen könnten. Stell dir vor, die großen Touristikunternehmen nähmen solche Reisen in ihr Programm auf!«
»Na und?« fragte ich.
»Ein Campingplatz auf dem Marsfeld von Rom und täglich Führungen auf das Forum und Besichtigung des Senats? Oder Journalisten *dieser woche*, die sich in Delphi um ein Interview mit der Pythia des Apollo-Tempels bemühen? Oder eine Delegation von *amnesty international*, die in Athen gegen die Verurteilung des Sokrates und in Jerusalem gegen den Kreuzestod Jesu protestiert?«
»Mensch, Jule«, sagte ich, »das sind aber doch gewaltige Perspektiven! Du mußt auch das Positive sehen! Wir könnten dann doch alle die Fehler der Geschichte korrigieren. Stell dir vor, die Leute von *amnesty international* hätten Erfolg, und Jesus würde begnadigt! Hohoho! Da bliebe dem Papst aber die Luft weg! Hihihi!«
Jeannette fragte, ob man dann nicht auch die Fehler korrigieren könnte, die man selbst einmal gemacht hatte. Sie wüßte schon den einen oder anderen.
Jule schrie auf einmal: »Schluß, Schluß, Schluß! Was redet ihr für einen Unsinn! Das ist ja kriminell!«
Ich hatte ihn noch nie so wütend gesehen. Aber Jeannette goß ihm schnell noch ein Glas Federweißen ein, und ich sagte, das sei doch alles nur Scherz gewesen.
»Entschuldigt, wenn ich so aus der Rolle falle!« sagte er.
»Schon gut«, antwortete ich, »aber ›kriminell‹ war doch wohl ein bißchen zu stark.«
»Nein! Zu schwach!«, rief Jule. »Wer so mit der Geschichte umgehen würde, wäre schlimmer als ein Kriegsverbrecher. Er vernichtete die Geschichte überhaupt.«
»Was heißt Geschichte?« fragte ich.
Jule wollte sich wieder aufregen, und Jeannette machte mir unnötigerweise Zeichen, langsam zu fahren. Ich sagte:
»Na schön! Nochmal zurück zu den Papieren! Du hast sie also aus Carows Zimmer mitgenommen und, wie ich annehme, weggeschlossen und versteckt. Sie werden somit heute noch

irgendwo rumliegen. Oder hast du sie in einen Reißwolf getan?«
»Keineswegs! Ich habe alles nachgerechnet und gleich entdeckt, daß Carow einen ganz dummen und überflüssigen Rechenfehler gemacht hat, so daß er zwar in Velia, aber nicht zur Zeit des Parmenides, wie geplant, sondern rund siebenhundert Jahre später hätte ankommen müssen.«
»Und wo sind die Papiere jetzt?«
»Keine Ahnung. Ich habe alles Carow übergeben. Was er dann damit gemacht hat, weiß ich nicht.«
»Du hast sie Carow übergeben?« fragte ich. »Wo denn? Wann denn?«
Jule sagte nichts. Er war sichtlich verlegen.

Warum Ollius Rufus den Sklaven Fußtritte versetzt

Abends, wenn sie in sein Zimmer kam, sah Serena immer nach, ob die Fensterläden geschlossen und verriegelt waren.
»Wer ist der Pholarch?« fragte Carow.
»Wir sprechen nicht gerne von ihm.«
»Du kannst flüstern. Wie sieht er aus?«
»Er ist alt und sehr dick. Es gibt nur wenige, die ihn gesehen haben.«
»Hast du ihn gesehen?«
Serena flüsterte entsetzt:
»Nein, nie! Man sagt, er kann zaubern.«
Sie hauchte nur in sein Ohr: »Der vorige Pholarch hat zwei Mädchen aus einem Dorf in den Bergen zu sich geholt und sie später, weil sie etwas angestellt hatten, in schwarze Schafe verzaubert, und im Herbst darauf hat er die beiden Tiere der Persephone in ihrem Tempel an der Stadtmauer geopfert.«
»Und woher wußte man, daß es die beiden Mädchen waren?«
»Das haben die Opferbeschauer sofort gesehen. Die Schafe hatten Menschenherzen. Man sagt auch«, flüsterte sie wieder, »vor vielen Jahren seien ein Mädchen und ein Jüngling, beide noch

nicht sechzehn, zu dem Pholarchen gerufen worden. Man hat sie nie wiedergesehen.«
»Was ist denn sein Amt?«
»Er ist doch das Haupt der Pholé.«
»Und was ist eine Pholé?«
»Das wissen wir nicht genau. Aber man sagt, es sind sieben oder neun Männer, die sich einmal im Jahr treffen und beraten.«
»Weiß man auch, worüber?«
»Nein, aber manche behaupten, sie machen den Kalender, und ohne sie gäbe es keine Jahreszeiten. Wir Menschen haben alle Angst vor dem Pholarchen. Haben Sie eben etwas gehört?«
Sie rückte näher an Carow heran und traute sich nicht zu sprechen.
»Es war ein Geräusch vor der Tür«, sagte er. »Es wird Ollius Rufus sein.«
Sie lachte leise: »Nein, Rufus ist froh, wenn ihn niemand stört. Über Rufus brauchen Sie sich keine Sorgen zu machen. Er ist so müde. Er schläft immer ganz fest.«
Rufus hatte nicht geschlafen. Er hatte den Hahn krähen hören und wußte nun, daß er bis zur Dämmerung wachliegen würde. Etwas im Haus war nicht in Ordnung. Gewiß, er hatte seine Ruhe. Aber etwas war, wie es nicht sein sollte. Man ließ ihn laufen und kümmerte sich nicht um ihn. Er war für sie überhaupt nicht mehr da. Dabei war sie doch nur die Freigelassene seines Patrons, als Sklavin geboren. Er wurde unruhig, und als er es im Bett nicht mehr aushielt, schob er sich vorsichtig über die Kanten des Gestells und ging auf bloßen Füßen um einige Ecken und Winkel zu Carows Zimmer. Langsam tastete er sich an den Türrahmen und preßte sein Ohr fest an die Tür.
Sie wiederholte: »Über Rufus brauchen wir uns keine Sorgen zu machen. Er ist immer müde.«
Ein leises Lachen.
Ollius Rufus bewegte sich nicht, er lauschte. Er konnte die Geräusche deuten; er konnte sich erinnern: Ja, ja, so war es.
Er wollte alles hören. Er ging nicht weg, sondern hielt das Ohr gegen die Tür gepreßt. Er hatte gehofft, es würde ihn aufregen; aber es blieb nur bei der Erinnerung und der Scham des Gehemmten, den schon ihr Lachen verstörte und ängstigte. Er

wartete und hoffte; aber es war nichts. Es blieben Unruhe und Niedergeschlagenheit.
Er war leicht mit dem Ellbogen an die Tür gestoßen; aber die drinnen hörten schon längst nicht mehr, ob sich draußen etwas bewegte. Dann wurde es im Zimmer ganz still. Was geschah dort, wenn es ganz still war?
Ollius Rufus ging in sein Zimmer. Er gab sich keine besondere Mühe mehr, leise zu sein. Er zog sich Schuhe und Tunika an und schlurfte hinaus in den Hof, denn es dämmerte schon. Auf dem Weg begegnete ihm Tertia, die, noch wirren Haars, unsicher und mit verschlafenen Augen in die Küche ging.
Als sie an ihm vorbeikam, griff er ihr von hinten unter den Tunikarock, zwischen die Beine. Sie kreischte auf und sprang fort bis zur Küchentür, drückte sich mit dem Rücken dagegen und hielt abwehrend die Hände nach vorn. Rufus aber sah nur kalten Blicks zu ihr und schlurfte mit krummen Beinen und vorgeschobenem Oberkörper zur anderen Tür hinaus in den Hof. Der Hals kam dünn, faltig und grau wie der einer Schildkröte aus dem weiten Ausschnitt der Tunika hervor. Im Gesicht hatte Rufus graue, schon über eine Woche alte Bartstoppeln.
Er nahm das schwere Schlüsselbund vom Gürtel und schloß die Tür zum Keller auf, in dem die zehn Weinbergsklaven auf Stroh schliefen. Sie waren mit Fußschellen an einen eisernen Ring in der Wand geschlossen. Als Ollius Rufus eintrat, standen sie auf und begrüßten ihn im Chor. Er antwortete nicht. Die Luft im Keller war verbraucht und feucht. Es roch stechend nach Schweiß.
Rufus fand den Ring sofort, obwohl das schwache Licht der Morgendämmerung, das durch die Tür herabkam, den Keller kaum erleuchtete. Er schloß die Sklaven vom Ring ab, damit sie draußen aufs Feld gehen und ihre Notdurft verrichten konnten.
Als der erste an ihm vorüberkam, gab er ihm einen Tritt, wütend, hart und voller Wucht, daß der Sklave, auch schon ein alter Mann, vornüber auf die Treppe stürzte. Die nächsten trat er ebenso wild, aber, vorgewarnt, fielen sie weniger schwer.
Wenn man ihn gefragt hätte, weshalb er die Sklaven trete, hätte er keine Antwort geben können. Er wußte selbst nicht, warum.

Vom Leben im Heiligen Bezirk

Carow saß tagsüber in dem kleinen Innenhof unter dem Feigenbaum und arbeitete in der Hoffnung, einen kürzeren, auch ohne Computer berechenbaren Weg zurück nach Heidelberg zu entdecken.

Dieser Teil des Hauses, die Südwestecke, war nun gesperrt: Er war ein Heiligtum. Oft zog ein würziger, fremd duftender Weihrauch wie von Kräutern von dort her durch die Räume des ganzen Hauses. Carow rauchte.

Nur Tertia durfte, ohne zu fragen in diesen Bezirk, um zu fegen und zu wischen. Durfte? Als sie die Weisung erhielt, hatte sie sich, wie immer, widerborstig gezeigt und in hoher Stimmlage törichte oder unverständliche Einwände vorgebracht. Sie betrat diesen Heiligen Bezirk des Hauses nun zwar, aber nur zaghaft und hielt an jeder Ecke, um sich erst zu vergewissern, daß sich dahinter kein übermenschliches Wesen aufhielt.

Die Sklavin Petronia aber, die begierig war, dem Gott zu dienen und zu Gefallen zu sein, durfte nur auf Befehl und ganz ausnahmsweise den Bezirk betreten.

Ollius Rufus hatte aus der Stadt Schreibzeug, darunter eine dreiteilige Wachstafel mitgebracht. Serena zeigte Carow, wie man mit dem elfenbeinernen Griffel auf die blauschwarze Wachsschicht schrieb, so daß der geweißte Holzgrund dort, wo die Buchstaben eingeritzt waren, hell durchschien, und wie man die Schrift wieder löschte.

Für Nebenrechnungen und Entwürfe waren die Wachstafeln allenfalls brauchbar; die Resultate aber notierte Carow mit einer Rohrfeder auf Papyrusbogen, ebenfalls von Ollius Rufus in der Stadt besorgt. Sein weißes Schreibpapier war ihm für diese Rechnungen zu kostbar. Er benutzte es nur für sein Tagebuch, das er mit der Maschine schrieb.

Serena kam tagsüber oft und fragte nach seinen Wünschen, aber sie blieb in dem Torbogen, der zum Garten hinausführte, stehen. Nie trat sie ohne Scheu näher zu ihm heran, und auch nur dann, wenn es nicht zu vermeiden war, etwa um ihn im Schreiben auf der Wachstafel zu unterweisen oder die Rohrfeder zu schneiden oder mit Bimsstein zu schärfen, oder wenn sie ihm Maß für die Tunika nehmen mußte.

Sonst sprach sie mit ihm vom Torbogen aus. Sie berichtete etwa, was die Köchin gerade zubereitete, und als sie bemerkte, daß er davon gerne hörte, ja sogar Anregungen geben konnte, wurde sie in ihren Schilderungen ausführlich und hielt außerdem darauf, daß die Küche abwechslungsreich und die Portionen reichlich waren.
Sie gab auch Auskunft über das Haus. Ja, es war für sie zu groß. Sie hatten, berichtete sie, dreißig Sklaven und neun Sklavinnen, nicht wenig, aber auch nicht viel, die auf dem Feld, in den Weingärten, der Ölmühle oder der Webstube, von zwei Freigelassenen beaufsichtigt, arbeiteten. Vier Sklavinnen, viel zu wenig, waren im Haus zum Kochen und Backen, Waschen, Servieren, für die Garderobe und zum Saubermachen da. Der alte Quintus, der so schlecht hörte, war Torhüter und schlief in dem Gelaß neben dem Eingang.
Die vier Haussklavinnen und Quintus hatten Carow schon erblickt, freilich immer nur kurz, etwa wenn er durch die Küche zur Toilette ging. Sie warnten einander stets, wenn sie ihn hörten, und drückten sich zur Seite, wenn dieses Wesen kam, dessen übermenschliche Größe jedermann erschrecken mußte.
»Ich schlage dich tot«, rief Serena und hob die Schere drohend gegen Tertia, »wenn du in deiner Schwatzhaftigkeit auch nur ein Wort von ihm flüsterst!«
»Aber ich kenne ja nicht einmal seinen Namen«, protestierte Tertia.
»Ich schlage dich tot!« wiederholte Serena, die wußte, daß Tertia nicht schweigen konnte.
Allen Haussklaven war bei schweren Strafen verboten, ihn vor den anderen Sklaven zu erwähnen, ja sie durften sich nicht einmal miteinander über ihn unterhalten.
Dennoch hatten die Sklaven und Sklavinnen, die im Wirtschaftshof beschäftigt waren, bald gemerkt, daß im Haus Verborgenes vor sich ging. Sie fragten nicht, sie sprachen nicht, und sie hörten dennoch immer mehr von einem geheimen Heiligtum hinten im Haus, zumeist Erfundenes und Gefabeltes.
Des Abends, sobald es dunkel war, ging Serena zu ihm. Vor der Tür betete sie, der Göttliche möge ihr Kinder, eins zum mindesten, gewähren. Ihn von Angesicht zu Angesicht darum zu bitten, wagte sie nicht, selbst nicht im Dunkel der Nacht.

Nach dem Gebet trat sie ein, wartete kniend an der Schwelle auf sein Wort und legte sich zu ihm auf die Filzdecke am Boden. Ihr Duft von Blüten und Blumen erfüllte das Zimmer.

Manchmal in der Nacht fragte sie ihn nach dem Leben unter seinesgleichen, jedesmal erschrocken über ihre Kühnheit und ungewiß, ob er die Frage als Frevel und unstatthafte Neugier ansehen oder ob er antworten würde.

So fragte sie ihn zum Beispiel, ob man dort, woher er komme, weit in die Ferne sehen könne, etwa vom Olymp bis, um überhaupt einen Ort zu nennen, bis hier nach Velia.

Noch weiter, antwortete er, bis über die Meere, nach Asien, Afrika, ja rund um die ganze Erde könne man fernsehen.

Aber auch so genau, daß man die Menschen deutlich erkennen könne?

Sicher, auch das, und hören könne man jedes Wort.

Wenn die Menschen aber ganz leise sprächen, so wie sie jetzt?

Das sei dann auf weite Entfernungen nicht immer leicht zu verstehen.

Und wenn man nur mit den Lippen spreche, so - dicht am Ohr?

Nein, diese Sprache belausche man nicht. Das sei unschicklich.

»Könnte man aber«, fragte sie, »wenn man wollte, sehen, was wir tun, wenn ich hier bei Ihnen liege?«

»Nein, denn hier ist es ja ganz dunkel; und außerdem sind die Fensterläden zu.«

»Aber sie haben eben gerüttelt.«

»Dann war es der Wind.«

Er antwortete wie ein Wesen aus einer anderen Welt, und das war er schließlich ja auch. Er sagte nicht mehr, er sei nur ein ganz gewöhnlicher Mensch. Er ließ vielmehr offen, was er nun eigentlich war, da es einmal seine Rettung sein könnte, wenn man ihn als ein überirdisches Wesen ansah.

Das waren durchaus verständige Überlegungen; doch man konnte sich auch fragen, ob es wirklich nur Erwägungen der Zweckmäßigkeit waren, wenn er gegen den Fußfall Serenas beim Eintritt in das Zimmer nicht mehr protestierte. Es war vielmehr wohl doch so, daß er die Anbetung und Verehrung als angenehm zu empfinden begann.

Warum fragte Serena aber so besorgt, ob sie, bei Carow liegend, von ferne, zum Beispiel vom Olymp aus, beobachtet werden konnte?
Ihres Mannes Ollius Rufus wegen? Keineswegs. Was er darüber dachte, war ihr gleichgültig.
Dann etwa des Sklavenvolks wegen? Nein, auch das nicht. Die Sklavinnen im Hause wetteiferten ja darum, ihr des Abends bei der Toilette für den Besuch im Heiligen Bezirk zur Hand gehen zu dürfen. Stolz, bewundernd und mit geheimem Schauer sahen sie, daß die Herrin sich furchtlos zu ihm begab und von ihm empfangen wurde. Petronia konnte der Tertia, die mit offenem Munde lauschte, bis tief in die Nacht von den menschlichen Geliebten der Götter erzählen.
Serenas Frage, ob man sie etwa von ferne beobachten könne, hatte ganz andere Gründe: Natürlich waren auch ihr die Geschichten von Io, Semele, Alkmene, Europa und vielen anderen irdischen Geliebten des Zeus bekannt, denen seine rechtmäßige olympische Gemahlin aus Eifersucht schrecklichste Leiden zugefügt hatte. Wenn nun auch auf ihren Gast eine göttliche Gemahlin im Olymp wartete, dann hatte die sich gewiß schon seit vielen Tagen ernste Gedanken über sein langes Ausbleiben gemacht und schaute womöglich jetzt überall in der Welt nach ihm aus. Vielleicht war es daher auch ihr Blick gewesen, der ihn an jenem Abend getroffen hatte, als er am Fenster saß, ihr Blick und nicht der des Pholarchen.
Carow aber zu fragen, ob er vermählt war, oder überhaupt seine Aufmerksamkeit in diese Richtung zu lenken, vermied sie geflissentlich, um ihn nicht auf den Gedanken zu bringen, daß es Zeit sei zurückzukehren.
Doch ihn zog ja gar nichts zum Olymp, und selbst der Wunsch, in seine alte Zeit zurückzukehren, wurde schwächer und lebte nur schmerzhaft wieder auf, wenn er eine neue Packung Zigaretten anbrach und sich ausrechnen konnte, wie lange der Vorrat noch reichte. Der Gedanke an den nunmehr unbrauchbaren Computer bereitete ihm keine schlaflosen Nächte. Auch der Anblick des Großen und Kleinen Bären, spiegelverkehrt, wie sie hier am Himmel standen, erschreckte ihn nicht mehr so, daß er den Herzschlag bis in den Kopf verspürte. Er öffnete vielmehr manchmal abends die Fensterläden, sah hinauf zum Himmel

und wunderte sich milde über die rätselhafte Erscheinung. Serena war es, die sich fürchtete, an das offene Fenster zu treten.
Tagsüber saß er in seinem kleinen Garten und suchte seine Formel zur Berechnung der Rückkehr in die alte Zeit, in die Zukunft von Heidelberg zu rekonstruieren, obwohl er sich bewußt war, daß er ohne die Hilfsmittel seines Mathematischen Instituts und den Computer, viel Zeit brauchen, ja daß er ohne Jule, das Phänomen im Kopfrechnen, über dieser Aufgabe ein alter Mann werden würde, wenn er sie überhaupt lösen konnte.
Doch er nahm sich Zeit.
Serena hätte ihn am liebsten im Heiligen Bezirk inhaftiert und verborgen gehalten. Sie war beunruhigt, als Carow ihr sagte, er sei nicht in Velia erschienen, um hier im verborgenen zu leben. Sie warnte ihn vor dem Magistrat und dem Pholarchen und übertrieb die Gefahr maßlos, die angeblich von ihnen drohte, aber er ließ diese Warnungen nicht gelten.
Schließlich unternahm sie eines Tages auf sein Drängen doch einen Ausflug mit ihm. In der Zeit der Mittagsruhe gingen sie durch den Obstgarten, der bis zum Hales reichte. Am Ufer hatte Serena einen Fischerkahn bereitgelegt. Mit ihm ruderten sie, von den dichten Weidenbüschen und Platanen an beiden Ufern vor neugierigen oder zufälligen Blicken geschützt, zur Mündung des Flusses und dann weiter zur Sandbank. Dort zogen sie sich aus und schwammen, auch Serena, die eine gute Schwimmerin war.
Sie schwammen weit hinaus ins Meer bis zur Insel der Leukothea, der Göttin der Schiffbrüchigen. Die Insel war nicht viel mehr als ein Felsen, auf dem gerade Platz genug für einen kleinen Tempel gewesen war. Sie hatte sich vor Jahrhunderten um wenige Fuß gesenkt, und seitdem hatten Sturm und Wellen den Tempel zerstört; nur die großen behauenen Felsblöcke, die einst das Fundament gebildet hatten, lagen noch immer da, bei hohem Seegang zum Teil von Wellen überspült.
Dort und ebenso auf der Sandbank war man ungestört und wurde von niemand gesehen, konnte selbst aber die Nordbucht überblicken, das Vorgebirge sowie die Unterstadt Velias.
Am späten Nachmittag, noch vor der Dämmerung, wenn die Sklaven schon von den Feldern in ihre Unterkünfte gebracht

worden waren, kehrten auch Carow und Serena in ihrem Fischerboot zurück und ruderten den Fluß aufwärts bis zum Garten.
Später begab sich Carow auch oft allein zur Insel, lag dort in der Sonne und träumte, er sei auf einer Insel, die die Zeit übersehen hatte und über die sie hinweggegangen war, auf einer Insel im Meer der Zeit.

Die Wunderheilung

Serena kam spät. Sie brachte eine Öllampe mit und stellte sie auf eine Konsole in der Zimmerecke. Dann zog sie die Fensterläden dicht heran, damit keine Mücken hereinkommen konnten. Allerdings hätte sie die Läden deswegen doch nicht auch noch zu verriegeln brauchen.
Sie setzte sich zu Carow auf die Filzdecke am Boden, war zerstreut und sprach nur, wenn Carow sie etwas fragte. Mücken kamen nicht herein, aber bald war zu hören, daß draußen etwas vorging. Menschen kamen und gingen, es wurde geflüstert und unterdrückt gesprochen. Serena wußte auch nicht, was das zu bedeuten hatte. Ahnte sie es nicht? Carow wollte die Läden öffnen, aber Serena hielt ihn davon ab. Sie horchte am Fenster. Dann wußte sie offenbar Bescheid. Sie ging schnell aus dem Zimmer.
Im Garten aber begann eine Frauenstimme eine Litanei zu singen, und andere Stimmen von Frauen und Männern fielen ein. Carow, allein in seinem Zimmer, öffnete die Fensterläden.
Unter den Ölbäumen und zwischen zwei Sklaven, die qualmende Pechfackeln trugen, standen ein Dutzend oder mehr Menschen. Sie alle hatten ihre Augen auf das Fenster gerichtet. Mütter waren darunter, die ihre Kinder auf dem Arm trugen und sie nun hochhielten, damit sie des göttlichen Anblicks teilhaftig würden. Ganz vorne aber stand eine Frau, und vor ihr lag auf einer Bahre ein Kind mit geschlossenen Augen, wie tot.
Es war ein malerisches Bild, und Carow überlegte, ob er nicht die Kamera holen und eine Aufnahme machen sollte. Doch da kam Serena wieder herein. Sie winkte ihn in den hinteren, dunklen Teil des Zimmers zurück. Sie war erregt.

»Man muß sie rauswerfen«, sagte sie. »Sie haben überhaupt kein Recht, hier in den Garten zu kommen und Sie zu belästigen. Wir werden sie hinauswerfen.«
Sie hatte Ollius Rufus im Hause gesucht; aber er hatte sich wohlweislich aus dem Staub gemacht. Am Tag zuvor hatte sie eine Auseinandersetzung mit ihm gehabt, als er über die Kosten geklagt hatte, die ihm durch die Anwesenheit Carows entstünden. Serena hatte erwidert, daß von Kosten, die ins Gewicht fielen, überhaupt nicht die Rede sein konnte.
»Nicht einmal sein Bett hast du bisher reparieren lassen, obwohl dazu nur ein paar neue Gurte notwendig wären.«
»Das Bett!« rief Ollius Rufus, und seine Stimme überschlug sich. »Das Bett! Was ist das denn für ein Gott, der mit dem Bett durchkracht?«
Das war kein schlechter Einwand, und Serena versuchte deshalb auch gar nicht, ihn zu widerlegen.
Ollius Rufus blieb dabei: »Wenn Carus uns von Zeit zu Zeit, etwa einmal im Monat, eine Münze gibt wie die, die damals runtergefallen ist, und die wir nicht mehr finden konnten, dann wäre uns geholfen.«
Serena war über diese Zumutung so überrascht, daß ihr keine passende Antwort einfiel.
»Du bist nicht gescheit«, antwortete sie nur. »Du weißt wohl nicht, wer unter unserem Dach wohnt?«
»Du wirst es besser wissen«, entgegnete ihr Mann.
Sie wandte sich um und ließ ihn stehen. Ollius Rufus aber sah ihr nach, wie sie ging.
Wenn ihm Carows Anwesenheit monatlich ein Goldstück einbrachte wie die Münze, die er gestern in der Stadt hatte schätzen lassen, dann konnte er mit dem, was im Hause geschah, eher fertig werden. Wenn sie aber aus freien Stücken zu Carow ging, dann war das eine Schamlosigkeit, die er in diesem Hause nicht dulden und dennoch nicht verhindern konnte und die ihm das Leben verbitterte.
Heute am Nachmittag nun war er mit einer neuen Forderung gekommen: Titinia, die Tochter der Nachbarin Oppia, sei schwer erkrankt und liege auf den Tod darnieder. Wenn sich der Gott schon von seinem Gold nicht trennen wolle, könne er doch wenigstens das kranke Kind heilen und sich dadurch für

die Gastfreundschaft erkenntlich zeigen, die er in diesem Hause genieße.
Serena lehnte das rundweg ab. Die Anwesenheit des Gottes dürfe auf keinen Fall bekannt werden, worauf ihr Mann erwiderte:
»Es gibt in der näheren Umgebung wohl niemanden, der nicht genau weiß, daß wir hier im Hause jemand verborgen halten. Außer Oppia und dem Kind braucht ihn ja auch niemand zu sehen. Sage ihm, daß Titinia krank ist, und laß ihn selbst entscheiden, ob er sie heilen will. Oder kann er das nicht? Übersteigt das seine Kräfte? Wir werden daran ja erkennen, wer er ist und woran wir mit ihm sind.«
»Wer zu ihm darf und wer nicht«, erwiderte Serena, »das entscheide *ich*.«
Am Abend aber hatte Ollius Rufus die Nachbarin Oppia mit ihrer kranken Tochter, der Familie und all ihren Freunden in den Garten gelassen, damit sie vor dem Fenster zu Carow beten konnten.
»Wir müssen sie hinauswerfen«, sagte Serena. »Ich hatte den Garten selbst verschlossen. Sie haben kein Recht, hier einzudringen und Sie des Nachts zu belästigen.«
»Nein«, antwortete Carow, »wir werden sie nicht hinauswerfen. Die Frau und das kranke Kind sollen hereinkommen.«
»Hier ins Zimmer!« rief Serena entsetzt. »Unmöglich!«
Aber als er darauf bestand, sie zu sehen, holte sie die beiden und führte sie ins Atrium.
Titinia war ein Mädchen von zwölf Jahren. Sie lag auf der Bahre und hatte die Augen geschlossen. Carow war wieder Arzt. Er untersuchte sie, wie er es in der kurzen Zeit seines Klinikums, bevor er zur Mathematik umsattelte, gelernt hatte.
Er beugte sich zu Titinia herab, zog ihr ein Augenlid zurück, sah in den Mund und den Hals, der rot und geschwollen war, klopfte und horchte die Lunge ab, untersuchte die Ohren, fühlte ihren Puls und stellte hohe Temperatur fest. An der Haut war nichts Auffälliges zu bemerken.
Er diagnostizierte infolgedessen eine starke Erkältung, die nach den starken Rasselgeräuschen über der Lunge besonders die Bronchien angegriffen hatte. Eine Pneumonie wollte er nicht ausschließen.

Er holte aus seinem Medizinbeutel eine Sulfonamidkapsel und löste sie und eine Aspirin-Tablette in Wasser auf. Titinia wollte sie erst nicht nehmen; aber als sie die fiebrigen Augen öffnete und das fremde Gesicht des Gottes mit dem roten Haar und Bart über sich sah, schluckte sie die Medizin vor lauter Schreck hinunter.

Am nächsten Abend brachte man ihm Titinia wieder, diesmal in den kleinen Innengarten neben seinem Zimmer. Sie hatte zwar noch immer erhöhte Temperatur, nahm aber alles wahr und schluckte die Medizin ohne Zögern und Widerrede. Am dritten Abend war sie fieberfrei.

Einen Abend später, als Serena und Carow sich bereits auf der Filzdecke zur Ruhe begeben hatten, waren wiederum Geräusche im Garten zu hören, obwohl sie doch selbst das Tor abgeschlossen hatte. Sie kleideten sich schnell an, und Serena steckte ihr Haar auf. Dann öffnete Carow das Fenster, obwohl sie ihn davon abhalten wollte, denn diese Gesellschaft sei doch vermutlich nur wieder in den Garten eingedrungen, um ein Dankgebet zu sprechen. Er brauche sich nicht zu zeigen. Es sei nicht gut, wenn das gemeine Volk den Gott ständig zu sehen bekomme.

Ständig? Als ob davon die Rede sein konnte!

Draußen unter den Olivenbäumen stand, wieder im Lichte von Fackeln, Oppia mit Familie und Freunden; Titinia aber lag diesmal nicht auf einer Bahre, sondern stand vor der Gruppe, blaß und an ihre Mutter gelehnt, obwohl ihr doch göttlicherseits Bettruhe verordnet worden war.

Als Carow ans Fenster trat, präludierte ein Lyraspieler im dunklen Hintergrund des Gartens, und Oppia stimmte einen Dankeshymnus an, in den die Begleiter, Begleiterinnen und die älteren Kinder respondierend einfielen. Titinia aber ließ sich auf ein Knie nieder und hob betend die Arme zum Fenster, in dem der Gott stand.

Vor einigen Tagen, als man das Kind krank auf der Bahre hergebracht hatte, war Oppia eher zum Weinen als zum Singen zumute gewesen, und damals hatte man auch nicht daran denken können, das Bittgebet einzuüben. Diesmal aber waren Gebet und Gesang einstudiert, und Oppias schöner Alt erhob sich strahlend über der Lyrabegleitung zu einer Kantilene, führte die Melodie süß und getragen in die Höhe und Tiefe und mühelos wieder auf den Grundton zurück, während die anderen Sänger nur selten und leise einfielen; denn der Mutter gebührte es vor allen anderen, dem Gott ihren Dank zu singen. Sie sang eine nicht endende, ständig weiterführende Melodie, die lockte und weiterlockte und der sich auch der Gott am Fenster hingab und nicht entziehen konnte.

Es war Serena, die aus dem dunklen Hintergrund des Zimmers nüchtern fragte, ob die Betenden und Singenden ihren Dank nicht schon zur Genüge bewiesen hätten und ob es nicht an der Zeit sei, sie jetzt nach Hause zu schicken.

»Noch einen Augenblick!« sagte Carow, ging zurück ins Zimmer und kramte in seinem Koffer. Als er wieder zum Fenster kam, beendete Oppia ihren Gesang und trat vor.

Sie sagte, dem Aeskulap pflege man zur Errettung aus schwerer Krankheit einen Hahn zu opfern. Da sie dem Gott Carus aber nicht ein Tier, das jenem Gott heilig sei, zum Opfer darbringen wolle, habe sie als bescheidenes Zeichen frommen Dankes einen Gänserich, ein makelloses Tier, schneeweiß wie ein Schwan, mitgebracht und hoffe, daß der heilende Gott sich an dem Duft des Bratens erfreuen werde.

Ein Sklave trat vor und reichte eine Gans, die, in zeremonieller Weise gebunden, auf einem Korbteller lag, zum Fenster hinauf. Doch Carow hatte die Kamera vor Augen und stellte die Entfernung ein, so daß Serena ans Fenster ging, um die Gans anzunehmen. Da drückte Carow auf den Auslöser.

Der Sklave ließ die Gans, die Fackelträger ließen die Fackeln fallen und rannten davon; die Betenden aber fielen mit einem Angstschrei nieder, als der Blitz, der alle blendete, den Gott bezeugte.

Carow hatte die Kamera noch in der Hand, als Serena, die auch vor Schrecken zu Boden gestürzt war, seine Knie umfaßte. Sie drückte ihren Kopf eng an ihn und schluchzte vor Furcht. Und vor Stolz.

Meyer-Proske erinnert sich an seinen Besuch in Professor Hofers Sanatorium

Ich kam nichts ahnend in Jeannettes Wohnung. Sie deckte gerade den Tisch. Jule war im Badezimmer und wusch sich die Hände, weil er wieder an seinem Motorrad gearbeitet hatte.

»Dicke Luft!« konnte Jeannette gerade noch flüstern, da kam Jule schon ins Zimmer.

Ich sagte: »Hallo! Ich habe gestern schon versucht, dich zu erreichen, aber du warst nicht da.«

»Ich war unterwegs. Setz dich!«

Es klang nicht gerade freundlich. Er vergaß auch zu fragen, ob ich etwas zu trinken haben wollte. Als wir uns gesetzt hatten, sagte er:

»Um es dir gleich zu sagen: Mit unserer Zusammenarbeit ist es aus. So, wie du dir das denkst, geht das natürlich nicht. Ich war gestern bei der Konkurrenz. Die ist höchst interessiert, sie hat mir sogar gleich einen Vorschuß angeboten.«

»Ich verstehe überhaupt nichts. Von uns wolltest du doch keinen. Was ist eigentlich los?«

Jule sagte nichts.

»Kannst du mich vielleicht aufklären?« fragte ich Jeannette.

Sie antwortete: »Weil du in der Klinik warst.«

»Du hast dich erkundigt«, ergänzte Jule, »ob ich verrückt bin.«

»Du bist verrückt«, erwiderte ich. »Du hast mich wieder einmal völlig mißverstanden.«

Dabei hatte er mich ganz richtig verstanden. Den Tip hatte mir Jeannette vor einigen Tagen ganz unfreiwillig gegeben, als sie nämlich erzählte, Jule sei während ihrer Schweizer Reise einen ganzen Tag in einem Sanatorium bei St. Gallen zur Untersuchung gewesen. Den Namen des Sanatoriums hatte sie vergessen, aber der Chef hieß Dr. Hofer und war ein berühmter Nervenarzt.

Ich hatte gefragt, was Jule denn fehle, aber Jeannette antwortete nur:

»Er muß regelmäßig zu dem Professor zur Nachuntersuchung. Das hängt alles noch mit seinem Unfall zusammen.«

»Mit welchem Unfall?«

»Da solltest du lieber Jule selber fragen.«
Bevor ich ihn aber fragte, fuhr ich nach St. Gallen und fand schnell heraus, daß Professor Hofer der Chef einer großen Klinik der Neurologie und Psychiatrie war. Sie lag weit außerhalb der Stadt in einem Park mit alten Bäumen, deren Kronen man von der Straße aus sehen konnte; aber der Park war von einer hohen Ziegelmauer umgeben.
Das Vorzimmer gab mir einen Termin für Ende des nächsten Monats. Nach langem Hin und Her und als ich über schier unerträgliche Schmerzen im Oberarm klagte, stellte es sich heraus, daß es auch am nächsten Vormittag ging.
Professor Hofer sah aus wie ein Fleischer. Er hatte die Krankenkarteikarte mit meinen Personalien vor sich, die die Sekretärin ausgefüllt hatte. Wahrscheinlich prüfte er, ob ich Privatpatient war und ob man aus meinem Beruf auf meine Vermögensverhältnisse schließen konnte.
»Bitte setzen Sie sich!« sagte er. »Ich sehe aus dieser Karte, daß Sie starke Nervenschmerzen im rechten Oberarm haben.«
»Das stimmt, aber ich bin nicht deshalb zu Ihnen gekommen.«
Er sah mich fragend an.
»Ich bin befreundet mit Ihrem Patienten Julius Sommerfeld. Und ich wollte Sie fragen, wieweit Sie den Geschichten glauben, die er erzählt.«
»Also dann wollen wir erst einmal festhalten, daß Sie die Nervenschmerzen nur vorgeschützt haben, um meine Sekretärin zu täuschen. In Wirklichkeit wollten Sie mich ausfragen.«
»Ich *habe* aber tatsächlich Schmerzen im rechten Oberarm, Herr Professor. Im Augenblick nicht, aber manchmal, wenn ich lange an der Schreibmaschine gesessen habe.«
Er ging darauf nicht ein.
»Zu Ihrer Frage nach Herrn Dr. Sommerfeld kann ich mich aus den verschiedensten Gründen nicht äußern, unter anderem auch, weil ich gar nicht weiß, was für Geschichten er Ihnen erzählt hat.«
»Er sprach von dem antiken Velia.«
»Ah, ja, ja, natürlich! Und von seinem Lehrer Professor Carow? Ich bin Mediziner, aber kein Althistoriker. Deshalb wenden Sie sich mit Ihrer Frage an die falsche Adresse. Und außerdem sehe

ich aus Ihrem Krankenblatt, daß Sie Redaktor sind; aber wenn Sie auch nur bei einer deutschen Illustrierten tätig sind, werden Sie doch wissen, daß ich über meine Patienten, ihren physischen oder psychischen Zustand, und natürlich auch über ihre Glaubwürdigkeit, nichts sagen darf.«

»Er *ist* also Ihr Patient?«

Er stand auf.

»Können Sie mir nicht wenigstens sagen, seit wieviel Jahren er Ihr Patient ist? Seit etwa zwanzig Jahren vielleicht?«

»Wenn Sie wegen Ihrer Nervenschmerzen im rechten Oberarm untersucht werden wollen, können Sie sich im Vorzimmer einen Termin bei einem meiner Mitarbeiter geben lassen. Auf Wiedersehen, Herr Meyer-Proske!«

Ich dankte und fragte die Sekretärin, ob ich nicht einmal in den Park gehen dürfe. Sie erwiderte, er sei eigentlich für die Patienten reserviert, aber sie wolle bei mir eine Ausnahme machen. Sie ließ mich unmittelbar aus dem Vorzimmer über die Terrasse in den Park.

Es war ein herrlicher, warmer Sonnentag. Ich setzte mich auf eine Bank vor einem Rosenbeet und überlegte, warum eigentlich kein Mensch in der ganzen Welt die Journalisten liebt.

Ein älterer Gärtner mit weitem Strohhut schnitt die abgeblühten Rosen ab und legte sie in einen Korb, den er über dem Arm trug. Das, dachte ich bei mir, wäre der richtige Beruf für mich.

Als der Gärtner sah, wie ich ihn und die Blumen betrachtete, schnitt er eine gerade aufblühende gelbe Rose ab und brachte sie mir. Rührend!

»Vollendet«, sagte ich, »sehen Sie sich diese Rose an! Gibt es etwas Schöneres? Mein Gott, ist die schön!«

Er setzte sich neben mich und fragte dann, ob er sich neben mich setzen dürfe. Ich erlaubte es ihm.

»Rose«, sagte er ohne Punkt und Komma, »oh reiner Widerspruch Lust Niemandes Schlaf zu sein unter soviel Lidern.«

»So kann man es ausdrücken«, antwortete ich. »Man kann aber auch sagen: *A rose is a rose is a rose* oder auf deutsch: Ein Journalist ist ein Journalist ist ein Hund, den keiner liebt und den jeder anpinkeln darf.«

»Meistens«, erwiderte der Gärtner, »ist es aber der Hund, der die Menschen anpinkelt. Wie hieß Ihr Gedicht auf englisch?«

Ich wiederholte:
»*A rose is a rose is a rose.*«
»Schön«, sagte er überwältigt. »Wie schön!«
Ich sah ihn mir genauer an und sagte ihm dann auf den Kopf zu:
»Sie sind gar kein Gärtner. Sie sind ein Intellektueller!«
»Leider nicht«, antwortete er traurig, »ich bin Patient.«
Er fügte erläuternd hinzu:
»Beschäftigungstherapie, wenn Sie wissen, was ich damit sagen will. Hier.« Er klopfte mit dem Zeigefinger an seine Schläfe. »Der Kopf. Leider.«
Er stand auf, verbeugte sich und stellte sich vor:
»Henri Hunziger.«
»Meyer-Proske. Sind Sie schon lange hier?«
»Ja, im November werden es fünfundzwanzig Jahre, allerdings mit Ausnahme von ein paar Jahren, als ich geheilt war und nach Hause mußte. Soll ich Ihnen etwas sagen? Hier ist es viel schöner.«
»Kennen Sie vielleicht auch einen Herrn Sommerfeld?«
»Meinen Sie Jule?«
»Genau!« rief ich. »Seit wann kennen Sie ihn denn?«
»Jule? Mein Gott! Schon lange. Seit er das erste Mal hier war. Warten Sie, das war, als die noch Elektroschocks gaben. Na, vor etwa zwanzig Jahren vielleicht. Er hatte damals ja den Unfall gehabt.«
»Was für einen Unfall?«
Er stand auf, lief mit gebogenen Beinen und ausgebreiteten Armen, als ob er Motorrad fahre, drehte eine Kurve um die Bank und machte dabei die Geräusche eines Motorrads: »Brrrrr – Bums!«
»Bums« – das war der Unfall. Er blieb vor mir stehen und fragte:
»Sind Sie ein Neuer?«
»Nein, nein!« sagte ich schnell, um keine Mißverständnisse aufkommen zu lassen. »Ich bin gar kein Patient.«
Ein feines Lächeln umspielte seine Lippen, als er mich fragte:
»Wollen Sie mir dann bitte verraten, wie Sie hier in den Garten gekommen sind?«
»Die Sekretärin von Professor Hofer hat mich reingelassen.«
»Aha!«

»Wie beliebt?«
»Das ist nämlich die geschlossene Abteilung.«
Ich begab mich eilends zum Ausgangsportal, aber die Tür hatte keine Klinke. Ein Wärter kam herein und brachte das Mittagessen für Herrn Hunziger. Ich sagte, ich sei Journalist und hätte es sehr eilig. Er möchte mich bitte gleich rauslassen. Er riet mir, mich noch etwas zu gedulden; er werde nach der Mittagspause gleich mit dem Oberarzt sprechen. Solange müsse ich noch warten.
Ich ging deshalb über die Terrasse zum Vorzimmer von Professor Hofer. Es war zugeschlossen, und durch das Fenster sah ich, daß niemand drin war. Nach einer Stunde kam die Sekretärin vom Mittagessen zurück und machte mir die Tür auf.
»Von wegen unerträglichen Schmerzen im Oberarm!« sagte sie. »Wenn Sie mir noch mal solche Geschichten erzählen, lasse ich Sie überhaupt nicht raus. Da behalten wir Sie erst mal hier.«

Jeannette fragte mich, ob ich etwas trinken wolle. Ich bat um einen Campari. Dann redete ich auf Jule ein. Natürlich sei es idiotisch von mir gewesen, zur Klinik in St. Gallen zu fahren, ohne ihn vorher zu fragen. Aber von sich aus informiere er mich ja über nichts. Ich müsse ihm immer die Würmer aus der Nase ziehen.
Er räsonierte aber vor sich hin. Jetzt sei ich schon fast vierzehn Tage hier, und bisher sei noch keine Zeile geschrieben. Der Grund sei ja ganz klar: Ich hielte ihn entweder für einen Kriminellen, der Carow umgebracht habe, oder für einen Spinner.
Ich widersprach lebhaft und redete von zwei vollgeschriebenen Briefblocks, die ich im Hotel hätte. Die Einleitung stehe praktisch schon, und außerdem hätte ich Hunderte von Notizen. Aber wenn er wolle, könnten wir morgen anhand des Manuskriptes mit dem Schreiben anfangen.
»Das Manuskript«, antwortete er, »habe ich nicht mehr.«
»Was?« rief ich.
»Ich habe es bei der Redaktion von der *hauptsache* gelassen. Bei Dr. Wildt.«
»*Dagelassen*?« schrie Jeannette. »Bei Wildt? Du bist verrückt!«
Ich stimmte Jeannette zu.
»Ich habe es ihm gestern gebracht«, sagte Jule. »Gestern war

Freitag; er wollte es übers Wochenende lesen und am Montag nur der Form halber einigen Experten zur Prüfung geben. Am Dienstag kann ich es wiederhaben. Er hat aber gleich gesagt, das sei die größte Story aller Zeiten. Er glaubt mir jedes Wort und hat mir gleich einen Vorschuß angeboten.«
»Du bist verrückt!« rief ich und schlug mir vor Verzweiflung an den Kopf. »Carows einmaliges Manuskript! Bei der *hauptsache*! Bei Wildt! Weißt du, was seine Experten damit machen?«
Ich hatte den Campari noch nicht ausgetrunken, da hatte Jule eingesehen, daß er Mist gebaut hatte. Wir verabredeten, gleich am nächsten Tag, Sonntag früh, gemeinsam zu Wildt nach München zu fahren und ohne das Manuskript nicht zurückzukommen.
»Wenn es überhaupt noch da ist«, sagte Jeannette und verbreitete düstere Stimmung.

Von weiteren nächtlichen Überraschungen

Am Abend darauf hörten sie wieder Gebet und Gesang im Garten; diesmal war es ein heftiger Durchfall bei einem Säugling. Carow ließ das Kind in das Atrium des Hauses bringen und gab ihm aus seinem Medizinbeutel Enterol. Am nächsten Abend wurden er und Serena durch Dankgebet, Gesang und das Opfer einer weißen Gans erfreut. Kaum aber hatten die Danksagenden sich entfernt, da wurde eine schwere Angina auf einer Bahre im Garten vor dem Fenster niedergelegt, gegen die Carow Antibiotika anwandte. Am Abend danach erschien eine Sepsis, die von einer Wunde am Zeh ausging.
Als tags darauf ein Mann gebracht wurde, der sich den Unterarm gebrochen hatte, ließ Carow sagen, der Mann solle die Ärzte in Velia konsultieren. Auch einem Hautausschlag, der mit Mutter, Geschwistern und weiteren Verwandten, die nur aus Neugier mitgekommen waren, im Garten um Heilung betete, gab er den gleichen Bescheid.
»Es ist zum Kotzen!« sagte Ollius Rufus, als er Serena am Morgen sah. »Warum hat er den Jungen mit dem Hautausschlag nicht geheilt? Was hätte ihn das denn für Mühe gekostet? Gar

keine! Und warum hat er den Mann mit dem Armbruch weggeschickt? Der Mann hat die ganze Nacht vor Schmerzen geschrien.«
»Warum ist er denn nicht zum Arzt gegangen?« fragte Serena.
»Weil es ein Unterschied ist, ob ein Armbruch sofort geheilt wird, oder ob man den Arm monatelang in der Schlinge tragen muß und nicht einmal sicher ist, ob man ihn danach wieder richtig gebrauchen kann. Das ist der Grund!«
Tertia stand an einem Wandtisch und polierte eine Silberkanne mit einem Wolltuch. Ohne im Polieren innezuhalten, sagte sie etwas, was wie Gezwitscher klang und niemand verstehen konnte.
»Sprich lauter! Was gibt es?« fragte Ollius Rufus. Er hätte besser nicht gefragt.
»Aelius Turbo war vorhin hier. Er hat sich bei Quintus an der Haustür beschwert. Er wollte das Geld zurückhaben.«
Aelius Turbo war der Mann, der sich den Arm gebrochen hatte.
»Welches Geld?« fragte Serena.
»Unsinn! Ich werde nachher mit Quintus sprechen«, sagte Ollius Rufus ärgerlich.
Aber Tertia sah das nicht als Antwort auf Serenas Frage an: »Das Geld, das er dem Herrn für die Heilung gezahlt hat«, sagte sie.
»Unsinn!« rief Rufus wieder, diesmal lauter. »Er meint das Eintrittsgeld für den Obstgarten. Eine Garantie, daß er geheilt wird, habe ich ihm nicht gegeben. Auch der Mutter von dem Jungen mit dem Ausschlag habe ich nichts garantiert. Das Geld, das ich genommen habe, hat mit den Heilungen überhaupt nichts zu tun. Ich habe nur bei dem Nußbaum am Eingang des Gartens gestanden und für den Eintritt Geld verlangt. Das ist alles.«

Serena kam zu ihm, als es noch nicht ganz dunkel war, blieb an der Tür, kniete und bat ihn, stehen zu bleiben. Sie müsse betend eine schreckliche Schuld bekennen: Ihr Mann habe Eintrittsgeld von Menschen genommen, die gekommen waren, um göttliche Heilung zu erbitten. Sie hob die Hände und bat um Schonung für diesen Frevel. Sie fürchtete, Carow könne nun in Blitz und Donner erscheinen und das Haus vernichten.

Er aber war gerührt, zog sie zu sich herauf, küßte die Tränen von ihren Wangen und atmete ihren frischen Blütenduft tief ein, der, wenn sie bewegt war, stärker war als sonst.
Sie sagte, noch immer unter Tränen, das Gartentor werde von jetzt ab immer geschlossen sein. Nur sie habe den Schlüssel, und wenn ein Kranker komme, der göttliche Heilung suche, müsse er sich zuerst bei ihr melden. Sie werde dann fragen, ob Carow ihn heilen wolle.
Er fand, was Rufus getan hatte, nicht so verwerflich wie Serena. Und da er sich selbst auch schon Gedanken darüber gemacht hatte, wie er die Gastfreundschaft des Hauses vergelten konnte, holte er jetzt seine Goldmünzen aus dem Koffer, legte sie auf dem Tisch aus und bat Serena, sich eine davon auszuwählen. Sie weigerte sich und bekannte, daß sie ihren Mann schon lange im Verdacht habe, sich heimlich eine Münze eingesteckt zu haben, die damals beim Auspacken der Koffer unter das Bett gerollt war. Ob er keine vermisse.
Carow sagte, darüber solle sie sich keine Gedanken machen; er habe seine Münzen bisher noch nicht gezählt und daher auch keine vermißt. Hier sei eine Goldmünze für Ollius Rufus. Sie nahm sie erst an, als Carow drohte, andernfalls sie ihm selbst zu geben. Eine solche Münze, sagte sie, habe sie noch nie gesehen. Ob sie auf Erden im Verkehr sei und ob auf ihr ein Gott dargestellt sei. Vielleicht Zeus?
Er erklärte ihr, daß es das Bild eines Caesar sei, der erst in anderthalbtausend oder zweitausend Jahren regieren und dessen Palast in Vindobona stehen werde.
»Ach, er sieht schon so alt aus! Das dort ist eine hübschere Münze.«
»Sie ist aber viel kleiner als die des alten Kaisers und weniger wert.«
»Aber sie ist hübscher. Was ist das für ein Tier?«
»Es ist eine Antilope, die an der Südspitze Afrikas lebt. Nimm sie! Sie gehört dir.«
»Und warum schenken Sie sie mir?«
»Weil das Gartentor von nun an immer abgeschlossen sein wird und uns niemand mehr stören kann.«
Am nächsten Tag, als Carow unter dem Feigenbaum saß und für sich rechnete, trugen die Handwerker-Sklaven auf Befehl

des Hausherrn Carows Bett in die Werkstatt, verstärkten das Gestell, verlängerten und verbreiterten nach Serenas Angaben die Liegefläche und zogen neue und feste Gurte ein.
Ollius Rufus aber ging auf Serenas Weisung zu Carow und bedankte sich für das Goldstück, das er als kostbares Andenken an Carows heilige Anwesenheit aufbewahren und niemals als gewöhnliches Zahlungsmittel benutzen werde.
Am Abend ging Carow mit Serena durch den Garten bis zum Hales. Sie saßen dort am Ufer, wo ein frischer Wind vom Meer her wehte. Der Ginster, den er zuerst für eine Binsenart gehalten hatte, blühte noch immer gelb und duftete stark wie Jasmin. Auf dem Rückweg ins Haus, als es schon dunkel war, hörten sie jenseits der Gartenmauer von weither Paukentöne in scharfem Synkopen-Rhythmus und darüber einen seltsam eintönigen Gesang. Carow blieb, von den Tönen gebannt, stehen, aber Serena zog ihn weiter und sprach laut, um ihn abzulenken. Doch er bat sie zu lauschen. Das sei doch wohl Musik aus einem Tempel?
Ein Tempel sei hier nirgends auf den Feldern, antwortete Serena. Dieser sinistre Gesang klinge ganz nach einem orientalischen oder afrikanischen Ritual. Sklaven von den umliegenden Höfen versammelten sich manchmal und insgeheim in Ställen oder in Höhlen zu Beschwörungszeremonien. So etwas werde es wohl sein. Zu solchen Veranstaltungen aber gehe man nicht.
Sie zog ihn ins Haus, in den Heiligen Bezirk, in sein Zimmer, wo das verstärkte, verlängerte und verbreiterte Bett aufgestellt war.

Von einem Eselskopf und der Anbetung des Bildes

Es war wohl ein Stall, in dem Pferde oder Esel gestanden hatten. An den Wänden hingen Geschirre und Lederleinen, Harken, Hacken und Sicheln. Carow sah durch eins der beiden hoch – für ihn aber nicht zu hoch – in die Mauer gesetzten Fenster. In dem schwachen Licht der beiden Öllampen, die auf der Futterkrippe standen, konnte er einen Esel erkennen, der auf einem

Schemel saß und mit einem Stock auf einen umgestürzten eisernen Kessel schlug, wozu sein übergroßer Kopf im Takt nickte. Der Esel blickte auf die Gemeinde von etwa zwei Dutzend Menschen, mehr Frauen als Männer, die vor ihm auf dem Boden saßen, und sang ihnen Sätze vor, die sich wie ein ständig wiederholtes Abrakadabra anhörten. Die Gemeinde wiederholte seinen Gesang, und alle blickten unverwandt in eine Ecke, die Carow von seinem Stallfenster aus nicht einsehen konnte. Ihre Gesichter glänzten naß, und den Männern klebte das Haar auf der Stirn.

Es waren natürlich keine Eselshufe, sondern es waren Hände, die mit Holzstöcken auf den Kessel schlugen. Jemand hatte sich diesen Eselskopf aufgesetzt, warf ihn manchmal in lächerlicher Weise in die Höhe, wenn er sein Abrakadabra in hohen Tönen sang; oder er hielt den Kopf schief, eine Hand an die langen Ohren gelegt, als wolle er genau hören, ob die Gemeinde seinen Text auch richtig wiederholte. Er hatte sichtlich Spaß an seinem großen Kopf, den er virtuos verdrehte; und die Menschen am Boden wandten und verdrehten auch ihre Köpfe, aber längst nicht so elegant.

Sie sangen ihr Abrakadabra eintönig vor sich hin, während der Eselskopf mit seinen menschlichen Händen den Kessel in einem an Synkopen reichen Rhythmus schlug, bis er die Stöcke emporhob, damit Ruhe gebot, darauf einen harten Trommelwirbel anschlug, kurz und *mezzoforte*, das Haupt in die Luft warf und, klagend zur Decke gewandt, wiederholt sang und rief:

»O Care, rette uns! Care!«

Die Gemeinde nahm den Anruf auf und fügte ihn in ihre Abrakadabra-Litanei ein, bis nach langer Zeit ein alter Mann aufstand und über den Sprechgesang rief, er habe dem Ollius Rufus sechshundert Sesterzen gegeben, damit der Gott sein Knie heile. Aber nichts sei erfolgt. Einen Gott, der nicht einmal ein so geringfügiges Leiden heilen könne, sollte man ins Feuer werfen.

Der Esel hob den Kopf zur Decke und stimmte ein ganz und gar uneselhaftes Geheul an, ein Geheul wie von Hunden oder Wölfen, und dabei schlug er auf den Kessel, daß es dröhnte. Auch die Gemeindemitglieder warfen den Kopf in den Nacken und stimmten jammernd in das Geheul ein.

Ein Mädchen mit bleichem Gesicht und starken schwarzen Augenbrauen stand auf und sagte etwas, aber ihre piepsige Stimme drang nicht durch. Erst als der Eselskopf Ruhe geboten hatte, hörte man sie zwitschern. Verstehen konnte Carow aber nur den Namen des Ollius Rufus.
Es war Tertia, die es nicht zulassen wollte, daß der Gott Carus beleidigt wurde, sondern die die Gemeinde darüber aufklärte, daß Ollius Rufus von jedermann Geld für Heilungen nehme, dem Gott aber das Geld vorenthalte.
Als der Eselskopf diesen Skandal vernommen hatte, wandte er sich zur Decke und stieß ein gräßliches Eselsgeschrei aus, das sich keineswegs wie »iah!« sondern wie das Urgebrüll der leidenden Kreatur anhörte. Zugleich gab er der Gemeinde ein Zeichen, es ihm nachzutun.
Auch sie richteten daher ihre Blicke nach oben und schrien seinen Schrei in die Höhe, während der Esel selbst mit beiden Stöcken den umgestürzten Kessel bearbeitete, mit dem Fuß den Takt, hart und klingend, dazu stampfte und in das Geschrei der Menge anklagend den Namen des Ollius Rufus rief.
Den Eselskopf aber schien schon lange irgend etwas in seinem Rücken zu stören. Er drehte sich um, als spüre er von dem hohen, kleinen Fenster her einen Luftzug. Er rollte die Schultern, als wolle er etwas Lästiges von sich abschütteln. Er kratzte sich am Hals, und er rutschte, während die Menge den Schrei des Namens Ollius Rufus aufnahm, unruhig hin und her.
Carow suchte nun einen Platz, von dem er die Szene besser übersehen konnte. Er ging um das Gebäude bis zur hohen und klobigen Stalltür und öffnete sie einen Spalt. Aber der Eselskopf wurde sofort aufmerksam. Er hatte Carows Anwesenheit auch dort gespürt, auf welche Weise auch immer; denn sehen konnte er ihn draußen im Dunkel nicht.
Er erhob sich vom Schemel, drehte der Eingangstür den Rücken zu, bückte sich, streckte sein Gesäß in die Luft und Carow entgegen, berührte mit den riesigen Ohren den Boden, hielt den Kopf aber so schief, daß er zur Tür sehen konnte. Die Mitglieder der Gemeinde verbeugten sich ebenso, Carow ihre Hintern zeigend, und beteten der Erde zugewandt ihr Abrakadabra, das sie nur manchmal mit dem Schrei »Ollius Rufus!« unterbrachen. Sie beteten zu ihrem Gott.

Jetzt konnte Carow ihn endlich sehen. Er war hoch wie eine Tür. Zuerst sah Carow den Kopf. Es war ein kolossaler Kopf, wohl anderthalb Meter hoch; mit beiden Armen hätte er ihn nicht umspannen können, roh und unbeholfen aus Holz, wohl dem Wurzelholz eines großen Baums, geschnitzt oder eher mit der Axt gehauen, mehr Klotz als Kopf. Die Augen waren aufgemalt; das eine starrte weit aufgerissen in den Raum, das andere, zusammengekniffen, schielte zur Seite an den Boden. Die Nase, ein dickes Wurzelstück, trat weit vor wie eine Rübe. Bart und Kopfhaar waren aus grellroter Wolle und dem Schädel, den Backen und dem Kinn aufgeklebt.
Der Holzkopf saß auf einem langen, dicken Hals, einem Pfahl, in das Kopfloch eines steinernen Torsos gerammt, aus dessen Schultern rechts und links vom Hals zwei handlose Ärmchen steil in die Luft standen, die aber nur bis zum rotwollenen Kinnbart des Holzkopfes reichten. Dennoch war das Standbild, wegen des grotesk-kolossalen Kopfes größer als ein Mensch, größer selbst als Carow.
Der Gott trug ein rotgestreiftes, aus London stammendes Hemd, das in der Farbe nicht übel zum Bart paßte, und einen miserabel gebundenen Schlips. Es war das Hemd, das Carow gleich nach seiner Ankunft im Hause des Ollius Rufus der Sklavin Tertia zum Waschen gegeben hatte. Er hatte es nicht vermißt, da er nun immer die Tunika trug, die Serena ihm geschneidert hatte.
Der Gott trug das Hemd vorne zugeknöpft, aber nur bis zum vierten Knopf vom Kragen an gerechnet. Von da ab mußte es offen bleiben, weil der steinerne Teil des Kultbildes der Torso einer Statue des Priap war, der bekanntlich ithyphallisch, also mit überdimensioniertem, erigiertem Glied, dargestellt war und so von allen frommen Menschen verehrt wurde.
Carow holte die Kamera aus der Ledertasche und trat die Tür weit auf.
Da sah ihn der Eselskopf und stieß einen Eselsschrei aus, der durch Mark und Bein ging, deutete mit den Trommelstöcken auf Carow, daß die Gemeinde sich umwandte und ihn erschrokken anglotzte.
Vorne, neben dem Kessel aber stand ein junger Mann mit frechem, hübschem Engelsgesicht; er schwenkte den Eselskopf,

den er bisher getragen hatte, in der Hand und lachte schallend, aber nicht sehr angenehm, ein bißchen meckernd.
Als er die Kamera vor Carows Augen bemerkte, wollte er sich schnell wieder in dem Eselskopf verstecken. Doch zu spät, Carow hatte schon den Auslöseknopf gedrückt und geblitzt. Der Junge, den Eselskopf in der Hand, rannte nun mit einigen Sätzen auf ihn zu, suchte ihm im Vorbeigehen die Kamera aus der Hand zu schlagen – vergeblich – und war draußen im Dunkel verschwunden.
Die Gemeinde aber lag, vom Blitz erschreckt, am Boden und stöhnte vor Furcht.

Serena spricht von einer Katastrophe

»Es ist eine Katastrophe!« sagte Serena. »Wo waren Sie so lange? Doch wohl nicht bei dem abscheulichen Gottesdienst des Sklavenvolkes, vor dem ich Sie so ernst gewarnt habe? Ich habe Sie überall im Garten gesucht.«
»*Was* ist eine Katastrophe?«
»Man hat Sie entdeckt. Es ist alles Ollius Rufus' Schuld, der mit den Münzen in Velia von Hinz zu Kunz gelaufen ist, um sie schätzen zu lassen. Da hat man sich natürlich Gedanken darüber gemacht, woher er sie hat, und ist bald darauf gekommen, daß er sie nur von Ihnen haben könne und daß er deshalb auch wissen müßte, wo Sie geblieben sind. Im Atrium stehen Pelops und Pittakos und erwarten Sie.«
»Wer ist das?«
»Die beiden Ständigen Philosophen der Pholarchie. Sie wollen mit Ihnen sprechen.«
Sie standen im Atrium am Eingang zum Tablinum. Um sie lag eine Wolke von Schweißgeruch, die Carow schon wahrgenommen hatte, bevor er um die Ecke des Flurs gebogen war. Die beiden Philosophen hatten spitze, weiß-gelbe Vollbärte. Ihre hohen Wanderstäbe hatten sie an einen Tisch gelehnt. Sie sprachen, als Carow eintrat, mit Rufus, der noch die Schuhe trug, mit denen er am Nachmittag durch den Mist des Schweinestalls gewatet war. Auch das konnte man riechen.

Rufus sagte, die beiden Philosophen seien zu Carow gekommen, um ihn einzuladen, den Pholarchen in seinem Hause zu besuchen und bei ihm zu wohnen.
»Dies«, sagte Pelops, »ist in der Tat und kurz zusammengefaßt der Kern der Weisung, die wir überbringen sollen.«
»Es ist aber«, ergänzte Pittakos, »weniger eine Weisung, als eine Einladung des Pholarchen, der Ihnen seinen Gruß entbietet. Er hat Ihnen eine Sänfte geschickt. Sie wartet vor der Tür.«
»Und für Ihr Gepäck«, fuhr Pelops fort, »haben wir zwei Maultiere mitgebracht, die ebenfalls vor der Tür stehen.«
»Wenn Sie aber über zu viel Gepäck verfügen, so daß wir heute Abend nicht alles mitnehmen können, dann wird die Pholarchie den Rest morgen holen lassen.«
Das mußte aber alles sorgfältig überlegt und mit Serena besprochen werden. Carow antwortete daher: »Es ist heute schon spät und Zeit, zu Bett zu gehen. Ich bitte Sie daher, Ihrem Herrn Phokas meinen Dank für die Einladung zu überbringen. Ich werde ihn gerne einmal besuchen, und bis dahin werde ich mir überlegen, ob ich seine Gastfreundschaft annehmen und ihm zur Last fallen kann.«
»Ich glaube nicht, daß Sie ihm zur Last fallen«, wandte Ollius Rufus ein, und Pelops bestätigte das: »Sie werden ihm ganz gewiß nicht zur Last fallen. Er hat ja nicht ein kleines Haus wie dieses hier, sondern einen Palast mit vielen Höfen, in denen die Gäste der Pholarchie ganz ungestört sind.«
»Praktisch«, sagte Pittakos, »ist es ein ganzer Haufen von Häusern mit Peristylen, Innengärten und einem großen Olivenhain. Wir haben Weisung, Sie schon heute mitzubringen.«
»Ja, der Pholarch würde sich freuen, wenn er Sie noch heute abend sprechen könnte.«
»Er wird es, fürchte ich, gar nicht verstehen, wenn wir ohne Sie zurückkommen.«
»Ich nehme nicht an, daß Sie mich nötigen wollen«, antwortete Carow.
»Keineswegs!« entgegnete Pelops, und Pittakos fügte hinzu: »Der Pholarch glaubte nur, Sie selbst würden lieber heute als morgen kommen.«
»Denn es ist dringend.«
»Er möchte Sie etwas fragen.«

»Es tut mir leid«, sagte Carow, »aber es muß bei dem bleiben, was ich Ihnen schon gesagt habe.«

Wenn die Philosophen ihn darüber aufgeklärt hätten, warum es so dringlich sei, wäre er auch zu noch späterer Stunde in die Pholarchie geeilt; so aber beschied er die beiden von oben herab:

»Bitte bestellen Sie ihm, ich werde ihn morgen vormittag besuchen!«

Er nahm eine Zigarette aus der Tasche, die Serena auf seine Bitte in die Tunika eingenäht hatte. Als das Feuerzeug aufflammte, fuhren auch die beiden Philosophen zurück.

»Pah!« riefen sie vor Schreck; doch da sie als Weise nach dem Grundsatz *nil admirari* lebten, faßten sie sich sofort wieder und strichen sich, wegen der Gemütsbewegung verlegen, den Vollbart vom Kinn an abwärts.

Meyer-Proske beschreibt, wie Jule eine Geisel nimmt und nicht einmal vor einer Erpressung zurückschreckt

Ich bin eigentlich nicht ängstlich, aber *da* hatte auch ich Angst, rund zwei Stunden lang. Ich frage mich, warum Jeannette immer ganz feuchte Augen bekommt, wenn sie beschreibt, wie Jule – und sie auf dem Sitz hinter ihm – mit einem Affenzahn über die Schwarzwaldhochstraße gerast sind. Mit Vernunft läßt sich das doch nicht erklären. Meine Theorie ist, es hat was mit Sex zu tun.

Aber nicht bei mir. Ich hatte nämlich bloß Angst und sagte nur immer wieder still vor mich hin: Nie wieder, nie wieder, nie, nie! Eigentlich hätte Jule das Manuskript ja auch allein abholen können; aber ich hatte Sorge, er würde sich von Wildt übers Ohr hauen lassen. Verhandlungen sind nicht seine Stärke; entweder gibt er gleich nach, oder er verliert die Nerven und fängt an rumzuschreien.

In Feldafing fuhr er vor dem Haus Dr. Wildts eine enge Kurve, so daß ich zum Schluß beinahe noch in den Kies gefallen wäre. Ein schönes Haus hat Wildt, muß man schon sagen. *die haupt-*

sache scheint ihren Chefredakteur nicht schlecht zu bezahlen. Ich nahm mir vor, Redlich davon zu erzählen.
Jule setzte den Sturzhelm ab und sagte:
»Acht Uhr siebenundzwanzig, trotz der Baustelle bei Karlsruhe und am Flughafen Stuttgart. Das macht einen Durchschnitt von genau – warte! – 157.98. Nicht schlecht.«
So was rechnete er im Kopf aus, genau so schnell wie ein Taschenrechner. Phänomenal!
Jule klingelte, und ein Mädchen von vielleicht zwölf, dreizehn Jahren mit goldener Zahnspange machte auf.
Ich sagte: »Wir wollen zu Herrn Dr. Wildt.«
Jule fragte: »Ist dein Vater schon auf?«
»Wir frühstücken gerade.«
»Wer issn da?« rief Dr. Wildt von hinten.
»Wir!« rief Jule, und wir gingen durchs Wohnzimmer in so eine Art Wintergarten, wo Vater Wildt mit seiner Tochter frühstückte. Jule ging ran wie James Bond. Im Geiste fuhr er noch immer hundertachtzig.
Dr. Wildt hatte den Eilöffel noch in der Hand, als Jule schon sagte: »Haben Sie das Manuskript da?«
»Ja, natürlich«, antwortete Wildt. »Ich habe gestern abend schon angefangen, drin zu lesen. Dolle Geschichte! Wollen Sie noch was ändern?«
»Wir wollen es wieder abholen. Wir haben es uns anders überlegt.«
»Augenblick! Augenblick!« rief Wildt, legte den Löffel hin und stand auf.
»Erst mal: Guten Morgen, Herr Sommerfeld! Guten Morgen!«
»Meyer-Proske«, sagte Jule. »Freund von mir.«
Als wir ins Nebenzimmer gingen, fragte die Kleine mich, ob ich gefahren sei. Als ich sie aufklärte, setzte sie sich neben Jule und fragte ihn, wieviel seine Maschine Spitze fährt.
»Hundertfünfundneunzig bequem; aber heute nur hundertachtzig, weil der Beifahrer Angst hatte.«
»Hundertfünfundneunzig – Poah!«
Auf dem Tisch stand die Miniaturausgabe des Plakats, das freitags immer an den Kiosken hängt: *hauptsache* nicht vergessen! Ich machte Jule darauf aufmerksam, aber ich hätte ihn gar nicht zu erinnern brauchen.

»Also«, wiederholte Jule, »wie gesagt, wir haben es uns anders überlegt. Wir möchten das Manuskript wiederhaben, und zwar gleich.«

Dr. Wildt ging gar nicht darauf ein. Er hatte eine Glatze, und was er noch an Haaren hatte, war rot. Die Farbe seiner Augen war wässriges Blau. Er konnte noch nicht sehr alt sein.

»Dolle Geschichte, die Sie uns da angeboten haben. Wir nehmen sie, wie ich Ihnen schon gesagt habe. Brauchen Sie Vorschuß?«

Ich fragte: »Halten Sie das Manuskript für echt?«

»Natürlich ist es echt«, antwortete Dr. Wildt. »Das braucht man doch nur anzufassen. Ich rieche so was.«

Wie Redlich.

»Und Sie glauben die Geschichte?«

»Ich habe gestern den ganzen Abend darüber nachgedacht. Ich glaube sie. Dodo, hol doch noch zwei Tassen und mach noch eine Kanne Kaffee! Unsere Hilfe hat am Wochenende immer Ausgang, und Dodo und ich helfen uns dann selbst.

Natürlich werden wir das Manuskript und Herrn Dr. Sommerfelds Erzählung von den besten Experten der Welt prüfen lassen, bevor wir uns damit exponieren. Aber bis dahin gehe ich davon aus, daß alles stimmt. Ich habe so ein *fiehling*, und das hat mich noch nie betrogen.«

Jule sagte:

»Dodo kann ruhig sitzen bleiben. Wir wollen nichts trinken, danke. Wir wollen nur das Manuskript, und zwar brauchen wir es gleich.«

»Sie haben uns aber doch die Option darauf gegeben.«

Jule sah mich hilfesuchend an. Es war klar, er wußte nicht, ob er die Option vergeben hatte oder nicht. Ich sprang ihm zur Seite:

»Von Option kann natürlich gar nicht die Rede sein. Er hat Ihnen das Manuskript zur Ansicht gegeben, um einmal Ihr Angebot zu hören. Ganz unverbindlich. Das ist alles. Jetzt will er sein Manuskript wiederhaben. Sie müssen es ihm wieder rausrücken.«

»Ich habe es aber leider nicht hier. Es ist in der Redaktion. Ich lasse es gerade lesen.«

»Von wem?« fragte ich.

»Unsinn!« rief Jule mir zu. »Er hat es am Freitag nachmittag nebenan im Eßzimmer in dem Wandsafe hinter dem billigen Druck nach van Gogh eingeschlossen. Das Manuskript ist hier.«
»Ihm sein Manuskript vorzuenthalten, wäre ungesetzlich«, sagte ich zu Wildt. »Sie müssen es ihm zurückgeben.«
»*Sein* Manuskript? Es ist doch, wie Herr Dr. Sommerfeld mir selbst erzählt hat, ein Werk von Professor Carow. Wo ist er? Kann Herr Dr. Sommerfeld überhaupt über das Manuskript verfügen?«
»Das haben wir schon alles geprüft. Er kann.«
Ich behauptete das erst mal so.
»Sie sind also von *dieser woche*, wie ich schon die ganze Zeit vermutet habe. Sie *wollen* das Manuskript gerne haben. Ich *habe* es aber und möchte es auch noch behalten, bis ich mit meinen Rechtsanwälten am Montag gesprochen habe.
Vielleicht ist das, was ich tue, am Rande der Legalität; aber man kann ja nicht immer mit dem Gesetzbuch unter dem Arm herumlaufen. Vor allem nicht am Wochenende.«
Jule hatte eine weiße Nasenspitze, und der rechte Augenwinkel fing wieder an zu zucken – sein Tick. Für mich war dies das Zeichen, zurückzutreten und in Deckung zu gehen. Jetzt konnte man ihn nicht mehr bremsen.
Jule sprach nun wie folgt:
»Ich habe auch gerade kein Gesetzbuch hier; aber Sie haben mich nicht ganz verstanden. Ich habe eingesehen, daß es leichtsinnig war, das Manuskript aus der Hand zu geben. Es ist meine *raison d'être*, und da Sie mir meine Lebensaufgabe kaputtmachen, wenn Sie mir das Buch nicht geben, muß ich zu einem ungewöhnlichen Mittel greifen:
Entweder ist das Manuskript in fünf Minuten hier auf dem Tisch, oder Ihre Tochter Dodo ist verschwunden.«
»Papa!« rief Dodo ängstlich, und auch ich hielt die Luft an.
Das war Erpressung, das war Geiselnahme. Ich hatte nie gedacht, daß Jule so brutal sein könnte.
»Machen Sie keine Witze!« sagte Dr. Wildt und wurde blaß.
»Sie können sich denken, wohin sie verschwunden sein wird.«
»Wohin?«
»Na, sagen wir ins römische Kaiserreich.«

Wildt lachte, aber sein Lachen klang nicht echt:
»Mein Gott, müssen Sie mich für naiv halten! Ich glaube doch kein Wort von Ihrer Geschichte! Das war doch eben alles nur so dahingesagt.«
Jule nahm die Armbanduhr ab und legte sie vor sich auf den Tisch.
»MP, du gehst am besten mit zum Safe ins Nebenzimmer. Ich warte solange mit Dodo hier.«
Er legte den Arm um ihre Schulter, und sie ließ es sich auch ganz gerne gefallen. Merkwürdig. Ein normales Kind hätte doch Angst gehabt. Kennt man ja aus dem Fernsehen. Aber er fuhr eben Motorrad und hundertfünfundneunzig Spitze.
Wildt zitterte nervös mit den Knien. Ich sagte zu ihm:
»Seien Sie vernünftig! Ich kenne Jule Sommerfeld. Wenn er dieses Zucken am Auge hat, kennt er keinen Spaß.«
»Ich glaube doch von seiner blöden Geschichte kein einziges Wort«, sagte Dr. Wildt nun schon zum zweitenmal, aber eher so, als wollte er sich selbst überzeugen.
Er stand schließlich auf und ging mit mir ins Eßzimmer und schob das Bild mit dem gelben Getreidefeld und der gelben Sonne zur Seite.
»Glauben Sie etwa daran?« fragte er mich. »Ich glaube davon kein einziges Wort! Meinetwegen kann er das Manuskript haben. Aber ich sage Ihnen, Sie werden auch nicht glücklich mit dieser Story.«
Seine Finger zitterten, und beim Einstellen der Zahlenkombination des Safes verzählte er sich andauernd.
»Drei Minuten sind schon rum«, sagte ich.
»Mensch, machen Sie mich auch noch verrückt!« schrie Wildt und fing noch mal von vorn an, seine Kombination einzustellen. Diesmal knackte es im Schloß. Er zog die Tür auf und holte das Manuskript raus. Er wollte es mir nicht geben, sondern ging selbst damit ins andere Zimmer und knallte es vor Jule auf den Tisch.
Auf dem Nachhauseweg fuhr Jule nur hundertfünfzig. Aus Dankbarkeit, sagte er.
Beim Tanken fragte ich ihn, ob er Dodo wirklich hätte verschwinden lassen können.
»Natürlich nicht. Ich habe das nur so gesagt, weil er abergläu-

bisch ist. Sowas kann ich riechen. Im Grunde ist dieser Typ doch ganz primitiv. Die nehmen einem alles ab, was wie eine gute Story aussieht.«

Ich war geschockt. Wir hätten das Manuskript ja auch so bekommen, wenn wir nur etwas länger auf Wildt eingeredet hätten; aber Jule suchte immer das Risiko, ob er auf dem Feuerstuhl saß oder mit Wildt sprach. Er war vorgegangen wie ein gerissener, bedenkenloser Hochstapler.

Im Geiste sah ich es kommen: Er würde mich und Redlich und die ganze Redaktion mit seiner Geschichte aufs Kreuz legen; und wir alle würden es genießen.

Warum der Pholarch Carow sehen wollte

»Eigentlich wollte ich Ihnen noch etwas Zeit lassen«, sagte der Pholarch, »aber es ist etwas Unvorhergesehenes eingetreten, von dem ich Sie unterrichten muß. Ich werde es Ihnen gleich erzählen. Haben Sie sich inzwischen eingewöhnt? Oder haben Sie noch immer das Gefühl, daß Ihnen hier alles fremd ist?«

Er war dick wie ein Buddha und hatte einen Löwenkopf. Sein weißes Haar stand in Büscheln hoch wie das des alten Schopenhauer; aber sein Mund war nicht so verkniffen, sondern wulstig. Er konnte lachen, und wenn er lachte, sah man, daß ihm ein oberer Eckzahn und ein Schneidezahn fehlten.

»Wenn ich Sie in Ihrer ganzen Größe vor mir sehe«, fuhr er fort, »kann ich verstehen, daß der Magistrat Iulius Longus Sie für die Arena vorgesehen hatte. Doch Sie können unbesorgt sein. Sie stehen unter meinem Schutz. *Was* ist Ihnen eigentlich bei uns so fremd?«

»Alles. Die ganze Welt, das Licht, die Zeit, selbst der Sternenhimmel. Als ich vor einigen Nächten den Großen und Kleinen Bären sah, standen sie spiegelverkehrt. Wie kann ich das verstehen? Können Sie es mir erklären?«

»Das liegt nicht an den Sternbildern, sondern an Ihren Augen. Sie werden sich aber mit der Zeit daran gewöhnen. Wenn Sie sich bei uns zu Hause fühlen, stehen die Sternbilder auch wieder richtig.«

»Werde ich mich dann vielleicht an eine Unwirklichkeit gewöhnen? Lebe ich vielleicht in einer Zeit, die nie *gewesen* ist; die nichts gemeinsam mit der historischen Zeit hat, von der wir in der Schule gelernt haben.«
Der Pholarch lachte.
»Sie halten also das Bild, das Ihnen die Historiker und die Schule von uns gezeichnet hat, für wirklicher als das, was Sie vor sich sehen? Fassen Sie mich an! Ich bin ganz wirklich. Doch wie steht es mit Ihnen?
Man erzählt in der Stadt, als Sie das erste Mal über die Agorá gegangen sind, hätten einige Leute durch Sie hindurchsehen können; und Sie seien nicht eigentlich gegangen wie ein Mensch, sondern geschwebt.«
Der Pholarch sah Carow mißtrauisch und prüfend an.
»Man sagt«, fuhr er fort, »Sie seien ein Gott oder jedenfalls ein göttlicher Mensch.
Bitte antworten Sie ganz aufrichtig: Ist das der Fall? Sind Sie göttlicher Herkunft? Oder haben die Götter Sie zu uns geschickt? Oder stehen Sie mit irgendeinem Gott oder einer Göttin unmittelbar in Verbindung?«
»Aber das ist doch alles Unsinn und Gerede. Das sind Märchen. Nichts davon ist wahr.«
»Nun, das freut mich«, erwiderte der Pholarch und war offenbar erleichtert. »Wir sind Philosophen und bleiben lieber unter uns. Man hat Ihnen sicher auch Märchen von mir erzählt; aber lassen Sie sich dadurch nicht beunruhigen. In der Pholarchie verschwinden weder Kinder, noch verwandle ich sie in Tiere. Die Menschen unserer Zeit sind abergläubisch, und wir Philosophen, die wir uns nur auf die Vernunft verlassen, sind ihnen unheimlich.«
Der Pholarch sah Carow wieder mißtrauisch an.
»Es heißt, Sie könnten Blitze und Feuer aus der Hand schlagen.«
Carow nahm sein Gasfeuerzeug aus der Tasche und zündete es an.
»Hübsch«, sagte der Pholarch. »Wie machen Sie das?«
Er war nicht erschrocken, nicht einmal verwundert. Carow gab ihm das Feuerzeug und zeigte ihm, wo er drücken mußte. Der Pholarch zündete es ein paarmal, dann gab er es zurück.

»Sie können es behalten«, sagte Carow.
»Wirklich? Danke!«
Er legte es neben sich auf den zerbrechlichen Beistelltisch.
»Man erzählt mir ferner, Sie hätten goldene Zähne; aber ich sehe jetzt, daß es nicht wahr ist.«
»Halbwahr. Von vorne sehen sie aus wie echte Zähne. Sie stehen aber in einem Rahmen aus Gold.«
»Tatsächlich? Haben Sie noch ein paar übrig? Sie sehen, ich hätte Verwendung dafür.«
Er zog die Oberlippe hoch, daß man die Lücke, wo die beiden Zähne fehlten, besser sehen konnte.
»Es tut mir leid. Ich habe keine.«
»Aber Sie könnten mir vielleicht welche machen? Das Gold würde ich Ihnen natürlich geben.«
»Dazu bin ich nicht geschickt genug.«
»Schade! Oder könnten Sie mir Ihre Zähne gelegentlich leihen?«
»Sie würden Ihnen nicht passen. Ihnen fehlen nur zwei, wie ich sehe; aber meine Prothese besteht aus fünf Zähnen.«
»Nun, das wäre vielleicht kein großes Problem: Ich brauchte mir nur noch drei Zähne ziehen zu lassen, und dann könnte man Ihre einfügen. Aber das würde Ihnen vielleicht unbequem sein, wenn wir sie beide zur gleichen Zeit brauchten. Ich verstehe das.
Ich höre ferner, daß Sie weiße Räucherstäbchen haben, deren Rauch Sie einatmen, offenbar mit Genuß, und dann wieder ausblasen.«
Carow nahm eine Zigarette aus einer seiner letzten Packungen, steckte sie sich an und rauchte. Der Pholarch schnupperte in der Luft.
»Können Sie etwas näher kommen?«
Carow stand auf und hielt ihm die Zigarette vor die Nase. Der Pholarch schloß die Augen und zog den Rauch langsam durch die Nase ein.
»Interessant!« sagte er. »Darf ich auch eins dieser Stäbchen haben, damit ich den Rauch so einatmen kann wie Sie?«
Wehen Herzens nahm Carow noch eine Zigarette aus der Packung. Der Pholarch steckte sie in den Mund, zündete das Feuerzeug und hielt die Flamme unter die Zigarette; aber sie brannte

nicht, weil er nicht daran zog. Carow zeigte ihm, wie er es machen mußte.

Der Pholarch atmete den Rauch nun ein, mußte aber gleich husten, und die Augen tränten ihm. Er tat noch ein paar Züge, hustete wieder und gab die angerauchte Zigarette zurück. Carow drückte sie auf dem Marmorfußboden aus und legte sie wieder in die Packung.

»Und das bereitet Ihnen Genuß? Wirkt der Rauch vielleicht auf den Magen? Ich habe so ein merkwürdiges Gefühl. Mir ist nicht ganz wohl.«

»Dann sollten Sie tief durchatmen oder ein Glas Wein trinken.«

Er trank Wein aus dem Becher, der auf dem Tisch stand.

»So, jetzt geht es wieder. Sehen Sie, wenn Sie rauchen, wunderbare bunte Bilder, wie dies die Leute behaupten, die Hanf rauchen?«

»Nein.«

»Nun, dann weiß ich nicht, worin der Genuß liegen soll.«

Carow erwiderte, der Pholarch habe mit seiner Skepsis durchaus recht; Rauchen sei schädlich, und die meisten Menschen, die diesem Laster frönten, stürben früh. Er übertrieb ziemlich. Das Schlimmste aber sei, man könne sich das Rauchen nicht mehr abgewöhnen, wenn man erst einmal angefangen habe.

Der Pholarch dachte sehr entschieden über dieses Laster, denn er fuhr fort: »Man muß husten, die Augen tränen, und der Rauch zieht durch den Kopf und benebelt den Verstand. Wir verstehen die Welt jedoch nur, wenn wir nüchtern sind. Was dabei herauskommt, wenn einer die Wahrheit im Rausch zu erkennen sucht, das sehen Sie an Heraklit. Sie kennen ihn?«

»Ein wenig. Ich bin übrigens nie nüchterner, als wenn ich diese Räucherstäbchen, die wir Zigaretten nennen, rauche.«

»Wirklich? Aber Sie sind süchtig. Sie sind abhängig. Sie sind nicht mehr frei, sondern Sklave Ihrer Sinne. Deshalb verbieten uns die Regeln der Pholé von alters her, uns einer Sucht zu unterwerfen.«

»Ach, Philosophen sind in den Forderungen, die sie an andere und an die Welt stellen, oft zu rigoros. Ich bin aber kein Philosoph, ich bin nur Mathematiker.«

»Sie sind ein *großer* Mathematiker.«

»Wie kommen Sie darauf?«
»Wie wären Sie sonst hier bei uns in unserer Zeit?«
»Wenn ich ein großer Mathematiker wäre, hätte ich mich nicht so grob verrechnet, sondern wäre in einer ganz anderen Zeit erschienen.«
»Darüber sprechen wir später noch einmal. *Was ist eigentlich die Zeit*?«
»Bitte?«
»Wissen Sie, was die Zeit ist? Ach, ich hätte Ihnen diese Frage noch gar nicht stellen dürfen. Aber ich bin so ungeduldig. Wir warten ja schon so lange auf Sie – auf einen, der uns die Zeit erklärt. Wissen Sie, was die Zeit ist? Sagen Sie heute nichts weiter als: Ja oder Nein!«
»Nein.«
»Das wundert mich aber, da Sie doch so kühne Berechnungen über die Zeit angestellt haben.«
»Es tut mir leid, daß ich Sie enttäuschen muß. Ich kann zwar mit der Zeit rechnen – mehr oder weniger gut, wie Sie sehen –, aber was sie eigentlich ist, wird mir, je länger ich über sie nachdenke, desto undeutlicher. Ich habe mich sogar schon gefragt, ob Zeit vielleicht gar nicht *ist*; ich meine, ob sie vielleicht nicht in dem Sinn *ist*, wie Seiendes *ist*.
Gab es immer Zeit? Oder wie soll ich diese Frage fassen, da ›immer‹ ja schon ein zeitlicher Begriff ist? Könnte es sinnvoller sein zu fragen: Ist die Zeit geschaffen worden? In der Nicht-Zeit? Und ist Nicht-Zeit gleich Ewigkeit? Oder ist Nicht-Zeit nach Ihrem Philosophen Parmenides ebenso unmöglich wie Nicht-Sein?«
»So, so, so!« sagte der Pholarch und wiegte sein Löwenhaupt. »Das haben Sie sich gefragt! Sie schrecken wohl auch vor den absurdesten und spekulativsten Fragen nicht zurück.«
»Wäre ich sonst hier? Und haben Ihre Philosophen nicht auch ganz absurde Fragen gestellt? Ja, sogar noch absurdere Paradoxien erfunden und bewiesen, zum Beispiel, daß ein fliegender Pfeil sich in jedem Zeitatom an einem bestimmten Ort befindet und daher eigentlich stets ruht, und daß es deshalb überhaupt keine Bewegung gibt und geben kann?«
Der Pholarch kicherte vergnügt:
»Ja, Zenon war es, der Geliebte des Parmenides und Gründer

unserer Pholé. Dort drüben am Abhang, unter dem Athena-Tempel stand sein Haus. Selbst Aristoteles hat sich vergeblich bemüht, ihn zu widerlegen.«

»Wo aber keine Bewegung ist«, fuhr Carow fort, »ist keine Zeit. Und Parmenides spricht ja auch vom Sein, als ob es ohne Zeit sei, nicht geworden, nicht vergehend und von der Zeit überhaupt nicht und in keiner Weise berührt und veränderbar – nur seiend.«

»Hm, ja, ja«, erwiderte der Pholarch. »Sie beziehen sich, wie ich sehe, auf das publizierte Lehrgedicht. Aber ist Sein außerhalb der Zeit möglich? Bitte?«

Er hielt sich die Hand hinter das Ohr.

»Bitte?« wiederholte er. »Aha? Ich höre nichts? Sie wissen es wohl auch nicht?

Ach, ich sollte ja längst zur Sache kommen, derentwegen ich Sie hierhergebeten habe, und Sie nach dem Wort fragen, das der Fremde dort oben auf seinem Felsen immer verzweifelt ruft.

Doch sagen Sie mir vorher noch schnell: Warum haben Sie sich eigentlich zu *uns* begeben? Warum nicht zu Pythagoras, der doch behauptete, schon während des Trojanischen Krieges gelebt zu haben und von Menelaos erschlagen worden zu sein, und der versicherte, er könne alle zweihundertsechzehn Jahre wiedererscheinen und insofern die Zeiten überspringen? Hätte er Ihnen nicht eher Aufklärung auf Ihre Fragen geben können.«

»Aufschneiderei!« entgegnete Carow. »Mystisches Geschwätz! Nicht diskutabel, sondern nur für den gedacht, der es staunend aufnimmt und glaubt.«

Der Pholarch warf begeistert die Arme empor.

»Bravo!« rief er. »Wie scharfsinnig! Wie klug! Aber was wollten Sie von Parmenides?«

»Ich wollte eigentlich nur wissen, *warum* das Sein ist, das Nicht-Sein aber nicht. Und ich wollte Auskunft über das Sein in der Zeitlosigkeit, in der Ewigkeit also.«

»So, so!«

Der Pholarch schob seine wulstigen Lippen vor; seine Augen wurden groß und rund und standen vor wie Fischaugen. »Über nichts weiter! Eigentlich nur eine kleine Auskunft über die Ewigkeit! Ich fürchte jedoch, Sie haben Ihre Reise ganz umsonst

gemacht. Denn auch wir haben nur Fragen, aber keine Antworten.
Und oft fragen wir uns, ob unsere Fragen nach der Ewigkeit überhaupt sinnvoll sind und ob dort das Gesetz von Ursache und Wirkung noch gültig ist.
Von *Ihnen* hatten wir uns Aufklärung erhofft. Oder haben die Philosophen in den künftigen Jahrtausenden nur geschlafen? Haben sie sich denn gar keine Gedanken über die Zeit gemacht?«
»O doch«, sagte Carow, »und ich werde Ihnen auch allerlei über einige Eigenschaften der Zeit erzählen können. Aber was sie eigentlich ist, das ist mir und das ist auch meiner Zeit nicht klar. Wir hatten einmal geglaubt, es zu wissen. Zweihundert Jahre vor der Zeit, aus der ich komme, hat es ein Philosoph erklärt; aber heute wissen wir, daß seine Antwort nur eine Seite der Zeit diskutiert.«
»Ein Grieche?«
»Nein, ein Germane.«
Der Pholarch lachte und schlug auf die Armlehnen seines Sessels, daß es klatschte.
»Sie verstehen es aber, einen zu überraschen! Ein Philosoph in den Wäldern Germaniens?«
»Er hieß Kant und lebte in einer Stadt namens Regiomontanum.«
»Einer Stadt? Einer *Stadt* in Germanien?«
»Er war nicht geringer als Aristoteles.«
»Und Parmenides?«
»Der gehört wohl in eine andere Kategorie.«
»Das will ich meinen! Und was sagt Ihr germanischer Philosoph Cantius von der Zeit?«
»Sie sei nichts als eine Anschauungsform des Denkens.«
Der Pholarch überlegte, dann sagte er:
»Hm. Nicht schlecht. Aber ist das alles? ›Nichts als‹ – das bedeutet doch im Grunde nichts weiter, als daß alles Seiende in der Zeit ist; aber über die Zeit selbst sagt Ihr Philosoph nichts aus. Was denkt er zum Beispiel über Anfang und Ende der Zeit?«
»Nichts.«
»Nichts?«

»Weil sich darüber, wie er meint, nichts erkennen und sagen läßt, denn hier stünden wir vor einem unauflösbaren Widerspruch, einer Aporie.«
»Da fängt aber doch die Philosophie erst an! Die Aporien, die Stellen also, wo unsere Logik uns nicht weiterführt, sondern wo sie am Ende ist, sind wie die Fenster zum Einen, dem Grund des Seins, das wir zwar nicht berechnen und beweisen, aber das wir durch diese Fenster in seltenen Augenblicken erschauernd und zitternd schauen können.«
»Uns sind nur einige Fragmente aus dem großen Gedicht des Parmenides überliefert. Sagt er etwas darüber?«
»In seinem veröffentlichten Lehrgedicht? Nein. Doch davon sollten wir später sprechen.
Ich hatte Sie gestern abend so plötzlich und vorzeitig eingeladen, weil ich Sie etwas ganz anderes fragen wollte: Gibt es in der germanischen Sprache ein Wort *avanti* oder so ähnlich? Und was bedeutet es? Man hat schon einen Germanen unserer Zeit gefragt, den Büttel im Gefängnis; aber er kannte es nicht.«
»Wahrscheinlich Mannus. Nun, das wundert mich nicht. In unserer Sprache gibt es das Wort nicht, aber im Italienischen. Es heißt soviel wie ›Los! Voran!‹ Aber warum fragen Sie überhaupt danach?«
»Weil ein Mann, der keine uns bekannte Sprache spricht, immer so schreit. Er trägt Hosen; das bedeutet natürlich nicht, daß es ein Germane sein *muß*, die Vermutung liegt jedoch nahe. Iulius Longus sieht in ihm natürlich schon wieder einen entlaufenen Sklaven; aber mein Verdacht geht in eine ganz andere Richtung.«
»Können Sie ihn nicht herkommen lassen, damit ich einmal mit ihm sprechen kann?«
»Leider nicht. Er würde sicher gerne kommen; aber er kann nicht weg.«
»Er ist also im Gefängnis?«
»Keineswegs. Haben Sie einmal vom Kap Palinurus gehört? Es liegt nicht weit entfernt, dort drüben, hinter der Bergkette im Südosten, ist aber von hier aus nicht zu sehen. Gehen wir doch auf die Terrasse! Da weht ein kühlerer Wind.«
Sie hatten in einem Belvedere gesessen, einem Säulenhalbrund mit weitem Blick auf das Meer und die Dächer der Stadt. An

der Südseite des Aussichtspavillons hielt ein Vorhang aus schwerer, altrosa Seide, der von der Decke bis zum Boden reichte, die Sonne und den Wind ab.
Auf der Terrasse war es luftiger. Zwei Sklaven, die zur Bedienung bereitstanden, gingen eilends voraus und stellten Korbstühle unter die blau und weiß gestreifte Markise aus Zeltleinen und trugen die Gläser mit eisgekühltem Fruchtsaft nach.
Phokas, der Pholarch, brauchte nichts zu entbehren. Das hatte Carow schon vorhin beim Eintritt erkannt. Im Vestibül, im Atrium und nachher in den Zimmern hatte er nur weißen oder farbigen Marmor gesehen. Er war durch einen Säulengang geführt worden, der einen Innengarten umgab. Die Wände waren bemalt: In quadratischen Feldern waren jeweils zwei oder drei Menschen in monumentaler Größe und in einer Art dargestellt, die ihre Körperlichkeit plastisch hervortreten ließ. Tiefes Rot, Grün und Gelb herrschten in dem Zyklus vor und klangen feierlich zusammen. Auf Konsolen und Wandtischen standen silberne Krüge, Vasen und Teller. Beim Eintritt in den Garten hatte er die überlebensgroße Marmorstatue eines älteren Mannes gesehen; des Parmenides, wie Carow vermutete.
Von der Terrasse aus sah er nun auf die Stadt mit der Agorá, dem Hallenbad, auf die Dächer der Häuser und den Hafen. Rechts auf der Höhe stand, die Stadt beherrschend, der Athena-Tempel der Akropolis. Der kleine, verlassene Tempel, auf dessen Stufen er erschienen war, lag im Rücken der Pholarchie und war von der Terrasse aus nicht zu sehen, wohl aber das Meer, das blau und glänzend die Hälfte des Horizonts einnahm, rechts von dem steilen Vorgebirge und links von mäßig hohen Hügelzügen eingefaßt, die zur See abfielen und in einer Klippe endeten. Hinter diesen Hügeln also mußte Palinurus sein.
»Mir scheint, Sie sollten sich für den Mann, der dieses unbekannte Wort schreit, interessieren«, sagte der Pholarch. »Bei Palinurus ragt ein Felsen wie eine Nadelspitze dreihundert Fuß steil aus dem Meer empor. Sie ist so steil, daß noch niemals jemand hinaufgestiegen ist; aber jetzt sitzt dieser Mann dort oben, schreit immerfort *avanti* und will anscheinend herunter.«
»Ein Italiener also?« fragte Carow verwundert. »Sitzt ein Italiener dort oben?«

Aber der Pholarch fuhr fort:
»Die Bevölkerung des Ortes Palinurus ist natürlich aufgeregt, seit sie den Menschen gestern dort oben wahrnahm. Zuerst standen sie nur am Ufer; aber dann sind einige Mutige in Booten nahe an den Felsen herangefahren und haben hinaufgerufen, wie er dort hinaufgekommen sei und warum er nicht wieder herunterkomme. Doch er rief ihnen etwas in einer unverständlichen Sprache zu, in der immer jenes Wort vorkam.
Da die Leute ihn nicht verstanden, sind sie schließlich umgekehrt; aber er hat ihnen Steine nachgeworfen. Nun, das war falsch. Warum tat er das? Er sollte vorsichtig sein und gerade in Palinurus nicht mit Steinen werfen.
Bei uns ist zwar wohlbekannt, was sich dort vor langer Zeit einmal zugetragen hat, aber Sie werden es vielleicht nicht wissen: Als Aeneas, von Dido kommend, an diesem Kap vorbeifuhr, fiel der Steuermann Palinurus ins Wasser. Er war an Deck eingeschlafen, aber das war natürlich nicht seine Schuld, denn er ist heute noch das Vorbild aller Steuerleute, sondern das Werk der Athena.
Er wurde an den Strand geworfen, und die Einwohner des kleinen Fischerdorfs, barbarische und wenig gastfreundliche Gesellen, steinigten ihn zu Tode. Das kam sie später allerdings teuer zu stehen; vielleicht ist ihnen das eine Lehre geworden, sicher bin ich mir dessen jedoch nicht.
Denn das Volk an jenem Vorgebirge ist noch immer unzivilisiert, und man hat den Verdacht, daß ihr Hauptgewerbe weniger die Fischerei als die Seeräuberei ist. Und wenn nun einer, der hilflos auf dem Felsen sitzt, sie mit Steinen bewirft, könnten sie wieder auf dumme Gedanken kommen. Sie würden dem Mann vielleicht nicht das Schicksal des Palinurus bereiten, da unsere Behörden inzwischen Bescheid wissen; aber der Mann hat Gepäck bei sich und ist in einer prekären Lage. Wie leicht könnte ihm ein Unfall zustoßen oder deutlicher: Wie leicht ließe sich ein solcher Unfall herbeiführen!
Übrigens, wie nannten Sie das Räucherstäbchen in Ihrer Sprache?«
»Zigarette.«
Der Pholarch wiederholte das Wort:
»Zingarete. Ein schweres Wort, das aber beinahe griechisch

klingt: *Ζιγγαρέτη. Die* Zingarete vermute ich, weiblich, nicht wahr?«
»Ja, in der germanischen Sprache weiblich.«
Er sprach das Wort aus, als sei es griechisch und als werde es mit zwei Gammas geschrieben.
»Kann ich noch einmal die Zingarete von vorhin haben? Ich möchte doch zu gerne wissen, was einen Menschen wie Sie verführen kann, einen Rauch einzuatmen, von dem einem nur übel wird, der zum Husten reizt und die Augen tränen macht. Ich möchte wissen, was Sie veranlaßt, das freiwillig, ja sogar mit einer gewissen Lust zu tun.«
Carow antwortete, er sehe in dieser Frage wenig Sinn, da in Velia doch niemand außer ihm selbst rauche, so daß anderen daraus nie eine Gefahr erwachsen könne.
»Ich bin aber neugierig«, erwiderte Phokas. »Die Neugier am Unverständlichen und der Wunsch, es zu erforschen und schließlich doch zu verstehen, sind es, die uns Philosophen am Leben erhalten. Der Mensch ist nur Mensch, wenn er nach den Erscheinungen fragt.«
»Ihre Frage ist aber sinnlos; sie läßt sich nämlich gar nicht beantworten, weil ich nur noch einige wenige Zigaretten habe. Um zu einem Ergebnis zu kommen, muß man aber viele rauchen. Außerdem ist das Experiment riskant.«
»Es kann nicht so riskant sein wie Ihr Experiment, sich in unsere Zeit zu versetzen.«
Diese Hartnäckigkeit machte Carow ernstlich um seine Zigaretten besorgt.
»Ich kann es aber nicht verantworten, Ihnen bei einem so gefährlichen Experiment behilflich zu sein und Ihnen Zigaretten aus meinem knappen Vorrat abzugeben. Unsere Ärzte raten gerade Personen in höherem Alter dringend davon ab. Vorhin haben Sie ja selbst gemerkt, daß Ihnen übel wurde. In den Zigaretten ist ein Gift, das Magen, Lunge, Herz und Gehirn angreift. Es sind unserer Medizin viele Fälle bekannt, in denen Raucher nach dem Genuß von zwei Zigaretten wahnsinnig wurden, Häuser ansteckten, ihre Ehefrauen, ja sogar ihre Kinder und Eltern umbrachten und sich schließlich selbst entleibten. Dabei waren es vorher ruhige, freundliche und besonnene Menschen gewesen.

Machen Sie die Probe! Geben Sie einem Huhn nur eine kleine Prise vom Inhalt der Zigarette zu fressen! In kurzer Zeit fällt es um und ist tot.«

»Ja, bei Hühnern mag das der Fall sein, aber ich bin kein Huhn. Kommen Sie, geben Sie her!«

Es blieb Carow nichts anderes übrig, als dem Pholarchen die Zigarette herauszugeben, die er schon angeraucht hatte.

Er tat ein Dutzend Züge, inhalierte tief und blies den Rauch durch die Nase wieder aus. Dann aber schüttelte er den Kopf.

»Der Rauch an sich«, sagte er meditierend, »wenn man ihn nicht direkt und durch den Mund einatmet, sondern nur aus einiger Entfernung riecht, ist nicht unangenehm. Er hat einen kräftigen, belebenden Charakter. Aber ihn aus der Zingarete unmittelbar einzuatmen – ich weiß nicht, was Ihnen daran solchen Genuß bereitet.«

Er drückte die Zigarette auf dem Marmortisch aus.

»Sie sind blaß geworden«, sagte Carow scheinbar besorgt.

»Das wird das Licht unter dieser Markise sein.«

»Ich glaube aber, Sie haben Schweißtropfen auf der Stirn.«

»Durchaus möglich. Sie übrigens auch. Es ist die Hitze.«

»Es sind bekannte Symptome, die man nicht leicht nehmen sollte. Ist Ihnen nicht schon wieder übel?« fragte Carow hoffnungsvoll. »Fühlen Sie vielleicht einen Druck in der Magengegend?«

»In der Magengegend?« fragte der Pholarch verwundert. »Wieso? Da spüre ich nichts.«

Er steckte den Rest der Zigarette in seine Tunika.

Carow lenkte ihn auf ein Thema zurück, das er für weniger aufregend hielt.

»Wie kann denn ein Fremder auf den Felsen am Kap Palinurus hinaufgekommen sein? Noch dazu mit Gepäck, wie Sie sagen.«

»Das fragen wir uns natürlich auch. Außerdem hat er anscheinend viele Gepäckstücke, von denen einige so ähnlich aussehen sollen wie die, mit denen Sie heute zu mir gekommen sind.«

Einen Augenblick blieb Carow stumm. Dann rief er:

»Jule! Um Gottes willen!«

Meyer-Proske berichtet von seinem Streit mit Jule über Stilfragen und den Anfang des Buches

Ich hatte mir die Zusammenarbeit mit Jule viel leichter vorgestellt. Ich wollte Informationen über ihn und Carow sammeln, mir die Geschichte erzählen lassen und dann aus dem Manuskript ein neues nach meinem Muster und im Stil *dieser woche* stricken.

Aber Jule machte Schwierigkeiten. An Carows Manuskript dürfe kein Buchstabe geändert werden. Mir wollte er allenfalls Anmerkungen gestatten. Fußnoten.

Fußnoten! Na, den Zahn konnte ich ihm schließlich ziehen.

Doch dann begann er, an meinem Stil zu mäkeln. Er sei zu flott, zu salopp, zu schnoddrig, ja albern. Bei meinen Kalauern zucke er immer zusammen. Selbst ein Trauerzug, von mir beschrieben, würde sich wie eine große Gaudi ausnehmen. Ich hätte keinen Sinn für Größe, Carows nämlich, für Tragik, für Ernst und Tiefe. Er mußte anscheinend mal Dampf ablassen; ich ließ ihn reden, aber dann konnte ich es nicht mehr aushalten.

»Du Depp!« sagte ich. »Du solltest dir stündlich auf die eigene Schulter klopfen und dir dazu gratulieren, daß ich mich für deine Story interessiere und daß ich deine Schmähungen mit solchem Langmut ertrage. Du siehst anscheinend gar nicht, daß ich unter meinen Kollegen einzigartig bin. Ich schreibe so, wie der einfache, unverbildete Leser spricht und denkt. Darum lieben sie mich ja auch alle.

Ich hadere nicht mit der Welt und bin nicht ständig entrüstet, weil sie nicht so ist, wie sie sein sollte. Ich weine nicht über mein Unglück, in diesem Jammertal leben zu müssen. Mir fehlt jedes Organ für Selbstmitleid. Ich bin also für dich ein Glücksfall. Selbst Herta schneidet alle meine Artikel aus *dieser woche* aus und sammelt sie.«

»Von mir aus!« sagte Jule. »Wer ist Herta! Herta ist mir Hekuba.«

»Da machst du einen kapitalen Fehler«, antwortete ich. »Wenn Herta in der Redaktion anruft, zittern alle, Redlich am meisten; denn er ist mit ihr verheiratet. Aber meine goldenen Worte sammelt sie, und wenn sie mich anruft, flötet sie, ich sei wieder einfach wundervoll gewesen.

Tiefe, Tragik, Ernst, Nabelschau, Larmoyanz, ständige Entrüstung und Weheklage über die schlechte Welt verbunden mit unerträglicher Besserwisserei und höchsten moralischen Anforderungen an andere – willst du es lieber mit einem deutschen Schriftsteller probieren?«
Jule schwieg, weil er meiner Redegewalt und meinen Argumenten nicht gewachsen war. Aber dann fing der Ärger darüber an, wo wir anfangen sollten.
Er sagte, wir sollten das Buch mit Carows grundlegendem Aufsatz über »Die Zeit als ontologisches Problem« einleiten oder wenigstens die Hauptgedanken referieren und dann über seine geheimnisvolle Entrückung aus der Wohnung in Heidelberg berichten.
Das war natürlich Unsinn.
»Den Aufsatz«, sagte ich, »kannst du dir schenken. So was liest keiner, so was versteht keiner. Und wenn du mit der mysteriösen Entrückung aus Heidelberg anfängst, mußt du die Formel mitliefern, wie man eine Entrückung bewerkstelligt. Sonst denkt sich doch der Leser gleich, das ist alles *Science-fiction.* Aber da du dich über die Entrückungsmethoden beharrlich ausschweigst, müssen wir gleich rein in die vollen gehen und den Leser schon in den ersten Zeilen mit einer dramatischen oder komischen Situation konfrontieren. Als Anreißer.«
»Zum Beispiel?« fragte Jule.
»Zum Beispiel, wie du da auf dem steilen Felsen sitzt, nicht runter kannst und dauernd *Los! Avanti!* schreist, obwohl das eine Wort deutsch und das andere italienisch ist, während die Leute unten nur Latein verstehen.«
»Das war keineswegs komisch. Was sollte ich denn schreien? Weißt du vielleicht, wie ›Macht endlich voran!‹ auf lateinisch heißt? Mein lateinisches Wörterbuch war in dem Koffer, der fünf Meter unter mir in einem Strauch hing.
Die Leute standen unten am Strand, starrten zu mir rauf; aber sie unternahmen nichts. Sie machten sich über mich lustig, weil ich festsaß und nicht runterkonnte. Sie fanden meine Lage komisch. Und so was geht mir gewaltig gegen den Strich.
Manche fuhren in Booten zum Fuß des Felsens, hielten die Hände vor den Mund und riefen mir etwas rauf. Soviel ich verstand, wollten sie, daß ich die Koffer runterwerfe. Ich aber

hatte Durst, denn ich war ja schon seit dem Abend vorher da oben. Ich tat so, als ob ich aus einer Flasche trinke, und rief *Aqua! Avanti! Los!* Sie sollten voranmachen und mir auf irgendeine Weise Wasser raufschaffen.
Aber die Leute in den Booten wollten sich totlachen. Sie legten den Kopf in den Nacken, steckten den Daumen in den Mund und hoben den abgespreizten kleinen Finger, als sei ihre Hand eine Flasche, aus der sie trinken. Und dann brüllte die blöde Gesellschaft in den Booten und machte mich nach und rief: *Aqua! Avanti! Los!*, aber sie unternahmen nichts, sondern wollten sich ausschütten vor Lachen.«
»Aber warum hast du dann gleich Steine nach ihnen geworfen?«
»Nicht Steine, sondern einen Felsbrocken, der aber leider weit von dem Boot ins Wasser fiel, weil ich in meiner Lage gar nicht richtig zielen konnte. Ich habe ihn den Leuten nachgeworfen, weil sie überhaupt nicht daran dachten, mir zu helfen, sondern »Spring doch!« riefen – *desili! sali!* – und mit Gesten zeigten, was sie meinten, worauf sie umkehrten und grölten.
Am liebsten hätte ich ihnen eine Plastikbombe oder eine Handgranate ins Boot geworfen. Wenn man über mich lacht, kriege ich immer die Wut und sehe rot. Ich war schon als Kind so. Vermutlich Anlage, vielleicht ein Fehler, aber ich bin auch nur ein Mensch.
Was war denn an meiner Lage zum Lachen? Ich saß auf einem Stück Felsen, nicht viel größer als die Sitzfläche dieses Stuhls, die außerdem nach vorn stark abfiel. Einzuschlafen konnte ich mir gar nicht leisten. Wenn ich runtersah, wurde ich schwindlig und mußte mich an der trockenen Wurzel eines Strauchs festhalten.«
»Wie hoch war das denn?«
»Vielleicht hundert Meter.«
»Und du saßest auf der Spitze?«
»Nein, auf einer der fünf Nadeln, die die Spitze bildeten. Von meiner bis zur nächsten waren es nur etwa zehn Meter, aber dazwischen, dicht neben meiner Wade, ging es steil runter. Ich konnte gar nicht hingucken.
Der Felsen war nur ein paar hundert Meter vom Festland, von einem kleinen Bootshafen und Strand entfernt, aber das Fatale

war, daß er senkrecht aus dem Meer aufstieg. Bergsteiger mit Steigeisen und Seilen hätten gut dran üben können; aber Bergsteiger gab es damals noch nicht.
Abends, als ich ankam, und in der Nacht regnete es; ich wurde durch und durch naß, und der Wind pfiff mir um die Ohren. Aber mein Anorak war in dem Koffer, und der Koffer hing unter mir im Strauch. Am nächsten Tag schien die Sonne, und je wärmer es wurde, desto mehr Durst kriegte ich. Hinzu kam, daß in dem Felsen Zehntausende von Schwalben nisteten; ihr ständiges, widerliches Zwitschern machte mich fast verrückt. Und dann kamen die Burschen in ihren Booten und schrien, ich sollte doch einfach runterspringen!«
»Aber warum hast du dir ausgerechnet diesen Felsen zum Landeplatz ausgesucht?«
»Ausgerechnet? Ausgesucht? Keine Spur! Ich wollte zu Carow. Den Fehler in seiner Rechnung hatte ich deshalb nicht berichtigt, sonst wäre ich, wie er es ursprünglich vorhatte, in der Zeit des Parmenides gelandet, Jahrhunderte von Carow entfernt.
Je länger ich mir außerdem seine Berechnung angesehen hatte, desto unsicherer war ich geworden, ob die plötzlich und unvermittelt auftauchende Zahl tatsächlich ein Patzer war. Denn ich hatte das Gefühl, daß sie in gewisser Hinsicht *doch* Sinn gab. Sie paßte mit einigen anderen, früheren Zahlen so gut zusammen, und je länger ich sie prüfte, desto merkwürdiger wurde sie. Sie hatte die erstaunlichsten Eigenschaften. Mir fehlte Carow. Mit dem konnte man über so etwas sprechen.
In der mathematischen Kurve, die mich nach Velia führen sollte, hatte ich natürlich auch mit neuen Daten arbeiten müssen, weil die Zeit seit seinem Verschwinden fortgeschritten war, den Patzer aber änderte ich nicht. Bei meinen neuen Zahlen rundete ich nach der dritten Stelle hinter dem Komma in der Annahme ab, die bei den Abrundungen wegfallenden Zahlen würden sich insgesamt etwa ausgleichen; und wenn ich nicht auf den Quadratkilometer genau bei Carow landete, würde das ja auch nichts ausmachen. Aber anscheinend haben sich diese Zahlen nicht ausgeglichen, sondern addiert. Ich kann deshalb nur von Glück sagen, daß ich nicht halbwegs zwischen Velia und Sardinien, mitten im Meer, niedergegangen bin.«

»Sondern auf dem letzten Felsen vor der Küste, und daß die Leute dich bemerkten.«
»Ja, aber am Nachmittag gingen sie über den Hügel nach Hause in ihr Fischerdorf und ließen mich in dem gräßlichen Gezwitscher der Schwalben allein. Vermutlich dachten sie, das Problem, wie ich vom Felsen herunterkomme, könne man der Zeit überlassen; sie werde es schon auf ihre Art lösen.«
»Du meinst, sie hofften, du würdest da verhungern und verdursten.«
»Ja, oder runterfallen. Am Abend fing es dann wieder an zu regnen.«
»Gut! Halt an! Mit dieser Geschichte *müssen* wir einfach anfangen. Bitte laß mich mal ausreden! Ich habe schon wieder zehn Seiten Notizen. Mit dieser Geschichte fangen wir also an.
In der Nacht, wenn du durch und durch naß da oben auf deinem Felsen sitzt, zieht dein ganzes Leben an dir vorbei. *Ich träum' als Kind mich zurücke.* Adelbert von Chamisso. An Papa, an Mama. Wie du als Kind unterdrückt wurdest. Vater vielleicht Alkoholiker. Mutter ging fremd. Immer neue Onkels im Haus. Ehe der Eltern dann geschieden. Schlüsselkind. Ganz realistisch, damit die Leser merken, das ist aus dem Leben gegriffen, da ist nichts erfunden.«
Jule gestikulierte heftig, wollte Einwände machen und vermutlich behaupten, es sei alles ganz anders gewesen; aber ich sah es so deutlich vor mir und war gerade so gut im Zug, daß ich ihn nicht zu Worte kommen lassen durfte.
»Deine erste Freundin. Etwas Sex, aber in Maßen. Keine Angst! Wir lassen dich da oben auf dem Felsen sitzen und nehmen inzwischen dein Leben auseinander. Die Leser lesen weiter, weil sie denken: Jetzt muß er doch jeden Augenblick runterfallen, lange hält er das da oben ja nicht aus. Das wollen sie sich nicht entgehen lassen. Und in dieser Zeit verpassen wir ihnen alle notwendigen Informationen für die Story. Siehst du, so machen wir Profis das.
Am nächsten Tag fängst du an, dein Nylonhemd aufzudröseln, wirfst den Faden runter, und die Leute aus Palinurus, unter denen auch gute Menschen sind, schicken dir Wasser, belegte Brote, einen Schnaps oder etwas Kräftigendes rauf, eine heiße Bouillon vielleicht. Und dann ...«

Jule unterbrach mich brüsk und rücksichtslos:
»Und dann lasse ich mich an dem Nylonfaden runter! So, nun habe ich dich ausreden lassen. Ich werde aber weder mein Hemd noch wirst du mein Leben, wie du es dir ausdenkst, aufdröseln, noch werden wir das Buch mit dieser Geschichte anfangen; denn das Buch, das wir schreiben, soll Carows Bedeutung darstellen, nicht aber mich und mein Leben.«
»Jule«, entgegnete ich, »du verstehst mich immer noch nicht. Wie oft soll ich es dir sagen! Natürlich geht es erst einmal um dich, weil du es bist, der Carow erklären und für ihn zeugen will. Wenn du dem verehrlichen Publikum Carows Manuskript *tel quel* hinknallst, nimmt das kein Mensch in die Hand. Oder wenn es einer liest, glaubt er kein Wort, sondern hält alles für *Science-fiction.*
Zuerst muß man deshalb das Interesse des Lesers an dir wekken, der uns diese Geschichte unter Lebensgefahr aus dem grauen Altertum überbracht hat. Man muß Jule den Menschen, der eine harte Kindheit durchgemacht und sich aus eigener Kraft emporgearbeitet hat, Jule den Wissenschaftler und ernsthaften Forscher schildern, den neidische Kollegen mit ganz schrägen Mitteln mundtot machen wollen; man muß Jule den Freund anschaulich darstellen, der seinem Lehrer Carow furchtlos nachreist und Jahrzehnte später in unsere Zeit zurückkehrt, um Zeugnis für den großen Forscher C. abzulegen, selbst aber bescheiden hinter ihm zurücktritt und ihm allen Ruhm läßt.
Kurzum, erst einmal müssen wir dir ein *Immetsch* geben und deine Glaubwürdigkeit etablieren; dann können wir Auszüge aus Carows Buch zwischen deine Erlebnisse häkeln. Du bist der Kronzeuge, kannst jederzeit im Fernsehen auftreten und Interviews geben. Du lebst noch, Carow existiert nicht mehr.«
»Nicht?« fragte Jule. »Woher weißt du das? Vielleicht existiert er noch in hundert oder tausend Jahren. Was wissen wir davon!«
»Ja, komm!« sagte ich, denn jetzt fing er wieder an, sich von der Realität zu entfernen, zu spekulieren und zu phantasieren. »Mach endlich voran mit deiner Geschichte! *Los! Avanti!*«

Die Beamten erscheinen, prüfen die Lage und ergreifen Maßnahmen

Am Strand von Palinurus erschien eine Delegation von drei Männern; es waren Magistratsbeamte aus Velia. Ihnen folgten Stadtsklaven und in gebührendem Abstand die Einwohner von Palinurus. Die Sklaven spannten ein Seil, und die Einheimischen, die sehen wollten, was sich jetzt tun werde, mußten hinter das Seil zurücktreten, damit die Delegation ungestört und in aller Ruhe die Lage prüfen und beratschlagen konnte.
Sie traf alsbald eine Entscheidung und ergriff Maßnahmen. Weisungen wurden erteilt, ein Amtsbote wurde über den Hügel geschickt. Die Beamten bestiegen ein Boot, fuhren an den Felsen, einer von ihnen hielt die Hände wie einen Schalltrichter vor den Mund und fragte Jule, ob er ein Germane sei.
Beim drittenmal verstand er die Frage und antwortete:
»Nein! Bin Deutsch! *No! Sono tedesco.*«
Jule hatte so geantwortet, damit die Beamten ihn nicht mit Germanen verwechselten, wie sie damals in deutschen Wäldern einzeln oder in verschworenen Gemeinschaften umherstreiften und römische Kaufleute umbrachten, ja selbst römische Legionen aufs Haupt schlugen, die doch nur gekommen waren, um das Land zu befrieden und den Barbaren die Zivilisation zu bringen.
Die Beamten berieten und kamen, wie es schien, zu dem Schluß, daß Jule schleunigst unschädlich gemacht werden müsse; denn ein großes Fischerboot ruderte um das Kap zum Felsen, hielt dort, und an Bord stellte sich ein Mann mit einem Bogen breitbeinig auf, lehnte sich an den Mast, zielte lange und schoß einen Pfeil ab, der indessen weit über Jule hinwegflog.
Jule zog den Kopf ein, aber in Deckung konnte er nicht gehen. Er suchte einen Stein, um dem Bogenschützen dort unten das Handwerk zu legen oder ihn wenigstens beim Zielen nervös zu machen. Aber er mußte weit nach hinten ausgreifen, um ein Stück vom Felsen zu lockern.
Da kam schon der zweite Pfeil, der unter Jule vorbei in die Luft und wieder ins Wasser flog. Jule hatte inzwischen den Felsbrokken losgemacht. Er warf ihn hinab, aber der Stein fiel weit vor dem Boot ins Wasser. Die Leute unten begannen zu schreien;

sie wollten offensichtlich, daß Jule aufhörte, mit Steinen zu werfen.
Der dritte Pfeil zischte dicht über seinen Kopf hinweg und landete auf der nächsten Nadelspitze, rollte etwas und blieb liegen. Jule sah erst jetzt, daß an seinem unteren Ende eine Schnur aufgewickelt war. Der Pfeil aber war für ihn nicht erreichbar.
Das Boot wurde zum Strand befohlen. Die Delegation der Beamten beratschlagte mit den Bootsleuten, aber sie sahen wohl ein, daß das Verfahren, eine Schnur mit einem Pfeil hinaufzuschießen, unbefriedigend war, weil der Mann zwar ein guter Schütze sein mochte, bei dem Wind und von dem schwankenden Boot aus jedoch nicht genau schießen konnte.
Auch Jule hatte gegen diese Rettungsmethode Bedenken; denn was nützte ihm eine Schnur, wenn sie an einem Pfeil befestigt war, den er sich erst aus dem Auge ziehen mußte! Die Beamten berieten lange, aber dann faßten sie einen Beschluß, der Jule erleichterte: Sie gingen weg, sie machten eine Mittagspause, und auch die Einheimischen kehrten in ihr Dorf zurück.
Nur zwei Amtssklaven ließ man zurück, damit sie Jule und den Felsen beobachteten. Sie hockten sich neben dem Absperrungsseil in den Sand und holten, als die anderen gegangen waren, einen Würfelbecher vor und spielten.
Jule saß nun wieder einsam auf der Nadelspitze des Felsens, sah auf den Strand, die steil abfallende Küste des Kap-Vorgebirges und die Steilküste des Festlandes mit einigen hohen und dunklen Grotteneingängen. Die Schwalben flogen indessen rastlos um den Felsen und in ihre Nester. Das Zwitschern dieser Vogelscharen war ein gleichbleibender, unmodulierter hoher und schriller Ton.
Jule war sehr müde. In der Nacht hatte er sich mit seinem Gürtel an der Wurzel festgebunden und war hintenübergelehnt ein paarmal eingenickt, was nicht ungefährlich gewesen war, denn die schwache Wurzel hätte sein ganzes Gewicht nicht tragen können.
Er fühlte, daß er dem Schlaf nicht mehr lange widerstehen konnte und wollte sich gerade wieder mit dem Gürtel an der Wurzel absichern, da kam um das Kap ein kleines Ruderboot, das von den Wellen hoch emporgeschleudert wurde und Mühe

hatte, vorwärtszukommen. Sobald es jedoch in den Windschatten des Vorgebirges gelangt war, ging es leichter. Es hielt auf den Felsen zu.
In dem Boot waren zwei Jungen. Als sie sich dem Felsen näherten, ließ der eine einen Drachen steigen, während der andere gegen den Wind anruderte. Nach einer Weile hatten sie es geschafft, daß der Drachen über Jule schwebte. Sie manövrierten nun das Boot und ließen die Schnur ab oder zogen sie ein, bis sie es erreicht hatten, daß sie seine Füße streifte.
Jule griff sofort danach, doch mit einer ungeschickten Bewegung, so daß er noch in diesem hoffnungsvollen Augenblick fast mit dem Kopf voran abgestürzt wäre; aber er kriegte mit einer Hand noch die Wurzel zu fassen und zog sich langsam, ganz, ganz langsam wieder in seinen Sitz zurück. In der anderen Hand aber hatte er die Drachenschnur, die er sich um den Arm wickelte.
Nach der Siesta kamen die Beamten zum Strand zurück, um wiederum Rats zu pflegen. Sie waren erstaunt, daß Jule in Schnurverbindung mit den beiden Jungen im Boot war, ebenso erstaunt wie die beiden Amtssklaven, die das Wunder nicht erklären konnten.
Die Delegation der drei Beamten ergriff sofort weitere Maßnahmen: Läufer wurden abgeschickt. Das größere Boot wurde herbeibefohlen. Mit der Schnur konnte Jule nun ein stärkeres Seil, einen Krug mit Wasser und einen Topf mit Haferbrei heraufziehen. Er bekam Eisenhaken und einen Hammer, so daß er das Seil festmachen konnte.
Am späten Nachmittag hatte er sich angeseilt und das Seil so fest um sich gezurrt, daß er sich dort oben, wenn er nicht in die schwindelnde Tiefe sah, sicher genug fühlte, die elf Gepäckstücke auf den verschiedenen Vorsprüngen seiner Nadelspitze einzusammeln, sie in Netze zu verschnüren, die man ihm heraufgeschickt hatte, und nach unten abfahren zu lassen. Zum Schluß ließ er sich dann selbst vorsichtig hinab, hielt indessen, während er in der Luft am Seil schwebte, die Augen fest geschlossen.
Hinter dem Absperrungsseil am Strand standen alle Einwohner des Fischer- und Seeräuberdorfes Palinurus und sahen gespannt zu, wie Jule sich Handbreit um Handbreit abseilte und, wenn er

erschöpft war, minutenlang in schwindelnder Höhe ausruhte. Aufregender und ihnen daher am liebsten wäre es freilich gewesen, wenn es nicht so langsam gegangen, sondern wenn er wie ein Stein herabgefahren wäre.
Das Seil war am Mast des großen Fischerboots befestigt. Er öffnete die Augen, als er die Stimmen der Beamten und Bootsleute dicht unter sich hörte. Sie riefen ihm Ratschläge hinauf. Dem Tonfall nach zu urteilen, forderten sie ihn auf, die Sicherheitsschlaufe noch nicht zu lösen, sondern sich langsam weiter herabzuhangeln, damit er sich nicht etwa noch bei den letzten Metern das Genick breche.
Die Delegation der Beamten stand auf dem Halbdeck und begrüßte ihn, als er den Fuß auf die Planken setzte. Jule verstand kein Wort ihrer Rede. Er dankte ihnen aber bewegt in deutscher Sprache für die Rettung und für die Sorge um die elf Koffer, Bündel und Seesäcke, die er neben dem Mast stehen sah.
Doch Zweifel befiel ihn, als er die Willkommensdelegation ansah: Vor seiner Reise hatte er sich aus der Bibliothek Bildbände römischer Plastiken kommen lassen. Von den Beamten der Delegation trug keiner eine faltenreiche Toga wie die Statuen in seinen Büchern; sie hatten vielmehr alle nachthemdähnliche Gewänder an. In welcher Zeit und in welchem Land war er?
Doch Jule hatte jetzt keine Zeit, darüber nachzudenken: Er suchte, um sich auch bei ihnen zu bedanken, die beiden Jungen, die auf den genialen Einfall gekommen waren, ihm den Drachen mit der Schnur hinaufzuschicken. Sie waren jedoch nicht Beamte und daher an Deck nicht zugelassen. Jule sah ihre Gesichter außenbords. Sie standen in ihrer Nußschale, die längsseits des Fischerboots lag, und reichten mit dem Kinn gerade über den Rand des Decks. Das Gesicht des einen war durch Pockennarben entstellt. Er hielt einen Riemen in der Hand und hatte rudern müssen. Er war noch ein Kind. Der andere dagegen, schon eher ein Halbwüchsiger, aber mit einem Engelsgesicht, blickte Jule lachend und neugierig an, als dachte er: Nun wollen wir mal sehen, wie Sie sich aus der Affäre ziehen!
Jule gab ihm die Hand und zog ihn an Deck. Er trug hohe Lederstiefel und stieß sich auf der Ruderbank seines winzigen Bootes so stark ab, daß es ganz höllisch schwankte. Jule suchte in seiner Hosentasche nach einem Geschenk. Das kleine Taschen-

messer? Er gab es dem Jungen und zeigte ihm, wie man es öffnete und schloß. Der Junge drückte es mit einer Hand fest an seine Brust, dankte mit weit ausholender Gebärde der anderen Hand und sprang schnell zurück in sein kleines Boot, bevor die Beamten Zeit hatten, sich das merkwürdige Instrument anzusehen.
Sie sprachen nun auf Jule ein, aber er war zu müde, ihnen zuzuhören: Er hielt den Kopf schief, legte seine Hand an die Backe und sagte:
»*Dormire!*«
Es war italienisch, aber sie verstanden ihn ohne weiteres, weil das lateinische Wort für »schlafen« ebenso lautet.
Doch zum Schlafen kam Jule noch lange nicht.
Als die Bootsleute das Seil vom Mast losgemacht hatten und die Ruderskiaven sich in die Riemen legten, kam ein Esel in schnellem Trab den Berg herab. Er trug einen Riesen, der die Beine anziehen mußte, damit er mit den Füßen nicht auf den Boden kam. Der Riese hatte fuchsrotes Haar und einen fuchsroten Bart. Er rief schon von weitem:
»Jule! Jule!«
Jules, der auf dem Bug des Bootes stand, bemächtigte sich eine nur durch die Übermüdung und Erregung erklärbare große Albernheit. Er sang ihm vom Bug des Bootes aus entgegen:
»*O Carow mio*« nach der Melodie *O sole mio*; da er aber den Text nur bis dahin kannte, rief er:
»Ich habe dir deine Zigaretten mitgebracht.«
»Welche?« rief Carow über das Wasser. »Die Tropenpackung?«
»Ja, und noch eine zweite zur Reserve!«
Carow sprang von seinem Esel, hüpfte von einem Fuß auf den anderen, hob die Fäuste in die Luft und schüttelte sie. Und was er schrie, klang so ähnlich wie:
»Joijoijoijoijoi!«

Von dem Pholarchen und den Zingareten

Der Pholarch lud auch Jule ein, in der Pholarchie zu wohnen.
Carows Zimmer lag nach Südwesten mit Blick auf die Stadt und das Meer. Er wohnte in dem Gebäude, das den Mitgliedern der

Pholé zur Verfügung stand, wenn sie sich in Velia versammelten. Einige von ihnen wurden zur Feier von Parmenides' Geburtstag erwartet. Bis dahin war Carow der einzige Bewohner dieses Hauses mit seinem gepflegten Garten, Säulengang und Springbrunnen.

Er schlug vor, Jule in das leerstehende Nebenzimmer ziehen zu lassen. Aber das, sagte der Pholarch, sei ganz unmöglich. Ihm wurde vielmehr ein Zimmer in dem Assistentenhaus zugeteilt, in dem auch Pittakos und Pelops, die beiden Ständigen Philosophen der Pholarchie, wohnten.

In einem kleinen Gartenhaus hatten die drei Schüler der Pholarchie ihre Schlafräume und ihr Arbeitszimmer. Die Freigelassenen, die für Verwaltung und Haushalt zuständig waren, wohnten in dem Block des Wirtschaftstrakts, die Sklaven und Sklavinnen teils in einer Sklavenbaracke, teils im Souterrain der Häuser, in denen sie arbeiteten.

In einer Unterhaltung mit dem Pholarchen erwähnte Carow beiläufig, wenn man das leerstehende Nebenzimmer Jule nicht zur Verfügung stellen könne, ließe es sich doch wohl als Wohnzimmer für ihn einrichten, in dem er gelegentlich Besuch auswärtiger Bekannter empfangen könne, seinen alten Gastgeber Rufus zum Beispiel oder dessen Gattin.

Das Gesicht des Pholarchen wurde ernst.

»Rufus können Sie meinetwegen empfangen, wenn es unbedingt notwendig sein sollte«, sagte er, »seine Gattin aber nicht. Die einzigen weiblichen Wesen in der Pholarchie sind die Sklavinnen.«

»Warum?« fragte Carow.

»Eine Regel von alters her.«

Carow fragte nicht weiter. Es gab, wie er schon bemerkt hatte, viele Regeln im Haus.

Jule zum Beispiel durfte das Haus der Pholé-Mitglieder, in dem Carow wohnte, nicht betreten, außer wenn Carow ihn holte oder holen ließ, während Carow ohne weiteres in das Assistentengebäude gehen und Jule in seinem Zimmer besuchen durfte. Zum Hause des Pholarchen wiederum hatte nur Zutritt, wer von ihm gerufen wurde. Lediglich die Bibliothek, die in seinem Hause war, jedoch einen besonderen Eingang hatte, stand allen offen.

Das Frühstück war bescheiden und wurde jedem von einem Sklaven ins Zimmer gebracht: Leicht gesalzenes Brot, Oliven, Käse, Most. Mittag- und Abendessen nahmen der Pholarch, die Mitglieder der Pholé, die Assistenten und Schüler gemeinsam im Speisesaal ein, das kleine Mittagessen im Sitzen an einem großen Tisch, das Abendessen auf Triclinien liegend.
Während des Essens herrschte Silentium, aber einer der Schüler oder der beiden Ständigen Philosophen las vor. Man war bei der Lektüre von Lukans Epos »Pharsalia«, das Carow und Jule, soweit sie die schwierigen Verse überhaupt verstanden, langweilte, so daß sie schließlich gar nicht mehr hinhörten. Aber auch der Pholarch schien nie ganz bei der Sache zu sein.
Er hatte Carow nach dem Abendessen zu einem Glas Wein auf der Terrasse seines Hauses eingeladen.
»Sie wollen, höre ich, wieder nach Hause?« fragte er. »Zurück in Ihre Zeit?«
»Ja, wenn auch nicht gleich, so doch demnächst.«
»Und Ihr Schüler Iulius?«
»Auch. Wir möchten jedoch als Beweis, daß wir hier waren, ein vollständiges, korrektes Exemplar von Parmenides' Lehrgedicht mitnehmen.«
»Wir können Ihnen eins besorgen; ob es Ihnen aber gelingt, das Buch in Ihr Jahrhundert zu transportieren, das ist eine Frage, die ich nicht ohne weiteres beantworten kann. Es gefällt Ihnen also nicht bei uns? Wir haben zu viele Regeln, fürchte ich.«
Carow protestierte.
»Sie haben zwar viele Regeln; ich preise dennoch den Zufall, der uns in diese Zeit zu Ihnen führte.«
»Zufall?« fragte der Pholarch. »Ich hatte Ihnen doch schon einmal gesagt, daß wir Sie schon lange hier erwarteten.«
»Iulius und mich?«
»*Wer* kommen würde, wußten wir nicht, und auch den genauen Zeitpunkt konnten wir nicht berechnen, aber wir merkten, daß jemand in der Zukunft an unserem Problem arbeitete, und wir taten dann das Unsere, daß Sie bei uns und nicht in irgendeiner zeitlichen Ferne landeten.«
»Das war sehr freundlich. Aber warum taten Sie das?« fragte Carow.
»Weil wir hofften, Sie könnten uns über die Zeit und ihr Wesen

aufklären; denn die Zeit zu erkennen, das ist ja die Aufgabe, die Parmenides seinen Schülern gestellt hatte.«

»Parmenides? Der nie von der Zeit gesprochen hat?«

»Der in seinem *veröffentlichten* Werk«, erwiderte der Pholarch betont, »nie von der Zeit gesprochen hat. Nun aber sehen wir, daß wir uns von Ihrem Besuch zu viel erwartet hatten.«

»Das tut mir leid.«

Der Pholarch lehnte die Entschuldigung mit weiter Geste ab. »Vielleicht bestätigt sich dadurch die Vermutung einer meiner Vorgänger, daß das Phänomen der Zeit mit den Mitteln unseres Verstandes grundsätzlich nicht erkennbar ist.

Aber Sie bringen uns dennoch viele neue Einsichten, und unsere Mitglieder erwarten mit Spannung Ihren Vortrag am Geburtstag unseres Meisters. Einige wollen zum Beispiel dringend wissen, ob Sie in Ihrem Jahrhundert schon Anzeichen für ein Ende der irdischen Zeit haben bemerken können.«

»Ein Ende der Zeit?«

»Ein Ende der *irdischen* Zeit, sagte ich. Ich rede natürlich nicht von der Zeit überhaupt, die aus der Ewigkeit kommt, sondern nur von der der Menschen. Der XIX. Pholarch, der unserer Pholé von der 210. bis 214. Olympiade vorstand, hat berechnet, daß das Ende vor dem dreißigsten Jahrhundert eintritt.«

»Nun«, antwortete Carow, »dann bin ich beruhigt; denn dann hat meine Zeit ja noch genug Zeit. Ich komme nämlich aus dem zwanzigsten.«

»Aus dem zwanzigsten? Hier muß ein Fehler vorliegen. Nach unseren Berechnungen ist kein Zweifel, daß Sie aus dem achtundzwanzigsten kommen.«

»Ich selber müßte aber doch wohl am besten wissen, aus welchem Jahrhundert ich komme.«

»Von wann an zählen Sie?«

»Von Christi Geburt.«

»*Wessen* Geburt?«

»Von der Jesu Christi aus Nazareth.«

»Beim Herkules! Wann war denn das? Zu Zeiten Caesars vielleicht?«

»In der Regierungszeit des Augustus.«

»So? Na, da haben Sie also die Erklärung! Wir rechnen natürlich von der Gründung der Stadt Rom an, und die liegt über siebenhundert Jahre vor dem Prinzipat des Octavianus Augustus. Wenn Sie daher vom zwanzigsten Jahrhundert sprechen, so entspricht das etwa unserem achtundzwanzigsten. Sie werden mir zugeben, daß von da an bis zum Beginn des dreißigsten Jahrhunderts unserer Zeitrechnung nicht mehr viel Zeit ist. Ich weiß infolgedessen nicht, ob ich Ihnen raten soll, in Ihr altes Jahrhundert zurückzukehren. Hier haben Sie noch viele Jahrhunderte vor sich.«

»Ich? In meinem Leben? Sie belieben zu scherzen.«

»Etwas, nicht ganz: Mich würde es beengen, wenn ich damit rechnen müßte, daß noch zu meinen Lebzeiten oder gleich danach die Zeitlosigkeit für alle Menschen und die Erde überhaupt beginnt und daß mein Grab dicht am Rande der Ewigkeit liegt. Es wäre mir kalt auf dieser einen Seite.

Doch ich sehe, daß Sie über solche Gedanken und Bilder die Stirn kraus ziehen. Das sind in der Tat ganz subjektive Urteile, die vor einem Verstand wie Ihrem nicht bestehen können. Auch wir können ziemlich präzise rechnen, wie Sie noch sehen werden, aber in unseren Gedanken über die Welt lassen wir uns nicht selten auch von solchen Gefühlen treiben.

Ich danke Ihnen übrigens für das Päckchen Zingareten, das Sie mir geschenkt haben. Ich habe eine oder zwei davon geraucht. Es ist mir davon zwar nicht mehr übel geworden und ich könnte nun auch verstehen, wenn jemand, nur weil er gerade nichts Besseres zu tun hat, sich eine ansteckt; aber ich kann immer noch nicht begreifen, wie man einer Sucht danach verfallen kann. Ich habe gehört, Iulius hat Ihnen einen großen Vorrat mitgebracht.«

»*Groß* kann man ihn eigentlich nicht nennen. Er wird bestenfalls knapp ausreichen.«

»Wohl an die tausend? Oder noch mehr?« fragte der Pholarch und beugte sich vor, damit ihm die Antwort nicht entging.

»Ich habe sie noch nicht gezählt. Aber selbst wenn es soviel sein sollten, wie Sie meinen – man ist immer wieder erstaunt, wie schnell ein solcher Vorrat dahinschmilzt.«

»Sehr wahr! Sehr wahr! Ich stimme Ihnen vorbehaltlos zu«, rief der Pholarch und hob die Arme über diesem Elend. »Eben hatte man noch zwanzig Zingareten in einer Packung. Man raucht ein oder zwei, und schon ist die Packung leer!«

»Man sieht den Mond dort drüben über dem Tempel«, sagte Carow, dem das Thema zu heiß wurde. »Ich habe Ihre Zeit schon über Gebühr in Anspruch genommen. Es war sehr freundlich von Ihnen, mich hier auf Ihre Terrasse einzuladen.«

»Bitte, bitte! Aber warum wollen Sie auf einmal so eilig gehen? Bleiben Sie doch noch! Wollen Sie nicht noch ... ich meine, wir könnten ja noch eine Zingarete rauchen. Das Feuerzeug habe ich hier.«

Carow konnte nicht widerstehen. Er bot dem Pholarchen auch eine an.

»Sie können sich dazu beglückwünschen«, sagte er, »daß Sie der Sucht nach diesen Zigaretten noch nicht verfallen sind. Sie sollten aber energisch gegen den Wunsch zu rauchen ankämpfen. Man merkt, daß man einer solchen Sucht verfallen ist, immer erst, wenn es bereits zu spät ist.«

»Sehr wahr! Sehr wahr! Ich rauche daher am Tag auch höchstens einmal eine, allenfalls zwei. Wenn Sie mir also die eben angebrochene Packung hierließen. Ich meine jetzt, wo wir Iulius von seinem Felsen gerettet haben und Sie in den Besitz von Tausenden von Zingareten gekommen sind, und wo der Geburtstag des Parmenides vor der Tür steht ...«

»*Zigaretten!*«, verbesserte Carow ungeduldig und streng, »Zigaretten, nicht Zi*n*gareten.«

»Zigaretten«, wiederholte der Pholarch gehorsam, wenn auch mit starkem Akzent, als Carow ihm die Packung hinüberreichte.

Von dem Afrikaner und seinen naiven Fragen

Fünf auswärtige Mitglieder der Pholé wurden erwartet, um den Geburtstag des Parmenides zu begehen, vor allem aber um über den Wunsch des Kaisers zu beraten, in die Pholé aufgenommen zu werden. Die Mitglieder aus Kleinasien und Ägypten kamen in diesem Jahr nicht; wegen der großen Entfernung machten sie die Reise nur alle drei Jahre.

Marcus Cellius traf als erster ein. Er war von Genua bis Neapel mit dem Schiff gefahren und von dort aus geritten. Nicht weit

von Mailand, am Comer See, wohnte er in einer Villa und trieb dort in Gemeinschaft mit einigen Freunden und Verwandten philosophische Studien. Seine Mutter führte ihnen das Haus. Marcus Cellius trug den Beinamen Africanus, weil er dunkelhäutig und von numidischer Abstammung war. Die Mutter besaß noch immer Güter in der Nähe Karthagos. Er bezog das Zimmer neben Carow.
Er sei noch ein junger Mann, Anfang dreißig, feurig und lebhaft, der zwar seine eigenen Wege zu gehen liebe, aber vielleicht gerade deshalb der anregendste Denker der Pholé sei, sagte Phokas und riet Carow, behutsam mit ihm umzugehen, denn Africanus könne auffahrend und heftig sein, wüte aber ebenso auch gegen sich selbst. Davon merkte Carow indessen vorerst nichts.
Der Afrikaner Marcus Cellius war groß, dünn und sehnig. Er hatte kräftiges schwarzes Haar, das ihm manchmal in die niedrige Stirn fiel. Seine Augen waren klein und lagen tief. Sie glänzten, wenn er lebhaft sprach.
Er sah Carows Armbanduhr und ließ sie sich erklären.
»Sehr sinnreich ausgedacht«, sagte er, »und viel bequemer und brauchbarer als unsere Wasser- und Sonnenuhren. Aber hilft sie Ihnen über die Probleme hinweg, die wir beim Messen der Zeit haben?«
»Welche meinen Sie?«
»Ich will mit einem Beispiel beginnen: Ein Händler findet bei der Inventur einen Ballen Stoff, von dem er schon einige Ellen verkauft hat. Er kann nun mit dem Meßstock feststellen, wieviel Ellen noch auf dem Ballen sind. Können Sie mit dieser Uhr die Zeit messen, die uns noch bleibt, die Zeit also bis zum Ende der irdischen Zeit?«
»Die Zukunft«, sagte Carow, »können wir natürlich auch mit dieser Uhr nicht messen.«
»Schade! Die Zukunft können also auch Sie nicht messen; die Gegenwart aber doch wohl auch nicht, die nach unserer Ansicht im Unterschied zur Vergangenheit und Zukunft, wenn ich es pointiert ausdrücken darf, eine Zeitbestimmung ohne zeitliche Ausdehnung ist. Sie liegt, wie wir unseren Schülern erklären, auf der Schneide des denkbar schärfsten Rasiermessers, über die die Zeit hinwegfließt. Ist sie noch auf jener Seite, nen-

nen wir sie Zukunft; ist sie bereits auf dieser, nennen wir sie Vergangenheit. Nur in dem unteilbaren Augenblick, wo sie über die Schneide fließt, ist die Zeit Gegenwart. Oder sind Sie anderer Meinung?«

»Sie sprechen elementare Tatsachen aus, mit denen ich natürlich übereinstimme. Ich kann mit der Uhr nur den Abstand messen, den der gegenwärtige Augenblick von mir nimmt, nachdem er in die Vergangenheit geflossen ist und immer weiter fließt. Diesen Abstand kann ich ganz genau feststellen, da diese Geschwindigkeit stets gleich bleibt. Und da die Zeit aus der Zukunft in gleicher Geschwindigkeit auf uns zufließt, wie sie uns auf dem Weg in die Vergangenheit verläßt, kann ich auch Ereignisse in der Zukunft zeitlich vorausberechnen.«

»So?« sagte Africanus. »Mich überrascht die Gewißheit, mit der Sie beiläufig davon sprechen, daß die Zeit stets in gleicher Geschwindigkeit an uns vorbeifließt und vergeht. Vielleicht haben Sie die Güte, mir das einmal zu erklären.

Im übrigen entnehme ich Ihren Worten, daß Sie, was diese elementaren Fragen angeht, in Ihrem Jahrhundert nicht über uns hinausgekommen sind: Der Stoffhändler kann mit seinem Meßstock die Ellen messen, die noch am Ballen und ihm geblieben sind; wir aber können die Zeit nicht messen, die uns noch verbleibt. Der Stoffhändler kann die Ellen nicht messen, die bereits verkauft und weg sind; wir dagegen können mit der Uhr nur die Stunden messen, die an uns vorbeigeflossen, weg und vorüber sind.«

Auch darin konnte Carow ihm nur zustimmen.

»Vermutlich kommen Ihnen meine Fragen schrecklich naiv vor. Sie werden sich längst schwierigeren zugewandt haben. Aber können Sie mit Hilfe Ihrer Instrumente feststellen, ob die Zukunft, die doch laufend Zeit an die Vergangenheit abgibt, dadurch abnimmt und kürzer wird?«

Carow entgegnete:

»Ich hatte Ihnen aber doch schon gesagt, daß ich mit dieser Uhr die Zukunft nicht messen kann. Und ich kann mir auch kein Instrument denken, das hierfür geeignet ist.«

»Nicht?« fragte Africanus, und seine tiefliegenden Augen sahen Carow bohrend an. »Vielleicht grundsätzlich nicht? Halten Sie es für möglich, daß die Zukunft unendlich ist?«

Darin wollte Carow sich nicht festlegen.
»Ich habe verstanden, daß Sie Schwierigkeiten haben, die Zukunft zu messen; aber da Sie den Weg der Zeit in die Vergangenheit präzise messen können«, fuhr der Afrikaner fort, »haben Sie vielleicht Anzeichen dafür gefunden, daß die Vergangenheit, in die doch ständig Zeit aus der Zukunft fließt, zunimmt und länger wird.«
»Auch dazu taugt diese Uhr nicht. Ich kann mit ihr ja nur einen winzigen Teil der Vergangenheit messen, nämlich die Zeit, die vergangen ist, seit diese Uhr läuft. Über diesen Anfangszeitpunkt kann ich nicht hinausgehen. Doch es gibt natürlich Uhren, die viel länger laufen.«
»Zum Beispiel?«
»Die Sonne, nach der wir unsere Uhren richten.«
»Das heißt also«, fragte Africanus, »wenn die Sonne am höchsten steht, auf Ihrer Uhr aber noch eine halbe Stunde bis zum Mittag fehlt, berichtigen Sie Ihre Uhr?«
»Im Prinzip und wenn ich keine anderen Hilfsmittel bei der Hand habe, könnte ich es so machen.«
»Mißt dann Ihre Uhr den Umlauf der Sonne? Oder messen Sie mit dem Umlauf der Sonne den Gang Ihrer Uhr?«
»Die Uhren in meinem Jahrhundert gehen heute sehr viel genauer, genauer sogar als der scheinbare Umlauf der Sonne. In zwei Millionen Jahren gehen unsere besten Uhren höchstens um den tausendsten Teil einer Stunde vor oder nach. Die Sonne ist demgegenüber viel ungenauer. Deshalb können wir sogar feststellen, ob, wann und um wieviel ein Jahr kürzer oder länger war, als es hätte sein dürfen.«
»Und woher haben Sie erfahren, wie lang ein Jahr sein darf?« fragte Africanus.
»Aus dem langjährigen Mittelwert.«
»Dann nehme ich an, daß dieser Mittelwert durchaus und für alle Zeiten feststeht, und daß er, als Sonne, Erde und Mond geschaffen wurden, nicht anders war.«
»Das ist nun allerdings nicht der Fall«, antwortete Carow. »Vor – sagen wir – fünf Milliarden Jahren waren die Jahre kürzer, und sie werden seitdem immer länger.«
Africanus' Stirn legte sich in Falten und wurde dadurch so niedrig, daß sich Haaransatz und Brauen fast berührten.

»Wenn die Mittelwerte heute ganz anders sind als am Tage der Schöpfung und in ein paar tausend Jahren wiederum anders sein werden als heute, dann frage ich mich, wie Sie behaupten können, Sie wüßten, wie lang ein Jahr zu sein hat! Mir scheint es eine mathematisch wie philosophisch höchst unbefriedigende Art des Messens zu sein, wenn sowohl Maßstab wie Gemessenes variabel sind. Aber vielleicht haben Sie auch gediegenere und zuverlässigere Anhaltspunkte für den Fluß der Zeit. Die Sterne zum Beispiel.«
Dieser Hinweis nützte Carow wenig, da die Rotation des Sternenhimmels ja nur scheinbar ist und auf der zeitlich durchaus nicht konstanten Erddrehung beruht. Er wollte dem Afrikaner statt dessen den Unterschied zwischen *Universal Time*, der »Weltzeit« also, und der *Integrierten Atomzeitskala* erklären, doch Africanus fragte weiter:
»Sie sagten vorhin, Jahre und Tage seien heute länger als früher; das würde dann auch bedeuten, daß die Stunden, Minuten und Sekunden Ihrer Uhr länger wären.«
Carow lachte.
»Nein, denn meine Uhr ist nach den heutigen Mittelwerten des Sonnentags gestellt. Sie würde, wenn sie die Länge eines Sonnentags vor fünf Milliarden Jahren zu messen hätte, vielleicht dreiundzwanzig oder weniger Stunden anzeigen. Die Zeit, die meine Uhr angibt, fließt immer gleich.«
»Tatsächlich? Können Sie *das* beweisen? Wäre es nicht möglich, daß die Zeit auf einmal ganz langsam, dann wieder schnell fließt? Würden wir das überhaupt feststellen können?«
Carow erklärte Africanus nun die Zeitmessung, die sich nach den Schwingungen der Caesium-Atome richtet.
»Dieses Metall und die ihm innewohnende Uhr, nämlich die Atomschwingungen, sind nicht zu trennen. Diese Uhr gab es also schon immer«, schloß er.
»Will sagen, seit es das Metall Caesium gibt«, warf Africanus ein, der überall zweifelte und sich mit keiner Antwort zufrieden geben wollte. »Oder gab es das auch vom Beginn der Schöpfung an?«
»Wenn wir uns so weit in die Anfangsgründe der Zeit begeben, geraten wir auf einen zur Zeit, ich meine in meinem zwanzigsten Jahrhundert, noch unsicheren Boden. Dennoch glaube ich

auf Ihre Frage antworten zu müssen: Immer und von Anfang an, also von dem ersten Bruchteil der Sekunde nach dem Beginn des Urknalls, mit dem die Welt geschaffen wurde, gab es Caesium noch nicht.«

»Für die Frage, auf die ich hinauswill«, fuhr Africanus fort, »ist das auch gar nicht so erheblich. Ich will meine Frage wiederholen:

Ist es vorstellbar, daß die Zeit in allen Bewegungen in der Welt, in der sie sich als Zeit kundtut, von Ihrem Caesium-Atom bis zum Rad des Töpfers, langsamer oder schneller werden kann? Und wenn das der Fall wäre, würden wir diese alles, also auch die Caesium-Atome, regierende Verlangsamung oder Beschleunigung der Zeit überhaupt wahrnehmen können?«

»Ich hätte die Lichtgeschwindigkeit beinahe vergessen«, sagte Carow. »Sie bleibt immer gleich. Eine Sekunde und natürlich auch weitere Zeiteinheiten lassen sich im Raum, als räumlicher Abstand, messen. Wir haben die Formel dafür.«

Auch damit war Africanus nicht zufrieden.

»*Muß* die Lichtgeschwindigkeit immer gleich bleiben? War sie immer gleich? Auch in der ersten Stunde der Schöpfung, von der Sie vorhin sprachen?«

»Ach, was wissen wir von den sogenannten ersten Sekunden oder Minuten der Weltschöpfung und über die physikalischen Eigenschaften der Materie zu jener Zeit!

Wir wissen, daß im atomaren Bereich die Kausalgesetze nur bedingt gelten; ich würde nicht erstaunt sein, wenn in dem Bereich der übergroßen Dimensionen und der ersten Ereignisse ganz andere Gesetze gelten als die, mit denen wir rechnen und denken.«

»Und dann doch wohl auch *vor* den ersten Ereignissen?« fragte Africanus; aber Carow hob die Hand und lehnte die Frage ab und fuhr fort:

»Ich würde mich nicht wundern, wenn unsere Forschung demnächst zu der Erkenntnis kommt, daß die Schöpfung nicht Sekunden und Minuten sondern Milliarden Jahre gedauert hat, und daß der Versuch, dieses Ereignis mit unseren gegenwärtigen Zeitbegriffen zu messen, zu nichts als Widersprüchen führt. Deshalb möchte ich meine Behauptung von dem gleichmäßigen Fluß der Zeit nicht auf die Phase, in der unsere Welt entstand, ausdehnen.«

Africanus' Miene hellte sich auf.

»Ich sehe jetzt, daß Sie in der Erforschung der Welt und ihrer Phänomene weiter fortgeschritten sind, als ich ursprünglich angenommen hatte. Mir ist aber nicht entgangen, daß Sie sich zwar über die Dinge *in* der Welt viele Gedanken gemacht haben, daß Sie jedoch über die Dinge, die *hinter* der Welt stehen, ungerne nachdenken, weil Sie fürchten, dabei ins Schwimmen zu kommen. Sie kommen indessen schon ins Schwimmen, wenn Sie sich, von uns aus gesehen, der Schöpfung nähern.

Wir können uns auch nach Ihren Erkenntnissen, scheint mir, zwar in der Welt zeitlich einigermaßen orientieren; aber da wir und alles, was *ist*, im selben Strom der Zeit schwimmen, haben wir keine Anhaltspunkte über ihre Geschwindigkeit.

Ich wollte von Ihnen nur eine Bestätigung meiner Ansicht, daß die Geschwindigkeit der Zeit nicht meßbar ist, weil man keine andere, zweifelsfrei unabhängige Zeitkonstante als Meßstab daran halten kann. Und diese Bestätigung haben Sie mir, unwillig zwar, gegeben. Doch erlauben Sie, daß ich noch eine Frage anschließe?«

»Bitte!« antwortete Carow.

»Wenn es möglich ist, daß die Zeit schneller oder langsamer verlaufen kann, was wir weder bemerken, noch bestätigen, noch leugnen können – wäre es dann nicht auch möglich, daß sie einmal still steht?«

Carow rückte unruhig auf seinem Stuhl hin und her.

»Ich bin Mathematiker, und es fällt mir schwer, Ihnen auf solche spekulativen metaphysischen Fragen eine verbindliche Antwort zu geben.«

»Was wäre denn«, fuhr Africanus unbeirrt fort, »wenn die Zeit jetzt stehenbliebe, wenn auf das Jetzt kein anderes Jetzt mehr folgte? Was wäre dieses *nunc stans*?«

»Ich würde sagen: Nichts.«

Africanus schüttelte den Kopf.

»Nichts? So würde ich es nicht nennen. Ich würde von Ewigkeit sprechen, die ja keine endlose Folge von Augenblicken ist, sondern der Stillstand der Augenblicke, die Abwesenheit von Zeit. Wo *keine* Zeit ist, da ist Ewigkeit.«

»Ein großes Wort! Aber ich bin Mathematik-Professor und darf mich daher, ohne die Grenzen meines Faches zu überschreiten, zwar mit der Zeit beschäftigen; wenn in der Ewigkeit aber keine Zeit ist, fällt sie nicht mehr in mein Fach. Darüber müßten dann die Kollegen von der theologischen Fakultät besser Bescheid wissen als ich. Deshalb bitte ich zu entschuldigen, wenn ich zur Ewigkeit nichts sage.

Aber ich kann meine Überraschung über die Art, wie hier in der Pholé philosophiert wird, nicht verbergen. Von der zwingenden Logik, wie wir sie aus den Werken des Aristoteles oder der großen griechischen Mathematiker, Euklid vor allem, kennen – keine Spur. In gestrecktem Galopp setzen Sie über Felsen und Abgründe in einem unbekannten Gelände, auf das die Mathematiker und, ich glaube, auch die Philosophen meiner Zeit nicht einmal den Fuß zu setzen wagen würden.«

»Auf einmal solche Scheu!« rief Africanus. »Hat mir der Pholarch nicht erzählt, mit welchen Spekulationen über Zeit und Nicht-Zeit, Sein und Nicht-Sein Sie ihn überfallen haben? Und ›unbekanntes Gelände‹? Wie sind Sie denn in unser Jahrhundert gekommen? Sind Sie nicht durch das Zeitlose gegangen, um bei uns wieder in die Zeit einzutreten?«

Carow sagte: »Über diesen Weg kann ich keine Auskunft geben.«

Sie fragten ihn alle, und ihre Fragen waren keineswegs naiv. Sie alle wollten genau wissen, wie er es angestellt hatte, nach Velia zu kommen.

Hylas, der Astronom, klein und dick, mit kurz gehaltenem, grauen Vollbart, der aus Epirus kam, wo er mit seinem Freund Hermias den Himmel für die Pholé zu beobachten hatte, suchte ihn schon am ersten Abend in seinem Zimmer auf und fragte ihn aus, wußte aber offenbar mehr über die Möglichkeiten, sich in andere Zeiten zu versetzen, als er eingestehen wollte.

Und das schien auch bei Cornelius Dorcas der Fall zu sein, der kein Astronom war, sondern als unbestrittene Autorität in der Auslegung Platos galt und in Alexandria gelehrt, diese Tätigkeit aber aufgegeben hatte, als seiner Frau eine reiche Erbschaft zugefallen war. Seitdem lebte er in einer luxuriösen Villa in Puteoli bei Neapel und arbeitete an einem grundlegenden Werk über Platos Staatsphilosophie.

Er sah keineswegs so aus, wie man sich in jener Zeit Philoso-

phen vorstellte. Er trug keinen langen Bart, und wallendes Haupthaar hatte er auch nicht: Er hatte eine Glatze.
Cornelius Dorcas trat fest auf, und seine Worte und Bewegungen waren präzise und bestimmt. Man hätte ihn für einen Politiker, Offizier oder Leiter eines großen Handelshauses halten können.
Er fragte Carow zielbewußt, auf welche Weise er nach Velia gekommen sei, und dessen diskreten Hinweise, daß ihm das Thema lästig sei, beachtete er gar nicht.
Doch er erfuhr von Carow ebensowenig wie die beiden Philosophen Arrius Hiero und Favorinus, die als letzte auf einem Schiff aus Athen angekommen waren und Carow auszuhorchen suchten.
Pittakos und Pelops, die beiden Ständigen Philosophen der Pholarchie, versuchten ihr Glück inzwischen bei Jule und feuerten ihre Fragen oft unvermutet in den Unterrichtsstunden ab, die er ihnen in nicht-euklidischer Geometrie gab. Doch Jule wich ihnen auf ihre Fragen ebenso aus wie Carow.

Parlez-moi d'amour

Die beiden waren in Mathematik ebenso beschlagen wie im Rechnen. Jule war darüber erstaunt, denn ihre griechische Zahlenschrift, eine seltsame Mischung aus Dezimal-, Duodezimal- und Sexagesimalsystem mit binären Spuren, hatte selbst er beim ersten Anhören nicht verstanden.
Sie waren nur ein paar Jahre älter als er, Anfang dreißig, hatten aber, um alt, würdig und wie wahre Philosophen auftreten zu können, ihr Haar und ihre Bärte weiß zu färben versucht; herausgekommen war jedoch ein Grau-Weiß mit gelben Streifen, und die Haarwurzeln waren schon längst wieder schwarz.
Geld besaßen sie nicht und nahmen es auch nicht an. Zum Essen tranken sie keinen Wein, nach Sonnenuntergang aber in ihrem Privatquartier und in Jules Gesellschaft nicht wenig. Jule hatte eine Goldmünze wechseln lassen und ein Faß Wein dafür gekauft, weil die Ration der Pholarchie nur knapp war. Daher ging es im Haus und Garten der Assistenten abends oft sehr

lustig zu, zumal einige der bedienenden Sklavinnen auch die Kithara gut zu spielen verstanden.
Es wurden lateinische und griechische Lieder nicht-philosophischen Inhalts gesungen, zu Beginn gewöhnlich leise, später immer lauter, und Jule trug Shanties sowie Schlager aus seiner Jugendzeit vor.
Parlez-moi d'amour war besonders beliebt, sowohl bei den Ständigen Philosophen, die den Refrain, den Jule sie gelehrt hatte, laut und mit Gefühl in gallischer Sprache mitzusingen pflegten, als auch bei den Khitaristinnen, die sich begeistert ins Zeug legten, die Melodie in schmelzendem Tremolo spielten und mit geschlossenen Augen mehrstimmig auf »M-m-mm-m« mitsummten, da sie der fremden Sprache nicht mächtig waren. Gewisse Sklavinnen kamen nach manchen dieser Gesangsabende erst sehr spät oder gar nicht in ihre eigenen winzigen Schlafkojen.
Tagsüber waren Pittakos und Pelops jedoch oft niedergedrückt und klagten Jule, daß sie keine Aussicht hätten, über den Status des Ständigen Philosophen, das heißt des ständig in der Pholarchie beschäftigten wissenschaftlichen Assistenten und Hilfsarbeiters, hinauszukommen und in die Pholé aufgenommen zu werden, obwohl sie es in philosophischer wie mathematischer Hinsicht mit manchem Vollmitglied glaubten aufnehmen zu können, obwohl ihnen keine Verletzungen der Regeln nachgewiesen werden konnten und obwohl sie sich freiwillig noch besondere Härten auferlegten, indem sie zum Beispiel in Gegenwart des Pholarchen nur vegetarisch aßen, ja sogar Bohnen zurückwiesen, wo doch eine so weitgehende Abstinenz zu jener Zeit nur noch von praktizierenden Pythagoräern strenger Observanz gefordert wurde.

Von der Geheimsitzung unter dem Vorsitz des Pholarchen

Carow und Jule waren nicht geladen. Sie verließen deshalb die Pholarchie schon am frühen Morgen, ruderten mit einem Boot bis zur Sandbank vor der Hales-Mündung und schwammen dann zur Insel der Leukothea. Da blieben sie den ganzen Tag.

Zum Abendessen kamen sie nicht in die Pholarchie zurück, sondern aßen bei Serena. Sie fühlten sich schlecht behandelt und waren verletzt.
Ursprünglich hatte Carow nur einen einzigen Vortrag vor den Mitgliedern der Pholé halten sollen. Doch daraus war eine Vorlesungsreihe über die Physik, Chemie, Relativitätstheorie, Atom- und Astrophysik seiner Zeit geworden, die drei Vormittage und Nachmittage gedauert hatte.
Alle Zuhörer waren davon aufgewühlt; aber zur Geheimsitzung wurden Carow und Jule dennoch nicht geladen, obwohl sogar die beiden Ständigen Philosophen zugelassen waren, die in der Sitzung allerdings nur Protokoll zu führen und ansonsten den Mund zu halten hatten.
Man saß auf der Terrasse des Pholarchen unter der blau-weiß gestreiften Markise in bequemen Korbstühlen, und vor jedem Mitglied der Pholé stand ein kleiner Tisch mit einer Schale gebrannter Mandeln und einem Glas eisgekühlten Mosts, während auf den Tischen vor Pelops und Pittakos neben Tintenfässern je ein Stapel von Papyrusbogen lag. Die beiden hatten ein Brett als Schreibunterlage über die Knie gelegt und hielten die Rohrfeder bereit.
Die Pholé stand auch am Tage der Geheimsitzung noch unter dem Eindruck von Carows Vorträgen: Alle sprachen durcheinander und erzählten, was ihnen dazu über Nacht eingefallen war, bis der Pholarch auf seinen Tisch klopfte und um Ruhe bat.
»Ich kann Ihre Erregung verstehen«, sagte er, »wir müssen uns jetzt jedoch unserem wichtigsten Tagesordnungspunkt, dem Kaiserlichen Erlaß nämlich, zuwenden und darüber eine Entscheidung treffen.
Mit Carus und Iulius können Sie sich in den nächsten Tagen ausführlich unterhalten. Sie wollen ja noch etwas bei uns bleiben, dann aber – ich habe es Ihnen noch nicht erzählt – planen sie, nach Germanien und in ihre Zeit zurückzukehren.«
Alle schwiegen betreten. Man hörte, wie die Rohrfedern der beiden Protokollführer auf dem rauhen Papyrus kratzten.
»Ich hätte noch viele Fragen an sie zu stellen«, sagte Hylas, der Astronom.
»Sie werden uns ohnehin nicht so schnell verlassen«, antwor-

tete der Pholarch, »da ihre Methode, die Zeit zu durchbrechen, umständlich und unnötig kompliziert ist, so daß sie für ihre Berechnung sicher noch einen Monat, wenn nicht länger, brauchen werden.«
Der Pholarch sah in die Runde. Niemand sprach.
»Dorcas?« fragte der Pholarch.
»Man darf ihnen die Rückkehr nicht gestatten«, sagte Dorcas sehr bestimmt. »Denn es ist uns ja nur unter großer Mühe gelungen, ihren Weg in unsere Zeit zu lenken, damit wir sie ständig unter Kontrolle haben und damit niemand ihre Berechnungen mißbraucht. Wie könnten wir sie jetzt wieder entlassen!«
Hylas, der Astronom aus Epirus, sagte:
»Wir haben sie aber doch nun kennengelernt. Carow scheint mir ein verantwortungsvoller Mensch zu sein, der sich wohl darüber klar sein dürfte, daß seine Methode, Zeiten zu überspringen, geheim bleiben muß.«
»›Scheint‹!« entgegnete Dorcas, »und ›wohl darüber klar sein dürfte‹! Das sind Vermutungen. Was wir aber brauchen, das ist Gewißheit. Die haben wir jedoch nicht. Es kann ja sein, daß Carus allen Versuchungen widersteht und die Methode nicht preisgibt. Aber sein Gehilfe Iulius? Sind wir dessen ebenso sicher? Er scheint mir ein wenig leichtsinnig zu sein, oder sollte ich mich irren?«
»Wir haben doch beide, auch Iulius, nach ihrer Methode auszuhorchen versucht; und keiner von uns hat Erfolg gehabt«, erwiderte Hylas.
Doch Dorcas war nicht überzeugt:
»Na gut, wir haben höflich gefragt, aber was wissen wir von den Methoden ihres Jahrhunderts, einem Menschen sein Geheimnis zu entreißen!
Kurz: Wir dürfen ihnen die Rückkehr nicht gestatten.«
»Aber wie können wir sie festhalten, wenn sie die Rückkehrformel gefunden haben und plötzlich verschwinden? Sollen wir sie vorher schnell totschlagen?«
»Das sollten wir nur im äußersten Notfall tun. Aber wenn wir sie anders nicht an der Rückkehr hindern können, dürfen wir auch vor extremen Mitteln, so zuwider sie mir auch sind, nicht zurückschrecken.

Die Zeit darf nicht versehrt werden, das muß unsere höchste Sorge sein.«

Hylas schüttelte den Kopf.

»Sie haben natürlich recht«, sagte der Pholarch zu Dorcas, »unsere höchste Sorge muß sein, daß der Lauf der Zeit nicht in Unordnung gerät; allerdings bin ich sicher, daß die Zeit selbst elegantere Mittel bevorzugen und außerdem schon von sich aus etwas unternehmen würde, wenn unsere beiden germanischen Freunde etwas Unbedachtes im Schilde führen sollten. Ich könnte mir zum Beispiel vorstellen, daß sie sich dann des Zufalls bedienen würde, der den beiden, bevor sie etwas Schlimmes anstellen, wie ein Kobold unversehens ein Bein stellen würde.«

»Könnten wir sie nicht in die Pholé aufnehmen«, fragte der Philosoph Favorinus, »und sie dadurch an uns und unsere Gebote binden?«

»Ein ausgezeichneter Vorschlag!« rief Hylas. »Dann blieben sie uns außerdem mit ihren Kenntnissen erhalten.«

Auch Marcus Cellius Africanus stimmte freudig zu.

Doch der Pholarch hob die Hand und bat um Ruhe:

»Bevor wir diese Frage weiter erörtern, wollen wir den Erlaß des Kaisers erörtern, in dem er uns mitteilt, er möchte während seines Besuches in Velia in die Pholé aufgenommen werden. Pelops, lies vor!«

Pelops erhob sich und las mit lauter Stimme vor.

Der Erlaß war kurz und knapp. Der Kaiser teilte mit, bei seinem Besuch wünsche er in die Pholé als Mitglied aufgenommen zu werden um damit Zeugnis für seine Hochschätzung der Philosophie abzulegen.

Über diese Begründung lachten alle.

Hylas meldete sich als erster zu Wort. Er meinte, man müsse diesem Wunsch wohl leider nachkommen; denn der neue Kaiser gelte als willensstark, habe sich als nachtragend und unberechenbar erwiesen, und es sei zu befürchten, daß er es der Pholé gehörig heimzahlen würde, wenn sie ihn nicht aufnehme. Man brauche, sagte Favorinus, der dieser Ansicht zustimmte, den Kaiser ja nicht gleich in die ganze geheime Überlieferung einzuweihen; es genüge, ihm für den Anfang die Grundgedanken der veröffentlichten Werke des Parmenides und Zeno von Velia vor-

zutragen. Vermutlich werde der Kaiser davon nichts verstehen, besonders wenn man eine ordentliche Prise mathematischer Berechnungen einfließen lasse.
Außerdem habe die durchschnittliche Regierungsdauer der Kaiser letzthin zwei Jahre nicht überschritten, und manche, der große Quintillus zum Beispiel, hätten den Purpur nur wenige Monate getragen; auch dieser Kaiser werde bei dem Zustand des Reiches und den Widerständen in den obersten Rängen nicht alt werden und kaum Gelegenheit haben, tiefer in die geheimen Lehren der Pholé einzudringen.
Marcus Cellius Africanus trat diesen Anschauungen vehement entgegen. Der Kaiser wolle nur Mitglied werden, weil er wähne, dadurch in den Besitz magischen Wissens zu kommen, das er für seine Regierungsgeschäfte einsetzen zu können glaube. Ferner erwarte er, die Pholé werde ihn mit Wundern regalieren, wie dies kürzlich ein indischer Gymnosophist im Hauptquartier getan habe. Der Kaiser sei doch nichts weiter als ein primitiver illyrischer Soldat, der die Mitgliedschaft in der Pholé suche, um damit den Anschein zu erwecken, er sei ein gebildeter Römer.
Dorcas stimmte dem Africanus zu. Den Floh habe einer der lokalen Duumvirn dem Kaiser ins Ohr gesetzt, um sich wichtig zu machen. Wie lange der Kaiser regieren werde, lasse sich jedoch nicht voraussagen: Kaiser Probus habe sechs, Aurelianus fünf und Gallienus gar fünfzehn Jahre regiert – Zeit genug für einen Herrscher, den Charakter der Pholé völlig zu verändern und sie von innen her zu zerstören.
Wenn man den Kaiser erst einmal aufgenommen habe, würden die jährlichen Treffen der Pholarchie wohl nicht mehr hier, sondern im Hauptquartier stattfinden, wo der Kaiser den Vorsitz führen werde; denn es sei ja nicht vorstellbar, daß der Herrscher an einer Sitzung teilnehme, der der Pholarch vorstehe. Dann werde er der Pholé Aufgaben geben und sich ihrer Autorität bedienen, um sich und seine Politik honorig erscheinen zu lassen.
Wie lange er regiere, sei übrigens unerheblich; denn wenn die Pholé erst einmal nachgegeben und einen Kaiser, nur weil es sein kaiserlicher Wunsch war, aufgenommen habe, werde sich jeder künftige Herrscher auf diesen Präzedenzfall berufen. Dann aber

sei es mit der Pholé, die sieben Jahrhunderte in Ehren bestanden habe, für immer aus und vorbei.
Der Pholarch stimmte ihm zu und empfahl, den Wunsch des Kaisers höflich, aber bestimmt abzulehnen, obwohl das die Pholé, ihre Mitglieder und natürlich nicht zuletzt ihn, den Pholarchen, der diese Entscheidung im Angesicht des Herrschers vertreten müsse, teuer zu stehen kommen könne. Der Wunsch des Kaisers wurde also abgelehnt und der Beschluß von Pelops und Pittakos in das Protokoll aufgenommen.
Dorcas sagte, nachdem nun dieser ernste und vielleicht folgenreiche Beschluß gefaßt worden sei, möchte er der Pholé von einem Gespräch mit Carus berichten. In dieser Unterhaltung habe sich Carus darüber beklagt, daß man ihm nie eine ernste Antwort gebe, wenn er nach dem Namen des Kaisers frage, sondern nur lache und meine, er mache einen Scherz.
Auch die Mitglieder der Pholé lachten über Carus' Klage, und man fragte Dorcas, ob er denn Carus wenigstens aufgeklärt habe. Dorcas antwortete, das habe er nicht übers Herz gebracht. Auch das fand diese Versammlung achtbarer und ernsthafter Philosophen sehr erheiternd.
Der Kaiser hieß nämlich auch Carus – oder mit vollem Titel und Namen: *Imperator Caesar Marcus Aurelius Carus Augustus.*
Der Pholarch klopfte an sein Glas und bat um Ruhe. Er sagte, er wolle nun auf die Anregung zurückkommen, den Philosophen Carus und seinen Amanuensis in die Pholé aufzunehmen. Er glaube, jeder erkenne nun, warum er diese Frage erst jetzt zur Erörterung stelle, und jeder sehe wohl auch, daß man Carus und Iulius nicht in die Pholé aufnehmen könne, wenn man zur gleichen Zeit dem Kaiser diesen Wunsch abschlage.
»Aber was haben Sie mit den beiden vor?« fragte Dorcas.
»Sie weiter bei uns wohnen zu lassen«, antwortete der Pholarch, »und zu sehen, ob sie bei dem Wunsch bleiben, in ihre alte Zeit zurückzukehren oder ob sich Umstände ergeben, die sie bewegen, lieber bei uns zu bleiben.
Während sie in der Pholarchie wohnen, könnten sie uns ihre wissenschaftlichen Kenntnisse vermitteln. Pelops und Pittakos müßten alles mitschreiben. Die Texte stünden den Mitgliedern der Pholé dann in der Bibliothek zur Verfügung.«

Africanus aber wandte ein:
»Was wir von ihnen erfahren, ist zwar erregend; wir sollten es aber auch nicht überschätzen. Denn sie wissen, wie wir ja gesehen haben, nur etwas von innerweltlichen Dingen. Vor jedem Gedanken, der darüber hinaus transzendiert, scheuen sie zurück, als seien das unstatthafte und eines Philosophen und Mathematikers unwürdige Spekulationen. Wahr ist für sie nur, was sie empirisch oder logisch beweisen zu können glauben.«
»Carus sprach zwar in seiner Vorlesung von der Entstehung der Welt«, fügte Cornelius Dorcas hinzu, »aber die ganze Schöpfung war für ihn nichts anderes als ein ›Urknall‹, eine Art Unfall. Daß Gott, der Schöpfer der Welt, dahinter stand, davon war nie die Rede. Warum? Carus hat ihn nie erfahren, weil er ihn nicht sehen, demonstrieren und zwingend beweisen kann. Was ist aber eine Wissenschaft wert, die nicht von ihm als dem Urgrund ausgeht, sondern beziehungslos im Raum schwebt!«
Die beiden Ständigen Philosophen Pittakos und Pelops schrieben eilig mit, dann erhoben sie gleichzeitig ihre Rohrfedern und meldeten sich zu Worte. Sie hatten von Jule erfahren, daß Carus Christ, allerdings nur ein lauer Christ war, Iulius dagegen überhaupt nicht an Götter glaubte. Das wollten sie sagen.
Der Pholarch aber erteilte ihnen nicht das Wort, sondern entgegnete dem Africanus und Dorcas: »Sie kommen anscheinend aus einer gottlosen Welt und glauben nur an Logik und empirische Wissenschaft. Unsere Art zu philosophieren, die Wahrheit oder wenigstens einen Zipfel davon in einer göttlich inspirierten und dennoch vernunftmäßig zu begreifenden Schau zu erfahren wie Parmenides, verstehen sie noch nicht.
Aber Carus hat erfahren, daß er mit seiner Methodik in allen grundlegenden Fragen an Aporien stößt und nicht weiter kann. Er sucht einen anderen Zugang zur Wahrheit. Wir sollten ihm Zeit lassen.«
»Aber wenn er diese Zeit nur benutzt, um die Formel zur Rückkehr in die germanische Heimat und Zeit zu berechnen, so daß die beiden jeden Augenblick aus Velia verschwinden und sich unserer Kontrolle entziehen können? Was wollen Sie dann tun?«
Der Pholarch antwortete, darüber könne er jetzt noch nichts Endgültiges sagen. Das Vorgehen müsse man von den Umstän-

den abhängig machen. Es wäre falsch, sich schon jetzt auf ein bestimmtes Verfahren festzulegen.
Das sei nicht unvernüftig, sagte Dorcas. Ob der Pholarch aber notfalls auch extreme Maßnahmen nicht scheuen werde, um sicherzustellen, daß die Zeit und ihre Ordnung keinen Schaden leide?
Der Pholarch schwieg lange, überlegte und sagte dann ernst, wenn es wirklich kein anderes Mittel gebe, sie hier zu halten, bleibe ihm wohl keine andere Wahl.

Die Geburtstagsfeier unter dem Ölbaum

Der alte Ölbaum des Parmenides stand in dem Olivengarten oberhalb der Pholarchie, vor der Aedicula mit der Büste des Philosophen.
Der Ölbaum war schon sehr alt. Daß aber Parmenides einst unter ihm gesessen und dort mit seinen Jüngern philosophiert hatte, war eine Legende; denn sein Haus mit dem kleinen Garten und dem eigentlichen Ölbaum lag ganz woanders, nämlich am Südabhang der Akropolis. Es war rund zweihundert Jahre nach seinem Tod von einem Erdrutsch verschüttet worden. Doch bald darauf hatte die Pholé den Ölbaum gepflanzt, unter dem man sich heute versammelte. Er war mittlerweile fünfhundert Jahre alt. Sein Stamm war schon ausgehöhlt, und man sah die Stellen, wo alte und vertrocknete Zweige abgesägt waren; dennoch trug er noch immer volles, silbern-grünes Laub und im Herbst schwarze Früchte.
Die Mitglieder der Pholé, die Amanuenses und die drei Schüler standen im Halbkreis davor, alle in Feiertagsgewändern, Pelops und Pittakos in gewaschener Leinentunika, Carow, wie von der Pholé gewünscht, in dem Anzug, den er bei seiner Ankunft getragen hatte, wozu er sich freilich von Serena und sie sich von dem abscheulichen Götzenbild den Schlips hatten ausleihen müssen. Jule kam in Jeans, einem roten Anorak und in Turnschuhen und deklarierte das als heimatliche Festkleidung. Der Pholarch trug eine baumwollene, purpurgefärbte Toga in hellviolettem Ton.

Man wartete, bis die Sonne ganz untergegangen war. Dann trat der Pholarch vor. Er gab den Krummstab aus gedrehtem Wurzelholz, das Amts- und Würdezeichen des Pholarchen von alters her, einem Schüler, breitete die Arme aus, bis alles ruhig war, nahm aus der Hand des nächsten Schülers den Lorbeerkranz entgegen und setzte ihn auf das Haupt der Marmorbüste. Von dem dritten Schüler nahm er einen Becher Wein, goß etwas davon als Spende für die Götter auf den Boden und stellte dann den Becher mit dem Wein und einen Teller mit geräuchertem Ziegen- und Schafskäse auf den kleinen Opfertisch vor der Aedicula.

Dann wandte er sich zu den anderen um und rezitierte einen langen Text, aber in griechischer Sprache, so daß Carow und Jule ihn nicht verstanden. Er rezitierte aus dem Gedächtnis und blieb niemals stecken – keine schlechte Leistung! Manchmal jedoch mußte er eine kleine Pause machen, weil ihn das Sprechen anstrengte. Er ließ sich schließlich, noch mitten im Text, den Krummstab wiedergeben, um sein schweres Gewicht darauf zu stützen.

Als er geendet hatte, sprach er mit der Büste und stattete ihr Bericht ab, aber wiederum auf griechisch. Zuletzt war vom Kaiser die Rede, und schließlich nannte er auch Carows und Jules Namen. Offenbar stellte er sie dem Parmenides vor.

Nach der Zeremonie nahmen die Mitglieder der Pholé auf den Steinbänken Platz, die unter den Ästen des Ölbaums standen und deren Sitze mit rot-grün gestreiften Kissen belegt waren. Für Carow war der Sitz des Ehrengastes neben dem Pholarchen bestimmt; man wollte wieder gutmachen, daß man ihn von der Geheimsitzung ausgeschlossen hatte – hatte ausschließen müssen.

Jule, den beiden Ständigen Philosophen und den drei Schülern war die Holzbank zugewiesen worden. Phokas aber, der Pholarch, saß auf einem Steinthron, der, versteht sich, mit Kissen wohl gepolstert war.

Sklaven kamen und brachten Tabletts mit Brot, Käse und Rotwein in alten, schwarzroten Bechern und setzten sie auf die Steintische. Dies sei, so erklärte der Pholarch seinem Ehrengast, zur Zeit des Parmenides die gewöhnliche Abendmahlzeit von arm und reich gewesen, und sicherlich wäre es förderlicher für

Körper und Geist, nicht nur einmal im Jahr zur Feier dieses Geburtstages, sondern alle Tage so einfach und mäßig zu leben wie die großen eleatischen Philosophen zu ihrer Zeit.
Er hob den Becher, opferte den Göttern den ersten Schluck, wünschte den Anwesenden Glück und Gesundheit und den weither gereisten Mitgliedern der Pholé eine glückliche Heimkehr. Dann forderte er alle zum Essen und Trinken auf. Er selbst aß nur wenig, da er sich insgeheim schon vor der Zeremonie in seinem Zimmer mit einer Lammkeule gestärkt hatte.
Man war in lebhaftem Gespräch, über Carows Vorlesungen natürlich, als der Pholarch in die Falten seiner Toga griff, eine Zigarette hervorholte, sie zwischen die dicken Lippen nahm und mit seinem Feuerzeug anzündete.
Die Gäste verstummten mitten im Satz, und einer der Sklaven fuhr so ungestüm zurück, daß er den Wein aus der Karaffe verschüttete und vor Schreck »oh-oh-oh-oh!« rief, worüber er noch mehr erschrak, da den Sklaven strengstens verboten war, ungefragt zu sprechen.
Der Pholarch aber lehnte sich in seinen Steinsessel zurück und blies den Rauch langsam und, wie es schien, mit Genuß durch Mund und Nase aus.
Carow streckte seine große Nase in die Luft, um auch etwas von dem Duft der Zigarette mitzubekommen; er bezwang sich jedoch und ließ seine eigenen Zigaretten in der Tasche. Phokas bemerkte das. Er legte seine schwere Hand auf Carows Arm und dankte ihm dafür.

Meyer-Proske berichtet, warum er wegen Jules Sturheit hohe Verluste erlitten hat

Alles nur wegen Jules Sturheit.
Ich hatte gesagt:
»Komm mit! Wahrscheinlichkeitsberechnungen und das Gesetz der Serie zu erkennen, das ist für dich doch nur ein Kinderspiel.«
Aber stur wie ein Maultier. Es sei schon halb elf. Und er habe Turnschuhe an.

Da mußte ich eben allein in die Spielbank gehen.
Als ich gegen zwei Uhr ins Hotel zum Hirschen zurückkam, sagte der Nachtportier, ein Herr Redlich habe schon zweimal angerufen. Das letzte Mal vor zehn Minuten. Ich möchte zurückrufen. Ich legte ein Fünf-Mark-Stück auf den Tisch und sprach zu dem Portier:
»Was sagt Ihnen das Fünf-Mark-Stück? Es sagt Ihnen, Herr Meyer-Proske ist immer noch nicht nach Hause gekommen. Und wenn Herr Redlich wieder anruft, brauchen Sie nur dieses Fünf-Mark-Stück ans Ohr zu halten und zu hören, was es leise zu Ihnen spricht. Den Schlüssel bitte für Zimmer 311.«
Ich ging rauf und holte zwei Mini-Flaschen Whisky aus der Zimmer-Bar. Redlich war der letzte, mit dem ich jetzt sprechen wollte. Wahrscheinlich hatte er wieder allein zu Hause getrunken, und der Weltschmerz hatte ihn überfallen. Er brauchte dann immer jemand, der ihn tröstete. Herta war nicht ganz der Typ dafür. Und da er mit Renate von seiner Wohnung aus nicht telefonieren konnte, weil Herta stets mithörte, rief er mich immer an, wenn ihn Trübsinn und Verzweiflung packten.
Das letzte Mal war es der Dollar, der so niedrig stand, daß Redlich eine Katastrophe kommen sah. Er hatte solches Mitleid mit dem amerikanischen Präsidenten, daß seine Stimme ganz belegt wurde und einmal sogar wegblieb. Ich bin sicher, er hat geweint, und das bestätigte meine Vermutung, daß er ein halbes Jahr vorher mit allem, was er hatte, in den Dollar eingestiegen war. Jedenfalls tröstete es ihn sehr, als ich ihm sagte, der amerikanische Präsident brauche sein Mitleid gar nicht; er habe Nerven aus Stahl, denn er wisse, daß es nur noch eine Frage von Monaten sein könne, bis der Dollar wieder steige. Es sei doch ganz klar, daß er zur Zeit unterbewertet sei. Jetzt sollte man überhaupt in den Dollar reingehen. All das war Balsam für seine Seele.
Jetzt aber brauchte ich selbst dringend Balsam. Ich setzte mich aufs Bett und leerte die Brieftasche und alle meine Anzugstaschen. Mir blieben nur hundertdreizehn Deutsche Mark. Der Rest war weg. Über viertausend diesmal.
Stur wie ein Maultier. Ich hatte gesagt:
»Gut, dann hast du die Verantwortung. Jeannette, willst du nicht mitkommen?«

Aber sie hatte nur gelacht und geantwortet, sie habe zuviel Kognak getrunken, und beim Spiel packe sie immer die Leidenschaft. Sie meinte damit, sie würde dann Haus und Hof verspielen.

Es war mir also gar nichts weiter übriggeblieben, als eben allein ins Spielcasino zu gehen.

Ich überlegte, ob ich mir noch zwei Mini-Whiskys genehmigen sollte, da klingelte das Telefon. Redlich.

Das Fünf-Mark-Stück hatte also nicht laut genug gesprochen. Es hätte größer sein müssen.

Ich sagte ins Telefon:

»Redlich, ich bin betrunken. Iss was?«

»Ich höre, Sie waren bei Wildt.«

»Bei welchem Wildt? Ach so, ja, dem von *der hauptsache.*«

»Der ist vielleicht wild auf Sie!« Redlich klang fröhlich wie selten. »Der will Sie verklagen und mich und *diese woche* und Sonnenfeld auch!«

»Hat er einen Rechtsanwalt beauftragt?«

»Sein Rechtsanwalt meint, was Sie mit ihm gemacht hätten, sei ganz klar kriminell. Das ergebe drei oder vier kriminelle Tatbestände. Morgen will er Klage erheben. Er hat vorhin angerufen, vor einer Stunde.«

»Nach Mitternacht? Dann war er betrunken. Machen Sie sich keine Gedanken!«

»Gedanken? Ich mache mir *nie* Gedanken!« schrie Redlich.

»Ich weiß«, sagte ich; aber Redlich fuhr fort:

»Außerdem soll er uns doch verklagen! Nichts wäre mir lieber, als wenn er klagt. Ich habe mir gleich gedacht, daß an dem Manuskript von Sonnenfeld was dran ist. Ich brauche nur an einem Manuskript zu riechen, dann weiß ich, was damit los ist. Sie haben mir ja damals nicht geglaubt.«

»Ich?« schrie ich. Das war die Höhe!

»Aber jetzt bringen wir es auf jeden Fall. Soll er doch klagen!«

»Die Sache mit Wildt!« sagte ich. »Ich habe leider Ausgaben gehabt, für die ich keine Belege beibringen kann. Ich weiß, Sie wollen eigentlich immer Belege sehen.«

»Wieviel sind es denn diesmal?«

»Rund siebentausend«, sagte ich und zählte die dreitausend vom letztenmal gleich mit.

»Also gut, sprechen Sie mit Müller von der Kasse!«
»Bei dem habe ich das letzte Mal schon kein Glück gehabt. Der will immer was Schriftliches von Ihnen.«
»MP«, sagte er streng, und ich merkte, daß ich jetzt nichts überziehen durfte, »ist Ihnen mein Wort nicht gut genug?«
Sein Wort war ein Dreck und zu nichts gut. Morgen früh hatte er alles wieder vergessen. Aber ich sagte nur:
»Also gut! Versprochen ist versprochen.«
Ich konnte es ja morgen früh gleich bei Müller-Kasse versuchen.
»Wie weit sind Sie mit dem Buch?«
»Na, vier Wochen wird es schon noch dauern.«
»Vier Wochen! Hören Sie, MP, in drei Wochen liegt das Manuskript druckfertig auf meinem Schreibtisch. Ich mache mir gleich eine Notiz in meinen Kalender. Sie sind doch schon einen Monat weg.«
»Vierzehn Tage«, sagte ich, etwas untertreibend, »und was ich von Sommerfeld erfahre, wird immer sensationeller.«
»Hauptsache, *die hauptsache* klagt. Und wenn Sie wegen Ihrer kriminellen Handlungen in den Knast müssen, desto besser; denn dann gibt es Wind für das Buch, vorausgesetzt daß es dann auch fertig ist.«
Meine Bemerkung, das Buch werde immer sensationeller, sollte nur Redlichs Schock darüber mildern, daß ich noch vier Wochen hierbleiben wollte. In Wirklichkeit hatte ich mit Jule und Jeannette eine Auseinandersetzung gehabt, weil manche Sachen dem Publikum einfach nicht zu verkaufen waren, zum Beispiel, daß er plötzlich fließend lateinisch sprechen konnte.
»Ich kann es dir auch nicht erklären«, hatte Jule gesagt, »aber es kam mir einfach so zugeflogen. Nach acht Tagen kein Problem mehr. Nur mit dem Lesen hatte ich Schwierigkeiten, weil sie ohne Punkt und Komma und alles ohne Zwischenraum hintereinanderweg schreiben. Aber sprechen? Kein Problem.«
»Das soll ein Mensch glauben? Du weißt gar nicht, was du mir zumutest: Ich habe in der Schule sechs Jahre Latein gehabt. *Gallia est omnis divisa in partes tres.* Gaius Iulius Caesar. Nur zugeflogen? Pah!«
Jule saß ganz niedergeschlagen da. Jeannette sagte:
»Wenn er es nun aber nicht erklären kann!«

Jule sah müde aus, als er fortfuhr:
»Manchmal möchte ich aufgeben. Wenn du dich schon an *solchen* Kleinigkeiten stößt, was willst du dann erst später sagen! Das kommt ja noch viel schlimmer.«
»Kannst du die Leser nicht ein bißchen schonen?« fragte ich.
»Am schlimmsten ist, daß wir ihnen zumuten zu glauben, ihr beide hättet euch in die Vergangenheit versetzen können. Mit Interesse habe ich in Carows Manuskript gelesen, daß es selbst ihm zu weit ging, als der Afrikaner an Parmenides' Geburtstag über den Stillstand der Zeit spekulierte.«
»Da hat Carow sich doch bloß unwissend gestellt«, antwortete Jule. »Er hat ja selbst über die Möglichkeit der Zeitumkehr in seinen Vorlesungen gesprochen und ist damit keineswegs der einzige. Es gibt eine ganze Menge Studien, die zu dem Ergebnis kommen, daß sämtliche Bewegungsgesetze und die Gesetze, die die Wechselwirkungen regieren, mit einer Umkehr der Zeit vereinbar sind. Nur bei den sogenannten schwachen Wechselwirkungen ist das noch nicht sicher; aber die müssen ohnehin erst noch gründlich erforscht werden.«
»Halt! Halt! Ich verstehe kein Wort.«
»Die Physiker reden ferner immer von dem ›Pfeil der Zeit‹; was sie aber damit sagen wollen, ist ihnen wohl selbst nicht klar. Man kann die Zeit nicht erklären, indem man den Begriff des Raums zu Hilfe nimmt, der ja für den Flug eines Pfeils unentbehrlich ist. Die Zeit fliegt nicht durch den Raum.«
»Halt, halt!« rief ich.
»Wenn Carow den Fragen des Africanus über einen möglichen Stillstand der Zeit auswich, geschah das nur, um ihn nicht auf unsere Methode zu lenken. Denn Carow hatte ja in Heidelberg, als ich gerade sein Assistent geworden war, die Möglichkeit, daß die Zeit nicht immer kontinuierlich fließt, selbst untersucht und die Zeitdilation beim Schwerkraftkollaps rechnerisch dargestellt, und er hat bewiesen, daß je nach dem Standpunkt des Beobachters die Zeit, in der der Himmelskörper kollabiert, zur Unendlichkeit tendiert oder überhaupt stillsteht.«
»Hör auf!«
»Wir können das, wenn du willst, ruhig in einer Fußnote anmerken, denn es ist kein Geheimnis. Carow selbst hat das damals publiziert.«

»Hör auf! Hör auf!«
»Warum denn?« fragte Jeannette. »Verstehst du das etwa nicht?«
»Du arbeitest in einer Wissenschaftsredaktion, er ist Mathematiker, aber ich bin doch nur Journalist. Carows Aufzeichnung über die Geburtstagsfeier und seine Unterhaltung mit Africanus müssen wir weglassen. Das versteht keiner und das interessiert keinen Menschen. *Howgh, ich habe gesprochen.* Winnetou.«
Da schlug Jule auf den Tisch und sprach laut. Das Schlimme aber war, daß Jeannette auch loslegte, wobei ihre sonst so ruhige, um nicht zu sagen, einschläfernde Stimme so schrill wurde, daß die Gläser klirrten. Das hat mich ganz schön genervt. Sie drohte sogar, ein *Fietscher,* ich meine *feature* für den Hörfunk zu schreiben, das den Titel tragen sollte »Der Geburtstag des Parmenides oder Was *diese woche* ihren Lesern vorenthält«. Albern! Lächerlich!
Ich sagte:
»Dein Hörfunk stört uns nicht, der findet ja unter Ausschluß der Öffentlichkeit statt.«
»Sag das nicht«, schrillte sie mich an. »Das bringe ich nicht nur hier in Baden-Baden, das bringe ich überall unter.«
»Klar, überall wo du deine Spezis sitzen hast.«
Sie sagte darauf ebenso unfreundliche Worte über mich und Redlich und unsere ganze Redaktion.
Kurz, ein Wort gab das andere, bis wir alle erschöpft in den Sesseln hingen und nicht weiter wußten.
Es war Jule, dem ich soviel Weisheit gar nicht zugetraut hatte, der den Kognak holte. Als es halb elf war, schlug ich vor, gemeinsam ins Casino zu gehen. Denn für Jule wäre es ein Kinderspiel gewesen, uns aus dem Spielverlauf ein paar Gewinn-Nummern zu extrapolieren.
Aber sie machten Ausflüchte: Jule wollte nicht mitkommen, weil er Turnschuhe anhatte, und Jeannette, weil sie zuviel Kognak getrunken und Angst hatte, die Spielleidenschaft werde sie ergreifen.
So nahm das Schicksal seinen tragischen Lauf, und so kam es dann in der Spielbank zu der Katastrophe, von der schon die Rede war.

Was in der Nacht in dem verlassenen Tempel vor sich ging

»Ich stand dort an der alten Pinie«, sagte Serena, »und sah auf diese Stufen hinab. Es war noch nicht so dämmerig. Die Stufen waren leer. Aber auf einmal saßen Sie da, so wie jetzt, nur hielten sie lange Zeit die Hände vor das Gesicht.«
»Es wäre mir alles viel leichter gefallen, wenn du dich damals neben mich gesetzt hättest.«
»Ich hatte doch solche Angst! Man sagt ja, wer einem Gott ins Angesicht gesehen hat, müsse sterben. Ich habe heute noch Angst, neben Ihnen zu sitzen.«
»Auch zu liegen?«
Serena sah vor sich hin und lächelte.
»Ja, auch zu liegen. Ich muß sie jedesmal überwinden.«
»Ist das schlimm?«
»Nein«, sagte sie lächelnd, und dann fügte sie hinzu: »Im Gegenteil. Als ich damals dort an der Pinie stand und Sie plötzlich hier erschienen, erschrak ich bis in die Finger- und Zehenspitzen, so sehr, daß ich mich nicht bewegen konnte. Ich glaube, es ist der Schrecken, der es macht, daß ich Sie so ...«
»Bitte?«
»Daß ich dieses starke Gefühl habe. Wie darf ich es nennen?«
»Ich weiß, was du meinst.«
»Fühlen Sie es auch? Sicher nicht so stark wie ich, aber vielleicht ein wenig?«
»Nicht nur ein wenig. Ich wüßte es sogar zu benennen.«
»Ach? Wirklich? Ich bin so froh. Darf ich mich etwas näher zu Ihnen setzen?«
Carow legte den Arm um ihre Schulter und zog sie zu sich herüber. Er schnupperte. Er hatte es schon vorher vermutet, jetzt war kein Zweifel mehr möglich.
»Du benutzt ein Parfüm?«
»Es ist ganz neu, aus Rom. Mit Pomeranzenöl.«
»Und mit einer Spur Öl von Sandelholz«, ergänzte Carow.
Es duftete so ähnlich wie Kölnisch Wasser, nur herber.
Sie sah ihn schräg von unten an.
»Hier ein wenig unter diesem Ohr, und hier ein wenig unter dem anderen. Und hier auch ein wenig. Riecht es nicht gut?«

»Sehr gut. Es gibt nur einen Duft, der ihn übertrifft.«
»Der Duft der göttlichen Ambrosia sicherlich.«
Carow lachte.
»Nein, ich meine den Duft deiner Haut.«
»Oh!«
Nach einer Weile sagte sie: »Ich habe die Scheune auf dem Nachbarfeld ausräumen lassen. Wir haben Ihr Kultbild jetzt in dem Heiligen Bezirk unseres Hauses, und zwar in Ihrem alten Zimmer, aufgestellt.«
»Diesen Holzkopf mit dem roten Wollbart auf dem anstößigen Marmortorso, über den das gestreifte Hemd gezogen ist? Schrecklich!«
»Ja, man bekommt immer wieder einen Schrecken, wenn man ins Zimmer tritt. Deshalb fühle ich mich Ihnen auch immer nahe, ein bißchen jedenfalls, und ich kann mit Ihnen reden.«
»Und die Scheune?«
»Sie ist verschlossen. Ich weiß auch, wer damals dahintersteckte: Ein Junge aus der Stadt. Er heißt Myiagros, kommt aus den Bergen und ist von alters her für seine Dummenjungenstreiche bekannt; aber diese Liturgie war ja verbrecherisch! Von Rechts wegen sollte man ihn wegen Gotteslästerung anklagen.«
»Er sah aber gescheit und hübsch aus.«
»Ich mag ihn nicht. Tertia hat mir gestanden, was sie in den Gebetsstunden getrieben haben. Es war scheußlich. Als seien Sie ein Gott der Unterwelt!
Ich war so wütend; ich wollte Tertia deshalb sogar verkaufen; aber sie hat geweint, sich auf den Boden geworfen und gejammert, es sei in Wirklichkeit doch alles zu Ihren Ehren gewesen. Sie ist einfach zu dumm.
Ich stelle jeden Tag Blumen vor Ihr Bildnis, und abends zünde ich eine Öllampe davor an und bete.
Eines Morgens habe ich aber auch Tertia überrascht, als sie vor Ihrem Bildnis kniete und betete, obwohl ich sie nur in Ihr Zimmer geschickt hatte, um dort Staub zu wischen. Darauf habe ich sie natürlich aus dem Heiligen Bezirk gejagt, und seitdem wische ich dort selbst Staub.«
Carow sagte: »Jule und ich werden übermorgen mit dem Schiff nach Rom segeln und etwa zehn Tage dableiben.«

Serena war alarmiert.
»Was wollen Sie denn in Rom? Werden Sie auch bestimmt wiederkommen?«
»Bestimmt. Ich will nur einige Bilder von der Stadt und den Menschen machen.«
»Sie wollen malen?«
»Nein, wir machen die Bilder mit einem der kleinen Geräte, die in meinem Koffer waren. Einen Augenblick, es wird blitzen.«
»Ich habe Angst.«
Carow machte eine Aufnahme mit der Polaroid-Kamera und gab ihr das Bild, als es aus dem Apparat kam. Sie sah es sich an, wurde verwirrt.
»Das ist ja das Muster meines Halstuchs! Das bin ich ja selbst! Ach, darf ich es behalten?«
Carow schenkte es ihr, machte aber noch eine zweite Aufnahme und steckte das Bild ein.
»Was wollen Sie mit dem Bild tun?« fragte sie ängstlich.
»Ich möchte es auf der Reise immer bei mir haben und werde es mir immer ansehen: Morgens, wenn ich aufstehe, tagsüber und abends, wenn ich zu Bett gehe.«
Er gab Serena eine Aufnahme, die Jule von ihm gemacht hatte. Sie sah das Bild lange an, nahm es an die Lippen und küßte es und blickte dann scheu zu Carow auf, ob sie damit dem Gott nicht zuviel menschliche Liebe gezeigt habe. Sie wußte gleich, wo das Bild stehen sollte: Vor der Kultstatue in seinem alten Zimmer.
Es war die Zeit der Dämmerung, aber in dem verlassenen Tempel war es schon so dunkel, daß die Statue des Gottes nur noch geahnt werden konnte. Serena war schon vor Carow hier gewesen und hatte entdeckt, daß man den hohen, schief hängenden Flügel der schweren Holztür dicht heranziehen konnte und daß es sogar einen uralten Riegel gab, der sich von innen vorschieben ließ.
Sie nahm ihn bei der Hand und führte ihn durch das Dunkel hinter das Götterbild. Vor der Nische, wo er damals sein Gepäck verborgen hatte, lag die Decke aus Schafsfell, die ihnen schon in seinem alten Bett als Matratze gedient hatte.
Carow hatte nach einer Weile das Gefühl, sie seien nicht allein im Tempel. Er wollte mit dem Feuerzeug Licht machen und

nachsehen; aber Serena meinte, es sei allenfalls die heilige Schlange gewesen, die sich gerührt habe.
»Ich bin vorhin, als es noch hell war, in der Cella gewesen. Es ist niemand hier außer uns, der Schlange und Inuus dort auf dem Sockel.«
»Inuus?«
Es war also der Gott gewesen, mit dem er damals auf den Stufen des Tempels gesessen und gesprochen hatte?
»Die Leute in den Städten nennen ihn Faunus, für uns auf dem Lande aber ist es Inuus. Es ist sein alter Name in den Bergen, und hier hört er ihn lieber. Ich habe vorhin zu ihm gebetet, daß uns niemand stört, und ihm ein Lamm versprochen.«
Es war still, nur einmal in der Nacht war es ihnen, wie im Traum, als habe die Tür geknarrt.
Carow hörte von weither eine einfache, leise Flötenmelodie und erwachte. Das erste graue Licht der Morgendämmerung drang durch eine Ritze zwischen Tür und Schwelle. Er stand auf, ohne Serena zu wecken; er wollte auf den Stufen des Tempels seine erste Zigarette rauchen.
Die Tür war geschlossen, aber der unförmige alte Holzriegel, den Serena am Abend vorgelegt hatte, war zurückgeschoben.
»Nun?«
Er legte die Syrinx, die er geblasen hatte, neben sich. Er saß wie damals auf der obersten Treppenstufe und lehnte seinen Rücken an die Säule. Die Beine hatte er angezogen. Er sah Carow, über die Schulter zurückblickend an.
»Nun?« wiederholte er.
Carow wußte jetzt, wo er das Lächeln mit den emporgezogenen Mundwinkeln gesehen hatte.
»Guten Morgen!« sagte Carow nicht eben freundlich. »Sie waren es also, der uns in der Nacht beobachtet hat!«
Er setzte sich an die andere Seite der obersten Treppenstufe, auch wie damals, und lehnte sich an die Säule.
»Sie tun mir Unrecht. Natürlich konnte ich nicht umhin, ungewollt einiges zu hören, was mich unruhig machte; denn ich bin doch nicht aus Holz oder Stein. Aber ich habe mich, sobald ich das unbemerkt tun konnte, so diskret wie möglich entfernt. Ich bin kein Voyeur. Wir in unserer Familie wenden uns lieber der Sache selbst zu.«

Carow steckte sich die Zigarette an.
Er war gedrungener und stämmiger als das Standbild im Tempel, das einem archaischen Schönheitsideal gefolgt war und ihn schlank wie Apollo darstellte.
Seine Oberarmmuskeln waren beachtlich, und es wäre sicher nicht leicht gewesen, ihn im Gewichtheben zu schlagen. Seine Ohren waren dicht behaart und gingen nach oben spitz zu.
»Ich hätte mich gestern abend früher entfernt«, fügte er hinzu, »wenn Ihre schöne Freundin nicht den Malefizriegel vorgeschoben hätte, den ich ganz ohne Geräusch nicht öffnen konnte.«
»Welchem Zweck dient eigentlich ein Innenriegel in diesem Tempel?« fragte Carow. »Riegeln Sie sich denn manchmal selbst ein? Etwa um nicht gestört zu werden?«
»Sie wissen doch nun aus eigener Erfahrung«, antwortete Inuus, »wie zweckmäßig er sein kann. Die Gelegenheiten, zu denen ich ihn benutze, sind allerdings seltener geworden. Man kommt nicht mehr zu mir, sondern geht lieber zu den Fremdgöttern.« Er spuckte in weitem Bogen auf das Pflaster des Tempelhofs. »Ich habe jedoch noch einen anderen Tempel, hinten in den Bergen. Vielleicht können wir ihn einmal gemeinsam besuchen.«
»Gemeinsam mit *Ihnen*?«
»Nun ja. Sie gehören doch ohnehin so halb und halb zu uns.«
»Das verstehe ich nicht.«
»Sie werden es noch verstehen. Ihre Freundin Serena hat ein gutes Auge: Sie sollten sich in der Tat Myiagros vom Leibe halten. Myiagros – nix gut! Sagen Sie das auch Ihrem Freund Iulius! Die beiden haben sich gestern getroffen.«
»Der Junge hat ihm aber das Leben gerettet. Die Idee, ihm die Schnur mit einem Drachen auf den Felsen hinaufzuschicken, war doch genial.«
»Ich möchte nichts weiter dazu sagen.«
Inuus wedelte sich den Zigarettenrauch, der an ihm vorbeizog, unter die Nase und zog ihn tief atmend ein.
»Sie werden demnächst den Genuß haben, Hammelbraten zu riechen«, sagte Carow, um ihn abzulenken.
»*Gehört* habe ich das auch. Wie nennen Sie diese Räucherstäbchen, über die wir uns schon einmal unterhalten haben?«
»Zigaretten«, antwortete Carow unwirsch.

»Sie nannten sie damals anders, mit einem gallischen Namen.«
»Ich erinnere mich. Es waren Gauloises. Aber das hier ist eine germanische Zigarette. ›Zigarette‹ ist immer richtig.«
»Ssigarette? Können Sie mir bitte eine geben? Ich möchte wissen, ob der Rauch, durch den Mund eingeatmet, einen ähnlichen Genuß bereitet wie der Duft, der von Ihrer Ssigarette in meine Nase herüberweht.«
Carow riet ihm dringend von dem Versuch ab. Er schilderte in drastischen Beispielen die krebserzeugenden Wirkungen der Teerderivate im Zigarettenrauch.
»Sie leben ja auch noch.«
»Weil ich das Gift von Kindesbeinen an gewöhnt und dadurch immun geworden bin«, antwortete Carow.
»Ich brauche Krankheiten nicht zu fürchten.«
»Seien Sie sich dessen nicht zu sicher! Manche Raucher werden wahnsinnig und kennen auf einmal ihre Eltern, Kinder und Freunde nicht mehr. Es sind tragische Fälle bekanntgeworden. Frauen, die rauchen, gebären mißgestaltete Kinder, wahre Monstren mit zu viel oder zu wenig Fingern oder mit zwei Köpfen.«
»Frauen, nun ja!« bemerkte Inuus.
»Aber der Genuß von Zigaretten wirkt sich auf Männer noch ernster aus. Sie magern ab, werden unansehnlich, schrumpfen zusammen, und – was manchen von ihnen schon rechten Verdruß bereitet hat – sie verlieren ihre Manneskraft.«
»Hören Sie, Carus, Sie haben sicher noch mehr Gründe; aber von denen, die Sie eben genannt haben, überzeugt mich kein einziger; denn Sie rauchen ja eine Ssigarette nach der anderen und sehen keineswegs unansehnlich und zusammengeschrumpft aus. Und was Ihr letztes Argument angeht – also, bitte!«
Inuus hielt ihm die offene Hand hin.
»Es heißt nicht ›Ssigarette‹!« sagte Carow, ihn unfreundlich verbessernd, »sondern *Ts*igarette! *Ts! Ts!*«
»›Zigarette‹ also«, wiederholte der Gott lustlos, aber bemüht, Carow zufriedenzustellen. Die Aussicht auf einen Genuß steigerte seine Fähigkeit zu lernen in unerhörter Weise.
Carow gab ihm nun widerstrebend eine Zigarette und zündete

sie ihm an. Inuus machte die Lippen rund und schob sie vor. Die Augen geschlossen, zog er den Duft langsam ein, inhalierte ihn tief, behielt ihn lange in der Lunge, und, die Augen wieder öffnend, blies er ihn langsam wieder aus.
Carow beobachtete ihn und sah mit Sorge, daß er weder hustete, noch daß ihm übel wurde.
»Hervorragend!«, sagte Inuus. »Wenn man sie selber raucht, hat man tatsächlich viel mehr davon.
Ihre Freundin wird noch etwas schlafen. Ich habe ihr einen Traum geschickt. Wir haben also Zeit. Warum sind Sie eigentlich so unvermittelt wieder bei mir erschienen?«
»Zufall!«
»Soso!«
»Vom Hause des Pholarchen durch den Olivengarten hier herauf sind es ja nur ein paar Schritte.«
»Und daß Ihre Freundin fast zur gleichen Zeit hierherkam, war auch ein Zufall?«
»Ja. Auch sie ist, wie sie mir sagte, ganz zufällig hier heraufgekommen.«
»Hat aber weit vorausschauend eine Schafsfelldecke mitgebracht. Hat sie Ihnen nicht erzählt, daß sie vorher lange und inbrünstig zu mir gebetet hat, ich möchte Sie doch herbringen? Sie vertraut den Göttern. Sie ist fromm. Ich habe ihr Gebet erhört.«
»Sie hat Ihnen ja auch ein Lamm versprochen.«
»Versprochen – ja. Aber Sie wissen nicht, wie oft ich solche Versprechen schon gehört habe! Außerdem habe ich ihren Wunsch nicht nur ihrer Frömmigkeit oder des versprochenen Lammes wegen erhört, sondern weil ich Sie an *Ihr* Versprechen erinnern wollte.«
»Mein Versprechen? Welches Versprechen?«
»War da nicht einmal von zwei Stangen Zigaretten die Rede?«
»Zwei Stangen! Nicht daß ich wüßte!«
»Für den Fall, daß Sie Ihr Gepäck wiedersehen? Gewiß, Sie haben es nicht ausgesprochen, aber Sie haben mir die Zigaretten zuge*dacht*. Oder um ganz exakt zu sein: Sie haben das Gelübde nicht zu mir, sondern zu der Schlange gedacht, was allerdings nicht viel besagen will. Die Schlange raucht ja nicht.«
Carow entsann sich jetzt.

»Aber wie können Sie Gedanken, die einem nur einmal so durch den Kopf schießen, ernst nehmen!«
»Ich habe Ihren Wunsch, die Koffer wiederzusehen, auch ernst genommen, als er Ihnen durch den Kopf ging, nicht wahr? Was in meiner Cella gedacht wird, nehme ich nicht auf die leichte Schulter. Ich bin da noch etwas altmodisch und glaube, daß auch wir Götter Pflichten haben.«
»Also gut! Ich habe noch ein unangebrochenes Päckchen bei mir. Das kann ich Ihnen gleich geben; und das andere Päckchen bekommen Sie, wenn ich wieder herkomme, um Serena zu treffen.«
Inuus nahm die Zigarette aus dem Mund und sah Carus traurig an.
»Carus!« sagte er nur.
Carus senkte die Augen. Am liebsten hätte er sich versteckt. Er schämte sich vor dem Gott.
Inuus wiederholte, milde und enttäuscht: »Carus!«
»Da sehen Sie selbst«, sagte Carow, »wie der Genuß der Zigarette den Charakter zerstört und aus mir, einem leidlich anständigen Menschen, einen Betrüger macht, der Ihnen zwei Päckchen für zwei Stangen andrehen wollte! Ich dachte, Sie würden es nicht merken. Verzeihen Sie! Ich werde Ihnen ganz bald zwei Stangen mit je zehn Päckchen vor Ihr Standbild im Tempel legen. Hier ist erst einmal das unangebrochene Päckchen, eine kleine Dankesgabe für die Gastfreundschaft von heute nacht!«
Am Tage zuvor hatte Phokas ihn gebeten, ihm aus dem reichen Vorrat, den Jule mitgebracht hatte, eine Stange zu leihen. So schwand sein Reichtum dahin!
»Ihre Freundin wird gleich erwachen. Ich bitte, mich nun zu entschuldigen. Sie sind mir auch in Zukunft immer willkommen. Fühlen Sie sich hier bei mir wie zu Hause. Dieses Haus ist Ihr Haus.«
Er war plötzlich nicht mehr da.

Marcus Cellius Africanus verabschiedet sich mit einer leichten Frage

»Ich hatte Sie gestern abend schon gesucht; aber Sie haben anscheinend nicht in der Pholarchie übernachtet. Ich möchte mich von Ihnen verabschieden. Sie sind bei Berechnungen, wie ich sehe? Soll ich zu gelegenerer Zeit wiederkommen?«

»Bitte setzen Sie sich!« sagte Carow und legte seinen Schreibblock beiseite. »Sie sehen, in der Karaffe ist noch Wein. Bitte bleiben Sie!«

»Ich habe noch eine Frage zu Ihrer Uhr, die Sie mir vor einigen Tagen erklärt haben. Meine Frage ist ganz einfach. Wir haben in der Schule gelernt, die Zeit zerfalle in drei Teile: Vergangenheit, Gegenwart und Zukunft. Würden Sie dem auch zustimmen?«

»Durchaus.«

»Aber die Vergangenheit *ist* doch nicht mehr. Wie können Sie etwas messen, was nicht mehr ist? Und die Zukunft *ist* noch nicht. Wie können Sie etwas messen, was noch nicht ist? Und daß Sie die Gegenwart nicht messen können, ist doch offensichtlich; denn wir waren uns ja schon in unserem ersten Gespräch darüber einig, daß sie keine zeitliche Ausdehnung hat. Im Augenblick, wo wir sie denken, ist sie bereits vorüber.«

»Sie haben recht«, sagte Carow. »Ich messe mit meiner Uhr ja auch weder die Vergangenheit noch die Zukunft. Ich messe vielmehr, wie ich Ihnen schon erklärt hatte, nur die Strecke, die ein von mir mit der Uhr festgestellter Punkt der Gegenwart in seinem Fluß in die Vergangenheit zurückgelegt hat.«

»Es ist aber doch etwas anderes, wenn Sie Wasser messen«, erwiderte Africanus, »das an Ihnen vorüberfließt. Das Wasser, das sie gemessen haben und das sie messen werden, *ist*: Es ist hinter Ihnen, bei Ihnen oder vor Ihnen.

Der Augenblick, der jetzt *ist*, – wo ist er morgen früh? Wo war er gestern abend? An welchem Ort? Sie sehen mich überrascht an.

Meinen Sie, er war an gar keinem Ort, also außerhalb des Raums? Aber Zeit ist doch nur möglich, wo Bewegung, und Bewegung nur möglich, wo Raum ist.

Wo kann also die Zeit, die jetzt an uns vorbeifließt, gestern gewesen sein, und wo wird sie morgen sein, wenn nicht im Raum? Wenn sie aber im Raum war, muß sie auch an einem Ort gewesen sein. Wo und an welchem Ort? Ich frage Sie.«

»Ich weiß es nicht«, antwortete Carow.

»Gut«, erwiderte Africanus, »dann will ich Ihnen sagen, was ich vermute. Mir scheint, dieser Augenblick« – Africanus schlug mit der flachen Hand auf den Tisch, um den Augenblick zu bezeichnen, den er meinte –, »dieses *nunc*, war gestern noch gar nicht und wird morgen nicht mehr sein. Die Zeit wird erst *ist* in dem nicht ausgedehnten Augenblick der Gegenwart. Sie sprüht in diesem Punkt Funken, und das Feuerwerk der einander folgenden Funkelsterne, die entstehen, wenn die Ewigkeit den ausdehnungslosen Punkt der Gegenwart berührt – oder könnte man auch sagen: den Finger des Weltschöpfers? – ist dieses sprühende Feuerwerk vielleicht das Sein?

Auf einmal aber zieht er den Finger zurück, oder die ständige Folge der Augenblicke läßt nach, wird langsamer, steht still, – *Presto!* – es funkelt nicht mehr, und mit dem Sein ist es aus. Was sagen Sie dazu?«

»Puh!« sagte Carow. »Sie wollten mir eine leichte Frage stellen. Was Sie eben sagten, klang zwar poetisch, aber es würde mir schwerfallen, Ihr Weltbild in ein mathematisch-logisches System zu fassen und in Formeln darzustellen.

Außerdem bin ich überrascht, solche Gedanken hier in der Pholé zu hören; denn Ihr Sein, das ständig wird und vergeht und lediglich ein sprühendes Feuerwerk an der Fingerspitze des Weltschöpfers in einer unendlichen Folge von Augenblicken ist, scheint mir, indem es auf dem ausdehnungslosen Zeitpunkt der Gegenwart ruht, die labilste überhaupt denkbare Form des Seins zu sein.

Dagegen hören Sie doch aus dem Gedicht des Parmenides, daß das Sein weder wurde noch vergehen wird, daß es ohne Anfang und Ende ist und daß es als dasselbe und in demselben für sich verharrend fest auf der Stelle ruht; ›denn ein mächtiger Zwang hält es in den Fesseln der Grenze, die es rings umschließt, weil es nicht unvollendet sein darf‹.

Habe ich richtig zitiert?

In diesem Gedicht des Parmenides ruht das Sein fest und unerschütterlich in sich, und es ist nicht die Rede davon, daß der

große Demiurg einmal seinen Finger zurückziehen könnte, so daß – *Presto!* – das sprühende Funkelwerk des Seins aufhörte zu leuchten und im Dunkel versänke.
Nein, Rost oder der Zahn der Zeit können diesem gewaltigen, in sich ruhenden, unbeweglichen, allseits vollendeten Sein des Parmenides nichts anhaben, denn es wurde ja nicht, und es vergeht nicht; es bleibt in Ewigkeit, was es war. Und niemals wird und vergeht es in einem sprühenden Feuerwerk.«
Africanus hatte mit gefurchter Stirn zugehört, aber jetzt lehnte er sich vor und stach anklagend mit dem Zeigefinger in die Luft auf Carows Brust zu.
»Wollen Sie mir etwa vorwerfen, ich hätte mich von Parmenides' Auffassung vom Sein entfernt? Groß wurde er doch nur, als er die felsenhaften Sätze seines eigenen Lehrgedichts selbst in Frage stellte. Sie haben anscheinend nicht zugehört, als der Pholarch bei der Geburtstagsfeier das spätere große unvollendete Gedicht des Meisters vortrug.«
»Es war leider in Griechisch«, antwortete Carow.
»Mein Griechisch ist auch nicht berühmt«, sagte Africanus, »aber Pittakos hat es mir ins Lateinische übertragen, und Pelops hat es in Verse gesetzt.«
»Dann werde ich sie fragen; sie können mir dann ja eine Abschrift geben.«
»Ich fürchte, Sie werden kein Glück haben; denn dieses letzte Gedicht liegt weder in griechischer noch lateinischer Sprache schriftlich vor. Der Text wird nur mündlich überliefert, und ich habe ihn auswendig gelernt.«
»Nun gut, dann können die beiden Ständigen Philosophen mir den Text lateinisch aufsagen.«
»Ich fürchte, auch das dürfen sie nicht.«
»Aber warum? Die beiden haben Ihnen den Text doch auch mitgeteilt.«
»Natürlich, denn ich bin ja Mitglied der Pholé«, sagte Africanus, »Sie aber nicht.«

Carus und Inuus tauschen ihre Ansichten über Götter und Engel aus

»Ich lasse sie noch etwas schlafen«, sagte Inuus. »Tempelschlaf bringt Heil, jedenfalls in diesem Tempel. Ich werde ihr noch einen schönen Traum schicken.«

Sie saßen wie gewohnt, Inuus, mit dem Rücken gegen die Säule gelehnt, links auf der obersten Treppenstufe, Carow auf der rechten Seite, und sahen hinab auf die Stadt.

Über der Bucht des Südhafens lag Dunst. Es würde am Tag wieder sehr warm werden, aber nicht so warm, wie es in Rom gewesen war. Inuus machte einen langen Hals, wendete den Kopf nach allen Richtungen und witterte, die Luft geräuschvoll durch die Nase einziehend. Er roch den Rauch der Holzfeuer, mit denen die Bäcker schon in der ersten Dämmerung ihre Backöfen anheizten.

Carow hatte gestern abend, als Serena die Tür zum Tempel verschloß, die beiden versprochenen Kartons mit je zehn Päckchen Gauloises zu Füßen des Standbilds niedergelegt. Heute früh waren sie nicht mehr da.

»Sie schläft wie ein Engel«, sagte Carow. Er nahm eine Zigarette aus seiner Packung und holte das Feuerzeug aus dem Bausch seines Gewandes.

»Engel?«

»So lieblich. Wir nennen die göttlichen Boten ›Engel‹.«

»Ich hatte früher auch solche Engel; es waren junge Burschen, weniger lieblich als durchtrieben; und diese Durchtriebenheit konnte man ihnen selbst im Schlaf ansehen. Meine Engel prügelten sich ständig mit den Hirten.«

Carow zündete sich die Zigarette an.

»Wunderbar! Wunderbar!« rief Inuus ergriffen. »Ich hatte Sie schon das letzte Mal fragen wollen, wie man aus einem solchen kleinen Stab Feuer schlagen kann. Verraten Sie mir das Geheimnis?«

Carow gab ihm das Feuerzeug und zeigte ihm, wo man drücken mußte, um es anzuzünden. Inuus spielte damit und, wie ein Kind ein Spielzeug nicht mehr lassen will, gab er es nur zögernd wieder zurück. Carow versprach, ihm demnächst eins vor das Standbild zu legen.

Inuus nahm Carus' Hand in beide Hände, drückte und schüttelte sie.
»Ich sehe, Sie teilen alle Ihre Schätze mit mir«, sagte er. »Sie haben mir Zigaretten gebracht. Nicht nur zwei Päckchen, sondern zwei Kartons. Die Zeit, die Sie in Rom waren, ist mir allerdings lang geworden, und ich gestehe, daß ich mich manchmal gefragt habe, ob Sie sich noch an Ihr Versprechen erinnerten. Wie konnte ich so unwürdige Gedanken denken! Nun wollen Sie mir auch noch einen solchen Feuerstab schenken. Ich danke Ihnen. Sie sind mein Freund.«
Er holte eine Zigarette aus einer eigenen Packung hervor, steckte sie in den Mund, schnippte mit Mittelfinger und Daumen, und über dem Zeigefinger leuchtete eine kleine Flamme auf, mit der er sich die Zigarette anzündete. Er zog den Rauch genußvoll ein und lehnte sich verklärten Gesichts und mit geschlossenen Augen zurück an die Säule. Carus hatte sich überrascht aufgerichtet.
»Wie haben Sie das eben gemacht?« fragte er.
Die Flamme auf Inuus' Zeigefinger war wieder erloschen.
»Was?« fragte Inuus.
»Die Flamme eben, auf Ihrem Finger!«
»Ach das? Ein kleines Mirakel. So etwas können wir doch alle. Aber einen solchen Feuerstab hat bisher keiner. Höchstens Zeus«, fügte er hinzu, »der den Aigis-Schild hat. Aber wenn er ihn schüttelt, blitzt und kracht es immer gleich so. Zum Anzünden einer Zigarette wäre er ganz ungeeignet. Man wird mich um diesen kleinen Feuerstab beneiden. Wann bringen Sie ihn?«
»Morgen abend, wenn Serena und ich wieder bei Ihnen die Nacht zubringen dürfen.«
»Kommen Sie schon heute! Sie dürfen hier immer übernachten. Sie brauchen nicht einmal den Holzriegel vorzuschieben. Niemand wird kommen und Sie stören. Ich wache vor der Tür. Wenn ich dabei ein oder zwei Zigaretten rauchen kann, wird mir die Zeit nicht lang.«
Ein oder zwei? Dabei würde es sicher nicht bleiben, und die Zigaretten würden bald aufgeraucht sein.
»Ihrer Freundin«, fuhr Inuus fort, »bitte ich meinen Dank für den prächtigen Umhang zu sagen, den sie für mein Standbild im Tempel genäht und bestickt hat. Es ist ein Wunderwerk der

Handarbeitskunst. Dergleichen kann man hinten in den Bergen freilich nicht.

Persönlich bin ich, wie Sie sehen, zwar einigermaßen gut versorgt; aber die zerschlissene, nur mehr halblange Hemdschürze vor der Statue war doch nachgerade ein wenig genant. Sie war sicher an die hundert Jahre alt, wenn nicht älter.«

»Persönlich« trug er eine ärmellose Tunika aus graugrüner Wolle, so ähnlich wie Loden.

»Wer versorgt Sie denn ›persönlich‹?«

»Ach«, sagte er, unbestimmt mit dem Arm aufs Land hinweisend, »dahinten in den Bergen, wo ich meine anderen Tempel und Schreine habe, wohnen noch fromme Menschen. Auch die Hirtenfrauen, die sommers über allein in ihren Häusern sind, wenn ihre Männer die Ziegen und Schafe hüten, denken an mich. Und dann Leute hier und da.« Er machte eine vage Geste. »Es gibt dort zum Beispiel einen Hain um eine Quelle, in dem sieben junge Nymphen leben. Sie sind hübsch und in ihrem Benehmen recht frei und ungezwungen. Ich nehme Sie gerne einmal mit. Heute abend vielleicht? Nun, wie Sie wollen.

Sie haben gewußt, daß man mich in Rom Faunus nennt? Ich dachte es mir. Ich habe Sie gleich erkannt, als Sie in meinen Tempel auf der Tiber-Insel kamen. Sie hätten gar keine Weihrauchkörner in die Bronzeschale zu werfen brauchen. Ich hätte mich ebenso gefreut, wenn Sie eine Zigarette geraucht hätten.«

»Aber das hätte sich doch nicht geschickt.«

»Doch, doch! Im Vertrauen, ich bin gar kein so großer Freund von Weihrauch. Haben Sie noch andere Tempel besucht?« Mißtrauen war unüberhörbar.

»Nun, zuerst natürlich den Tempel des Jupiter auf dem Kapitol.«

»Selbstverständlich! Recht so! Mit ihm muß man natürlich anfangen. Aber sicher auch einige seiner anderen Tempel.«

»Ja, und darüber hinaus auch Tempel der Juno, des Mars und der Venus.«

»Steht das Haus des Romulus noch auf dem Palatin? Ich gehe seit Jahrhunderten nicht mehr über den Tiber in die Stadt. Zuviele Ausländer!«

»Gewiß, das Haus steht noch. Es ist aus Holz und hat ein

Strohdach, ist aber von einem Tempel aus Stein umbaut, so daß es vor Wind und Wetter geschützt ist.«
»Erfreulich zu hören! Ich fürchtete schon, man hätte auch ihn vergessen. Ich kannte ihn bereits als Säugling und habe damals meine Hand über ihn und seinen Zwillingsbruder gehalten. Das war in den Zeiten, als man bei meinem Namen noch zitterte wie bei dem Jupiters – in den Bergen und auf den Weiden jedenfalls. Noch andere Tempel?«
Er lehnte sich vor und hielt den Kopf schief und das spitze Ohr so, daß ihm kein Wort entging.
»Den der Diana auf dem Aventin.«
»Na gut – war das alles?«
»Bei weitem nicht. Ich habe einen Tempel des Mithras besucht.«
Inuus spuckte zur Seite, und der Speichel klatschte vor Carow auf einen Stein des Tempelplatzes.
»Weiter!«
»Einen Tempel der Isis auf dem Marsfeld.«
Er spuckte wiederum.
»Das genügt! Seien Sie still! Es regt mich immer so auf, wenn ich diese Namen höre. Selbst den des Asklepios mit seinem Tempel. Was hat dieser Grieche neben mir auf der Tiber-Insel zu suchen? Wir drängen uns den Griechen doch auch nicht auf. Habe ich einen Tempel in Athen? Was wollen diese Ausländer bei uns?
Waren wir italischen Götter den Römern etwa nicht gut genug? Haben wir sie nicht oft genug aus ganz verzweifelten Lagen gerettet? Meine Hilfe in der Schlacht am Walde Arsia – vergessen! Jetzt ist Rom eine ›Weltstadt‹ geworden, und da sind wir den Römern zu provinziell. Da genieren sie sich unseretwegen. Da werden die Götter Asiens und Afrikas ins Land geholt, die hier doch überhaupt nichts ausrichten können.«
Im Zorn wuchs er, und Carow mußte zu ihm emporsehen.
»Isis! Ich höre die Leute ja, wie sie mit Zimbeln und Flöten ihr verhülltes Kultbild in Prozessionen am Tiber herumführen und fremde Hymnen singen, von denen niemand ein Wort versteht, nicht einmal die eigenen Priester. Und was steckt hinter dem Schleier? Ich will es Ihnen sagen: ein Hunds- oder ein Affenkopf!«

»Im Kult der Isis?« fragte Carow zweifelnd. »Ich habe dergleichen in ihrem Tempel nicht gesehen.«
»Was wissen Sie, was im Dunkel all dieser Tempel vor sich geht! Schändliches! Wie in den Tempeln der Juden und Christen. Da waren Sie aber doch wohl nicht?«
Carow hätte das gerne geleugnet, um ihn nicht noch mehr aufzubringen; aber dann blieb er doch bei der Wahrheit und gab es zu.
Inuus spuckte dreimal heftig aus.
Carow schwieg. Nach einer Weile fragte Inuus:
»Gibt es in Germanien auch Tempel der Juden oder der Christen?«
»Ja.«
»Ach! Noch in Ihrer Zeit! Erstaunlich! Aber sicher nur wenige. Sie selbst sind doch hoffentlich weder Jude noch Christ?«
»Ich gehöre in Germanien der christlichen Gemeinde meiner Stadt an.«
Inuus spitzte schon den Mund, um zu spucken; doch im letzten Augenblick bezähmte er sich. Er nahm eine neue Zigarette aus der Packung, und Carow beeilte sich, sie ihm mit dem Feuerzeug anzustecken. Inuus' Miene war noch immer streng.
»Ist es richtig, daß die Christen ihrem Gott Kinder opfern? Sagen Sie die Wahrheit!«
»Das ist nicht richtig.«
»Gut, vielleicht tun sie es in Ihrer Gemeinde in Germanien nicht oder nicht mehr; aber daß die Christen in Rom es tun, weiß ich aus ganz sicherer Quelle.«
»Es ist Unsinn. Ich habe an einem ihrer Gottesdienste teilgenommen – nicht in einem prächtigen Tempel, sondern in einem schlichten, kleinen Versammlungsraum, gegen den Ihr Tempel hier großartig ist.«
»Anders hätte ich die Christen auch gar nicht eingeschätzt. Pah! Stimmt es, daß sie nicht einmal ein Standbild ihres Gottes besitzen und es anbeten?«
»Das ist richtig. An der Wand hing nur ein Kreuz aus Holz, weil Jesus Christus, zu dem die Christen beten, gekreuzigt worden ist.«
»Ich habe davon gehört, wie ein Verbrecher. Wenn keine Kinder geopfert wurden, was hat man ihm dann geopfert?«

»Nichts.«
»Nichts?«
»Nein, sie haben nur gemeinsam gebetet und fromme Lieder gesungen. Und schließlich hat einer, den sie Diakon nennen, aus ihrer Heiligen Schrift vorgelesen; und darüber haben sie dann gesprochen.«
»Hat denn ihr Gott Jesus keine Nase?«
»Wie bitte?«
»Ich frage: Hat er keine Nase? Erfreut er sich nicht am Duft eines Opferbratens, sagen wir eines Hammels oder meinetwegen auch eines Kalbs oder Stiers? Macht man ihm nicht irgendeine kleine Freude? Singen, beten – genügt das, um ihn zu erfreuen? Ist das alles? Ich glaube es einfach nicht.«
»Es war auch nicht alles. Bei der Auslegung des vorgelesenen Textes erhob sich bei ihnen bald Streit über ein Wort, und die Gemeinde spaltete sich in zwei Lager, die sich aufs heftigste beschimpften.«
»Gut, gut! Sind sie sich auch an die Gurgel gefahren? Das wird ihren Gott Jesus erfreut haben. Gab es Verletzte und Tote?«
»Das weiß ich nicht; vielleicht, als wir nicht mehr da waren. Mein Begleiter und ich haben uns schnell aus dem Staub gemacht, als sie auch uns in den Streit hineinziehen wollten.«
»Ist ein solcher Streit fester Bestandteil der Liturgie?«
»Ich glaube nicht; ihr Zorn auf einander war zu spontan.«
»Worum ging es denn?«
»Um die Bedeutung eines einzigen Wortes in ihrer Heiligen Schrift. Aber weder verstand mein Begleiter, ein gebildeter Bibliothekssklave, noch ich, worum sie sich stritten. Uns erschien es wie Haarspalterei; sie aber stritten mit einer Erbitterung, als hinge an dieser Frage ihre ewige Seligkeit.«
»Merkwürdig, merkwürdig!
Sie brauchen die folgende Frage nicht zu beantworten, wenn Sie sich genieren: Aber ist es richtig, daß sich die Männer, bevor sie in die Gemeinde aufgenommen werden, beschneiden lassen müssen?«
»Das ist nicht richtig.«
»Ich habe es aber aus ganz vertrauenswürdiger Quelle.«
»Für die jüdische Gemeinde in Rom trifft es zu, aber nicht für die Christen.«

Inuus zog die Brauen hoch. Er zweifelte, sagte aber nichts, sondern sah dem Rauch seiner Zigarette nach.
Carow sagte: »Ich sehe, Sie glauben mir nicht. Es wäre mir ein leichtes, Ihren Zweifel zu beheben. Aber Sie werden doch wohl nicht darauf bestehen.«
»Nein, nein!« antwortete Inuus, »Ich glaube Ihnen auch so, wenn Sie es mir versichern.«
Am Abend brachte Carow ein Gasfeuerzeug und legte es in der Cella der Statue des Inuus zu Füßen. Er trat ein paar Schritte zurück, berührte den Mund mit den Fingerspitzen beider Hände und warf ihm mit der Geste, die er Serena abgesehen hatte und die einer Kußhand ähnlich sah, Dankesworte für die gastliche Aufnahme in dem Tempel zu.
Als er wieder hinausging, saß der Gott schon auf dem gewohnten Platz. Er sah sich nach Carow um und lud ihn ein, vor der anderen Säule Platz zu nehmen.
»Rauchen wir noch eine Zigarette miteinander?« fragte er. »Ihre Freundin wird ja heute nicht kommen.«
»So ist es. Sie hat Große Wäsche und kann die Sklavinnen nicht unbeaufsichtigt lassen.«
Inuus nahm eine Zigarette in den Mund und holte, während sie ihm schräg im Mundwinkel hing, aus dem Bausch seines Gewandes das Feuerzeug, das Carus doch eben erst vor seinem Standbild in der Cella niedergelegt hatte: eins dieser kleinen Mirakel, die er nicht einmal für erwähnenswert hielt. Er zündete sich lässig, als habe er das schon tausendmal getan, die Zigarette mit dem Feuerzeug an.
»Serena wird morgen kommen, wenn Sie uns wieder Gastrecht in diesem Tempel gewähren«, sagte Carow.
»Sie sind immer willkommen; das wissen Sie doch. Aber nutzen Sie die Zeit, solange der Tempel noch steht!«
»Er steht doch sicher schon fünfhundert Jahre oder länger«, sagte Carus.
»Fast tausend!«
»Nun also, fast tausend, und wenn das Dach auch in miserablem Zustand ist, so ist das Gemäuer aus diesen zyklopischen Felsblöcken doch unzerstörbar.«
»Das sollte man annehmen; doch mit Spitzhacke und Brecheisen wird man selbst diese Zyklopen-Mauern kleinkriegen.«

»Aber warum will man das denn? Haben die Menschen keine Scheu?«
»Sie haben weder Scheu noch Scham. Sie wollen den Tempel abreißen, weil der Kaiser hier durchreist und weil sie ihm einen Altar weihen wollen. Sie waren heute vormittag hier und haben sich das Gelände angesehen.«
»Wer?«
»Einer der beiden Duumvirn. Iulius Longus.«
»Das wundert mich gar nicht. Den kenne ich. Können Sie nicht, wenn er seine Knechte hierher schickt, um das Zerstörungswerk zu beginnen, mit dem Blitz dreinfahren?«
»Ich? Leider nicht. Für Blitze ist Zeus zuständig, er allein. Aber er ist heutzutage unnahbar, ganz anders als früher.
Lieber Freund, Sie können sich gar nicht vorstellen, wie diese Großgötter auf uns herabblicken, obwohl sie doch angesichts der Invasion der Fremdgötter allen Anlaß hätten, sich unseres Beistands zu versichern. Wenn wir uns im Frühling und Herbst zum Rat auf dem Olymp versammeln, stehen sie in all ihrem Glanz beisammen, und ihre hohe Rede klingt wie Glockenspiel oder, wenn Zeus spricht, wie Donnergrollen. Wir geringen Götter aber stehen in unseren Gewändern aus rauhem Loden oder Leinen abseits und wagen nicht, den Mund aufzutun.
Wenn wir dennoch im Rat der Götter einmal ein Wort sagten, würden sie den Kopf wenden, zu uns herabblicken, aber durch uns hindurchsehen, als seien wir gar nicht vorhanden oder als habe eine Krähe in den Wolken des Olymps gekrächzt. Höchstens stoßen die Göttinnen sich mit dem Ellbogen an und lachen über unseren italischen Akzent. Es ist demütigend.«
Er war ein trauriger, einsamer und geringer Gott. Carow war der einzige, mit dem er noch Zwiesprache halten konnte, ein aus der Zukunft Zugereister, ein Germane, noch dazu ein Christ. Ganz in Gedanken spuckte Inuus aus.
»Von Gleichheit der Götter und Demokratie im Olymp kann dann wohl nicht die Rede sein?« sagte Carow.
»Nein«, antwortete Inuus lachend, »die gibt es bei uns nicht, und die wollen wir bei uns auch gar nicht einführen. Ich beklage mich auch nicht über das System, sondern nur über die Arroganz der Großgötter. Früher war das anders.«
Er sah dem Rauch der Zigarette nach und dachte an früher.

»*Ganz* anders war es früher. Da kam Jupiter nicht selten in meine Berge und Wälder, wenn er von dieser oder jenen schönen Nymphe gehört hatte. Und wenn er im Olymp weilte und ich ihm gelegentlich einen Fingerzeig gab, war er wie der Wind hier, meist nicht erkennbar und oft in seltsamer Gestalt. Wir haben damals gemeinsam so manche Sause gemacht. Die schönsten und wildesten sind Junos Augen entgangen; aber die Nymphen, die Mädchen und Frauen in den Gehöften und Dörfern, spürten uns schon von weitem, wenn wir nahten, und gerieten in heiße Erregung.«
Er seufzte.
»Wenn Sie so viel gemeinsam erlebt haben«, sagte Carow, »sollte man doch annehmen, daß der Herrscher des Olymps selbst die Aigis schüttelt und die Leute, die Ihren Tempel zerstören wollen, mit seinen Blitzen zerschmettert.«
»Ach, damit kann ich nicht rechnen. Gewiß, wenn er im Rate der Götter an mir vorbeigeht und Juno ist nicht in der Nähe, zwinkert er mir manchmal zu. Die alten Erinnerungen sind nicht tot; aber es hat eben doch vor alter Zeit herbe Worte gesetzt, weil seine Gemahlin sich eingeredet hatte und überall verbreitete, ich übe einen schlechten Einfluß auf ihn aus. Dabei habe ich manches, was sie nicht billigen würde, erst von ihm gelernt! Na gut! Er will seinen Frieden im Hause haben.«
»Er ist vielleicht alt geworden.«
»Nein, wir werden ja nicht alt; aber er unternimmt nichts mehr, ist müde geworden, läßt alles laufen. In der letzten Ratsversammlung war sein Chiton ganz voller Flecken; Flecken von Nektar, die doch so schwer rausgehen. Stellen Sie sich das vor! Zeus! Ich war erschüttert. Er läßt sich gehen. Warum will das Malefizding eigentlich nicht brennen?«
»Im Wind können Sie es nicht anzünden; Sie müssen die Hand davor halten. So – sehen Sie, nun brennt es. Ich wiederhole aber meine Warnung. Sie rauchen jetzt schon die dritte Zigarette.«
»Sie auch.«
»Bei mir ist das etwas ganz anderes. Ich habe schon als Kind zu rauchen angefangen. Mit zwei Jahren.«
»Nicht möglich!«
»Doch, Kinderzigaretten natürlich. Sie sind dünner als diese hier und nicht so schwer. Ich bin gegen die Gifte der Zigaretten

gefeit, Sie jedoch nicht. Wenn Sie weiter so viel rauchen wie jetzt, bekommen sie eine *gueule de bois*, wie die Gallier sagen, das heißt eine Holzschnauze.«

»Wirklich?« Der Gott war sichtlich besorgt.

»Sie werden es sehen.«

Inuus, der Gott, schwankte, ob er noch einen Zug rauchen oder ob er die Zigarette ausdrücken und wegstecken sollte, aber dann rauchte er weiter. Er ließ es darauf ankommen.

»Wie wird es ausgehen?« fragte Carow.

»Was?«

»Iulius Longus' Plan, diesen Tempel abzureißen und an seiner Stelle einen Altar für den Kaiser zu errichten.«

Inuus zuckte die Achseln und schnippte mit dem kleinen Finger die Asche von der Zigarette.

»Ich habe doch von Serena gehört, Sie könnten in die Zukunft sehen«, sagte Carow.

»Sie hat Ihnen nur die Hälfte gesagt: Ich kann sowohl in die Zukunft wie in die Vergangenheit sehen.«

Sein Gesicht wuchs auf einmal und war größer als die Pinien, die gegen den Abendhimmel standen. Carow wäre es lieber gewesen, er hätte gar nicht gefragt.

»Ich kann mich so stellen, daß die Zeit quer vor mir liegt.«

»Von Ewigkeit zu Ewigkeit?«

»Nun, nicht gerade so lange, aber doch ein paar Jahrhunderte in dieser und jener Richtung.«

Er lehnte sich wieder an die Säule, inhalierte einen langen Zug und sah aus wie vorher.

»Sie müßten dann doch auch erkennen können, ob Ihr Tempel erhalten bleibt oder nicht.«

»Leider nicht. Können Sie im Spiegel Ihren Hinterkopf sehen? Die Zeit liebt es nicht, sich ganz zu entblößen. Alles, was mich und meinen Tempel betrifft, liegt im blinden Fleck meines Auges. Außerdem sind manche Zeiten in der Zukunft merkwürdig verschwommen und von Dunst bedeckt, als habe die Zeit sich noch nicht entschieden, was dort geschehen soll.«

»Können Sie mein Schicksal erkennen?«

»Natürlich.«

»Wollen Sie mir darüber nicht Auskunft geben?«

»Warum? Ich sehe dafür keine Notwendigkeit.«

Weiß jemand, was vor der Zeit war?

Carows Korbsessel knarrte und wankte unter dem Gewicht des Pholarchen, obwohl er sich vorsichtig in ihm niederließ. Carow hatte in der Dämmerung am Fenster gesessen und auf die Stadt hinausgesehen, als der Pholarch unangemeldet hereinkam und sich setzte.

»Mir ist bänglich zumute, und in meinem Haus ist es mir nicht gemütlich. Ich habe niemand mehr, mit dem ich sprechen kann. Die Duumvirn melden mir, der Kaiser habe seinen Besuch endgültig auf Anfang September festgesetzt. Was machen wir nun? Die Pholé hat beschlossen, ihn nicht aufzunehmen; aber nun sind alle abgereist, und ich muß den Beschluß ganz allein vor dem Kaiser vertreten.«

»Ich kann Ihnen nichts anbieten, höchstens ein Glas Wein. Ich werde den Sklaven rufen.«

Phokas winkte ab.

»Ich bin krank und hinfällig. Ich wiege zuviel. Ich kann mich ja kaum noch bewegen; dabei esse ich wie ein Vogel. Nach den Berechnungen meines Vorgängers werden wir die kritische Zeit überstehen; aber das Fatale an seinen Voraussagen ist, daß die Ereignisse sich manchmal nicht an die von ihm vorausberechnete Bahn halten, sondern abweichen.«

»Sie meinen, er hat sich geirrt?«

»So könnte man, wenn man unfreundlich ist, auch sagen.«

»Meinen Sie denselben Pholarchen, der auch das Ende der irdischen Zeit im dreißigsten Jahrhundert nach der Gründung Roms vorausgesagt hat?«

»*Vor* dem dreißigsten Jahrhundert. Ja, es ist derselbe, der XIX. Pholarch.«

»Dann hätte ich ja noch Hoffnung.«

»Sie haben also Ihren Gedanken nicht aufgegeben? *Können* Sie eigentlich ohne Ihre Rechenmaschine auskommen? Dauert es nicht viel zu lange, das alles im Kopf auszurechnen?«

»Iulius rechnet fast so schnell wie eine Maschine. Außerdem hat er mir meine Heidelberger Unterlagen gebracht, und die werden uns helfen.«

»Bitte halten Sie mich immer auf dem laufenden, und nehmen Sie sich Zeit! Nehmen Sie sich viel Zeit!«

»Ja? Wünschen Sie, daß wir länger hierbleiben?« fragte Carow, aber Phokas fuhr fort: »Ich muß Ihnen ein Geständnis machen: Pelops und Pittakos hatten Sie schon am ersten Tag nach Ihrer Ankunft auf der Agorá gesehen, als Sie ins Rathaus gingen; aber wir haben nicht gleich Verbindung zu Ihnen aufgenommen, weil wir uns erst klar werden wollten, wes Geistes Kind Sie sind. Oder ob Sie womöglich ein göttlicher Mensch, uns von den Göttern gesandt, seien. Sie haben deshalb einige unangenehme Tage in dem Kerker verbringen müssen. Das tut uns leid. Die Magistrate versicherten uns jedoch, daß Ihnen nichts Ernstes zustoßen werde.«
»Sehr gemütlich war die Zeit in dem dunklen Verlies in der Tat nicht«, sagte Carow.
»Ich sehe, daß Sie von meiner Eröffnung nicht begeistert sind, und ich verstehe das. Aber wenn wir den Eindruck gewonnen hätten, daß Sie eine Gefahr für die Zeit seien, hätten wir uns für Sie keinen besseren ständigen Aufenthalt denken können als den Kerker unter dem Rathaus.«
»Na, ich danke!« sagte Carow.
»Wir waren besorgt, als Sie uns danach für kurze Zeit verlorengingen, haben Sie aber glücklicherweise bald bei Rufus auf dem Lande wiedergefunden. Vielleicht haben Sie unseren wachsamen Blick auch manchmal verspürt.«
»Ich verstehe das alles nicht«, sagte Carow. »Was für einen Verdacht hatten Sie denn? Glaubten Sie, ich sei ein Hochstapler?«
»Um einen Schwindler oder entlaufenen Sklaven hätten wir uns gar nicht gekümmert. Ihre unkonventionelle Ankunft auf den Stufen des alten Tempels aber, die Gerüchte, daß Sie goldene Zähne haben und Blitze schleudern könnten, deuteten auf göttliche Sendung. Wir standen vor einem Rätsel, neigten aber im Laufe der Zeit immer mehr zu der Auffassung, daß Sie der von uns erwartete Mensch seien, der aus einer fernen Zeit zu uns gekommen war.
Unsere Sorge war nun, daß die Kenntnis, wie man sich in andere Zeiten versetzt, durch Sie publik werden könnte. Ich habe mich deshalb gefreut zu hören, daß Sie und Iulius darüber selbst den Mitgliedern der Pholé keine Auskunft gaben.
Denn wenn jedermann darüber Bescheid weiß, würde die Welt,

nach Zeit und Zahl geordnet, in brodelndes Chaos verwandelt und untergehen. Selbst wenn alle Vulkane der Welt zur gleichen Zeit ausbrächen und den Erdkreis vernichteten, würde doch wenigstens die Zeit unversehrt bleiben, und das Voreinander und Nacheinander im Ablauf von Ereignissen würde nicht in Unordnung geraten.«

»Dieser Gefahr bin ich mir durchaus bewußt.«

»Verzeihung! Natürlich! Ich hätte Ihnen diese Predigt ersparen können.«

»Sie war in der Tat unnötig«, erwiderte Carow, nicht gerade liebenswürdig. »Ich frage mich jedoch, wieso Sie sich als Sachwalter der Zeit fühlen können. Haben Sie einen Auftrag?«

»Einen Auftrag! Vielleicht gar einen schriftlichen? Nein, den haben wir nicht, denn die Zeit wird ohne Zweifel mit Entwicklungen, die sie gefährden können, selbst fertig, aber gelegentlich, wenn wir sehen, daß man ihr ans Leder will, greifen wir ein, obwohl sie sich auch selbst helfen könnte. Wir tun es, wenn sie so wollen, aus Frömmigkeit.«

»Ich bin überrascht, daß Sie von der Zeit wie von einer Person sprechen, die Einsicht und Willen besitzt.«

»Hier rühren Sie wieder an die Fragen, auf die wir von Ihnen eine Antwort erwartet hatten. Leider vergeblich, wie wir jetzt sehen.

An eine Person, die den Menschen gleich oder auch nur ähnlich ist, denken wir nicht. Aber«, fuhr der Pholarch lächelnd fort, »Einsicht und Willen hat sie sicherlich. Daran ist nicht zu zweifeln. Sie haben, wie ich höre, mit Africanus vor seiner Abreise gesprochen.«

»Er stellte mir Fragen nach meiner Uhr.«

»Ich weiß. Er verbohrt sich in solche Probleme, und sie treiben ihn zur Verzweiflung, wenn er sie nicht lösen kann. Er kam damit auch zu mir und bat mich, ihm zu helfen. Er sagte: Wir können die vergangene Zeit nicht messen, weil sie nicht mehr existiert; wir können die künftige Zeit nicht messen, weil sie noch nicht existiert; wir können die Gegenwart nicht messen, weil sie keine Ausdehnung hat; und wir können die vorüberfließende Zeit nicht messen, weil man nur messen kann, was gleichmäßig fließt und Anfang und Ende hat. Und dennoch hat Carus eine Uhr und mißt damit etwas. Was ist es, das er mißt?

Die Zeit? Aber man kann sie weder sehen, noch hören, noch fühlen, noch riechen, noch schmecken. Und auch mit meinem Verstand kann ich mir keine Vorstellung von der Zeit bilden. Was ist es also, das Carus mißt? Ich habe den Eindruck, sagte Africanus, er mißt nur die Bewegungen seiner Uhr.«

»Das hat er mir auch vorgetragen«, warf Carus lachend ein.

»Ich habe ihm widersprochen«, fuhr der Pholarch fort, »denn die Vergangenheit existiert durchaus. Sie ist, soweit ich sie erlebt habe, in meinem Gedächtnis gegenwärtig. Und auch die Zukunft ist nicht nicht-existent, sondern sie existiert; denn wie könnten die Seher Ereignisse der Zukunft voraussagen, wenn sie sie nicht in ihrem Geiste deutlich vor Augen haben?«

»Hm!« sagte Carow, an dem Argument zweifelnd, aber Phokas fuhr fort:

»Mir scheint daher, daß die Zeit eine Ausdehnung hat; aber *was* ausgedehnt ist, das weiß ich nicht. Es sollte mich nicht wundern, wenn es die Ausdehnung des Geistes selbst wäre.

Damit meine ich aber nicht, wie Ihr Philosoph, der Regiomontanus Cantius, daß die Zeit nichts weiter als eine Anschauungsform unseres Denkens sei. Aber vielleicht ist sie das Denken, der Gedanke eines ganz anderen, den ich nicht nennen will. Was meinen Sie dazu?

Schade, daß Sie davon in Ihren Vorträgen nicht gesprochen haben. Vieles war zwar hochinteressant und neu, aber im Hinblick auf die Fragen, die *uns* in der Pholé beschäftigen, auch wieder belanglos.«

»So?« sagte Carow mit spöttischem Ton. »Welche Fragen halten Sie denn für belangvoller?«

»Die Frage, was die Zeit ist, zum Beispiel. Ferner unterstellten Sie in Ihrem Vortrag als ganz selbstverständlich, daß die Zeit von Anfang an gleichmäßig und so floß wie heute, haben das aber nicht bewiesen. Von Anfang an? Gibt es überhaupt einen Anfang und ein Ende der Zeit?

Sie sprachen von einem ›Urknall‹. Warum gab es *notwendigerweise* einen Urknall? Es kann doch kein Unfall gewesen sein. War das der Anfang des Seins? Was war davor? Doch nicht etwa Nichts, ›denn welche Notwendigkeit‹ sagte Parmenides, ›hätte das Seiende auch veranlaßt, später oder früher aus dem Nichts zu entstehen?‹

Und die Zeit? Wurde sie zugleich mit unserer Welt geschaffen, oder war vorher nur Nicht-Zeit? Oder etwas anderes?«
»Sie konfrontieren mich mit Fragen der Metaphysik, von denen ich überhaupt nichts verstehe«, antwortete Carow.
»So?« fragte der Pholarch. »Aber ich habe immer noch Ihre Worte aus unserem ersten Gespräch im Ohr, als Sie selbst solche überraschenden, fast absurden Spekulationen anstellten.«
Carow wand sich.
»Ich kann es nicht ganz leugnen«, antwortete er schließlich, »aber ich habe aus Verzweiflung gefragt und in der Hoffnung, Sie hätten darüber vielleicht wissenschaftlich haltbare, logisch festgefügte und gesicherte Erkenntnisse.«
»Damit können wir Ihnen leider nicht dienen«, sagte Phokas, »auch wir haben nur Fragen, aber keine Antworten.«
»Dennoch verkündeten Sie eben, als sei es ganz gewiß, ›vor der Zeit‹ sei doch wohl nicht Nichts gewesen. Was also soll gewesen sein?«
Der Pholarch sah in die Ferne.
»Wenn ich vermuten darf«, sagte er, »würde ich antworten: das Eine.«
»Das Eine? Was ist das? Sie *vermuten*, es sei ›das Eine‹? Vermuten? Dürfen wir Wissenschaftler denn Fragen stellen, auf die wir eine Antwort, eine logisch vertretbare Antwort überhaupt nicht erwarten können? Wo man uns allenfalls vermuten läßt? Zur Zeit des Parmenides lebte im Lande der Serer ein Philosoph, der lehrte: Wissen, was man weiß und wissen, was man nicht weiß – das erst ist Wissen.«
»Ein schönes Wort«, gab der Pholarch zu, »für einen Barbaren, der vor dem Beginn der Wissenschaft lebte und noch daran glauben durfte, daß es zwingende Wahrheiten über den Ursprung der Welt und der Zeit gibt, an denen logische Zweifel nicht möglich sind!
Doch was meinen Sie und was meint Ihr Philosoph aus dem Lande der Serer mit ›Wissen‹? Bis zu Ihrem Vortrag war ich der Ansicht, daß Euklids geometrische Grundsätze unbestreitbar und logisch zwingend sind. Jetzt höre ich von Ihnen, daß sie nur in einem eng begrenzten Rahmen gelten. Bisher war ich der Ansicht gewesen, daß $1 + 1 = 2$ ist. Habe ich Sie in Ihrem Vortrag richtig verstanden, daß das nicht immer und unter allen

Umständen zutrifft, und daß selbst das Kausalprinzip bei Ihnen in gewissen Fällen nicht unumstritten ist?«

»So ist es«, antwortete Carow.

»Nun also! Wie gesichert sind denn die Axiome, auf denen Ihre Logik ruht! Bleiben Sie mir mit ihr vom Leibe! Sie hat selbst große Philosophen nur zum Hochmut verleitet, wenn sie glaubten und behaupteten, einzig mit ihrer Logik das Sein erkennen zu können, und die dem staunenden Publikum die Lösungen der Welträtsel vorlegten, – bis der nächste kam, der mit derselben Logik und derselben Anmaßung ganz andere Lösungen vorlegte.

Darum hat ja auch Parmenides' Schüler und Nachfolger Zeno die Logik *ad absurdum* geführt, als er ihnen mit strenger Logik bewies, daß es überhaupt keine Bewegung geben könne und daß ein fliegender Pfeil in Wirklichkeit ruhe.«

»Aber auf welche Weise gewann Parmenides denn Einsichten in die Welt. Doch hoffentlich nicht durch Offenbarung.«

»Doch!«

»Nein!« rief Carow entsetzt.

»Natürlich nicht in der Offenbarung von Wundern, sondern indem eine Göttin ihn die Wahrheit schauen ließ: Er gewann die Erkenntnis in der Schau des Evidenten: ›Sein *ist*, und Nicht-Sein ist *nicht*‹ – das ist ganz offensichtlich wahr, evident also, logisch nicht ableitbar und nicht zu bestreiten.«

»Man hat es, soviel ich weiß, dennoch bestritten und gefragt, was eigentlich mit dem vieldeutigen Wort ›Sein‹ gemeint ist? Waren nicht auch Platon und Aristoteles der Ansicht, so einfach und kategorisch wie Parmenides könne man über Sein und Nicht-Sein nicht sprechen?«

»Gewiß, die gewaltigen Quader des Parmenides lagen ihnen im Weg; aber sie haben es nicht geschafft, sie überhaupt nur zu bewegen. Nur einer hat erkannt, wo diese Fundamente schwach sind und verstärkt werden müssen, um ein Bild des Weltgebäudes tragen zu können: Parmenides selbst.«

»Man kann jedoch den Vorwurf erheben«, fuhr Carow fort, »und hat es ja auch getan, daß seine Behauptung über das Sein nichts weiter ist als ein banaler Zirkelschluß.«

»Ein Zirkelschluß gewiß, das ist nicht zu leugnen; doch das ist kein Einwand gegen seine Wahrheit. Banal aber ist er mitnich-

ten. In der Erkenntnis des Seins werden wir uns letzten Endes immer auf Zirkelschlüsse stützen müssen«, sagte der Pholarch, »weil unser Verstand hier an seine Grenzen stößt und auf sich selbst zurückgeworfen wird, da er sich nicht hinaus in eine andere Dimension des Denkens erheben kann.«
»Vorhin stellten Sie eine Frage und waren sich dennoch bewußt, wie ich merkte, daß sie eigentlich nicht statthaft ist, die Frage nämlich, was ›vor der Zeit‹ war. Warum stellen Sie sie trotzdem?«
Der Pholarch lachte. »Weil sie Schwindel verursacht.
Der Frage, was der Schöpfer vor der Erschaffung der Welt getan hat, hatte neulich unser Marcus Cellius Africanus ihre Schärfe nehmen wollen, indem er antwortete, der große Demiurg habe in dieser Zeit Ruten für die Leute geschnitzt, die solche dummen Fragen stellten. Denn Worte wie *vor* oder *damals* enthalten ja bereits eine zeitliche Bestimmung und können daher für Nicht-Zeit nicht angewandt werden. Doch man kann auch anders und, ohne seinen Witz zu üben, darauf antworten.«
»Sogar ich könnte Ihnen eine Antwort auf die Frage geben, was ›vor der Zeit‹ war«, sagte Carow.
»Ich bin neugierig.«
»Vor der Zeit war keine Bewegung, und ebenso wird nach der Zeit und überhaupt außerhalb der Zeit keine Bewegung sein. Wo immer Bewegung ist, da ist Zeit; wo keine Bewegung ist, da ist keine Zeit. Nur in der Bewegung ist Zeit möglich und zu erkennen.«
»Keine schlechte Antwort. Nun haben Sie mir gesagt, was vor der Zeit *nicht* war, nämlich keine Bewegung. Sie haben mir aber verschwiegen, was vor der Zeit *war*?«
»Wissen Sie es?«
»Parmenides hat unter dem Ölbaum im Kreis seiner Vertrauten darüber berichtet, denn er hat es in seiner zweiten Schau erblickt. Doch vielleicht kommen Sie auch von selbst darauf, wenn ich Sie auf den Weg setze. Sagen Sie mir: Wann oder unter welchen Bedingungen ist keine Bewegung möglich?«
»Zum Beispiel, wenn kein Raum existiert«, antwortete Carow.
»Gut, und unter welchen Umständen kann kein Raum existieren? Nun, Sie wissen es nicht? Es wird Ihnen evident sein, wenn

ich es Ihnen sage. Wir stellen uns das *so* vor: Wenn nur *Eins* ist, und wenn das Eine ungeteilt, ganz, einzig und zusammenhängend ist, dann trägt es den Raum in sich.«

»Kann denn aber das Eine *sein*?« fragte Carow. »Ist denn das Seiende nicht notwendigerweise vielfältig?«

»Sie haben nicht aufgepaßt«, sagte Phokas, »als ich bei der Geburtstagsfeier vor der Büste des Parmenides sein spätes Gedicht rezitierte, das er uns mündlich hinterlassen hat und das wir mündlich weiter überliefern.«

»Es war leider griechisch«, erwiderte Carow.

»Das Eine, sagte Parmenides in diesem Gedicht, ist weder Seiendes noch Nicht-Seiendes.«

»Keins von beiden? Nun, dann bin ich neugierig. Was ist es dann?«

»Es fällt Ihnen nicht ein?« fragte der Pholarch. »Dabei ist es so einfach: Es ist ein Gedanke.«

»Das Eine ist ein Gedanke, und das Sein ist dann also aus einer Idee entstanden?« fragte Carow.

»Nein!« rief der Pholarch plötzlich erregt. »Nein! Wie können Sie so etwas sagen! Kommen Sie mir nicht noch einmal mit den Ideen! Und werfen Sie uns nicht mit den Platonikern in einen Topf, weder den alten noch den neuen! Die Welt ist voll von ihren Irrlehren, und wir müssen ständig auf der Wacht sein, daß sie sich nicht in die Pholé einschleichen. Sprechen Sie nie wieder von Ideen!«

Er mußte erst einmal Atem holen; dann fuhr er ruhiger fort: »Es ist keine Idee, abgeschlossen und ewig in sich ruhend. Absurd! Es ist vielmehr der Gedanke, gerichtet auf etwas, ein Wille, der das Sein in Raum und Zeit erschuf, erschafft, erschaffen hat, durchdringt und erhält. Und wenn man ihm einen Namen geben will, muß man es bei dem Höchsten nennen.«

»Haben Sie für diese Ansicht Gründe und Beweise?«

»Ist, was ich sage, nicht evident? Wissen Sie eine andere Antwort?

Wir sprachen von der Zeit. Die Zeit nahm ihren Anfang, als das Eine sich spaltete und Zwei wurde und damit die Zahlen erschuf. Das Eine braucht, wie gesagt, keinen Raum. Zwei brauchen Raum. Sie brauchen Zwischenraum, weil sie sonst Eins wären. Die Teilung des Einen in Zwei schuf Raum und Bewegung; und Bewegung im Raum ist nur in der Zeit möglich. Das ist doch wohl evident. Sehen Sie!«

Bisher hatte der Pholarch zwar getragen und ernst, doch in Prosa gesprochen; jetzt erhob er seine Stimme, und er sprach, die Augen geschlossen, rhythmisch und in Versen: »Die Zahlen«, verkündete er, »sind eine Emanation der Eins, sie wuchsen aus dem Einen und werden am Ende der Zeit wieder in das Eine zusammenfallen.

Sie werden? Für den, der die Zeit geschaffen hat, sind sie schon längst zusammengefallen. Denn indem er die Zeit schuf, war sie bereits abgeschlossen. Sie ruht ja in der Ewigkeit, und für ihn wird, ist und war sie.

Die Erschaffung der Zeit, des Raumes und des Seins dauerte keine Zeit, sie fand außerhalb der Zeit statt. Denn brauchte der Schöpfer etwa Zeit, um die Zeit zu schaffen?

Die Zeit ruht in der Ewigkeit, und der Weltschöpfer steht quer zu ihr; er sieht alle Zeit gleichzeitig und in einem Blick. Denn die Ewigkeit, in der sich das Eine befindet, ist nicht nur Nicht-Zeit, sondern etwas ganz anderes; sie ist eine andere Dimension, aus der die Zeit wie eine Blume der Ewigkeit blüht.«

»Schön! Großartig!« sagte Carow und fragte sich, ob Applaus erwartet werde und angebracht sei. »Hochpoetisches Bild, wenn auch voller Lücken, die weitere Fragen aufwerfen, – wie die Rede des Africanus. Mathematisch ebenso unberechenbar, gänzlich unbeweisbar, und von Evidenz kann in dem, was Sie eben sangen, ja wohl nicht mehr die Rede sein; denn was Sie mit geschlossenen Augen vortrugen, war keine stringente Beweisführung, sondern, wie mir schien, nur ein raunender Mythos.«

»Nur?« fragte der Pholarch lächelnd. »Nur? Lieber Freund, wie anders wollen wir uns ein Bild von dem machen, was in anderen, unserem Verstand nicht verstehbaren Dimensionen geschieht, geschah, geschehen wird?«

»Sie geben es also auf, die Welt mit den Mitteln unseres Verstandes zu erkennen und zu deuten und reduzieren das Weltgeschehen in die Dimension des Mythos? Nun gut, in Ihrer Zeit ist das vielleicht noch möglich, in unserer nicht.

Doch erklären Sie mir in einer Weise, die auch mein unvollkommener Verstand erfassen kann: Warum entschloß sich der

Schöpfer der Welt, warum entschloß sich das Eine plötzlich, den Raum, die Zeit und die Zahlen in ihrer unendlichen Reihe zu schaffen?«

»O Care! Carissime!« rief der Pholarch und fuhr, wieder in Prosa, fort: »Wie können Sie so etwas fragen! ›Plötzlich‹, ein Wort, das eine zeitliche Bestimmung enthält, in der Ewigkeit? Das Eine kam doch nicht in einem bestimmten Augenblick der Ewigkeit ›plötzlich‹ auf diesen Gedanken, denn es gab und gibt in der Ewigkeit gar keinen Augenblick.

Der Gedanke, aus Eins die Zahlen, das Sein und die Zeit zu schaffen, war von Ewigkeit an. Dieser Gedanke, würde Africanus sagen, gehört zur Substanz des Einen. Man könnte auch sagen: Das Eine ist dieser Gedanke, dieser Wille.

Ein Gedanke, ein Wille, aber keine *Idee*! Ich warne Sie! Ich würde es, ohne zu zögern, einen *göttlichen* Willen nennen, wenn dadurch nicht die Gefahr entstünde, daß man an Götter denkt, wie sie im Olymp, in ihren Tempeln, auf den Bergen und sonst in der Welt ihr Wesen oder Unwesen treiben. Die sind für den Menschen da, damit er nicht allein ist und damit er zu jemand beten kann.«

Von der Wolke der Schwermut

Er saß an dem Steintisch unter dem Olivenbaum, und unter ihm lag, weiß und in der Mittagssonne gleißend, die Stadt Velia.

Hier oben im Schatten des alten Ölbaums war die Hitze erträglich. Er hörte die Glocken der Heilig-Geist-Kirche. Unten am Neckarufer ging eine Gruppe japanischer Touristen zur Alten Brücke. Sie folgten einer Fremdenführerin, die einen Wimpel trug, ab und zu stehenblieb, auf die Stadt am gegenüberliegenden Ufer deutete und in zwitschernden Falsett-Tönen etwas erklärte.

Auf dem Neckar ruderten Leute in Leihbooten. Leichter Dunst lag über den dunklen Schieferdächern der Altstadt und verwischte die Konturen des Schlosses, das stumpfrosa gegen das Grün des Berges stand.

Carow beschloß, die Arbeit auf dem Schreibtisch liegen zu lassen und mit dem Wagen zum Königstuhl hinaufzufahren. Jule würde sicher noch oben sein, und man könnte dort im Wald etwas spazierengehen und gewagt über die nächsten Schritte träumen, wenn Jule frei war und sich nicht wieder verabredet hatte. Es war schwer zu behalten, wer in dem schnellen Wechsel seiner Freundinnen gerade jetzt auf dem Rücksitz seiner neuen Harley-Davidson sitzen durfte.
Carow ging die Treppe hinunter und den steilen Weg vom Haus hinab zum Neckarufer. Da sah er, noch weit hinten über dem Meer, eine dunkle Wolke. Es war keine gewöhnliche Wolke, keine Regenwolke. Man konnte hindurchsehen wie durch schwarzen Rauch. Doch er erkannte gleich, daß es eine nichtmaterielle Wolke war, ein Nebel der Dunkelheit und des Weniger-Licht.
Er wußte auch, daß sie für ihn und nur für ihn da war und daß nur er sie sehen konnte. Sie zog über die Akropolis, berührte fast das hellrosa Dach des Athena-Tempels und senkte sich, als sie über dem Olivengarten war, auf ihn herab und hüllte alles in Dämmerlicht.
Es war eine Wolke der Schwermut.
Ein leichter Wind wehte vom Meer her und zog wie ein Kamm über das mattgrün und mattsilbern schimmernde Laub der Ölbäume, das sich in Wellen hob und senkte. Man wurde nicht müde zu sehen, wie die Wellen durch das Silberlaub den Hügel hinaufzogen. Man konnte es immerzu ansehen, weil es eine Schönheit aus uralter Zeit war. Sie machte Carow traurig, ohne ersichtlichen Grund.
Er stand von seinem Tisch auf und ging den Gartenweg hinab über Wurzeln, die quer unter dem Pfad hindurchgewachsen waren und dort Wülste gebildet hatten. Auf der Agorá standen die Männer in Gruppen, unterhielten sich laut, lachten oder stritten. Es war ein Lärm, daß man glauben konnte, ein Aufruhr bereite sich vor, und doch war es nur die übliche freundliche Unterhaltung der Männer am Nachmittag, während die Sklaven und Frauen ihre Arbeiten verrichteten.
Die Sklaven trugen auf ihren Schultern Getreidesäcke zu den Mühlsteinen im Mühlhof; die Frauen holten Wasser vom Brunnen, bliesen das Holzkohlenfeuer im Herd an, oder sie kamen

mit ihren Handkörben vom Einkauf zurück. Sie alle sahen ihn nicht und gingen ihm nicht aus dem Weg. Zwei Fischersfrauen, die zwischen sich einen Wasserbottich mit lebenden Fischen und Krabben schleppten, liefen mit ihrem Zuber geradewegs durch ihn durch. Sie sprachen laut miteinander und machten in ihrer Unterhaltung nicht einmal eine Pause: sie hatten gar nichts bemerkt.

Eine Frau ging auf ihn zu, als sei er gar nicht da; aber ihr Kind zog sie im letzten Augenblick erschrocken beiseite; und ein Esel drückte sich, als Carow ihm in der engen Gasse entgegenkam, an eine Hauswand, daß einer der beiden Jaucheeimer, die er links und rechts trug, an einen Türpfosten stieß, überschwappte und die hochgegürtete Tunika und die Beine des Bauern übergoß – zum schreienden Vergnügen der beiden Jungen, die gegenüber in der offenen Tür ihres Hauses saßen. Der Esel ertrug die Schimpfworte und den Knüppel des Bauern mit Gleichmut und setzte seinen Weg fort, ohne den Schritt zu ändern.

Carow ging auf der Palinurischen Straße zum Südtor hinaus, aber die Wolke folgte ihm auch hier. Carow ging, aber ohne Schwere.

Die Werkstatt war eine große, strohgedeckte Hütte, in der die Fischer einst winters über ihre Netze aufgehängt hatten. Jule kniete am Boden, einen Haufen Lehm, Sand, Ziegel und einen Bottich mit Wasser neben sich, und baute einen Schmiedeherd mit Windkanal und Rauchfang.

Als Carow in der Tür stand und ihn begrüßte, fuhr er erschrokken zusammen und sah sich um, woher die Stimme kam. Er sprang auf, und da erst erkannte er Carow.

Jule war nackt bis auf den Schurz, den er nach römischer Art zwischen den Beinen durchgezogen und vor dem Leib verknotet hatte. Er wischte sich daran den Lehm von den Händen, trat nahe an Carow heran, faßte ihn beim Ellbogen und sah ihm prüfend ins Gesicht.

»Was ist?« fragte Carow.

»Eigentlich nichts. Ich hatte dich nur nicht kommen hören, und als du in der Tür standest, wurde es in der Werkstatt plötzlich dunkel.«

»Du bist allein?«

»Hesper und Myiagros sind heute nach Liternum gesegelt. Sie

holen da Glassand. Es geht alles so langsam. Wie die Römer bei *dem* Arbeitstempo ein Weltreich aufbauen konnten, verstehe ich nicht. Die Zahnräder für die große Uhr an der Basilika werden wir auch hier in der Werkstatt gießen lassen müssen, sonst werden sie nie fertig.
Der Kauf von Hesper war übrigens ein gutes Geschäft. Er versteht sogar etwas von Metallguß, Vollguß wie Hohlguß. Allerdings ist er schon ein bißchen alt.«
»Dafür ist Julia desto jünger«, ergänzte Carow und ging tiefer in die Werkstatt. »Aber das ist doch nicht möglich!« rief er. »Da steht ja ein Fahrrad!«
»Na und?«
»Davon hattest du mir noch nie erzählt.«
»Nein? Ach! Wir hätten überhaupt viel mehr mitbringen sollen. Gewicht und Umfang, das haben wir ja gesehen, sind kein Problem. So, ich mache jetzt Feierabend.«
Carow kam aus dem hinteren Teil der Werkstatt wieder nach vorn. Er setzte sich auf eine Sandkiste, während Jule sich in einer winzigen Tonschüssel Gesicht und Hände wusch.
Carow sagte: »Hast du auch manchmal das Gefühl, daß irgend etwas mit dieser Welt und Zeit nicht stimmt?«
»Wieso? Nicht stimmt?«
»Du hattest mich vorhin angesehen, als sei ich ein Geist.«
Jule trocknete sich die Hände an einem schmutzigen Handtuch ab und brauchte dazu lange Zeit.
»Du standest plötzlich in der Tür, und dadurch wurde es in der Werkstatt dunkel. Da hatte ich mich etwas erschrocken.«
»Und das war alles?«
»Ja«, antwortete Jule; aber es war nicht alles.
Als Carow im Türrahmen gestanden hatte, war Jule einen Augenblick im Zweifel gewesen, ob das wirklich Walter Carow, der Freund und Lehrer aus der alten Zeit, war oder ein undeutliches, mächtiges Standbild auf hohem Sockel, vor dem man erschrak. Doch davon wollte er nicht sprechen.
»Wir sind jetzt lange genug hier«, sagte Carow. »Ich möchte bald wieder zurück. Wir sollten daher mehr als bisher an der Berechnung unserer Rückkehrdaten arbeiten. Wenn wir uns darauf konzentrieren, könnten wir damit in einem Monat oder spätestens zwei fertig sein.«

»Warum hast du es auf einmal so eilig?« fragte Jule. »Doch hoffentlich nicht der Zigaretten wegen.«
»Weil es Zeit wird. Phokas verhandelt gerade wegen eines Parmenides-Manuskripts. Das und unsere Fotos aus Rom und Velia würden vollauf genügen, um unsere Theorie von der Reversibilität der Zeit konkret zu beweisen. Mehr wollten wir ja nicht.«
»Langsam!« sagte Jule. »Ich brauche noch Zeit für die technischen Vorbereitungen, um Manuskript und Filme hermetisch verschließen und in Glas einschmelzen zu können. Außerdem habe ich jetzt gerade mit dem Bau der Uhr für Marcus Pilonius angefangen, die ich ihm fest versprochen habe. Ich meine, wir sollten unsere Rückkehr nicht überstürzen.«
»Auch Julias wegen?« fragte Carow.
Jule ging auf die Frage nicht ein.
»Aus den Gründen, die ich eben genannt habe. Und nicht zuletzt auch des Kaisers wegen. Pelops und Pittakos sagen, er heißt Carus.«
»Ja, das hat mir der Pholarch auch endlich verraten. Alle Welt findet es komisch, daß wir denselben Namen haben; aber was ist daran so erheiternd? Es gibt doch viele Leute im Römischen Reich, die diesen Namen tragen. Oder führt man uns etwa auf den Leim? Hast du überhaupt je von einem Kaiser Carus gehört?«
»Nie, aber das will auch nicht viel besagen.«
»Aber Carus? Ausgerechnet Carus? Ich weiß nicht, ob hier alles mit rechten Dingen zugeht«, sagte Carow, »und ob die Zeit, in der wir beide jetzt sind, überhaupt jemals war, oder ob es nur eine Privat-Zeit ist, die wir uns errechnet haben und die nun um uns abläuft. Es erscheint mir alles sehr fragwürdig, ja nicht ungefährlich; und ich fürchte, daß wir uns, je länger wir hier bleiben, immer mehr in diese Zeit verstricken, am Ende nicht mehr daraus befreien können und daß wir ganz anders werden.«
»Ach komm! Das sind keine erlaubten Spekulationen mehr, das sind Träume.«
»Ja und?« fragte Carow. »Ist diese Zeit vielleicht auch nichts anderes als ein Traum?«
»Unsinn!« rief Jule ungeduldig. »Diese Zeit ist genau so wirklich wie unsere Zeit in Heidelberg. Nur du bist anders als früher und steigst gelegentlich aus der Wirklichkeit aus.«

»Das ist es eben! Das bemerke ich ja auch«, antwortete Carow. »Und das bedrückt mich. Ich nable mich von der alten Zeit und dem, was ich in ihr gewesen bin, ab. Ich verwandle mich, aber ich weiß nicht wohin, und das ist das Bedenkliche. Auf dem Weg hierher in deine Werkstatt habe ich das wieder gespürt. Ich möchte so bald wie möglich wieder zurück.«

»Hast du Angst?«

Carow sagte nichts, aber dann nickte er.

»Ruhe!« sagte Jule. »Nur ruhig und langsam! Du redest heute von Gefühlen, Empfindungen und Träumen, siehst überall Bedenkliches und Fragwürdiges; aber nichts von alledem ist faßbar. Und was du vorschlägst, sieht aus wie eine Flucht aus einer Zeit, über deren Wirklichkeit du dir noch gar nicht klargeworden bist. Was willst du nach der Rückkehr sagen? Daß du in einer Zeit gewesen bist, die manchmal den *Anschein* erweckte, die römische Antike zu sein? Aber daß du ernsthafte Zweifel an ihrer Realität hattest?«

Carow schwieg.

»Ich schlage vor«, fuhr Jule fort, »wir rechnen so weiter wie bisher, das heißt, wenn immer wir gerade Zeit haben; und über die Rückkehr reden wir nach dem Besuch des Kaisers Carus. Den sollten wir uns auf jeden Fall ansehen; den können wir uns nicht entgehen lassen. Der Kollege Faßbender würde das nie verstehen.«

Carow lachte.

»Faßbender? Du irrst. Er würde uns sogar gut verstehen; denn was nach Thukydides und dem Peloponnesischen Krieg in der Welt geschah, ist ihm völlig gleichgültig.«

Der Pholarch erklärt den Unterschied zwischen *alt* und *antik*

Der Pholarch richtete sich auf seinem Ruhebett auf und sah sich um, wo er die Zigarette schnell verstecken konnte. Neben dem Sofa stand ein Blumentopf, aus dem eine Efeupflanze aufstieg. Er lehnte sich vor, drückte die Zigarette in der Erde aus, stürzte einen leeren Becher darüber, wedelte mit beiden Händen, um den Rauch zu vertreiben und gab dem Sklaven ein Zeichen, Carow hier zu ihm auf die Terrasse zu führen. Dann lehnte er sich wieder zurück, nahm den kleinen Codex zur Hand, in dem er vorhin gelesen hatte, und lag löwenhaft da, Carow erwartend.

»O Care!« rief er, ließ sein Buch in den Schoß fallen und breitete die Arme aus. »Sie gestatten, daß ich liegen bleibe. Es fällt mir so schwer aufzustehen. Die Schmerzen in den Füßen! Setzen Sie sich oder legen Sie sich mir gegenüber!«

Carow setzte sich auf das rohrgeflochtene Sofa. Er roch die Zigarette, die unter dem Becher ganz infam qualmte.

»Man hat mir ein gutes Manuskript angeboten«, sagte Phokas.

Der Sklave, der im Hintergrund gestanden hatte, holte es von einem Wandtisch und gab Carow die längliche Holzbüchse. Carow zog die Kappe von einem Ende ab und nahm die Buchrolle heraus.

»Es ist das vollständige Gedicht des Parmenides; alles, was er veröffentlicht hat. Ein schmales Werk, im Vergleich etwa zu dem Platons oder gar dem des Aristoteles. Aber kann irgendeiner deshalb behaupten, es sei weniger gewichtig? Der Text der Buchrolle ist gut; man muß ihn natürlich noch mit unserem Urmanuskript kollationieren.«

»Es ist eine Papyrusrolle«, bemerkte Carow, »und hier am Rand schon brüchig und ausgefranst.«

»Es ist ja auch schon fast fünfhundert Jahre alt. Der Antiquar meint, es stamme aus der Zeit des Attaliden Eumenes II. und aus der alten Bibliothek von Pergamon. Sehen Sie den Blindprägestempel oben rechts am Anfang der Rolle? Wenn er echt ist, was unser Bibliothekar noch prüfen wird, bedeutet das: Hervorragende Provenienz. Das Manuskript ist deshalb auch nicht gerade billig.

Sehen Sie die Schrift! So schreibt heute niemand mehr. So kann heute keiner mehr schreiben.«

»Können Sie es lesen?«

»*Ich?* Ich habe damit Schwierigkeiten, aber unserem Bibliothekar macht das nicht die geringste Mühe. Wie schön die Schrift ist! Am liebsten würde ich die Rolle für mich selbst behalten.«

»Wieviel soll sie kosten?«

»Man hat sich noch nicht verbindlich zum Preis geäußert, und ich habe auch noch nicht auf einem präzisen Angebot bestanden, weil ich ja keinen Überblick über Ihre finanziellen Möglichkeiten habe.«

Carow holte aus seinem Zimmer die kleine abschließbare Kassette und bot Phokas eine Silberdrachme der Stadt Velia aus dem sechsten vorchristlichen Jahrhundert mit dem Kopf der Athena auf der Vorder- und einem springenden Löwen über dem alten Stadtnamen *Hyele* auf der Rückseite an.

Phokas besah sich die Münze kurz, dann legte er sie wieder in die Kassette zurück.

»Seltsam«, sagte er, »daß sie sich bis in Ihre Zeit erhalten hat. Sie gilt natürlich längst nicht mehr. Was haben Sie noch?«

Carow zeigte das Prachtstück seiner Sammlung, eine silberne Tetradrachme des fünften vorchristlichen Jahrhunderts aus Tarent mit einem springenden Delphin auf der Vorderseite.

»Hübsch!« sagte der Pholarch. »Eigentlich viel hübscher als unsere modernen Münzen.«

»Sie bringt heute bei uns auf jeder Auktion mehr als hunderttausend Deutsche Mark.«

»So? Na, ich weiß nicht, wieviel das ist. Haben Sie noch drei oder vier dieser dicken Goldmünzen von Ihrem Imperator aus Vindobona mit dem doppelköpfigen Adler? Oder fünf oder sechs kleine Münzen mit der Gazelle aus Afrika? Ja? Damit sollten wir auskommen. Die alten Silbermünzen aus Velia und Tarent aber sind nichts mehr wert.«

»Aber sie sind doch antik!« rief Carow.

»Nein«, belehrte ihn Phokas geduldig und sanft, »die Buchrolle mit dem Gedicht des Parmenides ist antik und deshalb auch von hohem Wert. Diese Münzen hier sind nur *alt*, längst kein gesetzliches Zahlungsmittel mehr und deshalb wertlos. Man hat Sie in Germanien abscheulich übers Ohr gehauen. Sie können diese Münzen wegwerfen.

Sie wollten, wenn ich mich richtig erinnere, das Parmenides-Manuskript in einem Glas in Ihr Jahrhundert transportieren?«

Carow erklärte es ihm. Er wollte es in Glas einschmelzen lassen, das Glas aber in einen kleinen Kasten aus Bronze legen, auch diesen mit Wachs und Pech luftdicht verschließen, ihn hier ver-

graben und im zwanzigsten Jahrhundert, nach seiner und Jules Rückkehr, wieder ausgraben.
Auf die Frage des Pholarchen, wer diese technisch anspruchsvolle Aufgabe hier in Velia übernehmen könne, schilderte Carow Jules Werkstatt und seine beiden Gehilfen Hesper und Myiagros.
»Myiagros!« sagte Phokas. »Er hat einen schlechten Ruf. Er soll sich viel im Hafen bei den Seeleuten herumtreiben. Ihm ist, sagt man, kein Laster fremd.«
»In dieser Beziehung habe ich keine Sorge um Jule.«
»Dennoch. Der Umgang wirft schlechtes Licht auf ihn – und auf die Pholé. Überhaupt die Werkstatt! Man spricht davon in Velia. Sie sollten ihm diese Tätigkeit untersagen.«
»Ich verstehe nicht.«
»Weil *ich* es ihm nicht verbieten möchte. Sie können ihm besser als ich vorstellen, daß es sich für einen Gelehrten nicht schickt, in einer Schmiede zu arbeiten. Ist er eigentlich frei geboren?«
»Ja.«
»Aber haben Sie seine Hände gesehen? Ungepflegt, rissig, mit Schwielen, nie ganz sauber – wie die eines Besitzlosen oder Handwerkers!«
»Es macht ihm aber Spaß. Er hat auch früher gerne mit technischen Geräten gespielt.«
»Gut, wenn er Entwürfe für einen Handwerker macht, das mag noch angehen. Aber in solchem Schmutz arbeiten? Spaß? Na, ich weiß nicht!«
Er schüttelte den Kopf.
»Ich höre«, sagte Carow, um auf ein anderes Thema überzuleiten, »daß man den verlassenen, alten Tempel abreißen und an seiner Stelle einen Altar für den Kaiser errichten will.«
»Es wird auch Zeit! Der Tempel ist ein Schandfleck für unsere Stadt. Man sieht selbst von hier, wie verfallen er ist. Die Stadtväter hatten ihn schon vor Jahrhunderten abreißen wollen, es aber dann doch immer wieder unterlassen.«
»Warum?«
»Warum sie ihn nicht abgebrochen haben? Aus Pietät und weil es ein altes Heiligtum ist, das schon vor unserer Ankunft dort oben stand.«
»Ihrer Ankunft?«

»Ich meine, bevor unsere griechischen Vorfahren aus Phokaia hier landeten und die Stadt gründeten. Damals war dieser Schafs- und Ziegengott noch stark und mächtig. Er hat unserer Stadt seinerzeit mancherlei Schwierigkeiten gemacht, so daß wir den Tempel stehen lassen mußten.
Heute steht er leer, jedenfalls meistens«, sagte der Pholarch und sah Carow mit dicken Augen von unten an. »Meistens, wenn sich nicht gerade ein Liebespaar des Nachts heimlich dort oben trifft und verbirgt.
Es heißt, daß er die Leute, die dort auf dem Bergesrücken nach Sitte und Ordnung sehen wollen, erschreckt. Es sind seine alten Tricks, mit denen er auf primitive Gemüter Eindruck macht: Kunst der Gespenster!«

Für Meyer-Proske ist manches, was Jule erzählt, zu schwierig

»Wenn ich dich so höre«, sagte ich zu Jule, »war das Bemerkenswerteste an Rom der Dreck.«
»Genau«, antwortete er, »der Dreck und der Gestank in den engen Straßen. In den Mietshäusern stand unten im Eingang eine offene Tonne, in die die Bewohner ihre Nachttöpfe ausschütteten, wenn sie sie nicht schon in der Nacht einfach aus dem Fenster gekippt hatten. Öffentliche Toiletten gab es reichlich, und manche waren sogar ganz luxuriös mit Marmor ausgelegt. Aber die Nachbarschaft verpesteten sie trotzdem. Davor standen die Menschen oft Schlange, besonders früh morgens; aber alle, die innen einen Platz hatten, saßen, anstatt sich kurz zu fassen, munter plaudernd in langer Reihe da wie in einem Frisiersalon. Da war ein Lärm wie in einem englischen Pub. Wer es eilig hatte, ging deshalb einfach in den nächsten Hausflur, durfte sich da nur nicht erwischen lassen.
Bei uns in der Schule hört man immer von der *Cloaca Maxima*, aber von durchgehender Kanalisation konnte überhaupt keine Rede sein. Müllabfuhr gab es nicht. Jeder warf seinen Dreck vor die Haustür, und wenn er unbeobachtet war, vor die des Nachbarn. Das war Rom!«

»Na gut«, sagte ich. »Ich habe alles aufgeschrieben. Und wenn es so war, muß es auch ins Buch. Aber die Leser wollen natürlich wissen, wie Rom *wirklich* aussah: Kapitol, Forum, Senat, der Palazzo vom Kaiser und der Circus Maximus. Das muß alles geschildert werden, in Farbe und Breitwand. Warst du in Rom nie im Zirkus?«
»Doch, beim Wagenrennen. Das erste war Klasse; aber dann fing es an zu regnen, und der Rest fiel aus; und als ich auf dem Forum war, hat es gegossen.«
Gesehen hatte er nichts in Rom. Er hatte anscheinend immer in den Osterias rumgesessen und sich die Geschichten angehört, die ihm die Leute da erzählten.
Ich sah schon, das Kapitel über Rom mußte ich selber schreiben, wobei ich allenfalls ein paar Seiten aus Carows Manuskript verwenden konnte.
Also zurück zu Velia!
Ich bewundere noch nachträglich meine Geduld. Alles, was Jule erzählte, schrieb ich mit. Als er aber schilderte, wie der Gott Faunus oder Inuus Carow um Zigaretten anschnorrte, da legte ich Filzschreiber und Notizblock auf den Küchentisch. Das war zuviel.
»Jule«, sagte ich, »das ist zu schwierig. Das können wir nicht verkaufen. Das nimmt uns keiner ab. Denk dir irgendwas anderes aus! Wir warten, bis Jeannette nach Hause kommt, dann gehen wir in den ›Römischen Kaiser‹, essen was Gutes, und morgen erzählst du mir dann die Geschichte noch einmal, aber so, daß ich Redlich und meinem Publikum offen und gerade in die Augen blicken kann.«
Jule ließ den Kopf hängen und sagte: »Ich habe dich ja gewarnt, daß alles noch viel schlimmer kommt.«
Ich seufzte: »Also gut! Gehen wir mal ganz systematisch vor: Hast du den Inuus gesehen?«
»Klar. Im Tempel.«
»Als Standbild; aber das will ich nicht wissen. Hast du ihn draußen als Person gesehen, wie er sich bewegte, redete oder wie er rauchte?«
Jule dachte nach, und zwar ziemlich lange; dann sagte er, selber verwundert:
»Wenn du mich so direkt fragst – nein. Eigentlich nein.«

»Aha! Nun kommen wir der Sache schon näher! Ich will Carow nicht unterstellen, daß er dich bewußt hinters Licht geführt hat; aber vielleicht hatte er eine zu rege Phantasie gehabt.«
Jule schüttelte den Kopf.
»Nein. Er hat mit dem Gott selbst gesprochen, nicht mit dem Standbild.«
»Das widerspricht doch allen Naturgesetzen. Das glaubt uns doch kein Mensch.«
»Warum denn nicht?«
»Also Jule, stell dir vor: Jeannette kommt jetzt nach Hause, und sagt, sie war in der Stiftskirche, und die Mutter Maria und das Jesuskind haben sie noch ein Stück begleitet; und sie hat beide noch zu einer Tasse Kaffee und Schwarzwälder Kirschtorte ins Café Rumpelmeyer eingeladen. Würdest du das Jeannette abnehmen?«
»Nein, natürlich nicht.«
»Siehst du!«
»Aber in Velia war das anders. Wie soll ich das erklären? Die Götter waren immer um uns, man sah sie nur nicht. Wenn einer Pech oder Glück hatte, oder wenn einer etwas verlor oder fand, oder ein Mädchen schnell rumkriegte, wußte er immer gleich, daß da ein Gott seine Hand im Spiel gehabt hatte. In Rom war das nicht ganz so, aber in Velia.
Ihr glaubt nur an das Kausalgesetz und erklärt euch alles nur nach Ursache und Wirkung, und wenn ihr etwas nicht erklären könnt, seid ihr sofort mit dem *Zufall* bei der Hand, womit, wie ich dir ständig beizubringen versuche, überhaupt nichts erklärt wird, weil das nichts als ein Verlegenheitswort ist, mit dem ihr das Unerklärliche aus unserer Welt wegeskamotieren wollt.
Du kannst doch nicht leugnen: Irgend jemand oder irgend etwas will verhindern, daß Carows und meine Geschichte veröffentlicht und geglaubt wird. Zum Beispiel dadurch, daß die Fotos, die mein bester Beweis sind, bei euch zerstört werden.«
»Zufall!« sagte ich, um ihn zu reizen.
»Siehst du! Es war natürlich kein Zufall. Ebensowenig wie die Geschichte mit dem Parmenides-Buch.«
Ich sagte nichts und wartete. Er fuhr nach einer Weile von allein fort:
»Es war eine Buchrolle, hochantik, ich meine, schon in der

Antike antik. Das vollständige Lehrgedicht des Parmenides, authentischer Text, mit dem Urmanuskript verglichen, in einem Buchsbaumkästchen.

Carows Tagebuchmanuskript und die Fotos in einer Blechkiste, zugelötet. Beides in Glas eingeschmolzen, mit Wachs und Pech umgeben und in eine Bronzekassette gelegt. Was konnte da passieren! Ich selbst habe sie mit Hesper gut zwei Meter über dem Wasserspiegel tief in die Brunnenwand eingelassen. Den Stein, hinter dem sie lag, haben wir unauffällig mit einem Kreuz markiert.

Also gut: Ich kam vor einiger Zeit hin und wollte sie wieder rausholen.«

»Wann?«

»Na, jetzt natürlich. Vor ein paar Monaten. Im April. Ich stieg nachts über den Zaun, der um das Grabungsfeld liegt, und ging zum Brunnen. Die Archäologen haben ihn restauriert, aber Gott sei Dank nur den Rand. Ich leuchtete mit der Taschenlampe hinein. Der Wasserspiegel war viel höher als damals und der Stein mit dem Kreuz nicht zu sehen.

Also fuhr ich nach Neapel und kaufte mir in einem Sportgeschäft Schnorchel, Wasseranzug und Unterwasserlampe, und in einer Eisenwarenhandlung Brechstangen in verschiedenen Größen. Die Leute in dem Eisenladen waren ungemein höflich. Sie behandelten mich mit größter Hochachtung, und als ich bezahlte, wünschten sie mir Glück. Am liebsten hätten sie sich beteiligt: Denn sie waren sicher, daß ich das Werkzeug zum Tresorknacken brauchte.

In der nächsten Nacht war ich wieder im Brunnen. Etwa einen Meter unter dem Wasserspiegel fand ich den gezeichneten Stein. Es dauerte die ganze Nacht, bis ich ihn locker gemacht hatte. Ich kriegte die Kassette zu fassen; doch ich fühlte, wie sie mir jemand aus der Hand reißen wollte. Ich zerrte hier, ein anderer zerrte dort. Da steckte ich die kleinere Brechstange in den Bronzegriff und hebelte damit die Kassette aus der Brunnenwand heraus, hatte sie schon in der Hand, da schlug mir jemand mit der Brechstange auf den Unterarm, daß ich die Kassette loslassen mußte, und gleichzeitig fiel die halbe Wand des Brunnens zusammen, und die schweren Steinblöcke deckten die Kassette zu. Ich konnte froh sein, daß ich nicht auch unter ihnen lag.

In der nächsten Nacht hob ich die Steine mühsam zur Seite. Jeder war zentnerschwer, und ich mußte vorsichtig mit ihnen umgehen, damit die ganze Brunnenwand nicht zusammenstürzte.
Ich fand schließlich die Kassette, brachte sie rauf, räumte die Strickleiter, mit der ich runtergestiegen war, und die Brechstangen zusammen, deckte den Brunnen wieder mit der Holzdecke zu, die die Archäologen darübergelegt hatten, und kam in der Morgendämmerung wieder im Hotel Parmenide an. Die Kassette nahm ich mit ins Zimmer und machte sie auch gleich auf.«
»Sie war leer?«
»Sie war keineswegs leer.«
»Aber Wasser war reingekommen?«
»Ein bißchen. Als die Steine der Brunnenverkleidung auf sie gefallen waren, hatte die Kassette eine kräftige Delle bekommen, und auch die Pech- und Wachsschicht, die beide mit der Zeit brüchig geworden waren, hatten den Stoß nicht aufgefangen, so daß die Glashülle gesprungen war. Aber die *capsa* aus Buchsbaumholz hatte kaum Wasser durchgelassen. Das Buch war nur etwas feucht. Carows Tagebuchmanuskript und die Dias in ihrer Blechschachtel waren trocken geblieben.
Ich stellte die Heizsonne an und legte die Papyrusrolle weit davon entfernt auf einen Stuhl, damit sie langsam trocknen konnte, und schlief bis Mittag. Dann ging ich aus dem Hotel Parmenide in die Pizzeria Parmenide, um zu essen und nahm die Blechschachtel mit Carows Manuskript und den Fotos mit, um reinzugucken.
Als ich zurückkam, sah ich dicke Rauchwolken aus meinem Zimmer kommen.«
»Das war das Ende des Parmenides-Buches?«
»So ist es. Willst du nun etwa wieder behaupten, das sei nur ein Zufall gewesen?«
»Nein« sagte ich, »denn ich habe die dumme Angewohnheit, immer nach der Ursache zu fragen. Und da würde ich vermuten, daß du die Papyrusrolle zu nahe an die Heizsonne gestellt hast. Oder das Feuer ist infolge der von Touristen so bewunderten italienischen Kunst ausgebrochen, elektrische Leitungen mit einem Minimum von Isolationsmaterial zu verlegen.«

Abends saßen wir drei – Jeannette, Jule und ich – wieder im »Römischen Kaiser« bei einem Arbeitsessen, das diesmal die Wissenschaftsredaktion des Südwestfunks gab. Mit Forelle und einem spritzigen Saarwein, der im Glas nach einer Weile leicht moussierte, fingen wir an. Als wir mit dem Tafelspitz fertig waren, den Rest des St. Emilion getrunken hatten und auf das Eis mit heißer Himbeersoße warteten, sagte Jule:
»Ich habe es dir bisher verschwiegen, um dich zu schonen; aber Tatsache ist, daß Carow ein paarmal durch die Straßen von Velia gegangen ist, ohne daß die Leute ihn gesehen haben.«
»Weil es dunkel war, vermutlich.«
»Nein, am hellen Tage, und manche sind sogar durch ihn durchgegangen, ohne überhaupt etwas zu merken. Ich wollte es nur erwähnen, es braucht nicht unbedingt ins Buch.«
»Danke!« sagte ich.
»Es ist ja auch nur zwei- oder dreimal passiert. Wenn er aber sichtbar durch die Straßen ging, war das ein Ereignis. Die meisten Leute hatten Angst und traten schnell in die Haustür oder sahen ihm durch die Perlschnurvorhänge nach. Nur die Leute vom Lande gingen auf ihn zu, wenn auch scheu, und baten ihn, etwa die Hand auf ihre wehe Schulter oder ihr krankes Kind zu legen und zu heilen, oder sie berührten den Saum seiner Tunika.«
»Half es denn, wenn er die Hand auflegte? Er war doch kein professioneller Wunderheiler.«
»Nein, aber die Leute glaubten, daß er heilen und segnen könnte. Eine Zeitlang saßen sie tagsüber vor der Pholarchie und warteten auf ihn, bis der Pholarch sie vertreiben ließ. Darauf gingen sie zu dem Haus des Rufus auf dem Land, wo Carow anfangs untergekommen war.
Serena ließ da bei Sonnenuntergang eine Statue, die Carow vorstellen sollte, ans Fenster schieben, und dann sangen die Leute draußen fromme Lieder und baten um Segen und Heilung.«
Er überlegte, und dann fuhr er fort:
»Was ich aber nicht verstanden habe und auch heute noch nicht verstehe: Wenn *ich* durch die Straßen Velias zu meiner Werkstatt ging, drehte sich kein Mensch nach mir um, und niemand kam auf den Gedanken, *mir* ein Kind zu bringen, damit ich die Hand auflegte und es heilte.

Man muß sich doch fragen: Warum? Warum machte niemand von mir ein Standbild und stellte es auf? Ich kam doch auch aus dem zwanzigsten Jahrhundert.«

»Ein schreiendes Unrecht!« sagte ich, und Jeannette streichelte seinen Arm. »Aber sei unbesorgt, die Redaktion *dieser woche* wird dir ein Bronzedenkmal vor dem Verlagsgebäude errichten: Jule auf seiner Yamaha mit 210 Sachen in einer Kurve. Ich werde morgen gleich mit Redlich sprechen.«

»Ihr seid albern, ihr versteht mich nicht«, erwiderte Jule. »Was ich fragte, war doch eine legitime Frage. Vielleicht gäbe uns die Antwort einen Schlüssel für das, was später mit Carow geschah. Ich frage ganz nüchtern: Warum haben sie in ihm schon damals einen Wundermann gesehen und angebetet, in mir aber nicht? Versteht ihr das?«

»Weil du eben nicht der Typ bist, dem man Wunder zutraut«, antwortete Jeanette und meinte das überhaupt nicht abwertend; aber Jule war trotzdem beleidigt.

Ich fragte ihn, ob er auch schon in Velia unter diesem Unrecht gelitten habe.

»Gelitten? Nein, natürlich nicht!« Doch dann fügte er ehrlich hinzu: »Na, vielleicht doch ein bißchen. Aber wenn ihr sagt, ich sei nicht der Typ eines Wundermanns – ich habe doch auch Wunder vorgeführt, die nicht von Pappe waren.«

Er hatte also gelitten, und er litt heute noch.

Das Eis mit der heißen Himbeersoße kam, und wir wurden dadurch so abgelenkt, daß wir vergaßen, ihn nach seinen Wundertaten zu fragen.

Nach dem Kognak gingen wir alle ins Spielcasino. Ich kaufte mir an der Kasse zwanzig Spielmarken, die in Baden-Baden *Jetons* heißen, zu fünfzig Mark, mußte dann aber warten, bis im Florentiner Saal ein Tisch für Fünfzig-Mark-Jetons aufgemacht wurde. An den anderen Tischen, meist mit Gastarbeitern besetzt, wurde mit Fünf- oder Zehn-Mark-Jetons gespielt.

Ich wollte diesmal vernünftig spielen; aber von meinen Jetons blieben mir nach den ersten beiden Spielen nur noch sieben. Da bat ich Jule, mir zu helfen.

Er sagte, erst müsse er das Spiel eine Weile beobachten, dann werde er mir Ratschläge geben. Die seien aber ganz unverbindlich, und ich dürfe ihm keine Vorwürfe machen, wenn er einmal danebenhaue. Das versprach ich ihm; es war ja auch nur fair. Er selbst wollte nicht spielen, weil er sich ganz auf das Spiel konzentrieren und rechnen müsse, wie er sagte; wenn er selbst mitspiele, sei er befangen. Er stand hinter dem Zylindercroupier am Roulettekessel und hatte die Augen geschlossen. Er öffnete sie nur, wenn die Elfenbeinkugel über die Scheibe kreiste.

Nach etwa zehn Spielen, in denen ich nicht gesetzt hatte, nickte er mir zu. Jeannette machte den Boten. Sie kam und flüsterte mir »Siebzehn!« ins Ohr; aber ich setzte nicht auf die volle Nummer, sondern vier auf *Cheval* sechzehn-siebzehn und siebzehn-achtzehn und drei auf *Carré* sechzehn-siebzehn-neunzehn-zwanzig. Doch die Zahl siebzehn war richtig gewesen, und hätte ich *Plein* gespielt, dann hätte ich sieben mal fünfunddreißig Jetons rausgekriegt, so kam ich nur auf zweiundsiebzig, von denen ich Jeannette zehn schenkte, damit sie auch mitspielte.

Ich wurde jetzt mutiger und wäre Jules Ratschlägen aufs Wort gefolgt, wenn Jeannette mich nicht immer zurückgehalten und gezwungen hätte, die Hälfte meiner Spielmarken in Reserve zu halten. Sie selbst spielte noch vorsichtiger. Dennoch hatte auch sie bald einen großen Haufen Jetons vor sich. Meiner war aber viel größer.

Doch dann kam Jule ins Schwimmen. Er hatte die Augen geschlossen und rechnete und rechnete. Das Spiel sollte weitergehen, er war aber noch nicht fertig. Ich wartete und wagte nicht, ihn zu stören.

Verschiedene andere Spieler am Tisch, die auf meinen Wagen gesprungen waren und immer so setzten wie ich, waren unsicher und wußten nicht, wohin mit ihren Jetons. Der Croupier hatte Beherrschung gelernt, aber er faßte seine Smoking-Schleife an und rückte sie gerade, obwohl sie auch vorher gerade gewesen war. Er sah geduldig um den Tisch, aber am längsten blieb sein Blick auf mir liegen. Nichts hassen Croupiers mehr als einen Spieler, der zögert und die Stimmung am ganzen Tisch verdirbt. Auf einmal wollte kein Mensch mehr setzen.

Ich genierte mich vor dem Croupier, der eine schlechte Meinung von mir haben mußte, weil ich mich ganz auf Jule verließ anstatt auf meinen eigenen Verstand. Ich faßte daher Mut und schob die Hälfte meiner Jetons auf Schwarz und die andere auf

Impair. Die Nachbarn am Tisch und der Croupier sollten mich nicht für eine Memme halten.
Aber Jule schrie mich an, und Jeannette beugte sich über den Tisch und umfaßte den ganzen Haufen meiner Spielmarken mit beiden Armen und schob ihn wieder vor mich auf den grünen Tischbezug.
Der Croupier verwarnte Jeannette höflich, aber mit ernster Stimme: Wenn sie noch einmal in das Spiel eines anderen eingreife, müsse er sie vom Tisch verweisen.
Auch die anderen Leute am Tisch wurden verdrießlich und beugten sich zu ihren Begleitern oder Begleiterinnen hinter den Stühlen zurück und machten Bemerkungen, die für uns nicht schmeichelhaft waren. Sie wollten sehen, wie ich setze, und sie waren gereizt, weil ich mich nicht entschließen konnte. Der Croupier klopfte auf den Tisch und forderte noch einmal alle auf, endlich weiterzumachen.
Jeannette nahm eine Spielmarke von ihrem Haufen und drückte sie mir in die Hand. Mit der sollte ich dann in Gottes Namen spielen. Ich sah mich zu Jule um, der jetzt hinter mir stand. Er beugte sich vor und sagte:
»Zurückhalten! Es ist ganz unübersichtlich.«
Der Croupier aber gab mir noch eine Chance von ein paar Sekunden.
Der Teufel soll mich holen, dachte ich, aber ich lasse mich doch von Jule und Jeannette nicht einschüchtern. Ich schob meine Chips zusammen und wollte sie wieder auf Schwarz und *Impair* setzen, da fühlte ich Jules Hand auf meiner Schulter.
Sie war schwer, und ich spürte, es ist kaum zu beschreiben, so etwas wie einen Strom, eine Kraft, die von seiner Hand auf mich überging und den ganzen Körper durchrieselte. Ich wurde auf einmal ganz ruhig und setzte nur die Spielmarke, die Jeannette mir in die Hand gedrückt hatte, auf das schwarze Feld. Gleich schoben die anderen ebenfalls einen Teil ihrer Jetons auf Schwarz, aber zurückhaltender als vorher.
Dann drehte sich das Rad, und der Croupier warf die Elfenbeinkugel gegen die Drehung ein. Als sie in ihren Kasten fiel, harkte er alle Spielmarken von dem schwarzen Feld zu sich und in die Bank. Er sah mit anerzogener Beherrschung, aber lächelnd in die Runde. Meine Siegesserie war gebrochen.

»Wir müssen jetzt sofort gehen«, sagte Jeannette. »Guck dir doch Jule an! Er ist ganz blaß und schwitzt. Er kann nicht mehr.«
Er sah nicht anders aus als sonst; Jeannette wollte mich bloß vom Spieltisch weglocken. Sie schob ihren Stuhl energisch zurück, und ich stand auch auf. Es blieb mir auch nichts anderes übrig, da Jule meinen Stuhl rigoros nach vorne kippte.
Wir wechselten unsere Spielmarken ein. Ich bekam einunddreißigtausend Mark für meine und Jeannette sechstausend Mark für ihre Jetons. Ich wollte ihr großzügig die fünfzig Mark für ihre Spielmarke, die ich ganz zuletzt verloren hatte, wiedergeben. Aber sie ließ sich im Edelmut nicht übertreffen und bestand darauf, mir die Jetons zu bezahlen, die ich ihr geschenkt hatte, damit sie mitspielen konnte. Doch ich weigerte mich standhaft, auch nur einen Pfennig von ihr anzunehmen.
So stritten wir, bis wir auf der Lichtentaler Allee zur Brücke kamen, die über Baden-Badens Strom, die Oos, führt. Wir waren alle bester Stimmung.
Ich sagte zu Jule:
»Du hast mir zwölfmal hintereinander die richtige Zahl genannt. Wie groß ist die Wahrscheinlichkeit für eine solche ununterbrochene Trefferquote beim Roulette?«
»Der Wahrscheinlichkeitsquotient dürfte Eins zu einer Zahl mit elf Nullen sein. Soll ich es dir genau ausrechnen? Eine Minute.«
»Nein, nein!«
»Aber sein dreizehnter Ratschlag war der wichtigste«, sagte Jeannette, »denn damit hat Jule verhindert, daß du alles wieder verlierst.«
»Ich weiß, ich weiß, ich weiß. Wenn Redlich dir kein Standbild errichten will, Jule, dann tue ich es. Wie hast du diese unglaubliche Reihe von Treffern bloß erzielt? Das war doch kein Zufall.«
»Nein?« fragte Jule, als höre er schlecht. »Sondern?«
»Es war ein *Wunder*«, antwortete ich ernst und ergriffen.
Das Licht der Straßenlampe fiel auf Jules Gesicht, und ich konnte sehen, daß er lächelte und glücklich war.

»Sie sind nicht angemeldet«, sagte Iulius Longus, als Carow und Jule eintraten. Er saß an seinem Schreibpult und hatte eine doppelseitige Wachstafel vor sich, auf die er mit dem Griffel geschrieben hatte. Hinter ihm in der Nische stand die Büste des Kaisers, einen verstaubten Lorbeerkranz über der niedrigen Stirn, mit gewaltigem, vorragendem Kinn und einem merkwürdig kleinen Mund.

Carow erwiderte, draußen im Flur sei niemand, der sie hätte anmelden können.

»Dann müssen Sie da warten, bis jemand kommt«, sagte Iulius Longus. »Ich werde Sie rufen lassen.«

Wenn er sprach, bewegte er nur die Lippen. Stirn, Augen und Wangen waren gefroren.

Jule rührte sich nicht. Er konnte seine Halsstarrigkeit nicht überwinden, die ihn schon beim ersten Anblick des Magistrats überkommen hatte. Nein, Jule hatte nicht die Absicht, das Zimmer zu verlassen; aber Carow redete ihm auf deutsch gut zu und hielt ihm vor, man solle wegen einer solchen Lappalie die Mission nicht schon zu Beginn scheitern lassen. Er zog schließlich Jule, der nur widerstrebend folgte, hinaus.

Im Flur des Rathauses war es halbdunkel. Von den Amtsdienern war noch immer niemand zu sehen. Aber Carow kannte das Gebäude ja schon. Er schob einen Vorhang zur Seite, und sie traten in die Wachstube.

Sie war leer. Es roch nach Schweiß und Kohl. Sie setzten sich auf Hocker, die vor einem Tisch standen und warteten. Jule verbreitete sich über die Arroganz der Mächtigen, die es damals offenbar ebenso gegeben habe wie heute.

Carow fragte, wie das gemeint sei: Ob »damals« vielleicht »heute«, das heißt die römische Kaiserzeit sei, und ob Jule, wenn er von ›heute‹ spreche, die Zukunft, sage also: das zwanzigste Jahrhundert *post Christum natum* im Sinne habe.

»Spitzfindige Wortklauberei!« bemerkte Jule wenig höflich dazu, immer noch über den Bürgermeister Longus verärgert. Man hörte Schritte aus dem Hintergrund. Ein Magistratsdiener kam herein und wollte eine lederne Kuriertasche schwungvoll auf den Tisch werfen. Aber als er Carow erblickte, hielt er mitten im Schwung inne und ließ die Tasche nicht fliegen. Er öffnete den Mund, in dem die oberen Schneidezähne fehlten, stieß einen erschrockenen Grunzlaut aus, und schon war er wieder im dunklen Hintergrund untergetaucht. Carow hatte ihn erkannt: Es war Mannus.

Ein Spaßvogel unter seinen Kameraden hatte ihn mit der Tasche in die Wachstube geschickt, um ihm einen Schrecken einzujagen; denn alle anderen Magistratsboten hatten sich, als sie durch das Fenster sahen, wie Carow und Jule auf die Curie zukamen, dringender Geschäfte in den rückwärtigen Räumen des Rathauses erinnert und waren in einer Eile, die kaum noch gemessen genannt werden konnte, aus der Wachstube entschwunden.

Eine Tischglocke läutete silberhell und fein, und bald darauf wieder, diesmal schon gereizt und ungeduldig. Aber die Amtsdiener waren in den hinteren Räumen mit dringenden Angelegenheiten beschäftigt und konnten sie nicht hören.

Iulius Longus kam selbst in die Wachstube.

»Ich habe zweimal geklingelt. Warum kommen Sie nicht?«

»Sie hatten gesagt, wir sollten uns bei Ihnen anmelden lassen«, erwidert Carow. »Wir warten nun auf jemand, der uns bei Ihnen anmelden kann. Aber es ist noch niemand gekommen.«

Iulius Longus' Gesicht und seine Stimme waren unbewegt.

»Ich hatte gesagt, Sie sollten im Flur warten. Das hier ist die Wachstube.«

»Im Flur ist kein Stuhl, auf den wir uns setzen können«, erklärte Jule und bemühte sich, ganz ruhig zu sprechen.

Der Duumvir Iulius Longus winkte ihnen, ihm zu folgen. Er setzte sich in seinem Zimmer auf den Amtsstuhl neben dem Schreibpult, und Carow und Jule zogen, ohne zu warten, ob Longus sie aufforderte, Platz zu nehmen, Hocker heran und setzten sich.

»Wir brauchen uns wohl nicht vorzustellen.«

»Nein«, sprach Longus' Mund. »Ihre Personalien sind mir wohlbekannt. Ich nehme an, der Pholarch schickt sie. Womit kann ich ihm behilflich sein?«

»Wir kommen aus eigenem Antrieb«, erwiderte Carow, »und die Pholarchie hat mit unseren Wünschen nichts zu tun. Dürfen wir sie Ihnen vortragen?«

»Bitte!«
»Ich beginne mit dem, wie ich vermute, leichteren Fall: Bei Ihnen wird ein britischer Sklave namens Olipor gefangengehalten. Ich möchte ihn kaufen und bin bereit, auch einen hohen Preis, in vernünftigen Grenzen natürlich, für ihn zu zahlen.«
»Warum wollen Sie ihn kaufen?«
»Ich habe, wie Sie sich erinnern werden, mit ihm im selben Kerker gelegen, und er dauert mich. Ich würde ihn freilassen und zu seiner Familie nach Britannien zurückschicken.«
Der Duumvir Longus betrachtete nachdenklich seine Fingernägel und gab dann folgende Auskunft:
»Ihrem Wunsch stehen nicht unerhebliche Hindernisse entgegen, sowohl rechtliche als auch faktische:
Erstens sind Sie als Staatenloser gar nicht berechtigt, im Römischen Reich Sklaven käuflich zu erwerben oder sich solche auf irgendeine andere Art anzueignen. Zweitens ist der entlaufene Sklave Olipor *ad bestias* verurteilt, und schon seit langer Zeit für die Schauspiele vorgesehen, die *zu Ehren des erlauchten kaiserlichen Besuchs* geplant sind.«
Er sah Carow und Jule herausfordernd an, ob einer von ihnen es etwa wagen würde zu sagen: Na, wenn schon! Aber sie schwiegen: Carow, weil er es für klüger hielt; und Jule war das Thema zu heikel, weil die Rede, ehe man es sich versah, auf den Kauf des Sklaven Hesper kommen konnte oder gar auf Julia.
Der Duumvir fuhr fort: »Die Stadt kann daher Ihrem Wunsch nicht entsprechen. Was haben Sie noch für Anliegen?«
Aber Carow gab sich mit diesem Bescheid nicht zufrieden. »Sehen Sie eine andere Möglichkeit, ihn von der Verurteilung *ad bestias* zu befreien? Könnten wir etwa einen Ersatzmann stellen?«
»Oh!« rief Longus, und zum erstenmal konnte man eine leichte Bewegung in seiner Miene feststellen: Er hob die Augenbrauen.
»Verstehe ich Sie recht: Sie wollen an seine Stelle treten?«
Carow und Jule winkten sofort ab; sie hätten nur an die Möglichkeit gedacht, einen Gladiator als Ersatzmann zu mieten.
Longus schüttelte den Kopf.
»Das Urteil *ad bestias* ist rechtskräftig.«
Carow bat, Olipor wenigstens einmal sprechen zu dürfen.

Der Duumvir zog seine Fingernägel zu Rate, dann griff er nach der silbernen Tischglocke, die auf dem Schreibpult lag, und läutete. Es kam niemand. Er klingelte ein zweites Mal, und als wiederum niemand erschien, ging er selbst in den Flur und rief nach Mannus. Es kam jedoch ein anderer Amtsbote, der draußen stehen blieb. Iulius Longus befahl ihm, Olipor in die Wachstube zu führen.

»In Eisen?«

»Nicht nötig. Die beiden Fremden wollen mit ihm sprechen. Du bleibst während des Gesprächs dabei.«

»Zu Befehl!« sagte der Magistratsbote, stand stramm und ging.

»Sie haben *noch* einen Wunsch?«

»Es wird, wie ich höre, erwogen, den Tempel des Inuus an der Stadtmauer abreißen zu lassen. Sie selbst sind, wie man mir gesagt hat, zu einem Lokaltermin mit Bauleuten dort oben gewesen. Ich bitte Sie, den Plan fallen zu lassen.

Dieser Tempel ist der älteste der Stadt; er hat schon vor der Stadtgründung bestanden, und als vor Jahrhunderten die Mauer über den Berg gezogen wurde, hat die Stadt feierlich und auf ewig dem Gott die Bewahrung dieses Heiligtums und den lukanischen Anwohnern außerhalb der Mauern den freien Zugang zu ihm gelobt.«

»Es ist doch seltsam«, antwortete Iulius Longus, »daß Sie, ein Fremder, sich so für die Belange eines Gottes einsetzen, der den meisten Mitbürgern kaum noch bekannt ist und der auch früher städtischerseits nie verehrt, sondern innerhalb der Mauern nur geduldet wurde. Man stellt sich unwillkürlich die Frage, welche Gründe das wohl haben mag.

Doch entscheidend ist die Rechtslage, die Ihnen offenbar unbekannt ist: Über die von Ihnen angeführten Gelöbnisse liegen keine schriftlichen Unterlagen vor, und auch aus mündlicher Überlieferung ist mir davon nichts bekannt. Abgesehen davon wären diese Gelöbnisse ohne jedwede rechtliche Relevanz, da nur die ehemaligen griechischen Kolonisten daran gebunden waren.

Als Römischer Senat und Römisches Volk im Krieg gegen Pyrrhus von Velia Besitz ergriffen, erlosch hier das Recht der Götter an ihren Heiligtümern nach dem Rechtssatz *cum loca capta*

sunt ab hostibus, omnia desinunt religiosa vel sacra esse, sicut homines liberi in servitutem perveniunt.
Das Recht des Gottes Faunus oder Inuus an seinem Heiligtum und Boden hätte zwar *iure postliminii* wiederhergestellt werden können. Davon hat man jedoch Abstand genommen, sicher aus guten Gründen.
Rechtliche Einwände gegen den Abriß des Tempels wären allenfalls erwägenswert, wenn der einmal konsekrierte Boden profaner Nutzung zugeführt würde. Das aber ist nicht der Fall: Wie Sie vielleicht wissen, hat der erlauchte Herrscher die inständigen Bitten der Stadt erhört und ihr das Recht gewährt, einen Altar für ihn auf ihrem Boden zu errichten. Der Platz, auf dem jetzt noch der verlassene Tempel des Faunus-Inuus steht, wird von den städtischen Behörden wie von dem Priesterkollegium als der geeignetste, ja als der allein in Frage kommende angesehen.
Soviel zur Rechtslage.
Natürlich werden wir mit dem Bau des Altars bis zum erlauchten kaiserlichen Besuch nicht fertig; aber den Tempel abzureißen, einen provisorischen Altar zu errichten und zu weihen, wird, wenn wir die Arbeiten zügig vorantreiben, bis zu seiner Ankunft wohl möglich sein, *muß* möglich sein. Wir werden mit dem Abbruch bereits an einem der nächsten Tage beginnen.«
»Damit«, sagte Carow, »werden Sie sich Ungelegenheiten von seiten des Gottes zuziehen.«
»Das ist nicht zu befürchten«, erwiderte der Bürgermeister, »denn ihm hat, solange ich hier lebe, noch nie jemand ein Opfer gebracht. Selbst das Priesterkollegium hat mir bestätigt, daß er keine Anhänger mehr hat. Er ist ein vergessener Gott. Wir können ihn daher ignorieren.«
»Sie irren sich: Er ist nicht vergessen, und er *hat* Anhänger in Velia.«
»Allenfalls einen.«
»Der Gott wird die Zerstörung seines Heiligtums verhindern. Sie selbst sind, höre ich, reich durch Ihre Schaf- und Ziegenherden in den Bergen. Er ist dort zu Hause.«
»Mag sein, aber ich habe tüchtige und unerschrockene Hirten. Woher wissen Sie eigentlich so gut über die Absichten des Gottes Bescheid?«

»Ich bin sein Bote und bringe Ihnen seine Botschaft.«
Der Bürgermeister Longus betrachtete wiederum seine Fingernägel. Man konnte auf den Gedanken kommen, daß er vor sich hinlächelte. Auch Jule hörte die Worte Carows mit Verwunderung, ja er wurde besorgt. Wenn Carow sich nur der Redeweise der Einwohner Velias anpassen wollte, die bei jeder Gelegenheit von den Göttern sprachen, so war dagegen nichts einzuwenden. Seine Worte klangen aber eben so, als habe er wirklich gemeint, der Gott selbst habe zu ihm gesprochen. Davon hörte Jule hier zum erstenmal.
Longus' Mund sagte unbewegt:
»Sie glauben offensichtlich an ihn. Vielleicht wird er in Germanien, oder woher auch immer Sie kommen, in Tempeln verehrt. Wir Römer sind ein zivilisiertes Volk und lassen jedem seine *religio*, erlauben es aber keinem römischen Bürger, geschweige denn einem Fremden, unter Berufung auf angebliche Botschaften seines Gottes unsere Verwaltung in der pflichtgemäßen Erfüllung ihrer Aufgaben zu behindern oder sie zu nötigen. Ich stelle Ihnen anheim, Ihren Gott Faunus oder Inuus, wenn Sie wieder einmal mit ihm Zwiesprache pflegen, davon zu unterrichten.«
»Ich weiß, daß Sie nicht an Götter glauben«, entgegnete Carow, »dennoch wiederhole ich die Botschaft, die mir der Gott an Sie aufgetragen hat: Wenn Sie den Tempel entgegen dem feierlichen Gelöbnis, das die Stadt dem Gott vor alter Zeit gegeben hat, zerstören, wird es Ihnen und der Stadt Unglück bringen. Wenn die Stadt auf dem Boden des Gottes Inuus einen Altar des Kaisers errichtet, wird der Gott, der vor vielen Jahrhunderten einmal das römische Heer vor einer schweren Niederlage gerettet hat, auch Wege finden, es in eine Niederlage zu führen. Dies ist die Botschaft, die ich zu überbringen hatte.«
»Starker Tobak«, sagte Jule auf deutsch zu Carow und fügte, mehr zu seiner eigenen Beruhigung, hinzu: »Aber vielleicht muß man mit diesem Kerl so reden.«
Der Duumvir Longus besah lange Zeit seine Handflächen. Dann blickte er auf und sagte, er werde den *ordo decurionum*, den Stadtrat also, von dieser Unterhaltung und der angeblichen göttlichen Botschaft unterrichten.
»Bevor ich das Gespräch abschließe, bitte ich jedoch um Aus-

kunft, was Sie wirklich veranlaßt, so vehement für die Rettung des verlassenen Tempels einzutreten. Ich weiß nicht, ob auch Sie das Gerücht gehört haben, der Tempel diene des Nachts oft als Liebesnest. Wenn sich das bestätigen sollte, sei jeder, den das angeht, gewarnt: Ein solches ruchloses Benehmen entweiht die heilige Stätte und muß von Stadt und Staats wegen streng geahndet werden. Ich frage mich, ob man nicht einmal mit dem Pholarchen darüber reden sollte.
Sie wollten noch mit Olipor sprechen?«
Er verabschiedete Carow und Jule mit einer Geste.

Olipor sprang auf, daß die Bank, auf der er gesessen hatte, umkippte, schlug Carow wuchtig auf die Schulter und zog ihn zu sich heran.
»Mensch, Carus!« rief er. Er roch stark nach Knoblauch.
»Ich habe Bart wie du!« sagte er, mit dem Wichtigsten beginnend. Er trug jetzt einen roten, wild nach allen Seiten abstehenden Vollbart, dem Bart Carows allenfalls in der Farbe ähnlich, und sah gesund und kräftig aus. Olipor grinste.
»Mann!« rief er. »Daß du dich noch an mich erinnerst! Ich habe ein paar Zähne weniger.« Er steckte den Finger in den Mund und zeigte, daß er im Oberkiefer gar keine Zähne mehr hatte.
»Mannus!« sagte er, denn der war es, der ihm nun auch die letzten Zähne ausgeschlagen hatte. Er hielt sich einen Finger schief über die Nase, um zu zeigen, wie Mannus nach den Boxhieben aussah, die Carow ihm seinerzeit versetzt hatte.
Sie ließen sich auf der Bank nieder.
»Jetzt«, sagte Olipor, »könnte ich deine goldenen Zähne wirklich gebrauchen. Gib her! Du bekommst sie zurück.«
Er streckte die Hand über den Tisch.
»Gib her!«
»Was meint er?« fragte Jule.
»Keine Ahnung«, antwortete Carow, der glaubte, es sei Jule unbekannt, daß er eine Zahnprothese trage.
»Wir waren beim Bürgermeister Iulius Longus und wollten dich freikaufen.«
Olipor hörte gar nicht zu.
»Die Leute sagen, du kannst Wunder tun. Wir hatten bei uns zu Hause auch einen, der machte Leute zu Wölfen.«

Carow fragte, ob Olipor noch immer im Kerker liegen müsse. Das war, wie Olipor großspurig verkündete, längst nicht mehr der Fall. Im Kerker lägen jetzt zwei entlaufene Sklaven, die, wie er, *ad bestias* verurteilt seien. Aber über sie lohne es sich überhaupt nicht zu reden. Beide seien Haussklaven: der eine habe nur Silber geputzt, der andere, noch schlimmer, sei Schreibsklave gewesen. Sie weinten manchmal. Er sei sicher, daß kein Mensch eine Wette auf sie abschließen werde. Gegen die Bestien hätten sie keine Chancen.

Ihm jedoch habe man jetzt einen anderen Raum gegeben, zwar auch im Keller, aber mit einem richtigen Fenster, und er liege auch nur noch des Nachts in Eisen. Nachmittags, wenn die Magistratsbeamten nach Hause gegangen seien, dürfe er im Hof üben: Felssteine werfen und Gewichte heben. Dann kletterten die Jungen an den Mauerrand und sähen zu. Die Wetten für ihn stünden gar nicht schlecht, sowohl bei den Jungen wie bei den Leuten in der Stadt.

Carow sagte ihm noch einmal, daß er ihn kaufen und dann freilassen wolle.

»Ja, ja. Übermorgen wollen sie mich nach Capua schicken. Mit einem Wagen. Da werde ich dann in der Gladiatorenschule trainieren und mit einem abgerichteten Bären kämpfen, dem sie Handschuhe angezogen und die Schnauze verbunden haben. Ohne Waffen natürlich, aber mit eisernen Schlagringen an den Fäusten und später auch mit einer Keule, einer leichten natürlich, denn ich soll ihn ja nicht totschlagen.

Ich werde bei den Spielen einen Wolfshelm tragen, wie mein Vater einen hatte. Seiner war aus Eisen; meiner aber wird aus Silber sein, und darüber zieht man den Kopf eines Wolfes mit einem Fell, das hinten bis an meine Kniekehlen reicht.«

Olipor preßte die Handwurzeln zusammen und öffnete die Hände, daß man an eine aufgerissene Wolfsschnauze denken konnte. Er stieß damit auf Carow und Jule zu, als wolle er sie verschlingen.

»Mann, wenn mein Vater mich in der Arena sehen könnte!«

Carow sagte ihm nun zum drittenmal, daß er ihn kaufen wolle. Das habe zwar, wie er vom Bürgermeister wisse, seine Schwierigkeiten. Er werde aber mit dem Pholarchen sprechen, ob der Olipor kaufen, danach freilassen und zu seiner Familie nach

Britannien zurückschicken könne. Auf jeden Fall, sagte Carow, wolle er verhindern, daß Olipor den Bestien der Arena vorgeworfen werde.
Davon aber hielt Olipor überhaupt nichts. Zu seinen Eltern wollte er nicht zurück, weil sein Vater ihn immer so schlage, schlimmer als Mannus. Oder aber der Vater werde ihn wieder verkaufen, wer weiß wohin. Carows Sklave jedoch würde er gerne sein.
»Aber erst will ich hier in der Arena auftreten. Mit einem Wolfshelm!«
Er hielt seine Hände wieder so, daß sie eine Wolfsschnauze bedeuten konnten und hob sie über den Kopf und den gedachten Helm aus Silber. Er drehte sich in eitlen Schritten nach rechts und links, als zeige er sich der Menge im Amphitheater und als danke er für den Applaus.
»Erst nach den Spielen!«
»Der Bär wird dich zerreißen.«
Olipor stand auf, stellte sich breitbeinig hin und machte einige schnelle und harte Boxhiebe gegen einen imaginären Bären.
»Oder ich ihn!«

Vom Zorn und Rausch eines geringen Gottes

Viele Schafe lagen schon zwischen den Felssteinen und ruhten, nur wenige grasten noch auf den Abhängen. Die Ziegen dagegen kletterten hoch in den Fels hinauf und in die Büsche am Rand der Schrunden.
Die Hirten auf den Hügeln lagen in der Nachmittagssonne, hier einer gegen einen Stein, dort einer gegen einen Felsen gelehnt. Einer zog sich einen Halm durch die Zähne und richtete sich gelegentlich auf, um zu sehen, ob die Ziegen auch nicht in den Weinberg zogen. Auf einem anderen Hügel schnitzte ein Hirt an einer Flöte, und wieder ein anderer döste auf seinem Hügel, sah auf ein Segelschiff weit draußen im Meer und träumte, er fahre nach Sizilien.
Der sich gegen den Felsen lehnte, blickte faul nach seinen Ziegen in der Höhe und wollte sich wieder zurückfallen lassen; da

sah er noch einmal empor; denn er fühlte, irgend etwas dort oben war anders als vorher. Über ihm stand ein haushoher Felsen, den er vorher nicht gesehen hatte.

Der Felsen war ein Rücken, und auf einmal bewegte er sich, wandte sich um, und das Gesicht, hoch wie ein Scheunentor, bärtig und mit dicken Lippen, grinste den Hirten an und weidete sich an seinem Entsetzen. Zugleich stoben die Ziegen und Schafe von oben und von allen Seiten hinab, und auch der Hirte sprang auf und flüchtete ganz von Sinnen mit den Tieren kopfüber den Hügel hinab. Der Gott aber schlug sich auf beide Schenkel und lachte Tränen, als er sie so davonspringen sah.

Auf dem nächsten Hügel stand er plötzlich breitbeinig über der Felswand und hielt einen gewaltigen Stein über dem Kopf. Als der Hirt, wie zufällig, aufblickte, sah er ihn und erstarrte. Da warf der Gott den Stein auf den Abhang gegenüber, daß sich eine Steinlawine löste und der Donner der herabstürzenden Steine und Felsblöcke durch die Täler rollte.

Der Gott in der Höhe hielt die Hände wie eine Muschel vor den Mund und rief: »Joh! Joh! Joh! Joh!« hinter Herden und Hirten her, die, ohne sich noch einmal umzuwenden, in weiten Sätzen den Berg hinabsprangen.

Der dösende Hirt viele Hügel weiter im Süden hörte eine langgezogene süße Melodie auf einer Hirtenflöte. Aber die Ziegen, die vor ihm gelegen hatten, sprangen plötzlich auf, richteten unruhig die Ohren, sicherten und standen sprungbereit da. Der Hirt erhob sich gelangweilt, wandte sich um und blickte nach allen Seiten. Er hörte die Flöte, aber er sah nichts – er sah nur plötzlich, daß der Gipfel des Berges das Gesicht des Gottes hatte und ihn angrinste, weil er eben erkannt worden war, und nun lachend und meckernd »Hui, hui, hui!« hinter den davonstürzenden Hirten und Tieren herrief.

Er ließ sie nicht los; er war ihnen auf den Fersen, auf diesem Hügel wie auf jenem, dem nächsten und dem übernächsten: Er trieb sie, und wenn sie nur einen kurzen Augenblick innehielten, Atem holen und sich bloß umsehen wollten, stand er schon wieder hinter einem Felsen und hob die behaarten Arme in die Höhe, oder er blies ihnen einen schrillen Flötenton in die Ohren, daß sie atemlos weiterliefen, blind, nur fort und hinunter und allesamt und von allen Hügeln über die Klippen der Steil-

küste in weitem Sprung, als wollten sie fliegen, dann aber hinabstürzend und auf den kantigen Strandfelsen aufschmetternd.
»Das war eine Hetz!«
Er saß nun, als die Sonne unterging, wieder auf den Stufen seines Tempels und berichtete stolz und voll Feuer, reckte sich und fühlte sich stark wie früher, selber jung, nur die Zeit war gealtert.
»Eine Hetz war das! Nun werden sie wohl wieder zu unseren Altären und Tempeln kommen und opfern und beten. Sie werden es sehen!«
»Ach, ich weiß nicht, ob das nötig war«, sagte Carow. »Hätte es ein kleiner Schrecken nicht auch getan?«
Der Gott spuckte auf die Steinplatte vor Carows Füßen: »Ein kleiner Schrecken? Ein Schrecklein, was? Ein leichtes Pieken mit der Nadel, nur nicht zu stark? Und dann: Liebe, Liebe, Liebe! Vergebung, Gnade, Frieden!«
Er spuckte wieder.
»Da war mir der Gott der Juden doch lieber: als er noch unser Vetter war, zu Beginn seiner Laufbahn, meine ich, als er klein und gering anfing und im Wüstensturm den Hirten – Jach! Jach! Jachve! – den Schrecken in die Ohren schrie, daß sie davonstoben, nicht wußten, wohin sie sich wenden sollten, bis sie niederfielen und ihr Antlitz verhüllten, weil sie seinen heißen Atem im Nacken fühlten und seine Stimme fürchteten und von seinem Schreckensglanz geblendet waren.
Nun ist er freilich gealtert und sitzt, Großpapa mit langem Bart, auf seinem Thron im Himmel und blickt majestätisch umher, läßt sich, wie bei uns das Gerücht geht, als der, der alles geschaffen hat, anbeten und sieht aus wie lauter väterliche Liebe. Und die Menschen sind mit ihm und sich zufrieden und glauben, auch er sei mit einer menschlichen Welt zufrieden, und sie verlassen sich darauf, daß er ihre kleine menschliche Seele in seiner Gnade erlöst.«
Carow hütete sich, ihm ins Wort zu fallen. Das Erlebnis auf den Hügeln hatte den Gott berauscht, und vielleicht war nicht jedes Wort, das er sprach, auf die Goldwaage zu legen.
»Aber warten Sie nur! Die süßmäuligen und mehlmündigen Prediger der Liebe, Gnade und Erlösung, die Gott nie fürchten gelernt haben, gerade sie wird der alte Herr, und die werden wir

alle noch einmal erschrecken, und wie! Wir werden ihnen schon zeigen, daß sie nicht in einer menschlichen Welt leben, sondern in einer, in der wir die Herrschaft haben, und da geht es nicht menschlich, sondern göttlich zu.
Da wird man kein Wort über die paar Hirten verlieren, die ich habe über die Klippen springen lassen. Denn wenn Großpapa sich erhebt oder wenn Zeus aufsteht, wachsen sie durch die Dächer ihrer Tempel. Wenn wir uns erst in unserem Zorn über die Menschen recken, wird in der ganzen Welt Heulen und Zähneklappen sein, bis man uns wieder fürchtet.
Ja, haben die sich vorhin erschrocken!
War das eine Hetz!«

Jule tut ein Wunder

Je näher sie dem Heiligen Bezirk des Tempels kamen, desto langsamer gingen sie. Einige Schritte vor der Grenze des *fanums*, da, wo der plattenbelegte Altarplatz begann, blieben sie stehen. Sie sahen sich um, ob der Duumvir Iulius Longus nicht da sei; aber der war im Rathaus aufgehalten worden. Sie nahmen die Hacken und Schaufeln von der Schulter und stellten sie neben sich. Sie wußten nicht weiter.
Es waren an die zwanzig Sklaven. Einige gehörten der Stadt, andere dem Bauunternehmer Statius Verus, der dem Bürgermeister Iulius Longus verpflichtet war und sich deshalb dem Auftrag nicht hatte entziehen können. Er selbst aber war, entgegen der Verabredung, die er mit dem Bürgermeister getroffen hatte, nicht mitgekommen. Seine Sklaven konnten sich denken, warum.
Carow kam aus dem Tempel, und die Sklaven drängten zurück. In der Hand hatte er den Stiel der Harke, die er bei seiner Ankunft im Tempel vorgefunden hatte. Damit zog er vor den Sklaven eine Linie über den Weg und sagte, wer sie überschreite, um Altar und Tempel zu zerstören, verletze den Heiligen Bezirk. Der Gott werde das nicht zulassen.
Die Sklaven wagten nicht, ihm zu antworten. Sie schoben sich in kleinen Schritten weiter und weiter zurück.

Die ganze Stadt hatte gestern davon gesprochen, daß Iulius Longus sich auf ein heikles Unternehmen eingelassen habe. Der Gott dort oben war zwar ein kleiner und minderer Gott; darüber waren sich alle einig. Aber er war doch schon vor Gründung der Stadt hier ansässig gewesen; da konnte es durchaus sein, daß er noch uralte Rechte und auch die Macht besaß, sie durchzusetzen.
Iulius Longus' Kollege, der Duumvir Marcus Pilonius hatte vorgeschlagen, dem Inuus einen Tempel weiter landinnen, auf dem Hügel zwischen der Mündung des Hales und des Palestro, zu errichten und dann sein Standbild aus dem verfallenen Tempel an der Stadtmauer in feierlichem Zug in den neuen zu überführen, ihm dort ein großes Fest zu geben und reiche Opfer darzubringen. Iulius Longus hatte eingewandt, daß dieser Plan nicht von heute auf morgen ausgeführt werden könne; man brauche aber das Terrain des Inuus-Tempels für den Kaiser-Altar unverzüglich, denn der Altar müsse bis zur Ankunft des erhabenen Herrschers geweiht und dienstbereit sein. Man konnte sich nicht einigen.
Marcus Pilonius war dienstlich in Rom und wurde erst in ein paar Tagen zurückerwartet. Bürgermeister Longus wollte daher vollendete Tatsachen schaffen. Er war keiner, der lange zögerte, und er war vor allem keiner, der sich von einem einmal gefaßten Vorsatz abbringen ließ. Eigentlich wollte er zugleich mit dem Arbeitstrupp am Tempel eintreffen und den Sklaven zeigen, daß der religiöse Aberglauben nicht ernst zu nehmen sei und daß sie sich deshalb getrost ans Werk machen könnten; denn dies sei ein Abbruchsunternehmen wie jedes andere.
Er war jedoch, gerade als er die Curie verlassen wollte, von einem Boten aufgehalten worden, einem Sklaven seines Landgutes, das etwa vier Stunden weiter südlich am Wege nach Palinurus lag.
Der Bote berichtete, was sich gestern am späten Nachmittag auf den Hügeln ereignet hatte. Erst kurz vor der Abenddämmerung sei einer der Hirten auf dem Gutshof eingetroffen, an Armen, Beinen, am Körper und Kopf so schwer verletzt, daß man an seinem Aufkommen zweifeln müsse. Seine Schafe und Ziegen seien, von Faunus erschreckt, in wilder Flucht den Berg herabgestürmt; er habe sich ihnen entgegengestellt, sie aber hätten

ihn niedergerissen und seien über ihn hinweggerannt. Die anderen Hirten seien von den Herden mitgerissen und über die Klippen der Steilküste getragen worden. Jetzt lägen sie alle zerschmettert unten am Strand: Tausende von Tieren und meilenweit.
Iulius Longus sah den Boten lange und durchdringend an, so daß er unruhig wurde und von einem Bein auf das andere trat.
»Sie können sich selbst überzeugen, Herr. Auf dem Weg hierher habe ich die Schafe und Ziegen unten am Strand liegen sehen, und Leichen von Hirten wurden zum Weg heraufgebracht. Sobald sie die Verluste übersehen können, werden die Verwalter einen neuen Boten schicken. Alle Verwalter und Sklaven des Gutes sind am Strand.«
»Woraus schließt man, daß der Hirte die Wahrheit sagt?«
»Er steht vor dem Tode, Herr.«
»Dann phantasiert er. Von einem Gott kann überhaupt nicht die Rede sein. Wahrscheinlich war es ein Erdbeben, das die Herden erschreckt und die Steinlawinen gelöst hat.«
Iulius Longus wartete auf eine Antwort, doch der Sklave schwieg.
»Jedenfalls«, fuhr der Duumvir fort und schloß damit das Gespräch ab, »verbiete ich, irgendwelche Gerüchte über das Erscheinen eines Gottes, der die Herden erschreckt haben soll, zu verbreiten. Ein Erdbeben hat natürliche Ursachen, und daß es sich gerade dort und zu dieser Zeit ereignet hat, ist nichts als ein Zufall. Du wirst sofort zurückgehen und den Befehl überbringen.«
Der Duumvir richtete sich auf und ging, aber er ging langsamer als sonst. Wenn zutraf, was der Bote berichtet hatte, mußten die Verluste sehr hoch, sie konnten sein Ruin sein. Doch darüber war erst nachzudenken, wenn ausführliche Berichte vorlagen.
Die Arbeitsgruppe der Sklaven erwartete ihn weit vor dem Heiligen Bezirk. Ein Vormann berichtete. Iulius Longus sagte, man werde zuerst den Altar in der Mitte des Tempelvorplatzes abtragen, dann den Tempel selbst. Das Baumaterial werde auf dem Gelände des Statius Verus gelagert und stehe Personen, die den Tempel an anderer Stelle wieder aufbauen wollten, dort zur Verfügung.
Man solle nun anfangen und den Altar abtragen.

Aber es rührte sich niemand.
Der Bürgermeister sah von einem zum anderen. Die Sklaven wichen seinem Auge aus, blickten zur Seite oder zur Erde oder untersuchten den Griff der Schaufel.
Iulius Longus sah ein, daß Drohungen und Strafen nichts ausrichten würden. Er nahm dem Nächststehenden die Hacke ab, befahl den anderen zu folgen und trat über die Linie, die Carow gezogen hatte. Er sah sich nicht um, aber er spürte im Rücken, daß sich noch immer niemand rührte.
Carow trat aus dem Tempel, und Jule folgte ihm. Carow sprach von der Treppe des Tempels aus, in ruhigem Tonfall, aber so laut, daß ihn auch die Sklaven verstehen konnten. Er warnte Longus weiterzugehen, denn der Gott Inuus werde eine Verletzung und Zerstörung seines Heiligen Bezirks nicht dulden.
Iulius Longus wandte sich zu den Sklaven um, die verlegen jenseits der Linie und unter den Bäumen standen.
»Ihr werdet jetzt selbst sehen«, sagte er, »daß dieser Gott keinen Finger rühren wird.«
Er ging zur Mitte des Tempelplatzes und hielt sich aufrecht, weil er den Sklaven ein Beispiel seiner Unerschrockenheit geben wollte; und doch hatte er ein ungutes Gefühl, er spürte es im Magen; es kamen ihm Zweifel, ob es weise gewesen war, sich vor den Sklaven als Held aufzuspielen. In seinem Kopf hatte er die Bilder der Götter gelöscht, aber nicht in seinem Bauch. Es war ihm übel, und er hoffte, es werde nicht so schlimm, daß er sich vor diesen Sklaven übergeben müsse. Er richtete sich noch mehr auf, so daß sein Kreuz ganz hohl war, und ging steif und mit steifen Schritten zu dem Marmoraltar, der nicht viel höher, aber bedeutend breiter und länger war als ein Tisch. Jule und Carow traten hinter die Säulen des Tempels zurück.
Der Bürgermeister Iulius Longus hob die Spitzhacke und schlug zu.
In diesem Augenblick und so, als habe er sie durch seinen Schlag bewirkt, ereignete sich die Detonation.
Iulius Longus wurde bis zum Geländer des Platzes geschleudert. Er blieb liegen und rührte sich nicht. Die beiden vordersten Sklaven, die etwa zwanzig Schritte von ihm entfernt unter den Bäumen gestanden hatten, hatte der Luftdruck umgerissen. Die Flügel der Tempeltür waren nach innen geschlagen und

gegen die Türleibung geknallt. Bruchstücke der roten Ziegelplatten, die den Platz bedeckten, waren überall herumgeflogen, bis aufs Dach, so daß sie, zusammen mit zerbrochenen Dachziegeln jetzt wieder herunterfielen. Blätter, von den Bäumen abgerissen, segelten durch die Luft. Von der Decke der Tempelvorhalle waren breite zusammenhängende Stuckplatten abgestürzt, dicht neben Jule und Carow. Beide waren blaß.
Nach der Detonation war es still. Jule war der erste, der die Sprache wiederfand.
»Mein Gott!« sagte er. »Das war zuviel. Ich glaube, die Hälfte hätte auch genügt.«
Carow lief zum Duumvirn Longus, der vor dem Geländer bewußtlos am Boden lag. Er war nur noch mit dem Schurz bekleidet. Der Luftdruck hatte ihm Tunika und Schuhe weggerissen. Sein Puls war zu fühlen. Das Gesicht war bleich. Die Nase blutete, und von einer Wunde am Haaransatz lief Blut zum Ohr. Carow wischte es mit einem Taschentuch weg. Die Wunde war nicht tief, aber Carow rechnete mit einer Gehirnerschütterung. An den Schultern, der Stirn und den Knien stellte er beträchtliche Schürfungen fest.
Der rechte Oberarm war gebrochen. Als Carow ihn berührte, öffnete Longus die Augen, erst einen Spalt, daß man nur das Weiße sah, dann ganz. Sie schielten. Er sprach nicht.
Die Sklaven waren schon längst davongelaufen. Man konnte sie vom Geländer her noch sehen: Die vordersten rannten und waren schon bei den ersten Häusern der Stadt; einige waren zurückgeblieben, weil sie hinkten, und ein paar, die die Arme um die Schultern von anderen gelegt hatten und auf diese Weise halb gingen, halb getragen wurden, kamen als letzte.
Carow lehnte Longus an das Geländer und schickte Jule zum Rathaus, um eine Sänfte zu besorgen und selbst darauf zu sehen, daß die Träger auch raufkamen; denn es war anzunehmen, daß jetzt nur wenige Leute in Velia geneigt waren, sich dem Tempel zu nähern. Jule lief.
Aus der Cella des Tempels hörte Carow seltsame Geräusche und etwas, was wie ein unterdrückter Fluch klang.
Das Standbild des Inuus hielt sich das Schienbein.
»Um Gottes willen!« rief Carow. »Sind Sie verletzt?«
»Nein, es ist fast nichts, aber ich brauche dennoch Ihre Hilfe.

Als die Türen aufsprangen und ich sah, wie Iulius Longus weggeschleudert, der Sklaventrupp dahingemäht wurde, und wie es blitzte, rauchte, donnerte und krachte, habe ich vor Freude einen Luftsprung getan und dabei diesen rechten Unterschenkel gebrochen.«

»Schmerzt es?« fragte Carow.

»Unsinn! Pardon! Natürlich schmerzt es nicht. Das Bein ist doch aus Holz. Aber Sie müssen mir helfen, damit ich nicht umfalle. Es wäre ja zu lächerlich, wenn ich mich jetzt in der Stunde meines Triumphes, nicht einmal aufrecht halten könnte, und wenn man mich hier, halb zerstört, am Boden liegend finden würde! Ist der Altar draußen beschädigt?«

»Nicht im geringsten. Sie können ganz beruhigt sein. Die Detonation ging von einem heiligen *Bothros*, etwa zehn Schritte neben dem Altar aus.«

»Gut, sehr gut! Und nun die Stütze, bitte!«

Carow nahm den Harkenstiel, setzte ihn an der Basis des Standbildes auf und zwängte das andere Ende dem Gott in die Achselhöhle.

»Wird es so gehen?«

»Vorläufig, ja. Ich hatte schon lange Zeit Sorge mit diesem Bein. Da ist bereits seit einigen hundert Jahren ein Holzwurm drin. Er war einfach nicht zu bewegen rauszukommen. In dem Bein fühlte er sich sicher; aber er wußte, in dem Augenblick, in dem er es verließ, hätte ich ihn erwischt. Doch ich kann mir schon denken, wer dieses Insekt auf mich angesetzt hat. Ich kriege ihn noch, dieses Bürschchen!

Da haben Sie ein Beispiel für Leiden und Ohnmacht der Götter! Hat irgendeiner der Großen aus dem Olymp daran gedacht, mir zu helfen und diesen Banditen Longus unschädlich zu machen?

Sie dagegen, obwohl derzeit nur ein Mensch, haben mich gerettet. Sie können, ich brauche das nicht zu beteuern, immer auf mich zählen. Ich sage es Ihnen noch einmal: Mein Haus, dieser Tempel, ist Ihr Haus.

Hat das vorhin geblitzt, gedonnert und gekracht, der ganze Tempel hat gezittert! Es hätte freilich noch ein wenig stärker sein können: Der Bandit lebt ja noch, wenn er auch nie wieder sein wird, was er einmal war.

Doch mißverstehen Sie mich nicht! Ich bin dennoch dankbar und sehr zufrieden und frage mich, ob der Erderschütterer Poseidon jemals ein so präzis wirkendes Wunder vollbracht hat. Ich bezweifle es. Wie haben Sie das nur gemacht, mein Freund? Können Sie es mir nicht verraten?«
»Nein«, antwortete Carow, »da müssen Sie Jule fragen.«

Von Jules Unterricht und seinen Schülern

»Ich habe einen guten Gedanken«, sagte der Pholarch. »Wir sollten ein System für die Verteilung der Zigaretten ausarbeiten, das uns die ständigen Peinlichkeiten erspart, die sich für Sie wie für mich ergeben, wenn ich um die Lieferung einer weiteren Stange nachzusuchen gezwungen bin.
Ich habe Verständnis dafür, daß es Ihnen schwerfällt, Zigaretten herzugeben; denn Sie sind süchtig. Wir müssen die Verteilung einer neutralen, nichtsüchtigen Instanz überlassen.
Ich mache Ihnen einen Vorschlag, selbstlos und nur, um Ihnen zu helfen: Geben Sie mir Ihren gesamten Vorrat! Ich werde Ihnen jeden Tag eine bestimmte Menge, sagen wir, ein Päckchen oder auch anderthalb, aushändigen; und ich werde mir gestatten, ebensoviel zu entnehmen, nie auch nur eine einzige Zigarette mehr als Sie erhalten haben. Das System wird Sie zur Sparsamkeit erziehen.«
Carow antwortete:
»Es lohnt sich aber nicht mehr; denn ich habe nur noch fünf Stangen.«
»Fünf Stangen!« rief der Pholarch. »Nur fünfzig Päckchen, eintausend Zigaretten! Sie müßten doch noch an die zwanzig Kartons haben, wenn Sie nicht heimlich und im schädlichen Übermaß geraucht haben.«
Phokas und Carow gingen in der langgestreckten, zur Stadt und dem Meer hin offenen Säulenhalle, der Stoa, auf und ab. Es war die Zeit vor dem Abendessen.
»Ich habe nur noch fünf«, sagte Carow nachdrücklich, fügte dann aber hinzu: »Höchstens aber sechs.«
In Wirklichkeit waren es jedoch elf.

»Haben wir denn so viel geraucht?«
»Ich habe Ihnen, Sie erinnern sich, erst in der vergangenen Woche wieder zwei Stangen gegeben.«
»Ja, ja! Aber nur noch fünf Kartons, allerhöchstens sechs? Raucht etwa ein Dritter heimlich mit?«
Er blieb stehen.
»Hören Sie etwas?«
»Jules Stimme«, antwortete Carow. »Er gibt den beiden Philosophen Deutschunterricht. Sie selbst hatten es doch angeregt.«
»Natürlich, aber das ist nicht nur seine Stimme. Man schreit sich an, man prügelt sich. Hören Sie doch! Wir müssen hin! Schnell!«
Phokas schlug eine eiligere Gangart ein und geriet gleich ins Schnaufen. Der Lärm kam aus dem Assistentenflügel, genauer gesagt, aus dem Zimmer der beiden Ständigen Philosophen Pelops und Pittakos.
Es klatschte, aber man schlug sich nicht. Man sprach mit erhobener, aber nicht mit feindlicher Stimme.
»Was ist dort im Gange?« fragte der Pholarch und sah Carow besorgt an.
Carow horchte, und er horchte noch einmal, weil er glaubte, sich verhört zu haben. Dann öffnete er den Vorhang vor der Türöffnung einen Spalt, so daß der Pholarch und er hineinsehen konnten.
»Pique Dame!« schrie Pelops auf deutsch und knallte eine Karte auf den Tisch.
»Bube!« überschrie Jule ihn und knallte seine Karte auf die andere.
Pittakos reckte den Hals lang, daß sein gelblich-weißer Bart waagerecht über dem Tisch stand, schrie auf deutsch: »Scheißkarten!« und bediente mit lahmer Hand.
Carow ließ den Vorhang wieder zufallen.
»Kreuz As!« hörten sie Pelops rufen, als sie, um die Spieler nicht zu stören, leise zurückgingen.
»Was geschieht dort?« fragte der Pholarch. »Ich bin in Sorge. Ich stehe vor einem Rätsel. Sie sind doch sonst so friedlich. Warum schlugen sie diese Papyrusblätter mit Gewalt auf den Tisch? Und was schrien sie? Unterhält man sich so auf germanisch?«

»Sie lernen Skat«, sagte Carow und erläuterte das Spiel.
»Alle in diesem Hause«, sagte Phokas klagend, »sprechen germanisch. Nur ich nicht.«
»Wozu wollen Sie es lernen? Sie werden doch nie Gelegenheit haben, die Sprache anzuwenden.«
»Aus Neugier«, antwortete Phokas. »Haben Sie selbst mir nicht erzählt, daß man in Ihrem Jahrhundert Lateinisch lernt, ohne es in der Praxis anwenden zu können?«
»Ich werde mit Iulius sprechen. Er wird Ihnen sicher gerne etwas Germanisch beibringen. Auch die Sprache der Gallier oder Briten?«
»Nein, *eine* solche Eingeborenensprache genügt vorerst. Unterrichten ist für Iulius doch auch eine schicklichere Beschäftigung als das, was er dort in dem Fischerschuppen vor der Stadt treibt. Welchen Sinn haben überhaupt seine geheimen Experimente?«
»Eigentlich dürfte ich es gar nicht sagen; Iulius hat einmal mit dem Duumvirn Marcus Pilonius Honoratus über Uhren gesprochen, und darauf hat dieser ihn gebeten oder Iulius hat ihm vorgeschlagen, eine große Uhr zu bauen, die ins Giebelfeld der Ratsbasilika eingesetzt werden soll – als Überraschung und Geschenk des Marcus Pilonius für die Bürger der Stadt. Die Konstruktion der Uhr ist nicht leicht, weil bei uns alle vierundzwanzig Stunden gleich lang sind, bei Ihnen aber der Tag von Sonnenaufgang bis Sonnenuntergang in zwölf Stunden geteilt wird, so daß die Stunden nach unserer Berechnung hier in Velia im Juni rund fünfundsiebzig, im Dezember rund fünfundvierzig Minuten lang sind. Doch Iulius hat inzwischen alles berechnet und auch für die Mechanik einen Weg gefunden.«
»Warum macht er das eigentlich?« fragte Phokas. »Handarbeit! Und noch dazu in so unreinlicher Umgebung, in einem Fischerschuppen!«
»Ja, warum? Ich glaube, weil er immer andere Menschen zum Staunen bringen will, daß sie den Mund aufsperren und daß ihnen die Augen zum Kopf herausspringen. Er möchte Wunderwerke bauen und Wunder tun können.«
Phokas schüttelte den Kopf. Er verstand das nicht. Sie gingen zurück zur Stoa.
»Ich wollte Sie vorhin schon fragen: Was hat es wohl mit dem

Wunder auf sich, das sich heute früh an dem kleinen Tempel ereignet haben soll – ereignet hat. Können Sie es sich erklären?

Man hatte nach dem furchtbaren Knall geglaubt, der Berg sei ausgebrochen wie seinerzeit der Vesuv. In meinem Bad sind die Glasfenster eingedrückt worden, und auch eins der großen Fenster vor dem Belvedere ist in Scherben. Die Stadt ist in Unruhe. Man fürchtet den Zorn der Götter.«

»Die Bürger der Stadt brauchen sich keine Sorge zu machen. Es kann ja auch nicht vom Zorn der Götter die Rede sein, sondern höchstens von dem Zorn eines Gottes, des Inuus, den Sie den ›Schafs- und Ziegengott‹ zu nennen pflegen.«

»Bitte, bitte!« warf der Pholarch alarmiert und mit gedämpfter Stimme ein. »Wann soll ich das je gesagt haben! Sprechen Sie solche Worte doch nicht aus! Wenn ich derartige Ausdrücke überhaupt in den Mund genommen haben sollte, dann kann das doch nur im Scherz geschehen sein. Nein, bitte! Also wirklich!

Wie die Stadt, so bin auch ich beunruhigt, weil dort auf dem Berg etwas geschehen ist, was ich nicht verstehe. Wie ich gehört habe, waren Sie und Iulius auch dort oben, als sich das Wunder ereignete. Ganz zufällig? Und haben Sie oder Iulius vielleicht an dem Wunder mitgewirkt?«

Der Pholarch sah Carow forschend an.

»Wir waren nicht zufällig dort. Wir hatten gehört, daß der Duumvir Iulius Longus heute früh bei Dienstbeginn den Altar und Tempel abreißen lassen wollte. Aber ist das Wunder, daß gestern nachmittag alle Herden des Iulius Longus ins Meer gestürzt sind, nicht viel eindrucksvoller?«

»Bitte lenken Sie nicht ab! Das finde ich überhaupt nicht eindrucksvoll. Man hat doch schon oft gehört, daß Herden in panische Furcht geraten sind und sich in Schluchten oder Flüsse gestürzt haben.«

»Es war aber Inuus selbst, der die Tiere über die Klippen ins Meer getrieben hat.«

»Nun ja, nun ja! Mag sein. So etwas liegt gewissermaßen in seiner Natur – oder in der Natur der Schafe und Ziegen. Aber daß der Gott in dem Augenblick, wo der Duumvir seinen Altar berührt, einen Blitz aussendet und ihn zu Boden wirft – das finden Sie nicht so bemerkenswert? Oder daß Longus die Sprache noch immer nicht wiedergefunden hat, und daß ihm ein Auge schief im Kopf steht? Wie erklären Sie sich das? Wie können Sie mir das erklären?«

»Der Gott hatte ihn doch gewarnt, und Longus hat die Warnung in den Wind geschlagen.«

»Sie sprechen von der Warnung, die Sie dem Bürgermeister bei Ihrem Besuch vorgestern übermittelt haben?«

»Sie wissen davon?«

»Longus glaubte aus Ihren Worten nicht die Stimme des Gottes zu hören. Er vermutete, es seien eher persönliche Gründe, die Sie zu dieser Intervention veranlaßten.«

»So beliebte er auch meine Worte zu interpretieren, als ich mit ihm sprach. Er wollte sich nicht überzeugen lassen. Er war halsstarrig. Auch heute früh nahm er meine Worte nicht ernst, betrat trotz meiner Warnung das *fanum* und schwang die Spitzhacke gegen den Altar, was dann die beklagenswerten Folgen hatte.«

»Haben Sie gelegentlich in dem Tempel übernachtet?«

Carows Augenbrauen hoben sich etwas, und in seiner Antwort spürte man Frost.

»Ja. Warum fragen Sie?«

»Sind Sie sicher, daß Sie wirklich Inuus' eigene Worte und Warnungen übermittelt haben? Ist er Ihnen etwa, als Sie dort schliefen, im Traum erschienen? So etwas wird ja häufig berichtet.«

»Nein, er ist mir nie im Traum erschienen, sondern immer wirklich, so wirklich wie Sie jetzt in diesem Augenblick. Er hat mir, wenn wir uns unterhielten, manchmal von seinen Sorgen erzählt, und als er letzthin davon sprach, daß Longus den Tempel abreißen lassen wolle, habe ich ihm den Gefallen getan und seine Warnung dem Bürgermeister überbracht. Ich habe das getan, weil der Gott mir leid tut und weil ich ihn mag.«

Phokas rieb sich das Kinn und sah Carow nachdenklich an.

»Hat außer Ihnen jemand den Gott gesehen, ich meine natürlich nicht sein Standbild, sondern ihn persönlich? Iulius vielleicht?«

»Iulius? Nein.«

»Oder einmal angenommen, es habe sich außer Ihnen des

Nachts noch jemand im Tempel befunden – hat diese Person ihn gesehen?«

»Ich sehe, der Duumvir Longus hat geplaudert, und Sie wissen Bescheid. Nein, Serena hat, wenn ich mich mit dem Gott unterhielt, stets geschlafen. Inuus hat dafür gesorgt.«

»Außer Ihnen hat ihn also niemand gesehen. Hm!«

Phokas dachte nach.

»Als ich Kind war, pflegten wir im Sommer zu dem Tempel zu gehen und auf seiner Rückseite, wo so viele Kamillen standen, Grillen zu fangen. Manchmal sahen wir auch von der Tür aus in die Cella. Man hatte Angst. Sieht er wirklich so aus wie das schreckliche Standbild?«

»Schrecklich? Jeder Museumsdirektor meines Jahrhunderts würde in Jubelrufe ausbrechen, wenn er dieses Götterbild sähe. Eine so alte Holzstatue wäre ein Unikum und für europäische Museen unbezahlbar. Steif, streng, uralt und göttlich in einer Weise, die wir gar nicht mehr verstehen. Leider ist sie – bei dem Alter verständlich – morsch: In dem rechten Unterschenkel ist ein Holzwurm. Vielleicht kann Iulius etwas dagegen tun.«

»Wir haben gute Handwerker in der Stadt, die ihm das Bein ersetzen könnten«, sagte der Pholarch.

»Mag sein, aber die Restauration einer so alten Statue ist doch ein heikles Geschäft und erfordert Kunstsinn und Stilgefühl. Ich weiß nicht, ob man sie einem kleinen Handwerker von hier überlassen sollte.«

»Man könnte auch jemand aus Rom kommen lassen.«

»Daran könnte man denken, ich glaube aber, wir sollten die Entscheidung darüber ihm selbst überlassen.«

»Sieht er denn so aus wie sein Standbild?«

»Er ist gedrungener und muskulöser.«

»Hat er spitze Ohren?«

»Ja, sie gehen spitz zu, aber das tut nichts. Ich könnte ihn mir gar nicht anders vorstellen.«

»Groß?«

»Seine Größe wechselt. Gewöhnlich, wenn wir auf den Stufen sitzen und eine Zigarette rauchen, ist er nicht größer als ich.«

»Was!« rief der Pholarch, und seine Stimme überschlug sich dabei. »Eine Zigarette rauchen, sagten Sie?«

»Ich danke Ihnen noch einmal«, sagte Inuus. »Setzen Sie sich bitte wieder an Ihren Platz! Sie steigen recht schnell im Ansehen der Menschen. Wie hoch wollen Sie eigentlich noch hinaus? Sie verbreiten Schrecken.«
»Sie meinen wegen der Geschichte von heute früh dort an Ihrem Altar?«
»Nicht nur deswegen, sondern auch wegen der ›Geschichte‹ von gestern abend. Serena wird heute nicht kommen.«
»Warum? Ich habe ein merkwürdiges Gefühl«, fragte Carow, »es ist etwas passiert, nicht wahr?«
»Ja, gestern abend, in ihrem Hause. Zur Zeit steht ihr Garten ganz voller Menschen, die Sie für den Frevel um Vergebung bitten, den Ollius Rufus Ihnen gestern abend antun wollte.«

Ollius Rufus war am Abend zuvor ungewöhnlich guter Dinge gewesen:
Er kraulte eine Kuh, die im Hof stand, am Hals und schlug einem Maultier auf die Kruppe. Selbst nach dem Hund trat er nicht, als er an ihm vorbei ins Haus ging. Im Atrium stand die Stubensklavin Petronia. Er sah ihr gerade ins Gesicht. Sie war überrascht, aber sie wich dem Blick nicht aus. Sie wich den Blicken von Männern nie aus. Sie ging ihm auch nicht aus dem Weg, sah ihm in die Augen, und als er an ihr vorbeiging, machte sie eine kleine, kaum bemerkbare Bewegung mit den Schultern. Na?
Er sah das, aber er ging zur Seite und an ihr vorüber. Sie nahm das Staubtuch wieder auf und wischte lustlos über eine Tischplatte. Sie hatte von ihm auch nichts anderes erwartet.
Wenn Serena und er beim Abendessen lagen, fielen gewöhnlich nur wenige Worte. Diesmal aber war Rufus aufgeräumt und, für seine Verhältnisse, geradezu geschwätzig, weil er eben erfahren hatte, daß am nächsten Morgen der Tempel des Inuus abgerissen werden sollte.
Longus, so berichtete er, werde selbst zum Tempel kommen. Zuerst werde man den Altar abreißen, dann das Dach abdecken. Die Statue werde man außerhalb der Stadtmauern begraben.

Auch die Pinien müßten gefällt werden, da man vor dem Altar des Augustus einen großen freien Platz für das Volk brauche. Sie, Serena, werde heute und in Zukunft wohl öfter als vorher im Hause schlafen müssen, wie ihm scheine.
Serena schwieg, und als sie das Gerede nicht mehr aushalten konnte, stand sie auf, lief in ihr Zimmer und warf sich aufs Bett.
Ollius Rufus aß zufrieden weiter.
Kauend rief er nach Petronia. Sie erschien aber nicht. Erst als er noch einmal und lauter rief, kam Tertia aus der Küche und blieb an der Tür des Eßzimmers stehen. Er schickte sie hinaus: Alle Sklaven und die Freigelassenen sollten sich in dem Garten hinter dem Haus versammeln.
Man sollte sich nicht in ihm täuschen. Er war stark, und so wie der Duumvir Longus in der Stadt, so wollte er jetzt in seinem Hause Ordnung schaffen. Er ließ sich noch ein Glas Wein einschenken.
Die Tür zu Carows früherem Zimmer war mit Kette und Vorhängeschloß zugesperrt. Rufus warf sich mit der Schulter dagegen und riß mit einem Ruck die Krampen aus dem Holz, an denen die Kette hing. Es war ein Schloß, von Frauenhand vorgelegt.
Die Tür sprang auf. Rufus öffnete die Fensterläden und ließ sich den Leuchter bringen. Draußen standen schon Sklaven und warteten. Es kamen noch mehr um die Ecke. Sie sollten nun sehen, wie er mit diesem Gottesbild umging. Er würde es aus dem Fenster werfen, und draußen im Garten würde man dann mit den Füßen drauf herumtrampeln und darauf pissen.
Rufus stieß den Kranz aus Pinienzweigen vor der Statue beiseite; er umfaßte ihre Hüfte und hob sie an, aber nur eine Hand hoch, dann mußte er sie wieder niedersetzen. Drei Mann hatten seinerzeit den Marmortorso des Priapus hereingetragen und aufgestellt.
Als Rufus ihn angehoben hatte, war das gestreifte Hemd des Gottes Carus hochgerutscht, und der Riesenphallus ausgetreten. Der grobgeschnitzte hölzerne Kopf mit dem rotfarbenen Wollbart und Wollhaar auf dem dicken Hals hatte sich gelockert und wackelte und nickte nun über dem Torso, der die kleinen Arme verzweifelt in die Höhe streckte.

Die Sklaven sahen vom Garten aus durch das Fenster, wie Rufus noch einmal das Standbild umfaßte. Jetzt kippte er es und zog es eng an seine Brust. Von draußen schien es, als ringe er mit dem Gott. Die Sklaven wichen zurück, weil es ihnen unheimlich war und weil sie fürchteten, der Kampf nehme kein gutes Ende.
Serena und Tertia kamen, aber sie blieben erstarrt in der Tür stehen, als sie sahen, wie das Gottesbild mit Ollius Rufus umging.
Er umfaßte es noch einmal und hob es an, nicht mehr als handhoch; doch es war zu schwer zu halten, drohte grotesk vornüber zu kippen, neigte sich nach hinten und richtete sich erst im letzten Augenblick wieder auf, während Rufus mit kleinen Schritten das Gleichgewicht und den Boden unter den Füßen zu halten suchte. Doch dann fiel der große Holzkopf mit großem Gepolter auf den Boden, und Rufus hielt nur noch den Torso des Priapus umfaßt. Er schob ihn mehr, als daß er ihn trug. Den Zuschauern im Garten aber schien es, als tanze das Kultbild mit Rufus, der es nun zum Fenster zu drängen suchte; doch plötzlich fiel er zusammen.
Vielleicht hatten seine Kräfte nachgelassen, oder er war ausgerutscht und hatte das Gleichgewicht verloren. Die Statue aber stürzte krachend auf ihn und Carows hölzernes Bett.
Rufus war eingeklemmt.
Serena rief einige Sklaven herein; sie kamen eilig durch das Fenster, hoben die Statue an, richteten sie auf und stellten sie wieder auf den Sockel. Der rotfarbene wollbehaarte Kopf lag irgendwo am Boden, aber Priapus' erigiertes Glied ragte weit aus dem Hemd heraus.
Rufus' Gesicht war grau, und in einem Mundwinkel sammelten sich einige Tropfen Blut. Er hatte die Augen geschlossen und stöhnte, als man ihn aufzurichten versuchte.
Serena ließ ihn in sein Zimmer schaffen. Er war bewußtlos. Die Sklaven und Sklavinnen im Garten wagten sich nicht näher an das Fenster heran, aber sie reckten die Hälse, um zu erkennen, was im Zimmer vor sich ging. Petronia kam mit einem dreiarmigen Ölleuchter. Sie kam aus freien Stücken, weil sie sehen wollte, was geschehen war und um nachher davon erzählen zu können.

Serena schloß das Fenster und schickte Tertia zu Rufus, die aber greinend erklärte, sie könne doch kein Blut und keine Verletzten sehen. Sie fürchte sich, allein bei dem Herrn zu sein, wenn er sterbe. Sie fuhr fort, bis Petronia plötzlich aufkreischte, weil sie mit dem Ölleuchter an Priapus' Phallus gestoßen war. Serena schob Tertia hinaus.
Sie legte das Hemd wieder ordentlich und anständig um die Marmorstatue, richtete den Kopf des Gottes auf, der in die Ecke gerollt war, küßte ihn, von Petronia abgewandt, auf die Stirn und bat ihn, die ruchlose Mißhandlung zu verzeihen. Die Sklaven mußten ihr helfen, den Kopf wieder auf den Marmortorso des Priapus zu setzen.
Rufus lag auf seinem Bett. Eine kleine Öllampe auf einer Konsole gab etwas Licht. Tertia stand weit vom Bett an der Tür, ängstlich an einem Fingernagel kauend. Rufus öffnete die Augen, sah sie und erkannte sie wohl auch. Er winkte ihr mit schwacher Bewegung der Hand, zu ihm zu kommen. Aber Tertia wimmerte nur und tat, als habe sie die winkende Hand gar nicht wahrgenommen.
Serena trat ein. Sie sagte in der Richtung zum Bett, man könne heute abend nicht mehr zum Arzt nach Velia schicken, weil die Stadttore schon geschlossen seien. Morgen früh bei Morgengrauen werde aber der Bote losreiten. Sie fragte zum Bett hin, ob man noch irgend etwas bringen oder tun solle.
Rufus antwortete nicht, er schloß die Augen.
Serena war schon gegangen, als er ihr noch etwas sagen wollte; doch der Gedanke war ihm, als er die Worte suchte, schon wieder entfallen. Tränen traten zwischen den geschlossenen Lidern hervor. Der Gedanke, daß er nun sterben würde, allein, ging ihm durch den Kopf und war sofort wieder entschwunden.
Die Ärzte Velias waren, als der Bote am nächsten Morgen eintraf, mit dem Bürgermeister Iulius Longus beschäftigt, der gerade in einer Sänfte ins Haus gebracht worden war, mehr aber noch mit seiner Frau Lassia, die die Diagnose und Therapie jedes Arztes anzweifelte und jeweils *consiliarii* hinzugezogen haben wollte. Doch auch eine ärztliche Visite hätte Ollius Rufus nichts mehr genutzt. Er hatte einen Leberriß.
Die Menschen waren am Abend nach dem Unfall aus der gan-

zen Umgebung gekommen und standen dicht gedrängt im Garten. Sie wollten das Bild des Gottes sehen, der Ollius Rufus niedergeschlagen und am Morgen den Magistrat Iulius Longus gewarnt hatte, das Heiligtum des Inuus zu verletzen.

»Serena ist eben in Ihr provisorisches Heiligtum gegangen«, sagte Inuus, neben Carow auf den Tempelstufen sitzend, »und hat aus dem Fenster heraus den Versammelten mitgeteilt, daß Ollius Rufus vor einigen Augenblicken gestorben ist.
Die Menschen stehen dort im Garten, weil sie Ihr Standbild sehen wollen, das sie fürchten, jetzt mehr als je zuvor.
Tief im Innersten befriedigt es sie nämlich, daß da jemand ist, vor dem sie in Furcht stehen können. Diese Furcht dürfen Sie ihnen nicht nehmen; denn aus dieser Gottesfurcht sprießen Frömmigkeit und Religion. Zudem fürchten sie uns ja auch zu Recht.
Jetzt knien sie alle im Garten, heben die Hände und flehen Ihr Bild am Fenster an, den Frevel des Ollius Rufus nicht an ihnen zu rächen.«
»Diese Menschen haben doch aber gar nichts getan! Wie kommen sie denn auf den Gedanken, daß ein Gott das, was *Rufus* getan hat, an *ihnen* vergelten könnte. Würden Sie es denn tun?« fragte Carow.
Inuus überlegte, dann erwiderte er:
»Ich bin vielleicht etwas altmodisch; aber ich würde sie nicht ungeschoren lassen.«
»Aber diese Menschen sind doch unschuldig.«
»Ja, ja, natürlich. Ich weiß! Aber das ist doch kein Einwand!«

Meyer-Proske glaubt, sein Hotel brennt

Das Telefon klingelte. Ich sah nach der Uhr auf dem Nachttisch. Es war drei Uhr zweiundzwanzig.
Ich ließ das Telefon klingeln, denn das konnte nur Redlich sein. Als es aber nicht aufhörte, schwankte ich, ob ich nicht doch den Hörer abnehmen sollte, weil es ja auch der Portier sein konnte, der mich davon unterrichten wollte, daß das ganze

Hotel in Flammen stehe, die Feuerwehr aber wegen der Rauchentwicklung nicht mehr zum vierten Stock durchkomme, daß jedoch Sprungtücher ausgebreitet werden sollen, und ich möchte mich doch bitte schnell anziehen. Ich schnupperte, und es roch in der Tat nach Rauch.

Strom war aber noch da. Ich machte Licht und hob den Hörer ab. Es war aber weder Redlich, noch war es der Portier. Jeannette war am Apparat und fragte:

»Weißt du zufällig, wo das Manuskript ist?«

»Welches Manuskript?«

»Na, Jules Manuskript. Carows Tagebuch natürlich.«

»Mein Gott, Jeannette! Es ist jetzt – Augenblick! – drei Uhr sechsundzwanzig. Wie soll ich da wissen, wo das Manuskript ist! Ich denke, das Hotel brennt.«

»Dein Hotel brennt?« fragte sie mit hoher Stimme.

»Nein, ich habe das nur gedacht. Ich kann dir das jetzt nicht erklären. Jule soll erst mal überall nachsehen.«

»Er sucht schon, seit wir zu Hause angekommen sind. Es ist weg.«

»Es liegt doch immer in eurem kleinen feuersicheren Safe.«

»Ja, aber er hat es heute nachmittag rausgenommen, weil es ihm da nicht sicher genug war. Er sagte, wenn einer bei uns einbricht, knackt er doch zuerst das Safe. Deshalb hat er es in den Schutzkarton von einem Lexikon-Band gelegt. Jetzt ist es nicht mehr drin.«

»Welchen Band?«

»In den ersten. AA bis BZ.«

»Aber das ist doch idiotisch! Der erste Band ist doch der unsicherste von allen. Da guckt doch jeder Einbrecher zuerst nach. Hat Jule schon im zweiten nachgesehen?«

»Ich werde mal fragen.«

»Also, Jeannette!« sagte ich und seufzte.

»Tut mir leid, daß ich dich geweckt habe.«

»Du hast mich gar nicht geweckt. Ich habe die ganze Nacht, seit wir uns unten an der Laterne verabschiedeten, an dich gedacht. Ich habe solche Wut auf dich. Einunddreißigtausend! Wenn du nicht immer gesagt hättest, ich solle nichts riskieren, und wenn ich nicht auf deinen Rat immer so viele Jetons in Reserve gehalten hätte, sondern immer den ganzen Haufen auf

Plein gesetzt hätte, dann hätte ich Hunderttausende machen können.«

»Hunderttausende? Jule hat auf dem Weg nach Hause ausgerechnet, wenn wir immer auf volle Nummer gesetzt hätten, dann wäre die Bank nach spätestens zwei Stunden gesprengt gewesen.«

»Mein Gott!« sagte ich. Ich war so ergriffen, daß ich einhängte, ohne »Gute Nacht!« zu sagen; aber an Schlaf war nun gar nicht zu denken.

Um sieben, als ich gerade wieder eingeschlafen war, rief Jule an. Das Manuskript sei wieder da. Ich solle mir keine Sorge machen. Es habe *doch* im Safe gelegen, aber er könne sich nicht erinnern, es hineingelegt zu haben. Es sei doch alles sehr merkwürdig.

Am Vormittag brachte ich mein Geld zur Bank, und da traf ich Peggy, die jeden Tag dorthin geht und fragt, ob kein Geld für sie angekommen ist.

Sie hatte schon von meinem Gewinn gehört. Sie gratulierte und meinte, ich müsse ein todsicheres System haben. Ich solle doch nicht leugnen. Ob wir heute abend nicht zusammen ins Casino gehen könnten.

Das taten wir nicht, aber ich zog in das Hotel Hofgarten, dem Casino gegenüber, und nahm mir dort eine Suite. Denn meine Mittel erlaubten mir das, wie es im Liede heißt.

Peggy wohnte auch da.

Nachmittags war ich bei Jule. Als wir uns hingesetzt hatten, fing er gleich an:

»Jetzt kommt die Geschichte von den Zigaretten.«

»Immer der Reihe nach!« sagte ich. »Ich habe noch ein paar Fragen.«

»Na gut, doch es ist schwer zu beschreiben, wie abhängig die von den Zigaretten waren. Sie spielten es zwar immer herunter, vor allem der Pholarch, aber in Wirklichkeit glaubten sie, als sie den letzten Karton anbrachen, jetzt sei das Ende der Welt gekommen.«

»Du bist mir zu schnell über die Detonation am alten Tempel hinweggegangen.«

»Na ja«, sagte er, »wir wollten dem Iulius Longus eigentlich doch bloß einen Schrecken einjagen. Aber ich hatte eben zu viel von dem Sprengstoff genommen.«

»Was war es denn? Schwarzpulver? In deiner Werkstatt gemacht?«

»Wo denkst du hin! Trinitrotoluol in Plastiziermittel gebunden. Mitgebracht natürlich.«

»Mensch«, sagte ich, »das Zeug ist doch gefährlich. Das hast du im Koffer gehabt, und damit bist du da oben auf dem Felsen angekommen?«

»Klar. Carow war anfangs auch entsetzt. Aber das TNT war ja mit reaktionsträgen inerten Salzen versetzt. Ich habe ein Stück, so groß wie ein Tennisball, gegen die Tempelwand geworfen, um Carow zu zeigen, daß das völlig harmlos ist. Er hat sich mächtig darüber aufgeregt. Die Zündung war das Schwierigste; aber ich habe einen Weg gefunden, der einfach genial war. Wirklich. Wenn du willst, kann ich dir die Schaltung aufzeichnen.«

»Nicht nötig«, sagte ich. »Aber wie bist du denn überhaupt an den Sprengstoff gekommen?«

»Ganz einfach. Kurz bevor ich mich nach Velia aufmachte, war ich nochmal zur Nachuntersuchung bei Professor Hofer, und traf da einen, der das Sanatorium in die Luft sprengen wollte, was er auch allen Leuten erzählte; aber ich war der einzige, der ihn ernst nahm.«

»Ein Krimineller?«

»Nein, ein Patient. Er hieß Hunziger.«

»Ach, Hunziger!« sagte ich, aber sonst nichts weiter.

»Ich bat ihn, mir den Sprengstoff, den er schon monatelang in seinem Kleiderschrank hatte, zu geben, weil ich ihn testen wolle. Ich habe ihm dann reines Plastilin zurückgegeben, wie es Kinder zum Kneten benutzen, und ihm gesagt, die Wirkung des Sprengstoffes sei tatsächlich umwerfend. Er war darüber sehr froh und wußte gar nicht, wie er mir danken sollte. Aber ich meine, auf alle die Einzelheiten sollten wir in dem Buch gar nicht eingehen.«

»Aber warum denn nicht? Die Leser *dieser woche* ...«

Er ließ mich nicht ausreden.

»Es kommt nicht darauf an, was die Leser *dieser woche* hören wollen, sondern was ich ihnen erzählen will. Siehst du denn nicht, daß mir die Geschichte peinlich ist? Wir wollten ihm doch bloß einen Schreck einjagen, aber er ist nie wieder ganz der alte geworden – bloß weil ich an die hundert Gramm zuviel genommen hatte.«

»Das muß ganz schön gekracht haben.«

»Nicht nur gekracht. Die Bombe hat ein Loch in den Felsen gerissen, das man heute noch sehen kann. Die Archäologen stehen vor einem Rätsel und nehmen an, die Einwohner Velias hätten dort oben eine Zisterne bauen wollen, dann aber aufgegeben, weil der Fels zu hart ist. Lächerlich!«

»Das Loch kann man noch sehen?«

»Fahr hin!«

»Also«, sagte ich, »wir kommen jetzt zu den Zigaretten. Was war damit?«

»Sie hatten die letzte Stange angebrochen, und Carow hatte sie verteilt: ein Drittel behielt er, ein Drittel bekam Phokas, und ein Drittel, drei Päckchen und sechs einzelne Zigaretten, opferte er Inuus, indem er sie vor sein Standbild im Tempel legte. Jetzt war der Vorrat zu Ende. *Finito.*

Carow war von da an ganz unleidlich. Er wollte sofort zurück, und ich sollte alles stehen- und liegenlassen und mit ihm an der Rückkehrkurve arbeiten. Aber das konnte ich doch nicht. Er selbst wäre mit seinem Vorrat an Zigaretten ja noch bequem über den Kaiserbesuch gekommen, sagte er, wenn er nicht so viele, der Sucht geradezu verfallene Mitraucher gehabt hätte. Oder er fragte sich laut, warum ich nicht ein oder zwei Großpackungen mehr mitgebracht hatte. Das hatte mir aber gerade noch gefehlt! Ich sagte ihm meine Meinung. Ich weiß nicht, ob du dir vorstellen kannst . . .«

»Doch«, sagte ich, »das kann ich mir vorstellen.«

»Die Stimmung im Haus war miserabel. Der Pholarch ließ die Deutschstunde und den Skatlehrgang ausfallen. Die beiden Philosophen waren ständig bei ihm in der Bibliothek, wo man sie bis zum späten Abend rechnen hören konnte. Denn sie rechneten mit ihrem Abakus und riefen sich die Ergebnisse immer laut zu, um sie zu vergleichen. Ein paar Tage drauf, am Nachmittag, ließ mich der Pholarch kommen. Ich setzte mich ihm gegenüber auf einen Hocker und wollte im Deutschunterricht fortfahren, aber er sagte, er wolle mich in einer ganz anderen Angelegenheit sprechen. Er war heiter, aber seine Au-

gen waren verquollen, und vor Heiserkeit konnte er kaum sprechen.
Es sei richtig, sagte er, daß man die Zigaretten rationiere; aber das sollte eine neutrale Instanz tun, einer, der selbst nicht rauche. Er wolle mich daher fragen, ob ich dieses Amt übernehmen wolle, das Gerechtigkeit, Unbestechlichkeit und ein hohes Maß von Takt erfordere.
Ich sagte: ›Gerne. Aber wo sind Zigaretten?‹
›Da drüben‹, sagte er und zeigte auf einen Wandtisch, auf dem sechs Großpackungen von Zigaretten standen.«
Soweit Jule.
Ich schrieb auf meinen Block: »Standen sechs Großpackungen Zigaretten.« Dann klappte ich den Block zu. Jule sah mich erwartungsvoll, ich wiederum sah ihn mit stummem Vorwurf an. Jule senkte den Blick und spielte mit einem Bleistift. Er war niedergedrückt.
»Ich kann mir nicht helfen; aber ich mußte es erzählen, wie es war. Carow erwähnt die Geschichte ja auch in seinem Tagebuch.«
Ich sagte dazu nichts. Er fügte ergänzend hinzu:
»Ich kann dir nur schildern, was ich mit eigenen Augen gesehen und eigenen Ohren gehört habe.«
Ich konnte noch immer nichts sagen. Ich war so erschüttert, daß er mir das antat. Er sollte sich schämen.
Jule versuchte noch einmal, es zu erklären:
»Ich gebe zu, daß das wieder mal schwer zu verstehen ist. Aber ich glaube, ich weiß, wie der Pholarch an die Zigaretten gekommen ist.«
»Also, Jule«, sagte ich, »die Sache ist so: Wenn wir in *dieser woche* schreiben, Jesus nahm fünf Brote und zwei Fische; damit speiste er fünftausend Menschen, und es blieben noch zwanzig Körbe Brot übrig – dann nehmen uns die Leser das ab, weil ja bekannt ist, daß Jesus solche Wunder tun konnte. Damit hatte er anscheinend gar keine Probleme.
Aber wenn dein Pholarch aus drei Päckchen Zigaretten zehntausend macht ...«
»Dreitausend«, warf Jule ein. »Sechs Großpackungen mit je fünfzig Stangen zu zehn Päckchen von je zwanzig Zigaretten macht dreitausend Päckchen oder sechzigtausend Zigaretten.«

»Gut, also wenn dein Pholarch aus drei Päckchen dreitausend zaubert, wollen unsere Leser wissen, wie man sowas macht. Doch verständlich, oder?«
»Er hat aber nicht drei Päckchen in dreitausend verwandelt, sondern er hat sechs Großpackungen mit insgesamt dreitausend Päckchen oder sechzigtausend Zigaretten *gekauft.*«
»Ach«, sagte ich sarkastisch, »in Velia?«
»Nein, bei Willy Wolff in der Hauptstraße von Heidelberg.«
Jule sah mich an. Er wollte immer wissen, wie ich solche erstaunlichen Eröffnungen aufnahm; aber ich verzog keine Miene, sondern machte einen dicken Strich quer über die ganze Seite meines Notizblocks und sagte:
»Jule, ich bin dir dankbar für das Wunder in der Spielbank. Ich kann es immer noch nicht fassen. Aber von der Geschichte, die du eben erzählt hast, glaube ich kein Wort. Du flunkerst, du willst mich auf den Arm nehmen und sehen, wieviel ich dir abkaufe.«
Jule sah in sein Bierglas und lachte vor sich hin, er widersprach mir aber nicht.
»Ich kann den Lesern doch nicht zumuten, zu glauben, daß die beiden Ständigen Philosophen in Heidelberg Zigaretten eingekauft haben. Sie hatten ja auch gar kein Geld.«
»Sie hatten Krügerrand und Franz-Josephs-Dukaten von uns, die wir bei ihnen eingewechselt hatten.
Übrigens fragte mich Pelops später einmal, warum manche Menschen bei uns Glas, sogar dunkles Glas, vor den Augen tragen. Da fiel mir ein, daß der alte Wolff immer eine Sonnenbrille aufgehabt hatte, auch im Geschäft.«
Ich schüttelte den Kopf.
»Jule«, sagte ich, »heute bist du zu weit gegangen. Ich kann dir das nicht abnehmen.«
Ich klappte meinen Notizblock zu. Jule blickte auf und hatte traurige Augen. Man konnte Mitleid mit ihm bekommen.
»Ich verstehe«, sagte er, »dabei erwähne ich ja nicht einmal alles.«

Der Chef des Protokolls in Velia

Die Gespräche, die der Chef des Kaiserlichen Protokolls, Numisius Malchas, auf seiner Vorausreise in Velia geführt hatte, waren nicht zu seiner Zufriedenheit verlaufen. Am ersten Tag hatte er das Programm in allen Einzelheiten mit dem Duumvirn Marcus Pilonius Honoratus besprochen, der aber für Fragen des Protokolls nicht den notwendigen Ernst aufzubringen und den bevorstehenden hohen Besuch nur als lästige Unterbrechung der bürokratischen Routine anzusehen schien; und der andere Duumvir, Iulius Longus, war eine noch größere Enttäuschung gewesen. Malchas war sich nicht klar, ob er überhaupt verstand, was man von ihm wollte.
Phokas hatte dem Protokollchef die Gebäude, auch Küche, Keller und Ställe der Pholarchie, gezeigt und sich bei einem Gespräch auf der Terrasse erkundigt, ob der Kaiser, wenn man ihn darum ersuche, der Stadt wohl erlauben würde, dem Parmenides ein kleines Heiligtum zu errichten. Die Kosten würde selbstverständlich die Pholé tragen.
Malchas hatte darauf gefragt, wie die Pholé über die Aufnahme des Kaisers in ihren Kreis denke. Der Herrscher wundere sich darüber, daß noch immer keine Antwort auf sein Schreiben eingegangen sei.
Darauf könne er leider noch nicht antworten, hatte der Pholarch entgegnet, weil über so wichtige Fragen die Pholé in ihrer Gesamtheit entscheiden müsse. Sie trete aber erst wieder in zwei Jahren zusammen.
Wenn die Pholé sich soviel Zeit lasse, hatte darauf Malchas erwidert, solle man über ein Heiligtum für Parmenides auch erst in zwei Jahren nachzudenken beginnen.
Der Pholarch hatte Malchas nicht zum Abendessen eingeladen, und Malchas, der leicht verletzbar war, fragte sich jetzt, ob man ihn nur deshalb, weil er aus Syrien stammte und lateinisch mit starkem Akzent sprach, protokollarisch so mißachtete.
Er kehrte schon früh zum Gästehaus zurück, wo er sich mit dem Bürgermeister Marcus Pilonius zu einem Abschlußgespräch verabredet hatte.
Am Eingang stand, lässig gegen den Pfeiler gelehnt, derselbe Junge, der sich schon gestern mittag, als das Schiff anlandete, so

nach vorne gedrängt und der dann, als Malchas vom Abendessen bei Marcus Pilonius gekommen war, hier herumgestanden hatte – ein hübscher Junge übrigens. Er zeigte im Angesicht des hohen kaiserlichen Beamten weder Ehrfurcht noch Verlegenheit, sondern sah ihm ohne Scheu ins Gesicht und folgte ihm mit den Augen, als er in das Haus treten wollte.
Malchas gab ihm einen kurzen Wink mit dem Kopf, und sofort war der Junge an seiner Seite.
»Wie heißt du?«
Myiagros blickte ihn herausfordernd lächelnd an.
»Spitzbube«, sagte er.
»Wo sind deine Eltern?« fragte Malchas, und seine Stimme klang auf einmal rauchig.
»Ich habe keine.«
Malchas ging durch das Tor ins Haus, und Myiagros blieb an seiner Seite.
»Wir werden nachher zusammen zu Abend essen. Ich habe noch mit einem Besucher zu reden. Du kannst inzwischen ein Bad nehmen und dich danach in den Garten setzen und auf mich warten – Spitzbub!«
Er gab ihm einen Klaps auf das Hinterteil und schob ihn einem Haussklaven zu.
Marcus Pilonius Honoratus hatte sich schon eingefunden und wartete im *Tablinum*.
Malchas' Resümee seines Besuchs in Velia war eine einzige Klage: Der Duumvir Iulius Longus selbst sei es doch gewesen, der darauf gedrängt hatte, daß der Kaiser auf seiner Reise nach Sizilien in Velia Station machte. *Er* habe eine Petition für die Errichtung eines Kaiseraltars in der Stadt eingereicht, die bewilligt worden sei. *Er* habe für den Besuch einige große Tierkämpfe auszurichten versprochen und die Aufnahme des Kaisers in die Pholé und Einweihung in ihre Geheimlehren in Aussicht gestellt.
Aber all das seien windige Zusicherungen gewesen; denn was stelle sich jetzt bei dem Vorausbesuch des Kaiserlichen Protokollchefs heraus? Iulius Longus wisse von nichts; er sitze in den Verhandlungen stumpf und wie abwesend da, wenn er sich nicht überhaupt mit Kopfschmerzen entschuldigen lasse.
Der Platz, den man neben dem Athena-Tempel auf der Akro-

polis für den Kaiseraltar ausgesucht habe, liege zwar gut, sei aber zu klein. Dennoch wolle er keinen Einspruch einlegen, wenn nur sicher sei, daß er rechtzeitig fertig werde.
Von Tierkämpfen – Plural – könne überhaupt keine Rede sein, allenfalls komme ein einziges Schauspiel dieser Art zustande, da die Verhandlungen über den Kauf wilder Bestien nur zögerlich und mit unzureichenden Mitteln geführt worden seien. Auf diese Weise könne man vielleicht Hundekämpfe zuwege bringen, aber keine packenden Kämpfe mit ausgewachsenen Bestien. Hier würden von der Stadt, nicht zuletzt aber von Iulius Longus, noch erheblich größere finanzielle Anstrengungen und schnelle, zügige Verhandlungen mit den einschlägigen Tierhändlern Roms erwartet.
Was die Kämpfer betreffe, so könne der Kaiser vielleicht eine Anzahl germanischer Gefangener vom Stamm der Quaden zur Verfügung stellen, die er eben aufs Haupt geschlagen habe. Sie zeichneten sich selbst unter den Germanen durch ihre Größe aus und seien deshalb und wegen ihrer blonden Haare sicher eine Attraktion, nicht nur für die Damen.
Die Pholarchie werde man wohl für die Dauer des kaiserlichen Aufenthaltes in Velia zur Residenz erklären müssen, wenn der Gardepräfekt keine Sicherheitsbedenken anmelde. Sie sei jedenfalls die geräumigste und bequemste Villa der Stadt. Befremdet habe ihn aber die Frage des Pholarchen, ob der Kaiserliche Hof auch für Schäden haften werde, die die Begleitung des Kaisers in den Gebäuden anrichte. Die gebührende Antwort auf diese Unverschämtheit zu unterdrücken, sei ihm nicht leicht gefallen.
Dennoch habe er in aller Ruhe den Wunsch des Kaisers angesprochen, in die Pholé aufgenommen zu werden; denn der Herrscher als gebürtiger Illyrer bemühe sich auf jede Weise, die enge Verbundenheit des Illyrertums mit der römischen und hellenischen Kultur zu demonstrieren. Aber der Pholarch habe nur ausweichend geantwortet.
Ebenso habe er den Wunsch, dem Kaiser dann wenigstens die Grundzüge der Geheimlehre des Parmenides vorzutragen, mit dem Argument abgelehnt, damit würde man ein uraltes Gelübde verletzen. Dabei sei diese Geheimlehre, von der so viel gemunkelt werde, doch das einzige, was den Kaiser an dem ganzen Parmenides-Kult und Velia interessiere.

Der Pholarch habe statt dessen angeboten, vor dem Kaiser ein Streitgespräch der beiden Ständigen Philosophen über ein Paradoxon des Zeno von Velia führen zu lassen, und zwar über den Wettlauf zwischen Achilles mit der Schildkröte, die er weder einholen noch überholen konnte, und damit verbunden über die Frage, ob Bewegung überhaupt möglich sei.
Aber erst zum Schluß und ganz beiläufig sei der Pholarch damit herausgekommen, daß dieser Philosoph Zeno seinerzeit an einem – gottlob mißglückten – Anschlag auf seinen Herrscher beteiligt gewesen sei und infolgedessen den wohlverdienten Tod gefunden habe.
Der Kaiser könne das Wort Anschlag nicht hören; es sei ganz unmöglich, ihn zu einem Streitgespräch über das Theorem eines Autors einzuladen, der seinen Herrscher habe ermorden wollen. Außerdem halte der Kaiser solche spitzfindigen Sophistereien nur für Zeitvergeudung. Er sei ein Soldat.
Malchas sagte, er werde von diesem Vorschlag des Pholarchen nichts erwähnen; denn der Gardepräfekt Stasius Stasimus, der jetzt auch noch die Leitung des Geheimdienstes übernommen habe und ohne Zweifel heute der wichtigste Mann im Reich sei – nächst dem Kaiser, versteht sich – , habe schon einige seiner *agentes in rebus* beauftragt, zu prüfen, ob die Pholé nicht vielleicht subversive Geheimbündelei betreibe. Ob Pilonius glaube, daß an dem Verdacht etwas dran sei?
Pilonius erwiderte, er halte ihn, mit Respekt gesagt, für Unsinn.
»Vorsicht!« rief Malchas. »Legen Sie sich nicht voreilig fest! Es wohnen doch, wie Sie mir gestern bestätigten, zwei Germanen in seinem Hause, die er aber im Gespräch mit mir von sich aus überhaupt nicht erwähnt hat, bis ich ihn selbst darauf ansprach und sagte, der Kaiser würde sie sicher gerne sehen. Wissen Sie, was er geantwortet hat? Er werde die Germanen fragen, ob sie den Kaiser sehen wollten. Stellen Sie sich vor! Er will sie fragen! Er stellt sich mir überall in den Weg.«
»Sie deuten das falsch«, sagte Pilonius. »Sie sehen doch, wie bereitwillig er dem Kaiser die Pholarchie zur Verfügung stellt. Was die beiden Fremden betrifft, so haben wir es mit einem Geheimnis zu tun, über das zu sprechen sehr heikel ist – für jeden von uns.«

Malchas erhob flehend die Hände:
»Erbarmung! Ich bitte Sie! Nicht solche Erklärungen!«
Aber Pilonius ließ sich dadurch nicht beirren, ganz im Gegenteil:
»Ich gebe keine Erklärungen, sondern ich spreche von Tatsachen: Carus *ist* ein göttlicher Wundertäter. Er hat goldene Zähne. Denken Sie! Er schlägt Blitz und Feuer aus der Hand. Ich habe es selbst gesehen. Er hat unzählige Kranke auf dem Lande geheilt, Tote auferweckt, und dem Iulius Longus eine zweifellos authentische Botschaft des Gottes Inuus überbracht. Für all das liegen unwiderlegbare Beweise vor.«
»An Carus' Wunder kann ich vielleicht glauben, aber nicht an einen Gott Inuus. Ich bin Christ.«
»Oh!« rief der Bürgermeister Pilonius.
Der Protokollchef beeilte sich hinzuzufügen:
»Aber natürlich opfere ich den Göttern und dem Kaiser.«
»Natürlich! Auch mein Amtsbruder Longus hat nicht an den Gott Inuus geglaubt, bis ihn sein Blitz traf, vor dem der Germane Carus ihn gewarnt hatte. Wir wissen nicht, was Longus in diesem Augenblick des Blitzes gesehen hat. Er spricht ja nicht darüber; aber seit jenem Augenblick ist er anders.«
Der Protokollchef sah die Möglichkeit für einen neuen Punkt im Besuchsprogramm des Kaisers: »Könnte dieser Germane Carus den Bürgermeister Longus nicht vor den Augen des Kaisers und des ganzen Hofes heilen? Das ließe sich hübsch arrangieren. Vielleicht mit einer kleinen Ansprache des Carus?«
»Nachdem Iulius Longus seine Warnungen in den Wind geschlagen hat? Ich kann mir das nicht denken.«
»Dennoch wird der Kaiser, wenn er hier ist, ganz gewiß den Wunsch aussprechen, den germanischen Carus zu sehen.«
»Nur um seines Namens willen?«
»Nicht nur, sondern vor allem, weil er immer Wunder sehen und weil er sicherlich wissen will, auf welche Weise diese Germanen hier erschienen sind. Sie können sich kaum vorstellen, wie schwierig es für das Protokoll ist, ihm immer und überall Mirakel und Kuriosa vorzuführen. Doch in dem Programm, das Sie und der Pholarch mir vorgeschlagen haben, kann ich nichts dergleichen entdecken. Ich hoffe, Sie werden mir morgen vor meiner Abreise brauchbarere Anregungen vortragen.

Ich habe nun noch eine andere Verabredung.«
Es stellte sich in dieser Verabredung heraus, daß der Spitzbub, von allem anderen abgesehen, auch noch gescheit war: denn als er in der Morgendämmerung das Haus verließ, hatte er dem Chef des Protokolls mehr Vorschläge für ein dem Kaiser wohlgefälliges Programm gemacht als der Pholarch und die beiden Bürgermeister der Stadt.

Meyer-Proske hört von den drei Scheichen in Heidelberg

Von Jule aus fuhr ich direkt nach Heidelberg. Gegen fünf Uhr war ich im Tabakgeschäft Willy Wolff in der Hauptstraße zwischen der Alten Universität und dem »Ritter«. Es war ein alter, kleiner Laden. Ich stellte mich ordentlich vor: Meyer-Proske von *dieser woche*, und ob ich ein paar Fragen stellen könne.
»Sind Sie Herr Wolff?«
Er hatte dauergewelltes schwarzes Haar und trug einen Bart wie Günter Grass. Er konnte dreißig, und er konnte fünfzig sein. Eine Sonnenbrille hatte er nicht auf.
»Nein«, antwortete er. »Mein Name ist Schüßler. Herr Wolff war mein Schwiegervater; aber er ist schon seit fünfzehn Jahren tot.«
Er machte eine Pause und fügte dann vielsagend hinzu: »Krebs. Prostata.«
Obwohl das nun schon fünfzehn Jahre her war, murmelte ich doch etwas von »Beileid« und »sehr traurig« und drückte die Hoffnung aus, Herr Wolff habe nicht lange gelitten. Herr Schüßler aber widersprach entschieden: Sein Schwiegervater habe ganz im Gegenteil lange und schwer gelitten, und man habe ihm zuletzt immer stärkere Mittel gegen die Schmerzen gegeben. Davon sei er ganz dösig geworden, so daß man sich gar nicht mehr richtig mit ihm habe unterhalten können. Zum Schluß habe er praktisch immer geschlafen.
Ich sagte, das alles sei sehr betrüblich zu hören. Davon hätte ich ja überhaupt keine Ahnung gehabt. Das wichtigste im Leben sei doch die Gesundheit.

Herr Schüßler stimmte zu.
Ich fragte, ob sein Schwiegervater nicht manchmal eine Sonnenbrille getragen habe.
»Manchmal? Immer. Als er im Sarg lag, ohne Sonnenbrille, da hat man ihn kaum wiedererkannt. Er hatte nämlich eine chronische Bindehautentzündung – vorher natürlich – und bildete sich ein, das komme vom Licht. Deshalb hatte er die Sonnenbrille immer auf der Nase, auch abends beim Fernsehen. Komisch, was? Er hatte immer Angst, daß er mal blind werden könnte. Aber woran ist er gestorben? Krebs. Prostata.«
Wahrhaftig tragisch. Um aber das Gespräch von dem tragischen Einzelfall aufs allgemeine und von da auf mein Anliegen zu führen, sagte ich:
»*Doch mit des Geschickes Mächten ist kein ew'ger Bund zu flechten.* Schiller.«
»Bitte?« fragte Herr Schüßler.
»Von Schiller«, wiederholte ich. »Friedrich von Schiller, deutscher Dichterfürst. *Doch mit des Geschickes Mächten ist kein ew'ger Bund zu flechten.*«
»Ach so«, erwiderte er unsicher.
»Hat Ihnen Ihr Schwiegervater einmal von einem Kunden namens Phokas erzählt, der einen Großkauf von Zigaretten bei Ihnen gemacht haben soll? Oder können Sie selbst sich an ihn erinnern?«
»Phokas? Nein. Wie sah er denn aus?«
»Er war schon alt, sehr dick, hatte wulstige Lippen, Zahnlücke, soviel ich weiß, und war kurzatmig.«
Er entsann sich nicht.
»Es ist ja auch schon eine ganze Weile her. Vielleicht zwanzig Jahre.«
»Ja, dann! Wenn es so lange her ist!«
»Er hat die Zigaretten vermutlich mit Goldmünzen bezahlt.«
»Ach!« rief er. »Sie meinen den Scheich! Mit dem weißen Kaftan oder was die da unten in Afrika tragen, und die damals reinkamen, als es draußen in Strömen regnete.
Ja, natürlich! Ich war ja damals schon im Laden, als die das erste Mal kamen. Da hatte ich gerade angefangen, weil das für meinen Schwiegervater, das heißt, damals war er es ja noch gar nicht, hier im Laden ein bißchen viel wurde. Sicher schon

zwanzig Jahre her. Ja, an die kann ich mich natürlich gut erinnern.«
»Sie sagten *die*?«
»Ja, ich meine den dicken Scheich und seine beiden Unterscheichs mit den langen Bärten, die die Pakete tragen mußten. Das stimmt, die hatten Goldmünzen aus Südafrika; ich bin ja mit ihnen zur Bank gegangen und habe gewechselt. Mein Schwiegervater hat in der Zwischenzeit die Großpackungen vom Lager geholt. Eigentlich wollten sie Tropenpackungen haben, wo die Zigaretten in Weißblech eingelötet sind; aber die muß man extra bestellen, weil die heute kaum noch verlangt werden. Plastik tut's genausogut und ist leichter.«
»Wie haben Sie sich denn verständigt?«
»Na, ein bißchen deutsch konnten sie ja. Wenn sie ganz langsam sprachen, konnte man sie sogar verstehen. Außerdem hatten sie sich ein paar Fragen aufgeschrieben. Als es dann aber schwierig wurde, auf der Bank zum Beispiel, da habe ich gedolmetscht. Die drei sprachen nämlich auch etwas Italienisch, und ich bin ja seinerzeit sechs Jahre lang mit meiner Frau, das heißt, damals war es noch meine Braut, jeden Sommer nach Rimini gefahren – im Juni, weil es da noch nicht so voll ist, weil da bei uns noch keine Ferien sind. Da kriegt man schon so ein bißchen Italienisch mit: *Quanto costa? E troppo caro. Dove è la spiaggia? Ha bisogno di qualque cosa?* zum Beispiel. Aber damals habe ich natürlich noch viel besser gesprochen.
Ach, die Schirme! Werde ich nie vergessen. Als die bei uns reinkamen, waren die durch und durch naß. Daß die sich keine Lungenentzündung geholt haben!
Ich bin mal mit meiner Frau, da waren wir dann schon verheiratet, nicht weit von Rimini in den Bergen gewesen, als es auf einmal anfing zu regnen. Regnen? Geschüttet hat es. Aber da haben uns ein paar Hirten in ihrem Stall oben auf einer Art Alm unterstellen lassen. *Pastore* heißen die da – komisch, was? Die Schafe waren auch naß geworden, aber die haben, das wollte ich bloß sagen, nicht so gestunken wie die Wolle von den Kaftans, als die drei Scheichs bei uns in den Laden kamen.
Die hatten keinen Regenmantel, keinen Regenschirm, nichts. Die wußten nicht mal, was ein Regenschirm ist. Wahrscheinlich regnet es bei denen in der Wüste nicht so viel wie bei uns in

Heidelberg, haha. Aber auf dem Weg zur Bank haben wir welche gekauft, drei, alle mit dem Bild vom Heidelberger Schloß bei Schloßbeleuchtung. Die wollten sie unbedingt haben, als Souvenir wahrscheinlich, und dann zu Hause damit rumlaufen und angeben. Eben nur was für Touristen. Na, also mein Geschmack wäre das nicht.
Als wir die Schirme gekauft hatten, schien natürlich wieder die Sonne. Ist ja immer so. Aber die beiden Unterscheichs mit den Bärten, so gelb-grau waren die, haben trotzdem unterwegs auf der Straße die Schirme immer wieder auf- und abgespannt und sich dabei kaputtgelacht, weil sie das gar nicht kannten.«
»Und dann?«
»Dann sind wir hierher zurück zum Laden. Der Scheich hat alle unsere Billigfeuerzeuge gekauft. Die hat er nachher sogar selbst getragen, weil die leicht waren. Die beiden Unterscheichs aber mußten die Regenschirme und die zehn Großpackungen auf den Buckel nehmen. Mit denen wollten sie dann losziehen – zu Fuß!
Ich habe sie gefragt, ob sie *alla stazione* gehen wollten, auf deutsch: zum Bahnhof; aber sie wollten auf die *monti* gehen – zu Fuß und mit all dem Gepäck! Aber das war doch Wahnsinn. Ich habe deshalb ein Taxi bestellt – damals war die Hauptstraße ja noch nicht Fußgängerzone –, habe sie reingesetzt, den Fahrer auch gleich bezahlt und ihm gesagt, die wollten sicher rauf zum Heiligenberg und sich von dort aus die Landschaft ansehen. Er soll so lange da warten und dann mit ihnen zum Bahnhof fahren.
Aber die haben oben ihr ganzes Gepäck aus dem Kofferraum geholt und sind irgendwohin gegangen, und keiner hat sie mehr gesehen. Der Taxifahrer hat gewartet, bis es anfing dunkel zu werden; aber als sie nicht wiederkamen, hat er sich bei uns gemeldet, und mein Schwiegervater hat ihm noch zwanzig Mark aus der Ladenkasse fürs Warten gegeben.«
»Und was ist Ihre Ansicht von den Scheichen, wie Sie sie nennen?«
Herr Schüßler sah zum Schaufenster hinaus auf die Straße. Schließlich sagte er:
»Wenn Sie extra gekommen sind und nach denen fragen, werden Sie sicher besser Bescheid wissen als ich. Wir haben nur die

Zigaretten verkauft, und was die damit gemacht und auf welchen Wegen die die Kartons wohin gebracht haben, das ist nicht unsere Sache. Ist doch klar.«
»Iss klar!« sagte ich. »Sie denken also an Schmuggler.«
»Das haben Sie gesagt, nicht ich. Ich habe gesagt, was die mit den Zigaretten gemacht haben, ist nicht meine Sache. Mehr habe ich nicht gesagt. Das Wort, das Sie benutzt haben, habe ich nicht in den Mund genommen. Ist doch sogar möglich, daß die die Zigaretten alle selbst geraucht haben, mit ihrem Harem und so.«
»Na gut, aber Herr Schüßler, ganz zu Anfang sagten Sie, ›als die zum *ersten* Mal hier waren‹. Sind die denn öfter gekommen?«
Herr Schüßler sah wieder auf die Straße, und diesmal muß er etwas ganz Faszinierendes gesehen haben, denn er vergaß zu antworten. Als ich ihn an meine Frage erinnerte, sagte er, er habe nur ein Gedächtnis für lange zurückliegende Ereignisse, genau wie sein Schwiegervater. Der konnte sich noch an den Namen von jedem Lehrer in jeder Klasse erinnern und konnte nachmachen, wie die gesprochen haben. Aber letzte Woche? Keine Ahnung!
»Dennoch, Herr Schüßler, hat Ihr Langzeitgedächtnis Sie in einer Hinsicht im Stich gelassen: Die drei haben damals nicht zehn, sondern nur sechs Großpackungen bei Ihnen gekauft.«
»Irrtum! Also das weiß ich noch ganz genau. Das waren ja meine ersten Wochen hier in dem Laden, und da vergißt man so etwas nicht. Wir haben ja auch noch oft davon gesprochen. Es waren zehn, später immer zwanzig. Zuerst Gauloises, nachher nur Camel.«

Als ich wieder in Baden-Baden war, sah ich noch einmal bei Jule rein. Jeannette strickte, und er hatte ihre Schreibmaschine auf dem Tisch zerlegt und reparierte den Papiertransport der Walze.
Ich sagte:
»Ich gehe gleich wieder. Ich habe heute abend nur *eine* Frage an dich, Jule: Hat der Pholarch vielleicht auch einen Regenschirm aus Heidelberg mitgebracht?«
Jule legte den Schraubenzieher beiseite und schien unschlüssig

zu sein, ob er antworten sollte oder nicht. Doch dann sagte er und beobachtete mich dabei genau:
»Nicht einen, sondern drei. Warum fragst du?«
»Einfarbig?«
»Nein, es ist zu schrecklich; aber wenn du danach fragst, muß ich es sagen: Auf ihnen war das Heidelberger Schloß in rosaroter Beleuchtung und mit Feuerwerk am Himmel.«
»Warum hast du mir denn heute mittag nichts davon erzählt?«
Jule nahm den Schraubenzieher wieder in die Hand und antwortete:
»Weil ich dir das nicht auch noch zumuten wollte. Daß der Pholarch die Zigaretten mitgebracht hatte, war schon genug. Ich konnte doch sehen, daß du selbst *damit* nicht fertig wurdest.«
»Ja, aber Herr Schüßler sagt, sie hätten *zehn* Großpackungen gekauft.«
»Wer ist Herr Schüßler?«
»Der Schwiegersohn von Willy Wolff und heute Inhaber des Tabakladens.«
»Es waren sechs«, erwiderte Jule bestimmt.
Dann aber kam ihm auf einmal ein Gedanke; er knallte den Schraubenzieher auf den Tisch, daß Jeannette erschrak und eine Masche fallen ließ:
»Das ist doch unglaublich! Ich durfte ihm, Carow und Inuus aus den sechs Großpackungen täglich zwei Päckchen gerecht, unbestechlich und mit hohem Gefühl für Takt zuteilen; aber er selbst, der Philosoph der Zeit und Ewigkeit, hatte in seinem Schlafzimmerschrank zweihundert Stangen versteckt, von denen er sich in aller Heimlichkeit zusätzlich bediente!«

Der Kaiser Carus

Am Eingangsportal der Stadtbasilika mußte Carow warten. Die Ratshalle war voller Menschen, aber in der Mitte des Hauptschiffs war, durch Taue abgeteilt, ein Gang freigehalten. Zwei Soldaten kamen zum Portal, nahmen Carow flüsternd in Empfang und führten ihn nach vorn, wo die Bürgerschaft durch ein Geländer vom kaiserlichen Hofstaat geschieden war. Dort, zwischen den beiden Soldaten, mußte Carow stehen bleiben. Ein Redner deklamierte, sonst war alles still, und wer husten oder sich räuspern mußte, preßte den Ärmel gegen den Mund, um das peinliche Geräusch zu dämpfen.

Der Kaiser war unrasiert. Das war das erste, was Carow auffiel. Groß und mächtig saß er in seinem goldenen Armstuhl auf dem Podium, einen Lorbeerkranz auf dem kurzgeschorenen, stoppelhaarigen, gewaltigen Kopf. Die grau-weißen Bartstoppeln auf dem ausladenden Kinn und den Backen aber waren nicht nur einige Tage, sondern sicher eine Woche alt oder noch älter.

Hinter ihm, zwischen den Säulen an der Schmalseite der Basilika, hingen von den Kapitellen bis zur Höhe des Podiums verblichene rosa Seidenbahnen, auf denen mit Gold die Buchstaben SPQR - Senatus Populusque Romanus - eingestickt waren.

Vor dem Podium kniete ein alter Mann und redete, Lautstärke, Stimmlage und Tempo oft und effektvoll wechselnd. Er begleitete seine oratorische Arie mit weitausholenden Gesten beider Arme, als stehe er auf der Rednerbühne vor vielem Volk. Nur wer angestrengt zuhörte, konnte den Wortkaskaden entnehmen, daß es sich um einen Rechtsstreit zwischen der kleinen Stadt Molpa und ihrer Nachbarstadt Palinurus handelte.

Der Kaiser hatte den Kopf an die Rückwand des Sessels gelehnt. Die Hände lagen auf den Knien. Der Lorbeerkranz war hinter dem Kopf mit einem breiten Goldband zusammengebunden. Die Enden fielen auf die goldene Spange herab, die den violettpurpurnen Kaisermantel auf der rechten Schulter zusammenhielt. Er saß da wie ein Denkmal, feierlich und streng, und blickte mit halbgeschlossenen Augen über den vor ihm knienden Redner und die Köpfe der Liktoren, Soldaten, Beamten und des Volkes hinweg. Man konnte zweifeln, ob er sie überhaupt sah und ob er hörte, was der Mann vor ihm mit rhetorischem Pathos deklamierte. Er wird schlafen, dachte Carow.

Neben dem Podium standen die Minister des Reichs, rechts und unmittelbar an seiner Seite der Gardepräfekt Statius Stasimus, wohlbeleibt, mit dickem, gerötetem, glattem Gesicht. Seine Augen wanderten langsam und aufmerksam über die Menge. Bei Carow, der seine Nachbarn an Größe weit überragte und der so fremdländisch gekleidet war, verweilten sie einen Augenblick,

dann wanderten sie weiter und wieder zurück. Der Präfekt wechselte oft das Standbein. Es dauerte ihm alles zu lange. Er hätte gerne gesessen. Auf dem Thron, versteht sich.
Dem Kaiser dauerte es wohl auch zu lange; denn als der kniende Mann eine Pause machte, hob er die Hand und streckte sie aus, um ihn an weiterer Rede zu hindern. Mit der anderen winkte er seinem juristischen Assessor, der eilends aufs Podium sprang und dem Kaiser etwas ins Ohr flüsterte, was er jedoch wiederholen mußte – in einfacher Sprache; dann nickte der Kaiser und verkündete mit tiefer, dröhnender Stimme:
»*Decretum*: Die Gemeinden Molpa und Palinurus bleiben getrennte Verwaltungseinheiten unter der Regionalverwaltung Lucania.«
Der Kniende beugte sich vor, legte die Stirn auf den Boden, stand auf und ging mit demütig gesenktem Kopf, aber glücklich zu Boden lächelnd, rückwärts bis zum Gitter, wo er sich wieder bequem zu stehen erlaubte. Er sah befriedigt um sich und wartete auf den Beifall; doch vergebens, denn hier war Silentium. Nur einige Männer, die noch in der Nähe des Kreidestrichs standen, vermutlich von der unterlegenen Partei, murmelten miteinander und hatten wohl die Absicht, den Kaiser noch einmal mit der Angelegenheit zu befassen; aber die beiden Beamten, die für Silentium zu sorgen hatten, führten sie schnell zum Ausgang.
Malchas, der Protokollchef, kam mit eiligen Schritten aus dem Seitenschiff zwischen den Säulen hervor. Noch laufend, winkte er Carow zu, endlich vorzutreten. Die beiden Soldaten zu Carows Seiten aber versperrten ihm mit ihren gekreuzten Lanzen den Zugang; denn sie hatten ihre Augen woanders, auf dem Angesicht des Kaisers nämlich, der mit weit aufgerissenem Mund gähnte. Carow hob die Lanzen einfach hoch und ging vorwärts, worauf die beiden Soldaten unwillige und gefährliche Laute von sich gaben, Carow aber nicht aufhielten, sondern ihn mit zwei Schritten einholten und in die Mitte nahmen.
Malchas wies Carow mit weit ausgestreckter Hand auf die Kreidelinie hin, die auf den Steinfußboden gezogen war. Sie sollte er, wie man ihm schon am Eingang befohlen hatte, nicht überschreiten, vor ihr sollte er vielmehr in die Knie fallen und mit der Stirn den Boden berühren.

Das jedoch wollte Carow mitnichten.
Als er einen Schritt über den Kreidestrich gehen wollte, schob ihm einer der beiden Soldaten seine Lanze vor das Schienbein. Schon im Stolpern griff Carow aber nach seinen Begleitern, erwischte sie an den Schultern, und so fielen sie alle drei der Länge nach und im Geklirr der Lanzen und der Soldatenhelme vor dem Thron des Kaisers zu Boden. Malchas rang die Hände, und auch die Beamten um den Thron sahen bedenklich vor sich hin.
Als der Kaiser aber nur laut und dröhnend lachte, fanden auch sie die Situation äußerst komisch und stimmten erleichtert und in geziemender Lautstärke in das Gelächter ein, obgleich sie den Gedanken nicht ganz verdrängen konnten, daß dieser Sturz vor dem Thron ein Vorzeichen sein müsse, das ganz gewiß nichts Erfreuliches ankündigen konnte.
Die beiden Soldaten setzten die Helme wieder auf, nahmen die Lanzen in die Hand, zogen sich hinter die Kreidelinie zurück und nahmen Hab-Acht-Stellung ein. Carow stand auf, klopfte den Staub von der Jacke, trat einen Schritt vor den Kreidestrich und machte eine gemessene, mitteleuropäische Verbeugung. Der Namensausrufer stieß mit seinem Stab auf, und rief:
»Marcus Valtarius Carus!«
Valtarius stand natürlich für Walter, und den Vornamen Marcus hatte der Namensausrufer nach Beratung mit Malchas hinzuerfunden, denn nur zwei Namen – das wäre zu dürftig gewesen.
Der Kaiser machte aus seinen beiden großen Fäusten eine Art Rohr, hielt sich dieses Rohr vor das rechte Auge, mit dem er noch am besten sehen konnte, und richtete den Blick auf den Menschen, der in so merkwürdigem Kostüm dort vor ihm stand.
Carow trug nämlich auf Phokas' Anraten seinen Heidelberger Anzug, das andere ihm noch verbliebene Hemd und den Schlips, den Serena auf seine Bitte, ungern und dann sicherlich auch nur in geheimer, zeremonieller Umständlichkeit von dem Standbild in ihrem Heiligen Bezirk genommen und den sie dann Carow leihweise für die Zeit der kaiserlichen Anwesenheit zur Verfügung gestellt hatte.
Der Kaiser nahm die Fäuste von den Augen und winkte Carow,

etwas näher zu kommen. Seine erste trompetenlaute Frage war:
»Wieviel wiegen Sie?«
Carow sagte, das wisse er nicht. In seiner Heimat habe man andere Gewichte, und hier habe er sich noch nie gewogen.
»Eine Waage und die Gewichte her!« dröhnte die Stimme des Kaisers. Der Ruf wurde sofort von den Zuschauern in der Halle aufgenommen, schreiend wiederholt und nach hinten weitergegeben, hinaus auf die Agorá, und von da über die ganze Stadt. Er flog über die Stadtmauern und bis in die Hügel, natürlich ohne irgend etwas zu bewirken außer Echos, die in der Ferne undeutlicher wurden und verklangen.
Malchas aber lief eilig an den Säulen entlang zum Ausgang; denn er war der Unglückselige, der alles und jedes zu erledigen, also auch die Waage und die Gewichte zu besorgen hatte und der sich nicht damit begnügen konnte, danach zu schreien. Wo aber sollte er jetzt, da alle Welt in oder vor der Stadthalle stand, Waage und Gewichte herbekommen, mit denen man jenen germanischen Koloß wiegen konnte!
»Sie heißen Carus?« fragte der Kaiser.
»Ja.«
»Wie ich.«
»Aber Sie führen auch den Namen Marcus Aurelius; deshalb hat es lange gedauert, bis ich lernte, daß Sie nicht der Marc Aurel sind, der das Buch geschrieben hat.«
»Welches Buch?« fragte der Kaiser verwundert, sah zu seinen Begleitern und wiederholte mit Trompetenstimme die Frage.
»Welches Buch?« fragten die Beamten und glotzten einander an und fragten die Bürger hinter dem Absperrseil. »Welches Buch?« riefen die und gaben den Ruf weiter nach hinten zur Tür, und auch dieser Ruf flog zur Tür hinaus und durch alle Straßen der Stadt.
»Welches Buch?« fragte der Gardepräfekt energisch und deutete mit ausgestrecktem Finger auf einen Beamten in seiner Nähe, als sei er selbst gar nicht aufgerufen, die Frage zu beantworten.
»Welches Buch?« fragte der Beamte zurück, und seine Hände wurden vor Angst feucht und begannen zu zittern.
Doch der Kaiser wartete gar nicht auf Antwort.

»Da haben Sie mich aber verwechselt! Ein Buch habe ich nicht geschrieben. Worüber denn? Wozu? Und wo soll ich die Zeit hernehmen? Und Marcus Aurelius heißen wir doch alle. Wann sind Sie geboren?«
»Ich möchte es nicht in der Öffentlichkeit sagen.«
Der Kaiser war einen Augenblick unschlüssig, dann winkte er ihn zu sich. Die beiden Soldaten wollten mit Carow vorgehen, aber der Kaiser wies sie zurück. Carow ging nahe an den Thron.
»Wann?« fragte der Kaiser.
»In etwa siebzehnhundert Jahren.«
»Wann?« wiederholte der Kaiser.
»Siebzehnhundert Jahre nach diesem, dem heutigen Tage.«
»Nein! Ist denn das möglich? Sagten Sie ›siebzehn‹ oder ›siebzehn*hundert*‹? Siebzehn könnte ich allenfalls noch verstehen, aber siebzehn*hundert*! Nein, das kann ich nicht begreifen. Da kann selbst ich Ihnen nicht mehr folgen.«
»Es ist auch schwer zu erklären.«
»Kann ich mir denken!« antwortete der Kaiser und ging diesem schwierigen Gedanken nicht weiter nach. In einer Stimme, die er für leise und vertraulich hielt, sagte er:
»Ich höre, Sie können Wunder tun. Trifft das zu? Können Sie mir ein Beispiel vorführen?«
»Wenn Sie erlauben«, sagte Carow leise, und der Kaiser beugte sich vor, daß Carow es ihm ins Ohr sagen konnte, »wenn Sie erlauben, werde ich ein paarmal blitzen, ohne Donner. Erschrekken Sie nicht! Es besteht keine Gefahr.«
Carow nahm die Leica, die er am Schulterriemen trug und machte eine Aufnahme vom Kaiser. Er blitzte.
Die Menschen in der Halle hielten erschrocken die Luft an. Von den Beamten und Soldaten, die neben dem Podium standen, stoben die meisten zur Seite und ein paar warfen sich nieder. Alle glaubten, der Blitz habe den Kaiser zerschmettert, und der Gardepräfekt Stasimus, der mit einem großen Satz hinter eine Säule gesprungen war, hoffte es sogar.
Doch gerade, als er vortreten und sich vergewissern wollte, blitzte es noch einmal. Auch der Kaiser war, obwohl vorbereitet, beim ersten Blitz zurückgefahren, so daß der Stuhl gekracht hatte; beim zweiten aber saß er feierlich wie ein Denkmal, blickte

geradeaus und hatte die Hände auf die Knie gelegt. So sahen ihn seine Untertanen, als sie wieder aufzublicken wagten.
Carow setzte die Porträtlinse mit der größeren Brennweite auf und näherte sich ihm von der Seite, aber nur so weit, daß durch den schrägen Blickwinkel die hieratische Strenge und Feierlichkeit im Bilde des thronenden Kaisers nicht verlorengingen.
Der Kaiser war kein Römer, sondern ein illyrischer Riese, von seinen illyrischen Legionen zum Kaiser ausgerufen, ein Kriegsmann, ein Held, der im Sitzen so groß war wie seine römischen und orientalischen Beamten im Stehen; und riesig war auch sein Gesicht mit den groben, bäurischen Zügen. Die Stirn war niedrig und von zwei schweren, waagerechten Falten zerteilt. Das kurze graue Haar lag wie eine dünne Decke über dem knochigen Schädel. Eine Narbe, tief und blaßrot, zog sich von der rechten Stirnseite über den Backenknochen bis zum Ohr. Die Nase, groß und gebogen, stand etwas schief. Alles war groß in dem Gesicht, nur die Augen waren klein und lagen tief. Und klein war auch der Mund, der dicht unter der Nase lag, weit über dem klobigen, gewaltigen Kinn. Die starken Kinnbacken und hervortretenden Backenknochen waren das feste Fundament des großen Gesichts.
Es war das Gesicht eines bäuerlichen Kraftmenschen, das in seltsamer Weise dem Kopf eines Pferdes ähnlich geworden war, ungeschlacht und gefährlich nahe dem Anomalen und Monströsen. Es bereitete Furcht durch seine Größe, doch der Mund, der über Höfe und die Weite des Schlachtfelds trompeten konnte, war so merkwürdig klein, und seine Lippen waren so ungeformt und zerfasert, daß die Menschen traurig wurden und verlegen hinwegsahen, wenn er zu lächeln versuchte. Der Mund war hilflos.
War er ein tumber Held mit gewaltigen Gliedern? Und mußte man nicht fürchten, daß dieser Riese mit dem pferdeähnlichen Kopf von den gescheiten, schnell denkenden kleinen Köpfen rings um das Podium einmal arglistig vor und in eine Fallgrube geleitet werden konnte? Der Kaiser blickte zur Seite, weil der Gardepräfekt gesprochen hatte. In diesem Augenblick blitzte Carow. Dann wechselte er schnell von der Leica zur Polaroid-Kamera und machte eine letzte Aufnahme.
Als er wieder zurücktrat und man sah, daß der Kaiser immer

noch unversehrt war, kamen auch die Begleiter, soweit sie nicht überhaupt erstarrt stehen geblieben waren, ganz beiläufig wieder und stellten sich in der gleichen eisernen Rangordnung wie vorher neben dem Podium auf.

Carow aber entnahm der Kamera das Farbfoto, das sie eben ausgeworfen hatte, und überreichte es dem Kaiser.

Der hielt es mit der linken Hand weit von sich weg, die rechte aber machte er zu einem Blickrohr, durch das er das Foto lange betrachtete. Dann setzte er das Rohr wieder ab. Ein glückliches Lächeln zog durch die grauen Bartstoppeln, als er, wie um Bestätigung ersuchend, und mit einer, jedenfalls für seine Verhältnisse, leisen Stimme zu Carow sagte:

»Das bin doch *ich*? Nicht wahr, das bin *ich* doch? Nicht wahr?«

Der Gardepräfekt trat neugierig an den Thron, und der Kaiser war nahe daran, ihm das Foto zu zeigen, zog es aber zuletzt doch wieder zurück und reichte es dem Freigelassenen Trophimus, dem Chef der Kaiserlichen Korrespondenz, dem der Mund offen stehen blieb, als er auf dem Bild den Kaiser erkannte. Erschrocken gab er ihm dieses Zauberwerk schwarzer Magie wieder.

Der Kaiser winkte Carow noch einmal nahe heran.

»Ich bin sehr zufrieden«, sagte er. »Das Mirakel gefällt mir. Nun bitte ich Sie, es zu wiederholen und mir ein Bild von Titas zu zaubern, meinem Schimmel.«

»Gerne«, sagte Carow, und der Kaiser schrie:

»Titas herbringen!«

Die Beamten am Podium nahmen den Ruf auf, die vorderen unter den Zuschauern gaben ihn nach hinten weiter; er wurde in die Stadt hinausgetragen, und dort, auf der Suche nach Waage und Gewichten, hörte ihn auch Malchas, der sich nun gleich der neuen, weitaus leichteren Aufgabe zuwandte; denn Titas stand vor der Basilika, bewacht von den Pferdeknechten, die den Ruf zwar deutlich gehört, aber unbeachtet gelassen hatten, da sie nicht auf jedes Geschrei hin tätig wurden, sondern Befehle von Vorgesetzten abzuwarten gelernt hatten.

Malchas gab ihnen den Befehl.

Es würde ihn nicht erstaunen, wenn der Kaiser dieses Pferd eines Tages noch zum Konsul machte, sagte der Gardepräfekt

aus der rechten Ecke seines Mundes zu Lucius Zosimus, dem Chef der Reichsfinanzen.
Ebensowenig würde es ihn wundern, erwiderte dieser aus der linken Ecke seines Mundes, wenn der Kaiser es mit in sein Schlafzimmer nähme.
Auch den Gardepräfekten würde das wenig wundern: So wie die Kaiserin aussehe, wäre das sogar zu verstehen. Aber das Pferd hier in die Stadthalle zu bringen – würdelos!
Der Schimmel Titas stammte aus einem illyrischen Gestüt Dalmatiens. Er war ein schönes Tier von makellosem Weiß mit einer kleidsamen schwarzen Maske auf der Stirn, dicht unter dem nach vorn gekämmten Schopf. Er war größer, schwerer und kräftiger als die Pferde der römischen Reiterei. Titas stand auf hohen Hufen, der Widerrist war ebenfalls hoch, die Flanken dagegen tief. Er hatte einen knochigen Kopf mit hinten ausladendem Unterkiefer.
Die Knechte stellten sich zu beiden Seiten des Pferdes vor dem Kaiser auf. Als er Titas sah, glänzte sein Gesicht vor Wohlgefallen, und auch über Titas' Antlitz schien sich beim Anblick des Kaisers ein Leuchten zu verbreiten, so als hätten sie sich monatelang nicht gesehen.
Die Ähnlichkeit der beiden war unübersehbar, und Carow stellte sich, als er den Schimmel mit der Sofortbild-Kamera aufnahm, so, daß der Kopf des Kaises hinter dem des Pferdes erschien. Nichts konnte den Kaiser mehr erfreuen, als das Bild, das Carow ihm jetzt gab. Er drehte einen Papyrusbogen zu einem Blickrohr zusammen und betrachtete das Foto immer wieder und schüttelte bewundernd den Kopf, daß der Schöpfer dieses Bildes alle äußeren Vorzüge Titas' so vorzüglich getroffen hatte. Nur die Kruppe hatte er viel zu niedrig angesetzt.
Er hatte das Papyrusrohr noch vor den Augen, als er laut hinaustrompetete:
»Malchas! Wo ist die Waage? Wo sind die Gewichte?«
»Malchas! Wo ist die Waage? Die Gewichte?« riefen hilfreich die Beamten neben dem Podium. Doch kaum hatten die ersten Reihen der Bürgerschaft den Ruf aufgenommen und nach hinten gegeben, als Malchas schon im Geschwindschritt durch den Mittelgang kam, gefolgt von zwei Dutzend kaiserlichen und städtischen Sklaven, die die große Schweinewaage des Schläch-

ters Sossius Celer samt den schweren Gewichtssteinen und dem dazugehörigen Pfosten hereintrugen und vor dem Kaiser dort aufbauten, wo eben noch Titas gestanden hatte, der nun wieder hinausgeführt wurde, aber selbst im Hinausgehen noch einmal den Kopf zum Kaiser umwandte und wieherte.
Der Waagebalken, zu beiden Seiten gleich lang, wurde auf den Pfosten gelegt, den drei Mann halten mußten. Auf der einen Seite hing die Waagschale für die Gewichte, auf der anderen der Kasten, in den Sossius Celer die Schweine einsperrte, wenn er sie wiegen wollte. In diesen Kasten mußte Carow sich zwängen; man ließ aber die Falltür nicht hinunter wie sonst bei den Schweinen. In die Waagschale der anderen Seite wurden nun die geeichten Gewichtssteine gelegt, bis der Waagebalken im Gleichgewicht war.
»Dreihundertvierzig römische Pfund!« rief Malchas.
»Ich habe es mir gedacht«, sagte der Kaiser. »Er ist viel leichter als ich. Es ist gut.«
Er hätte diese Behauptung unschwer beweisen können, wenn er an Carows Stelle in den Schweinekasten gestiegen wäre und sich ebenfalls hätte wiegen lassen, aber er sah die Unruhe der Hofbeamten, und beließ es bei seinem Wort. Es sollte genügen; denn durfte man an einem Kaiserwort zweifeln? Man durfte es eigentlich nicht.
»Malchas!« rief er. »Die Gewichte!«
Malchas wußte, was gewünscht wurde. Er hatte die Eisenstange bereits mitgebracht, an die er jetzt rechts und links die Gewichte hängen ließ, so daß sie aussah wie eine Hantel.
Der Kaiser stand von seinem goldenen Stuhl auf, löste die Spange seines Purpurmantels, den ihm ein Sklave von seiner Schulter nahm, und schürzte die goldbestickte weiße ärmellose Tunika so hoch, daß sie ihm nur noch bis zu den Knien ging wie bei einem Schmied, wie bei einem Gladiator.
In der Halle wurde es ganz still.
Er ging vom Podium zu den Gewichten, schob Carow zur Seite, stellte sich breitbeinig vor die Hantel, faßte die Eisenstange mit beiden Händen in der Mitte, brachte sie hinauf bis zur Brust und stemmte und drückte sie bis zur Hochstrecke.
Die Menschen in der Halle hielten den Atem an. Die Beamten verzogen zwar spöttisch den Mund, blickten aber dennoch ge-

nau hin. Der Kaiser ließ die Hantel wieder langsam zu Boden und sah Carow an.
»Nun?«
Carow nahm die Eisenstange, prüfte das Gewicht der Hantel und riß sie dann in einem Schwung hoch.
Die Menschen in der Stadthalle zogen überrascht den Atem ein, daß es klang wie »Hach!«
»Weiter?« fragte Carow.
»Malchas!« rief der Kaiser.
Malchas ließ rechts und links der Hantel noch ein Gewicht anhängen.
Der Kaiser hob sie wieder bis zur Brust, dann drückte er sie hoch, aber langsamer als vorher. Die Oberarmmuskeln spannten sich, und die Adern traten blau hervor. Er drückte die Hantel hoch, bis die Arme gestreckt waren.
Zum erstenmal klatschten die Menschen in der Basilika. Sie klatschten, bis Carow die Hantel nahm und erst einmal kurz anhob. Dann wurde es still.
Der Gardepräfekt hatte nicht geklatscht, und die hohen Reichsbeamten um ihn infolgedessen auch nicht.
Carow faßte die Hantelstange mit festem Griff, setzte sie zur Brust um und stieß sie dann mit einem Ausfallschritt nach oben.
Das Publikum rührte keine Hand. Es war erschrocken: Würde dieser Wundermann den Kaiser gar besiegen? Wie sollte man das dann auffassen? Und was könnte ein solches Zeichen für Kaiser und Reich bedeuten?
Die Beamten sahen bedenklich drein, der Gardepräfekt aber verbarg seine Mißbilligung nicht.
»Schande!« zischte er aus dem Mundwinkel zu dem Chef der Reichsfinanzen. »Wir haben einen Zirkusathleten zum Kaiser.«
»Nicht schlecht«, sagte der Kaiser. »Wollen wir noch ein Paar Gewichte draufsetzen?«
»Wie Sie wünschen.«
Malchas hängte die letzten beiden Gewichte an.
Der Kaiser hob sie bis zur Brust und begann, die Hantel hochzudrücken. Die Adern nicht nur auf den Armen, auch die der Schläfen schwollen, und nur langsam gelang es ihm, die Hantel

höher und höher zu stemmen. Man fürchtete, er werde es nicht mehr schaffen, den Ellbogen durchzudrücken, und es werde ihm nichts übrig bleiben, als die Hantel fallen zu lassen; aber dann und zuletzt, als viele die Hoffnung schon aufgegeben hatten, stieß er die Hantel doch noch mit einem Ruck nach oben. Dort ließ er sie diesmal nur einen Augenblick. Er brachte sie mit den Gewichten schnell und so, daß sie hart aufstießen, zur Erde.

Der Beifall war gewaltig und hörte erst auf, als der Kaiser die Hand hob und Ruhe gebot.

»Nun?« fragte der Kaiser, zu Carow gewandt, aber es klang nicht mehr so herausfordernd wie anfangs, sondern eher besorgt. Auf seiner Stirn stand Schweiß, und sein Mund mit den zerfaserten Lippen zuckte.

Carow schüttelte den Kopf und machte eine abwehrende Bewegung mit der Hand.

Die Menge applaudierte nicht, aber sie atmete freier. Der göttliche Fremde, der Wundermann, wollte es nicht auf einen Kampf mit dem Kaiser ankommen lassen.

»Er ist nicht einmal römischer Bürger, sondern ein Barbar aus den Wäldern Germaniens«, sagte der Chef der Reichsfinanzen, zu einer Ecke des Mundes heraus sprechend, zum Gardepräfekten, »aber er ist dem unseren nicht nur an Muskeln über, sondern auch an Verstand.«

»Malchas«, sagte der Kaiser, »der Germane Carus sitzt bei den Tierspielen morgen früh neben mir in der Loge!«

Er fragte Carow, ob er einen Wunsch habe, den man ihm erfüllen könne. Carow nannte ihn leise.

Der Kaiser nickte, ging wieder auf das Podium, ließ sich den Purpurmantel umlegen und nahm auf dem goldenen Stuhl Platz. Die beiden *Silentarii* traten auf das Podium, so daß sie überall gesehen werden konnten, breiteten die Arme aus und sorgten für Ruhe.

Der Kaiser saß wieder da wie ein Denkmal, öffnete, als alles still war, den Mund und rief mit einer Stimme, die die Halle erfüllte:

»*Decretum*: Das Municipium Velia wird den Altar und Tempel des Inuus erneuern und Entsühnungszeremonien sowie Opfer veranlassen. Die Kosten trägt das Municipium Velia.«

Malchas klopfte. Zugleich öffnete er die Tür und sagte: »Der Kaiser kommt.«
Der Kaiser stand schon in der Tür, als Carow von seinem Bett aufsprang und die Zigarette ausdrückte.
»Es riecht gut hier«, sagte der Kaiser. Carow sagte dazu nichts. Er bot dem Kaiser den Sitzplatz auf dem Bett an, und setzte sich selbst auf einen Hocker. Es war ein winziges Zimmer in einem Nebengebäude der Pholarchie, in das er während des Kaiserbesuchs umquartiert worden war.
Der Kaiser sagte:
»Ich bin gekommen, um Ihnen zu sagen, daß ich nicht mehr wiege als Sie, sondern fünfzehn Pfund weniger. Ich hatte mich wohl geirrt.«
Er hatte einen roten Kopf und sah verlegen zu Boden. Carow machte eine großzügige Geste mit ausgestrecktem Arm, die soviel besagen wollte wie: Was macht das schon! Der Kaiser aber war nicht nur deshalb gekommen. Er fuhr fort:
»Ich hätte mich zu dem Wettkampf im Gewichtheben nicht hinreißen lassen sollen. Die Beamten meines Hofes sind entsetzt. Ich habe es sofort gemerkt. Man spricht nicht mehr mit mir, und wenn, dann nur über ganz äußerliche und unwichtige Angelegenheiten.
Doch es hätte alles noch viel schlimmer kommen können, wenn Sie nicht so großzügig und taktvoll gewesen wären. Ich danke Ihnen.«
»Keine Ursache! Bitte sehr! Doch selbstverständlich!« antwortete Carow, ebenfalls verlegen. Der Kaiser aber war noch nicht zu Ende: »Sie sind natürlich stärker als ich. Ich hätte daran denken sollen, daß Sie kraft eines Wunders das zehnfache, das hundertfache Gewicht hätten stemmen können.«
»Das kann ich nicht«, antwortete Carow lachend dem Kaiser. »Sie sind außerdem zu bescheiden. Im Gewichtheben sind Sie, das sieht man gleich, ein Talent. Aber mit Ihrer Technik des Stemmens und Drückens hätte auch ich die ganze mit Gewichten behangene Hantel kaum hochgekriegt, obwohl ich einmal bei den Olympischen Spielen der Drittbeste der ganzen Welt im Gewichtheben war.«

»In der Tat! In Olympia?«
»Nein, in einem anderen Ort und zu meiner Zeit.«
»Ach, zu Ihrer Zeit! Zu Ihrer Zeit dürfen dann also auch die Germanen an den Spielen teilnehmen?«
»Auch Amerikaner, Briten, Russen, Gallier, Japaner, Perser – alle Nationen.«
»Parther und Skythen auch? Und Hyperboräer, Lotophagen, Kephalopoden und Phäaken, wenn ich einmal so weit ausholen darf?«
»Natürlich«, sagte Carow. »Alle. Jedenfalls grundsätzlich. In der Praxis sieht es allerdings manchmal anders aus.«
»Ja, das kennt man«, bemerkte der Kaiser.
»Es wird dunkel. Es ist Ihnen sicher recht, wenn ich die Lampe anzünde«, sagte Carow. Er nahm dazu sein Feuerzeug. Dann setzte er sich wieder.
Der Kaiser schwieg lange. Schließlich sagte er:
»Sie sind also ein Gott. Sie werden mir helfen.«
»Nein, ich bin kein Gott!« rief Carow entschieden. »Ich bin Professor.«
Der Kaiser lächelte. Er wußte es besser. Er hatte ja eben selbst gesehen, wie der Gott aus seiner Hand heraus die Lampe angezündet hatte.
»Gut, Sie geben sich als Professor aus. Ich werde Ihr Inkognito achten. Sie haben sicher Tempel oder Altäre, wo man Sie verehrt und opfert. Hier vielleicht oder anderswo?«
»Nein, nirgends.«
»Nirgends? Ich dachte doch, oder hat man mich wieder einmal falsch unterrichtet?«
»Ach, ich weiß! Sie denken an die Spottgeburt aus Stein, Holz und roter Wolle, der man meinen Namen gegeben hat? Man kann das Bild doch nicht ernst nehmen.«
»Ich habe es nicht gesehen, aber warum soll es lächerlich sein? Wir in Illyrien haben auf den Bergen das Standbild eines Gottes, das nicht mehr ist als ein Pfahl. Ich will nichts gegen Zeus und die anderen Götter des Olmyps sagen, aber bei uns in den Bergen ist es allein dieser Gott, der zu bestimmen hat, und wer in Not ist, tut gut daran, sich an ihn zu wenden. Sie sollten dafür sorgen, daß Ihr Standbild einen würdigen und heiligen Ort erhält.«

»Ich wiederhole: Ich bin kein Gott, sondern ein Wissenschaftler, ein Mathematiker, ein Germane, ein Landes- und Zeitfremder. Ein Gott dagegen sind *Sie.* ›Kaiser und Gott‹ steht ja sogar unter Ihrem Bild auf allen Münzen. Sie haben überall in der Welt Tempel, Altäre und Statuen.«
Der Kaiser machte eine wegwerfende Geste.
»Das ist doch etwas ganz anderes. Ich will nicht sagen, daß es nur eine Redewendung ist. Es ist zweifellos mehr, das möchte ich mir schon ausbitten. Aber viel mehr als ein bildhafter Vergleich ist es auch wieder nicht. Denn ich bin nur ein politischer Gott; ich komme aus dieser Zeit; aber Sie? Hatten Sie nicht gesagt, Sie kämen aus der Zukunft?«
»Das will ich nicht leugnen.«
»Sehen Sie!« antwortete der Kaiser, als habe er Carow mit diesem Argument geschlagen. Er rieb sich die Hände, zögerte, hub an, setzte wieder ab, aber dann fragte er doch, scheu und unsicher:
»Kennt man eigentlich meinen Namen in der Zukunft?«
»Ich bin davon überzeugt. Wenn ich mich vorher danach erkundigt hätte, wäre mir auch die peinliche Verwechslung mit Marcus Aurelius nicht unterlaufen.«
»Dem Philosophen, ich weiß. Ich kenne zwar sein Buch nicht, doch es soll, höre ich, nicht schlecht sein. Sehr bekannt bin ich wohl nicht in der Zukunft?« fragte der Kaiser schüchtern und in der Hoffnung auf entschiedenen Widerspruch.
»Natürlich nicht so bekannt wie Augustus, der aber auch jahrzehntelang regiert hat. Doch die Althistoriker werden Ihren Namen bestimmt kennen.«
Der Kaiser rieb wieder seine Hände und räusperte sich; dann brachte er es schließlich heraus:
»Könnten Sie nicht – ich meine, es ist zwar nicht unbedingt notwendig; aber immerhin, es würde mir politisch sicher helfen – oder sagen wir besser, es würde meinen Ideen zugute kommen und mich befriedigen – jedenfalls: Könnten Sie nicht etwas tun, meinen Namen in der Zukunft etwas bekannter zu machen?«
»Wenn ich dazu Gelegenheit haben sollte«, erwiderte Carow, »will ich es gerne tun. Nur sollten Sie sich nicht zuviel davon versprechen. Mein Einfluß in dieser Hinsicht ist gering.«

»Sie könnten ja erwähnen«, schlug der Kaiser vor, »daß ich die Quaden aufs Haupt geschlagen habe. Daß ich jetzt gegen die Sarmaten zu Felde ziehe und danach die Christen im ganzen Römischen Reich verfolgen und ausmerzen werde, und zwar gründlicher als Decius, der doch nur halbe Sache gemacht hatte. Dann werden wir endlich Ruhe haben. Sie sehen: Ich habe ein großes Programm.«

»Ja, Sie haben sich in der Tat viel vorgenommen. Wenn Sie Zeit und Gelegenheit hätten, es auszuführen, würde es Ihren Namen in der Geschichte sicher sehr bekannt machen. Ihrem Plan, die Christen auszurotten, gebe ich allerdings keine großen Chancen.«

»So? Ich habe Ihnen aber doch noch gar nicht erzählt, was ich alles gegen sie unternehmen werde!«

»Falls die Zeit Ihnen dazu Zeit läßt.«

»Bitte? Ach, natürlich! Weiß man denn in Ihrer Zeit, wie lange ich regiert habe?«

»Sicherlich.«

»Und wann ich gestorben bin? Und auf welche Weise?«

»Ich könnte es mir denken. Aber es ist vielleicht gar nicht gut, sein Ende zu kennen.«

Das sagte Carow, der sich erst vor ein paar Tagen bei Inuus nach seiner eigenen Zukunft erkundigt hatte! Der Kaiser blickte verloren auf den Boden, hob dann die Augen und sah Carow listig an:

»Ich würde mich an dem betreffenden Datum eben in acht nehmen.«

»An Ihrem historisch bezeugten Todestag wollten Sie sich vor dem Tod in acht nehmen!« rief Carow. »Aber das würde Ihnen doch gar nichts nützen! Sie können, indem Sie sich verstecken, doch ein historisches, der Nachwelt bekanntes Faktum nicht einfach umstoßen.«

»Was verstehen Sie unter einem historischen Faktum?«

»Ein Faktum ist, was geschehen und der Geschichte bekannt ist und was nicht mehr ungeschehen gemacht werden kann. Der allmächtige Gott hat die Stadt Rom geschaffen. Er kann, wenn er will, noch ein anderes Rom schaffen; aber in seiner ganzen Allmacht kann er nicht machen, daß er Rom nie geschaffen hat. Denn die Erschaffung Roms ist ein historisches Faktum, und

was in der Zeit geschehen ist, das kann selbst er nicht ungeschehen machen und vernichten.«
Der Kaiser hatte zwar ein Pferdegesicht, doch jetzt nahm es einen maultierhaft-störrischen Ausdruck an:
»Aber kann sich die Historie nicht auch einmal irren, durch einen Schreibfehler ein windiges Faktum schaffen, ein Faktum widerrufen und korrigieren?«
»Unmöglich!« rief Carus, entsetzt über diese Unlogik. »Ein ›windiges‹ Faktum! Oh! Au!«
»So!« entgegnete der Kaiser verstimmt und beleidigt, »Sie wollen mich also über Logik belehren. Ich bin kein Philosoph, sondern ein einfacher Mensch, aber in meinem einfachen Verstand scheint mir die Tatsache, daß Sie aus der Zukunft zu uns in die Gegenwart gekommen sind, absolut unmöglich und unlogisch.«
Auf dieses Argument wußte Carow nichts zu erwidern.
Der Kaiser suchte nun wie von ungefähr die Sprache auf sein eigentliches Begehren zu lenken:
»Ich möchte noch einmal auf die Olympischen Spiele in Ihrer Zeit zurückkommen: Finden da auch Wagenrennen statt?«
»Nein, aber Reiten ist eine der olympischen Sportarten.«
»Gut, gut! Sehr gut!« Damit hatte er den Übergang. »Sie sprechen von Pferden. Meine Gegner haben einen Anschlag auf meinen Schimmel vor.«
»Wie absurd! Was hat Titas ihnen getan!«
»Sie wollen natürlich mich damit treffen. Der Anschlag soll in der allernächsten Zeit stattfinden.«
»Wissen Sie das, oder vermuten Sie es nur?«
»Ich vermute es nicht, ich weiß es, und zwar von Zaratas, meinem Chaldäer. Er ist unbestritten der größte Magier und Sterndeuter unserer Zeit. Sie haben sicher schon von ihm gehört.«
Carow bedauerte, er höre den Namen zum erstenmal. Er regte an, den Schimmel von jetzt an ganz besonders gut zu bewachen.
»Das geschieht natürlich«, erwiderte der Kaiser. »Ich lasse ihn nicht aus den Augen. Ich habe ihn deshalb auch aus dem Stall herausholen und in der Pholarchie selbst unterbringen lassen, neben meinem Zimmer, in der Bibliothek.«
»In der Bibliothek!« schrie Carow. »Die Bücher! Die Bücher!«

»Seien Sie unbesorgt! Die Rollen sind ja ohnehin in den Holzkapseln, und vor die Folianten haben wir natürlich Decken gehängt. Wir sind doch keine Barbaren!«
»Ich fände es dennoch besser, und dem Pholarchen wäre es sicher auch lieber, wenn Sie Titas statt dessen im Portikus unmittelbar vor Ihrem Zimmer unterbrächten. Die frische Luft dort tut ihm auch sicher gut.«
»Wenn *Sie* das auch wünschen, werde ich es prüfen. Dem Pholarchen habe ich es abgelehnt.«
»Wissen Sie, wer den Anschlag plant?«
»Einen Augenblick!« sagte der Kaiser, sprang auf, ging schnell und leise zur Tür, öffnete sie und sagte zu Malchas, der davor stand:
»Sie brauchen hier nicht zu warten. Sagen Sie den Stallburschen, sie sollen Titas aus der Bibliothek herausführen und ihn im Portikus, unmittelbar vor meinem Zimmer, unterbringen!«
Der Kaiser überzeugte sich, daß Malchas ging, dann schloß er die Tür und setzte sich wieder aufs Bett.
»Ich habe leider eine etwas laute Stimme«, flüsterte er und fuhr fast stimmlos fort:
»Stasimus, der Gardepräfekt, plant den Anschlag. Wir werden ihn jedoch daran hindern.«
»Sie haben einen Plan? Aber bitte, ich will Sie nicht ausfragen; er wird geheim sein.«
»Natürlich ist er geheim; darum habe ich Malchas ja auch weggeschickt. Das erste, was einem einfällt, ist natürlich, den Gardepräfekten durch ein paar zuverlässige Leute umbringen zu lassen. Das ließe sich - ich darf vor Ihnen doch offen sprechen -, das ließe sich vermutlich auch arrangieren; nicht ganz leicht, weil er vorsichtig ist, aber ich wüßte wohl einen Weg. Aus innenpolitischen Gründen, die ich nicht weiter erläutern will, möchte ich die Angelegenheit jedoch möglichst ohne Blutvergießen und möglichst geräuschlos erledigen. Zaratas hat mir daher ein anderes, diskretes, aber schnell wirkendes und todsicheres Verfahren vorgeschlagen.«
»So«, sagte Carow.
Der Kaiser hatte größere Neugier erwartet.
»Ich bin gekommen, Sie um Hilfe zu bitten.«

»*Mich*?« rief Carus entsetzt. »Ich bin ein ganz unpolitischer Mensch! Ich bin Wissenschaftler!«
»Wir wissen, wer Sie sind. Ich bitte Sie auch nur um eine Kleinigkeit: nämlich morgen von Stasimus ein Bild zu blitzen, es aber nicht ihm, sondern mir zu geben. Mehr brauchen Sie nicht zu tun. Alles übrige erledigt Zaratas.«
»Sie meinen, er wird das Bild mit Nadeln durchbohren oder vergraben oder Ihnen in den Schuh legen, damit Sie immer auf ihm rumtrampeln können?«
»Ja, ja, vielleicht. Vielleicht auch nicht. Er hat seine eigene Methode. Er weiß schon, was er tun muß. Wir wollen ihn nicht danach fragen.«
»Aber Stasimus wird mir das Bild abfordern, wenn ich ihn aufgenommen habe. Er ist Sicherheitschef. Er wird sofort wissen, was gespielt wird.«
»*Ich* werde Sie schützen«, entgegnete der Kaiser. Aber er sah wohl, daß dies kein starkes Argument war. Er fügte deshalb hinzu:
»Und übrigens: Was kann er einem überirdischen Wesen wie Ihnen tun!«
Carow rutschte unruhig auf seinem Stuhl umher. Der Kaiser aber fuhr fort:
»Ich bitte auch zu bedenken, daß ich heute in der Basilika die Restauration des Inuus-Tempels dekretiert und damit einen Wunsch von *Ihnen* erfüllt habe.«
»Ich vergesse Ihnen das auch nicht. Ich danke Ihnen dafür; aber ich kann mich nicht entscheiden.«
»Sie ermorden den Gardepräfekten doch gar nicht, sondern es ist Zaratas, der das Geschäft besorgt.«
»Dennoch! Was Sie mir vorschlagen, ist in Ihrer Zeit vielleicht sogar kriminell.«
»Was zum Wohle eines Kaisers und Gottes geschieht, kann niemals kriminell sein!«

Carow machte von Titas eine Aufnahme mit der Sofortbild-Kamera, als der Schimmel aus der Pholarchie auf die Straße geführt wurde, wo die Notabeln des Reichs auf den Kaiser warteten, um ihn zu den Tierkämpfen im Theater zu begleiten. Sie waren fast alle auf dem Foto. Der Gardepräfekt Stasimus stand unmittelbar vor dem Kopf des Pferdes und sah in die Kamera. Er sagte gerade lachend etwas zu seinem Gesinnungsgenossen, dem Chef der Reichsfinanzen.

Als Carow und der Pholarch aus dem dunklen Gewölbegang in die Helle des Theaters mit dem offenen Zuschauerrund traten, standen die Zuschauer respektvoll auf und setzten sich erst wieder, als beide Platz genommen hatten. Malchas plazierte Carow in die Mitte der ersten Reihe der Ehrentribüne, den Pholarchen aber ans Ende, neben die beiden Duumvirn Marcus Pilonius und Iulius Longus, der stumpf dasaß und vor sich hinstarrte.

Als der Gardepräfekt und die Inhaber der anderen hohen Reichsämter die Loge betraten, stand außer den Gästen in der Loge kein einziger Mensch im Theater auf, sie setzten vielmehr ihre Unterhaltung mit Fleiß fort, sogar lauter und lärmender. Malchas, der hinter der Prominenz stand, ermunterte das Publikum zwar mit verzweifelter Geste, aufzustehen und zu applaudieren, aber niemand dachte daran, ihm den Gefallen zu tun.

Sie genossen es, Unbotmäßigkeit demonstrieren zu können. Im Alltag und als einzelne waren sie machtlos, aber hier im Zirkus konnten sie ungestraft zeigen, was sie von diesen hohen Würdenträgern hielten, die, mit dem Gardepräfekten Stasimus an der Spitze, im vergangenen Jahr den Kaiser Probus auf heimtükkische Weise umgebracht hatten. Hier waren die Mächtigen des Reiches ohne Macht.

Dann kam der Kaiser.

Er war an der Ermordung seines Vorgängers unschuldig. Ihn mochten sie. Er war von großer Statur, sah aus wie ein Held, und er hatte, erst wenige Monate auf dem Thron, noch keine Gelegenheit gehabt, Erwartungen zu enttäuschen.

Er trug wieder den Lorbeerkranz und den purpur-violetten, goldbestickten Kaisermantel. Jetzt erhoben sich die Zuschauer, sie klatschten, schwenkten bunte Tücher und riefen ihm Will-

kommen zu. Er blieb vor dem dunklen Hintergrund des Gewölbe-Eingangs stehen und begrüßte das Publikum mit ausgebreiteten Armen. Dann nahm er in der Mitte der Ehrenloge Platz und gab den Zuschauern ein Zeichen, sich zu setzen.
Eine Fanfare ertönte, und alle Blicke richteten sich auf das südliche Tor in der Arenawand, auch die des Kaisers. Zur gleichen Zeit aber streckte er die rechte Hand zu Carow hinüber und legte sie auf sein Knie, die Handfläche nach oben.
Carow schüttelte den Kopf.
»Ich verstehe Sie nicht«, sagte der Kaiser und gab sich Mühe, mit unterdrückter Stimmte zu sprechen. »Haben Sie nicht geblitzt? Ich hatte Ihnen doch absichtlich lange genug Zeit vor dem Abmarsch aus der Pholarchie gelassen. Haben Sie kein Bild?«
»Ich habe ein Bild von ihm gemacht, ohne zu blitzen«, sagte Carow.
Der Kaiser schlug mit dem Handrücken auf Carows Knie.
»Geben Sie her!«
»Nein«, erwiderte Carow leise. »Ich möchte nicht, daß es mißbraucht wird und daß irgend jemand dadurch zu Schaden kommt.«
»Glauben Sie denn an solchen Zauber?«
»Nein«, antwortete Carow unwirsch, »natürlich nicht.«
»Nun also! Warum halten Sie das Bild zurück? Ich möchte Au! und Oh! schreien über soviel Unlogik.«
Carow schwieg ärgerlich. Widerwillig holte er das Bild aus seiner Rocktasche und legte es, mit der weißen Seite nach oben, in die Hand des Kaisers, der es nahe vor seiner Brust umwandte, ansah und befriedigt wegsteckte.
Die beiden Flügel des Tores wurden gleichzeitig geöffnet. Heraus trat Olipor.
Seine hochgeschürzte Tunika war blendend weiß, gehalten von einem golddurchwirkten Gürtel. Er trug den silbernen Gladiatorenhelm, und über den Helm war der Wolfskopf mit aufgerissenem Rachen gezogen; das Fell aber hing hinten herab bis zu den Knien. Beim Eintritt in die Arena hob er beide Fäuste mit den eisernen Schlagringen hoch, und dann zog er die Holzkeule aus dem Gürtel, hielt auch sie empor und wendete sie, damit die Zuschauer die eisernen Stacheln sehen konnten.

Mit federndem, tänzelndem Schritt, wie man es ihn in der Gladiatorenschule gelehrt hatte, ging er rings um die Arena und hielt vor dem Kaiser, warf das Wolfsfell über die Schulter, daß es kokett über Arm und Brust fiel, und präsentierte wieder die Keule. Er lächelte hinauf, mit geschlossenem Mund freilich.
Als er aber Carow neben dem Kaiser erkannte, grinste er breit, daß sein zahnloser Gaumen zu sehen war, und am liebsten hätte er wohl einen Gruß hinaufgerufen. Doch man hatte ihm Disziplin beigebracht.
Er verbeugte sich vor dem Kaiser, und als der ihn mit lässig erhobener Hand gegrüßt hatte, lief er wieder zu dem Tor, durch das er hereingekommen war. Dort stellte er sich in Positur, stützte sich, Herkules in einer bekannten Statue nachahmend, auf die Keule und erwartete die Bestie.
Der Kaiser hielt wieder seine Fäuste wie ein Rohr vor das rechte Auge, weil er glaubte, so schärfer sehen zu können, und blickte erst auf Olipor, dann auf das nördliche Tor der Arenawand.
Carow nahm sein Fernglas aus der Rocktasche, eins der neuen, dünnen, aber leistungsstarken Gläser, das er auch als Opernglas benutzt hatte, und sah sich damit um.
Das Amphitheater war bis zum letzten Platz gefüllt. In der obersten Reihe standen die Menschen dicht gedrängt. Den weißen Sand der Arena hatte man in einem schachbrettartigen Muster geharkt. Die Wand, die sich um die Arena zog und sie von den steil ansteigenden Zuschauerreihen trennte, war in roten und weißen Streifen, den Farben Velias, verputzt.
Carow lieh das Glas auch dem Kaiser und zeigte ihm, wie er es halten und einstellen mußte. Er *lieh* es ihm. Der Kaiser sah auf einmal Olipor dicht vor sich; er setzte das Glas ab, und Olipor war wieder fern. Er hielt es vor die Augen, und Olipor war zum Greifen nahe. Er blickte mit dem Glas auf die Zuschauer, die gegenüber auf der Sonnenseite saßen und ihn alle aufmerksam beobachteten. Sie sprachen miteinander, ohne ihn aus dem Auge zu lassen und tauschten wohl Vermutungen über das schwarze Ding aus, das er vor die Augen hielt.
Er wandte sich um und hatte Malchas im Blickfeld, allerdings verschwommen, wie sonst nur die Menschen aussahen, die weit entfernt waren. Erst als er das Glas absetzte, war Malchas wieder deutlich zu erkennen. Der Kaiser drehte das Glas um, und

plötzlich war der Gardepräfekt, der doch nur eine Reihe hinter ihm saß, weit entfernt, und das Theater war so groß und weit wie das Flavische Amphitheater in Rom.
Er nahm das Glas von den Augen und wandte sich Carow zu. Er wollte etwas sagen, aber ihm fehlten die Worte. Deshalb ergriff er mit beiden Händen Carows Hände und drückte und schüttelte sie herzlich und voller Dankbarkeit.
Er nahm wieder das Fernrohr vor die Augen, ging noch einmal die Zuschauerreihen durch und sah auf der anderen Seite, die ihm sonst nur ganz undeutlich vor Augen gestanden hatte, zwei Frauen miteinander tuscheln. Sie brachen plötzlich in großes Gelächter aus; er konnte es alles deutlich beobachten, sie saßen ja dicht vor ihm. Aber er konnte keinen Laut hören.
Er blickte durch das Glas zur nördlichen Eingangstür der Arena, die noch immer geschlossen war. Mit der linken Hand hielt er das Fernglas vor die Augen, mit der rechten gab er ein Zeichen, daß man das Tier hereinlassen solle.
Die beiden Flügel des Nordtores öffneten sich. Das gleißende Licht der Arena blendete den Bären, der dahinter stand. Er wollte in den dunklen Gang zurück; aber dort schrien Menschen, und er spürte im Hinterteil Schmerzen von den spitzen Pfählen, mit denen man ihn stach, damit er vorwärts ging. Er brummte wütend und wollte sich nach den Pfählen umwenden, aber der Gang war zu eng. Man schob ihn, obwohl er sich dagegen stemmte. Als er in der Arena war, schloß man die beiden Flügel des Tores. Eine Wolke scharfer Menschenwitterung schlug ihm entgegen. Er wollte ihr entfliehen; aber er fand den Gang nicht mehr, durch den er doch eben erst gekommen war. Er wollte wieder zurück ins Dunkel. Er lief auf allen vieren an der Mauer hin und her. Er verstand nicht, daß der Gang plötzlich verschwunden war. Er ahnte eine unbekannte Gefahr. Er kratzte an der Wand, und dann richtete er sich auf.
Die Menschen riefen »Ah!«, als sie ihn in seiner Größe sahen, wie er sich noch dazu reckte und tastete, ob er vielleicht über die Wand klettern und dem Licht und dem Menschengeruch entkommen und sich im Dunkel verbergen konnte.
Es war ein alter Bär, den man erst im Frühjahr in den Bergen Daciens mit einem Bäreneisen gefangen hatte. Sein Fell war zottig und schwarzbraun. Die vorderen Schulterblätter standen,

wenn er auf allen vieren ging, hoch heraus, während er den Kopf fast am Boden hielt. Der Kopf ging von der spitzen Schnauze aus ungeheuer in die Breite. Die Ohren waren klein. Die Augen, rund wie kleine, glänzende Knöpfe, blickten ausdruckslos aus dem Fell des knochigen, dicken Schädels.

Olipors Bauch krampfte sich zusammen; er spürte einen stechenden Schmerz in der Wirbelsäule. Die Tunika klebte an seinem schweißnassen Rücken.

Der Bär hatte sich an der Wand aufgerichtet und suchte noch immer den Ausgang. Er war breit und hoch wie eine Haustür, durch die drei Menschen gleichzeitig gehen konnten. Er war viel größer als der gezähmte Bär, gegen den Olipor in Capua geübt hatte. Dieser hier war neben dem Menschen ein Berg. Die Schlagringe würde er überhaupt nicht spüren, und die Keule sah leicht wie ein Stock aus. Jetzt wäre eine starke und schwere Lanze willkommen gewesen, die man in die Erde hätte stemmen und gegen die man den Bären hätte anrennen lassen können.

»Aya!« riefen einige Zuschauer, weil Olipor noch immer wie ein Denkmal des Herkules auf seine Keule gelehnt dastand und sich nicht rührte. Er hatte wohl Angst?

»Aya! Insta! Los!«

Der Ruf wurde von anderen aufgenommen, dann von vielen wiederholt. Angefaulte Feigen, Rüben und Hühnerknochen flogen um Olipor in den Sand. Da erinnerte er sich endlich an das, was er in der Schule in Capua gelernt hatte. Er holte Atem und lief auf den Bären zu, erst in gemäßigtem Trab, dann aber schnell und schneller, um ihn von hinten zu überraschen. Unterwegs verlor er die Furcht.

Der Bär hatte sich wieder niedergelassen und suchte entlang der Wand am Boden nach dem Ausgang. Doch dann hatte er plötzlich die Witterung eines Menschen ganz nahe vor sich; er hörte ihn rennen, und er sah auch etwas Weißes dicht vor seinen Augen; gleichzeitig spürte er einen Schlag und einen starken Schmerz auf der Stirn. Er brummte ärgerlich, schüttelte den Kopf und suchte weiter an der Mauer der Arena.

Da hörte er wieder die schnellen Schritte. Er wandte den Kopf um, aber er sah nichts; er konnte auch nichts sehen, weil auf der Stirn, in Höhe der Augen ein unerträglicher Schmerz war. Der

Bär wollte sich aufrichten, aber er knickte vorne ein, fing sich aber wieder. Was war geschehen? Er brummte gegen die Gefahr, und er hörte schrilles Geschrei, das fremd und feindlich war.
Dieser Gefahr, die überall war, mußte er sich jetzt zuwenden. Er tat ein paar Schritte in das blendende Weiß der Arena, als noch einmal ein furchtbarer Schmerz den ganzen Schädel traf.
Er verlor das Gleichgewicht und fiel zur Seite. Die Schritte des Menschen hatte er nicht gehört, seine Witterung nicht in die Nase bekommen, und das Geschrei und das Toben der Menge hörte er nicht.
Olipor war, nachdem er ihm zum drittenmal mit der Keule auf den Schädel geschlagen hatte, wiederum weggelaufen. Er sah sich im Lauf um und blieb stehen: Der Bär lag vor der Wand. Er versuchte noch einmal aufzustehen, fiel aber wieder, legte sich zur Seite, die Pranken schlugen noch einmal schwach in die Luft, dann fielen sie kraftlos hinab.
Olipor wandte sich zur Kaiserloge, grinste hinauf und hob grüßend den rechten Arm in übertrieben fließender Geste, die er lange hatte üben müssen.
Wenn ihn der Vater jetzt nur so sehen könnte!
Der Kaiser hatte das Glas fest vor die Augen gepreßt. Er sah den Tierfechter deutlich, als ob er nur ein paar Schritte entfernt stand, und sagte ihm, er solle jetzt nicht lange grüßen, sondern sich lieber mit dem Bären abgeben. Es kam ihm nicht in den Sinn, daß Olipor unten in der Arena ihn gar nicht hören konnte.
Olipor drehte sich auf den Zehenspitzen zur Seite und dankte den klatschenden Zuschauern, die mitten im Beifall aufsprangen und etwas schrien, was er nicht verstand. Er machte noch einen zierlichen Schritt und dankte auch den Zuschauern auf der gegenüberliegenden Seite, als er den Bären sah.
Der Bär hatte sich wieder erhoben, schaute sich um und erblickte das weiße Wesen, das in der Arena stand. Mit unerwarteter Schnelligkeit und in weicher, müheloser Bewegung schoß das braunschwarze massige Tier auf Olipor zu. Einige Schritte vor ihm erhob der Bär sich auf die Hinterbeine.
Als hole er nun zum entscheidenden Schlag aus, ließ Olipor in selbstgefälliger Geste und so, wie er es vor dem großen Metallspiegel in Capua eingeübt hatte, die Keule einmal um den Kopf

kreisen, um sie dann mit voller Wucht auf den Schädel des Bären zu schmettern. Aber der Bär war zu schnell, der Schlag traf den Schädel nur noch an der Seite, und der Pirouetteschritt, mit dem Olipor sich dem Bären effektvoll hatte entziehen wollen, wurde zwar begonnen, ging aber ganz verloren; niemand hat ihn mehr bewundern können.

Der Bär hatte Olipor mit beiden Pranken umfaßt und fest an seine Brust gedrückt, zu fest.

Nun lief er mit ihm zum Rand der Arena, und dabei stieß er einen lauten langgezogenen tiefen Ton aus – Klage, Stöhnen und Brüllen zugleich –, daß den Zuschauern ein Schauder über den Rücken lief. Sie erschraken, jedoch nur für einen Augenblick. Dann folgten sie dem Schauspiel wieder mit Kenneraugen. Mitleid hatten sie nicht.

Wo sein Eingang in die Arena gewesen war, ließ er den Leichnam fallen. Er wollte zurück.

»Wollen Sie sich die Sache einmal kurz durch dieses Ding hier ansehen?« fragte der Kaiser, ohne das Glas von den Augen zu nehmen. Carow wollte sich »die Sache« nicht ansehen.

Der Kaiser war mit dem Spiel ganz und gar nicht zufrieden; die anderen Zuschauer auch nicht. Der Bär hatte keinen Kampfgeist, und Olipor hatte eitle Faxen gemacht, statt dem Bären, als er wie tot dalag, den Schädel einzuschlagen. Jedermann weiß doch, daß ein Bär noch lange nicht tot ist, wenn er wie tot daliegt! Außerdem war alles viel zu schnell gegangen. Blut war überhaupt nicht geflossen, wenn man von dem bißchen absah, das aus Olipors Mund und Nase in den Sand lief. Interessant anzusehen war nur der abenteuerliche Winkel, in dem sein Kopf nach hinten gedreht war.

Die Fanfare ertönte, die Flügel des Südtores öffneten sich, und ein anderer Tierfechter, dieser mit einem Schwert bewaffnet, trat ein, um mit dem Bären zu kämpfen.

Jule veranstaltet eine Schau der tausend Wunder

Der Kaiser saß wieder auf seinem goldenen Thron, und der Stuhl stand auf einem Podium. Jetzt, bei Tageslicht und im Freien, zeigte es sich, daß dieser Thron keineswegs aus Gold, sondern aus ganz gewöhnlichem Holz war, auf das man Blattgold geklebt hatte. An den Lehnen und Füßen war es schon abgescheuert.

Malchas hatte die große Palästra zur Vorführung der Wunder gewählt: einen rechteckigen, von Säulengängen umgebenen Hof, ganz mit weißem Sand gefüllt, in dem die Jugend Velias Sport zu treiben pflegte.

Der Thron stand an der Schmalseite des Hofes. Neben dem Podium und ringsum vor den Kolonnaden warteten die Leiter der Hofämter, der Gardepräfekt, die hohen Würdenträger, die den Titel »Freund und Begleiter« des Kaisers trugen, weiter hinten die niedrigeren Hofchargen und überall Soldaten der germanischen Leibwache.

Dem Thron gegenüber, auf der anderen Schmalseite, wurde Titas von zwei Stallknechten gehalten.

»Ruhe!« rief der Kaiser. »Malchas, ich wünsche Ruhe!«

Malchas war nicht da, aber die beiden für das kaiserliche Silentium Verantwortlichen sprangen aufs Podium und breiteten die Arme aus, bis niemand mehr sprach.

»Man hat«, posaunte die Stimme des Kaisers in den Hof, »einen Anschlag auf den Schimmel Titas aufgedeckt. Unter dem Sattel, im Leder versteckt, ist ein magischer Papyrus gefunden worden, der dem Pferd Unfall und Knöchelbruch anzaubern sollte. Ein Stallsklave hat unter der Folter gestanden, den Zettel in das Sattelleder eingeklemmt zu haben. Sobald er wieder vernehmungsfähig ist, wird die Folter fortgesetzt, damit wir erfahren, wer hinter dem Anschlag steckt; denn der Sklave selbst kann weder lesen noch schreiben. Seine bisherigen Aussagen deuten alle in eine ganz bestimmte Richtung. Wir wollen jedoch ganz sicher sein, damit wir den Verbrecher auch überführen können.

Ich versichere und schwöre bei Jupiter: Wer diesem Pferd ein Leid antut oder anzutun beabsichtigt, wird mit dem Tode bestraft, er mag noch so hoch und mir noch so nahestehen. Ist das verstanden worden?«

Sie riefen, sie hätten ihn verstanden; die Stimme war ja auch unüberhörbar. Der Chef der Reichsfinanzen, Lucius Zosimus, suchte den Blick des Gardepräfekten; aber der sah mit unbewegtem Gesicht angestrengt geradeaus.

»Malchas!« rief der Kaiser, und die Leute seines Hofes wandten die Köpfe, als ob auch sie dringend nach ihm verlangten, und gaben den Ruf weiter. Der Kaiser selbst setzte das Fernglas an die Augen, das ihm an einem purpurnen, goldbestickten Seidenband vor der Brust hing, und suchte den Protokollchef in den Arkaden.

Er kam im Laufschritt aus einem der Nebenräume der Kolonnaden, sank elegant und protokollarisch korrekt vor dem Thron in die Knie und hob die Arme.

»Herr und Kaiser!«

Der Kaiser drehte das Glas um und sah ihn nun ferne vor sich am Boden knien.

»Die Wunder sollen nun anfangen!« rief er über die weite Entfernung, in der er seinen Protokollchef sah. »Wo ist der Germane Carus?«

»Er ist nicht gekommen.«

Das Gesicht des Kaisers lief rot an. Er schrie:

»Malchas, ich reiße dir persönlich die Eier ab, wenn der Germane Carus nicht hier ist, bis ich bis hundert gezählt habe!«

»Herr und Kaiser!« rief Malchas kläglich, »wir haben ihn auf Knien gebeten. Er wollte nicht kommen. Er wünschte nicht, daß der Germane Iulius die angekündigten Wunder vorführt und wollte ihn sogar überreden, die Vorführung abzusagen. Sie haben ernsthaften Streit gehabt.«

»Aber die Vorführung stand doch schon immer auf dem Programm.«

»So ist es, Herr und Kaiser.«

Der Kaiser lehnte den großen Kopf weit zurück, sah drohend in die Runde, und man fürchtete schon, er werde wieder einen Schreckensbefehl verkünden; aber er bewegte nur stumm und mit sich selbst sprechend die Lippen.

Dann sagte er unwirsch: »Man soll endlich anfangen!«

Drei kleine Tische und drei Stühle wurden vor das Podium in

den Sand des Hofes gestellt. Jule kam aus dem Säulengang. Er hatte Jeans und sein kariertes Freizeithemd an. Auf dem Kopf trug er die rote, wollene Zipfelmütze, die er sich im letzten Skiurlaub gekauft hatte.

Dies sei, so hatte er Malchas erklärt, das Festornat, das man in Germanien nur bei feierlichen Anlässen tragen dürfe: eine Behauptung, die ihm unter den Eleaten niemand widerlegen konnte. Carow hatte ihm jedoch vorgeworfen, mit solchen frivolen Flunkereien die Gutgläubigkeit der Zeitgenossen schamlos auszunützen, worauf Jule entgegnet hatte, er habe zwar viel aus Heidelberg mitgebracht, seinen dunklen Anzug aber in Velia für entbehrlich gehalten. Er könne doch bei einem Festakt in Gegenwart des römischen Kaisers nicht in der Kleidung erscheinen, in der er alltags rumlaufe.

Mit Jule kamen Pittakos und Pelops. Die Beamten des Kaiserlichen Protokolls hatten ihnen aus dem amtlichen Fundus Togen geliehen und angelegt; keiner der beiden hatte je eine Toga getragen. Von Malchas aufgefordert, sich Haar und Bart schneiden zu lassen, hatten sie ein Geschrei erhoben, als ginge es ihnen ans Leben. Sie erklärten sich jedoch schließlich bereit, Haar und Bart von einem Protokollsklaven waschen, färben und kämmen zu lassen. Als er jedoch zum Schluß auch noch mit der Kräuselschere kam, wiesen sie ihn wütend aus dem Zimmer.

Jule und die beiden Philosophen knieten vor dem Kaiser nieder und erhoben die Arme, wobei den Philosophen die mühsam gefälteten und gesteckten Togen verrutschten und ganz außer Fasson gerieten.

Malchas übernahm nun die Rolle des *Maître de plaisir* und kündigte ein Wettrechnen zwischen den beiden Ständigen Philosophen der Pholé einerseits und dem Germanen Iulius andererseits an.

Zosimus, der Chef der Reichsfinanzen, sagte zu seinem Nachbarn, er höre heute zum erstenmal von einem Germanen, der zählen könne; das werde wohl eine grotesk-komische Nummer sein.

Die beiden Philosophen, verkündete Malchas, wollten mit dem Abakus rechnen, während der Germane behaupte, er brauche kein Rechengerät. Malchas bat nun den Kaiser, zwei hohe, mög-

lichst krumme Zahlen zu nennen, die in die Millionen oder Hunderte von Millionen gehen dürften. Die Wettkämpfer sollten sie multiplizieren. Sieger solle sein, wer zuerst fertig sei.
Der Kaiser antwortete in ungnädigem Ton, so hohe Zahlen fielen ihm nicht ein, das sei doch wohl eher eine Aufgabe für den Finanzchef. Malchas erkannte sofort, daß es ungeschickt gewesen war, dem Herrscher eine solche, allenfalls einem Intellektuellen zumutbare Aufgabe zu stellen.
Zosimus erwiderte, wenn er an das Geld in der Reichskasse denke, fielen auch ihm keine hohen Zahlen ein; anders dagegen, wenn er auf die Schulden des Reichs blicke. Er bitte jetzt, die Zahl 13 648 911 mit der Zahl 767 686 zu multiplizieren.
Die drei Wettrechner notierten die Zahlen auf einem Blatt Papyrus, und dann begannen die beiden Philosophen die Knöpfe auf ihrem Rechenbrett *prestissimo* hin- und herzuschieben. Sie spielten das Rechenbrett mit allen zehn Fingern, bei manchen schwierigen Passagen über Hand, wechselten das Tempo, und wo es sich um die Multiplikation von Hunderten, Zehnern oder nur lumpigen Einern handelte, spielten sie Läufe in Triolen, Triller oder kurze Passagen *pizzicato* mit einer Hand. Aber beide schlossen im gleichen Augenblick mit einem *Furioso*, knallten den letzten Einer-Knopf mit Aplomb und Effekt an den Rand des Rechenbretts und ließen die Hände zum Abschluß virtuos in die Luft fliegen, öffneten die Augen, denn sie hatten blind gespielt, und neigten bescheiden den Kopf.
Der Kaiser klatschte begeistert, und einen Lidschlag später barst ringsum im Hof ein brausender Applaus los, der anhielt, bis der Kaiser wieder das Fernglas vor die Augen nahm und die beiden Philosophen betrachtete, die aufgestanden waren, die Blicke aber noch immer zu Boden richteten. Sie waren überwältigt von dem Applaus, und ihre Augen leuchteten glücklich.
Sie schrieben ihre Ergebnisse auf Zettel und gaben sie Malchas. Jule hatte die Augen noch geschlossen, als die Philosophen ihre Rechnung beendeten; doch er legte den Zettel mit seinem Resultat nur Sekunden nach ihnen in Malchas Hand.
Jeder der drei Rechner war zu einer anderen Zahl gekommen. Es war unter den Anwesenden jedoch niemand, der entscheiden konnte, welches Ergebnis korrekt war. Obwohl er diese Frage für nebensächlich hielt, stimmte der Kaiser Malchas' Anregung

zu, die Rechnung zu wiederholen; denn er wollte die Abakus-Virtuosen noch einmal in Aktion sehen.
Die Knöpfe der Rechenbretter klapperten wieder, die Hände der Philosophen flogen in mitreißendem Rhythmus über die Knopfreihen, daß man glaubte, Kastagnetten zu hören. Auch diesmal waren die beiden Philosophen zur gleichen Zeit fertig, aber wieder nannte jeder eine andere Zahl, doch stimmte diesmal Pelops' Ergebnis mit dem Jules überein. Beim dritten Durchgang hatte auch Pittakos die Zahl errechnet, die Jule schon beim ersten Mal zu Protokoll gegeben hatte.
Malchas schlug dem Kaiser vor, zwei andere, ebenso hohe Zahlen dividieren zu lassen; aber der Herrscher antwortete, was er gesehen habe, genüge ihm vollauf. Die beiden Philosophen seien viel schneller gewesen, also die Sieger.
Als Jule einwandte, sie hätten aber doch falsch gerechnet, dröhnte die Stimme des Kaisers: Ob hier etwa einer die Entscheidung des Kaisers anzweifeln oder umstoßen wolle? Es sei von vorneherein festgelegt worden, daß in diesem Agon die Schnelligkeit der Rechner entscheidend sein sollte. Die Überlegenheit des Abakus habe sich deutlich erwiesen.
»Wieso?« wollte Jule wissen und hatte Einwände vorzubringen.
»Hat sich deutlich erwiesen!« wiederholte der Kaiser mit seiner Trompetenstimme, gegen die selbst das stärkste Argument nicht hätte ankommen können.
Zu Malchas gewandt, fragte er, was an der ganzen Geschichte eigentlich wunderbar sei. Ihm seien doch Wunder versprochen worden.
Er wolle richtige Wunder sehen.
»Mein Herr und Kaiser!« sagte Malchas und senkte demütig den Kopf. »Das Wunder geschieht sogleich.«
Er winkte. Zwei Sklaven kamen aus den Kolonnaden. Sie trugen einen Tisch und setzten ihn vor dem Podium des Kaisers ab. Jule holte aus einem der Ankleideräume ein Tablett, auf dem die kleine Dampfmaschine stand, die Jules Vater, als er noch ein Kind war, unter dem Tannenbaum gefunden und die Jule geerbt hatte. Hesper und Myiagros hatten sie mit einer Öllampe angeheizt, und nun stand sie unter Dampf. Jule setzte sie vor dem Kaiser auf den Tisch.

»Das hier«, sagte Jule, »ist eine Maschine, die in Zukunft eine Revolution in Wirtschaft und Verkehr bewirken wird. In der Entwicklung zu dieser Maschine liegt der Fortschritt. Wenn Sie eine solche Maschine schon jetzt erfinden lassen, wobei ich Ihnen gerne behilflich sein will, werden Sie dem Geist ihrer Zeit weit voraus sein.«

Der Kaiser hatte die große Hand hinter dem großen Ohr: »Ich verstehe manche Ihrer Ausdrücke nicht: Revolution? Fortschritt? Geist der Zeit? Aber vielleicht wird mir das von selbst klar, wenn Sie uns dieses Gerät vorführen.«

»Der Kessel hier«, erklärte Jule, »ist mit Wasser gefüllt. Die Flamme heizt das Wasser auf. Der Dampf, der sich daraus dann bildet, treibt dieses Rad.«

Doch das Rad drehte sich nicht, dafür aber pfiff die Dampfmaschine schrill, und ein dünner Dampfstrahl schoß aus dem Ventil neben ihrem Schornstein empor.

»Schön, schön!« rief der Kaiser.

»Verzeihung«, sagte Jule, »den Pfiff wollte ich gar nicht vorführen; ich hatte das Ventil für die Pfeife nur aus Versehen geöffnet.«

»Aber es war doch so schön!« sagte der Kaiser, der die Maschine die ganze Zeit durch das Fernglas betrachtete, obwohl sie nur wenige Schritte vor ihm stand.

Jule ließ die Maschine noch einen kurzen, schrillen Pfiff tun, dann öffnete er ein anderes Ventil, und sofort begann das Schwungrad, sich zu drehen, erst langsam, dann schneller, und schließlich konnte man die Speichen nicht mehr erkennen. Der Kaiser sah es mit Vergnügen, und auch die Umstehenden traten näher heran.

»Ich beginne zu verstehen«, sagte der Kaiser. »Die Revolution! Ich weiß jetzt, was Sie damit meinen. Sie ist faszinierend. Ich habe noch nie ein Rad in einer so schnellen Revolution gesehen. Felix!« schrie er mit seiner Schlachtfeldstimme über die ganze Palästra zu dem Pferdeknecht, den er eben im Schwenk seines Fernglases erblickt hatte. »Wenn ich noch einmal sehe, daß du Titas so an der Kandare reißt, lasse ich dir die Eier abreißen! Fortschritt und Revolution sind unsere Sache! *Du* sollst auf das Pferd aufpassen!«

Er fragte Jule:

»Nun erklären Sie bitte noch einmal, was Fortschritt ist und wo er liegt!«
»Ich bin mit der Demonstration noch nicht zu Ende«, sagte Jule. »Hier über dem Schwungrad liegt ein Riemen, der diese kleine Maschine treibt, die wir Dynamo oder Generator nennen und die eine andere Kraft erzeugt. Man konnte die Kraft früher sichtbar machen, indem man diesen Schalter hier drehte: Dann leuchtete nämlich eine kleine Lampe auf. Die ist leider kaputt. Aber man kann die Kraft spüren. Sie ist hier in dem Draht. Wenn einer der Umstehenden sich überzeugen will, bitte ich ihn, diesen Draht an der Spitze anzufassen.«
Man war mißtrauisch. Man war nicht bereit, den Draht zu berühren.
»Stasimus!« rief der Kaiser. »Stellen Sie fest, ob das Fortschritt oder Schwindel ist!«
Der Gardepräfekt kniff den Mund zusammen: Er ließ sich nicht gerne solche Befehle geben. Aber alle sahen ihn erwartungsvoll an. Vielleicht glaubte man, er habe Angst. Angst? Er?
Stasimus ging zu Jules Tisch. Jule hielt den isolierten Teil des Drahtes, und der Gardepräfekt faßte den vorderen, nicht isolierten blanken Draht an.
Er zuckte weder zusammen, noch ließ er los.
»Ich spüre nichts.«
»Merkwürdig«, sagte Jule, »selbst Kühe und Esel verspüren die Kraft und zucken zusammen, nur Sie nicht.«
»Es ist Schwindel«, meldete der Gardepräfekt dem Kaiser und stellte sich wieder an seinen alten Platz, dicht neben das Podium.
Jule hielt seine Zungenspitze an den Draht. Er war ohne Strom. Irgendein Kontakt mußte unterbrochen sein.
»Kinderkram!« sagte der Gardepräfekt.
»Gewiß«, erläuterte Jule, »was Sie hier sehen, ist Kinderspielzeug und nur ein Modell. Aber man kann solche Maschinen viel größer bauen, so groß, daß eine Dampfmaschine allein Hunderte von den Mühlen antreiben kann, wie sie jetzt in den Bäkkereihöfen von Eseln gedreht werden. Man kann sie in Schiffe einbauen, die dann fünfmal so schnell fahren wie die Segelschiffe.«
Der Kaiser sah mit dem Glas, wie das Schwungrad sich drehte

und schnurrte. Aus dem Zylinder traten schnelle, kleine Dampfwölkchen, wenn der Kolben ein- und ausfuhr.
»Hübsch!« sagte er, »sehr hübsch! Man könnte der Revolution den ganzen Tag zusehen.«
Als er aber das Glas umdrehn wollte, um die Revolution auch aus der Ferne zu betrachten, streifte sein Blick das Gesicht des Reichsfinanzchefs Zosimus. Er fragte ihn:
»Was halten Sie vom Bau einer solchen Großmaschine?«
»Nichts«, antwortete er brüsk und wenig verbindlich.
»Aber vielleicht von einer mittelgroßen?« fragte der Kaiser weiter. »Nur des Fortschritts wegen, damit wir dem Geist unserer Zeit voraus sind«, fügte er, wie zur Entschuldigung, hinzu.
»Wo sollen wir denn das Geld herbekommen? Können Sie es mir anweisen? Die Maschine wird Millionen kosten. Wir brauchen ferner hundert Göpelmühlen. Hinzu kommen die Betriebskosten. Wir werden jedes Jahr viele Millionen für Olivenöl ausgeben müssen, nur um die Maschine zu heizen.«
»Kohle!« rief Jule.
»Noch schlimmer, denn wir haben ja nicht einmal mehr genug Holzkohle, um unsere Bäder zu heizen. Was kosten uns dagegen ein paar hundert Esel, Ochsen und Sklaven, um die schon vorhandenen Mühlen zu betreiben! Etwas Hafer, Brot, Kohl und Rüben. Wieviel Müller werden ihren Betrieb einstellen müssen, wenn die eine Großmaschine hundert Mühlen treibt? Und Schiffe? Was ist billiger als die Kraft des Windes und der Rudersklaven? Nein, Fortschritt und Revolution sind zu teuer und würden uns nichts als Probleme bringen. Ich bin dagegen.«
Der General Fulvius Piso, alter Kamerad des Kaisers in Garnisonen und Schlachten, bat um die Erlaubnis, etwas sagen zu dürfen.
Der Kaiser erteilte sie ihm. Piso trat einen Schritt vor.
»Ich bin nicht dagegen«, sagte er, »ich könnte mir sogar denken, daß unsere Pioniere fortschrittliche Maschinen wie diese auf die vielfältigste Art verwenden können. Ich bitte um Befehl, dies einmal mit den Ingenieuren der Pionierbataillone zu besprechen.«
»Abgelehnt!« antwortete der Kaiser. »Ich weiß, daß die Soldaten immer für Fortschritt sind; aber Sie haben ja gehört, General, daß wir kein Geld haben. Wir dürfen den Pionieren keinen

Floh ins Ohr setzen, sonst werden sie solche Maschinen als unentbehrlich für die moderne Kriegführung bezeichnen, und der Druck, den die Armee dann auf uns ausübt, solch ein Ding zu bauen, wird unerträglich sein.«

»Zu Befehl! Jawoll!« rief Fulvius Piso und trat wieder ins Glied zurück.

Der Kaiser stützte den Kopf in die Hand und rieb sich die Bartstoppeln, daß sie knisterten. Er winkte Jule heran, beugte sich vor und fragte vertraulich, aber es konnten dennoch alle verstehen:

»Ich höre von Malchas, die Menschen bei Ihnen zu Lande können fliegen?«

»Ja«, antwortete Jule.

»Sind Sie schon einmal geflogen?«

»Ja«, erwiderte Jule, »oft.«

»Also bitte«, sagte der Kaiser, »fliegen Sie!«

»Jetzt?«

»Ja, jetzt gleich. Bitte! Wir wollen Wunder sehen. Deshalb sind wir doch hergekommen. Malchas hat uns Wunder versprochen. Malchas! Wo sind die Wunder?« dröhnte die Stimme des Kaisers drohend, und der Protokollchef neigte sein Haupt und sagte in den Boden:

»Mein Herr und Kaiser! Sofort!«

»Ich habe nämlich noch nie gehört«, sagte der Kaiser, »daß ein Mensch fliegen kann. Götter natürlich, aber Menschen – nein!«

»Ich bin darauf nicht vorbereitet. Man hätte mir wenigstens sagen sollen, daß dieser Wunsch an mich herangetragen wird. Mir fehlt die dazu nötige Maschine«, entgegnete Jule verlegen. »Ich hätte sie womöglich auch gar nicht mitbringen können. Sie ist ziemlich voluminös.«

»Was für eine Maschine?«

»Sie sieht aus wie ein riesiger Vogel und ist so groß wie die ganze Palästra oder noch größer. Damit kann man fliegen.«

»Tatsächlich? Wie weit? Über den Berg?«

»Weiter, viel weiter!«

»Wohl gar bis nach Rom?« fragte der Kaiser und erwartete, daß Jule sagen würde, nein, das sei natürlich zu weit. Aber Jule antwortete:

»Überall hin, zu jedem Ort auf dem ganzen Erdkreis.«

»Auch nach Mailand, zum Beispiel.«
»Ohne weiteres.«
»Wieviel Tage würden Sie dafür brauchen?«
»Tage? Eine halbe Stunde.«
»Das ist doch die Höhe!« sagte der Gardepräfekt aus dem Mundwinkel. »Kein Vogel könnte so schnell fliegen. Wenn man schon lügt, muß man doch in den Grenzen des physikalisch und physiologisch Möglichen bleiben.«
»Und wie lange brauchen Sie zu einem Flug nach Athen?«
»Höchstens anderthalb Stunden.«
Der General Fulvius Piso bat den Kaiser um Erlaubnis, eine Frage stellen zu dürfen.
Der Kaiser erteilte sie. Piso trat einen Schritt vor.
»Kann man«, fragte Piso, »den Feind nicht auch von oben, aus der Luft beschießen, etwa mit Pfeilen oder Speeren? Oder vielleicht genügt es schon, aus großer Höhe gewöhnliche schwere Steine auf ihn herabzuwerfen?«
»Das könnte man natürlich; doch es gibt viel wirksamere Mittel, zum Beispiel ein Ding, etwa so dick wie ein Baumstamm oder eine Säule, aber aus Eisen und vielleicht dreißig Fuß lang. Wenn Sie das über dem Feind abwerfen, sind auf fünf Meilen im Umkreis alle Menschen tot und alle Häuser zerstört.«
»Wenn man so etwas hört«, sagte der Gardepräfekt aus dem linken Mundwinkel zu dem Reichsfinanzchef, »können einem ganz unfromme Gedanken kommen.«
»Zum Beispiel?« fragte Zosimus aus dem rechten Mundwinkel.
»Nun, Gedanken darüber, was man mit einem solchen Waffending anfangen könnte. Man wäre, um Ihnen ein Beispiel zu nennen, viele Probleme los, wenn irgendein Feind es unversehens auf die Stadt Rom fallen ließe.«
»Muß es denn ein Feind sein?« fragte Zosimus. »Wäre das nicht vielleicht ein Wohltäter?«
Der Gardepräfekt Statius Stasimus lächelte still und fein.
»Wie kann man sich dagegen wehren?« fragte der Kaiser. »Man könnte Sie, wenn Sie über uns flögen, doch mit Pfeilen herunterschießen.«
»Unmöglich«, erwiderte Jule. »Ich würde für Ihre Pfeile viel zu hoch und zu schnell fliegen, und außerdem dränge kein Pfeil

durch die Haut des Vogels; denn sie ist aus Metall. Kurz: Sie können sich dagegen nicht schützen.
Wenn man einen solchen Vogel hört – und man hört ihn schon von weitem, weil er laut brummt – und wenn man ihn sieht, dann hilft nur eins: alles liegen lassen und sich so schnell wie möglich im Keller oder hinter einer dicken Mauer verstecken. Schnell, schnell! Dann kann man allenfalls Glück haben und dem Tod entgehen.«
»So einen Vogel müßte die Armee haben!« sagte, ohne um Redeerlaubnis gebeten zu haben, der General Fulvius Piso mit leuchtenden Augen zum Kaiser. »Sie und ich, wir würden am Vormittag nach Pannonien fliegen und über dem Lager der Sarmaten dieses Ding, so groß wie ein Baumstamm, aber aus Eisen, abwerfen. Bums! sind alle Sarmaten ausgelöscht. Und am Nachmittag dann nach Ktesiphon am Tigris! Wir beide werfen wieder so ein Ding ab, und der König der Sassaniden, der ganze Hof und alle Einwohner der Stadt – bumsbums! – liegen da und sind tot. Wenn dann noch Zeit ist, fliegen wir schnell nach Ekbatana – bumsbumsbums! – alles liegt da, streckt die Beine in die Luft und rührt sich nicht mehr. Die Krieger, die Greise, die Frauen, die Kinder – alle.«
Der Reitergeneral Clodius Melas aus Armenien war von Pisos Begeisterung über diese Möglichkeiten so angesteckt, daß er, ohne erst um Sprecherlaubnis zu bitten, aus dem Glied heraus rief:
»Die Pferde, die Hunde, die Katzen!«
»Alle!« rief Piso, »die Beine in die Luft und rühren sich nicht mehr.«
»Die Vögel, die Bienen, die Flöhe, die Läuse!«
»Die Beine in die Luft und rühren sich nicht mehr.«
»Die Kühe, die Käfer, die Frösche, die Fliegen.«
»Alle auf dem Rücken, die Beine in die Luft gestreckt und rühren sich nicht mehr«, faßte Fulvius Piso zusammen, »und am Abend brummen wir dann zurück nach Rom, feiern den Sieg und bereiten den Triumphzug vor.«
»Nach dem Triumphzug aber«, sagte der Chef der Reichsfinanzen, »wird der Kaiser die Soldaten entlassen, die Feldwebel, die Unteroffiziere, die Hauptleute, die Obersten, die Generäle – alle. Denn wir brauchen sie ja nicht mehr. Die Kriege wird der

Kaiser allein mit diesem Vogel führen. Wenn die Kosten für die Armee wegfielen, könnten wir endlich mit unserem Budget auskommen. Vielleicht hätten wir sogar Geld übrig, um im Palast zu Rom die Decken streichen und die Latrinen reparieren zu lassen.«

»Nur schade«, warf der Gardepräfekt Stasimus ein, diesmal aber nicht zu einer Seite des Mundes heraus sprechend, sondern zum Kaiser selbst und so, daß alle Umstehenden es hören konnten, »nur schade, daß es so ein fabelhaftes Ding gar nicht gibt, weder einen Vogel so groß wie die Palästra noch Dinger so groß wie ein Baumstamm, die eine ganze Stadt auslöschen können.«

»Sie meinen also«, fragte der Kaiser, »daß all das, was wir eben von Iulius gehört haben, nicht stimmt?«

»Kein Wort«, erwiderte der Gardepräfekt. »Dieser junge Mann hier ist, wenn wir ihn wohlwollend beurteilen wollen, ein Mensch mit ausschweifender Phantasie; wenn wir weniger wohlwollend sein wollten, ein Magier, der die Menschen zu betören und zu bezaubern versteht. Ich sehe überall gerötete Gesichter und glänzende Augen. Trotzdem ist alles Schwindel. Ich glaube ihm kein einziges Wort.«

Das war zuviel für Jule.

»Sie glauben mir kein Wort?« schrie er den Gardepräfekten an und ging mit schwerem Schritt auf ihn los.

Der rieb sich den dicken Bauch und antwortete, amüsiert über Jules beginnende Wut:

»Kein Wort.«

Jule konnte nicht weitergehen, weil zwei Soldaten der Leibwache plötzlich zwischen ihm und Stasimus standen, der sich überhaupt nicht gerührt hatte. Die Soldaten hatten die Hand an das Kurzschwert gelegt.

Einen Augenblick zögerte Jule, dann drehte er sich um und rief:

»Ich sehe, die Herren hier glauben mir nicht, sondern amüsieren sich über das, was ich vorführe und berichte. Ich lasse mich aber nicht von solchen Ignoranten verlachen. Ich breche ab!«

Er ging, ohne sich umzusehen, zu der Schmalseite des Hofes, wo auch der Schimmel Titas stand. Malchas lief aufgeregt neben ihm durch den tiefen Sand des Sportplatzes.

»Der Kaiser!« sagte er. »Sie können nicht gehen. Das Programm

ist doch noch nicht zu Ende. Denken Sie an den Kaiser! Sie können den Kaiser nicht so brüskieren.«
»Der Kaiser«, antwortete Jule, »ist mir wurscht.«
»Er kann Ihnen aber nicht wurscht sein. Sie haben sich nicht einmal von ihm verabschiedet. Er wird es Ihnen übelnehmen. Bedenken Sie doch, er ist der Kaiser!«
»Der Kaiser«, schrie Jule, und machte große Schritte, um Malchas loszuwerden, »kann mich am Arsch lecken!«
»Ich bitte Sie! Ich bitte Sie!« rief Malchas und rang, neben ihm herrennend, die Hände. »Wie können Sie so etwas sagen! Das darf man doch nicht einmal denken!«
»Iulius!« rief der Kaiser über die ganze Palästra, »Malchas!«, mit einer Stimme, die bis in die Stadt zu hören war. Und »Malchas! Iulius!« riefen die Zuschauer in der Palästra.
Widerwillig hielt Jule an und kehrte um, gefolgt von Malchas. Als sie vor dem Kaiser standen, sagte Malchas: »Iulius will abbrechen. Er will nicht im Programm fortfahren. Er fühlt sich verletzt, weil man ihm nicht glaubt und ihn verlacht.«
»Lassen Sie sie nur lachen!« sagte der Kaiser zu Jule. »Die Zeit rückt näher, da werden sie nichts mehr zu lachen haben. Wenn andere Ihnen nicht glauben, ich glaube Ihnen. Große Wunder haben wir zwar heute nicht gesehen: Im Rechnen waren Sie nur so-so. Die kleine Maschine war hübsch, aber sie ist kein Wunder, sie ist nur eine Erfindung. Und Sie haben gesehen, für solche ausgeklügelten Sachen haben wir in unserem Reich keine Verwendung. Ja, wenn Sie einen solchen Fliegevogel vorgeführt hätten oder solchen Baumstamm, der aus Eisen ist! Doch immerhin: Ich danke Ihnen.«
»Ich bin erleichtert«, antwortete Jule. »Ich war etwas nervös. Von Anfang an spürte ich einen Widerstand, zuletzt wurde er unerträglich.«
»Widerstand?« fragte der Kaiser und beugte sich vor, hielt die schaufelgroßen Hände hinters Ohr und lauschte. »Von wem? Kommen Sie näher! Sie können es mir ins Ohr sagen. Einer der Anwesenden?«
»Nein«, antwortete Jule, »es war kein Widerstand von Menschen. Als ich Ihnen vom Fortschritt sprach und davon, daß Sie ihrer Zeit voraus sein sollten, spürte ich so etwas wie einen Schlag auf die Finger.«

»Ich weiß«, unterbrach ihn der Kaiser, »das war, als sie vom Geist der Zeit sprachen. Der wird es dann wohl auch gewesen sein.«
Jule fuhr fort:
»Ich hatte plötzlich das Gefühl – aber ich will es nicht beschreiben. Sie werden es nicht verstehen. Sie haben nie Angst.«
»Doch«, sagte der Kaiser, diesmal wirklich leise, »doch, manchmal habe auch ich Angst. Aber nur nachts; am Tage habe ich Mut.« Lauter setzte er hinzu: »Ich danke Ihnen.«
»Aber die Hauptsache kommt ja noch«, rief Malchas. »Es ist alles vorbereitet. Er will uns eine Waffe der Zukunft vorführen. Sie ist schon unterwegs.«
Jule wollte gehen, aber der Kaiser rief:
»Die wollen wir aber noch sehen, was Piso? Bleiben Sie noch einen Augenblick! Wir werden es kurz machen. Wo ist sie?«
Myiagros kam aus den Kolonnaden. Auf einem Tablett lag die Schweizer Maschinenpistole MP 48 Para der Firma Oerlikon-Bührle.

Die Lage wird kritisch

»Die Lage wird kritisch«, sagte Inuus, »und es wäre ein Wunder, wenn alle ungeschoren davonkämen. Aber Sie tun Jule Unrecht, wenn Sie ihn für alles verantwortlich machen. Er hat das Programm nicht vorgeschlagen.«
»Aber woher weiß denn der Protokollchef des Kaisers, was Jule alles vorführen kann?«
»Von Myiagros.«
»Auch daß er eine Maschinenpistole mitgebracht hat?«
»Sicherlich. Jule hatte sie ihm vielleicht einmal gezeigt. Sie entsinnen sich, daß ich immer vor ihm gewarnt habe.«
»Myiagros – nix gut, haben Sie gesagt.«
»Habe ich mich so ausgedrückt? Er *ist* aber auch nix gut. Wir alle haben unsere Erfahrungen mit ihm gemacht, Götter wie Menschen. Manche nennen ihn den Großen Durcheinanderwerfer, weil er ein Vergnügen daran hat, alles durcheinanderzubringen und unsere Absichten zu verbiegen. Wir Götter lieben das Gerade. Er liebt das Krumme.«

»Er sieht gewinnend und gescheit aus.«
»Darum ist er so schwer zu durchschauen.«
»Der Pholarch hat einmal gesagt, solange er zurückdenken könne, sei Myiagros eine Plage gewesen. Das verstehe ich nicht: Der Pholarch wird Ende Sechzig, Myiagros aber kann doch wohl nicht älter als siebzehn sein.«
Inuus lachte. Er drückte die Zigarette auf dem Stein neben der Säule aus und steckte die Kippe in einen kleinen Beutel.
»Da kommen Sie aber auf ein schwieriges Thema. Ich meine ein Thema, das für *Sie* schwierig ist.
Für wie alt würden Sie mich halten, wenn ich Ihnen irgendwo in der Stadt oder in den Bergen als Mensch begegnete?«
»Schwer zu sagen. Manchmal sehen Sie wie dreißig, manchmal wie fünfzig Jahre alt aus.«
»Aber doch nie wie fünfzehn oder achtzig?«
»Nein, obwohl ich manchmal spüre, daß Sie uralt sind.«
»Nun, das bin ich ja auch. Aber ich kann Ihnen versichern, Venus sieht seit Tausenden von Jahren aus wie zwanzig. Manchen erscheint sie manchmal etwas jünger, manchen manchmal etwas älter. Aber als Siebzigerin kann man sie sich schwerlich vorstellen.«
»Dann altern die Götter also überhaupt nicht?«
»Wir altern mit den Vorstellungen, die die Menschen in ihren Köpfen von uns haben.«
»Ich verstehe. Sie haben also ein besonderes Verhältnis zur Zeit.«
»Vielleicht könnte man es so nennen. Die Zeit gewährt uns einige Vorrechte, und wir können uns auch hin und wieder etwas bei ihr herausnehmen. Natürlich dürfen wir es nicht übertreiben. Und man darf nicht versuchen, sie übers Ohr zu hauen. Darauf reagiert sie sehr empfindlich. Es gelingt übrigens auch nie, denn sie hat ihre Augen und Ohren überall.«
»Hat sie Augen und Ohren?«
»Sie können von Glück sagen, wenn Sie ihrem Blick noch nicht begegnet sind. Ich kann ihn nicht lange aushalten, und wenn die Zeit ihn streng ansähe, würden, glaube ich, selbst dem Zeus die Knie weich.«
»Können Sie«, fragte Carow, »mit Ihrem besonderen Verhältnis zur Zeit sagen, ob sie von Anfang an ist?«

»Ich bin kein Philosoph und weiß nicht, ob ich Ihre Frage verstehe. Natürlich ist die Zeit von Anfang der Zeit an.«
»Hat es immer Zeit gegeben und wird es immer Zeit geben?«
»Sie stellen Fragen, die sich selbst beantworten. Natürlich gab und wird es immer und für alle Zeiten Zeit geben.«
»Sie ist demnach ewig?«
»Also bitte«, sagte Inuus ungeduldig, »nun bringen Sie doch nicht alles durcheinander! Wo Ewigkeit ist, da ist doch keine Zeit!
Wie kamen wir überhaupt auf dieses abgelegene Thema?«
»Für mich«, erwiderte Carow, »ist das gar nicht abgelegen. Im Gegenteil. Sie sprachen von Myiagros.«
»Er sieht aus wie siebzehn Jahre. Ich kann mich nun nicht genau erinnern, wann er geboren ist, aber es wird wohl vor etwa dreihundert Jahren gewesen sein.«
»Dann gehört er also nicht zu den Einwohnern Velias, sondern zu Ihnen?«
»Nein«, rief Inuus erregt, »er gehört nicht zu uns. Wir wollen mit ihm nichts zu tun haben. Wir wissen ja nicht einmal, wer sein Vater ist. Es war ein ziemlicher Skandal in unserer Verwandtschaft.
Seine Mutter ist eine lebenslustige Nymphe dort hinten in den Bergen. Ich will ihren Namen jetzt nicht nennen. Vielleicht werden Sie sie noch einmal kennenlernen. Myiagros' linker Fuß ist ein Huf. Sie werden es wohl nicht bemerkt haben, weil er immer geschnürte Stiefel trägt. Nun, ein Huf oder zwei sind keine Schande. Die Mutter aber behauptet, Myiagros habe einen Pferdehuf und sein Vater sei ein Hengst.
Also, alles was recht ist! Wir hielten und halten das noch immer für sehr unwahrscheinlich. Ich frage Sie: Können Sie sich das vorstellen? Ein Pferd? Na also!
Allenfalls ein Esel. Aber das wäre schlimm. Wir sind ja keineswegs prüde – aber ein Esel?
Ein Esel? Da ist für uns die Grenze. In Griechenland, bei den Silenen zum Beispiel, gewissen Nymphen oder Hexen in Thessalien, kam es nicht so darauf an. Da konnte es auch ein Esel sein. Aber da ist ja auch so manches möglich.
Wir haben natürlich die Mutter gezwungen, Myiagros auszusetzen, aber die Menschen haben Mitleid mit ihm gehabt und ihn

aufgezogen. Er sah eben so hübsch aus: Er kommt nach der Mutter. Dabei hätten sie doch schon bald merken können, was es mit ihm auf sich hat.«

»Inwiefern?«

»Nun wegen der seltsamen Dinge, die er schon als Kind getrieben hat. Er hatte gerade laufen gelernt, da begann er, Fliegen zu zähmen. Wenn er seine kleine Faust öffnete, kam ein ganzer Schwarm heraus. Die Leute lachten damals darüber, und seinen kleinen Eselshuf fanden sie sogar niedlich.

Später brauchte er nur ein Zeichen zu geben, und Fliegen kamen von allen Seiten und umkreisten ihn wie eine summende, schwarze Wolke. Widerlich! Sie gehorchten ihm, und er konnte sie weithin ins Land schicken, etwa wenn er Feste stören, ein Liebespaar bis zur Verzweiflung quälen oder Säuglinge in der Wiege hindern wollte einzuschlafen. Den Herden war er eine große Plage, bis meine Engel – so sagen Sie wohl dazu? – ihn einmal so verprügelten, daß er lange nicht mehr laufen konnte. Er hinkt seitdem leicht, was er aber meisterhaft zu überspielen versteht. Den Fliegen jedoch scheint er damals Weisung gegeben zu haben, die Herden nicht mehr ungebührlich zu belästigen.

Das ist Myiagros. Aber wir werden ihn bald los sein. Velia ist für ihn zu klein. Er ist ehrgeizig.«

»Heute wird er jedoch dafür sorgen, daß die Veranstaltung dort unten fehlschlägt?«

»Nein, im Gegenteil. Er ist ja für den Fortschritt, wie Jule; und er möchte gerne das Schauspiel sehen, wenn die heutige Zeit versucht, ihrer Zeit voraus zu sein. Nein, es sind andere Kräfte, die die Vorführung zum Scheitern bringen.«

»Wer?«

»Nun, der Pholarch zum Beispiel. Er rudert mit hastigen Bewegungen gegen diesen Versuch, den Lauf der Zeit in Unordnung zu bringen, was ehrenwert ist. Doch er braucht sich gar nicht so anzustrengen. Die Zeit selbst, ich sagte es eben schon, ist ja immer auf dem Quivive; sie schnippt nur mit dem Finger, und was Myiagros sich so schön ausgedacht hat, endet in einer Katastrophe. Sie nimmt dort unten in der Palästra gerade ihren Anfang.«

»Aber wird er davonkommen?«

»Myiagros? *Er* auf jeden Fall. Er kommt immer davon. Er wird in der Welt noch eine beachtliche Karriere machen. Sie werden es sehen. Doch *habeat sibi!* Wir sind ihn dann los. Es ist Iulius, um den man sich Sorge machen muß.«

Eine Kugel kam geflogen

»Bitte!« sagte der Kaiser und machte den Zeigefinger krumm zum Zeichen, daß man ihm das Tablett bringen sollte. Aber Jule nahm erst die Maschinenpistole herunter, prüfte, ob Magazin und Lauf leer waren und gab sie dann dem Kaiser, der sie hin und her wendete, von allen Seiten betrachtete, von vorne in den Lauf hineinsah, daß es einen kundigen Zuschauer schmerzen konnte, und sie schließlich auf das Tablett zurücklegte.
»Das also ist die Waffe der Zukunft? Schießt man damit?«
»So«, antwortete Myiagros ungefragt und machte eine Gebärde, als lege er die Waffe an und ziele über Kimme und Korn. »Wie eine Armbrust.«
Der Kaiser wollte dem vorlauten Knaben über den Mund fahren, mußte aber über die komisch-elegante Geste lachen, in der er mit der nicht vorhandenen Armbrust gezielt hatte.
Der General Fulvius Piso bat um die Erlaubnis, die Maschinenpistole inspizieren zu dürfen.
Der Kaiser erlaubte es ihm. Piso trat vor.
Er nahm sie mit beiden Händen, wog sie und machte ein zufriedenes Gesicht, weil sie schwer war: Eine Waffe mußte, wenn sie etwas Rechtes sein wollte, ihr gutes Gewicht haben. Auch er wendete sie hin und her und betrachtete sie mit Wohlgefallen. Er schloß die Augen und strich mit leicht aufgesetzten, fühlenden Fingerspitzen genießerisch vom vorderen Ende des Laufes bis zur Schulterstütze. Dann blickte er den Kaiser an:
»Sehen Sie nur, das Holz! Wie es in der Hand liegt! Das Metall – die Verarbeitung! Die Akkuratesse! Dieser matte Glanz! Ohne Gold- und Silberornamente wie unsere Waffen, die Waffe selbst ist ein Schmuckstück.«
Er nahm die Maschinenpistole an den Mund und drückte sie fest an die Lippen.

Der Gardepräfekt trat, ohne erst um Genehmigung zu fragen, zu ihm und nahm sie ihm aus der Hand. Piso gab sie nur widerstrebend her; er hätte sie noch lange halten, betrachten, befühlen und küssen können.
Stasimus untersuchte sie nüchterner als Piso, probierte hier und da, ob sich ein Hebel, der Spannschieber oder ein Teil des Gehäuses bewegen ließ und bat Jule schließlich, ihm einen Pfeil zu geben.
Jule erklärte ihm, daß man mit dieser Waffe keine Pfeile, sondern kleine Patronen verschieße. Er habe aber gerade keine zur Hand. Doch Myiagros hatte in dem Bausch seiner Tunika einen ganzen Karton davon, den er hervorholte und Jule gab.
Jule zeigte eine Patrone, gab sie aber nicht aus der Hand. Der Gardepräfekt sah prüfend hin.
»Nicht viel größer als eine Bohne«, sagte er. »Aber man kann natürlich auch mit Bohnen schießen. Sind sie vielleicht vergiftet?«
»Sie sind aus Metall«, antwortete Jule.
Statius Stasimus wiegte den Kopf und lächelte skeptisch.
»Nun?« fragte der Kaiser. »Was ist Ihre Meinung?«
»Kinderkram!«
»Was sagen Sie dazu?« fragte der Kaiser Jule.
»Nichts. Ich widerspreche nicht. Es ist Kinderkram. Wir können das Ding hier wegbringen lassen und die Vorstellung beenden.«
»Es ist aber kein Schwindel«, sagte Myiagros mit lausbübischem Lächeln zum Kaiser. »Es ist sehr brauchbar.«
In eleganter Gebärde nahm er eine imaginäre MP in beide Hände und schoß aus der Hüfte eine imaginäre Salve ab.
»Prr-rr-rr-rr-rr – tot – tot – tot – tot!«
Er zeigte auf die Leute vor dem Säulengang, die tot waren.
Der Gardepräfekt machte ein gelangweiltes Gesicht, daß jeder es sehen konnte, und fragte den Chef der Reichsfinanzen, ob er auch schon Hunger habe.
»Und wie!« antwortete er.
Statius Stasimus wollte die Maschinenpistole zurückgeben.
Er legte sie auf Jule an, sagte:
»Bums – Sie sind tot«, und reichte sie ihm hinüber.
Jule riß sie ihm grob aus der Hand und schrie ihn an:

»Sind Sie verrückt? Die MP auf mich anzulegen? Dafür gibt es bei uns drei Tage Kasten. Das ist niemals Spaß!«
Eine dunkle Wolke huschte über das Gesicht des Gardepräfekten. Diesen Ton würde er nie mehr vergessen. Aber er hatte sich in der Kontrolle und fragte, sehr von oben herab:
»Könnten Sie denn mit der Bohne, die Sie eben gezeigt haben« – Statius Stasimus sah sich um –, »könnten Sie wohl mit einer solchen Bohne die Taube dort vom Dach herunterschießen?«
Er blickte zum Kaiser hinüber, und der nickte zustimmend.
Die blaue Haustaube saß auf dem Dach der Kolonnaden, auf dem runden Firstziegel und sah, als ob ihr Jules Schau der tausend Wunder ganz egal war, auf die Straße hinter der Palästra. Sie war nahe, man hätte sie leicht mit einem Stein treffen können. Trotzdem hätte Jule, um sicherer zielen zu können, die Maschinenpistole gerne aufgelegt. Doch es war nichts Passendes im Hof zu sehen. Er füllte daher das Magazin, legte an, zielte in stehendem Anschlag und schoß.
Von dem scharfen Knall fuhren alle zusammen, und der kaiserliche Schimmel Titas riß am Zügel, daß Felix fast umgerissen wurde. Der Kaiser aber bemerkte das nicht, weil er das Fernglas auf die Taube gerichtet hatte.
Sie flog bei dem Schuß auf und verlor dabei eine blaugraue Schwungfeder, die lange in der Luft taumelte und sich nicht entscheiden konnte, ob sie auf die Straße oder in den Hof der Palästra fliegen sollte. Doch dann schloß sie einen Kompromiß und ließ sich sanft schwebend auf dem Dach nieder.
In dem Säulenhof der Palästra aber war nach dem Fehlschuß ein lautes Gelächter explodiert. Man konnte sich vor Ausgelassenheit gar nicht halten. Kein Zweifel, manche übertrieben die Fröhlichkeit auch: Statius Stasimus zum Beispiel, der sich die Augen wischte, als müsse er Tränen lachen.
Fulvius Piso lachte nicht, ebensowenig der Kaiser. Er hatte das lachende Gesicht des Gardepräfekten im Blickfeld seines Glases.
»Es knallt großartig«, rief Stasimus dem Kaiser zu, der die Hand hinters Ohr legen mußte, um in dem Lärm etwas zu verstehen. »Und das Ding da eignet sich vortrefflich dazu, Tauben zu erschrecken; ich würde es gerne für meine Kinder haben.«
Der Kaiser setzte das Glas ab.

»Iulius!« rief er mit dröhnender Stimme, und in der Palästra wurde es ruhig. Man stutzte, man hatte den Kaiser vergessen und gelacht, wo er nicht gelacht hatte. Jules Ohren schmerzten noch immer von dem Gelächter. Sein Gesicht war tiefrot, und seine Augen sahen unscharf, weil eine Wolke der Wut zwischen ihm und den Dingen lag.

»Iulius!«

Jule wandte sich zum Kaiser, den er allmählich deutlicher sah: den kleinen Mund und die kleinen, grauen Augen. Der Kaiser krümmte den Zeigefinger, Jule ging einige Schritte näher zum Podium. Der Kaiser beugte sich vor, aber wenn er auch nicht trompetete, waren seine Worte doch in der ganzen Palästra zu hören:

»Lassen Sie die Leute nur lachen! Nehmen Sie das Kinderspielzeug und eine Bohne, und erschießen Sie damit den Gardepräfekten!«

Jule tat nichts. Das Lachen in Stasimus' Gesicht wurde schief und blieb so stehen.

»Hören Sie nicht?« rief der Kaiser nun mit der Stimme, die die ganze Palästra füllte. »Sie sollen ihn erschießen. Mit einer Bohne knallen. Es wird nur die Tauben erschrecken, ihn aber nicht. Los!«

Der Chef der Reichsfinanzen trat unruhig auf das andere Bein. Stasimus hatte sich gefaßt, aber seine Stimme klang doch gepreßt, als er zum Kaiser sagte:

»Ich weiß ja, Sie machen nur einen Scherz. Ich fürchte dieses Ding hier natürlich nicht. Aber ich meine doch, wir sollten es dem Schützen nicht zu leicht machen. Ich werde mich dort drüben an die andere Schmalseite des Hofes stellen. Er soll sehen, ob er mich trifft!«

Er ging, ohne die Antwort des Kaisers abzuwarten, durch den Sand des Hofes; dabei setzte er seine Schritte langsam und bewußt wie einer, der eine Gefahr im Rücken fühlt, sich aber nicht umzusehen wagt.

Jule rührte sich nicht. Er hielt die Maschinenpistole in beiden Händen, den Lauf nach unten.

»Iulius!«

Jule sah dem Kaiser ins Gesicht. Es war ihm, als saugten die kleinen, grauen Augen des Kaisers seine Blicke in sich hinein in einen Raum, der hinter dem Kaiser lag und sich unendlich weit erstreckte.

Er riß sich von den Augen los und sah drüben, auf der Schmalseite der Kolonnaden den Gardepräfekten, der sich vor den Schimmel gestellt und Jule die rechte Seite zugewandt hatte, um weniger Fläche zu bieten. Er beobachtete Jule argwöhnisch und besorgt und suchte angestrengt nach einem Ausweg aus dieser vertrackten Lage. Es wollte ihm keiner einfallen.

»Schie-ßen!« schrie der Kaiser.

Jule hob die Maschinenpistole, hielt sie im stehenden, fertigen Anschlag, aber er drückte nicht ab. Neben sich hörte er Myiagros' Stimme, der leise, aber dringend und mit ungewohnter Schärfe sagte:

»Sie *müssen* jetzt schießen. Es ist ein Befehl. Sonst kommen Sie hier nie mehr lebend raus. Schießen Sie endlich! Wenn nicht auf Stasimus, dann auf den Kaiser! Feuerstoß!«

Jule zielte über Kimme und Korn auf den Sand vor der Säule, neben der Stasimus und Titus standen, und drückte ab.

Er hatte auf Einzelfeuer gestellt.

Ein scharfer Knall wie vorher – dann war es still.

Er setzte die Maschinenpistole ab, da schrien mit einemmal alle auf. Warum?

Der Schimmel Titas suchte sich noch auf der Vorhand zu halten, dann aber knickte er mit dem Vorderfuß ein und fiel mit seinem ganzen Gewicht vornüber auf den Hals.

Jule wußte es, er war ganz sicher: Er hatte den Sand vor der Säulenbasis im Visier gehabt.

Alle schrien. Die Pferdeknechte versuchten Titas wiederaufzurichten. Doch man sah rotes Blut an der Fessel und auf dem weißen Fell seines Vorderarms.

Statius Stasimus aber war zur Seite getreten und stand in dem Raum zwischen den nächsten beiden Säulen ganz allein. Er hatte den Kopf nach hinten gelegt, lachte aus vollem Halse und trommelte vor Vergnügen mit den Fäusten auf seine Brust.

Jule stellte die Maschinenpistole auf Feuerstoß, hob sie, zielte und drückte ab.

Der Gardepräfekt Statius Stasimus tat noch einen wankenden Schritt zurück, dann brach er im Feuer zusammen, und Blut floß über sein Prachtgewand.

Meyer-Proske meint, es sei zu wenig von Sex die Rede

Irgendwann mußte ich Jule einmal danach fragen. Wir saßen auf einer Bank unter einer der alten Buchen in der Lichtentaler Allee und konnten die Fenster meiner Suite im Hofgarten-Hotel sehen. Jeannette war noch im Funk, und wir waren allein.

»Sag mal, Jule«, fragte ich mit gut gespielter Gleichgültigkeit, »bist du eigentlich schwul?«

Ich dachte: Jetzt wird er hochgehen, und die Arbeitssitzung heute nachmittag fällt aus; aber er sah weiterhin zu, wie ein Kurgast in der Oos die Enten fütterte. Dann sagte er ganz ruhig:

»Danach bin ich noch nie gefragt worden. Komisch. Hast du dich schon mal bei Jeannette erkundigt? Wie kommst du überhaupt darauf?«

»Weil du immer schweigst, wenn die Rede auf Sex kommt.«

»Ich rede nicht darüber, weil bei mir noch Restbestände von Scham vorhanden sind; und Scham ist eine Eigenschaft des Menschen, die ihn vom Tier unterscheidet und die selbst ihr mit euren Illustrierten noch nicht zur Strecke gebracht habt.«

»Na gut«, antwortete ich, »ist vielleicht was dran, steht aber auf einem anderen Blatt. Zur Sache: Du hast so oft von deinem jungen Mitarbeiter Myiagros geredet, daß sich mir die Frage einfach aufdrängte.«

»Er hatte viele Freunde, besonders im Hafen. Das war in der ganzen Stadt bekannt. Er sah übrigens aus wie die reine Unschuld.«

»Hat er dir keine Anträge gemacht?«

»Nein. Ich interessiere mich nur für die Weiblichkeit. Das wird ja wohl auch noch erlaubt sein. Er hat das sicher gleich gemerkt, schneller als du. Aber warum fragst du überhaupt danach?«

Den eigentlichen Grund konnte ich nicht nennen. Der Grund war Redlich. Er hatte wieder mal mitten in der Nacht angerufen. Diesmal hatte er wissen wollen, ob wir die Zustände im alten Rom auch eingehend und realistisch schilderten. Er habe sich beim Abendessen mit einem Mediziner, einem berühmten Chirurgen, unterhalten, der fließend Lateinisch sprechen könne und der ihm die dollsten Geschichten über das Sexleben im alten

Rom erzählt habe. Das meiste sei sogar ihm, Redlich, bisher völlig unbekannt gewesen, und wenn nur die Hälfte davon stimme, sei das eine Wucht. Das müsse alles ins Buch.
Ich hatte geantwortet, das werde sogar eins der längsten Kapitel, wir müßten es aber wohl etwas kürzen, denn manche Geschichten seien eben doch ein bißchen *zu* hart. Worauf Redlich schrie: Nein, das Kürzen habe noch Zeit; das könne man später immer noch machen. Na gut, sagte ich, wir wollen sehen. Man darf bei ihm nie gleich nachgeben. Die Arbeit jedenfalls schreite rüstig voran, sagte ich. Er werde aus unserem Buch noch Sachen erfahren, von denen selbst sein weltberühmter Medizinmann nichts wisse, gar nichts wissen *könne*, weil er eben keine Erfahrung aus erster Hand habe. Redlich wollte natürlich gleich Beispiele hören, und es war schwer, ihn abzulenken.
Jule wiederholte: Warum ich ihn gefragt habe, ob er schwul sei. Ich antwortete:
»Weil in dem Text unseres Buches, soweit wir bisher gekommen sind, nie von Sex die Rede ist, und weil ich mich frage, ob das vielleicht daran liegt, daß du schwul bist. Hätte doch sein können. Wir können in unserem Buch Sex nicht einfach ignorieren. Wir müssen auch an unsere Leser denken. Kurzum: Es muß mehr Sex rein!«
Jule hob die Hände bis zur Brusthöhe, und da wußte ich gleich Bescheid.
»Nicht in das Buch über Carow.«
»Jule«, sagte ich und sprach mit ruhiger, überzeugender Stimme wie zu einem Kinde: »Jule, entschuldige, du siehst das falsch. Wir wollen doch, daß das Buch über Carow gelesen wird. Und die Leser *dieser woche* legen so ein Buch gleich beiseite, wenn da nirgends von Sex die Rede ist.«
»Die können davon sicher gar nicht genug kriegen.«
»Korrekt!« sagte ich. »Genauso ist es.«
»Dann werden wir wohl auf die Leser *dieser woche* verzichten müssen.«
Es half nichts, ich mußte meine Überzeugungsarbeit intensivieren.
»Jule, du bist nicht auf der Höhe. Du hast noch literarische Anschauungen wie vor dreißig Jahren. Sex ist heute *in*.
Der Literaturkritiker, den wir neulich im ›Römischen Kaiser‹

gesehen haben, sieht das richtiger. Er hat vorige Woche einen langen Artikel geschrieben und sich über unsere deutschen Schriftsteller beklagt, weil sie in dieser Hinsicht weit hinter den Angelsachsen zurück sind und immer noch nicht geschnallt haben, daß Sex das zentrale Thema unserer Zeit ist.«
»So? Na, dann bin ich eurer Zeit anscheinend ein ziemliches Stück voraus.«
Das hörte sich ganz schön arrogant an; aber er sagte das so, als sei das die einfachste und natürliche Erklärung. Ich glaubte sie ihm fast und fragte überrascht:
»Du meinst, das gibt sich wieder?«
Aber ich merkte gleich, daß die Frage blöde war und nur ins Abseits führen konnte. Ich machte ihm deshalb geduldig klar, daß er das Problem für das Buch über Carow nicht sehe.
»Was wir in dem Buch brauchen, das ist der kulturhistorische und soziale Hintergrund. Warum kannst du nicht einmal beschreiben, wie es in einem römischen Puff aussieht und zugeht? ›Dokumentarbericht von einem Augenzeugen‹. Mensch, Jule! Deine Gespräche mit original-römischen Nutten aus der Türkei, aus Rußland, Afrika, vielleicht eine aus Germanien, heißt Thusnelda und weint immer, weil sie Tag und Nacht an die Heimat im Harz denkt.
Was die römischen Männer alles von ihnen wollen. Ihre Leiden unter der Puffmutter. Keine Altersfürsorge, und wenn sie nicht mehr zu gebrauchen sind, hängen sie ganz in der Luft. Du brauchst mir nur Stichworte und Lokalkolorit zu geben, und ein paar Namen von den Nutten. Alles andere kannst du mir überlassen. Das schreibt sich für unsereinen von ganz allein.«
Jule hörte mir mit großen Augen zu, als sei ihm das, was ich erzählte, alles völlig neu.
»Jule, nun sag bloß nicht, du bist nie in einem römischen Puff gewesen! Was du über die Stadt Rom zu erzählen wußtest, war so dünn, daß ich den Verdacht habe, du hast von der Stadt überhaupt nichts gesehen, weil du die ganze Zeit in einem der berühmten Bordelle warst, wie hießen sie noch?«
»Meinst du die *lupanaria*?«
»Aha! Ich wußte doch, daß du drin warst!«
»Du springst immer gleich von einer bloßen Vermutung zu einer Schlußfolgerung, und zwar einer falschen.«

»Jule, nun mal ehrlich! Du bist nicht schwul; na schön, aber du kannst mir doch nicht erzählen, daß du die ganze Zeit da unten in Velia keusch wie im Zölibat gelebt hast.«

»Habe ich auch nie behauptet.«

»Na also, und was hast du in Rom gemacht?«

»Ich bin jeden Tag auf den Sklavenmärkten oder bei den Sklavenagenturen herumgelaufen. Da habe ich mir den alten Hesper gekauft und Julia.«

»Wen?«

»Julia. Eine Sklavin. Sklavinnen zur persönlichen Bedienung konnte man nämlich in der Pholarchie wohnen lassen. Ehefrauen oder Gefährtinnen aber hatten keinen Zutritt: Da hatte man anscheinend schlechte Erfahrungen gemacht. Sie war neunzehn und kam aus Ephesos. Sie hieß Julia, und zwar schon, als ich sie kaufte. Ich habe sie aber nicht gekauft, weil sie so hieß.«

»Weshalb? Ach so: Jule und Julia. Wunderbar! Von Julia mußt du mir alles genau erzählen, ganz locker, natürlich auch über euer *sex-life.*«

»MP«, sagte Jule, »du irrst. In dem Buch wird nichts von Julia stehen, nicht einmal ihr Name.«

»Hör auf! Warum denn nicht?«

»Erstens, weil das ein Buch über Carow ist. Zweitens: Wenn ich von Julia spräche, würdet ihr das gar nicht verstehen, weil ich mich so unzeitgemäß ausdrücke.«

»Also ›Romeo und Julia‹«, sagte ich trocken.

Er antwortete nicht. Ich glaube beinahe, er hatte einen Kloß im Hals. Julia war ihm heilig.

Ich ging deshalb auf seinen Stil ein und fragte: »Du bist ihr aber doch wohl nicht mehr treu?«

Er fand die Frage keineswegs unpassend.

»Nein«, antwortete er, überlegte und fügte dann hinzu: »In gewisser Weise aber doch.«

Rührend und – ich muß zugeben – auch eindrucksvoll in seiner Art. Doch meinem Problem war ich keinen Schritt nähergekommen. Entweder mußte also das Sex-Kapitel wegfallen, oder ich mußte mir selber was ausdenken.

Als wir aufstanden, sagte Jule:

»Übrigens Jeannette weiß nichts von Julia.«

»Ich schweige wie ein Grab. Ehrensache.«

Es tat ihm schon leid, daß er mir von Julia erzählt hatte, und als wir in dem Wohnzimmer meiner Suite saßen, beeilte er sich, auf ein anderes Thema zu kommen:

»Du willst sicher wissen, warum ich die MP mitgenommen hatte.«

»Nein, zuerst möchte ich einmal wissen, wo du sie her hast.«

»Von Henri Hunziger, du weißt doch! Von dem ich den Sprengstoff hatte. Er wollte mit der MP den Chefarzt ...«

»Sag doch nicht immer MP zu dem Ding!« sagte ich. »Das klingt wie Emm Pi, ich meine, wie Meyer-Proske!«

»Also gut. Er wollte damit morgens bei der Visite Professor Hofer und alle anderen Ärzte umlegen. Das hatte er ihnen auch schon ein paarmal angekündigt. Aber die hatten nur darüber gelacht, worüber er sehr beleidigt war.

Vor allem fand er es unverständlich und leichtsinnig, daß sie nicht einmal sein Spind inspizierten. Er beklagte sich so oft bei mir darüber, bis ich selbst nachsah und in seinem Kleiderschrank die Maschinenpistole und fünfhundert Schuß Munition fand. Da war er endlich zufrieden. Ich habe ihm geraten, mir alles in Verwahrung zu geben, damit man es bei einer Kontrolle nicht bei ihm findet. Damit war er ganz einverstanden. Als Professor Hofer ihn entließ, weil er ihn für harmlos hielt, hat Henri mir die Maschinenpistole und Munition geschenkt, für den Fall, daß ich sie in dem Sanatorium mal brauchte. Zu Hause sei er gut versorgt; da könne er sie entbehren.«

»Wie ist *er* denn aber an das Zeug gekommen?«

»Er hatte zu Hause im Keller ein ganzes Waffenlager, wie er mir ganz im geheimen anvertraute. Das konnte durchaus stimmen; denn in der Schweiz kannst du ja Handfeuerwaffen aller Art im Laden kaufen.

Du hast übrigens noch das Manuskript.«

»Welches Manuskript?«

»Carows Manuskript. Das Original.«

»Ach so, ja. Nebenan im Kleiderschrank, unter den Hemden. Willst du es wiederhaben?«

»Ja, hier bei dir im Hotel ist es mir zu unsicher.«

»Gut. Nachher. Apropos: Von deiner Vorführung in der Palästra habe ich in dem Manuskript kein Wort gefunden. Die hätte Carow sicher erwähnt. Die war doch ein wichtiges Ereignis.«

»Das schon, aber er war ja gar nicht bei der Vorführung gewesen. Wir hatten Streit gehabt, und deshalb ist er nicht in die Palästra gekommen. Der Kaiser hat sich auch gewundert und soll das auch beanstandet haben.«

»So? Aber warum ist da eine so auffällige Textlücke im Manuskript? Eine Seite hört mitten im Satz auf, und die nächste fängt mitten in einem Satz an, der ein ganz anderes Thema behandelt.«

»Ich weiß nicht, worauf du hinauswillst«, sagte Jule.

»Das weißt du ganz genau«, antwortete ich. »Da fehlt nämlich eine Seite. Mindestens eine.«

»Meinst du?«

»Jule«, sagte ich, »die Seite mußt du wieder herbeischaffen. Wir wollen, daß Carows Manuskript als wissenschaftliches Dokument der Nachwelt überliefert wird. Wenn man aber erkennt, daß daran herumgedoktert worden ist, verliert es jede Glaubwürdigkeit.«

»Fällt das denn überhaupt auf? Im übrigen habe ich doch nur die Seiten herausgerissen, wo Carow ganz unglaubwürdig wurde und mir Motive unterschob, die nur seiner Phantasie entsprungen sind.«

»Zum Beispiel?« fragte ich.

»Ach, weißt du, ich habe keine Lust, das alles zu wiederholen. Es hängt mir zum Hals raus. Ich habe mich so geärgert, als ich das las. Was er da schrieb, war reiner Unsinn.«

»*Was* für ein Unsinn? Ich lege Papier und Filzschreiber weg, und was du mir erzählst, kommt nicht ins Buch. Was hat er denn behauptet? Nur als Hintergrundinformation für mich.«

»Quatsch hat er behauptet! Ich hätte die ganze Schau heimlich arrangiert, um den modernen wissenschaftlich-technischen Fortschritt im Römischen Kaiserreich einzuführen. Er war wütend darüber, weil das die Zeit durcheinanderbringe; aber in Wirklichkeit sträubte er sich dagegen, weil er gegen den Fortschritt war. Das ging auch aus den Seiten des Manuskripts hervor, die du so schmerzlich vermißt. Ich hätte, meinte er, die Maschinenpistole nur nach Velia mitgebracht, um sie demnächst in der römischen Armee einzuführen. Solchen Quatsch konnte ich doch nicht stehen lassen.«

»Hm. Aber warum hast du sie denn mitgenommen?«

»Weil ich nicht wußte, wie weit Carow sich verrechnet hatte und wo ich eigentlich landen würde: Bei Kannibalen in Neuguinea, in Velia oder in der Höhle eines Neandertalers oder mitten in einer Gorillaherde im finstersten Urwald von Afrika. In der Not wollte ich mich verteidigen können. *Das* war der Grund.«
»Aber warum hast du sie dann dem Kaiser vorgeführt?«
»Ich wollte gar nicht; all das hatten Myiagros und der Protokollchef Malchas eingefädelt, weil sie dem Kaiser Kurioses und Wunderbares vorführen wollten, und der Kaiser hatte die Vorführung daraufhin befohlen.«
Jule hatte die Schau schon ein paarmal erwähnt, aber was da eigentlich vorgegangen war, blieb unklar, und in Carows Manuskript fehlten die entscheidenden Seiten. Ich bat Jule, die Vorführung endlich einmal zusammenhängend zu schildern.
»Wenn du unbedingt willst«, sagte er, und ich hatte den Eindruck, am liebsten würde er gar nicht darüber sprechen. »Also kurz und gut: Man hat mich in die Palästra geholt, einen großen Hof, wo die Jugend Sport treibt, Leichtathletik und Ringen zum Beispiel. Der Kaiser und seine Leute standen im Hof. Ich mußte mich mit Pittakos und Pelops im Wettrechnen produzieren.«
»In dem du Sieger bliebst?«
»Natürlich. Und gleich danach brachte mir völlig unerwartet Myiagros auf einem Tablett meine Maschinenpistole, und der Gardepräfekt forderte mich auf, eine Taube vom Dach zu schießen.
Nun, ich bin kein großer Schütze, und die MP, ich meine die Maschinenpistole, ist auch nicht zum Taubenschießen gebaut, und außerdem war ich aufgeregt. Kurzum: Ich schoß vorbei, was alle furchtbar komisch fanden, vor allem der Gardepräfekt, der die Maschinenpistole überhaupt für Kinderkram hielt.
Als er so laut lachte, befahl mir der Kaiser, der sich wohl auch über den Gardepräfekten ärgerte, die Maschinenpistole, den ›Kinderkram‹, doch einmal an ihm auszuprobieren.
Der Gardepräfekt nahm das für einen Scherz, und ich anfangs auch, der Kaiser aber nicht.
Sie riefen alle, ich solle schießen. Aber ich konnte doch nicht auf einen Menschen schießen. Ich wußte nicht, was ich tun sollte. Doch der Kaiser schrie mich an. Es sei ein Befehl, und wenn ich nicht schieße, werde man mich erschießen.

Da wurden mir die Knie weich. Mir wird immer noch ganz schwach, wenn ich daran denke.
Alle schrien. Als ich mich umwandte, sah ich den Gardepräfekten an der Schmalseite des Hofes stehen. Ich legte an, zielte in den Sand des Hofes, vor eine Säule, und drückte ab. Aber die Kugel scheint irgendwo, vielleicht an der Säule, abgeprallt zu sein und zerschmetterte als Querschläger dem Schimmel des Kaisers das Knie.«
»Und dem Gardepräfekten ist nichts geschehen?«
»Ich habe gesagt: *dem Schimmel*!«
»Du brauchst nicht zu schreien. Ich habe dich auch so verstanden.«
»Irgendwer hat die Kugel gelenkt«, sagte er.
Da kam er nun wieder mit seiner Theorie: Wie beim alten Odysseus: Wenn immer ihm etwas Angenehmes passierte, hatte Athene ihre Hand im Spiel, und wenn etwas schief ging, Poseidon. Auch bei Jule steckte immer einer dahinter, wenn er Pech hatte.
»Zufall«, sagte ich, »den gibt's ja bekanntlich. Der Kaiser war sicher ärgerlich, wie?«
»Ärgerlich? Getobt hat er! Wenn ich einen Menschen erschossen hätte – das wäre ihm ziemlich egal gewesen. Aber der Schimmel!«
»Hat er dich angeschrien oder was?«
»Angeschrien? Ich weiß nicht mehr. Vielleicht. Jedenfalls aber hat er mich, als er zu seinem Schimmel rannte, mit einem Hieb niedergeschlagen. Als ich wieder zu Bewußtsein kam, lag ich mit einer Eisenfessel um den Hals und Eisenfesseln an den Beinen im Kerker von Velia, war an die Wand gekettet und konnte nicht einmal aufstehen.«
»Aber hat dir der Gardepräfekt nicht geholfen? Aus Dankbarkeit, daß du vorbeigezielt hast?«
Jule sah mich ganz merkwürdig an. Dann antwortete er:
»Nein. Warum fragst du?«
Er stand auf und wollte auf einmal nach Hause, weil ihn, wie er sagte, die Geschichte mit der Maschinenpistole so aufgeregt habe.
Ich ging in das Schlafzimmer, um Carows Manuskript zu holen, das Jule mitnehmen wollte. Aber es war nicht mehr in meinem

Kleiderschrank unter den Hemden. Jule stand in der Zimmertür und sah zu, wie ich suchte. Er sagte nichts.
Ich suchte in dem Nachttischfach und in meinen Koffern. Ich wußte aber genau, daß ich es unter die Hemden gelegt hatte. Vorhin hatte ich es ja noch gesehen. Ich schrie Jule an:
»Nun steh nicht so da! Sag doch was!«
Jule sagte:
»Ich nehme an, du hast das Manuskript gestern fotokopieren lassen. Das wolltest du doch tun.«
»Habe ich *nicht*«, rief ich. »Der Apparat war gerade in Reparatur.«
Unter dem Kopfkissen war es auch nicht.
»Wir brauchen das Manuskript aber gerade jetzt«, sagte Jule, »denn die Geschichte, die nun kommt, glaubt uns sonst kein Mensch. Das Manuskript ist unser einziger Beweis.«
»Auch *mit* Manuskript wird sie uns keiner glauben«, antwortete ich. »Sag mal, habe ich es dir nicht gestern abend zurückgegeben?«
Jule antwortete darauf gar nicht.
Es war auch nicht in dem Koffer, in dem ich meine Notizbücher hatte. Ich war wohl etwas gereizt, als ich Jule wieder anschrie:
»Ich weiß genau, was du jetzt denkst; aber da steckt nichts dahinter. Es wird sich anfinden. Wer soll Interesse an diesem Manuskript haben!«
Jule blieb ruhig. Er antwortete: »Ich weiß, wie das ist. Ich kenne das. Das Manuskript ist gerade in dem Augenblick verschwunden, wo wir es dringend brauchten.«
»Nein«, schrie ich, »es ist nicht weg. Es kann gar nicht weg sein. Vorhin war es doch noch hier.«
Aber es war weg.

Der Kaiser erleidet einen kleinen Schwächeanfall

Er mußte im Atrium warten, bis der Kaiser vom Abendessen aufgestanden war. Dann kam Malchas und führte Carow in das kleine Gästezimmer des Pholarchen, den Roten Salon mit den Odysseus-Fresken, in dem der Kaiser seine Besucher empfing.

Er saß auf dem goldenen Thronstuhl, den man ihm anscheinend überallhin nachtrug und der auch hier wieder auf einem Podest stand. Zwei Sklaven kamen und stellten zu beiden Seiten bronzene Kandelaber mit brennenden Öllampen auf.
Der Kaiser schickte Malchas und die drei anderen Hofbeamten, die Abenddienst hatten, mit dem Befehl hinaus, ihn im Gespräch mit Carow nicht zu stören. Als sie allein waren, stand der Kaiser auf und rieb sich das Kreuz.
»Sie wissen gar nicht, wie unbequem der Thron ist. Den hat mein Vorgänger Tacitus anfertigen lassen, und Tacitus ging mir, wenn er sich auf die Zehen stellte, bis hierher, bis zum Gürtel. Wenn wir jedoch die christlichen Vermögen alle konfisziert haben, werden wir wieder genug Geld in der Kasse haben. Das wird dann ja wohl nicht nur für den Feldzug gegen die Sarmaten, sondern hoffentlich auch noch für einen anständigen, neuen Thronsessel reichen. Ich bin ganz steif. Lieber den ganzen Tag im Sattel als – ach Gott, der arme Titas! Wir haben ihn erlösen müssen. Setzen wir uns auf das Sofa!«
Sie setzten sich.
»Ich weiß, warum Sie gekommen sind«, sagte der Kaiser, bevor Carow überhaupt ein Wort gesprochen hatte. »Der Pholarch hat sich energisch für Iulius eingesetzt, vielleicht ein wenig zu sehr; einige seiner Worte klangen fast wie eine Drohung. *Und das mag ich nicht*!«
Er schlug mit der flachen Hand auf das Sofakissen.
»Außerdem hatte er die Unverschämtheit, bei derselben Gelegenheit um einen Tempel für Parmenides zu bitten; aber in die Pholé wollte er mich nicht aufnehmen. Ich habe ihm aber eiskalt erwidert« – der Kaiser erhob sich vom Sofa, schüttelte beide Fäuste und donnerte: »Nein! Nein! Nein!«
Eiskalt? Er setzte sich wieder und fuhr ruhiger fort:
»Sie wünschen auch, wie ich annehme, daß ich Iulius die Strafe erlasse. Ich würde es gerne tun, um Ihnen einen Gefallen zu erweisen; aber es ist leider nicht möglich. Nach einer Beratung mit meinem Chaldäer Zaratas hatte ich schon zu Beginn der Vorführung in der Palästra öffentlich verkündet, wer dem Schimmel ein Leid zufügt, den werde ich umbringen. Ein Kaiserwort! Und daran muß ich mich halten. Wir werden Ihrem Freund aber den Tod leicht machen. Er soll nicht leiden.

Zaratas hat mir vor drei Jahren den kaiserlichen Purpur vorausgesagt und prophezeit, ich würde ihn so lange tragen, wie der Schimmel Titas mich tragen werde. Zaratas ist ein ernsthafter Forscher und bedeutender Mathematiker. Seine Voraussagen sind immer eingetroffen.

Auch sein Zauber war immer wirksam, was Statius Stasimus' Tod heute nachmittag wieder beweist. Ich danke Ihnen, daß Sie mir ein Bild von ihm gegeben haben.«

»Ich bitte um Entschuldigung, wenn ich Sie unterbreche«, sagte Carow.

»Übrigens, wie soll ich Sie anreden? Bei uns sagt man ›Majestät‹, aber das ist, wie ich von Malchas höre, hier nicht üblich, und seine Vorschläge klangen mir alle ein wenig zu pompös bis auf die Anrede ›Mein Herr‹, die mir allerdings wieder zu wenig an Würde und kaiserlicher Hoheit ausdrückt.«

»Die Anrede ›Mein Herr‹ verbiete ich Ihnen, wenn ich Ihnen überhaupt etwas verbieten darf. Sie sind nicht mein Sklave, und ich bin nicht Ihr Herr. Im übrigen«, sagte der Kaiser lachend, »habe ich das gleiche Problem und es auch schon mit meinem Protokollchef besprochen. Wie und mit welchem Titel soll man einen göttlichen Menschen, einen Gott anreden?«

»Zumal, wenn man selbst Kaiser und Gott ist«, erinnerte Carow. »Vielleicht könnten wir versuchen, in Zukunft ohne feierliche Anrede auszukommen. Warum ich Sie aber unterbrochen habe: Der Gardepräfekt ist doch nicht umgekommen, weil ihn Ihr Chaldäer totgezaubert hat, sondern weil Sie Iulius befohlen hatten, ihn zu erschießen. Glauben Sie doch nicht den Unsinn, den dieser Chaldäer Ihnen erzählt!«

»Halten Sie seine Voraussagen wirklich für Unsinn? Obwohl sie meistens eingetroffen sind?«

»Zufall. Meinen Sie, daß ich in der Zukunft auch nur einen Finger für Ihren guten Namen rühren würde, wenn Sie meinen Freund umbringen? Diese Tat würde Ihren Namen in meinen Augen erheblich verdunkeln. Ich bleibe dabei: Was Ihr Chaldäer sagt, ist Humbug, ganz besonders das Märchen, das er jetzt – und ich nehme an, nach Absprache mit Ihnen – in die Welt gesetzt hat, daß Unheil von Ihrem Thron nur abgewendet werden könne, wenn Iulius zusammen mit dem Pferd verbrannt werde.

Ich komme aus der Zukunft, und ich kenne sie. Ich sage Ihnen: Mit einem solchen Spruch mißbraucht er in krimineller Weise die Stellung bei Hofe, die er doch nur Ihnen verdankt. Nur wenn der Einfluß dieses Chaldäers am Hofe ganz ausgeschaltet ist, wird man das drohende Unheil von Ihnen und dem Reich abwenden können.«

Der Kaiser hielt sein großes Kinn in der Hand und strich die Bartstoppeln nach hinten, daß sie wieder knisterten. Er dachte lange nach. Schließlich sagte er:

»Das ist ein wichtiges Wort. Ich werde darüber nachdenken. Ich möchte Ihnen glauben, denn schließlich hat Iulius mir einen großen Dienst erwiesen: Den Kerl, den Gardepräfekten, bin ich endlich los. ›Kinderspielzeug! Vergiftete Bohnen!‹«

Der Kaiser lachte und schlug auf die lederbezogene Lehne des Sofas.

»Den haben wir schön drangekriegt! Den sind wir los! In einem aber irren Sie sich: Zaratas hatte seine Voraussage, daß Iulius mit dem Schimmel verbrannt werden müsse, *nicht* mit mir abgesprochen. Vielleicht wären mir und ihm, wenn wir zusammen nachgedacht hätten, auch noch andere Möglichkeiten eingefallen. Was Sie von seinem Einfluß sagten, ist mir sehr wertvoll. Er wird mir schon längst zu unabhängig. Er soll sich vorsehen. Aber sein Wort ist jetzt in der Welt, und wenn ich Ihren Freund freispräche, würde kein Mensch im Reich auch nur einen As für meine Zukunft geben. Ich bin jedoch Kaiser nur, solange sie an meine Zukunft glauben, und da ich noch möglichst lange Kaiser sein möchte, kann ich Ihrem Freund sein schlimmes Los leider nicht ersparen.«

»Können Sie den Chaldäer nicht überreden, seinen Spruch zu revidieren?«

»Er revidiert nie. Er ist sehr eigensinnig. Aber ich werde noch eines Tages mit ihm abrechnen. Doch das wird nicht so leicht sein wie die Abrechnung mit dem Gardepräfekten.«

»Schmeißen Sie ihn doch raus!«

»Nein, nein! Er würde mich umbringen. Ich weiß, er hat Fingernägel von mir. Vor einer Woche hat er meinen Friseur bestochen, daß er ihm Stoppeln von meinem Bart gibt. Nun lasse ich mich nicht mehr rasieren. Sehen Sie? Nein, ich kann ihn nicht rausschmeißen.«

»Dann bringen Sie ihn doch um!«
»Um Himmels willen! Ich darf so etwas nicht einmal denken. Er würde den Gedanken in meinen Augen lesen.«
Carus, dem Kaiser und Gott, der am Tage so herrschaftlich auf dem Thron gesessen und die Dinge gelenkt hatte, trat Schweiß auf die Stirn, die Schultern fielen, und das Kinn legte sich auf seine Brust wie einem, der einzunicken beginnt.
Er versuchte immer wieder den Kopf zu heben, aber es gelang ihm nicht mehr. Der Lorbeerkranz rutschte ihm aufs linke Ohr, und schließlich sank ihm der schwere Kopf schief auf die Brust wie der holzgeschnitzte Kopf einer großen Marionette, die der Puppenspieler beiseite und über die Stuhllehne gelegt hat.
Der Kaiser spielte nicht mehr Kaiser und Gott. Die Dinge waren gegen ihn aufgestanden und schrieben ihm den Weg vor. Er war ohnmächtig.
Carow legte seine Hand auf das Knie des Kaisers, und der legte seine Pranke drauf und hielt Carow fest, lange, als gehe von ihm Kraft und Leben aus.
Es dauerte eine Weile, bis der Kaiser den Kopf langsam wieder heben konnte. Er rückte den Lorbeerkranz gerade, holte ein paarmal tief Luft, straffte sich und setzte sich wiederum aufrecht und herrschaftlich in die Ecke des Sofas.
»Es war nur Müdigkeit, nichts weiter. Allenfalls eine momentane Schwäche. Doch ich habe sie überwunden. Ich überwinde sie immer wieder. Ich habe mich, ich habe die Zügel wieder in der Hand.
Da sehen Sie, wie es eigentlich um mich steht! Die Welt und alle Dinge sind gegen mich. Am Abend und in der Nacht verliere ich zuweilen den Mut.
Vor Menschen darf ich mich nie so gehen lassen. Es wäre mein Ende. *Sie* aber verstehen mich. Sie haben mir wieder Kraft und Selbstvertrauen für die nächsten Taten gegeben, die meinen Namen in der Geschichte groß machen werden. Die Christen und die Sarmaten werden es noch zu spüren bekommen und Zaratas auch – wenn er es gar nicht vermutet und zu einer Zeit, wo ihm sein Horoskop eitel Sonnenschein verspricht.«
»Und Iulius?« fragte Carow. »Was geschieht mit ihm?«
»Ich habe es Ihnen doch schon gesagt«, antwortete der Kaiser, und aus seiner Stimme war Ungeduld zu hören, »für ihn kann

ich nichts mehr tun. Ich sehe nur einen, der ihn noch retten kann – Sie.«
»Aber wie?« fragte Carow.
»Das ist doch für Sie ganz leicht und einfach«, entgegnete der Kaiser, »wirken Sie ein göttliches Wunder!«

Inuus weiß, woran der Kaiser denkt

»Ein leichtes und einfaches göttliches Wunder! Pah!« sagte Inuus. »Ich weiß, an was für ein Wunder er denkt: an eins, das ihn selbst überrascht und mit dem er rein gar nichts zu tun hat und das dennoch seinen Chaldäer Zaratas in tausend Stücke zerreißt. Sie hatten doch damals ein so schönes, mein Herz erfrischendes Wunder dort an dem Altar getan, das den Duumvirn Longus an die Balustrade geschleudert hat, so daß ihm Hören und Sehen verging.«
Carow hatte selbst schon daran gedacht, Zaratas eine Plastikbombe unter das Bett zu legen, sie des Nachts zu zünden und den großen Astrologen und Magier unvermutet und mit großem Knall zu seinen chaldäischen Göttern zu schießen. In Jules Zimmer hatte er auch den Sprengstoff gefunden, in braunes Packpapier gewickelt, einen ganzen Koffer voll – aber es lag keine Gebrauchsanweisung dabei. Doch dem Inuus wollte er nicht gestehen, daß er zu seinem Wunder einer Gebrauchsanweisung bedürfe. Er sagte deshalb nur:
»Der Magier wohnt in der Bibliothek mit all ihren wertvollen, alten Manuskripten. Wenn ich dort mein Wunder an ihm vollbringe, fällt das ganze Gebäude zusammen. Können Sie nicht eins tun, das weniger Schaden anrichtet und Jule dennoch rettet?«
»Ach, Sie kennen ja meine Standardwunder: Ziegen und Schafe in Schrecken versetzen und Hirten über die Klippen jagen; aber so etwas genügt in diesem Fall nicht.«
»Richtig!« sagte Carow, »wir müssen die ganze Stadt in Angst und Schrecken versetzen.«
»Ich wüßte vielleicht etwas. Haben Sie noch eine Zigarette! Danke! Aber das Wunder ist sehr schwer zu arrangieren. Es ist

sehr schwer, und allein schaffe ich es nicht. Ich muß mich an andere Instanzen wenden, und ob sie einen so ausgefallenen Wunsch erhören? Man weiß nicht. Vielleicht? Es ist nicht ganz ausgeschlossen, wenn sie Humor haben. Nun, wir werden ja sehen.«
»Brauchen Sie dafür lange Zeit?«
Inuus lachte: »Nein, eigentlich nicht. Ich brauche nur eine *bestimmte* Zeit, und das ist das Schwierige. Aber Sie und Iulius haben mir einmal einen Freundesdienst erwiesen; jetzt will ich versuchen, mich zu revanchieren.«

Das große Wunder von Velia

Das Wunder ereignete sich zur rechten Zeit. Doch das war wiederum kein Wunder, wenn man bedenkt, wer, nicht ohne Sinn für Komik und überraschenden Knalleffekt, das Wunder in Szene gesetzt oder gestattet hatte.
Komisch? Die Leute in Velia hatten, mit zwei oder drei Ausnahmen, gar keinen Sinn für diese Art Komik und bedankten sich schön dafür. Sie schrien zwar, aber keineswegs, weil sie das Wunder zum Schreien komisch fanden, sondern vor Angst.
Inuus dagegen, auf den Stufen seines Tempels sitzend, brüllte vor Lachen, was man von ihm ja auch nicht anders erwartet hätte, hob die Knie und schlug sich auf die Schenkel, daß das Gebäude bebte und die Statue in der Cella auf ihrem Sockel wackelte. So, in seinem göttlichen Humor, ergötzte er sich wieder am Schrecken und an der Angst der Menschen.
Man könnte sich aber auch vorstellen – wenn es erlaubt wäre, sich von der fernen, für das Wunder letztlich verantwortlichen Instanz ein Bild zu machen, das uns Menschen gleich ist –, man könnte sich also vorstellen, daß auch diese Instanz sich ob der gelungenen Überraschung ins Fäustchen lachte oder daß sie jedenfalls ein Lächeln nicht ganz unterdrücken konnte.
Das Wunder ereignete sich zur rechten Zeit.
Der Festzug hatte sich auf der Agorá hinter dem blumengeschmückten Wagen formiert, auf dem, ebenfalls blumenbekränzt, der Leichnam des Schimmels Titas lag.

Der Protokollchef Malchas wuselte und wieselte hin und her und schrie gequält auf, als der Magier Zaratas, ein hochgewachsener, dürrer Mensch mit scharfem, strengem Blick und einem Gesicht, das man hinter dem schwarzen Bart und Haupthaar kaum erkennen konnte, ihn aufzuhalten suchte. Malchas wollte sich durchwinden, aber der Magier krallte sich an den kunstvoll gelegten Falten der Toga fest und ließ ihn nicht los.

»Haben Sie Erbarmen!« schrie Malchas. »Lassen Sie mich los! Ich flehe Sie an! Es geht ja sonst alles schief! Der Wagen darf nur bis zum Ausgang der Agorá fahren und muß da warten, bis ich das Kommando zum Weiterfahren gebe.«

»Wo ist der Verbrecher?« fragte der Hofmagier.

»Noch im Kerker, man wäscht ihn und kleidet ihn an. Lassen Sie mich los! Er wird hinter dem Wagen hergehen.«

»Nein!« rief Zaratas.

»Befehl des Kaisers und Herrn. Er geht, an Hals und Händen gefesselt, hinter dem Wagen her bis zum Richtplatz und Scheiterhaufen vor der Stadt.«

»Nichts da!« sagte der Magier. »Das Urteil wird schon hier im Kerker vollstreckt. So war das angeordnet.«

»Der Herr und Kaiser hat den Befehl geändert. Der Wagen da vorne soll halten! Ich muß jetzt weiter. Der Kaiser wird jeden Augenblick kommen. Wir haben draußen schon Tribünen für die Hinrichtung errichtet und Absperrungen aufgebaut. Es läßt sich nichts mehr ändern: Das Programm käme sonst völlig durcheinander! Hier im Festzug ist die Reihenfolge bestimmt und vom Kaiser genehmigt. Sie gehen hinter dem Studienprokurator.«

»*Hinter*?« schrie Zaratas mit schriller Stimme. »Ich gehe *nicht* hinter, ich gehe *vor* dem Studienprokurator! Hören Sie!«

Weg war Malchas. Er hatte sich losgerissen, den unteren Saum der Toga bis zu den Knien hochgehoben und rannte jetzt hinter dem Wagen her; aber die Kutscher hielten von sich aus am Torbogen des Agorá-Ausgangs; denn das hatte Malchas ihnen ja schon ein dutzendmal eingeschärft.

Es dauerte jedoch noch lange, bis Malchas den Zug soweit geordnet hatte, daß er dem Kaiser melden konnte, nun stünden alle bereit, und er könne jetzt kommen.

Es war eine großartige *Pompa*, ein prächtiger Zug, und die Ein-

wohner Velias, die in den Türen oder auf den Balkonen standen oder die mit dem Zug mitliefen, priesen sich glücklich, daß das kaiserliche Reitpferd gerade in ihrer Stadt ums Leben gekommen war und daß sie Zeuge seiner Einäscherung und der Hinrichtung des Pferdemörders sein durften. Sie ermahnten die Kinder, soweit sie noch bei ihnen standen und nicht längst zum Zug oder zum Hinrichtungsfeld entlaufen waren, sich alles genau einzuprägen, damit sie sich an jede Einzelheit erinnern und dereinst, wenn ihre Eltern längst nicht mehr unter den Lebenden weilten, ihren Kindern und Kindeskindern von dieser historischen Stunde berichten könnten.
Voran schritten zwölf Liktoren. Sie hielten die *fasces* als Zeichen der Trauer zur Erde gesenkt, jene Rutenbündel mit dem Richtschwert, die aus dem furchterregenden Sinnbild der Amtsgewalt in alter Zeit zu eleganten, schmalen Zeremonialsymbolen geworden waren. Ihnen folgte der schwere, von Stieren gezogene Wagen, auf dem Titas lag, von Blumen und Kränzen fast ganz bedeckt.
Hinter ihm schritt in einem Karree von Soldaten, an den Händen gefesselt und von einem Gefängniswärter an einer Kette gehalten, die an der eisernen Halsfessel angebracht war, Jule, als werde er zum Opferaltar geführt. Er trug weder Jeans noch Freizeithemd, noch eine rote Zipfelmütze; man hatte ihm eine Tunika übergezogen, die einst weiß, vom häufigen Waschen und Walken aber grau geworden war. Jule ging barfuß. Sein Gesicht war bleich, und rechts hatte er ein blaues Auge sowie einen Bluterguß über dem Backenknochen. Er hob seinen Blick nur selten.
Die Kapelle mit Hörnern, Tuben, Flöten, Zimbeln und Trommeln ging hinter ihm und spielte feierliche, getragene Weisen. Malchas lief neben dem Zug her und sorgte dafür, daß der Abstand zwischen der Kapelle und dem ihr folgenden Karree von Leibwächtern und Soldaten gewahrt blieb, in dessen Mitte und an Größe alle überragend der Kaiser schritt.
Zaratas, dessen Beschwerde Malchas dem Kaiser gemeldet hatte, brauchte nun nicht hinter dem Studienprokurator zu gehen. Hochaufgerichtet und in wallendem, dunkelgrauem persischen Mantel schritt er hinter der Leibwache und noch vor den Notabeln des Reiches einher, als führe er sie an.

Deren Mienen waren mißmutig, nicht nur weil diesem persischen Sterndeuter Vortritt gewährt worden war, sondern auch weil sie zu Fuß über das holprige Pflaster bis hinaus vor die Mauern der Stadt gehen mußten, um dort dem zweifelhaften Schauspiel einer gewöhnlichen Hinrichtung mit dem Schwert und der ebensowenig unterhaltsamen Verbrennung eines Pferdekadavers beizuwohnen.

Den hohen Paladinen, Begleitern und Freunden des Kaisers folgten in gebührendem Abstand die Duumvirn und ihre Gattinnen. Lassia, die ihren Mann Iulius Longus am Ellbogen hielt, vorgeblich um ihn, den Leidenden und unsicher Gehenden, zu stützen, mußte sich oft genug an ihm festhalten, wenn sie mit ihren hohen Absätzen auf den runden Pflastersteinen keinen Halt fand oder in die Spurrillen der Wagen rutschte.

Die Frauen Velias auf den Balkonen empfanden die kirschrote, gemusterte seidene Lacerna, die sie über der graublauen Toga trug, als zu frivol und dem ernsten Anlaß nicht angemessen. Poppaea Corinna, Gattin des Marcus Pilonius, hatte einen Bausch der mausgrauen Toga fromm über das Hinterhaupt gelegt. Die Zuschauerinnen fragten sich, warum sie nicht einmal für die feierliche *Pompa* zu Ehren des Schimmels des Kaisers eine andere Toga hatte finden können als diese, die man nun schon seit Jahren kannte und die in Farbe und Schnitt so provinziell aussah, daß man sich für Velia schämen mußte.

Die Magistratsbeamten und Mitglieder des Stadtrats waren die letzten, die in protokollarischer Rangfolge gingen; doch hinter ihnen kamen in zwangloser Folge noch Hunderte von Angehörigen des Hofes, darunter auch viele, mehr oder weniger angetraute Damen der Würdenträger, selbst eine Sklavin aus der Pholarchie, die ihre kapuzenartige Haube fast über die Augen gezogen hatte, aber auch Abgesandte von Städten und Provinzen des Reiches, die dem Kaiser seit Monaten folgten, um eine Audienz zu erhalten, in der sie um Rechte oder Privilegien für ihre Heimatstadt bitten wollten, Offiziere, Kaufleute, und der ganze Troß von Bediensteten, die alle einen Platz draußen auf den Tribünen beanspruchen konnten und den Anspruch auch durchzusetzen beabsichtigten.

Je weiter die Menschen von der Spitze des Zuges entfernt waren, desto unfeierlicher und munterer wurden ihre Gespräche,

und schließlich mischten sich auch einige ausgelassene junge Männer der Stadt unter die letzten, stolzierten wiegenden Schrittes und ihre eigene Kühnheit bewundernd im Zuge mit und grüßten aufschneiderisch-lässig die Mädchen, die noch in den Haustüren standen oder aus den Fenstern sahen.
Der Pholarch war der *Pompa* ferngeblieben. Der Kaiser hatte ihn zwar aufgefordert mitzugehen; aber Phokas hatte nicht nur entschieden abgelehnt, sondern den Kaiser in einem kurzen Wortwechsel noch einmal gewarnt, Iulius zu ermorden. Dies war sein Ausdruck. Der Kaiser entgegnete drohend, der Pholarch solle sich nur vorsehen. Damit wandte er sich ab und ließ ihn stehen.

Carow hatte in der Nacht abenteuerliche Pläne entworfen, wie er den Sprengstoff am wirkungsvollsten zu Jules Rettung einsetzen könnte; doch als der Tag anbrach, erkannte er, daß sich keiner von ihnen durchführen ließ. Am frühen Morgen war er zum alten Tempel hinaufgegangen.
Der Gott und Freund saß auf den Stufen und blies zu seinem eigenen Vergnügen eine freundliche Melodie auf der Doppelflöte. Er setzte sie ab, als er Carow sah, ließ ihn gar nicht zu Wort kommen, sondern bat ihn, sich keine weiteren Sorgen zu machen, ihm am Vormittag hier Gesellschaft zu leisten und alles weitere der Zeit zu überlassen. Dann setzte er die Flöte wieder an und spielte eine zuversichtliche marschähnliche Pièce.

Der Zug kroch langsam und wie ein Wurm auf der Straße entlang, die an Jules Werkstatt vorbei nach Süden in Richtung Palinurus führte. Links waren Felder, anfangs flach, später ansteigend, und einige hundert Schritte rechts vom Wege konnte man den flachen Strand des Meeres sehen. Hier und da standen an der Straße Platanen.
Der Kopf des Zuges mit den Liktoren, dem Wagen, der Musik, dem Schimmelmörder Jule und dem Kaiser hatte die Tribünen fast erreicht, vor denen – Malchas hatte an alles gedacht – an Masten lange rote und gelbe Wimpel aus chinesischer Seide wehten. Der Schwanz des Wurms aber kroch eben auf Hunderten von Beinen aus dem Stadttor hervor auf die Landstraße.
Die Musikkapelle an der Spitze war vor den Tribünen nach

rechts ausgeschwenkt und hatte sich mit Front zum Zug aufgestellt. Die Tuba- und Hornbläser kippten gerade ihre Instrumente um, damit der Speichel ausfließen konnte, als aus den Wolken über den Bergen landeinwärts ein Summen wie von einer riesigen Hornisse zu hören war.

Man sah sich an, man sah sich um, man sah hinauf, man fragte den Nachbarn, ob er es auch höre. Der Kaiser legte die Kohlenschaufelhand an die Ohren und lauschte. Darauf nahm er sein Fernglas, das er immer am Purpurband über der Brust trug, und richtete es gen Himmel, sah aber dort auch nichts anderes als Himmel.

Doch dann kam ein unbekanntes Tier, ein Ungeheuer der Sage, laut und lauter dröhnend aus den Wolken, und sogar der Kaiser konnte es mit bloßem Auge erkennen.

Eine Hornisse war es nicht, es schien eher ein riesiger Vogel zu sein, der mit gefährlichem Brummen hoch in der Luft flog, höher als die Raubvögel, und der sich langsam, aber deutlich erkennbar niedersenkte.

Niemand ging weiter, die Füße blieben von selbst stehen. Man fürchtete Schreckliches und sah sich um, wohin man fliehen konnte. Doch links waren Felder und zur Rechten das Meer.

Erst schien der Vogel auf Velias Akropolis zufliegen zu wollen, so daß man annehmen konnte, er werde sich dort auf dem Dach des Athena-Tempels niederlassen. Doch als er tiefer flog, erkannte man, daß das Dach des Tempels unter ihm zusammenbrechen würde, so groß und furchtbar war er: Sein Körper war so gewaltig wie ein Schiff, und die Flügel waren so weit gespannt wie der Hof einer Palästra.

So groß jedenfalls schien es vielen; der General Fulvius Piso dagegen, stets zuverlässig im Messen von Entfernungen, schätzte später die Flügelspannweite auf etwa siebzig Fuß, das heißt rund zwanzig Meter, womit er den wirklichen Maßen erstaunlich nahekam.

In Velia kreiste der riesige Vogel einmal brummend hoch über dem Tempel des Inuus und der Akropolis und flog dann weiter in die Bucht des Hales. Die Menschen im Festzug, noch blaß vor Schrecken, holten Atem und waren erleichtert, daß dieses Ungetüm des Himmels sich davongemacht hatte; einige hatten gesehen, daß sein Maul glühte, andere, daß es Rauch und Feuer

spie, so daß man sich fragen mußte, ob man es nicht mit einem fliegenden Drachen zu tun hatte, wie er in Persien und im Land der Serer beobachtet worden war.
Doch dann kam das Ungeheuer unvermutet wieder, flog tief und schrägliegend um den Akropolis-Felsen, über die Stadt und raste mit schrecklichem Brummen und unerträglichem Getöse dicht, fast in Baumhöhe, über den Zug, daß jedermann dachte, das zornige Tier werde auf ihn herabstürzen. Ein Schrei der Angst – schrill, kreischend und vielstimmig – brach los, als es über die Köpfe hinwegbrauste.
Der Zug war im Augenblick aufgelöst. Die Menschen stürzten auf die Felder, warfen sich nieder, und wo sie nicht schrien, hoben sie auf den Knien liegend die Hände zu den Göttern und baten um Schonung.
Lassia sprang von der Straße, ein Lederriemen ihres Schuhes riß. Sie ließ den Schuh liegen, zog Iulius Longus mit sich und warf sich mit ihm unter eine Platane. Ihren Gemahl aber befiel plötzlich heftiges Zittern, er hielt sich an ihr fest und begann zu weinen.
Die Stiere vor dem blumengeschmückten Wagen mit Titas stoben querfeldein und schleiften den Kutscher mit, der die Zügel um die Faust gewickelt hatte. Ein paar Sklaven rannten hinterdrein.
Andere aber hatten nicht gewagt, einfach wegzulaufen. Sie waren erstarrt stehen geblieben, die Tubabläser der Kapelle zum Beispiel, die stieren Blicks den Flug des Ungeheuers verfolgten und die dabei immer noch ihre Instrumente mit dem Mundstück nach unten hielten und schüttelten, um den Speichel ablaufen zu lassen.
Die zwanzig Germanen der Leibwache jedoch hatten sich sofort eng um den Kaiser geschlossen. Ihn immer und überall und gegen alle Fährnisse zu schützen, war ihre Ehre. Sie wollten sich nun die günstige Gelegenheit, im Dienste des Kaisers und im Kampf gegen ein fliegendes Ungeheuer Tod und Ruhm zu finden, nicht entgehen lassen.
Der Kaiser überragte selbst seine hochgewachsenen Leibgardisten und bemerkte von seiner Höhe herab, wie der Hofmagier, bleich und die Augen weit geöffnet, mit langen Sätzen herbeigeeilt kam, um bei der Leibwache Schutz zu suchen. Der Kaiser

ergriff die Gelegenheit, ohne auch nur einen Augenblick zu zögern oder das Für und Wider lange zu erwägen.
»Das Ungeheuer verfolgt uns seinetwegen!« schrie er mit seiner Kriegstrompetenstimme den Germanen zu. »Faßt ihn! Erschlagt ihn! Ex-e-ku-tie-ren!«
Das waren Kommandos, die sie gleich verstanden. Nur einen Augenblick später lag der Hofmagier und Hofastrologe Zaratas mit zerspaltenem Schädel am Boden. Er hatte überhaupt nicht begriffen, was geschah, geschweige denn es vorausgesehen, wobei freilich zu bedenken ist, daß Seher in ferner Zukunft verborgene Ereignisse gewöhnlich leichter erkennen können als unmittelbar vor Augen liegende. Dunkelrotes Blut rann über sein schwarzes Haar und in seinen schwarzen Bart und ergoß sich aus Hals und Brust auf sein weites graues Gewand.
Der Kaiser aber sandte zwei seiner Leibwächter, dem Verbrecher Iulius da vorn sofort die Fesseln abzunehmen. Denn daß das Wunder von Carow bewirkt war und Jule galt, war dem Kaiser nicht einen Augenblick zweifelhaft.
Jule hatte, als das Ungeheuer über den Zug hinwegraste, dem Stadtsklaven, der ihn führte, vor lauter Freude lange die Hände geschüttelt. Der aber wußte gar nicht, was das zu bedeuten hatte. Er stand nur bleich und wimmernd da, weil er Jule an der Kette halten mußte, während er doch viel lieber weggelaufen wäre und sich in einem Gebüsch versteckt hätte.
Die Gedanken des Generals Fulvius Piso bewegten sich gewöhnlich mit der Geschwindigkeit eines gemächlich dahinziehenden Wanderers. Aber nicht so in dieser Situation, die er genoß wie der Schauspieler seinen großen Auftritt.
Er überblickte in solchen Lagen das ganze Feld, konnte blitzschnell erkennen, kombinieren, entscheiden, hätte gleichzeitig Zenturien, Kohorten, Legionen nach rechts oder links bewegen, zur Schlachtordnung aufstellen, vorrücken oder zurücknehmen können, alles mit Sinn und Verstand.
Hier indessen und in dieser gefährlichen und dramatischen Situation, die so viele Möglichkeiten zum Handeln bot, sah er außer der germanischen Leibwache allenthalben nur unbewaffnete Beamte, Hofleute, Musiker – Zivilisten. Das empfand er als tragisch.
Dennoch blieb er nicht untätig. Während andere sich im Feld

hinwarfen, ihr Heil im Gebet suchten, hinhockten und die Ohren zuhielten, schrien oder andere sinnlose Dinge taten wie die Tubabläser, begab er sich eilends, aber nicht hastig nach vorn, sah mit Befriedigung, daß das Problem des Magiers gelöst war, grüßte vertraut und mit winkender Hand seinen alten Waffengefährten in vielen Schlachten, Feldzügen und Garnisonen, Saufkumpan bei unzähligen Gelagen, den Kaiser, und deutete auf einen Schuppen im Gelände, den der Herrscher sich sogleich mit dem Fernglas besah; aber er begriff nicht, was Piso mit diesem Fingerzeig meinte.
Der General machte einen Schalltrichter aus seinen Händen und rief ihm über das schon wieder anschwellende Geschrei der Menge zu:
»Du mußt hier weg! Wir müssen in Deckung gehen! Schnell! Es kommt schon wieder zurück und wird einen Baumstamm oder eine Säule abwerfen!«
Noch immer verstand der Kaiser nicht.
»Du weißt doch«, rief Fulvius Piso. »Bums-bums-bums! Alle Männer, alle Frauen, alle Kinder – tot. Alle Pferde, Hunde, Katzen – die Beine in die Luft und rühren sich nicht mehr. Schnell!«
»Dummes Zeug«, rief der Kaiser. »Er wird nichts abwerfen. Es ist keine Gefahr! Es ist doch nur ein Wunder.«
»*Nur* ein Wunder? Na, ich danke!«
Der Kaiser zeigte auf Jule, zu dem gerade ein junges Mädchen gerannt kam, dem die Kapuze vom Kopf flatterte. Sie umarmte ihn, und er versuchte sie an sich zu drücken, behinderte aber dabei die Stadtsklaven, die ihn baten, doch wenigstens einen Augenblick ruhig zu stehen; die Arbeit sei auch so schon schwierig genug: Der Sklave, der den Schlüssel für die Handfesseln hatte, war nämlich verschwunden, und nun mußten sie versuchen, sie mit dem Schlüssel zu öffnen, der nur für den eisernen Halsring paßte.
Doch während sie sich noch abmühten, kam Myiagros gelaufen, nahm den Sklaven den Schlüssel aus der Hand, und öffnete wie durch einen Zauber mit einer halben Umdrehung die Fesseln, daß sie zu Boden fielen. Jetzt erst konnte Jule Julia umarmen.
Doch da hörte auch er, daß das dröhnende Geräusch wieder-

kehrte. Bei Ascea, wo die Steilküste beginnt, bog der Riesenvogel um die Klippen und raste von neuem im Tiefflug mit ohrenbetäubendem, donnerndem Getöse, der Straße folgend, über die Menschen, die gerade begonnen hatten, den Göttern für die Rettung zu danken. Nun warfen sie sich wiederum in den Staub und schrien und beteten.
Der Kaiser aber stand inmitten seiner Leibgarde und suchte den schnellen Wundervogel ins Blickfeld seines Glases zu bekommen.
Auch Jule hatte sich nicht hingeworfen. Im Gegenteil, als der Vogel über ihm war, warf er die Arme in die Luft, sprang hoch, als wolle er ihm entgegenfliegen und rief hinauf:
»*Grazie! Grazie tante! Mille Grazie!*«, denn er hatte das Zeichen der staatlichen italienischen Luftfahrtgesellschaft *Alitalia* am Leitwerk erkannt.

Meyer-Proske findet das Manuskript nicht mehr

Jule stand mitten im Zimmer und wiederholte zum drittenmal stur:
»Ich will das Manuskript wiederhaben.«
Ich war mit den Nerven am Ende und schrie ihn an:
»Dein Scheißmanuskript ist *weg*!«
Nachträglich bewundere ich seine Ruhe.
Er antwortete: »Ich weiß, aber ich will es wiederhaben.«
Ich nahm den Koffer, in dem ich meine Briefe, Rechnungen, Belege, Schreibzeug und Notizblöcke hatte, und schmetterte ihn auf den Fußboden, daß er aufsprang und daß die Papiere im Zimmer herumflogen.
»Ich sehe, das Manuskript ist nicht dabei«, sagte Jule. »Ich gehe jetzt nach Hause, und heute nach dem Abendbrot will ich das Manuskript haben. Um neun Uhr.«
Jule ging.
Ich suchte noch einmal überall in meinen beiden Zimmern. Dann sprach ich mit dem Hoteldirektor, der über meine Mitteilung sehr verwundert war und erklärte, im Hofgarten-Hotel sei noch nie etwas weggekommen. Infolgedessen sei das Manu-

skript noch da, wo ich es hingelegt hätte. Die Hausdame könne mir, wenn ich es wünsche, beim Suchen helfen. Ich lehnte dankend ab und ging hinauf.

Darauf beging ich einen Fehler: Ich rief Redlich an und sagte ihm, das Manuskript sei weg. Er fragte, ob ich auch schon überall nachgesehen hätte: im Nachttisch, im Papierkorb, hinter den Sofakissen. Ihm sei schon einmal ein Buch zwischen Matratze und Kopfende des Bettgestells gerutscht, und es sei erst Wochen später gefunden worden. Und wenn es nicht mehr unter den Oberhemden liege, dann vielleicht zwischen ihnen.

Ich fragte ihn, ob er mich denn nicht verstanden habe: Das Manuskript sei *weg*! Er antwortete, das sei ihm durchaus klar; er wolle doch nur hilfreich sein. Ob ich das nicht einsehe. Redlich ist am unerträglichsten, wo er hilfreich sein will.

Ich hielt es nicht mehr aus und schrie:

»Redlich, Sie wollen mich einfach nicht verstehen. *Es ist weg!*«

»Was?« fragte er völlig überrascht. »*Ganz* weg? Das ist doch nicht möglich!«

»Nein«, sagte ich, nahm mich sehr zusammen und blieb ruhig, »nein, das ist eigentlich nicht möglich. Aber ich komme immer mehr zu der Ansicht von Herrn Dr. Sommerfeld.«

»Was hat der für Ansichten?«

»Nämlich, daß hier irgend jemand mitmischt und seine Hand im Spiel hat. Ich meine, also es ist schwer auszudrücken, aber irgend etwas ... Ich will nur sagen, es ist irgendwie verhext.«

Darauf sprach Redlich zehn Minuten lang ohne Pause. Ich legte den Hörer auf den Tisch und wartete, bis ihm auffiel, daß ich nicht mehr widersprach, und er rief:

»Hallo! Hören Sie noch? Sind Sie noch am Apparat?«

Ich nahm den Hörer auf, antwortete: »Nein!« und hängte ein.

Das Telefongespräch mit Redlich gab mir den Rest. Ich ließ mich in den Sessel fallen und hatte gerade noch Kraft genug, einen Kognak aufs Zimmer zu bestellen.

Dann traf ich meine Entscheidung.

Um neun Uhr stand ich bei Jule und Jeannette auf der Matte. Jule machte auf und sah, daß ich einen Blumentopf mitgebracht hatte. Ich wickelte ihn aus dem Papier und stand nun im Flur, in der einen Hand den Topf, in der anderen das zusammengeknüllte Papier; aber Jule nahm mir weder Topf noch Papier ab.

»Es ist eine rosa Azalee«, sagte ich und stellte sie auf den Tisch in der Diele. Jule grobste mich gleich an.

»Du kannst doch den Topf nicht einfach so auf den Tisch stellen. Das gibt doch Ringe.«

Jeannette kam aus der Küche. Sie brachte einen Teller, den sie unter die Azalee stellte. Ich legte das zusammengeknüllte Papier in den Schirmständer. Es war klar, Jule war sauer.

Im Wohnzimmer setzten er und Jeannette sich auf das Sofa, und ich mußte im Sessel gegenüber Platz nehmen, wie auf dem Anklagestuhl.

Jeannette hatte ihr Strickzeug in der Hand. Stricken beruhigte sie immer. Wenn sie Ärger im Büro gehabt hatte, strickte sie den ganzen Abend. Anfangs klapperten gewöhnlich die Nadeln in furiosem *staccato*, dann wie die Mühle am rauschenden Bach, und zum Schluß im *andante* waren sie kaum noch zu hören.

Diesmal fing sie aber *con brio* in hartem, metallischem Ton an. Jule sagte: »Ich wollte keinen Blumentopf haben, sondern das Manuskript.«

»Der Blumentopf«, sagte ich giftig, »ist auch nicht für dich, sondern für Jeannette. Und was das Manuskript angeht, so wird es sich finden. Im Hofgarten-Hotel ist noch nie etwas weggekommen. Die Suche läuft jetzt auf Hochtouren: Der Direktor, die Hausdame, alle suchen es. Morgen früh ist es wieder da.«

Jule lachte; es sollte sarkastisch klingen. Dann sagte er: »Ich bin mit meiner Geschichte zu euch gekommen und konnte sie durch konkrete, nachprüfbare Beweismittel belegen. Die Fotos sind durch eure Schuld im Eimer. Ich habe das Originalmanuskript Carows wie meinen Augapfel gehütet. Einen Tag habe ich es dir geliehen, damit du eine Ablichtung machen kannst. Jetzt ist es weg. Ich werde Schadensersatz fordern. Ich werde mit Redlich sprechen.«

Jetzt war es an mir, sarkastisch zu lachen. Jeanette klapperte laut mit ihren Nadeln, entweder um damit Jules Worte zu bekräftigen oder um mein Lachen zu mißbilligen. Jule fuhr fort: »Denn Redlich ist keineswegs so schwachsinnig, wie du ihn immer darstellst, sondern ein geschickter Manager mit feinem Gespür für die geheimen Wünsche des Publikums.«

»O Gott!«
»Du haßt ihn und redest nur aggressiv mit ihm und über ihn. Aber in Wirklichkeit machst du dir vor ihm in die Hosen. Ich bin sicher, er hat Gefühl für Anstand und Verantwortung.«
»Was?« schrie ich auf. »Redlich? Anstand? Verantwortungsgefühl? Du bist nicht gescheit. Von ihm kriegst du keinen Pfennig. Und ich mache mir vor ihm in die Hosen? Pah!«
Jeannette warf ein:
»Aber du kannst doch nicht bestreiten, daß ihr alle Beweise durch eure Schlamperei vernichtet habt.«
»Ruhig«, sagte ich, »ruhig, Jeannette! Es war nicht unsere Schlamperei, und es war auch kein Zufall. Dahinter steckt irgend jemand. Ich habe früher vielleicht das eine oder andere Mal daran gezweifelt, wenn Jule davon sprach, aber jetzt bin ich hundertprozentig überzeugt: Hier spielt jemand mit. Hier will jemand das Erscheinen eines wohldokumentierten Buches über Carow verhindern. Jule hat recht. Ich glaube ihm jedes Wort, und im Kampf gegen den Verhinderer stehe ich Jule fest zur Seite.«
Jule sah mich mit großen Augen an. Das hatte er nicht erwartet. Er war überwältigt. Jeannette hielt die Nadeln still. Jule sagte:
»Ich danke dir.«
»Vielleicht kommt das Manuskript wieder an Land«, fuhr ich in meiner Rede fort. »Es ist ja nicht das erste Mal, daß es verschwunden ist. Wo waren wir in deiner Geschichte stehengeblieben? Ach so, das Flugzeug! Also das Flugzeug erschien und du wurdest im letzten Augenblick gerettet so wie Old Shatterhand am Marterpfahl der feigen Comanchen. Wie erklären wir das den Lesern?«
»Was ist denn da überhaupt zu erklären? *Deus ex machina.* Wörtlich zu nehmen, wie im griechischen Theater. Und was *deus ex machina* ist, das weiß doch bei uns jedes Kind.«
»Jule, du hast keine Ahnung von unseren Schulen. Du meinst, die Leute in Velia haben keine Erklärung verlangt? Die haben einfach daran geglaubt?«
»Geglaubt? Die haben doch das Flugzeug gesehen! Angst haben sie gehabt, daß der Gott aus der Maschine steigt; viele haben sich vor Schreck in die Hosen gepißt.«
»Jule!« warf Jeannette mahnend ein.

»Na, also: Sie haben gedacht, das ist ihre letzte Stunde.«
»Aber wie erklärst du dir die Geschichte?«
»Meine Theorie ist, daß es ein göttliches Wunder war.«
»Von einem bestimmten Gott? Oder war es ein göttliches Kollektivunternehmen?«
»Keine Ahnung. Als Pittakos und Pelops einmal die Vermutung aussprachen, das könnte Inuus gewesen sein, schüttelte Phokas nur den Kopf und sagte, das Erscheinen eines Flugzeugs in dieser Zeit sei ein ›Weltereignis‹ gewesen, zu dem dieser Ziegengott gar nicht fähig sei. Hinter diesem formidablen Wunder stecke sicher jemand anders.«
»Aber wer?«
»Ich weiß nicht. Carow hatte sicher etwas damit zu tun gehabt, und er wußte mehr als wir; aber da er nicht davon sprach, fragten wir ihn nicht. Ich hatte das gleiche Gefühl wie der Pholarch. Er hatte gesagt, das Wunder sei formidabel, und *formidabilis* heißt grausig und Furcht erweckend.«
»Komisch! Aber du hast doch sicher einen Verdacht?«
Jeannette hielt die Stricknadeln still. Wir warteten auf Jules Antwort, aber er schwieg. Er schüttelte den Kopf und schwieg.
»Wen?« fragte ich nochmal.
»Wenn es dir recht ist, wollen wir von etwas anderem sprechen. Mir ist die Geschichte noch immer nicht ganz geheuer.«
»Vielleicht habt ihr allesamt eine Erscheinung gehabt.«
»Die ganze Stadt? Unsinn! Es war ein zweimotoriges Flugzeug der *Alitalia.* Ein Mittelstrecken-Verkehrsflugzeug würde ich sagen.«
»Düsentriebwerke?«
»Nein, Turboprop.«
»Haben die im Flugzeug euch denn auch gesehen?«
»Natürlich, einer im Cockpit hat sogar gewinkt, und ich habe zurückgewinkt, noch in Ketten. Die flogen ein bißchen ratlos hin und her und drehten dann nach Norden ab. Aber im Tiefflug über uns hinwegzudonnern, das war unerhört. Am liebsten hätte ich damals *Alitalia* einen groben Brief geschrieben.«
»Kannst du dich an das Datum erinnern?«
»Ja. Neunter September unseres Kalenders. Warum willst du es wissen?«
»Weil selbst die unwahrscheinlichsten Geschichten durch prä-

zise Angaben über Datum, Uhrzeit und scheinbare Nebensächlichkeiten wie Wetter, Kleidung der handelnden Personen und dergleichen den Anschein unbestreitbarer Authentizität erhalten. Und wenn man keine präzisen Angaben hat, muß man sich eben welche ausdenken. Die erfundenen wirken ebenso, manchmal sogar noch besser.«

»Dann weiß ich gar nicht, warum du immer so auf konkrete Beweise aus bist«, erwiderte Jule. »Dann könnten wir doch eigentlich lustig drauflos flunkern.«

Er sah mich an und kniff ein Auge zu.

Wie und warum der Kaiser seinen Namensvetter über alle Menschen erhöht

Der neue Gardepräfekt Fulvius Piso durfte unmittelbar neben dem Podium, dem Thron am nächsten, stehen. Der Reichsfinanzchef Zosimus aber hatte nun keinen Freund mehr, mit dem er Sottisen austauschen konnte. Er hielt es in der gegenwärtigen Lage auch nicht für geraten, nach einem neuen auszuschauen, sondern süffisante Bemerkungen vorderhand lieber zu unterdrücken. Manch einer, auch Statius Stasimus, hatte den Kaiser wohl grob unterschätzt.

Der Kaiser winkte ihm, und Zosimus eilte beflissen auf das Podium, stand halb zusammengeklappt, sehr unbequem also, doch in ehrerbietigster Haltung neben dem Thron und setzte dem Kaiser im Flüsterton etwas des langen und breiten auseinander. Der hörte unwillig, was ihm über die Kassenlage berichtet wurde. Er schickte seinen Finanzchef schließlich mit einer kurzen Handbewegung wieder zurück, richtete sich auf und blickte über die Versammlung in der Basilika.

»*Decretum*!« rief er mit posaunender Stimme in den Saal. »Das Municipium Velia wird dem Gott Carus einen Tempel neben dem des Gottes Inuus errichten und auf ewige Zeiten pflegen und unterhalten. Es wird einen Priester zum Dienste an diesem Gott bestallen und am neunten September jedes Jahres zur Erinnerung an das große Wunder, das der Gott gestern vollbracht hat, vor seinem Tempel ein Fest ausrichten und dem

Gott Gänse zum Opfer darbringen. Alles auf Kosten des Municipiums.«
Der Duumvir Marcus Pilonius Honoratus und die anderen anwesenden Magistratsbeamten verneigten sich und gedachten der Verschuldung Velias. Im Hintergrund, unter den Säulen, war Unruhe zu spüren. Man räusperte sich, und die Schweigsamkeitsbeamten vor dem Podium, die *Silentarii*, reckten die Hälse, um zu sehen, wer dort störe.
»*Decretum*«, fuhr der Kaiser fort. »Wir selbst werden in Rom auf Kosten des *Fiscus* eine Bronzestatue des Gottes Carus für die Cella des neuen Tempels in Auftrag geben.«
Diesmal wurde unter den Säulen und im Mittelschiff geklatscht, aber nur vereinzelt, nicht aus Rücksicht auf die Schweigsamkeitsbeamten, denn Beifall, wenn er dem Kaiser galt, wurde nicht als störend angesehen; die feiner Empfindenden hielten sich mit Beifall vielmehr zurück, weil sie nicht den Eindruck erwecken wollten, ihr Applaus gelte dem göttlichen Carus; einen Gott beklatschte man nicht wie einen Zirkusathleten oder wie kaiserliche Dekrete. Noch ein drittes Mal erhob der Kaiser seine Stimme:
»*Decretum*: Dem Municipium Velia werden die Steuern für die nächsten beiden Haushaltsjahre erlassen.«
Die versammelten Bürger der Stadt brachen in langen Beifall aus und riefen von allen Seiten Segenswünsche auf den Kaiser herab. Der Duumvir und die anderen Beamten des Magistrats verneigten sich und überschlugen dabei im Kopf, daß allein die Kosten für die Verpflegung des kaiserlichen Hofes in Velia mehr als doppelt so hoch waren wie die der Stadt heute erlassenen Steuern, von all den anderen Ausgaben für den Besuch, insbesondere für die Spiele, gar nicht zu reden.

Am Abend saß Carow, die Reiseschreibmaschine auf den Knien, in seinem Sessel und wollte im Tagebuch eintragen, daß er nun, da ihm der Kaiser einen Tempel zugesprochen hatte, ein designierter, wenn auch noch nicht in aller Form konsekrierter Gott geworden sei, wobei er sich von den Unterschieden der einzelnen Stufen auf dem Wege zum ordentlichen und beglaubigten Gott allerdings kein zureichendes Bild machen konnte. Vor allem wußte er nicht, ob er auf diesem Wege Transfiguratio-

nen durchmachen mußte, oder ob er bleiben würde, der er war, während sich sein Bild allein in den Augen der Menschen wandelte und schließlich verklärte.
Er saß, die Finger auf den Tasten der Maschine, die Augen geschlossen und suchte Worte, um den Vorgang dieses Tages zu schildern. Er fand sie nicht, weil er schon das Flugzeugwunder nicht verstand. Er war es gewesen, der Inuus gebeten hatte, Jule durch ein Wunder zu retten. Konnte aber die Bitte eines gewöhnlichen Menschen eine solche Wirkung haben?
Oder war ihm etwas Neues zugewachsen? Etwas, das er nicht benennen konnte? Etwas Heiligmäßiges wohl gar, das den Kaiser bewogen hatte, ihm einen Tempel zuzusprechen und ihn vor allen Bürgern der Stadt »den Gott Carus« zu nennen? War es möglich, daß er Mensch geblieben, in den Augen der anderen Menschen aber zum Gott geworden war?
Er hatte noch keinen Satz über diesen Tag geschrieben, als es klopfte. Malchas öffnete für den Kaiser, der gleich darauf in der Tür stand und bat, eintreten zu dürfen. Malchas schloß die Tür von außen.
Carow erhob sich schnell und setzte die Schreibmaschine auf einem kleinen Beistelltisch ab, um den Kaiser zu empfangen. Der aber hatte sich schon an der Tür auf ein Knie niedergelassen und beide Arme zum Gebet erhoben. Carow faßte ihn bei den Händen.
»Stehen Sie auf! Was Sie tun, ist mir schrecklich peinlich. Wie können Sie vor mir knien! Wollen Sie sich über mich lustig machen? Sie sind Kaiser und Gott. Sie sind viel mehr als ich. Sie selbst wissen es.«
Doch der Kaiser erhob sich nicht.
»Ich hatte von Anfang an gewußt, wer Sie sind; aber ich hatte nicht gewußt, *wie* groß Sie sind. Ich hatte ja nur mit einem kleinen Wunder gerechnet, höchstens einem von der Art, das Sie dort oben an dem Tempel bewirkt hatten, als sie den Duumvirn Longus mit dem Blitz trafen und ihm den Verstand nahmen. Aber dieses große Wunder von Velia wird meiner Regierungszeit Glanz verleihen. Noch nach Jahrhunderten wird man von dem Donnervogel aus blitzendem Stahl sprechen, den die ganze Stadt gesehen hat. Selbst in Ihrer Zeit wird man in den Geschichtsbüchern davon lesen können. Haben Sie denn nie

davon gehört? Ich flehe Sie an: Nehmen Sie mich in Ihren Schutz!«

»Stehen Sie endlich auf!« rief Carow. »Wenn Sie es nicht tun, muß ich vor Ihnen in die Knie fallen, obwohl ich Ihrem Protokollchef kürzlich kategorisch erklärt hatte, daß ich das nie und nimmer tun werde.«

»Ich werde aufstehen«, sagte der Kaiser, »aber erst, wenn Sie Ihre heiligen Hände auf meinen Kopf gelegt haben und ich spüre, daß Ihr Segen auf mich übergeht und mir Stärke gibt, wie ich es vorgestern abend schon gespürt hatte, als mich jene kleine Müdigkeit, eine momentane Schwäche, überfiel. Sie werden sich vielleicht nicht mehr erinnern.«

Da er sich nicht erhob und da die Augen in seinem Pferdegesicht schon wieder maultierhaft-widerborstig blickten, legte Carow schließlich beide Hände auf Haar und Lorbeerkranz des Kaisers. Der Herr des Erdkreises senkte das Haupt, schloß die Augen und empfing das Heil.

Dann stand er auf.

»Ich danke Ihnen«, sagte er. »Nun bin ich gestärkt, mehr noch als das letztemal. Seitdem sind Ihre Kräfte gewachsen. Ich bin froh, daß ich den Menschen die Augen für Sie und Ihre Größe öffnen und daß ich Sie zum Gott erheben durfte. Sie werden mir die kleine List noch einmal danken, mit der ich Sie zu dem großen Wunder gezwungen habe, das mir Gelegenheit gab, mich von dem Chaldäer zu befreien, und das Ihren Freund gerettet hat. Natürlich hätte ich Ihren Freund Iulius nicht wirklich umbringen und mit dem Schimmel verbrennen lassen. Oder sagen wir: Es wäre mir auf jeden Fall sehr zuwider gewesen. So etwas ist bei uns Illyrern nicht der Brauch, bei den Chaldäern vielleicht. Nun, nach diesem Wunder wird niemand mehr an Ihrer Gottheit zweifeln können. Wollen wir uns nicht setzen?«

»Ich bitte um Entschuldigung«, sagte Carow und führte den Kaiser zu der Gruppe von Korbstühlen am Fenster.

»Ich bin von Ihren Worten so überrascht und höre sie mit größtem Erstaunen. Dann verdanke ich meine Erhöhung, die Sie heute überall verkündet haben, also nur Ihrer List, und Sie haben mir den Tempel nur als Dank dafür zugesprochen, daß Sie sich mit Hilfe des Wunders Ihres Magiers entledigen konnten, als alle Welt wegen des Flugzeugs in Verwirrung war!«

Carow war verstimmt. Hatte man ihn übers Ohr gehauen? Oder waren das die Stufen, auf denen man in Rom zur Gottheit aufstieg? Nämlich indem man den Mächtigen oder Ehrgeizigen in fragwürdigen politischen Unternehmungen Hilfe leistete?
»Nicht doch!« erwiderte der Kaiser begütigend und legte die Hand auf Carows Arm. »Sie haben keinen Grund, enttäuscht zu sein. Gott werden kann nur, wer göttlich ist. Ich bin nichts anderes als die Hebamme für einen Gott gewesen. Oder noch anders gesagt: Ich habe Sie mit meiner kleinen List nur dazu verleitet, sich der Welt als der zu offenbaren, der Sie eigentlich sind.«
Sie setzten sich. Carow nahm einen Becher von dem Regal und goß dem Kaiser aus der Karaffe roten Wein ein und füllte auch seinen eigenen Becher.
»Ich hätte die Kosten für den Tempel gerne selbst übernommen«, sagte der Kaiser, »aber Sie wissen ja, wie es um die Reichsfinanzen steht. Ich werde Zosimus morgen, wenn wir auf dem Schiff sind, entlassen und durch einen Mann mit mehr Energie und Phantasie ersetzen. Denn so geht es nicht weiter: Die Steuern kommen nur schleppend herein, und die Inflation entwertet alle Außenstände und Guthaben. Das wird sich erst ändern, wenn wir die Güter der Christen und ihrer Gemeinden konfisziert und zu Geld gemacht haben.
Den Auftrag für die Statue werde ich dem Hylas in Rom geben, der aus Korinth stammt. Im Handwerk sind die Griechen uns Römern doch immer noch über. Er kann sich gleich an die Arbeit machen, wenn er mit meiner Reiterstatue fertig ist, und daran hat er nicht mehr viel zu tun, weil er das Pferd schon für den armen Probus angefangen hatte. Die Bronze muß ihm die Römische Münze liefern, und mit dem Honorar wird er ja wohl etwas warten können. Ich habe auch schon einen Gedanken, wie er Sie darstellen soll: Mit dem Ding vor den Augen.«
»Dem Ding?«
»*Diesem* Ding«, sagte der Kaiser und zeigte auf das Fernglas, das er auch jetzt am purpurnen Band auf der Brust trug. »Er kann es ja in Bronze nachbilden.«
Carow hielt von diesem Gedanken nichts.
»Man sieht dann aber nichts von meinem Gesicht!«
»Das ist richtig«, antwortete der Kaiser, »doch man sieht das

Ding und wird gleich daran erinnert, daß Sie der Gott der Ferne und der Zukunft sind.«
Aber Carow sprach sich ganz entschieden gegen den Entwurf des Kaisers aus. Das Glas immer und ewig vor Augen zu halten und gegen die Tür des Tempels zu starren, das wäre ihm unerträglich.
Der Kaiser konnte das nicht verstehen; er selbst würde das Ding am liebsten gar nicht mehr absetzen. Seit er es trage, fürchteten ihn Offiziere und Mannschaften noch mehr als früher; selbst alte Feldwebel würden unruhig, wenn er sie dadurch beobachte.
Carow entgegnete, solche militärischen Argumente seien für den Künstler belanglos. Der Kaiser sah Carow mit schiefem Blick an, aber dann faßte und bezwang er sich. Man hörte es knirschen. Der Kaiser sah, daß er in seinem Namensvetter Carus keinen bequemen Gott haben werde.
Um ihn gnädig zu stimmen und seine Gedanken auf Erfreuliches zu lenken, sprach er von dem Priester, für den Carow sich so prompt entschieden habe und der, wenn er recht gehört habe, Serena heiße. Carow bestätigte das und sah auch freundlicher drein, gab aber keine Erläuterungen, obwohl er sah, daß der Kaiser darauf wartete.
Der Kaiser rief ihm sodann noch einmal alle Wohltaten ins Gedächtnis, die er ihm erwiesen hatte.
»Ich habe Ihrer Göttlichkeit einen Tempel, eine Statue, eine Priesterin, Opfer und Verehrung der Bürger dekretiert, weil ich Sie vom ersten Augenblick an, als wir uns im Gewichtheben maßen, erkannte. Ich würdige durchaus, daß auch Sie mir Dienste erwiesen haben. Nur mit Ihrer und Iulius' Hilfe konnte ich meine beiden Widersacher aus dem Weg räumen, ohne das Reich zu erschüttern.«
Der Kaiser lachte vergnügt vor sich hin.
»Die haben ja beide nichts geahnt: Der Gardepräfekt lachte noch bei dem Gedanken, mit dem Tod des Schimmels sei nun das Ende meiner Herrschaft gekommen – bumsbumsbums war er tot. Und dem Chaldäer sagte sein Horoskop für diesen Tag, wie er mir selbst sagte, als unser Zug sich in Bewegung setzte, eine bedeutende Erhöhung voraus. Statt dessen ist er unversehens in den Orcus gefahren.

Vielleicht werden einige meiner nächsten Mitarbeiter, gewiß aber wird die Geschichte anerkennen, daß diese doch ziemlich prekären politischen Angelegenheiten, professionell gesehen, mit leichter Hand und nicht unelegant erledigt worden sind. Meine Gegner müssen sich nun erst wieder neu ordnen, und das gibt mir Zeit.

Sie aber bitte ich zu verstehen, daß ich bei aller Dankbarkeit und allem frommen Empfinden für Sie auch meine eigenen Interessen befördert und insofern nicht ganz selbstlos gehandelt habe.«

Er stand auf, schob seinen Korbstuhl beiseite, kniete vor Carows Stuhl nieder und hob die Hände zum Gebet. Carow wollte aufspringen, aber die Arme des Kaisers umfaßten seine Knie.

»Was soll das!« rief er ärgerlich. »Ich habe Ihnen das vorhin schon verboten!«

»Hören Sie mich erst an!« bat der Kaiser.

»Nein. Nicht, wenn Sie knien. Das ist Ihrer unwürdig, und mich bringt das in Verlegenheit.«

»Sie werden sich daran gewöhnen. Ich kenne das. Anfangs ist einem das peinlich, später notiert man es, wenn jemand den Kniefall unterläßt.«

Er rührte sich nicht, und als Carow seine Hände lösen wollte, umschloß er die Knie desto fester, und in seinen Augen leuchtete wieder der schiefe Blick auf.

»Hören Sie mich an! Ich konzentriere gerade meine Truppen in Aquileia, Dalmatien und Moesien, weil ich in zwei Wochen in das Donaubecken vorrücken werde. Die Sarmaten müssen noch vor Anbruch des Winters vernichtet sein. Doch dieses hinterlistige und feige Reitervolk wird sich vermutlich wieder weigern, uns mannhaft und in offener Feldschlacht entgegenzutreten, und statt dessen versuchen, unsere Legionen in unzähligen kleinen Gefechten aufzureiben. Dann könnte sich der Feldzug länger hinziehen.«

»Ich bitte Sie nun aber ernsthaft«, sagte Carow. »Stehen Sie auf! Das können Sie mir doch auch im Sitzen erzählen! Ich habe Ihnen Wein eingeschenkt, aber Sie haben noch keinen Tropfen getrunken.«

»Ich flehe Sie an«, fuhr der Kaiser unbeirrt fort, »wenn wir in diese Lage kommen sollten, meinen Ruf zu erhören und unverzüglich zu uns zu eilen. Es wird ihnen nicht schwerfallen. Ihr Freund Iulius hat es mir erzählt. Bis Mailand brauchen Sie, wenn Sie fliegen, nur eine halbe Stunde. Bis Sirmium und zur Donau ist es auch nicht viel weiter.«

»Ich verstehe nicht, was Sie von mir wollen. Sie wissen doch, daß ich Ihnen dort nicht helfen kann.«

»Doch, doch! Es braucht ja gar kein großes Wunder zu sein wie hier; ein kleines genügt vollkommen. Ich denke daran, wie Sie den Duumvirn Longus mit einem Blitz gegen eine Balustrade geschleudert haben, daß er den Verstand verlor. So ein Wunder, etwa bei einem Kriegsrat der Sarmatenführer. Dann wäre der Feldzug ein Kinderspiel.

Doch es fallen einem noch andere Möglichkeiten ein. Wenn Sie zum Beispiel Ihren Freund Inuus mitbrächten und eines Nachts gemeinsam mit ihm die Pferde und Pferdeknechte der Sarmaten erschreckten und sie allesamt in die Donau trieben – das würde schon genügen. Die Sarmaten würden sich sofort ergeben, sie sind ja so primitiv und abergläubisch.«

Der Kaiser sah ihn an, aber Carow blickte verloren über ihn hinweg in die Flamme der Öllampe.

»Sie können sich darauf verlassen«, fuhr der Kaiser fort, »daß auch ich Ihnen zu Diensten sein und alles tun werde, um Ihre Verehrung im Volke durchzusetzen, und wenn es nicht hören will – mit Gewalt!

Vielleicht muß ich Sie aber noch um mehr, um ein größeres Wunder nämlich, bitten: Die Getreideversorgung Roms wird in diesem Winter knapp. Wir haben in Afrika nicht genug Weizen einkaufen können, weil wir kein Geld hatten. Es sind Unruhen in der Stadt zu erwarten, und dann kann sich eine recht kritische Situation ergeben, die vielleicht sogar militärisches Eingreifen erfordern würde. Das möchte ich vermeiden, weil damit der Zeitplan für alle meine weiteren Unternehmungen geändert werden müßte. Ich flehe Sie daher an, mir zu helfen, wenn es in Rom ernst werden sollte. Ich werde Sie in meinen Gebeten stets über die Lage in der Stadt auf dem laufenden halten; wenn ich jedoch um Hilfe bete, dann bitte ich Sie, mich zu erhören und schnell zu handeln.«

Er sah zu Carow auf, aber der blickte weiterhin in die Öllampe und konnte sich nicht erklären, warum der Herr des Römischen

Reichs vor ihm kniete und ihn für einen Gott hielt, wo er doch nur Professor der Mathematik war.

Der Kaiser fuhr fort:

»Wenn es zu Unruhen kommt, werde ich die verwegene Bevölkerung dieser Stadt verwarnen; das allein wird erfahrungsgemäß nichts nützen. Ich bitte Sie daher, zum Zeichen, daß meine Worte ernst zu nehmen sind, wiederum das fliegende Ungeheuer, den Brummvogel, einige Male dicht über die Köpfe der Römer und über alle sieben Hügel hinwegdonnern zu lassen, besonders jedoch über die Subura und allfällige andere rebellische Stadtteile, die ich Ihnen im Gebet nennen würde. Das dürfte fürs erste genügen und den Aufrührern die Sprache verschlagen, denn die Leute in Rom sind ja ebenso abergläubisch wie die Sarmaten.«

Der Kaiser sah zu Carow auf, aber der blieb stumm.

»Versprechen Sie mir Ihre Hilfe in den nächsten kritischen Monaten! Geben Sie mir doch wenigstens Hoffnung mit auf die Reise!«

Carow stand auf, und diesmal ließ der Kaiser ihn los, erhob sich selbst aber nicht.

»Ich kann Ihnen nichts versprechen«, antwortete Carow. »Mir erscheint alles noch ganz unwirklich. Ich weiß noch nicht, was ich tun kann und darf, wenn ich die Aufgabe wirklich antreten sollte, für die ich gar nicht vorbereitet bin und die Sie mir schließlich zugespielt haben.«

»Nicht *ich*! Nicht *ich* habe sie Ihnen zugespielt«, rief der Kaiser, »sie ist Ihnen zugefallen. Aber ich werde tun, was ich kann, um sie Ihnen zu erleichtern.

Warum sollte eigentlich Ihr Weg schon hier in Velia zu Ende sein? Warten Sie nur, bis die Christen im Reich ausgemerzt sind, dann haben wir freie Hand! Vielleicht könnten wir dann einen Bund zum gegenseitigen Nutzen schließen, der Sie weit über Velia hinaus nach Rom und in alle Länder des Erdkreises bis zum Äußersten Thule führen und über die anderen Götter des Reiches erheben könnte, wenn wir es klug und umsichtig anfangen. *Manus manum lavat.*

Denken Sie doch bitte einmal darüber nach und lassen Sie mich Ihre Bedingungen wissen!«

Der Kaiser besteigt das Schiff

Phokas, Carow, Jule und die beiden Philosophen standen in der Morgendämmerung auf der Terrasse der Pholarchie. Sie hatten sich vom Kaiser schon hier am Tor verabschiedet und sahen nun hinunter in den Hafen.

Dort waren bereits alle Einwohner Velias versammelt; sie standen hinter Absperrungsseilen und brachen in Jubelrufe aus oder riefen Segenswünsche, als der Kaiser an ihnen vorbei auf den Quai ritt, von seinem anderen Schlachtroß »Altus« abstieg und das Schiff betrat. Hinter ihm und der Leibwache ging Malchas als letzter an Bord.

Ein Trompetensignal wurde geblasen, das Hauptsegel aufgezogen, die Halteseile gelöst; man stieß das Schiff ab, und langsam wuchs der Abstand zwischen Schiffswand und Quaimauer. Der Jugendchor der Stadt am Ende der Pier stimmte unter Leitung des Alt-Ädils und Epikers Stlaborius Fronto das Reiselied an, und die Eleaten, die über die Absperrungsseile gestiegen und sich auf den Quai vorgeschoben hatten, fielen in den Gesang ein.

Der Duumvir Marcus Pilonius und die anderen Magistratsbeamten sangen aus voller Kehle und ganzem Herzen, dem Kaiser und seinem Hofstaat gute Reise und günstigen Wind wünschend; denn ein ungünstiger Wind hätte sie zwingen können, nach Velia zurückzukehren. Dabei sah Pilonius augenzwinkernd und fröhlich seinen Kollegen Iulius Longus an, der scheu zurücklächelte und, wenn auch etwas zittrig, mitsang und den Schiffen gute Ankunft im nächsten Hafen wünschte.

»Als ich heute früh im Dunkeln aus meinem Zimmer kam«, sagte Jule, »stand Myiagros im Hof, um sich zu verabschieden.«

»Will er uns denn verlassen?« fragte der Pholarch.

»Er *hat* uns verlassen«, antwortete Jule. »Malchas hat ihn mit Erlaubnis des Kaisers als Protokoll-Assistenten angestellt.«

Der Pholarch zog die Augenbrauen hoch:

»Man hätte den Kaiser warnen sollen.«

»Vielleicht ist es nicht nötig«, erwiderte Jule. »Myiagros ist Christ geworden und will sich noch in diesem Monat taufen lassen. Malchas hat ihn bekehrt.«

»Die Christen braucht man nicht zu warnen«, sagte der Pholarch lachend. »Sie werden bald merken, welche Laus sie sich da in den Pelz gesetzt haben.«
Die drei Begleitschiffe machten los, als des Kaisers Schiff in freies Fahrwasser gekommen war, so daß die Ruderer die hochgestellten Riemen niederlassen, alle zugleich eintauchen und, anfangs noch in langsamem Takt, zu rudern beginnen konnten. Der Kaiser aber stand unter dem purpurnen, vielfach geflickten Segel auf dem Achterdeck, hatte das Glas vor den Augen, blickte zurück und dachte daran, daß die Geschichte den Ereignissen in Velia ein wichtiges Kapitel widmen würde.
Bevor das Schiff um die Landzunge von Ascea bog, hob der Kaiser, noch immer zurückblickend, eine Hand und winkte. Er sah, daß nur noch Carow auf der Terrasse stand; Carow aber konnte ihn nicht mehr erkennen.

Die Einladung in den Tempel

»Es war den ganzen Tag großer Lärm vor der Pholarchie«, sagte Carow. »Es sollen über hundert Menschen gewesen sein. Sie sangen, beteten und schickten Delegationen ins Haus, die mich baten, herauszukommen, um die Leute zu segnen und die Kranken zu heilen. Es ist mir sehr peinlich.«
»Wieso?« fragte Inuus.
»Wieso! Bedenken Sie bitte, daß Gott-sein nicht mein Fach ist! Ich habe einen ordentlichen, soliden Beruf. Ich bin Professor der Mathematik an einer alten berühmten Universität. Hier aber trete ich als Gott auf und heile die Menschen, indem ich meine Hand auflege. Ich spiele also eine höchst fragwürdige Rolle und kann nur hoffen, daß meine Kollegen nie etwas davon erfahren. Oder – o Gott! – meine Schwester Rebekka!«
»Wie sollten sie!«
»Der Lärm dringt auch ins Zimmer des Pholarchen. Er kann keinen Gedanken mehr fassen. Die Duumvirn haben ihm gesagt, man könne die Straße nicht absperren, denn die Menge sei zu groß. Nun hofft er, wenn ich mich überhaupt nicht zeige, werden die Leute es bald aufgeben zu kommen.«

»Er irrt«, entgegnete Inuus.
»Die Duumvirn haben ihm ferner gesagt, vor drei Jahren werde der Tempel, den man für mich bauen müsse, nicht fertig sein. Außerdem wüßten sie nicht einmal, wo hier oben überhaupt noch Platz sei, und vor allem: In der Kasse sei kein Geld. Doch ich frage mich: Was soll ich eigentlich in einem Tempel?«
Inuus lachte nur über diese Frage und gab sich nicht die Mühe, darauf zu antworten.
»Es gibt nur eine Möglichkeit«, sagte Carow. »Ich muß zurück.«
»Nach Germanien?« fragte Inuus und zog die Augenbrauen hoch. »Und Serena?«.
Carow schwieg.
»Wollen Sie sie hier zurücklassen? Verstoßen? Ist das nicht, gelinde gesagt, roh und gefühllos und zudem undankbar?«
Carow schwieg.
»Sie hat jetzt ihr Haus umgebaut«, fuhr Inuus fort, »und ein kleines Heiligtum mit Ihrem Standbild eingerichtet. Sie betet jeden Tag davor, daß Sie wieder bei ihr einziehen.
Den Stadtvätern aber können Sie sagen, Sie brauchten sich keine Sorgen zu machen. Dies hier ist zwar nur ein kleiner Tempel, aber darin ist Platz für zwei. Die hintere Hälfte der Cella ist unbenutzt, wenn Sie nicht gerade mein Gast sind. Leisten Sie mir bitte ständig Gesellschaft! Ich war jahrhundertelang hier oben allein. Ich bin der Einsamkeit müde. Da die Stadt schon angefangen hat, mein Haus zu renovieren, braucht man nur noch eine Wand zu ziehen, um die Cella zu teilen und Ihre Cella durch eine Tür in die Säulenhalle der anderen Seite zu öffnen. Es ist alles ganz einfach. Unsere Standbilder werden dann, nur durch diese Wand getrennt, Rücken an Rücken stehen.
Wir sind dann zusammen, und doch ist jeder allein. Wenn Sie meine Flötenmusik nicht stört . . .«

Wie der designierte Gott seinem Bilde wiederbegegnet

Carow mußte auf einem Pferd reiten. Er zog aus der Pholarchie aus, wieder zu Serena. Am Nordtor stand der städtische Jugendchor und sang einen getragenen Hymnus, ein aus uralter Zeit mündlich überliefertes griechisches Tempellied, dessen Worte niemand mehr verstand.

Hunderte Männer, Frauen und Kinder folgten ihm und sangen Lieder, anfangs ernste und fromme, später auch fröhliche, dann ausgelassenere, und schließlich, als man von der Provinzstraße auf den Feldweg zu Serenas Haus abgebogen war, ziemlich gewagte Wechselgesänge der Männer und Frauen, wie man sie beim Umzug in den Feldern zu singen pflegte.

Der Zug wurde nicht zum Hauptportal geleitet, durch das Ollius Rufus ihn seinerzeit ins Haus geführt hatte, sondern zum Garten, der aber kein Garten mehr war, sondern ein heiliger, kiesbedeckter Platz zwischen geweihten hölzernen Pfosten; er war voll von Menschen, die sich, als der Gott eintritt, auf die Knie niederließen und die Arme flehend erhoben.

In die hohe und breite Rückwand des Hauses hatte man ein Portal brechen lassen. Der Gott stieg ab. Die Sklavinnen Tertia und Petronia standen vor der neuen kleinen Freitreppe und führten ihn hinauf. Die schwere Tür mit zwei Flügeln, wie die am Tempel des Innus durch goldglänzende Bronzenägel in quadratische Felder geteilt, öffnete sich, und auf den Treppenpodest hinaus trat die Priesterin Serena in weißer Tunika und darüber einer weißen, goldgesäumten Palla, gefolgt von den Duumvirn Marcus Pilonius Honoratus und Iulius Longus in weißer Amtstoga. Ein feierlicher Aufzug!

Die Priesterin trat vor, bat Carow, einen Augenblick stillzustehen, stellte sich auf die Zehenspitzen und setzte ihm einen Kranz aus Goldblech mit ausgetriebenen Pinienzweigen und Pinienzapfen aufs Haupt, während der Frauenchor im Garten einen Hymnus anstimmte, wiederum gedichtet, eingeübt und dirigiert von Stlaborius Fronto, der, eigentlich Epiker war und zweimal im Jahr und jeweils den ganzen Nachmittag einem verstohlen gähnenden Publikum die neuesten Gesänge seines monumentalen Versepos über Kadmos, den sagenhaften Gründer

Thebens, vorzulesen pflegte. Auch Serena und die beiden Duumvirn knieten während des Hymnus, der lang und dunklen Sinns war, und hoben ebenso wie die Menschen unten auf dem Platz anbetend die Hände.

Der designierte Gott Carus wurde indessen durch den Gedanken an seine Schwester Rebekka irritiert. Er stellte sie sich unten in der Menge vor. Sie würde natürlich nicht knien, sondern fest und breit wie ein Fels stehen und erst schwach amüsiert, bald aber befremdet und finster dreinblicken und sich fragen, ob seine Rolle bei dieser Veranstaltung eigentlich mit dem guten Geschmack zu vereinbaren sei und was sie unternehmen müsse, um ihn von seinem Wahn zu befreien und wieder normal zu machen.

Er hätte jedoch, statt sich solchen ausschweifenden Phantasien hinzugeben, während des Gesanges lieber überlegen sollen, was ein Gott, und sei es auch nur ein designierter, tut, wenn der Hymnus beendet ist; denn selbst dieser kam einmal zu Ende. Nicht einmal in einer solchen einfachen protokollarischen Frage kannte er sich aus.

Er beugte sich vor und fragte die Priesterin leise, was er tun müsse. Diese flüsterte gesenkten Hauptes und die Lippen kaum bewegend:

»Segnen und dann ins Haus gehen.«

Erleichtert, daß er nicht zu predigen brauchte, breitete er die Arme weit aus, wie er es den Papst hatte tun sehen, segnete in alle Richtungen, wandte sich um und schritt zum Portal, langsam und feierlich, nicht um würdevoll zu erscheinen, sondern weil ihn der Ritt auf dem sattellosen Pferd ganz steif gemacht hatte.

Die beiden Flügel öffneten sich nun weit, er trat in einen nicht sehr tiefen Raum. Vor ihm stand, unter einem Bogen frischer und harzig duftender Pinienzweige, von zwei Kandelabern erleuchtet und größer noch als er selbst, die Statue des Gottes: Auf dem unverkennbaren Torso des Priapus, bekleidet mit einem rotgestreiften englischen Hemd und mit einem ungeschickt gebundenen Schlips um den überlangen Hals, saß, ebensogroß wie der ganze Torso, der groteske, grobgeschnitzte Holzkopf mit dem Bart und Haar von grellroter Wolle und mit den aufgemalten Augen, von denen das eine weit aufgerissen zur

Seite starrte, das andere jedoch halb geschlossen war, als zwinkere es den Betenden und Gläubigen zu.
Bis hierher in den Gottesraum konnte man das tief erschauernde »Oh!« der Menschen draußen auf dem Platz hören, die durch das weit geöffnete Portal nun das erleuchtete Standbild sahen. Man konnte meinen, das Bild des Gottes sei ihnen mehr und wirklicher als der Gott selbst vorhin bei seinem Einritt. Sogar Carow bekam eine Gänsehaut auf den Unterarmen.
Verlegen sah er sich nach Serena um, weil er sich über den Fortgang der Liturgie wiederum nicht klar war; aber sie war mit den Duumvirn in das Dunkel des Raums getreten, um den Menschen draußen den Blick auf die Begegnung des Gottes mit seinem Bild nicht zu stören.
Auch Serena mangelte es noch an priesterlicher Gewandtheit, sonst hätte sie ihrem lebenden Gott unverzüglich Weisung gegeben, seine Hand segnend auf das Haupt der Statue zu legen und dann weiter ins Haus zu gehen, wo Erfrischungen für ihn und die beiden Magistrate bereitstanden.
Carow hingegen glaubte, der Menge mehr schuldig zu sein und ihr etwas Sinnfälliges bieten zu müssen. Er nahm daher den goldenen, eben erst erhaltenen Kranz ab und setzte ihn auf das rote Wollhaar des Holzkopfs.
Als er wieder zur Seite trat und sein Werk betrachtete, gab es ihm selbst einen Ruck; denn es schien ihm auf einmal, als sei dem grotesken Bildwerk eine rohe, urzeitliche Hoheit zugewachsen und als sehe es ihn mit einem Blick an, dem man sich besser schnell entzog, wenn man nicht in seinen Bann gezogen werden wollte. Doch konnte dieser Eindruck auch daher rühren, daß er jetzt weiter rechts stand und damit nur in das offen starrende, nicht mehr in das blinzelnde Auge blickte.
Draußen trug der Frauenchor dem numinosen Ereignis Rechnung, indem er wiederum den Hymnus des Stlaborius Fronto anstimmte; doch schon die ersten Töne bewogen Carow, durch die nächstgelegene Tür in das profane Innere des Hauses zu entweichen, wo ihm sogleich ein lieblicher Bratenduft in die Nase stieg und wo Jule ihn begrüßte, der auf der holprigen Provinzstraße sein Fahrrad geschoben hatte, von der Abzweigung auf den Feldweg an aber laut klingelnd an den frommen Pilgern vorbeigerast war, die die Hand vor den Mund gehalten

und dem unheimlichen Phänomen entsetzt nachgestarrt hatten.
Serena befahl indessen den Sklavinnen, die Kandelaber zu löschen und das Portal des Heiligen Raumes wieder zu schließen: Der feierliche Anblick des Gottes sollte den Menschen jeweils nur kurze Zeit gewährt werden. Sie führte Carow in das Peristyl, den Innengarten; die Bürgermeister und Jule folgten.
Man stand um den Brunnen, der von Kerzen erleuchtet war. Sklaven brachten eisgekühlte Getränke und knusprige, gebratene Kleinigkeiten von dem Tier, das dem Gott Carus geweiht war: der Gans.
Iulius Longus hielt sich derweil ängstlich von Carow und Jule fern und stand immer halb verdeckt, sei es hinter seinem Kollegen Marcus Pilonius Honoratus, sei es hinter Serena.
Carow ging jedoch zu ihm; als er vor ihm stand, begann Longus mit den Zähnen zu klappern und so zu zittern, daß er den Most verschüttete und seinen Becher auf dem Gartentisch abstellen mußte. Carow fragte ihn, ob er diese Symptome erst seit dem »Unglück« habe. Longus nickte stumm und sah sich hilfesuchend nach Marcus Pilonius um; der aber bemerkte ihn nicht, weil er in ein Gespräch mit Serena über den Tempelneubau vertieft war.
Carow führte Iulius Longus zu einer Wandlampe, schob mit Daumen und Zeigefinger seine Augenlider zurück, konnte im Auge aber nichts Beunruhigendes entdecken. Er forderte Longus auf, beide Arme auszustrecken: Die Hände flatterten, und Schweiß trat dem Bürgermeister auf die Stirn. Carow legte seine Hand auf Longus' Handrücken und bat ihn, Widerstand zu leisten; Longus versuchte es, aber vergeblich. Carow drückte Longus' Arme langsam herunter und legte ihm dann seine Hände auf die Schulter. Es war sicherlich nicht des Gewichts der Hände wegen, daß der Duumvir nun ein Knie beugte und sich darauf niederließ.
»Warum knien Sie vor mir?« fragte Carow.
Longus konnte nicht sprechen; die Stimme versagte ihm, und er fürchtete, einen Weinkrampf zu bekommen.
»Wollen Sie geheilt werden?«
Longus nickte. Carow war verlegen; er ließ seine Hände noch eine Weile auf Longus' Schulter liegen; aber dann sagte er, um

der Sache ein Ende zu bereiten, kurz angebunden: »So, nun ist es genug. Stehen Sie auf!«
»Haben Sie mich geheilt?« fragte Longus. Er kniete noch immer und machte keine Anstalten, sich zu erheben. Carow wich einer verbindlichen Antwort aus und erwiderte: »Wenn Sie an die Götter glauben, ist Ihnen geholfen.«
Er wandte sich ab und wollte zu Serena gehen. Jule stellte sich ihm jedoch in den Weg. Er hielt die Hand an die Backe.
»Du«, sagte er, »ich habe solche Schmerzen in einem Backenzahn oben rechts. Wenn du deine göttliche Hand nur einen Augenblick drauflegtest ...«
»Ich fürchte, dir ist nicht zu helfen«, antwortete Carow, »weil du nicht an uns Götter glaubst, obwohl wir dich gerade erst aus einer ganz schönen Verlegenheit gerettet haben. Aber wenn du dir draußen vom Schmied eine Zange geben läßt, will ich dir den Zahn gerne ziehen.«
»Ihr Götter seid alle Sadisten«, sagte Jule.
»So mag es euch Menschen in eurer Blindheit manchmal scheinen«, antwortete Carow.
Longus hatte sich erhoben und führte nun langsam die Hände vor die Augen. Sie zitterten nicht mehr. Noch furchtsam und unsicher, sah er zu Carow hinüber; der lächelte ihm zu, und nach und nach breitete sich, wie bei einem Kind, dem die Angst genommen ist, ein Lächeln auch über Longus' Gesicht aus, und die Augen waren ohne Furcht.
»Welcher Zahn ist es?« fragte Carow.
Aber Jule zeigte auf Longus:
»Du hast ihn mondsüchtig gemacht!«
Der Duumvir Iulius Longus ging seinem Amtsbruder mit ausgestreckten Armen entgegen, blieb so vor ihm stehen und sah ihn erwartungsvoll an. Marcus Pilonius wußte nicht, was sein Kollege von ihm wollte. Doch dann sah er das Lächeln in Longus' Gesicht, bemerkte, daß seine Hände nicht mehr zitterten und erkannte, daß der Gott wieder ein großes Wunder gewirkt hatte.
Serena stand aufrecht neben ihm. Sie konnte ihren Stolz nicht verbergen.
Carow wollte nun den beiden Bürgermeistern sein Arrangement mit Inuus über die Umgestaltung des kleinen Tempels in

einen Doppeltempel erklären; aber Serena sagte, dies seien Priesterangelegenheiten. Sie berichtete also von dem Abkommen zwischen Inuus und Carow. Die beiden Magistrate waren erleichtert und priesen das Wohlwollen und die Rücksicht der Götter auf die Stadtkasse. Auch über die Finanzierung des Umbaus sprach Serena mit den Bürgermeistern.

Als die Gäste gegangen waren, zeigte Serena Carow sein Studierzimmer und Schlafzimmer. Er wohnte jetzt an dem großen Innengarten, der auf allen Seiten von dem Peristyl umgeben war.

Die Wandgemälde des Studierzimmers, die schon der Erbauer des Hauses vor hundert Jahren hatte malen lassen, stellten Szenen aus der Aeneis dar. Das Hauptbild nahm die ganze Breite einer Seitenwand ein, und darin schilderte der Künstler, wie Dido, nachdem sie sich schon ins Schwert gestürzt hatte, mit flatterndem Chiton, doch entblößten und schwertdurchbohrten Busens nun auf den Scheiterhaufen sprang, um des Todes ganz sicher zu sein. Sie hatte den Mund geöffnet, sich wohl in Klagen darüber ergehend, daß Aeneas sie verlassen hatte. Hochdramatisch, in den Farben grell, in der Zeichnung primitiv. Ein Maler aus Velia vermutlich.

»Den Diwan«, sagte Serena, »habe ich reparieren und verstärken lassen. Er ist dennoch nur mit Vorsicht zu benutzen. Unsere Möbel sind eben nur für Menschen gemacht, nicht für Götter und Riesen.«

In seinem Schlafzimmer fiel ihm das neue Bett auf.

»Das alte ist beschädigt worden, als Ihre Statue damals umstürzte«, sagte Serena. »Ich hatte geschwankt, ob man es aus Gründen der Pietät reparieren lassen sollte; aber schließlich war es ja Ihr zweites Bett. Das erste war seinerzeit zusammengebrochen. Ich weiß nicht, ob Sie sich noch entsinnen.«

»Doch! Doch!« rief Carow.

»Jedenfalls habe ich ein neues anfertigen lassen. Es ist auch aus Eiche.«

Zum Boden neben sich sprechend, fügte sie hinzu: »Es ist sehr fest und solide. Man kann damit nicht zusammenkrachen, und gegenüber dem alten hat es noch einen Vorteil: Es ist beträchtlich breiter, weil Sie so groß und breit gebaut sind.«

Carow sagte, ein Bett könne gar nicht breit genug sein. Er zweifle

keinen Augenblick an ihrem Wort, daß man in dem Bett nicht durchbrechen könne; aber sie verlasse sich dabei wohl auf eine Versicherung des Handwerkers. Ob seine Behauptung stimme, das müsse man wohl doch erst noch gründlich prüfen.
Serena wandte das Gesicht ab.
»Jetzt?« fragte sie.
Ohne seine Antwort abzuwarten, ging sie zur Tür, sah hinaus, ob auch keine Sklaven in dem Säulengang waren, und schob den Riegel vor.

Tagsüber kam Jule mit dem Fahrrad aus der Pholarchie. Man rechnete im Studierzimmer oder an einem Steintisch im Peristyl-Garten. Vor einigen Wochen hatten sie noch manchmal gezweifelt, ob sie die Formeln zur Rückkehr nach Heidelberg ohne Computer errechnen konnten. Jetzt fanden sie täglich Lösungen, die sie mit Riesenschritten voranbrachten, was Jule darauf zurückführte, daß Carow nun kaiserlich beglaubigter Gott geworden sei.
Aber beide hatten es auf einmal gar nicht mehr so besonders eilig. Mit ihren Berechnungen vertrieben sie sich die Zeit. Sie lebten in den Tag, und die Zeit hatten sie vergessen. Die Nähe Serenas und Julias könnte etwas damit zu tun gehabt haben.
Manchmal brachen sie schon nach einer Stunde die Arbeit ab und gingen am Ufer des Hales entlang bis zu seiner Mündung. Jule konnte dort auf dem festen Strand einer Sandbank radfahren und kräftig in die Pedale treten, oder er schwamm mit Carow weit hinaus ins Meer bis zur Insel der Leukothea.
Eines Nachmittags kam Serena zu Carow ins Zimmer und sagte, es stünden Leute im Garten, die geheilt werden wollten. Carow antwortete, dann sollten sie sich an Aesculap oder besser noch an den nächsten Arzt wenden. Er sei kein Gott der Heilkunst; er sei, wie der Kaiser dies so glücklich formuliert habe, der Gott der Zukunft und der Ferne.
»Eben«, erwiderte Serena, »sie kommen auch aus der Ferne, aus Paestum nämlich, und sind zwei Tage mit dem Ochsenwagen unterwegs gewesen.«
»Außerdem gehen meine Medikamente zur Neige.«
Diese Antwort konnte sie als Argument überhaupt nicht ernst nehmen.

»Man könnte die Leute natürlich allein durch die Statue heilen lassen«, antwortete sie, »sie haben jedoch soviel in die Tempelkasse eingezahlt, daß es nur recht und billig wäre, wenn Sie den Kranken die Hand auflegten. Denn daß Ihre Hand mehr hilft als alle Ihre Medikamente, werden Sie wohl nicht bestreiten wollen, wo wir vor kurzem erst gesehen haben, wie Sie mit Ihrer göttlichen Kraft den Iulius Longus geheilt haben.«
»Die Tempelkasse?« fragte Carow.
»Ich werde Ihnen die Abrechnung, wenn Sie es wünschen, gelegentlich vorlegen. Unsere bisherigen Einnahmen aus den Heilungen, die Ihr Standbild bewirkt hat, reichen noch nicht einmal aus, die exorbitanten Zinsen für die Kredite zu bezahlen, die ich aufnehmen mußte, um der Stadtkasse zur Hilfe zu kommen; und an Rückzahlung der Kredite ist bei den jetzigen Einnahmen überhaupt noch nicht zu denken.«
Die Leute aus Paestum, sagte Serena, hätten zehntausend Denare der »Neuen Währung« eingezahlt und daher auch Anspruch auf Heilung durch göttliche Gegenwart. Das sei der Honorarsatz, den sie von Rufus übernommen habe. Es sei wenig, denn man bekomme infolge der Entwertung auch des »Neuen Geldes« für zehntausend Denare heute nicht einmal mehr einen Wagen Ziegelsteine. Übrigens seien die Leute aus Paestum durchaus nicht arm.
Man könnte vielleicht daran denken, in Zukunft die Honorare für begüterte Patienten höher anzusetzen, dafür aber die Kosten für unbemittelte Leute von Fall zu Fall etwas zu senken. Man müsse hohe Honorare fordern, weil sonst die Zahl der Patienten aus Nähe und Ferne die Kapazität dieses kleinen, noch nicht einmal in aller Form konsekrierten Heiligtums und der wenigen Haussklaven, die nebenbei als Tempeldiener fungierten, weit übersteigen würde.
Sollte der Zustrom der Patienten aber anhalten, werde es sich nicht vermeiden lassen, zwei Sklaven für den Besucherdienst, für Reinhaltung des Heiligtums und Gartens, sowie für Hilfe bei der Buchhaltung zu kaufen.
Carus tat also, wie Serena wollte. Er legte die Hand auf und heilte, aber er erließ Regeln: Es mußte ihm täglich eine Liste der Patienten, die von ihm selbst geheilt werden wollten, mit ausführlicher Darstellung ihrer Gebrechen vorgelegt werden. Aus

dieser Liste suchte der Gott sich jeweils drei aus, wobei er schwere und aussichtslose Fälle, chirurgische zum Beispiel, oder angeborene Leiden, von vorneherein ausschloß und die Patienten an die Medizinische Akademie Velias verwies. Leiden, bei denen er eine seelische Ursache vermutete, behandelte er am liebsten. Unter den Besuchern, die deshalb zu ihm kamen, waren viele Frauen.

Jule hatte mit Hespers Hilfe ein Schachbrett und die Figuren dazu hergestellt, zwei Exemplare sogar; das eine, von dem Carow nichts wußte, hatte er in einen Steintopf gelegt, diesen gut mit Wachs und Pech verschlossen und im Garten oberhalb der Pholarchie von Velia vergraben, in der Absicht, den Archäologen des zwanzigsten Jahrhunderts einen schönen Anlaß zu Auseinandersetzungen zu hinterlassen.

Vor dem anderen Schachbrett saßen sie im Peristyl-Garten und spielten, als man Carow ins Atrium bat. Dort wurde ihm ein fremder Weinbergsklave vorgeführt, der sich nach den kreischenden Aussagen der Haussklavinnen Tertia und Petronia an dem Opferstock vor der Statue vergriffen und einen Ring herausgefischt haben sollte, den er noch immer am Finger trage.

Der junge Weinbergsklave aber war durchaus nicht um Worte verlegen. Er trage den Ring schon immer; er sei ein Geschenk seines Herrn.

Warum er dann aber in den Opferstock gegriffen habe?

Er habe nicht hineingegriffen, sondern einen Denar hineingelegt.

Petronia konnte dazu nur durch die Nase schnauben, und Tertia lachte höhnisch:

»Es ist doch ein Damensiegelring!«

Der junge Sklave warf den Kopf zurück, aber die Geste war übertrieben: In Wirklichkeit war er schon unsicher geworden.

Carow forderte ihn auf, die Hand zu schließen.

»Du wirst sie nie wieder ganz öffnen können.«

»Ich will sie jetzt auch gar nicht öffnen«, antwortete der Sklave recht unverschämt.

»Die Hand wird versteifen und verkümmern«, sagte der Gott Carus. »Führt ihn raus!«

»Aber der Ring!« rief Tertia.

»Er wird ihn nie wieder vom Finger abbekommen.«

»Etwas hart für den jungen Burschen«, meinte Jule, als Carow wiederkam, um das Schachspiel fortzusetzen. »Du bist am Zug. Ich meine, es wäre hart für ihn, wenn sich seine Hand wirklich versteifen sollte.«

»Sie versteift sich nicht nur; sie wird schief, krumm und verkrüppelt.«

»Und du weißt nicht einmal, ob er den Ring gestohlen hat oder nicht.«

Carow wollte ziehen, aber er setzte den Bauern hart wieder hin und antwortete mit Ungeduld, ja mit Schärfe in seiner Stimme:

»Ich weiß es, aber das ist belanglos. Du meinst wohl auch, wir Götter seien nicht mehr als ein Oberstes Weltgericht, das sich in seinen Sprüchen an eure famosen und noch dazu uneinheitlichen, ständig wechselnden Rechtsvorstellungen zu halten hat. Und wenn wir das nicht tun, zerbrecht ihr euch eure Köpfe über die Theodizee und verlangt, daß wir uns vor euch rechtfertigen.

Himmelarschundzwirn! Hast du nicht gesehen, wie unverschämt der Bursche war? Er fühlte sich ganz groß und herrlich und meinte, er sei vor den Göttern sicher, weil er unschuldig war; denn er hat den Ring in der Tat nicht gestohlen; er ist ein Geschenk, allerdings nicht von seinem Herrn, sondern von seiner Herrin für gewisse verschwiegene Dienste.

Der Kerl pochte auf seine Unschuld und sein Recht! Wollte mich zwingen, ihn nach seinem Komment zu behandeln! Aber nicht einmal ein Knie hat er gebeugt, als ich eintrat, sondern sich vor meinem Angesicht mit den Sklavinnen gestritten. Die Gelenke der Finger werden sich verdicken, und die ganze Hand wird verdorren.

Gardez!«

»Ich bin schockiert«, sagte Jule. »Ich verstehe dich nicht mehr. Du hast doch früher Mitgefühl mit den Menschen gehabt. Stell dir nur vor, damals im Institut hätte jemand sein Knie vor dir gebeugt! Du hättest den Mann doch rausgeworfen. Aber heute? Du hast dich verändert. Du bist unmenschlich geworden.«

»Eben! Endlich! Man streift das Menschliche ab, wenn man Gott wird. Du sollst auf deine Dame aufpassen.«

»Schach!« sagte Jule. »Wie kommt es eigentlich, daß ich mit meinem geringen menschlichen Verstand deine Göttliche Weisheit im Schach dauernd schlage?«
»Das kommt daher«, antwortete Carow, »daß ich als Gott noch ein Anfänger bin.«

Von Procula Faustas Schlaflosigkeit

Die Sklavin Petronia, die die Namen und Leiden der Patienten aufzunehmen hatte, kam zu Serena und sagte, im Vestibül sei eine Dame, die ihr Leiden nicht angeben wolle.
»Jung? Alt?« fragte Serena.
»Alt, aber wahnsinnig aufgemacht. Geschminkt im Gesicht und unter den Augen. Gold überall, Ohrringe, Fingerringe, Halsketten, und«, sie hielt sich die Nase mit zwei Fingern zu, »das ganze Vestibül riecht nach ihrem Parfüm. Sie ist mit dem Schiff gekommen und vom Nordhafen bis zu uns in ihrer Sänfte. Sie stinkt vor Geld.«
»Hast du die Höhe des Honorars erwähnt?«
»Herrin, wie werde ich!«
Procula Fausta war weder so alt noch so protzig aufgemacht, wie es Petronia schilderte. Sie war etwa vierzig, trug zwar Schmuck, war aber elegant und geschmackvoll nach der römischen Mode gekleidet. Sie kam aus dem Luxusbadeort Baiae am Golf von Neapel. Reich war sie sicherlich. Man merkte es an der Art, wie sie Serenas Mitteilung aufnahm, das Honorar betrage zwanzigtausend Denare. Sie nickte nur unaufmerksam und sprach von etwas anderem:
»Sie sind hier wohl für das ganze Programm zuständig?« fragte sie, als sei Serena eine Art Wirtschafterin. Daß dies ein Irrtum war, erkannte sie erst viel später. »Gut, ich wollte der Sklavin nicht die ganze Geschichte meiner Leiden erzählen. Sie verstehen. Ist es denn überhaupt notwendig? Wenn ich selbst es dem Gott berichte, hört er es doch aus erster Hand.«
»Ich habe aber den Auftrag, ihn vorher darüber zu unterrichten. Er entscheidet dann, welche Patienten er vorläßt und welche nicht.«

»Meine Leiden sind aber so uninteressant, und deshalb spreche ich auch so ungern darüber, außer mit den Ärzten selbst.« Sie lächelte Serena freundlich an.
»Sollten Sie dann nicht vielleicht auch hier besser zum Arzt gehen?« fragte Serena. »Wir haben in Velia anerkannte Autoritäten an der Medizinischen Akademie.«
»Ach, ich war ja in Rom schon bei allen Ärzten. Keiner hat mir helfen können. Und die Ärzte hier werden auch nicht besser sein als die in Rom. Was ich brauche, ist göttliche Hilfe.«
Wenn sie sich bewegte, roch man das Parfüm stärker. Serena zog die Luft hörbar durch die Nase ein, als habe sie einen zweifelhaften Geruch im Vestibül festgestellt.
»Und welches Leiden soll ich dem Gott dann melden?«
»Ach, schreiben Sie doch einfach ›Schlaflosigkeit‹«, sagte Procula Fausta etwas ungeduldig und als wolle sie damit die Diskussion über dieses lästige Thema abbrechen. Serena wurde an ihre frühere Herrin erinnert.
»Nur Schlaflosigkeit? Wir werden sehen. Kommen Sie heute etwa eine Stunde vor Sonnenuntergang! Sie werden dann erfahren, ob er Sie empfangen will oder nicht.«
»Muß ich dann unter Umständen lange warten? Entschuldigen Sie bitte die Frage!«
»Es ist möglich«, sagte Serena. Sie nickte der Dame zu, überließ sie – nicht gerade höflich – der Sklavin Petronia und ging in ihr Zimmer.
Am Abend führte Serena sie als letzte in das große Empfangszimmer und blieb neben ihr am Vorhang stehen. Carow schloß die Augen, hielt die bemerkenswert stattliche Nase hoch. Er erkannte den herben Duft des Parfüms sofort wieder, von dem ein Hauch schon am Vormittag durch das Haus gezogen war.
»Procula Fausta aus Baiae«, sagte Serena.
Carow zog, die Augen noch immer geschlossen, den Duft ein.
»Sie klagt über Schlaflosigkeit«, fügte Serena hinzu.
Sie hatte Carow abgeraten, die Dame zu empfangen. Ein Gott, der erwiesenermaßen Tote auferwecken kann, sollte sich nicht zur Behandlung solcher Bagatellen herablassen. Doch er hatte anders entschieden.
Er öffnete die Augen. Die Patientin war ganz in Weiß gekleidet, schlank. Sie trug weniger Schmuck als am Vormittag. Das Ge-

sicht war reizvoll, vielleicht weil es so unharmonisch war. Die linke Hälfte des Mundes lächelte anders als die rechte, das eine Auge war weiter geöffnet als das andere. Man sah, wenn man sie erblickte, unwillkürlich noch ein zweites Mal hin. Wohl auch noch öfter.

»Bitte!«

Sie ging leicht und sicher auf ihn zu, beugte ein Knie, ließ sich darauf nieder, nahm den Saum seiner Tunika an die Lippen und küßte ihn. Der Duft stieg zu dem Gott auf. Er legte seine Hand auf ihr Haar.

Die Patienten, außer wenn sie auf einer Bahre hereingetragen wurden, ließ Carow vor sich knien, sprach dann mit ihnen und heilte sie. Procula Fausta aber bat er, aufzustehen und auf dem Diwan Platz zu nehmen. Sie ließ sich in der Mitte nieder; als Carow sich jedoch nicht ihr gegenüber auf den Korbsessel, sondern auch auf den Diwan setzen wollte, rückte sie zur Seite, nicht viel.

»Sie leiden an Schlaflosigkeit, höre ich.«

Sie antwortete:

»Ach, Ihre Gegenwart allein hilft mir schon. Ich fühle, wie sie heilt. Sind wir allein?«

Sie sah sich nicht um. Carow nickte Serena zu, und sie zog sich hinter den Vorhang zurück.

»Sie können sich gar nicht vorstellen, wie ich leide – nicht erst heute, sondern schon lange, immer. Wenn ich nachts eine Stunde schlafe, ist es viel. Mein Mann nimmt es nicht ernst, hat es nie ernst genommen. Ich weiß nicht, ob es etwas damit zu tun hat, aber er ist schon sehr alt, und er hat nichts anderes im Sinn als Geld. Mich interessiert Geld überhaupt nicht. Und dann noch die anderen Sachen, von denen alle Welt spricht. Sie werden, fürchte ich, davon gehört haben. Ich meine, seine degoutanten Affären.«

»Sie hatten nie welche?« fragte Carow.

Sie schob den Einwand mit einer Geste der Hand zur Seite.

»Aber doch nicht solche! Hat das Leben und alles in der Welt überhaupt einen Sinn? Oder hat es keinen? Sie wissen es, sagen Sie es mir! Wenn ich Kinder hätte, wäre vielleicht alles anders, aber natürlich nicht Kinder von einem Zirkusathleten oder einem Pantomimen am Theater. Ich bitte Sie!«

Als ob Carow ihr so etwas zugemutet hätte!

Sie hatte die Beine übereinander geschlagen. Ihre Schuhriemen waren versilbert und bis zur Mitte der Wade hinauf geschnürt.

»Sie können also nachts nicht schlafen? Deshalb sind Sie zu mir gekommen?«

Sie sah kurz zu ihm auf und lächelte ihr Lächeln, das so reizvoll war, weil die rechte Seite ihres Mundes anders lächelte als die linke. Ihre Augenwimpern waren schwarz und so lang, daß sie nicht echt sein konnten.

»Ja, deshalb bin ich zu Ihnen gekommen«, doch sie fügte schnell hinzu, und fast klang es so, als sei ihr das eben erst eingefallen: »Aber manchmal habe ich auch Schmerzen. Hier in der Brust.«

»Rechts?«

»Ja, aber hier links auch. Manchmal.«

»Haben Sie da einmal einen Knoten bemerkt?«

»Knoten?«

»Eine kleine, harte Stelle.«

»Nein. Ich weiß nicht; aber es ist durchaus möglich, daß dort ein Knoten ist. Bitte fühlen Sie selbst!«

»Ich bin kein Arzt.«

»Nein«, sagte sie, »denn Sie sind ein Gott. Bitte fühlen Sie selbst!«

Er stand auf, und sie legte die Beine auf den Diwan. Um sich nicht zu tief bücken zu müssen, ließ er sich vor dem Diwan auf ein Knie nieder; dann tastete er mit einer Hand an ihrer rechten Brust nach dem Knoten. Sie nahm aber gleich auch seine andere Hand, legte sie auf ihre linke Brust und hielt beide Hände dort fest.

»Bitte«, sagte sie, »lassen Sie die Hände so liegen! Ich fühle es. Ich fühle Ihre göttliche Kraft.«

Es wäre eine grobe Unterlassung, hier zu verschweigen, daß auch er fühlte. Mit geringer Kraft hätte er seine Hände von dort, wo sie lagen, wegnehmen können; doch er machte nicht den geringsten Versuch dazu.

Sie hatte die Augen halb geschlossen, daß nur noch ein feuchter, schmaler, weißer Mond ihres Augapfels sichtbar war. Ihr Mund war halb geöffnet.

»O bitte!« sagte sie mehrere Male schnell hintereinander, »O bitte, lassen Sie die Hände so liegen! Lassen Sie sie immer so liegen! O bitte, o bitte, o bitte!« und schneller und dringend: »O bitte! Ich fühle es.«

Es kann nicht zweifelhaft sein, was sie fühlte.

Auch der Gott Carus hatte die Augen geschlossen. Er brauchte die Augen nicht, er wollte nur fühlen und nur ihren Duft genießen.

Auch was er fühlte, kann nicht zweifelhaft sein.

»Verzeihung!« sagte Serena vom Vorhang des Empfangsraums. »Ich glaubte, wir seien schon fertig.«

»Wo?« flüsterte Procula, indem sie aufstand und die Tunika, die etwas hochgerutscht war, wieder über die Knie streifte.

»Am Tempel des Inuus«, antwortete er zum Boden hin sprechend, »wenn der Mond aufgeht.«

Serena schlief in dieser Nacht in dem breiten, soliden Bett neben dem Gott, aber sie drehte ihm den Rücken zu. Doch wenn immer er sich bewegte, zeigte sie, daß sie wachte, auch als er einmal zum Fenster ging und den Mond betrachtete.

Eine Sänfte stand viele Stunden im Mondschein an der Balustrade des Tempelplatzes. Die beiden Träger saßen auf den vorderen Tragstangen und erzählten sich ihr Leben; denn solange sie sprachen, war es ihnen nicht unheimlich. Procula Fausta aber war in die Cella des Tempels gegangen, um dort zu beten.

Am nächsten Vormittag ließ sich Procula Fausta wieder bei Serena melden, die die Besucherin im Atrium empfing. Man blieb während des Gesprächs stehen, was aber der Etikette jener Zeit entsprechend nicht als unhöflich, sondern nur als förmlich galt.

»Ich hoffe«, sagte Procula, »daß Sie die Situation gestern nicht mißverstanden haben. Sie schienen mir beim Abschied etwas verstimmt. Ich hatte offenbar einen Knoten in der Brust. Er hat ihn natürlich mit einem Blick erkannt und geheilt. Ich bin heute gekommen, um Ihnen das zu erklären und um Sie in jeder Hinsicht zu beruhigen.«

»Das ist freundlich«, sagte Serena. »Sie hätten sich aber die Mühe nicht zu machen brauchen. Ich bin nicht beunruhigt.«

»Ich bin ferner gekommen, um der Tempelkasse eine Stiftung

von hunderttausend Denaren für den Umbau des Tempels zu machen. Wenn Sie einverstanden sind, kann mein Geldverwalter Ihnen den Betrag nachher übergeben.«
Serena zögerte. Sie hätte gerne abgelehnt. Doch schließlich nickte sie kaum merklich.
»Eine weitere und letzte, eine schwierige, eine *sehr* schwierige Frage. Es scheint mir am besten, ganz offen mit Ihnen darüber zu sprechen. Da Sie seine irdischen Angelegenheiten verwalten, wollte ich Sie nicht übergehen, möchte Sie vielmehr bitten, sich meinem Wunsch nicht in den Weg zu stellen. Sicher können wir Frauen uns, wenn wir ganz offen miteinander reden, am leichtesten verständigen.«
»Bitte?«
»Ich bin natürlich nicht wegen der Schlaflosigkeit nach Velia gekommen. Sie haben das ja gleich erkannt. Nicht *nur* wegen der Schlaflosigkeit.«
»Sondern? Wegen des Knotens vielleicht?«
»Ja, wegen des Knotens. Deswegen auch, natürlich.«
»Und was war der eigentliche Grund?«
»Es ist ein Wunsch, den Sie vielleicht als frevelhaft, vermessen und empörend empfinden werden; doch ich habe gesagt, ich will ganz offen sein: Ich wünsche mir ein Kind von dem Gott.«
»Einen Sohn, nehme ich an.«
»Ja, nun sind Sie sarkastisch. Bitte verstehen Sie mich doch! Ich habe keine Kinder. Ich weiß, daß man das, was ich erbitte, in keiner Weise abgelten kann, und vermutlich wird das auf Ihre Entscheidung auch keinen Einfluß haben. Aber ich biete Ihnen dennoch an, den Tempel ganz auf meine Kosten umbauen und einrichten zu lassen.«
Serena schwieg. Sie stand unbeweglich und steif da.
»Mißverstehen Sie mich bitte nicht! Ich will Sie natürlich weder bestechen, noch bilde ich mir ein, ich könnte durch diese Stiftung die Gunst des Gottes gewinnen. Wie könnte ich so etwas auch nur denken! Ich stifte den Umbau des Tempels auch, wenn Sie nein sagen.«
»Ich danke Ihnen für Ihr Angebot. Den Gott wird Ihre großzügige Geste freuen. Aber er wird dennoch Ihren Wunsch nicht erfüllen können.«

»Sie meinen, er würde mich nicht erhören?«
»Dessen bin ich mir nicht sicher; aber er wird Ihren Wunsch nicht erfüllen *können.* Sie haben recht: Wir Frauen können uns, wenn wir offen sprechen, meist mit einem Wort oder Satz verständigen. Deshalb in aller Offenheit: Wenn jemand ein Kind von dem Gott Carus bekommt, dann bin ich es.«
»Ich verstehe«, sagte Procula Fausta. Sie dachte nach. Schließlich fragte sie:
»Kann ich den Gott noch einmal sehen und sprechen?«
»Es sind leider keine Termine mehr frei. Es ist schade.«
»Ich bleibe noch ein paar Tage hier. Vielleicht morgen oder übermorgen?«
»Es ist zu dumm, aber er hat schon über alle Termine verfügt. Wenn ich ihm jedoch etwas ausrichten kann, oder wenn Sie ihm schreiben wollen, bin ich gerne bereit, Ihre Botschaft oder Ihren Brief weiterzuleiten.«
Procula Fausta überlegte, dann sagte sie:
»Bitte übermitteln Sie ihm einen Gruß von Inuus!«
»Von Inuus?« fragte Serena, nun nicht mehr so von oben herab wie vorher, sondern aufmerksam und argwöhnisch. »Was hat Inuus damit zu tun?«
Procula Fausta lächelte ihr reizendes Lächeln und verabschiedete sich. Serena begleitete sie zur Tür. Draußen stand ihre Sänfte.

Wie Serena im letzten Augenblick daran gehindert wird, ein schweres Verbrechen zu begehen

Solch einen Fehler beging Serena nicht wieder. Die Liste der Patienten, die Heilung durch des Gottes eigene Hand begehrten und willens waren, die sogenannte »Sonder-Tempelabgabe«, das Honorar also, zu zahlen, enthielt fortan nur die Namen von Männern, Greisinnen und Kindern ohne Begleitung der Mütter.
Alle anderen Besucher wurden zur Statue geschickt, wo Serena dafür sorgte, daß allein das im Standbild verkörperte göttliche Heil sich auf die Betenden ergoß, sofern diese, versteht sich, die

Präliminarien ordnungsgemäß erledigt hatten, wie Registrierung, Krankheitsbeschreibung und Entrichtung der »Einfachen Tempelabgabe«.
Dem Gott Carus aber gestattete sie, die Zahl seiner Wunder einzuschränken, und später ließ sie ihn sogar nur noch in Ausnahmefällen selbst die Hand auflegen und heilen; denn Götter brauchten ja nicht um Popularität zu buhlen, sondern sollten Distanz zu den Menschen halten, ganz besonders aber doch wohl der Gott der Zukunft und der Ferne.
Damit kam Serena Carows Wünschen entgegen. Wunderheilungen gingen ihm zwar leicht von der Hand, dennoch beunruhigten ihn nach wie vor die wissenschaftlichen Vorurteile, die er noch aus Heidelberg mitgebracht hatte, wonach Heilungen dieser Art nichts als Aftermedizin und schamanistisches Blendwerk seien.
Serena wandte sich daher auf seine Bitte an die Medizinische Akademie Velias, die von altersher im Ruf der bedeutendsten Schule ihrer Art in Italien stand, und bat, die Heilungen durch ein Mitglied beobachten und begutachten zu lassen.
Der Leiter der Akademie machte aus der Anfrage eine große Sache und stellte sie, nicht sehr geschickt, in einer Vorstandssitzung, zu der auch auswärtige Mitglieder geladen waren, zur Diskussion. Dabei kam es zu scharfen Auseinandersetzungen zwischen den beiden Parteien der Akademie und zu bedauerlichen persönlichen Ausfällen gegen den Leiter und andere verdiente Mitglieder.
In der Abstimmung wurde die Bitte des Carus-Heiligtums mit großer Mehrheit abgelehnt. Man wollte Wunderheilungen zwar nicht für ganz unmöglich erklären, meinte aber, es sei nicht Aufgabe der Schulmedizin, sich dazu zu äußern. Der eigentliche Grund – aber den erwähnte man natürlich nicht – war die Befürchtung, es würde der Profession schaden, wenn die Schulmedizin sich auf Grund unwiderlegbarer Tatsachen gezwungen sähe, diese Wunderheilungen auch noch zu bestätigen.
Wenn man aber Anhaltspunkte für Scharlatanerie finde und sie aufdecke, könne man in unersprießliche theologische Kontroversen verwickelt werden, die sich letztlich ebenso ungünstig auf die ärztlichen Praxen auswirken würden. Wunderheiler zögen zwar oft Patienten eines gewissen Typs an; aber solche Mo-

den seien kurzlebig. Am besten sei es daher zuzuwarten, bis sie wieder abklangen.
Carow sprach, als man ihm das Votum, und zwar ohne den hier wiedergegebenen Hintergrund, mitgeteilt hatte, von der traditionellen unerträglichen Arroganz der etablierten Wissenschaft gegenüber all dem, was sie in Gefahr bringen könnte, ihre alten Anschauungen aufzugeben.
Serena aber war es ohnehin bei dem Gedanken, daß ein Arzt hier überall seine Nase reinstecken sollte, nicht ganz geheuer gewesen.
Sie hatte nicht einmal Carow davon unterrichtet, daß ein Greis, den die Statue geheilt hatte, auf dem Weg nach Hause plötzlich gestorben war. Die Verwandten waren aufgebracht zurückgekommen, hatten die Leiche vor die Tür gelegt und großes Geschrei angehoben. Tertia aber hatte ihnen zeternd entgegengeschrien, er habe ja auch die einfache Tempelabgabe erst zur Hälfte bezahlt und sich nach der Heilung davongeschlichen, ohne den Rest zu begleichen. Den Lohn für diesen Betrug habe er nun auf dem Nachhauseweg vom Gott erhalten.
Die Verwandten wußten zwar nichts von diesen finanziellen Abmachungen, hielten es jedoch, da sie den Geiz des Verstorbenen zur Genüge kannten, durchaus für möglich, daß diese Vorwürfe zutrafen. Sie legten zusammen, beglichen die Rechnung, nahmen die Leiche wieder mit und wollten die Angelegenheit vertuschen, doch da hatten sie nicht mit Tertia gerechnet. Die Geschichte von dem Versuch, den Gott zu betrügen, und wie dieser es dem Betrüger gleich heimgezahlt hatte, wurde, in mancherlei Weise ausgeschmückt, weit herumerzählt und erhöhte sein Ansehen beträchtlich.
Die Wunder, die Carus' Standbild unter Serenas Anleitung in dem Heiligen Raum bei weit geöffnetem Portal zum neugeschaffenen Vorplatz wirkte, waren nicht weniger eindrucksvoll als die des Gottes selbst.
Serena ließ die Heilung oder Segen Suchenden hereintreten und vor der Statue zum Gebet niederknien. Hände, die es den Knienden hätte auflegen können, fehlten dem Standbild, denn Hals und Kopf des Gottes Carus, jener grobgeschnitzte, mit roter Wolle geputzte Holzblock auf einer Stange, waren ja auf den Torso einer Statue des Priapus aufgesetzt; Hände und Unter-

arme hatten aber betrunkene Jünglinge dem Priapus schon vor hundert Jahren oder mehr abgeschlagen; das andere gewaltig aufgerichtete Glied aber hatten sie nicht zu beschädigen gewagt, gewiß aus frommer Scheu und Furcht vor den entsetzlichen Folgen, die sie hätten treffen können.

Um die wunderwirkende Kraft des Gottes auf seine Verehrer und Verehrerinnen überströmen zu lassen, hieß Serena die Knienden nach dem Gebet aufstehen, führte sie zu seinem Standbild und hielt ihnen den Saum des rotgestreiften Hemdes an die Lippen. Es war ja *sein eigenes* Hemd, *er selbst* hatte es an seinem Körper getragen. Fest und mit Inbrunst drückten es die Betenden daher an die Lippen, die Frauen zumal.

Eines Abends, als Serena sich bereitmachte, zu Bett zu gehen, als sie die Schuhe ausgezogen und die Gürtelschnalle schon gelöst hatte, blieb sie, ein Ende des Gürtels in jeder Hand, plötzlich regungslos stehen. Ein Gedanke war ihr, zweifellos durch göttliche Eingebung, gekommen. Er deutete auffällige Ereignisse des Tages in einer Weise, die ihr Sorge machte.

Eine Frau mittleren Alters hatte heute den Saum des heiligen Hemdes lange geküßt, die Augen geschlossen, um sich die Gestalt des Gottes vor ihrem inneren Auge zu vergegenwärtigen; als sie aufstand, stieß sie sich den Kopf an dem erwähnten Glied.

Daß sie sich daran stieß, war kein Wunder; denn Priapus stand weder auf hohem Sockel, noch war er ein hochgewachsener Gott, er war vielmehr kurzbeinig und hatte, auch bevor man ihm die Unterarme abgeschlagen hatte, nur kurze Arme gehabt. Er war dennoch nicht zu verachten, und diejenigen, die ihn wie einen komischen Zwerg in den Garten oder, mit Lumpen angetan, als Vogelscheuche ins Feld stellten, unterschätzten ihn in frevelhafter Weise.

Er hatte zwar nur Ärmchen und Beinchen, aber wenn man ihn erzürnte, konnte er damit gewaltiges Unheil anrichten, ganze Gärten verwüsten, das Obst durch Hagelschlag zerstören, das Getreide niederwalzen und die Früchte der Gärten und Felder durch Ungeziefer vernichten. Denn obwohl nur ein geringer Gott, konnte er wachsen oder nicht wachsen lassen, und *wie* er wachsen lassen konnte, das zeigte er jedem auf anschaulichste Weise mit dem einen gewaltigen Glied, in dem seine Kraft und sein Leben kulminierten: Daran konnte man sich schon leicht einmal stoßen.

Die Frau hielt sich den Kopf, doch als Serena sie fragte, ob sie sich weh getan habe, lachte sie nur und antwortete:

»Nein, ganz im Gegenteil!«

Worauf die anderen Beter sowie Petronia und Tertia ebenfalls lachten, ganz zuletzt aber und etwas gezwungen, auch Serena.

Fast in gleicher Weise stieß des Nachmittags eine jüngere Frau beim Aufstehen mit dem Hinterkopf an das Glied. Auch sie hatte sich nicht verletzt, sondern ging lachend davon.

Letzte Beterin des Tages war eine ältere Frau, längst aus den Jahren, die gekommen war, um für ihren kranken und schon lange bettlägerigen Mann zu beten. Auch sie stieß sich mit ihrem Hinterkopf an dem marmorharten Ding, und zwar kräftig; als sie aber aufblickte und sah, was das Ding für ein Ding war, kreischte sie, fing an ganz unvernünftig zu lachen und nahm das Ding mitsamt dem umhüllenden Hemd in beide Hände und drückte ihre Lippen fest darauf – zum Gaudium der Verehrerinnen und Verehrer des Gottes, die draußen auf dem Platz standen und in Beifall und lautes Gelächter ausbrachen, in das auch Tertia mit ihrem gellenden Gemecker einfiel, bis Serena ärgerlich auf sie zuging, so daß sie den Kopf einzog und sich duckte.

Diesmal lachte Serena nicht. Sie hatte erkannt, daß sie es mit einem Zeichen zu tun hatte. Aber was sollte es bedeuten, daß sich an einem Tage drei Frauen, scheinbar unabsichtlich, den Kopf am Glied des göttlichen Standbildes gestoßen hatten?

Am einfachsten wäre es natürlich gewesen, den Gott Carus geradeheraus danach zu fragen, doch davor scheute sie sich; denn anscheinend wollte er doch seine Absicht verhüllen, sonst hätte er zu ihr nicht durch ein Zeichen gesprochen.

Als sie nun im Begriff war, den Gürtel abzulegen und, ein Ende des Gürtels in jeder Hand, dastand, noch in ihrem Zimmer, das neben dem Schlafzimmer des Gottes lag, kam ihr der Gedanke, das Zeichen könnte vielleicht mit dem Besuch Procula Faustas und der kleinen Verstimmung zusammenhängen, die sich daraus zwischen dem Gott und seiner Priesterin ergeben hatte.

Wollte der Gott sie davor warnen, sich seinen Wünschen entgegenzustellen? Ihm des Nachts den Rücken zuzukehren? Wollte er ihr zeigen, daß es frevelhafte Überheblichkeit war, einen Gott so zu bevormunden? Sie wußte das Zeichen nicht zu deuten und hatte Angst.

Sie löste ihr Haar, ging barfuß über den Flur zu seinem Zimmer, in dem das breite Bett stand, klopfte ängstlich an, und als er geöffnet hatte, ließ sie sich wie in den ersten Zeiten, als sie noch nicht so vertraut miteinander waren, auf das Knie nieder und hob flehend die Hände.

Carow wunderte sich darüber. Er zog sie zu sich empor, sie schmiegte sich an seine breite, behaarte Brust. Er trocknete ihr mit seinem Taschentuch die unerklärlichen Tränen, die ihr aus den Augenwinkeln auf den Nasenrücken und die Wange liefen, und vergrub seine Nase hinter ihren Ohren und wo immer sonst sie die neue, aus Rom besorgte Parfümcreme eingerieben hatte. Von einer Verstimmung des Gottes konnte sie in dieser Nacht nichts spüren.

Am nächsten Morgen stellte es sich zudem heraus, daß die Zufälle an der Statue keineswegs als ein Zeichen aufgefaßt werden konnten, das an Serena gerichtet war. Alles ging vielmehr zurück auf Secunda Tyche, die Frau des Stadtschreibers, die vor einigen Nächten geträumt hatte, wenn sie diesen hervorragenden Teil der göttlichen Statue berühre, könne sie wundersamen Freuden im Ehebett oder auch in anderen Betten entgegensehen. Davon hatte sie ihren Freundinnen erzählt.

Die Sklavin Petronia berichtete nun, wie man von den Männern höre, wollten sich daraufhin heute noch viel mehr Frauen, scheinbar zufällig, in Wirklichkeit jedoch vorsätzlich den Kopf an jenem anstößigen Glied stoßen, und einige prahlten sogar, sie würden es auch fest anfassen und küssen.

Die Priesterin Serena fand das abscheulich und war entschlossen, diesen Weibern, die die heilige Kraft des Gottes so schändlich mißbrauchen wollten, nur um ihre Lust zu erhöhen, die Pläne gehörig zu versalzen. Sie gab deshalb Petronia Weisung, das Portal nicht zu öffnen und die Beterinnen nach Hause zu schicken.

Doch das war nur eine Lösung für heute; morgen würden diese Frauenzimmer schon wieder in aller Frühe vor dem Heiligtum stehen: aufgeregt, mit roten Köpfen und kichernd wie von Sinnen. Wer weiß, ob sie in einer solchen Stimmung nicht in Tau-

mel geraten und zu singen oder zu randalieren anfangen würden.
Mit Carow wollte sie nicht darüber sprechen. Sie wollte alles von ihm fernhalten, was ihn auf solche Gedanken hätte bringen können. Sie sprach mit Jule, nahm ihn zu sich in ihr Zimmer und vertraute ihm ihre Sorgen mit dem Standbild an.
Er erkannte sofort, worauf es ankam, und natürlich wußte er Rat.
»Die Arme«, sagte er, »sind das Problem, nicht irgendwelche anderen Glieder. Wenn das Standbild lange Arme und wenn es Hände hätte, könnte man die Besucher von der Seite heranführen und die Hand küssen lassen; denn offensichtlich ist physischer Kontakt zwischen Betendem und der Kultstatue erwünscht.«
»Notwendig«, verbesserte Serena.
»Dann müßte man der Statue Arme und Hände hinzufügen. Ich sehe darin keine Schwierigkeiten; denn diese Glieder brauchen ja nicht auch aus Marmor zu sein wie jenes andere – wie heißt es noch auf lateinisch?
Kopf und Hals sind schließlich auch aus Holz; und wenn man schon einmal dabei ist, an dem Standbild etwas zu ändern, sollte man, meine ich, auch seinen Hals kürzer machen und den Kopf wenigstens einigermaßen in richtige Proportion zum Ganzen setzen. Selbst wenn das nur ein provisorisches Bild des Gottes sein soll – in der jetzigen Form sieht es doch zu abenteuerlich aus.«
»Am Hals und am Kopf«, sagte Serena, »wollen wir nichts ändern. So wie er ist, ist er.«
»Soll das eine Begründung sein? Nun gut, also wie er ist, ist er. Nur Arme und Hände werden gewünscht. Die können wir liefern. Ich werde heute abend Zeichnungen machen, und morgen zeige ich sie Ihnen.«
Er arbeitete die Pläne in seinem Zimmer in der Pholarchie aus und brachte die Zeichnungen am nächsten Tag.
Er schlug vor, die Oberarmstümpfe, die unmotiviert steil nach oben gerichtet waren, ganz abzuschlagen, schon an der Schulter, und dem Bild statt dessen zwei bewegliche Arme zu geben, die aus Holz sein könnten, weil sie ja in den Ärmeln des Hemdes versteckt sein würden. Holz lasse sich am leichtesten bearbei-

ten. Das Schultergelenk sollte nur nach vorne und hinten bewegbar sein, so auch der Ellbogen des linken Armes. Für den Ellbogen des rechten Armes aber hatte Jule sich ein Kardangelenk ausgedacht, das herzustellen zwar etwas schwierig, aber nicht unmöglich sein würde. Darüber wollte er noch mit Hesper sprechen.

»Nun die Hände selbst!« fuhr Jule fort. »Wir könnten uns vermutlich von einem Bildhauer ein Paar Hände aus Marmor besorgen. Vielleicht hat er sogar welche von einer verunglückten Statue übrig. Aber marmorne Hände an hölzernen Armen – das wäre doch ein arger Stilbruch!

Ich habe einen anderen Vorschlag: Bei uns in unserer Zeit trägt man Handschuhe. Ich habe Ihnen heute welche mitgebracht, um Ihnen eine Vorstellung davon zu geben. Dieses Paar hier ist aus Leder und innen gefüttert.«

»Ach«, rief Serena, »die sehen aber hübsch aus! Die trägt man bei Ihnen an den Händen? Zeigen Sie!«

Sie wollte sie anziehen, aber sie vertauschte links und rechts, unten und oben, bis Jule ihr half.

»Sie sind innen ganz weich«, sagte sie, »und außen auch. Was für ein wunderbares Leder!«

»Ihnen sind sie leider zu groß.«

»Zu groß? Nicht die Spur! Sie passen wie angegossen. Etwas Platz muß man in ihnen doch haben. Ich finde ... ich weiß nicht.«

»Man müßte, wenn man sie für die Statue verwendet, Sägemehl oder auch Sand reintun, damit die Finger ausgefüllt sind.«

»Ach, ich weiß nicht«, sagte Serena. »Paßt eigentlich Leder zu einem Gottesbild? Haben Sie je einen Gott mit schwarzen, ledernen Händen gesehen? Ich nicht. Oder tragen die Götter etwa in Ihrer Zeit solche Schuhe an den Händen?

Andererseits sind sie auch hübsch. Man fühlt sich darin so wohl, man möchte sie am liebsten gar nicht mehr ausziehen.«

»Ich habe außerdem ein Paar Handschuhe aus grober Wolle mitgebracht, einst von einer Freundin gestrickt. Sie sind allerdings knallrot und passen zu der Mütze, die ich beim Besuch des Kaisers getragen habe. In diesen Handschuhen kann man die Finger sogar noch besser bewegen.«

»Zeigen Sie! Auch hübsch! Lassen Sie mich einen anprobieren!

Eine schöne Farbe! Sehr feierlich! Finden Sie nicht auch, daß mir dieses Rot steht?«

»Das Rot«, sagte Jule, »würde aber auch zu dem roten Bart und Haar des Standbildes passen.«

Diese Bemerkung wurde nicht als hilfreich empfunden.

»Unsinn!« sagte Serena. »Das ist doch ein ganz anderes Rot. Die beiden Rots würden sich ja beißen. Das würde jeder sofort erkennen, wenn man sie einmal bei Tageslicht nebeneinander sähe. Ach, wie soll ein Mensch hier entscheiden! Ich wünschte, der Gott gäbe mir eine Erleuchtung.«

»Wir können ihn ja fragen«, sagte Jule.

»Wen? Carus? Den Gott? Der versteht doch von solchen Sachen nichts.«

»Aber Sie sagten doch eben selbst . . .«

»Ich mache Ihnen einen Vorschlag: Sie lassen beide Paare hier, und ich werde mich dann entscheiden. Mir geht gerade so ein Gedanke durch den Kopf: Wenn der Gott Schuhe an den Händen hat, wäre es dann gänzlich unpassend für die Priesterin, bei heiligen Handlungen, zum Beispiel, wenn sie mit den Händen und Handschuhen des Gottes heilt, auch welche zu tragen? Was ist Ihre Ansicht?«

»Es wäre nicht unbedingt nötig«, antwortete Jule und holte eine weitere Zeichnung hervor. »Ich hatte mir nämlich gedacht, es wäre viel wirkungsvoller, wenn Sie oder Ihre Gehilfinnen bei solchen Anlässen gar nicht sichtbar werden, sondern wenn die Statue die Heilungen selbst bewirkt.«

»Die Statue selbst? Ich verstehe Sie nicht.«

»Ich habe«, erklärte Jule und nahm die Zeichnung zu Hilfe, »ein Gestänge entworfen – sehen Sie! –, mit dem man den Arm des Standbildes von hinten, verborgen etwa von einer Spanischen Wand, dirigieren könnte. In dieser Zeichnung sieht das ganz einfach aus, die Ausführung wird trotzdem nicht leicht sein und würde auch einige Zeit in Anspruch nehmen.

Andererseits bedenken Sie den Eindruck auf die Gläubigen, wenn die Statue plötzlich von allein die Arme in segnender Gebärde erhebt, oder wenn sie den rechten Arm im Ellbogen anwinkelt und die Hand auf das Haupt eines knienden Beters sinken läßt! Es wäre ein unerhörtes Wunder. Der Heilungseffekt würde gewaltig sein.«

Jule redete sich in Begeisterung. Er spekulierte über den Ruf, den diese Statue bald in der ganzen Welt haben würde und über die Folgen für das Provinznest Velia, dem er einen bedeutenden, nicht zuletzt auch wirtschaftlichen Aufstieg durch den Strom von Besuchern voraussagte.

Serena hörte schon lange nicht mehr zu. Sie unterbrach Jule schließlich:

»Ich weiß nicht, was ich dazu sagen soll. Ich fürchte mich davor, in einer so schwierigen Frage eine Entscheidung zu treffen. Es hilft nichts, wir müssen ihn selbst fragen.«

Sie fragten ihn.

Sie habe bisher den Betern und Beterinnen, wie befohlen, den Saum des heiligen Hemdes zum Kuß gereicht, erklärte Serena ihm, und damit den Segen des Gottes auf die Gläubigen geleitet. Leider aber sei die Statue so gebaut, daß man sich an den vorstehenden Stellen häufig stoße, besonders wenn man sich vom Gebet wieder aufrichte. Die Statue brauche eine Hand oder noch besser zwei Hände, die den Segen weiterleiteten. Jule erläuterte nun seinen Entwurf. Carow hörte eine Weile schweigend zu, dann bat er Jule, seine Zeichnungen wieder einzupakken.

»An dem Standbild«, sagte er ohne jedwede Begründung, »wird nichts geändert. Es ist, wie es ist. Du würdest es wohl auch noch fertig bringen, daß das Standbild die Augenbrauen hochzieht oder mit den Ohren wackelt. Du kannst die Zeichnungen mitnehmen und verbrennen.

Und das anstößige Problem, das dir, Serena, Sorge bereitet, wird sich an der Statue, die zur Zeit in Rom in Arbeit ist, nicht finden. Ich habe mich schon erkundigt.«

Serena war nicht weitergekommen. Er hatte sie nicht verstanden. Angenommen, sie würde morgen das erste der Weiber von Velia, das sich an dem Gott vergriff, verfluchen, – das Weibsvolk draußen auf dem Platz würde nur in Gelächter ausbrechen.

Serena hatte mit Hilfe des göttlichen Standbildes geheilt, und gar nicht einmal schlecht. Aber die Leute, die Weiber insbesondere, fürchteten sie nicht.

Sie war verzweifelt, und am Abend mußte Carow wieder sein Taschentuch hernehmen und Tränen trocknen. Serena weinte: Sie sei zu schwach und für das hohe Priesteramt ungeeignet.

Nun endlich erzählte sie ihm ihren ganzen Kummer mit den Weibern von Velia und ließ nichts aus, übertrieb sogar hier und da gelinde, um die Schamlosigkeit dieser Weibsbilder noch verwerflicher darzustellen.
Sie habe gestern schon den Funken des Wahnsinns in den Augen von einigen gesehen. Morgen und im Anblick der Statue könne ein Wort, eine Geste genügen, und alle würden in Taumel geraten und in ihrer Raserei was immer ihnen im Weg stand zerreißen.
»Wer weiß, vielleicht werden sie sogar das göttliche Standbild selbst zerschlagen und mit dem einen oder anderen seiner Glieder wild triumphierend durch die Felder ziehen. Das hat es doch alles schon einmal gegeben. Ich selbst habe es sogar gesehen.«
Ja, im Theater allerdings.
Carus, der Gott, strich ihr über das Haar und suchte sie zu trösten und zu beruhigen, aber sie merkte, daß er sie nur für überreizt hielt und nicht ernst nahm.
»Ich sorge mich um Sie und den Dienst an Ihnen, aber Sie lachen. Ich habe sogar den Eindruck, was ich Ihnen von den Weibern und ihren schamlosen Berührungen erzählt habe, finden Sie komisch.« Und zornig warf sie hinterher: »Und vielleicht ist es Ihnen gar nicht einmal so unangenehm.«
Sie war selbst erschrocken über ihre Worte, aber Carow lachte.
»Vom Menschen her gesehen, mag das, was du erzählst, wie ein Frevel erscheinen; in göttlicher Sicht kann sogar dies ein Ausdruck heiterer und ausgelassener Frömmigkeit sein.«
»Heitere und ausgelassene Frömmigkeit? Bei diesen Weibern?« fragte Serena empört. Sie warf die Wolldecke beiseite, stand auf und ging, die Tür hinter sich zuschlagend, hinaus.
Carow nahm auch diesen Ausbruch von Eifersucht nicht ernst. Sie würde sich nun in ihr Bett legen und in das Kissen schluchzen. Es war nicht unangenehm, als Gott angebetet und gefürchtet zu werden.
Doch bald wurde er besorgt. Er konnte Serena nicht lange allein lassen.
Er ging in ihr Zimmer. Es war dunkel. Er tastete sich zu ihrem Bett, aber es war leer; er rief leise ihren Namen, doch es blieb still.

Er vermutete sie betend in der Heiligen Halle. Aber da war es dunkel. Er rief sie flüsternd. Niemand antwortete. Er öffnete den Fensterladen, so daß Mondlicht hereinschien und die Statue beleuchtete. Auch hier war Serena nicht.
Er war nun ernstlich in Sorge und wollte sie draußen suchen. Da hörte er Schritte. Die Tür, durch die er eben gekommen war, öffnete sich leise.
Es war Serena. Sie fuhr erschrocken zurück. Sie war wegen des Kultbilds gekommen, aber jetzt stand der Gott selbst vor ihr, der doch in seinem Bett lag.
Sie sank in die Knie und hob die Hände flehend empor. In der einen hielt sie den Hammer.
Carow sah ihn.
Der Gott hatte ihren frevelhaften Plan erkannt, und sie wußte, daß er sie jetzt mit dem Tod bestrafen würde. Aber da sie nun doch sterben mußte, war es gleichgültig, und sie konnte den Frevel, den sie geplant hatte, auch wirklich begehen. Sie holte mit der einen Hand aus, um den Hammer gegen den anstößigen Teil der Statue zu werfen; aber Carow trat mit einem Schritt davor. War er der lebendige Gott oder nur eine körperlose Erscheinung?
»Dieser Hammer«, sagte Carow, und er nahm sie offenbar immer noch nicht ernst, »ist doch nur ein leichter Schusterhammer, mit dem du bestenfalls einen Pfriem in eine Ledersohle hauen kannst. Für das, was du anscheinend im Sinn hast, brauchst du schon einen schwereren.«
Sie hielt den Hammer noch einen Augenblick unschlüssig in der Hand, dann warf sie ihn in die Ecke, umfaßte seine Knie und legte den Kopf dagegen.
»Ich werde es ihm dennoch einmal abschlagen«, schluchzte sie, »und wenn Sie mich daran hindern wollen, müssen Sie mich umbringen.«
Carow blies die Lampe aus, nahm Serena mit beiden Armen vom Boden auf und trug sie in sein Bett.
»Ich werde es ihm abschlagen, wenn Sie einmal nicht hier sind.«
»Aber das Bild ist doch heilig! Hat es nicht den Rufus erschlagen, als er es umwerfen wollte? Hat es nicht Kranke geheilt? Nun willst du es verstümmeln! Vielleicht würde ich es sogar

spüren, wenn du mit dem Hammer auf das Standbild einschlägst, obwohl ich, was die Statue ist, nicht eigentlich bin, und erst recht, obwohl ich nicht so gestaltet bin.«
»Sie selbst sprechen aber doch von einer Spottgeburt, und Sie wissen, wer sie angefertigt hat. Es ist ein schlechter Scherz des Myiagros, der damit Hader und Entzweiung schaffen wollte. Wie kann, was von ihm kommt, heilig sein!«
»Mein Standbild ist nicht heilig? O Priesterin!«
Serena hielt die Hände vor das Gesicht. Sie weinte.
»Was ist heute nur mit mir! Von wem kommen diese unfrommen Gedanken, gegen die ich mich nicht wehren kann!« sagte Serena verzweifelt. »Ich frevle in einem fort, in dem, was ich tue, und in dem, was ich rede. Und doch glaube ich an Sie und nur an Sie!«
Am nächsten Morgen sagte Serena den Frauen, die vor dem Portal standen, die Heilige Halle bleibe wiederum geschlossen, weil der Gott durch das unverschämte Benehmen einiger Weiber beleidigt worden sei. Aber die Frauen drunten gaben Widerworte, und eine muß auch etwas Anzügliches über Serena gesagt haben, was sie, auf den Stufen zum Eingang stehend, nicht verstanden hatte; die anderen unten auf dem Platz aber brachen in wieherndes Gelächter aus.
Serena wandte sich wortlos um und ging ins Haus. Sie wollte den Gott bewegen, mit ihr herauszutreten, um ihm die aufsässigen Weiber und die Gefahr für das Heiligtum und den Gottesdienst vor Augen zu führen. Er sträubte sich jedoch und begleitete sie erst, als er sah, daß ihr Tränen in den Augen standen.
Doch als sie das Portal öffneten, war von den Frauen keine mehr zu erblicken. Sie hatten geahnt, daß Serena den Gott selbst holen würde, und sich aus Furcht vor ihm in größter Eile auf und davon gemacht.

Von Inuus' Augen und Ohren

Sie saßen wieder auf den Stufen. Carow steckte sich eine Zigarette an.
»Sie hat den Tod verdient«, sagte Inuus. Carow hielt ihm die

Schachtel hin. »Danke! Es gibt kaum einen größeren Frevel als den Anschlag auf das Standbild. Das ist wie ein Angriff auf uns selbst; dennoch können Sie sie leben lassen; denn sie hat es ja nur aus Eifersucht getan. Eigentlich ist es sogar ein Kompliment.«

»Ein Kompliment?«

»Sie will Sie nicht mit den Weibern der Stadt teilen«, sagte Inuus.

»Wie kommt sie auf diesen absurden Gedanken! Ich kenne die Damen ja nicht einmal von Ansehen.«

»Aber einige von ihnen haben Ihr Standbild an hervorragender Stelle berührt, nicht ohne Absicht. Sie selbst hat es übrigens, als niemand in der Heiligen Halle war, auch ein paarmal heimlich getan.«

»Das verstehe ich nun wirklich nicht. Sind Sie sicher?«

»Ich habe gute Augen. Sie haben es alle getan, auch die beiden Sklavinnen Tertia und Petronia. Serena hätte sie umgebracht, wenn sie es gesehen hätte. Die Furcht aber hat das Vergnügen der beiden unendlich erhöht. Sie waren wie von Sinnen.«

»Von all dem hatte ich ja keine Ahnung.«

»Trotzdem hörten Sie mit Befriedigung, als Ihnen Serena von dem Treiben der Weiber von Velia erzählte, nicht wahr?«

»Nun – Befriedigung? Sagen wir: Es war belustigend, und ich hatte nichts dagegen.«

»Na schön! Aber wenn Sie etwas belustigt, darf die Priesterin Ihnen den Anlaß der Lust nicht nehmen.

Sie wird zu eigenmächtig. Ich warne Sie. Der Versuch, Ihnen, vielmehr der Statue, diese Sache da abzuschlagen – sie ist wohl von Sinnen! Denn was sie dem Standbild abschlägt, das schlägt sie in gewisser Weise auch Ihnen ab. Das kann sie doch unmöglich im Sinne haben.«

»Die Statue sieht aber wirklich monströs aus.«

»Nun ja – wie man es nimmt. Ich würde eher sagen: eigenartig und ungewöhnlich.«

»Mir wäre es jedoch lieber, wenn ich wie ein normaler Mensch dargestellt wäre.«

»*Mensch?* Sind Sie denn noch ein Mensch? Der Phallus ist Ihnen zu groß? Ich sage Ihnen: Er kann gar nicht groß genug sein! Sie wollen ihn los sein? Ich habe nie so etwas Unvernünftiges gehört. Ich wäre froh, wenn er meine Statue zierte, selbst wenn er nur halb so groß wäre. Dann hätte man mich in den letzten Jahrhunderten nicht hier oben vergessen, sondern dann hätte ich ständig Gesellschaft gehabt.«

»Um die Aufdringlichkeit der weiblichen Besucher zu zügeln, hatte ich daran gedacht, den Zugang zur Statue mit einem dikken Seil abzusperren; oder man könnte die Statue auf einen mannshohen Sockel stellen, so daß Betende sie nicht berühren können.«

»Unsinn! Sie würden unter dem Seil durchkriechen, und sie würden einander auf die Schultern steigen, nur um da ranzukommen.«

»Aber was soll ich dann tun?«

»Den Frauen sagen – rauchen wir noch eine Zigarette? Danke! – den Frauen sagen, daß die Kraft des Gottes künftig nur in diesem Ding sitzt, und wer geheilt werden oder an seiner Kraft teilhaben will, muß es berühren, und wenn eine es küssen will, soll man es ihr nicht verwehren. Tagsüber sollte die Statue ihr Hemd offen tragen. Abends kann Serena es dann wieder zuknöpfen.«

»Widerlich! Degoutant!«

»Ach, das kommt ganz auf die Beleuchtung an: Was bei Mittagslicht degoutant erscheinen mag, kann im schummrigen Licht des Abends reinstes und höchstes Vergnügen bereiten.«

»Serena wird sich weigern, und ich kann das verstehn.«

»Sie wird erst heftig weinen, aber sich schnell daran gewöhnen, wenn Sie sagen, daß Sie es so wünschen. Schließlich wird sie diesen Gottesdienst lieben. *Sie* sind der Gott.

Man hat Sie vor ein paar Abenden hier oben erwartet.«

»Ich weiß. Ich konnte nicht kommen.«

»Man hat lange gewartet. Man hat inbrünstig gebetet und Sie hergewünscht. Ich konnte es zuletzt nicht mehr ansehen, und als sich eine Wolke vor den Mond schob, bin ich zu ihr gegangen. Ich habe mit Ihrem Akzent gesprochen. Entschuldigen Sie! Aber sie hat mich zuletzt doch erkannt: an den Ohren. Nun, dann wird ihr Sohn eben spitze Ohren haben.«

Meyer-Proske erleidet wieder Verluste in der Spielbank

Peggy wohnte immer noch im Hofgarten-Hotel. Wir waren uns in letzter Zeit nähergekommen. Sie hatte blendendweiße Zähne, alle in einer Reihe, wie sie, von der Zahncreme-Reklame abgesehen, in der Natur nie vorkommen. Sie war noch nie beim Zahnarzt.

»Aber meine Sommersprossen!« klagte sie.

»Ich küsse jede einzelne von ihnen«, sagte ich.

Wir kamen gut miteinander aus. Sie lebte von Mr. Williams getrennt, weil er, wie sie behauptete, jeden Monat eine neue Freundin hatte. Er würde sicher andere Gründe genannt haben. Er schwamm in Geld, aber er ließ ihr nur an jedem Monatsersten einen Betrag überweisen, weil sie seiner Ansicht nach mit Geld nicht umgehen konnte. Da war wohl auch was dran, obwohl Peggy diese Behauptung für albern hielt. Sie bekam monatlich fünftausend Pfund Sterling, rund zwanzigtausend Mark.

Peggy sagte mir am Nachmittag in der Lobby, sie habe jetzt das System. Ich sollte doch am Abend mitkommen, mich aber gut mit Scheinen eindecken.

Zu Anfang gewannen wir auch ganz hübsch; aber dann wurden wir leichtsinnig, und ausgerechnet bei dem Spiel, wo wir alles gesetzt hatten, versagte Peggys System.

Da ich ein vorsichtiger Mensch bin, hatte ich nur einen Teil meines Kontos abgehoben und war noch lange nicht blank. Anders Peggy, die nun drei Wochen bis zum Ersten auf ihren Monatswechsel warten mußte. Das Hotel gab ihr zwar Kredit, aber sie hatte außerhalb des Hotels noch viele Nebenausgaben.

Ich hatte ihr erzählt, wie Jule mir kürzlich zu dem Gewinn verholfen hatte. Nun sah sie die einzige Möglichkeit, über die nächsten drei Wochen zu kommen, darin, mit Jule und mir in die Spielbank zu gehen und sie zu sprengen.

Ich sagte: »Ich kann Jule im Augenblick nicht bitten mitzukommen; ich muß ihn schonen, weil mir das Originalmanuskript weggekommen ist.

Ich erzählte ihr von dem großen Flugzeugwunder und daß wir es ohne das Manuskript nicht beweisen konnten.

»Warum«, fragte ich, »schlägst du dir dauernd mit der Faust auf den Hinterkopf?«
»Warte!« sagte sie und klopfte weiter. »Ich weiß: Die *scrapbook*! Was ist *scrapbook* auf deutsch.«
»Keine Ahnung. Was ist es denn auf englisch?«
»Eine Buch, wo du Sachen einklebst, Verlobungsanzeigen, Heiratsanzeigen, ein Bild von dir, das in der Zeitung erschienen ist, na sowas alles; Briefe von deinem Freund, vierblättriges Kleeblatt und was dir grade einfällt.«
»Ja und?«
»Die *scrapbook* von Aunt Patricia! Da habe ich sowas gelesen. Sie ist über eine Stadt in Italien geflogen, wo noch alle Tempel standen.«
»Pompeji.«
»Warst du mal in Pompeji? Da stehen gerade noch anderthalb Tempel. Aunt Patricia war wütend, wenn einer sagte, das war Pompeji.«
»Wo ist denn Tante Patricia?«
»Tot, schon an die fünf Jahre; aber die *scrapbook* muß bei uns auf dem Speicher im Landhaus sein. Wenn du willst, fliege ich morgen nach London und komme in einer Woche wieder mit der Buch zurück.«
»Wenn du meinst, es steht etwas über das Flugzeugwunder drin, wäre das eine Sensation. Doch leider sehr unwahrscheinlich.«
»Aber man muß das doch prüfen.«
»Also von mir aus kannst du natürlich fliegen«, sagte ich.
»Ja«, antwortete sie, »aber ich bin gebrochen.«
»Du meinst ›pleite‹.«
»Pleite? Im Hotel und der Bank habe ich immer ›gebrochen‹ gesagt, und sie wußten immer gleich, daß ich *broke* bin. Wenn du mir fünftausend Mark pumpst, bin ich morgen früh weg.«
»Hin- und Rückflug kosten doch nicht einmal tausend Mark«, sagte ich. »Woher soll ich fünftausend haben!«
»Du hast noch neunzehntausend auf deinem Konto.«
Das stimmte auffällig.
»Wie kommst du denn darauf?«
Peggy antwortete unschuldig:
»Das habe ich mir ausgerechnet. Fünftausend werden wohl auch nur knapp reichen.«

Mir blieb nichts anderes übrig: Ich gab ihr am nächsten Tag die fünftausend Mark, die sie brauchte, weil sie noch zu Harrods, zu einer Boutique in der Old Bond Street und zu einem Pfandhaus gehen mußte, um einen Ring wieder auszulösen.

Die Berechnungen stimmen nicht

Der Pholarch gab Carow die Papyrusbogen zurück.
»Pelops und Pittakos«, sagte er, »haben zwei Tage gebraucht, um Ihre Berechnungen zu prüfen. Sie und Iulius wollen also wieder in Ihre alte Zeit zurück? Bei dem Regenwetter, das wir die letzten drei Tage hatten, kann ich das fast verstehen.«
»Sie wissen nicht, wie es in Heidelberg regnen kann.«
»Doch! Doch! Weiß ich. Aber Sie haben dort wenigstens Regenschirme.
Sie wollen also zurückkehren? Ihre Freundin Serena verlassen? Fällt Ihnen das so leicht? Hat sie das verdient? Tut sie Ihnen nicht leid? Haben Sie mit ihr darüber gesprochen?«
Carow antwortete darauf nicht.
Sie saßen in der Bibliothek. Die Porträts des Xenophanes, Parmenides, Zeno und der anderen eleatischen Philosophen, an denen sich der kaiserliche Schimmel gerieben, und die Elfenbeinknöpfe der Schubladen, an denen er in nächtlicher Langeweile genagt hatte, waren restauriert, die Holzpaneele an den Wänden gewachst; nur der Mosaikfußboden sah abscheulich aus, weil sich viele Steine unter den Pferdehufen gelockert hatten und weggesprungen waren.
»Unsere beiden Ständigen Philosophen sind voller Bewunderung für Ihr folgerichtiges, logisch unanfechtbares, schrittweises Vorgehen bei der Lösung der Aufgabe«, sagte der Pholarch.
»Aber es ist doch irgendwo ein entscheidender Fehler«, warf Carow ein. »Wir kommen zu keiner Lösung. Wir stehen plötzlich vor einer Wand und können nicht weiter.«
»Richtig. Ihr Weg ist logisch einwandfrei, aber er führt nicht zum Ziel. Das haben Pelops und Pittakos auch bemerkt. Ich habe es aber noch nicht nachgeprüft, weil sie in Ihrer Weise gerechnet haben. Ich kenne Ihre Zahlen zwar mittlerweile, aber

bei dem Rechnen mit der Null habe ich, wenn es schnell gehen soll, immer noch Schwierigkeiten.«

»Glauben Sie, den Fehler finden zu können?«

»Ich bin mir nicht sicher«, antwortete der Pholarch, »denn Sie haben, wie ich schon sagte, einen zwar konsequenten, aber komplizierten Weg benutzt. Wir haben uns sehr viel einfacherer Formeln bedient.«

»Daß Sie eine solche Formel kennen, haben Iulius und ich aus verschiedenen Anzeichen schließen können; sonst hätten wir Ihnen auch unsere Berechnungen nicht zur Überprüfung gegeben. Haben Sie Ihre Formel schon oft angewandt?«

»Zum Besuch der Vergangenheit schon oft, zur Reise in die Zukunft während meiner Pholarchie nur einmal; Sie können sich ja denken, wie wir zu den Zigaretten gekommen sind.

Wir waren vorher ein bißchen bange, bis wir aus Iulius' Beschreibungen sahen, daß ein Besuch in Heidelberg nicht besonders gefährlich sei. Wir hatten nämlich früher schmerzliche Verluste gehabt.«

»Unglücksfälle?«

»Einer meiner Vorgänger hat eine Expedition von drei Philosophen der Pholé voraus in die Zukunft gesandt. Von ihnen wurde einer als Ketzer und Hexenmeister verbrannt; ein anderer hat zufällig einen alten Bekannten aus Velia getroffen – ich nehme seinen Namen nicht gern in den Mund – und ist mit seiner Hilfe Bischof geworden und dort geblieben; nur einer ist zurückgekehrt und hat berichtet.

Eine andere Delegation, die weit in das vierte Jahrtausend nach Gründung der Stadt geschickt wurde, ist überhaupt ausgeblieben. Darauf sind ihr der damalige Pholarch und zwei seiner Philosophen gefolgt, um ihr notfalls zur Rückkehr zu verhelfen, aber auch sie sind nicht wieder zurückgekehrt.«

»Vielleicht sind sie einer Versuchung erlegen und haben es vorgezogen, in der Moderne zu bleiben.«

»Sehr unwahrscheinlich. Das hätte nicht zu ihnen gepaßt. Irgend etwas scheint da passiert zu sein. Aber was? Wir wissen es nicht.

Jedenfalls hat die Pholé in den letzten Jahrhunderten von Bewegungen in die Zukunft wegen des hohen Risikos, das damit verbunden ist, abgesehen, wenn wir auch unsere theoretischen

Forschungen fortgesetzt und unsere Methoden ständig verbessert und vereinfacht haben.«
»Würden Sie«, fragte Carow, »uns Ihre Formel überlassen, wenn wir uns entschließen sollten, zurückzukehren?«
Der Pholarch blies die Backen auf, und seine Augen quollen aus den Höhlen.
»Sie sind noch nicht entschlossen?«
»Nein, wir schwanken noch.«
»Aber warum wollen Sie nicht bei uns bleiben? Warum wollen Sie zurück?«
»Mir ist nicht wohl, wenn ich daran denke, was mir bevorsteht. Der Gedanke an die Zukunft macht mir Sorge. Ich habe das Gefühl, mich zu verändern, ja, schon verändert zu haben. Iulius hat recht, wenn er mir vorwirft, ich sei unmenschlich geworden. Ich bemerke es selbst. Ich denke anders als früher. Ist es diese Zeit, die mich so verwandelt hat?«
»Eher der Umgang, den Sie pflegen«, antwortete Phokas, und obwohl er nichts hinzufügte, merkte Carow, daß er diesen Umgang mißbilligte. »Und deshalb wollen Sie in Ihre Zeit zurück?«
»Ja, manchmal denke ich daran«, erwiderte Carow, »denn die ersten Anzeichen für diese beunruhigende Wandlung traten auf, als man begann, Vorbereitungen für meine Erhöhung zum Gott zu treffen.«
Er hoffte, der Pholarch werde widersprechen; aber Phokas schwieg.
»Man will mich zum Gott machen«, sagte Carow weiter, »aber ich weiß nicht einmal, was ein Gott ist.«
»Und diesem Schicksal möchten Sie sich entziehen?«
»Ich schwanke; denn ich bin mir nicht sicher, ob man das Angebot, Gott zu werden, ausschlagen kann.«
»Ich weiß es auch nicht«, antwortete der Pholarch. »Man hat es mir noch nicht gemacht.«
»Aber warum *mir*?« fragte Carow erregt. »Warum trifft mich dieses Los? Ich habe auf die Götter nie viel gegeben. Ich war in meiner alten Zeit ein ganz lauer Christ. Ich war kein Heiliger, habe die Menschheit weder gebessert, noch gerettet. Ich habe nichts außergewöhnlich Gutes und nichts außergewöhnlich Böses getan. Warum soll ausgerechnet ich Gott werden?«

»Wie unvernünftig es ist, nach Beweggründen des Himmels zu fragen, die unserer Vernunft eingängig sind! Daß man sich dort nicht an unsere Richtlinien hält, ist doch ganz offensichtlich, wenn Sie sich ansehen, wie in unserer Welt die Guten ins Elend und die größten Schlawiner auf den Thron kommen. Pardon!«
»Aber was soll ich tun? Das Angebot wird nicht jedem gemacht; es ist sicherlich als Gunstbeweis des Himmels anzusehen. Ich weiß jedoch nicht, was man alles aufgeben muß, um Gott zu werden. Wenn es unzumutbar ist, möchte ich mich dieser Aufgabe gerne entziehen und in meine Zeit, in der keine Götter sind, zurückkehren.
Würden Sie mir dazu mit Ihrer Rückkehrformel helfen?«
Der Pholarch richtete sich etwas auf und entgegnete:
»Nein. Im Gegenteil, ich bin gehalten, Sie daran mit allen Mitteln zu hindern.«
»Mit *allen* Mitteln?« fragte Carow.
Der Pholarch nickte.

Das historische Faktum oder die Konkubine

»Jetzt wäre die Zeit für eine Tasse Kaffee«, sagte Jule und zog mit dem Läufer.
»Du willst mich nur ablenken«, antwortete Carow. »Ich sehe natürlich, warum du den Läufer weggenommen hast. Wenn ich die Augen schließe, kann ich den Kaffee fast riechen. Es genügt mir schon, wenn ich ihn nur riechen kann.«
»Wir werden ihn nie wieder riechen.«
»Wer weiß!« antwortete Carow und zog einen Bauern.
Sie saßen im Innengarten unter einem Feigenbaum. Serena trat aus den Kolonnaden des Peristyls und meldete mit emporgezogenen Augenbrauen einen Besucher an:
»Marcus Cellius Africanus. Ich sehe, Sie sind beschäftigt. Ich habe ihm das auch schon gesagt; aber er bestand darauf, angemeldet zu werden. Er habe Zeit, er könne warten.«
»Er ist gestern nachmittag angekommen«, sagte Jule, »und hatte, wie Pittakos erzählte, abends gleich einen Streit mit dem Pholar-

chen. Aber Africanus hat wohl mit jedem Streit. Ich lasse euch allein.«
Jule nahm das Schachbrett mit beiden Händen auf und trug es fort, ohne die Figuren zu verrücken.
Serena sah Carow fragend an. Er gab ihr ein Zeichen, daß sie den Besucher vorlassen sollte.
Africanus' Gesicht war hagerer und kantiger geworden. Sein Haar fiel ihm manchmal über die niedrige Stirn bis zu den Augenbrauen.
»Sie wundern sich vielleicht«, sagte Africanus, »daß ich Sie hier draußen vor der Stadt besuche. Aber vielleicht wundern Sie sich auch nicht, denn alle Welt kommt ja, wie ich höre, zu Ihnen, seit der Kaiser Sie zum Gott gemacht hat.«
Africanus lachte nicht, aber er verzog den Mund zu einem Lächeln, einem unsicheren Lächeln.
»Mir scheint«, antwortete Carow, »Sie nehmen das Dekret des Kaisers nicht ernst. Setzen Sie sich!«
»Der Kaiser spricht viel von Ihnen und seinen Erlebnissen in Velia«, fuhr Africanus fort. »Seine Gegner sind eingeschüchtert und fürchten, daß sich ähnliche Wunder auch an seinem Hof zu Mailand ereignen könnten.«
»Sie kommen aus Mailand?«
»Vom Comer See, über Mailand. Der Kaiser verbreitet überall, Gott, der Weltschöpfer, sei gar nicht so allmächtig, wie man allgemein behaupte. Er könne zwar die Stadt Rom erschaffen, aber trotz seiner Allmacht sei er nicht mächtig genug, dieses historische *factum* wieder aus der Welt zu schaffen. Er könne Rom zwar wiederum so zerstören, daß kein Stein auf dem andern bleibe, und das Gelände um die sieben Hügel in eine Kuh- und Ziegenweide verwandeln, aber er könne nicht machen, daß die Stadt Rom nie existiert habe. Der Kaiser behauptet, Sie hätten ihm das so erklärt.«
Africanus sah Carow an.
»Ja und?« fragte Carow.
»Ja und?!« wiederholte Africanus erstaunt. »Sie haben dem Kaiser tatsächlich solchen Unsinn beigebracht?«
»Unsinn?« fragte Carow. »Inwiefern? Haben Sie Einwände? Es haben schon viele Leute versucht, diesen Satz zu widerlegen. Können Sie es? Meinen Sie, der Schöpfer könne Rom erst

schaffen, darauf vernichten und dann sagen, Rom habe in Wirklichkeit nie existiert?«

»Natürlich«, sagte Africanus, »kann er machen, daß Rom nie existiert hat. Er hat Rom doch nicht zu einem bestimmten Zeitpunkt erschaffen. Er hat Rom, er hat die Welt, er hat das Sein immer schon geschaffen und nicht geschaffen. Er lebt ja außerhalb der Zeit, nicht *vor* ihr, nicht *nach* ihr, sondern *über* ihr.«

»Verstehe ich nicht«, sagte Carow. »Können Sie sich vielleicht verständlicher ausdrücken?«

»Nein, denn es ist für uns nicht zu verstehen. Aber stellen Sie sich das Eine, den Gedanken, den Willen in der Ewigkeit vor. Sie sagen ›Er *hat* Rom geschaffen‹. Er *hat*? In der Vergangenheit also? Aber die gibt es für ihn doch nicht. Mit demselben Recht können Sie sagen, er *wird* Rom schaffen. Woher aber wissen Sie das? Woher kennen Sie seine Gedanken? Vielleicht hat er Sie nur an einem seiner Träume teilnehmen lassen.«

»Ich glaube zu ahnen, worauf Sie hinauswollen«, antwortete Carow, »aber Sie hätten mir Ihre These in Versen vortragen sollen, wie einen raunenden Mythos, dessen Worte poetisch klingen, jedoch logisch nicht zwingend und wissenschaftlich nicht haltbar sind.«

»Ich höre ihn über Ihre Logik und Wissenschaft lachen«, entgegnete Africanus. »Denn Sie haben immer noch nicht begriffen, daß Gott außerhalb der Zeit weilt und deshalb ihr nicht unterworfen ist. Sie glauben immer noch, daß die Zeit mächtiger ist als der, der sie geschaffen hat. Und darum ist das, was Sie dem Kaiser über die Ohnmacht Gottes, des Schöpfers der Zeit, des Raums und des Seins, erzählt haben, blanker Unsinn.«

»Was ich dem Kaiser erzählt habe, ist ein bekanntes Paradoxon, ebenso wie die Frage, ob Gott einen Stein schaffen kann, der so schwer ist, daß er ihn nicht heben kann. Antworten Sie, er kann das nicht, dann ist er auch nicht allmächtig.«

»Ich habe meiner Mutter berichtet, was Sie dem Kaiser weisgemacht haben. Sie ist eine starke und gerade denkende Frau, die in ihren Ausdrücken nicht zimperlich ist und die mit einem einzigen Wort den Nagel auf den Kopf trifft. Wissen Sie, was sie geantwortet Hat? Nur ein Wort.«

»Nun?«

»Es war kein Wort aus dem Vokabular unserer literarischen

Sprache; es war ein vulgäres Wort, das ich nicht wiederholen möchte.«

»Ein Argument, das überzeugen konnte, wird es demnach wohl nicht gewesen sein. Doch wenn Ihre Frau Mutter über solche Fragen urteilt, darf ich annehmen, daß sie Philosophin ist?« fragte Carow höflich.

»Im Gegenteil.«

»Ah? Im Gegenteil?«

»Sie ist Christin.«

»Dann sagen Sie ihr doch bitte, daß es Scholastiker unseres Mittelalters waren, die sich solche Fragen ausgedacht haben.«

»Scholastiker?«

»Christen.«

»Eine Sekte? Ketzer?« fragte Africanus, eifrig und interessiert.

»Nein, keineswegs, sondern fromme Diener der Kirche, und der den Satz von der begrenzten Allmacht Gottes aufgestellt hat, war Bischof von Ostia.«

»So?« fragte Marcus Cellius Africanus skeptisch und mißtrauisch und nicht ganz überzeugt.

Er sah sich im Garten um und war unruhig, schließlich begann er:

»Ich höre, Sie haben schon viele Leute geheilt, die zu Ihnen gekommen sind.«

»Sind Sie krank?« fragte Carow.

»Ja«, antwortete Africanus. Sein Blick und seine Sprache waren heftig. »Sehen Sie es mir nicht an? Ich bin eine einzige Wunde. Ich blute, meine Seele blutet und wird immer bluten, wenn Sie sie nicht heilen.«

Carow fragte nicht, er wartete.

»Ich habe die Frau verstoßen«, fuhr Africanus fort, »mit der ich seit meinem siebzehnten Lebensjahr zusammengelebt habe. Wir haben einen Sohn von sechzehn Jahren, der bei mir geblieben ist; aber *sie* habe ich verstoßen. Sie hat keine Schuld auf sich geladen, überhaupt keine, und doch habe ich sie nach Numidien zu ihrer Familie, in ihr Dorf, ihre Hütte zurückgeschickt. Sie hat beim Abschied das Gelübde getan, nie wieder mit einem anderen Mann zu schlafen. Sie werde niemand lieben als mich. Sie wird das Gelübde halten und mir bis an ihr Lebensende treu sein – auch wenn ich heirate. Ich weiß es. Niemand wird mich

mehr so lieben wie sie, und auch ich werde niemand mehr so lieben können.«
Africanus mußte eine Pause machen, ehe er fortfuhr:
»Können Sie diese Wunde heilen?«
»Warum haben Sie sie verstoßen?«
»Ich sagte doch eben: Sie kommt aus einer Hütte, aus einer niedrigen Familie, die in einer anderen Welt lebt.«
Er wartete auf ein verständnisvolles Wort, aber Carow schwieg, und als er immer noch nichts sagte, wurde Africanus plötzlich ungeduldig und heftig:
»Ja, sehen Sie denn nicht: Es geht einfach nicht! Ich muß mich um ein Amt in der Reichsverwaltung bemühen, weil die Güter nicht mehr genug einbringen, um einigermaßen standesgemäß in Mailand oder Rom zu leben. Wenn ich ein Amt habe, kann sie doch nicht mein Haus führen! Jeder weiß, wo sie herkommt, selbst die Sklaven. Kann ich Ehepaare der Gesellschaft, des Hofes einladen, wenn sie die Hausfrau ist? Niemand würde kommen. Sie müssen doch einsehen, daß das nicht geht!«
Er holte ein paarmal tief Atem, dann fuhr er ruhiger fort: »Man hat ein Mädchen aus einer guten, sehr wohlhabenden Familie für mich ausgesucht, die Beziehungen zur Reichsverwaltung und zum Hof hat. Der Vater steht in Senatorenrang. Das Mädchen ist noch etwas jung, und die Familie wünscht deshalb, daß wir mit der Heirat noch zwei Jahre warten; sie machte mir zur Bedingung, daß ich die Konkubine wegschickte.«
»Und dann haben Sie sie zurückgeschickt.«
»Ich habe Ihnen doch schon erklärt, warum! Sie war aus niedriger Familie, aus einem Dorf, einer Hütte. Jedermann weiß es.«
»Grausam!«
»Ja, ich weiß. Und darum blutet meine Seele. Der Kaiser erzählt überall von der heilenden Kraft in Ihren Händen. Unterwegs traf ich Ihre Patientin Procula Fausta. Auch sie sprach davon mit feuchten Augen. Legen Sie Ihre Hände auf mich, damit die Wunde sich schließt!«
»Stehen Sie auf!« schrie Carow ihn an. »Wie können Sie es wagen, vor mir zu knien! Ich wünsche es nicht! Stehen Sie sofort auf, oder ich lasse Sie hier allein!«
Africanus erhob sich, setzte sich wieder auf die Gartenbank und sah hinab auf den Tisch.

»Es gibt nur eine Möglichkeit, Sie von Ihrem Leiden zu befreien«, sagte Carow. »Holen Sie Ihre Konkubine sofort zurück, und sagen Sie die Heirat mit dem Mädchen aus wohlhabender Familie ab!«

Africanus schüttelte den Kopf.

»Meine Mutter hat alles arrangiert und eine bindende Vereinbarung mit der Mailänder Familie getroffen.«

»Dann kann ich Ihnen auch nicht helfen«, sagte Carow. »Was Sie mir vorgetragen haben, ist auch kein medizinischer Fall. Er ist viel schwieriger.«

Africanus sah ihn ängstlich an. Er fragte leiser als bisher: »Sie meinen, was ich getan habe, ist eine Sünde?«

»Ja. Ein Verbrechen. Unmenschlich.«

»Ich bereue es aber doch! Sind Sie nicht ein Gott? Können Sie mir die Sünde nicht vergeben?«

»Sie überschätzen mich; alle Welt überschätzt mich. Erstens bin ich nur ein designierter Gott, und ob man mir, zweitens, nach der Verklärung die Befugnis erteilt, Sünden zu vergeben, scheint mir, so wie ich die römischen und griechischen Götter kenne, sehr zweifelhaft zu sein.«

»Aber was soll ich tun! Sehen Sie nicht, wie tief ich in der Sünde stehe?«

Carow schlug mit der flachen Hand auf den Tisch.

»Ach, hören Sie doch auf, mich mit Ihrer Larmoyanz zu langweilen! Sie haben Ihre Konkubine in der grausamsten Weise weggeschickt; ich möchte sagen: erwürgt und umgebracht, nur weil Sie eine Erbin heiraten wollen. Sie sind nicht bereit, das Unrecht wiedergutzumachen und Ihre Konkubine zurückzuholen, sondern leiden entsetzlich und wünschen, daß ich Ihnen Ihre Schuld vergebe. So leicht, lieber Freund, kommen Sie aber nicht davon!

Sie haben großartig auffliegende Gedanken über Zeit und Ewigkeit und wissen genau, ob der Schöpfer vor oder hinter, unter oder über der Zeit weilt. *Garriebas plane quasi peritus.* Sie haben ganz so geschwatzt wie einer, der genau Bescheid weiß; aber in dem, was Sie tun, sind Sie kein *peritus*, der weiß, was gut und was böse ist, sondern ein *periturus*, einer, dessen Seele untergeht, weil Sie sich hier auf der Erde mit einer Schäbigkeit benehmen, die ihresgleichen sucht.«

Africanus konnte seine Hände nicht still halten. Er faltete sie, verbog die Finger, zog an ihnen, daß sie in den Gelenken knackten, nahm die Hände auseinander und legte sie wieder auf die Knie. Er sah hinab auf den Tisch, seufzte, und nach einem Anlauf sagte er:

»Sie haben recht in allem, was Sie mir vorwerfen; Sie sind sogar zu milde: Ich bin ja noch schäbiger, als ich Ihnen gebeichtet habe. Denn in aller Heimlichkeit habe ich mir jetzt eine andere Konkubine genommen, die ich im Nachbarhaus wohnen lasse. Ich leide unter dem Fleisch und der Begierde. Ich kann sie nicht bezwingen. Sehen Sie jetzt, wie tief ich in der Sünde stecke?«

»Hören Sie auf, mir die Ohren vollzujammern! Wenn Sie sündigen, begehen Sie bitte nur solche Sünden, die Sie auch ertragen können. *Pecca fortiter!* Sündigen Sie tapfer, aber winden Sie sich nicht weinend und in unmännlicher Schwäche am Boden! Oder bereitet es Ihnen Lust, Ihre Sünde und Schande vor mir auszubreiten?«

»Sie verstehen mich nicht«, antwortete Africanus und sah Carow wütend an. »Es bereitet mir keine Lust, sondern es bereitet mir Schmerzen. Ich weine nicht über mich oder aus Mitleid mit mir; ich weine vielmehr vor Entsetzen über die Schwachheit des Menschen, und daß ich, *auch ich*, dieser Schwachheit erlegen bin und göttliche Hilfe brauche. Ich verstehe jetzt, wenn einer schrieb: Wenn ich mich denn rühmen soll, will ich mich meiner Schwachheit rühmen.«

»Bitte?«

»Zitat aus einem Brief. Sie haben dieses Entsetzen wohl nie gespürt, wie? Nun, in der Pholé spürt man es auch nicht. Die Philosophie, die man dort betreibt, blickt in die falsche Richtung. Man denkt über Zeit und Ewigkeit nach, aber nur, um den Menschen in seiner Schwachheit und Sünde nicht sehen zu müssen. Doch nicht nach außen, nach innen müssen Sie blikken, um den Menschen in seiner Beschränktheit und Sünde zu erkennen.«

»Also!« sagte Carow und ließ ihn merken, daß seine Geduld arg strapaziert war. »Ich bin Mathematiker und sehe nichts Frevelhaftes darin, über die Zeit nachzudenken. Warum sind Sie eigentlich zu mir gekommen? Was wollen Sie von mir? Das scholastische Paradoxon kritisieren, das ich dem Kaiser mitgeteilt hatte? Sind Sie gekommen, damit ich Sie heile oder Ihnen gar die Sünden vergebe? Oder wollen Sie mich auf den rechten Weg führen und zur Umkehr auffordern? Bitte erklären Sie sich!«

»Verzeihen Sie mir! Ich bin immer zu ungestüm und verletze oft meine Freunde, am meisten jedoch mich selbst. Schone ich mich denn? Vergehe ich nicht vor Scham?

Ich bin gekommen, weil ich hoffte, Sie könnten mir helfen, mich heilen und mir die Last von den Schultern nehmen.«

»Ich kann Sie weder heilen noch erlösen, aber einen Rat kann ich Ihnen geben: Holen Sie Ihre Konkubine aus der Hütte in ihrem Dorf zurück! Dann gehen Sie zu Ihrer Frau Mutter und sagen Sie ihr nur ein einziges Wort! Sagen Sie zu ihrem Plan, Sie mit einer reichen Erbin zu verheiraten, nur das eine für einen literarisch Gebildeten unschickliche und, wie ich vermute, obszöne Wort!«

Africanus schüttelte den Kopf und sah gequält vor sich hin. Dann entgegnete er:

»Ich habe meiner Mutter schon so viel Kummer gemacht. Ich habe sie angelogen, sie in Afrika zurückgelassen, ihrem sehnlichsten Wunsch bis heute widerstanden. Aber was Sie mir empfehlen, würde sie umbringen. Sie will nur mein Bestes.«

»Offenbar eine formidable Frau.«

»Formidabel?« Africanus überlegte. »Ja, daß man manchmal erschrickt; aber eine Heilige.«

»Nun, dann soll sie Ihnen auch in der Not helfen, in die sie Sie gestürzt hat. Vielleicht kann sie Ihnen sagen, an wen Sie sich wenden sollen, damit Ihnen Ihre Schäbigkeit, Grausamkeit und Sünde vergeben wird.«

Marcus Cellius Africanus sah Carow mit stechendem Blick an. Dann fuhr er auf.

»Ich werde *kein* Christ!« rief er und trommelte mit den Fäusten auf den Tisch. »Ich werde *kein* Christ. Ich habe es ihr schon tausendmal gesagt. Nie, nie!«

»Sie sind aber auf dem besten Wege dahin«, erwiderte Carow.

Von den Rechten, Pflichten und Aufstiegsmöglichkeiten eines Lokalgotts und dem Abstreifen des Menschlichen

»Großartig ist diese Cella nicht«, sagte Inuus, als er dem designierten Kollegen den Umbau auf der Rückseite seines Tempels zeigte. »Es ist dunkel bei Ihnen. Man hätte die Tür größer machen sollen.«

Carow war die Dunkelheit sogar ganz recht; denn dann würde man das Standbild nicht so genau erkennen. Er dankte Inuus, daß er ihm Gastfreundschaft gewährte. Inuus erwiderte, dies sei selbstverständlicher Freundesdienst, mit dem er aber auch recht selbstsüchtige Erwartungen verbinde: Er hoffe nämlich, daß nun mehr Besucher als früher heraufkämen und daß einige von ihnen auch ihm die Ehre erwiesen.

Kalkbespritzte Holzeimer standen neben der Eingangstür, und kalkbespritzte Gerüststangen lagen neben der neugebauten Treppe. Der wirkliche Gott Inuus und der designierte Gott Carus setzten sich neben die Basis einer Säule, von der sie einen Blick auf den Nordhafen und das Meer hatten.

»Sie machen ein so nachdenkliches Gesicht«, sagte Inuus, »wegen der Cella? Sie ist wirklich nicht großartig. Dunkel und eng, wie meine eigene.«

»Nein, ich danke Ihnen für Ihre Großzügigkeit und Hilfsbereitschaft. Nicht jeder Gott würde so handeln wie Sie. Ich überlege nur, wo sich die Priesterin aufhalten soll, wenn sie hier oben ist. Ob man hinter dem Standbild einen Vorhang anbringen lassen und dort eine Kammer einrichten könnte? Mit einem Fenster natürlich.«

Inuus erwiderte, Serena kümmere sich ja selbst um das geringfügigste Detail bis hin zur Verriegelung der Tür. Aus ihren Gesprächen mit dem Architektenr wisse er außerdem, daß ein Vorhang und ein breites Bett aus Eichenholz, für den Fall, daß sie einmal hier übernachten müsse, schon in Arbeit seien.

»Serena muß jetzt bei der Stadtverwaltung darauf dringen, daß auch die Fundamente für Ihren Altar dort neben den Pinien bald gelegt werden und daß die Bildhauerarbeiten dafür in Auftrag gegeben werden. Sie selbst können sich, wenn Sie hier eingezogen sind, ja nicht mehr darum kümmern.«

»Kann ich das nicht? Sehen Sie: Ich weiß noch immer nicht, was ein Gott kann und darf und was man von mir erwartet.«

»Was Sie können und dürfen, werden Sie bald wissen, und von Ihrer Priesterin werden Sie hören, was die Menschen von Ihnen erwarten.

Nur dürfen Sie sich danach nicht, jedenfalls nicht immer, richten; denn sonst würden Priester und Menschen bald übermütig und unverschämt. Wenn Sie es für angezeigt halten, tun Sie, ohne zu zögern, auch das Unerwartete – aber nie einen Grund dafür angeben!

Eiserne Regel für Götter: Niemals erklären!

Eine andere Regel: Machen Sie den Menschen klar, daß sie sich durch gute Werke keinen Anspruch auf unser Wohlwollen erwerben können. Wohltaten erweisen wir ihnen aus unserer göttlichen Güte und Gnade, die auch den treffen kann, der sie überhaupt nicht verdient. Betende mögen manchmal gut und gerecht gewesen sein; aber wenn sie sich etwas darauf zugute tun, senden Sie ihnen Unglück! Dann können Sie prüfen, ob sie auch im Unglück noch an Sie glauben.

Sie müssen als Gott Ihre Klientel so in Furcht und Hoffnung halten, daß die Menschen, die sich Ihnen nähern, ungewiß sind, wie Ihre Antwort lauten wird. Davon hängt Ihre Zukunft ab.«

»Ich kenne Ihre Einstellung, ich höre das ja nicht zum erstenmal. Aber ich weiß nicht, ob ich das fertig bringe, was Sie von mir verlangen. Ich kann mir auch nicht vorstellen, daß alle Götter so denken wie Sie. Ich möchte das Humane mit in die andere Welt nehmen.«

Inuus lachte, dann schüttelte er verzweifelt den Kopf:

»Sie verstehen es immer noch nicht. Wenn Sie Gott sind, dann sind Sie nicht mehr ›human‹, dann sind Sie un-menschlich, dann sind Sie ›divin‹. Bevor Sie Gott werden, müssen Sie das Humane abstreifen.«

»Aber die Götter sind doch gut!«

»Nein«, sagte Inuus, »sie sind nicht gut.«

»Aber gerecht!«

»Keineswegs«, antwortete Inuus.

»Liebevoll, wahrhaftig, treu?«

»Nein! Nein! Nein! Was wollen Sie uns nur andichten! All das sind Gebote, die wir den Menschen gegeben haben, aber nicht

die Grundsätze, nach denen wir die Welt regieren. Wie oft soll ich Ihnen das denn sagen! Schauen Sie sich doch nur um!
Das ganze Übel begann damit, daß einer kam und verkündete, wir Götter hätten uns die Menschen zum Bilde gemacht, zu einem Bilde, das uns gleich sei. Welche Unverschämtheit, eine Ähnlichkeit zwischen Göttern und Menschen zu postulieren und dann daraus zu folgern, daß wir auch so denken und handeln wie die Menschen, ja daß wir so denken und handeln *müssen*, wenn wir gut sein wollen!
Ich sehe es Ihren Augen an, daß auch Sie immer noch meinen, wir seien nur ›gut‹, wo wir menschlich sind. Ich warne Sie, eine solche Ansicht auch nur von ferne durchblicken zu lassen, falls Ihnen einmal einer der olympischen Götter begegnen sollte. Wir Götter sind nur gut, wo wir ganz anders sind als die Menschen.«
»Haben Sie noch nie von Liebe gehört?« fragte Carow.
»Natürlich, bei den Menschen ist sie ja sehr verbreitet; aber haben Sie schon einmal von Liebe unter den Göttern des Olymps gehört? Vielleicht, daß es mit einer Romanze zwischen Zeus und Hera angefangen hat? Haha!«
»Lieben Sie die Menschen denn überhaupt nicht?«
»Wenn die Menschen fromm sind, uns opfern und uns verehren, sind sie uns natürlich lieb. Der Menschen Liebe zu den Göttern ist, daß sie die Gebote halten.«
»Das meine ich nicht. Könnten Sie zum Beispiel jemand seine Sünden vergeben, weil er viel geliebt hat?«
»Was Sie sagen, klingt mir seltsam fremd«, sagte Inuus. Er rieb sich seinen Kinnbart und sah Carow scharf an. Carow fuhr fort:
»Ich habe von einem Gott gehört, der die Liebe ist; von einem, der aus Liebe zu den Menschen und um sie von den Sünden zu befreien, den Tod auf sich genommen hat.«
Inuus spuckte aus, sprang erregt auf; sein Haupt ragte über die Wipfel der Pinien, als er vor Carow stand und donnerte:
»Aha! So! Da haben wir es! Da kommt auf leisen Sohlen ein Christ geschlichen! Ahaha! Nein!«
Er fand vor Entrüstung weder Argumente noch Worte, schüttelte die Arme und stampfte, daß die Erde erzitterte, auf dem Tempelvorplatz umher, auf dem einmal Carows Altar stehen sollte, und beruhigte sich nur langsam.

»Sie haben mir geschildert, wie sich die Christen lieben, als Sie mir ihren Gottesdienst in Rom beschrieben. An die Gurgel wollten sie einander vor lauter Liebe.«

Er spuckte wieder. Nach einer Weile fuhr er ruhiger fort: »Sprechen Sie nie, nie wieder solche subversiven Gedanken aus! Sie nehmen uns den Atem. Ich bitte Sie!«

»Ich weiß nicht, worauf ich mich eingelassen habe«, sagte Carow verzweifelt. »Ich würde viel lieber Mensch bleiben; denn was ist eine Welt ohne Menschlichkeit und Liebe! Selbst die Schwächen der Menschen erscheinen mir jetzt in vertrautem und freundlichem Licht, wenn ich höre, daß die Götter, die uns Gebote gegeben haben, selber darauf pfeifen und meinen, was sie tun, ist wohlgetan. So leben sie unbekümmert in Ewigkeit dahin.«

»Ach, die Ewigkeit der Götter! Auch wir sind doch der Zeit unterworfen und blühen oder vergehen mit dem Wandel der Welt. Sehen Sie mich an!

Früher galt ich etwas, als für die Herden zu sorgen, noch Herrensache war; heute hat man die Sorge für die Herden den Sklaven übergeben. Und sehen Sie den Niedergang der Götter des Olymps, denen die Klientel zu den blutbespritzten oder parfümierten Fremdgöttern davonläuft! Oder gar zu dem Gott der Christen!«

Er spuckte auf die Steine.

»Wann werden Sie die Götter im Olymp wieder treffen?« fragte Carow, um ihn abzulenken.

»Im nächsten Monat«, sagte Inuus, »zur Herbstsitzung.«

»Wird man auch mich einladen?«

»Sie? Noch sind Sie nicht einmal Gott, noch voller menschlicher Irrtümer, schon wollen Sie auf den Olymp, wahrscheinlich um sich im Rat der Götter über das Humane, Gute, Wahre und Schöne und über die Liebe zu verbreiten! Unmöglich!« rief Inuus. »Selbst wir minderen Götter müssen froh sein, wenn wir eingeladen werden.

An Macht mögen die Olympier eingebüßt haben, trotzdem sind sie arrogant wie eh und je; der Olymp ist noch immer der exklusivste Klub überhaupt. Von den Göttern, die in Rom verehrt werden, sind höchstens die Hälfte Mitglied, und die minderen Götter unter ihnen wie ich sind nur am Rande geduldet. Die

Zwölf würden erstaunt die Augenbrauen hochziehen, wenn wir im Rat den Mund aufmachen würden.
Nein, mein Freund, Sie wollen zu hoch hinaus.«
»Sie mißverstehen mich. Ich will gar keine Reden im Rat der Götter halten. Wenn ich nach ihnen fragte, war das nichts anderes als Neugier: Man hat soviel von ihnen gelesen, unzählige Bilder von ihnen gesehen, – ist es da nicht ganz natürlich, daß man sie auch *in natura* sehen will?«
»Gewiß ist es natürlich, und der Wunsch, die Götter zu sehen – ohne selbst gesehen zu werden, versteht sich –, ist auf Erden weitverbreitet; doch der Olymp hält Distanz zu den Menschen, außer zu strahlenden jungen Schönheiten beiderlei Geschlechts. Junge Lokalgötter aber wie Sie, selbst wenn sie vor Zeiten Sieger im Gewichtheben gewesen sind, nimmt er gar nicht zur Kenntnis.«
»Sind es denn nicht die olympischen Götter, die mich in ihren Kreis aufnehmen wollen?«
»Nein. Sie täuschen sich«, erwiderte Inuus. »Sie waren *mein* Protegé und sind es noch, obwohl Ihre subversiven Gedanken mich jetzt beunruhigen. Aber auch ich hätte Ihren Aufstieg nicht bewerkstelligen können, wenn sich nicht alles mit Hilfe und im Laufe der Zeit so ganz unauffällig arrangiert hätte.«
»Ich habe noch einige Fragen: Sie halten sich meistens hier im Tempel auf, waren aber, als ich in Rom den Tempel des Faunus besuchte, ebenfalls dort, und oft begeben Sie sich ja auch zu ihrem Tempel und anderen Heiligtümern hinten in den Bergen. Haben Sie eigentlich kein gemütliches Zuhause?«
»Die Tempel sind mein Zuhause«, sagte Inuus.
»Aber Sie klagten doch manchmal über die Einsamkeit hier oben.«
»Nun, das wird von dem Tag an anders sein, an dem Sie hier einziehen.«
»Ich leiste Ihnen natürlich gerne Gesellschaft«, sagte Carow, »und ich freue mich schon darauf; dennoch möchte ich mich nicht immer hier aufhalten. Sie selbst hatten mich ja vorhin darauf aufmerksam gemacht, daß meine Cella eng und dunkel ist. Und wenn ich an den Winter denke, wo es draußen stürmt und regnet – mit Schnee ist hier im Süden ja wohl nicht zu rechnen –, dann möchte ich doch lieber im Haus Serenas sein,

jedenfalls abends und nachts, obwohl sie auch für ein Bett hier oben sorgen will. Am nächsten Morgen würde ich natürlich wieder pünktlich zur Stelle sein.
Meine Frage nun: Es würde mir Verlegenheit bereiten, auf dem Wege von und zu ihrem Haus gesehen, gegrüßt und vermutlich auch verehrt zu werden. Wie kann man solche Begegnungen wohl vermeiden?«
»Diese Begegnungen«, antwortete Inuus, »werden gar nicht stattfinden. Kein Mensch wird Sie sehen. Man wird sogar, wenn Sie im Wege sind, durch Sie hindurchgehen, ohne etwas zu spüren, höchstens wird man ein unbehagliches Gefühl haben, so daß man sich mit der Hand über den Nacken fährt, als fühle man etwas Unangenehmes im Rücken; aber man ist nur einen Augenblick etwas verstört, ohne zu wissen warum, und geht dann weiter.
Was Sie aber über Ihren künftigen Wohnsitz im Hause der Priesterin Serena sagten, zeigt mir, daß Sie noch immer nicht erfaßt haben, was von Ihnen verlangt wird:
An dem Tag, an dem Ihr Standbild hier in die Cella gebracht und geweiht wird, werden Sie aus dem designierten ein wirklicher Gott und müssen dann alles Menschliche von sich abstreifen, ein für allemal.«
»Ah, ich verstehe«, sagte Carow. »Ich glaubte zuerst, Sie meinten meine humane Denkweise, die mir immer noch anhaftet und mit der ich Sie schon so oft irritiert habe. Sie meinen also die Bequemlichkeiten und sonstigen Annehmlichkeiten, die mir Serena gewährt – die muß ich abstreifen. Das wird ernsthaft von mir verlangt?«
»Sie haben mich noch immer nicht verstanden«, antwortete Inuus und lächelte, »das, worauf Sie jetzt anspielen, wird Ihnen bleiben, so oder so, Mensch oder Gott. Was ich meine, ist viel radikaler. Um es nun zu wiederholen und ganz deutlich auszusprechen: Sie müssen *alles Menschliche abstreifen.* Sie müssen aufhören, ein Mensch zu sein.«
Dazu sagte Carow nichts.
Erst jetzt begann er zu verstehen.
Inuus holte eine Packung Zigaretten aus seiner Tunika und bot Carow eine an, zum erstenmal, und er gab ihm Feuer mit seinem Feuerzeug.

Sie rauchten und sahen schweigend auf das Meer. Der Horizont war unscharf; eine Dunstschicht lag über ihm, und die Sonne tauchte rot in den grauen Dunst ein. Sie versank schnell.
Inuus legte seine Hand auf Carows Knie.
»Ich kann Sie verstehen. Auch ich habe als Mensch angefangen. Es war vor Urzeiten, aber ich kann mich noch an den Tag erinnern. Leicht ist es auch mir nicht geworden.«
Carow sagte auch dazu nichts. Inuus aber dachte an den Tag vor Urzeiten.
»Es mag Ihnen schwerer fallen als mir; denn damals waren die Götter noch mächtig und furchtbar, und sie standen höher in der Achtung der Menschen; die Gedanken der Menschen hingegen waren noch nicht so ausschließlich darauf gerichtet, ihre Seele und ihr Menschlich-Vergängliches zu pflegen und zu hätscheln und wichtig zu nehmen.
Das war lange bevor die Lukanier von Norden kamen und das Land eroberten. Städte gab es damals noch nicht. Ich war Hirt, sommers mit meiner kleinen Herde in den Bergen, und im Herbst zog ich hinunter ins Tal. Schon damals als Mensch war ich stark, nicht ganz so groß wie Sie, aber sicher ebenso stark. Ich habe Wölfe mit meinen Armen erwürgt.
Die Nymphe Halea in den Bergen dort hinten war meine Geliebte, und von ihr lernte ich die Stimmen des Waldes und die Sprache der Vögel. Als meine Herden wuchsen und der König sie mir nehmen wollte, lockte ich ihn und seine Leute mit diesen Waldesstimmen in eine Schlucht, und dort erschlugen wir sie, ich und meine Hirten. Dann zog ich in sein großes Haus und nahm seine Frauen.«
Er hielt inne, aber Carow schwieg. Also fuhr Inuus fort:
»Zuerst legten die Hirten, meiner gedenkend, auf den Berggipfeln, vor Schluchten und auch hier, wo wir jetzt sitzen, Steine übereinander, wenn sie vorüberkamen, und baten mich damit um Schutz. Aber als ich ein Erdbeben vorhergesagt hatte, errichteten sie mir am Berge Siris und hier Tempel und stellten darin Statuen auf, die sie roh aus Holzstämmen geschnitzt hatten. Von dem einen Standbild habe ich die spitzen Ohren.
So wie ich Sie in diesen Tagen, so nahm damals die Nymphe mich bei der Hand. An ihrer Quelle, dort in den Bergen, wo der Hales entspringt, in der Mittagszeit, als die Luft heiß über den

Felsen stand und als alles schlief, streifte ich das Menschliche ab.«
In den Nordhafen lief ein Segelschiff ein; seine Kielwasserspur führte weit hinaus in den roten Widerschein der Abenddämmerung auf dem Meer. Inuus blickte hinunter, aber er sah nur die Stunde in der heißen Mittagsglut bei des Halesquelle an jenem Tage vor Urzeiten, wo er das Menschliche abstreifte.
Carow drückte nervös seine Zigarette auf der Säulenbasis aus und sagte scharf:
»Können Sie nicht endlich diese alberne Redensart vom ›Abstreifen des Menschlichen‹ lassen! Es gibt doch ein ganz einfaches und allen Menschen verständliches Wort für das, was Sie eigentlich meinen.«
»Das stimmt, aber ich wollte Sie damit nicht erschrecken; denn ich weiß, die Menschen nehmen es nicht gerne in den Mund. Ja, ich gestehe, ich meine dieses Wort.«
Carow sagte:
»Entschuldigen Sie bitte, ich war zu heftig. Es ist einer meiner menschlichen Fehler. Vielleicht gelingt es mir, ihn zusammen mit allem Menschlichen abzustreifen, wahrscheinlich aber ist es nicht.«
Nach einer Weile fügte er, gedämpfter und kleinlaut hinzu: »Wie war es eigentlich? Erinnern Sie sich noch?«
»Schwer war es nur vorher. Der Gedanke, daß der Weg unwiderruflich zu Ende sein und daß Vergangenheit, Gegenwart und Zukunft in einem Punkt stillstehen würden – dieser Gedanke war schwer, aber im Augenblick des Übergangs wurde alles leicht.
Was ist der Mensch!«
Er hielt inne, und Carow fragte:
»Ja, bitte, was ist der Mensch? Ich würde es gerne wissen.«
Inuus überlegte. Er sprach nicht in Versen, aber während er redete, ließ er die Pinien rauschen und von ferne eine Flöte spielen.
»Der Mensch«, antwortete er, »ist das einzige Wesen, jedenfalls auf dieser Erde, dem wir die Gabe verliehen haben zu erkennen, daß das Seiende ist. Und wenn er das Seiende auch nie wird begreifen können, so wird er doch, wenn er danach sucht, seine Größe in der Unendlichkeit ahnen und uns verehren. Allein der

ist Mensch, der diese göttliche Gabe nutzt und nach dem Seienden fragt.
Der Mensch ist wie ein spiegelndes Glas, das im Dunkel der Ewigkeit liegt und auf das die Zeit in ihrem Lauf für einige Jahre ihr Licht wirft, so daß es ihren Schein widerstrahlt.
Manche Menschen glühen nur gerade, ein großer Mensch aber leuchtet weit in die Welt hinein, um bei diesem Licht das Seiende zu erkennen. Doch die Zeit fließt weiter, und mit einem Mal ist der Lichtkegel über ihn hinausgezogen, und der Strahl der Gegenwart trifft ihn nicht mehr.
Er liegt nun im Schatten der Vergangenheit. Was vorher weithin leuchtete, ist für eine kurze Weile noch eine Erinnerung, eine erloschene graue Glasscherbe im Dämmerlicht, die bald in der tiefen Nacht der Ewigkeit versinkt. Sie ist nicht, und sie selbst war auch nicht. Ihr Sein war das Leuchten und die Wiedergabe des Lichts in der Zeit. Dieses Leuchten aber, nicht geworden und nicht vergehend, bleibt über die Zeit hinaus in alle Ewigkeit.«
»Ich wußte gar nicht, daß Sie sich so poetisch ausdrücken können«, sagte Carow. »Es klingt alles sehr schön und feierlich, doch über mein Ende helfen Sie mir auch damit nicht hinweg. Denn wenn man im Dunkel verschwindet, ist es aus mit der Poesie und den Flötentönen, und auch die Pinien rauschen dann nicht mehr. Nichts kann mir mein Ende in der Zeit verklären.«
»Ihr Ende?« fragte Inuus. »Aber ich spreche doch schon von Ihrem Beginn als Gott.
Das Leuchten eines Gottes in der Verklärung wird – wenn ich in meinem Bild bleiben und mit meinen Worten fortfahren darf, die sich höchstens zur schlichten Poesie eines Hirtengotts erheben können – Ihr Leuchten wird den ganzen Himmel erhellen, und Vergangenheit wie Zukunft werden Ihnen, soweit Ihr Licht reicht, ständig Gegenwart sein; Sie werden dann erkennen wie der, der weit über uns irdischen Göttern ist, der aus Eins Zwei gemacht und der Bewegung, Zeit und Raum geschaffen hat – wie der das Seiende *sein* läßt.
Doch ich warne Sie, dieser Anblick ist gewaltig und selbst für uns Götter nicht leicht zu ertragen.«

Meyer-Proske berichtet von Tante Patricias *Letter to the Editor of the »Times«*

Peggy kam *doch* wieder. Die fünftausend Mark, die ich ihr geborgt hatte, erwähnte sie nicht. Sie hatte sie wirklich vergessen. Aber sie erzählte spannend von ihrer Suche nach Tante Patricias *scrapbook*, von dem Streit mit ihrem Mann, dem gräßlichen Kerl, der ihr den Schlüssel zum Landhaus nicht geben wollte, weil er sich plötzlich einbildete, in Tante Patricias Sachen sei wertvoller Schmuck versteckt, der eigentlich in die Erbmasse gehört hätte, und den Peggy heimlich holen wolle.
Sie erzählte von dem großen, dunklen Speicher, ihrer Angst vor Gespenstern, und daß sie alle Kisten, Koffer und sogar die schweren Schiffskoffer selbst von den Stapeln herunterholen und durchwühlen mußte, bis sie das *scrapbook* schließlich fand, im letzten Koffer natürlich, in dem übrigens auch Aunt Patricia's Liebesbriefe aus den Jahren vor dem Ersten Weltkrieg waren; die Briefe waren so spannend, daß sie sich auf dem Speicher darin festlas, bis auf einmal und ohne jeden Grund das elektrische Licht ausging, worauf sie schreckliche Angst bekam, daß sie auf dem Weg herunter einem Geist oder einem Einbrecher begegnen würde. Sie war ganz allein in dem großen Haus. Sie kriegte jetzt noch *goose-pimples*, wenn sie daran dachte. Die Briefe waren hier.
Sie legte sie auf den Tisch.
»Ja, aber was ist mit dem *scrapbook*?« fragte ich.
Ich dachte an die fünftausend Mark, aber als hätte sie meine Gedanken erraten, fragte sie mich, ob ich ihr nicht noch einmal fünftausend Mark borgen könnte; sie sei völlig gebrochen.
Da war ich aber eisern und fragte sie, wo ich soviel Geld hernehmen sollte. Schließlich machte ich drei Tausender locker, aber keinen Pfennig mehr. Denn sie hatte tatsächlich nur noch Kleingeld übrig.
»Hier ist die *scrapbook*«, sagte sie und holte es aus ihrer Flugzeug-Kabinentasche. »Und da liegen die Liebesbriefe. Aunt Patricia liebte übrigens auch den Kaiser und hat Liebesbriefe an ihn geschrieben, aber nicht abgeschickt. Er hätte ihr vermutlich auch nicht geantwortet.«
»Du meinst, weil Krieg war?«

»Nein, weil er sie gar nicht kannte.«
Ich sagte:
»Die Liebesbriefe interessieren mich nicht.«
Darauf antwortete sie mit dem langgezogenen englischen »Oh!«, nahm die Briefe wieder vom Tisch und steckte sie in die Tasche. Sie war enttäuscht.
Da saß ich nun vor dem *scrapbook*, das so groß und dick war wie ein Handatlas, und wußte nicht, was ich damit anfangen sollte. Peggy nahm es mir ab. Sie suchte und suchte. Und zwischendurch sagte sie, es seien insgesamt neunzehn solche *scrapbooks* in einem großen Überseekoffer gewesen. Hoffentlich habe sie das richtige mitgenommen. Sonst müßte sie nochmal in das Landhaus in Hampshire, und das wäre *a blasted nuisance.*
Sie suchte und suchte, und ich dachte, es kann gar nicht anders sein: Es ist sicherlich das falsche Buch; aber dann fand Peggy schließlich doch den Leserbrief. Aber was sie fand, war kein Zeitungsausschnitt, sondern nur der Durchschlag eines Briefes, den Tante Patricia an die *Times* gesandt hatte. Jetzt war ich enttäuscht.
»Soll ich die Brief vorlesen?«
»Na gut«, antwortete ich, »lies die Brief vor!«
»*Sir,* Ihr Artikel ›Reversibility of Time?‹ ermutigt mich, Ihnen von einem Erlebnis zu berichten, über das ich bisher Schweigen bewahrt hatte. Ich weiß nicht, ob ich in der Tatsache, daß Ihr Artikel ausgerechnet am neunten September, zehn Jahre nach dem merkwürdigen Ereignis, über das ich nun berichten werde, erschienen ist, einen Zufall oder einen Fingerzeig sehen soll.
An jenem neunten September vor zehn Jahren flogen meine Schwester Angela, mit der ich in den letzten Vorkriegsjahren in Oxford Altertumswissenschaft studiert hatte, und ich von Athen nach Rom. Wir gehörten zu einer kleinen Reisegruppe von fünfzehn Personen: nur Briten und ein amerikanisches Ehepaar, das aber ruhig und angenehm war. Wir hatten unter wissenschaftlicher Führung die klassischen Stätten Griechenlands besichtigt und wollten nun zum Abschluß Pompeji und die Denkmäler des antiken Roms sehen oder, wie meine Schwester und ich, *wieder*sehen.
Professor Alexandrakis, der uns durch Griechenland geführt

hatte, brachte uns in Athen zum Flugplatz. Es war windstill, der Himmel tiefblau und heiter, so daß unser Führer uns an die ›halkyonischen Tage‹ der Alten erinnerte. Er verabschiedete sich, und wir stiegen in das von unserem Reisebüro gecharterte kleine Flugzeug der *Alitalia*, das uns nach Neapel bringen sollte. Wir hatten alle Fensterplätze.

Auf dem Flug sahen wir in unerhörter Klarheit unter uns den Golf von Korinth, dann Ithaka und vom Golf von Tarent aus den Absatz des italienischen Stiefels. Das Wetter war auch hier noch ›halkyonisch‹; aber kurz nachdem wir die Küste überflogen hatten, stand vor uns über den Apenninen eine weiße Wolkenwand. Vorne an der Kabinenwand leuchtete das Signal ›Bitte anschnallen!‹ auf. Die Stewardess kam und kontrollierte unauffällig, ob wir auch alle die Gurte umgelegt hatten, und ging dann wieder nach vorn.

Das Flugzeug tauchte in die Wolke ein; es war nichts mehr zu sehen. Es wurde schnell sehr dunkel, viel dunkler als gewöhnlich in einer Gewitterwolke. Ich dachte erst, das liege nur an meinen Augen, es sei vielleicht eine Reaktion auf die Lichtfülle, die wir vorher erlebt hatten; aber dann ging die Innenbeleuchtung an.

Zur selben Zeit wurde das Motorengeräusch leiser und hörte bald ganz auf. Mir schien, als verlören wir schnell an Höhe. Draußen war es stockfinster.

Es wurde ganz still, und ich hatte auf einmal das Gefühl, ins Bodenlose zu fallen. Angela behauptete später, alle Passagiere hätten laut aufgeschrien; aber ich kann mich daran nicht erinnern. Ganz plötzlich waren wir wieder in der Sonne und sahen vor uns die Küste. Es mußte die des Tyrrhenischen Meeres sein. Die Stewardess sah zu uns herein. Sie war kreideweiß, blickte uns unsicher an und zog sich dann wieder hinter den Vorhang zurück.

Das Flugzeug war tief heruntergegangen; die Erde lag dicht unter uns, und ich dachte, es werde jetzt gleich zur Landung ansetzen. Doch das war nicht der Fall. Die Motoren waren wieder zu hören, aber nur gedämpft und von ferne, wie das Brummen eines großen Käfers. Noch merkwürdiger war, daß wir langsam wie ein Segelflugzeug oder wie ein Ballon über die Hügel, die zur Küste hin immer flacher wurden, schwebten.

Wir zogen dicht über Bäume, die hellrot gedeckten Häuser einer kleinen Stadt, die in einem Halbrund von Hügeln lag, und kreisten ein paarmal langsam um ein Vorgebirge, auf dem ein großer griechischer Tempel mit weißen Säulen und einem roten Ziegeldach stand. Über den Giebelecken standen Akroterien, auf der Giebelspitze ein Streitwagen mit dahinrasendem Viergespann. Ich hatte noch nie einen antiken Tempel mit unbeschädigtem Dach und intaktem Akroterienschmuck gesehen. Unterhalb des Tempels lag das Halbrund des Theaters und ganz unten, in der Ebene, nicht weit vom Meer und dicht an der Stadtmauer, ein Amphitheater.

Ich sah hinüber zu Angela, unsere Blicke trafen sich. Auch sie schien erschrocken zu sein; wir wandten uns gleichzeitig wieder ab und sahen zum Fenster hinaus, sie zum rechten, ich zum linken.

Ich war mir jetzt sicher, eine antike Stadt vor mir zu haben. Die Tore waren geöffnet. Im Hafen lagen Segelschiffe mit merkwürdig hohem Hintersteven und Ruderschiffe, deren Riemen senkrecht gestellt waren. Die Straßen waren leer wie in einer Traumstadt, nur gelegentlich kam jemand aus dem Haus oder auf eine Terrasse gestürzt, sah zu uns auf und verschwand sofort wieder, offenbar von dem Anblick des Flugzeugs entsetzt.

Wir schwebten über die Stadtmauern und trafen vor den Toren auf eine Prozession, die, sicherlich eine Meile lang oder länger, die Küstenstraße entlangzog.

Ich weiß nicht, was in den Flugkapitän gefahren war – jedenfalls machte er sich auf einmal einen Spaß daraus, Gas zu geben, daß die Motoren auf Touren kamen, stieß auf die Prozession herab und flog dicht über sie hinweg, so dicht, daß ich im Flugzeug Angst bekam.

Die Leute unten auf der Landstraße stoben auseinander, warfen sich auf den Feldern hin oder versteckten sich unter Bäumen und hinter Sträuchern. Ein schwerer Wagen, von Rindern gezogen, sauste querfeldein, und Pferde gingen durch und warfen ihre Reiter ab. Es gab aber auch Gruppen von Menschen, die erstarrt stehen geblieben waren.

Wir flogen nach Süden bis zu einer Steilküste, dann wendete unsere Maschine und raste noch einmal im Tiefflug über die

Prozession, mit der gleichen Wirkung auf die Menschen wie vorher. Dann nahm das Flugzeug Kurs nach Norden, und auf einmal liefen die Motoren wieder gleichmäßig und mit dem üblichen Geräusch. Wir sahen Paestum mit seinen drei Tempeln tief unter uns liegen, dann die Autostrada und den Vesuv und landeten kurz danach auf dem Flugplatz Capodichino bei Neapel.

Als wir mit unserem Handgepäck hinausgingen, sprach keiner von uns ein Wort. Der Flugkapitän und die Stewardess standen neben der Tür und sahen uns prüfend und unsicher an. Die Stewardess sagte zu jedem, der an ihr vorbeiging, ›*Arrivederci*‹; der Flugkapitän sagte nichts.

Meine Schwester Angela und ich waren die letzten. Ich fragte den Flugkapitän nach seinem Namen und sagte, was er sich auf diesem Flug geleistet habe, sei unverantwortlich, und er könne sich darauf verlassen, daß ich seine Fluggesellschaft um Aufklärung bitten werde.

Er breitete die Hände aus, mit den Handflächen nach oben, und sagte, er wisse überhaupt nicht, wovon ich redete, sah mit melodramatisch verdrehten Augen die Stewardess an, die die Arme hob und auch nicht verstand, was ich meinte. Ich bestand aber darauf, seinen Namen zu erfahren. Er zuckte die Achseln und sagte in der wegwerfenden Art, in der Italiener manchmal mit lästigen Touristen umgehen:

›Wenn Sie es unbedingt wissen wollen: Franco Capelli.‹

Damit drehte er sich um und verschwand im Cockpit.

Ich wagte nicht einmal, mit meiner Schwester über den Flug zu sprechen, weil ich fürchtete, es sei alles eine Halluzination gewesen. Auch die anderen Mitglieder unserer Reisegruppe waren einsilbig. Während der ganzen weiteren Reise sprach niemand von dem Flug.

Nur die Amerikanerin sagte am letzten Tag in Rom, als wir beide abseits von unserer Gruppe vor dem Hause Livias auf dem Palatin standen, heimlich zu mir:

›Ich bin Ihnen *so* dankbar, daß Sie dem ekelhaften Piloten Bescheid gesagt haben. Ich war *so* erleichtert, daß ich das alles nicht geträumt hatte. Mein Mann denkt nämlich, ich hätte wieder einmal phantasiert. Er hat überhaupt nichts gemerkt.‹

Als er Livias Haus verließ und uns nebeneinander stehen und

reden sah, rief er: ›*Hello, love!*‹ und kam gleich zu uns über die Straße. Er wollte anscheinend nicht, daß seine Frau allein mit mir sprach.
In meinem Brief an *Alitalia* erwähnte ich nichts von meinem Eindruck, über eine antike Stadt geflogen zu sein, sondern beschränkte mich auf die Bemerkung, der Flugkapitän habe durch gewagte Flugmanöver eine Prozession gestört und unsere Sicherheit gefährdet.
Die Luftfahrtgesellschaft antwortete mir, das Flugzeug sei über den Apenninen beim Durchfliegen einer Gewitterwolke in starke Turbulenzen geraten. Dabei und möglicherweise infolge einer ›elektrischen Entladung‹ sei der Funkkontakt mit den Bodenstationen ausgefallen und das Navigationssystem beeinträchtigt worden; eine geringe Kursabweichung habe Flugkapitän Capelli, einer der erfahrensten und zuverlässigsten Piloten von *Alitalia*, schnell korrigieren können. Meine Bemerkung über die Störung einer Prozession könne man sich nicht erklären. Der Pilot habe keine Prozession gesehen.
Mit meiner Schwester sprach ich nie über das Erlebnis; sie fürchtete ebenso wie ich, eine Halluzination gehabt zu haben. Erst vor einem Jahr, als sie eine schwere Operation hinter sich hatte, und ich sie am Krankenbett besuchte, fragte sie mich, ob ich auf dem Flug etwas Auffälliges bemerkt hatte. Ich wußte sofort, was sie meinte. Darauf erzählte jeder, was er gesehen hatte. Unsere Beobachtungen stimmten bis in die Einzelheiten überein.
Wir beschlossen, auch die anderen Passagiere zu fragen, hatten aber nur noch die Adresse des amerikanischen Ehepaars. Die Antwort auf unsere Anfrage war nicht sehr ermutigend. Der Ehemann schrieb uns, er selbst habe nichts beobachtet, da er während des ganzen Fluges von Athen bis Neapel fest geschlafen habe. Seine Frau aber möchte er mit der Angelegenheit nicht befassen, da sie seit einigen Wochen wegen ihrer Nerven in einem Sanatorium sei.
Vielleicht wird dieser Bericht aber andere Teilnehmer unserer kleinen Reisegruppe erreichen und veranlassen, ihre Beobachtungen mitzuteilen, die einen wichtigen Beitrag zu dem Thema ›Umkehrbarkeit oder Nichtumkehrbarkeit der Zeit‹ bilden könnten.
Yours faithfully, (Miss) Patricia Peacock«

Peggy hatte mir den ganzen »Leserbrief« vorgelesen. Zuletzt hatte ich kaum noch ruhig zuhören können, weil er mich so aufregte.
»Also, deine Tante Patricia«, sagte ich, »muß ja wirklich naiv gewesen sein! Das ist doch kein Leserbrief, das ist ein Roman. Sie konnte doch nicht erwarten, daß die *Times* ihn als Leserbrief abdrucken würde.«
»Aunt Patricia schrieb aber immer so lange Briefe. An *Alitalia*, den Kaiser, die Zeitungen. Die *scrapbook* ist voll davon. Außerdem hat sie im Postscript zu ihrem Brief der *Times* gesagt, sie könnte notfalls etwas kürzen.«
»Aber ich verstehe nicht, wie jemand so naiv sein und erwarten kann, daß die *Times* diesen Roman als Leserbrief abdruckt.«
Peggy sagte, ich solle mich doch nicht so aufregen, sondern auf dem Teppich bleiben.
»Die Hauptsache siehst du nicht: Aunt Patricia bestätigt doch die Geschichte von dem Flugzeugwunder. Ist es deshalb nicht gut, daß sie das alles so ausführlich beschreibt?«
»Schon, aber als Leserbrief! Ich habe bei *dieser woche* mit dem Leserbriefkasten angefangen. Ich weiß, was ein Leserbrief und was ein Roman ist. Kein Wunder, daß die *Times* ihn nicht abgedruckt hat!«
»Aber sie *hat* ihn doch abgedruckt«, sagte Peggy.
»Was!« rief ich. »Unmöglich! Die *Times*?«
Peggy suchte und suchte, und ich wurde wieder skeptisch; aber sie fand ihn schließlich. Ich hatte mich mittlerweile wieder abgeregt.
Der Ausschnitt war in das *scrapbook* eingeklebt. Er war knapp fünfzehn Zeilen lang und trug die Überschrift *From Time to Time.* Alles, was wirklich interessant in Tante Patricias langem Brief war, fehlte natürlich.
»Viel ist das nicht«, sagte ich. »Ist sonst noch was von Interesse in deinem Buch?« fragte ich.
Peggy war pikiert:
»Ich weiß nicht, ob du das interessant findest: Es sind noch fünf Leserbriefe von Leuten eingeklebt, die mit Aunt Patricia im Flugzeug gesessen haben. Und dann ist hier noch der Leserbrief, auch aus der *Times*, von einem Professor aus Oxford, Morris Brown, Balliol College, der sehr grob wird, weil Profes-

sor Alexandrakis einen windstillen Septembertag ›halkyonisch‹ nenne. Er habe offenbar keine Ahnung.
›Erstens‹, heißt es in seinem Brief, ›ist schon die Schreibweise *halkyonisch* (mit *spiritus asper*) antiquiert, und *alkyonisch* ist vorzuziehen, und zweitens ist doch bekannt, daß die sogenannten ›alkyonischen Tage‹ der Griechen um die Zeit der Wintersonnenwende lagen, aber niemals im September.‹«
»Typisch Balliol«, sagte Peggy. »*Pompous ass!*«
Mr. Williams, ihr Mann, war kurze Zeit Student am Balliol College gewesen.
Ich fragte sie, was denn die Mitreisenden schrieben.
»Sie haben dasselbe gesehen wie Aunt Patricia. Einer beschreibt sogar den Wagen mit den durchgehenden Ochsen, den der Editor aus Aunt Patricia's langem Brief gestrichen hatte. Und ein anderer teilt mit, er habe das auch alles gesehen, aber seiner Ansicht sei man über Cinecittà bei Rom geflogen, wo gerade der Film ›Der Koloß von Rhodos‹ gedreht worden sei.
Und hier ist noch eine Notiz von Aunt Patricia. Der Flugkapitän Franco Capelli ist später die Strecke Rom – London geflogen, hat den Leserbrief in der *Times* zu Gesicht bekommen, Aunt Patricia besucht und gesagt, er habe damals die Orientierung so schwer wiedergefunden, weil die Küstenlinie ganz anders war als heute. Der Alento zum Beispiel sei in eine Bucht gemündet, und vor der Mündung habe eine langgestreckte Sandbank gelegen. Er habe damals mit niemand darüber sprechen können, sonst hätte er seinen Job verloren: *Alitalia* hätte ihn für verrückt gehalten. Aber jetzt könne er darüber sprechen; denn im nächsten Monat werde er pensioniert.«
»Und warum ist er so über die Prozession gerast? Hat er davon etwas gesagt?«
»Ja, das Flugzeug sei ihm durchgegangen wie ein Pferd.«
»Du bist verrückt«, sagte ich. »Das gibt es doch nicht.«
»Mir scheint, in dieser Geschichte passieren *nur* Sachen, die es nicht gibt. Hier ist seine Adresse in Rom. Wir können ja hinfliegen. Morgen, wenn du willst.«
»Nein«, antwortete ich und sprach jetzt fest und entschieden, denn ich sah wieder ganz klar. »Das hat alles Zeit. Jetzt gehen wir erstmal zu Jule und bringen ihm das *scrapbook*. Dann fragt er gar nicht nach Carows Manuskript. Das brauchen wir jetzt

auch nicht mehr mit soviel Originalzeugen und der Londoner *Times* auf unserer Seite.«
»Prima«, fand Peggy, »und heute abend gehen wir ins Casino. Ich schulde dir noch fünftausend Mark.«
»Mehr. Mit den dreitausend von heute sind es acht.«
»Und wovon soll ich heute abend die Spielmarken bezahlen?« fragte Peggy.

Vom großen Leuchten über dem Meer und was es bedeutet

Die beiden saßen wieder auf den Stufen des kleinen Tempels, und zwar auf der Seite, die zu Inuus' Cella führte, und rauchten.
Quintus Rutilius, Curator der Begräbnissozietät und gleichzeitig Besitzer des größten Bestattungsunternehmens von Velia, hatte die Arbeit seiner Sklaven inspiziert, die die neue Cella und die Türen des Tempels mit Blumen und Pinienzweigen bekränzt hatten, nicht nur die neue Tür, sondern auch Inuus' alte Tür, deren Scharniere inzwischen ausgebessert waren, so daß der eine Flügel nicht mehr schief hing. Rutilius hatte viel auszusetzen gehabt, hatte viele Anordnungen getroffen und war dann nach Hause gegangen. Die Sklaven aber machten, sobald er nicht mehr zu sehen war, Feierabend, und nun gingen sie pfeifend den Berg hinunter in die Stadt.
Man war am Tempel also wieder allein.
»Die Leute haben mich höflich gegrüßt«, sagte Carus, »und ich kann mich über Respektlosigkeit nicht beklagen; aber sie hatten nur Augen für den Kranzschmuck der Portale und des Podestes, auf das sie morgen das Standbild stellen wollen.
Auch im Hause Serenas bin ich überflüssig. Man ist vollauf damit beschäftigt, die Überführung der Statue vorzubereiten. Die makellos weißen Rinder, die den Wagen ziehen sollen und die man sich von den Tempeln in Paestum geliehen hat, sind heute mittag angekommen; ihretwegen wurden die armen profanen Kühe Serenas aus dem Stall geführt; sie müssen nun draußen im Hof übernachten.

Überall werden Gänse gebraten, und ich kann Gänsebraten schon längst nicht mehr riechen.«

»Sehen Sie! Sehen Sie! Ich kann Sie so gut verstehen!«

»Allenthalben brennt man Räucherwerk ab«, fuhr Carow fort, »am meisten natürlich in der Halle, wo die Statue steht; aber selbst im Kuhstall hat man Weihrauch abgebrannt, weil ja geweihte Rinder eingezogen sind. Sie haben erbärmlich gehustet.

Ich hatte vor einiger Zeit nur einmal aus Höflichkeit ein paar lobende Worte über den Duft eines syrischen Räucherwerks gesagt, und nun rieche ich es überall. Blumen stehen auf allen Tischen und Konsolen, und ich muß über Töpfe mit Lilien und Rosen steigen, wenn ich in mein Zimmer will. Es sieht aus wie vor einem Begräbnis.

Deshalb bin ich geflüchtet, aber in der Stadt ist auch alles in Bewegung: Auf der Agorá wurden die Marktstände weggeräumt und Tische für das große Festessen aufgestellt, wo das Volk morgen abend wohl die Opfergänse verzehren wird.«

»Nebst einigen Hammeln, die man mir darbringt – darzubringen versprochen hat«, ergänzte Inuus.

»In der vorderen Säulenhalle der Ratsbasilika singt man die neuen Hymnen, die Stlaborius Fronto gedichtet und komponiert hat. Auf der Rückseite der Basilika übt man Marschmusik mit Flöten, Schalmeien und Zimbeln. In der Pholarchie ist es noch ungemütlicher. Da sind im Atrium und im Garten Transparente zum Trocknen ausgebreitet und für morgen bereitgelegt, auf denen man mich in meiner germanischen Tracht dargestellt hat. Nun bin ich wieder hier bei Ihnen.«

»Sie werden bald ganz hier sein. Ich sehe, Sie sind schon im Beginn der Transfiguration. Der Mensch Carus wird den Menschen unwichtig. Bald werden Sie nur noch ein Name sein.

Damit ist man dann ganz in der Hand der Priester oder Jünger, die sich einen Dreck darum kümmern, was man auf Erden gesagt und gewollt hat, sondern die Sie umkneten und umformen können, daß man den Menschen Carus, wie er auf Erden gewandelt ist, darin nicht wiedererkennen kann.«

»Da kann ich ja von Glück sagen«, warf Carow ein, »daß ich Serena habe.«

»Gewiß«, antwortete Inuus, »aber darauf sollten Sie nicht zu fest bauen. Ich könnte Ihnen ein Beispiel aus neuerer Zeit nen-

nen, wo die Anhänger eines neuen Gottes seinen Namen mit einer Idee verbanden, auf die er selbst in seinem Leben als Mensch nie gekommen wäre, die aber dann die Menschen ergriff und verhältnismäßig erfolgreich wurde.«
Er spuckte aus, daß es auf die Steine klatschte.
»Dem Philosophen«, fuhr der Gott fort, als sich seine Entrüstung gelegt hatte, »von dem in der Pholé immer die Rede ist, geht es ähnlich: sein letztes Gedicht mit seiner nur mündlich überlieferten Geheimlehre, die die Pholarchen an seinem Geburtstag zu rezitieren pflegen – vor einigen Jahrhunderten, ich entsinne mich gut, war es nur halb so lang. Und auch unter dem gegenwärtigen Pholarchen ist etwas hinzugekommen.«
»Serena kann ich vertrauen«, sagte Carow.
»Wir wollen dennoch auf der Hut sein. Ich habe viel in meiner Zeit gesehen. Was glauben Sie, was eines fernen Tages einer alternden Priesterin alles einfallen kann! Wir werden Sie deshalb ständig kontrollieren. Sie haben dafür gesorgt, daß wir regelmäßig und pünktlich unser Rauchopfer erhalten? Nicht nur Sie, sondern auch ich? Gut!«
»Und jetzt?« fragte Carow. »Was soll ich jetzt tun?«
»Ich sehe, Sie haben Lampenfieber. Sie brauchen nichts mehr zu tun. Lassen Sie der Zeit Zeit! Sie hat den Augenblick längst festgelegt, an dem Sie auf würdige Weise aus dem Menschlichen entlassen werden und ins Göttliche eingehen.«

Serena hatte ein festliches Abendessen in Auftrag gegeben und dazu den besten Koch Velias kommen lassen. Auf Carows Wunsch sollten keine Fremden teilnehmen, aber natürlich Jule und diesmal auch Julia, deren Freilassung Jule beantragt hatte und die in Serenas Haus gezogen war. Man ging ins Speisezimmer; aber Serena und Jule wurden schon nach der Suppe und Krabbenvorspeise wieder hinausgerufen, weil Magistratsbeamte gekommen waren, um mit ihnen die Festzugsordnung zu besprechen. Sie nahmen auch Julia mit, die Serena morgen als Ordnerin assistieren sollte. Carow ließ sie gehen, aber er war betrübt, daß sie nicht einmal am letzten Abend bei ihm bleiben und ihm in dieser Stunde beistehen wollten.
Sie ließen ihn lange allein und entschuldigten sich, als sie endlich wiederkamen, damit, daß schließlich alles nur zu seinen

Ehren geschehe. Carow fragte, an welcher Stelle er selbst denn morgen im Festzug gehen werde.
Serena und Jule blickten sich erstaunt an.
»An der Spitze natürlich«, antwortete Serena. »Vor dem Wagen gehen nur die Jungfrauen her, die die Weihrauchgefäße schwenken. Die Statue steht auf ihrem Podest im Wagen.«
»Die Statue!« sagte Carow. »Ich spreche nicht von der Statue, sondern ich will wissen, wo *ich selbst* gehe.«
»Sie selbst?« fragte Serena und sah erst Jule, dann Julia an. Jule übernahm es zu antworten:
»Wir hatten alle gedacht, es sei selbstverständlich, daß du nicht im Festzug mitgehen willst, weil es dir peinlich wäre, an der Weihe deiner eigenen Statue teilzunehmen. Peinlich natürlich auch für die anderen Anwesenden: An wen sollen sie sich mit ihrem Gesang und ihrem Gebet wenden – an dich oder an dein Standbild.
Und natürlich würde man auch Vergleiche über euer Äußeres anstellen, unpassende Vergleiche womöglich. Nein, ich finde deinen Gedanken, mit uns im Festzug einherzuschreiten, nicht glücklich.«
»Und du, Serena?« fragte Carow.
Sie überlegte.
»Ich kann Ihren Wunsch verstehen, und ich glaube, wir können ihn auch erfüllen. Wir brauchen auf dem Wagen vor der Statue nur einen Sitz für Sie herzurichten. Das läßt sich ohne weiteres machen. Aber werden die Menschen Sie dann noch sehen?«
»Ich verstehe«, sagte Carow nach einer kurzen Pause mit leiser Stimme und verstummte.
Serena und Jule warteten, daß er ihnen erklärte, wie er es nun morgen halten wolle. Aber er schwieg und zog sich bald zurück.
»Ich verstehe ihn *nicht*«, sagte Jule. »Etwas Größeres als zum Gott erhoben und in einem Tempel verehrt zu werden, kann doch einem Menschen nicht zuteil werden; aber er ist ganz ungewöhnlich still und beinahe, möchte ich sagen, niedergedrückt.«

In der Nacht weinte Serena. Sie schlang die Arme um seinen Hals, als wolle sie ihn festhalten, weinte und war nicht zu trö-

sten. Er sagte ihr, im Grunde werde sich doch nur wenig ändern. Sie werde ihn täglich sehen, wenn immer sie im Tempel allein seien.
Aber manchmal, sagte sie, werde er vielleicht nicht erscheinen, und dann wisse sie nicht, wo er sich aufhalte; vielleicht sei er dann mit Inuus irgendwo unterwegs, der zwar immer hilfreich gewesen, aber doch auch ein nicht ganz unbedenklicher Umgang sei, obwohl einige der Geschichten, die man sich von ihm, den Hirtenfrauen und den Nymphen erzähle, übertrieben sein könnten.
Sie fragte Carow, ob er nicht noch zurücktreten könne. So wie sie ihn jetzt in den Armen halte, als heiliger, göttlicher Mensch, als Mann, sei er ihr viel lieber denn als Gott; und wenn er bei ihr bliebe wie bisher, würde sie mit Freuden auf ihr Priesteramt verzichten. So weit ging sie.
Sie weinte und schluchzte und war nicht zu trösten.
Sie hatte keine Parfümcreme angelegt und duftete wie in den ersten Nächten.
Er sagte: »Ich fürchte, es wird sich nichts mehr ändern lassen. Alles, was ich hier erlebt hatte, lief ja auf das hinaus, was für morgen vorgesehen ist. Hast du selbst nicht auch zu diesem Lauf beigetragen?«
»Ja. Ich weiß. Ich fürchte jetzt, es war falsch, und ich bereue es. Vielleicht ist es noch nicht zu spät für ein Gebet. Ich werde ganz angestrengt beten. Vielleicht bleiben Sie dann bei uns und brauchen nicht zu den Göttern aufzusteigen.«
»Helfen Gebete?«
»Sie scherzen. Sie sehen es doch täglich, wie die Gebete helfen, die die Menschen an Sie richten. Darf ich beten?«
Sie betete stimmlos. Er legte seine Fingerspitzen auf ihre Lippen und fühlte, wie sie sich bewegten und er spürte ihren Atem. Dann küßten ihre Lippen seine Hand, und bald darauf fühlte er, daß Serena schlief.
Er stand auf, öffnete die Fensterläden, zog einen Stuhl heran und sah hinaus. Es war Neumond, und vor ihm lag in klarer Herbstnacht der nördliche Sternenhimmel. Als es kälter wurde, nahm er sich eine Felldecke von der Truhe und legte sie sich um die Schultern.
Helfen Gebete?

Zu wem aber sollte er beten? Zu den Göttern des Olymps etwa? So, wie Inuus sie geschildert hatte, würden sie keinen Finger für ihn rühren. Vor Jahrtausenden, im Zeitalter der Heroen, hätte die Erhebung eines Lokalgotts so fragwürdiger Herkunft sicher große Unruhe im Olymp und heftige Debatten im obersten Rat der Götter erregt. Heute hatte man im Olymp andere Sorgen: zum Beispiel wegen der Fremdgötter, die in die Welt der olympischen Götter eingebrochen waren und den Umsturz betrieben, indem sie etwa eine Theologie der Liebe predigten, und die dem Olymp um so gefährlicher waren, je milder und innerlicher sie sich gaben.
Er hätte gerne gebetet, besser gesagt: Er hätte gerne jemand gehabt, zu dem er beten konnte und der ihn auf dem Weg in die Höhe, wenn es auch nur die eines Lokalgottes war, begleitet und ihm das Gefühl gegeben hätte, nicht ganz allein zu sein. Doch der designierte Gott Carus, der morgen in der Verklärung wirklicher Gott werden sollte, konnte nicht beten. An wen sollte er sich denn wenden?
Der persönliche Gott seiner Kindheit, der damals noch die Welt lenkte und zu dem man in scheuem Respekt aufgeschaut und an den man gelegentlich Gebete gerichtet hatte, war schon lange in der Unendlichkeit verschwunden: von den Wissenschaftlern aus ihrer Welt, die sich immer weiter im Raum ausdehnte, vertrieben; vielmehr, er hatte ihnen ganz deutlich gemacht, daß sie ihn mit dem groben Zugriff ihrer irdischen, unvollkommenen Logik nie würden erkennen können; und er hatte sich wieder in tiefe Verborgenheit zurückgezogen, wo er mit dem Verstand nicht mehr zu erreichen war. Im Raum würde man ihn kaum noch antreffen, und die Hoffnung, er könne sich an seinen äußersten Grenzen aufhalten oder er könne ihn, von außen in seinen Händen haltend, umschließen, war eine vage und auf immer unbeweisbare Vermutung.
So war man denn als moderner Mensch und Mathematiker ganz allein?
Es sah beinahe so aus.
Es war draußen ruhig. Carow hörte nur die Rinder auf dem Hof muhen. Am Himmel standen schief der Große und der Kleine Bär und deuteten auf den Polarstern; standen sie noch immer spiegelverkehrt? Carow war auf einmal unsicher; denn so, wie

er sie jetzt sah, waren sie ihm vertraut. Nun war er in dieser Zeit zu Hause.

Carow erhielt kein Zeichen, niemand blickte ihn an.

Er ging wieder zu Bett. Serena wachte davon auf, legte die Arme um seinen Hals, hielt den Mund an sein Ohr und fragte ihn leise: »Haben Sie Angst?«

»Ich weiß nicht, ob ich es so nennen soll, aber ich wünschte, Inuus wäre hier, um mich bei der Hand zu halten.«

»Hier?« rief Serena entsetzt, »Jetzt? Ich bitte Sie! Jetzt bin *ich* doch hier. *Ich* halte Sie.« Sie fuhr im gleichen Atemzug fort: »Ich habe eben geträumt. Und nun hat der Traum in einer Frage entschieden, in der ich hin und her schwankte. Wissen Sie, was ich geträumt habe?«

»Was?«

»Ich bin im Festzug gleich hinter Ihnen, hinter Ihrem Standbild hergegangen, und – ich muß lachen! Stellen Sie sich vor! – ich habe Iulius' rote Handschuhe getragen.«

Am Morgen schoben Sklaven den schweren Wagen, den die Tempelverwaltung von Paestum zusammen mit den vier weißen Rindern ausgeliehen hatte, auf den Platz vor die Heilige Halle. Jule, Hesper und ein halbes Dutzend Sklaven brauchten den ganzen Vormittag, um Marmorsockel und Statue auf den Wagen zu setzen und sie dann mit Pflöcken und Seilen so festzumachen, daß sie sich auf dem holprigen Pflaster der Provinzstraße und der Stadt nicht lockerten, und daß auch der Holzklotz mit den starrenden Augen und dem rotwollenen Bart und Schopf nicht von dem marmornen Torso fiel, den man dick mit Matten und Stroh umwickelt hatte, damit nichts abbrechen konnte, wenn das Standbild irgendwo anecken sollte. Die Sklaven hatten die Seile mit Lorbeer und Blumen umwunden und auch die Statue und den Wagen bekränzt.

Die Rinder wurden vorgespannt. Sie setzten sich aber erst in Bewegung, als Serena in weißer, goldgesäumter Priesterstola ihren eigenen Wagen bestiegen hatte, der von Maultieren gezogen wurde. Sie saß steif in ihrem Korbsitz hinter dem Kutscher und sah geradeaus. Sie mußte sich beherrschen. Erst als nach hundert Schritten der Wagen aus der Allee auf den Landweg einbog, wandte sie sich um.

Carow stand am Fenster und sah ihr nach. Jetzt, wo das Gesinde sie nicht mehr sehen konnte, wehrte sie sich nicht mehr gegen die Tränen.
Carow stand noch immer am Fenster und blickte dem Wagen nach, als Jule hereinkam, der ein gebratenes, kaltes Hühnerbein aus der Hand aß, denn zum Mittagessen war heute niemand gekommen, und ob und wann er heute abend etwas zu essen bekäme, war ganz ungewiß. Jule wollte mit dem Fahrrad hinter dem Wagen herfahren und dafür sorgen, daß die Statue heil in die Stadt kam und schließlich nach dem Ende des Festzugs sachgemäß vom Wagen heruntergeholt und aufgestellt wurde. Dann wollte er zurückkehren und berichten.
Carow sagte, er fürchte nur, dann nicht mehr hier zu sein.
»Wieso?« fragte Jule, und Carow machte ihm klar, daß er heute, wie doch nun schon lange bekannt, zum Gott erhoben werde.
»Ja und?« fragte Jule. »Begibst du dich etwa auf den Olymp?«
»Nein, aber ich werde wohl noch im Laufe dieses Tages das Menschliche abstreifen.«
»Verstehe ich nicht«, sagte Jule. »Was ist das für ein Ausdruck?«
Carow antwortete, ganz verstehe auch er nicht, was damit gemeint sei, aber auf jeden Fall bedeute das eine Trennung.
Unter diesen Umständen, sagte Jule entschieden und legte das Hühnerbein beiseite, bleibe er natürlich bei ihm. Daß Carow Gott werde, habe er immer nur für eine Redensart gehalten und darunter nicht mehr als eine Auszeichnung verstanden, etwa wie man zum Mitglied einer Akademie gewählt wird, als eine hohe Ehre also, die höchstens von Zeit zu Zeit seine Teilnahme an einer feierlichen Ratssitzung römischer Lokalgötter verlange, ihn aber sonst nicht weiter verpflichte, außer vielleicht hin und wieder zu einer kleinen Wunderheilung.
Aber solche Wunder habe er ja in letzter Zeit auch schon gewirkt. Es sei ganz erstaunlich, wie leicht sie ihm von der Hand gingen, obwohl er doch erst hier in Velia damit angefangen habe. In Heidelberg sei dieses Talent an ihm überhaupt nicht zu bemerken gewesen.
Er selbst, sagte Jule, habe mit Wundern, selbst kleinen, immer noch Schwierigkeiten, und er wisse selber nicht, woran das liege. Als Julia sich neulich den Fuß vertreten hatte, habe er

seine Hand wohl eine halbe Stunde lang auf ihren Knöchel gelegt, der sei davon aber nur angeschwollen, und in der Nacht habe sie vor Schmerzen nicht schlafen können. Es sei erst besser geworden, als er ihr kalte Essigumschläge gemacht habe. Was Wunder betreffe, sei er ein Versager.

Er sah bedrückt aus, und Carow tröstete ihn mit der Erinnerung an sein Sprengstoffwunder, das doch großen Eindruck, selbst göttlicherseits, gemacht habe, wenn es auch eine geringere Plastikmenge getan hätte.

Jule leugnete nicht, daß dieses Wunder geglückt sei, nur habe man den Erfolg nicht ihm, sondern Carow zugeschrieben. Er wollte nun wissen, ob sich Folgen für das tägliche Leben im Hause ergäben, wenn Carow »das Menschliche abstreife«. Als Carow antwortete, sie würden sich danach voraussichtlich nicht mehr sehen, rief Jule erschrocken:

»Wieso? Nicht mehr? Nie?«

»Vielleicht nie.«

Jule setzte sich und brauchte erst einige Zeit, um das zu fassen. Dann fragte er, ob Carow oder sein »abgestreiftes Menschliches« etwa wieder nach Heidelberg zurückversetzt werde.

Carow rechnete damit nicht.

»Ich stelle mir das so vor«, sagte er und bediente sich eines Bildes, mit dem man ihm selbst diese Frage gerade erst deutlich zu machen versucht hatte, »ich stelle mir das im Bilde so vor, daß Scherben des Seienden seit Ewigkeit im zeitlosen Dunkel liegen, daß aber die Zeit in ihrem Fluß eine Weile das Licht der Gegenwart auf sie scheinen läßt. Dann leuchten sie wie ein Spiegel auf, und das Leuchten ist der Mensch; er ist nicht mehr als nur die Widerspiegelung geborgten Lichts, mit dem er die nähere Welt erhellen und erkennen kann. Das Licht der Gegenwart fließt weiter, und die spiegelnde Scherbe sinkt wieder in den Schatten und zurück in die Ewigkeit. Diesen Augenblick würde ich das ›Abstreifen des Menschlichen‹ nennen.

Das Leuchten aber bleibt und vergeht nicht, in ihm bleibt die Zeit stehen. Es ist ewig.«

»Wie sprichst du nur auf einmal?« fragte Jule. »Sprache eines Professors der Mathematik würde ich das nicht nennen.«

»Götter sprechen gerne in Bildern, und ich passe mich schon langsam an. Der Pholarch würde diese Sprache wohl noch verstehen, aber unsere Kollegen in Heidelberg natürlich niemals. Sie würden sich in die Rippen stoßen, wenn ich so zu ihnen redete. Sie dürfen so etwas nie hören, verstehst du?«

»Ja, natürlich. Von mir nicht. Hältst du es denn für möglich, daß ich sie noch einmal wiedersehe?«

»Unmöglich«, sagte Carow, »ist es nicht.«

Er nahm Jule mit in sein Zimmer und gab ihm ein versiegeltes Paket mit seinem Tagebuch und den Filmen, das Jule hermetisch verschließen und dann in die Brunnenwandung der Heiligen Quelle neben den Großen Thermen einmauern sollte.

Carow hatte einen Koffer mit den Sachen gepackt, die er Jule hinterließ, und einen Koffer für Serena.

Sie setzten sich ins Gartenzimmer, aber Carow konnte den Duft des Weihrauchs, der schwer im ganzen Hause hing und auch zu ihnen herauszog, und den Anblick der vielen Blumen in Vasen und Töpfen nicht ertragen. Er schlug daher einen Abschiedsspaziergang zur Mündung des Hales und zum Meer vor.

Jule schob sein Fahrrad. Sie waren beide nicht in der Stimmung, Worte zu machen, und wenn sie etwas sagten, dann waren es flüchtige Beobachtungen: daß es zwar Anfang Oktober, aber noch immer warm war wie an einem Sommertag; wie erstaunlich deutlich das Tubageschmetter von der Stadt her über das Wasser getragen werde; daß diese Musik wohl den Wagen mit der Statue begrüße; daß Serena nun vermutlich Jules rote Fausthandschuhe anziehen werde; daß die Fischer heute ihre Netze nicht im Fluß auswürfen, weil sie vermutlich wie alle Welt in der Stadt seien.

Das etwa war die Art der Bemerkungen, die sie machten, um das Schweigen zu unterbrechen und sich gleichmütig zu geben, obwohl ihnen schwer zumute war.

Sie setzten sich auf die flache Düne der Sandbank und sahen auf das Meer hinaus.

»Myiagros ist wieder in der Stadt«, sagte Jule.

»Was will er?«

»Ich weiß es nicht. Er hat mir heute nur eine Wachstafel geschickt und geschrieben, er möchte mich sehen. Er habe eine Botschaft des Kaisers. Ich wollte dir eigentlich erst davon erzählen, nachdem ich mit ihm gesprochen hatte.«

»Nicht mit ihm einlassen!« sagte Carow.

»Aber wenn er eine Botschaft des Kaisers überbringt?«
»Prüfen! Warum hat der Kaiser nicht auch mich von der Botschaft unterrichtet? Und wenn Myiagros dich zu Fortschritt und Wundern verführen will, schicke ihn weg! Wunder gehen in seiner Anwesenheit immer schief.«
Jule sah das ein.
Es war windstill, und das Meer war glatt. Man hätte, wäre es nicht erst Anfang Oktober gewesen, von einem »alkyonischen« Tag sprechen können.
Man bringt gute Freunde zur Bahn. Der Zug steht schon da. Die Freunde gehen in das Abteil, legen ihre Koffer ins Netz, öffnen das Fenster und lehnen sich hinaus. Der Zug fährt erst in zehn Minuten ab, weil er noch auf einen Anschlußzug warten muß. Was spricht man in diesen zehn Minuten mit den Freunden? Man hätte sich noch so viel zu erzählen; aber man kann doch in dieser kurzen Zeit kein Gespräch über Gott und die Welt oder die Zeit anfangen!
Man bestellt Grüße. Hast du auch nichts vergessen? Die Fahrkarten? Den Paß? Guck lieber noch mal nach! Man sagt und fragt das läppischste Zeug. Erkälte dich nicht! Gute Reise! Man hofft, die zehn Minuten sind bald rum, und man hofft, der Zug fährt pünktlich ab.
Carow sagte, er wolle noch einmal zur Insel schwimmen; und wenn er wieder zurück sei, werde man vielleicht schon die Musik des Festzuges vom Nordhafen her hören können.
Jule wollte ihn begleiten, aber Carow entgegnete, dann müsse er auch so langsam schwimmen wie Jule, und das sei ihm zu langweilig. In Wirklichkeit wollte er auf der Insel der Leukothea ungestört sein und an die Tage des Anfangs zurückdenken, als er mit Serena dort hinausgeschwommen war und als sie halbe Tage auf den kyklopischen Felssteinen gelegen hatten.
Carow zog sich aus und ging ins Wasser, Jule blieb auf der Düne sitzen und sah ihm lange nach.
Gewöhnlich brauchte Carow eine halbe Stunde bis zur Insel. Er schwamm nie langsam, und er legte auch heute ein zügiges Tempo vor, das er die ganze Strecke über durchhalten konnte.
Jule setzte sich auf das Fahrrad und fuhr den Strand auf der Landseite, wo der Sand fest war, zweimal auf und ab, wobei er

daran dachte, wie er hier aufdrehen würde, wenn er auf seiner Harley-Davidson-Maschine sitzen würde.
Als er wieder zurückkam, konnte er Carow gerade noch ahnen. Manchmal wurde sein Kopf von der leichten Dünung verdeckt, manchmal als kleiner Punkt wieder sichtbar. Jule sah, wie er vor der kleinen Insel aus dem Wasser kam und sich auf einen der grauen Felsblöcke setzte.
Dann aber geschah das Unbegreifliche.

In Velia hatte sich der Zug auf dem Marktplatz formiert, als sich das Wunder ereignete. Mit einemmal verstummte alles, und alle hielten den Atem an und blickten hinaus aufs Meer. Die Stadt war still und erstarrt, und die Eleaten, obwohl Wunder in letzter Zeit nachgerade gewohnt, fürchteten sich wieder.
Der Pholarch gab den Trägern ein Zeichen, die Sänfte niederzulassen. Er stieg, von den beiden Ständigen Philosophen gestützt, mühsam aus und trat auf die Freitreppe des Rathauses, auf der auch schon die beiden Bürgermeister standen, weil von dort oben das Wunder in seiner ganzen Weite zu überschauen war.
Jule aber, der auf der Düne saß und über das Meer zur Insel blickte, sah es als erster. Dort, wo Carow sich auf einen Felsen gesetzt hatte, leuchtete etwas hellweiß auf, so daß die Augen davon geblendet wurden wie von den Strahlen der Sonne, wenn sie morgens über die Berge im Osten stieg. Das Leuchten breitete sich über die ganze Insel aus, wuchs über sie hinaus und hörte nicht auf zu wachsen, bis es den ganzen westlichen Himmel von den Bergen nördlich des Hales bis zu der Steilküste im Süden einnahm.
Es war nun nicht mehr grell-weiß und die Augen blendend, sondern goldglänzend und hob sich von dem hellen Blau der anderen Himmelshälfte im Osten ab. Zugleich hörten sowohl Jule auf seiner Düne wie auch die Leute auf der Agorá der Stadt einen anhaltenden vielstimmigen Akkord, der feierlich-heiter aus der Höhe herabwehte und langsam moduliert wurde. Es waren Akkorde, die die Seele weiteten und von Glückseligkeit kündeten. Jule wurden die Augen feucht, und auch Serena, die hinter dem Wagen mit dem göttlichen Bild stand, sah nur durch einen Schleier von Tränen. Sie gab den Sklaven ein Zeichen, die weißen Rinder setzten sich in Bewegung, und der

Wagen holperte über das unebene Steinpflaster, daß die Statue bedenklich schwankte. Der Pholarch und die Bürgermeister begaben sich eilends zu ihren Sänften und stiegen ein.
Man zog hinunter zum Hafen, und die Menschen sangen, während sie langsam dahinschritten, den alten Hymnus Velias, der, noch in griechischer Sprache, die Götter um Schutz der Stadt und ihrer Bürger bat. Am Hafen hielt der Wagen, und die Statue blickte mit ihren starren, stark schielenden Augen in den nunmehr rotgoldenen Himmel im Westen.
Stlaborius Fronto versammelte mit aufgeregten Gebärden die Jünglinge und Jungfrauen Velias und stellte sie im Halbkreis so auf, daß auch sie in das Licht blickten, und ließ sie das Chorlied anstimmen, das er gedichtet, komponiert und einstudiert hatte. Es harmonierte mit der Musik aus der Höhe, und als es endete, leuchtete der glühende Himmel stärker auf; die langgezogenen Akkorde schwollen noch einmal an, brausten stärker als aller Gesang und verklangen. Zugleich begann der Himmel in tieferem Rot zu erstrahlen, und das Leuchten zog in fernere Himmelsräume ab.
Serena wischte sich mit ihren roten Fausthandschuhen die Tränen aus den Augen, aber sie hielt sich gerade. Der Pholarch neben ihr, der als *rex sacrorum* dem Priesterkollegium vorstand, wandte sich um, hob die Arme, wies auf das Standbild und rief den ergriffen schweigenden Menschen auf dem Hafenplatz und der Mole zu:
»*Ecce,* er ist nun ein Gott!«
Der Chor der Jünglinge und Jungfrauen stimmte darauf den Hymnus an, den er vor einigen Wochen gesungen hatte, als Carus in das Haus Serenas als designierter Gott eingezogen war.
Unter den Menschen am Hafen waren nicht wenige, die Carus in dem Leuchten hatten gen Himmel auffahren sehen.
Der Wagen mit dem göttlichen Standbild bewegte sich nun, gefolgt von den Bürgern Velias, um das Vorgebirge in die Nordstadt, hielt auch am Nordhafen, wo man wiederum Hymnen sang und wo das Blasorchester eine getragene, feierliche Musik spielte. Dann zogen die weißen Rinder den Wagen auf dem steilen Weg hinauf zum Tempel, während die Menschen sich dazu drängten, den Wagen zu schieben.

Als der Zug oben ankam, traf auch Jule, schweißtriefend und außer Atem, mit dem Fahrrad ein. Er und Hesper sorgten jetzt dafür, daß die Statue vorsichtig vom Wagen gehoben, durch die hinzudrängenden Menschen, die alle dabei Hand anlegen wollten, nicht behindert, sondern sicher in die Cella des Tempels getragen, auf den Sockel gestellt und von dem schützenden Stroh befreit wurde.

Währenddessen schmetterten draußen Tuben und Trompeten, schrillten die Flöten und Schalmeien und erklangen die Zimbeln, die leichtgeschürzte Mädchen, während sie sich im Takt nach links und rechts drehten, über ihren Köpfen aneinanderschlugen.

Der Platz vor dem Tempel faßte alle die Menschen nicht, die gekommen waren. Viele hatten die Büsche niedergetrampelt oder standen auf dem Weg, obwohl sie dort kaum etwas sehen konnten. Die Jungen aber hatten den besten Überblick, denn sie waren in die Pinien geklettert.

Der Pholarch weihte Serena zur Priesterin und nahm sie in das Priesterkollegium auf. Als ihm gemeldet wurde, die Statue sei an ihrem Platz, weihte er auch diese in einem langen Konsekrationsritus, der noch aus der griechischen Zeit der Stadt Elea stammte und den er am Tage vorher nachgelesen und sich einzuprägen versucht hatte. Die beiden Ständigen Philosophen hatten den Text ebenfalls lernen müssen und rezitierten ihn gleichzeitig mit, zum Boden hin sprechend, damit er nicht stecken bleiben konnte.

Der Pholarch leitete auch die Opferzeremonie, in der Carus, dem Gott der Ferne und der Zukunft, siebzig makellose weiße Gänse dargebracht wurden, Inuus aber, dem Gott der Herden, an seinem Altar auf der anderen Seite des Tempels siebzig Lämmer als Dank für die Gastfreundschaft, die er dem Gott Carus in diesem Tempel erwies und von Anfang an erwiesen hatte.

Es begann schon zu dunkeln, als die Bürger den Schlußhymnus sangen und sich zum Festessen auf die Agorá begaben.

Wie Jules Sprengstoff zur Unzeit explodiert

Die Heilige Quelle war ein weiter, kreisrunder Brunnen neben den Großen Thermen. Von dem bronzenen Geländer hing an dicken Seilen eine Gerüstplanke in den Brunnenschacht, und auf ihr arbeiteten dicht nebeneinander Jule und Hesper.
Sie hatten einen der großen Sandsteinblöcke aus der Brunnenwandung herausgehebelt, dahinter die Bronzekassette mit dem Parmenides-Manuskript, Carows Tagebuch und den Fotos eingemauert und waren nun dabei, den Sandsteinblock wieder in die Wandung einzusetzen, was sich aber als schwierig erwies, weil der Stein so schwer und der Raum, in dem man sich bewegte, so eng war.
Der Stein hing an einem Flaschenzug, den Hesper am Bronzegeländer befestigt hatte, und als er an dem Seil zog, hörte man oben ein verdächtiges, metallisches Knacken. Hesper schlug deshalb vor nachzusehen, ob das Geländer die Last auch tragen könne, als ein Kopf über den Brunnenrand sah und eine junge, bekannte Stimme sagte:
»Wenn du mir jetzt nicht endlich Rede und Antwort stehst, Iulius, genügt ein kräftiger Tritt gegen das Geländer, und ihr beide werdet fortan unten im Brunnen wie Frösche leben.«
Er stieß, wenn auch nur schwach, mit dem Schuh gegen eine Bronzestrebe des Geländers. Der helle Klang verstärkte sich aber im Brunnenschacht, und Jule, der mit dem Steinblock kämpfte, um ihn in der richtigen Lage zu halten, rief alarmiert:
»Myiagros! Du bist wahnsinnig! Höre sofort auf! Laß das!«
»Mit Vergnügen, wenn du mir endlich Gelegenheit gibst, mit dir zu sprechen.«
»Gut, also rede!«
»Ich kann doch den geheimen kaiserlichen Auftrag nicht hier auf dem Markt ausplaudern! Seit Tagen versuche ich, mit dir in Verbindung zu kommen. Zuerst habe ich dich in der Pholarchie gesucht, habe da aber gehört, daß du jetzt im Hause der Serena lebst. Dort wurden jedoch meine schriftlichen Botschaften, bis auf die erste, nicht angenommen; und als ich selbst kam, wurde ich schon an der Tür abgewiesen. Selbst hier auf dem Forum bin ich erst zum Brunnen vorgedrungen, als ich den Wachen meinen kaiserlichen Paß zeigte.

Du mauerst dort das Tagebuch des Gottes Carus ein? Ich nehme doch an, du hast einmal hineingesehen, was er darin über dich schreibt? Habt ihr auch ein Zeichen auf den Stein gemacht, daß man ihn später leichter erkennen kann?«
»Ja, natürlich! Ein Kreuz«, sagte Hesper.
Jule legte den Zeigefinger auf den Mund, aber das Wort war Hesper schon entfahren.
»Ein Kreuz?« fragte Myiagros. »Ein Kreuz!«
Seine Stimme klang auf einmal alt und grämlich.
Jule bat ihn, am Nachmittag, wenn die Arbeit beendet und Plane sowie Flaschenzug abgebaut seien, wiederzukommen.
Er kam. Myiagros begleitete Jule auf seinem Nachhauseweg. Hesper folgte ihnen in weitem Abstand; er führte den Esel, dem man das Werkzeug aufgepackt hatte.
Myiagros war nicht mehr der muntere Junge aus der Provinzstadt, bei weitem nicht! Er hatte sich in einen eleganten jungen Herrn vom Hofe verwandelt, der in geheimer diplomatischer Mission unterwegs war. Er trug eine seidene, eng plissierte Tunika und Stiefeletten aus weichem, fahlgelbem Juchtenleder. Im Halsausschnitt hing ein goldenes Kettchen. Er duftete dezent und schien sogar etwas Rouge aufgelegt zu haben.
Myiagros sprach leise, als fürchte er, selbst hier auf dem Feldweg belauscht zu werden, und berichtete, der Kaiser habe ihn mit geheimem Auftrag hierher gesandt. Man habe Kenntnis von Ort und Datum einer Konferenz aller sarmatischen, markomannischen und dacischen Führer erhalten. Die Gefahr dieser Völkerschaften für das Römische Reich wäre für lange Zeit, vielleicht für immer gebannt, wenn man diese Männer ein für allemal ausschalten könne.
Die Bitte des Kaisers zu erfüllen, sei für Jule eigentlich eine Bagatelle; er brauche sich nicht einmal in das Hauptquartier zu begeben. Es genüge, wenn er ihm, Myiagros, eine ausreichende Menge von dem Sprengstoff gebe, mit dem er damals das Wunder gegen Iulius Longus vor dem Tempel des Inuus getan hatte, damit der Kaiser die ganze Gipfelkonferenz der Sarmaten und ihrer Freunde in die Luft jagen könne.
»Sprengstoff?« fragte Jule. »Meinst du das Wunder, das Carus zugunsten seines Freundes und Mitgottes Inuus gewirkt hat?«

Myiagros lächelte zu diesen Worten:
»Lieber Iulius«, sagte er, »ich habe doch alles gesehen, und du hast es mir seinerzeit, als du noch keine Vorbehalte gegen mich hattest, auch erklärt. Du brauchst mir nur den Sprengstoff zu geben und zu zeigen, wie man ihn zündet.«
»Wie kommt denn aber der Kaiser auf diesen Gedanken? Woher weiß er etwas von dem Sprengstoff?«
»Nun, ich habe Malchas davon erzählt und Malchas dem Kaiser«, sagte Myiagros lächelnd und in entwaffnender Offenheit. »Durfte ich das vielleicht nicht?«
Jule schwieg und überlegte lange, dann sagte er, und seine gewundene Sprechweise zeigte, daß er sich der Risiken dieses Unternehmens wohl bewußt war und daß er den, ja vielleicht möglichen, göttlichen Vorwurf vermeiden wollte, er sei unbesonnen und leichtfertig auf Myiagros' Wunsch eingegangen:
»Da der Gott Carus dem göttlichen Kaiser in einer, wie ich es wohl nennen darf, freundschaftlichen Weise verbunden war, würde auch er selbst ihm sicherlich behilflich sein. Ich muß nur gewiß sein, daß, was du vorbringst, auch tatsächlich der Wunsch des Kaisers ist. Ein Brief von seiner Hand, in dem er mich um Hilfe in dieser Angelegenheit ersucht, würde meine Entscheidung vielleicht beeinflussen. Doch damit will ich mich noch nicht festlegen, sondern nur sagen, daß ein solcher Brief auf meine Entscheidung Einfluß haben *könnte.*«
Myiagros hatte volles Verständnis. Er holte aus einem kleinen Lederbeutel, der an dem Goldkettchen unter der Tunika auf der Brust hing, einen Brief hervor. Es war zwar kein Brief des Kaisers, sondern nur einer des Protokollchefs Malchas, der aber im Auftrag des Kaisers und über dessen Siegel schrieb, Jule werde Herrscher und Reich einen unschätzbaren Dienst erweisen, wenn er dem Myiagros die erbetenen, hier nicht näher zu beschreibenden Mittel zur Vernichtung der feindlichen Führer aushändige und ihn in deren Gebrauch instruiere.
Serena ritt am Spätnachmittag auf ihrem Maultier zum Tempel, um Julia dort abzulösen. Sie begegnete den beiden gerade, als Myiagros den Brief vorgelesen hatte und ihn Jule übergab. Carus und Serena saßen in der Dämmerung auf den Stufen ihrer Tempelseite, und sie erzählte von dem Brief. Der Gott war sehr ungehalten.

Julia war gerade in einem vom Duumvirn Marcus Pilonius empfohlenen, jedoch ziemlich komplizierten Rechtsgang freigelassen worden – kompliziert, weil immer noch fraglich war, ob Jule als *nullius civitatis civis* gelten mußte und ob er überhaupt berechtigt war, einen Sklaven oder eine Sklavin als Eigentum zu erwerben und freizulassen. Doch jetzt war die amtliche Bestätigung aus Rom eingetroffen, daß Julia als *ex iusta causa manumissa* zu betrachten sei.

Sie konnte nun das Amt einer Unterpriesterin versehen. Tagsüber hütete sie den Tempel und beaufsichtigte die Bauarbeiter, die nebenan ein kleines, aber bequemes, mit Fußbodenheizung und Glasfenstern ausgestattetes Priesterhaus errichteten.

Julia war meist fröhlich, und manchmal sang sie auch; wenn keine Beter oder Beterinnen da waren, sang sie sogar im Tempel, und die beiden befreundeten Götter freuten sich darüber, ja, Inuus begleitete sie manchmal von ferne auf der Flöte oder der Syrinx.

Am Tag nach Jules Treffen mit Myiagros aber kam sie niedergeschlagen in den Tempel, und in der Mittagspause, als die Maurer nicht mehr in der Nähe waren, sondern auf dem Südhang in der Sonne lagen, ihr Brot in den reichlich mit Wasser verdünnten Wein tunkten, aßen und mit vollem Mund über die steigenden Preise schimpften, konnte sie es nicht mehr aushalten.

Sie trat vor das Standbild des Carus, legte die Fingerspitzen an den Mund, warf sie ihm mit den Worten ihres Mundes entgegen und betete zu dem Gott, er möge ihr Jule um alles in der Welt erhalten. Sie habe Angst, ihn zu verlieren, ebenso wie damals, als der Kaiser ihn hinrichten lassen wollte.

Sie kniete nieder und weinte, bis sie den Gott Carus vernahm, leise und ganz von ferne, aber doch wieder so, als komme seine Stimme aus ihrem eigenen Kopf. Die Stimme war milde und väterlich, und Julia hatte das Gefühl, er fasse sie ans Kinn und hebe es, um ihr in die Augen zu sehen. Sie blickte der Statue ins Gesicht und erkannte ihn selbst dahinter.

Er sagte, sie wisse doch, daß er ihr wohlwolle, aber über ihr Gebet könne er nur entscheiden, wenn sie ihm sage, was sie denn eigentlich bedrücke. Sie antwortete, sie wisse ja selbst nicht, woher die Angst rühre, die sie gestern plötzlich überfallen habe, als Jule ihr von Myiagros und dem Brief des Malchas

erzählte. Sie habe Jule gewarnt und daran erinnert, daß ihm der Umgang mit Myiagros ausdrücklich untersagt worden sei.
Er aber habe dennoch heute morgen einen Korb mit allerlei Gerät vollgepackt, auf den Gepäckträger seines Fahrrads gebunden und sich dann zu seinem alten Werkstattschuppen in der südlichen Vorstadt begeben. Sie sei sicher, daß er sich dort mit Myiagros verabredet habe und fürchte nun, er bereite wieder ein Wunder vor. Sie habe ihn zurückhalten wollen, doch er habe geantwortet, was er tue, das tue er für den Kaiser.
Der Gott antwortete nicht; er ließ sie in ihrer Not zurück.
Denn eben hörte er ein Gebet des Kaisers aus seinem Hauptquartier im dalmatinischen Sirmium. Die Stimme des Kaisers klang hart, und sein illyrischer Akzent war, vielleicht weil er jetzt wieder in seiner Heimat war, stärker als damals in Velia. Er wolle nur folgendes betend mitteilen, sagte er:
Gestern abend habe er Malchas verhaften lassen, weil ein Brief von seiner Hand abgefangen worden war, in dem er, insgeheim selbst seit langer Zeit Christ, den Bischof von Rom über die demnächst anlaufende Christenverfolgung informierte, ihm zugleich aber Mut zusprach, da sich die Gesamtkonstellation aller Voraussicht nach schon in allernächster Zeit ändern werde. Was Malchas damit sagen wollte, könne der Gott sich ja denken.
Man habe Malchas die ganze Nacht über vernommen; er habe aber geleugnet, geleugnet und nochmals geleugnet, auch unter Daumenschrauben und Zehenpresse, bis er, der Kaiser selbst, heute früh in Begleitung von einem halben Dutzend bärenstarker Büttel gekommen sei, die große Zangen über der Schulter getragen hätten.
Da habe Malchas gleich gewußt, wozu sie dienen sollten und daß der Kaiser nun seine alte Drohung wahrmachen wolle. Er habe flehend und mit ersterbender Stimme »Mein Herr und Kaiser!« geflüstert und alles gestanden, unter anderem auch, daß er seinen jungen Assistenten Myiagros, mit dem er Unzucht zu treiben pflegte, nach Velia gesandt habe, um von Iulius einen gewissen Stoff zu erbitten, den Malchas dann unter den Thronsessel binden wollte, um den Kaiser, wenn er sich draufsetzte, mit großem Knall durch die Decke bis in die Wolken zu schießen.
Der Kaiser erinnerte in seinem Gebet daran, daß Carus nur

dank kaiserlichen Dekrets zu einem Tempel gekommen und in die Reihe der Götter aufgenommen worden sei. Das sei hoffentlich nicht vergessen. Er bitte nun den Gott, Iulius' gefährlichen Stoff dem jungen Myiagros selbst unter den unzüchtigen Hintern zu binden und ihn damit so hoch in die Luft zu jagen, daß er auf dem Wege herab geradewegs in die tiefsten Tiefen des Orcus stürze.

»Manus«, schloß er, *»manum lavat.«*

»Ein nicht unbilliges Verlangen«, bemerkte Inuus, als Carus ihm von der Bitte des Kaisers erzählte. Ich weiß nur nicht, ob Myiagros das als harte Strafe ansehen wird. Wie ich ihn kenne, wird er sich dort unten einrichten und bald ganz heimisch fühlen. Ein ernsteres Problem scheint mir Iulius zu werden, denn seine Wunder laufen der Zeit zuwider und irritieren sie.«

»Er ist unverbesserlich«, seufzte Carus. »Ich werde mich darum kümmern.«

Myiagros wollte die doppelte Menge Sprengstoff haben, aber Jule sagte, was er ihm mitgebe, sei reichlich, da die Detonation ja in einem geschlossenen Raum stattfinden solle. Wenn man zuviel Sprengstoff nehme, falle womöglich das ganze Gebäude zusammen, auch auf den Mann, der die Zündung auslöse; er müsse auf jeden Fall in einem anderen Raum sein.

»Das ist gut«, sagte Myiagros. »Von einem anderen Raum aus – das ist ausgezeichnet.«

»Aber«, erklärte Jule, »der Mann – ich nehme an, du wirst die Aufgabe selbst übernehmen müssen, damit nichts schiefgeht – muß mit dem kleinen Sprengstoffpaket durch Drähte verbunden sein.«

»Ah, ich verstehe! Und daran muß er dann ziehen?«

»Er braucht überhaupt nicht zu ziehen. Hesper, wo ist der Draht?«

Hesper brachte die Rolle mit dem Kupferdraht.

»Nimm den Sprengstoff und lege ihn drüben auf die Werkbank!« sagte Jule zu Hesper, rollte den Draht ab und erklärte dem Myiagros: »So, wie der Sprengstoff dort drüben liegt, ist er ganz ungefährlich, bis du den Zünder hier durch die Drähte mit der Zündbatterie verbindest!«

»Wie macht man das?«

»So«, zeigte Jule, »die Kontaktstellen müssen immer blank, die Drähte immer trocken sein; und jetzt verbinde ich dieses Ende der beiden Drähte mit diesen beiden Kontakten am Zünder und die anderen Drahtenden mit der Batterie. Hiermit dieses Ding fest rechtsrum drehen!«
»Was ist das?«
»Das nennen wir ›Schraube‹. *Fest* verbinden, damit es keinen Wackelkontakt gibt, sonst funktioniert es im entscheidenden Augenblick nicht! Siehst du, wie man das macht? Gut! Das ist alles.«
»Und dann?«
»Dann brauchst du nur noch den Knopf hier auf dem kleinen Schaltbrett zu drücken.«
»Wenn ich jetzt hier drückte, ginge die ganze Werkstatt in die Luft?«
»So ist es, und wir auch.«
»Puh!« sagte Myiagros.
»Ja, denn dieser kleine Plastikball hat eine enorme Sprengkraft; aber ich experimentiere auch mit einem anderen, einem nicht so starken Sprengstoff; es ist ganz gewöhnliches Schwarzpulver, das sich zum Beispiel bei der Belagerung von Städten für die Herstellung von Minen unter Stadtmauern oder für ähnliche Zwecke empfiehlt; in einem fortgeschrittenen wissenschaftlichen und technischen Stadium ist es dann in vielfältigster Weise verwendbar, zum Beispiel für Raketen und Kanonen.«
»Raketen? Kanonen?«
»Das werde ich dem Kaiser und dem Gardepräfekten Piso später erklären; es wird sie beide brennend interessieren. Hier in Velia möchte ich nicht weiter darüber sprechen. Ich muß vorsichtig sein. Man hört mit. Das Schwarzpulver ist übrigens nicht allzu schwierig herzustellen; fachmännische Aufsicht ist jedoch notwendig, und die Fabrikation müßte auf jeden Fall an einen anderen Ort verlegt werden.«
»Warum?«
Jule sagte leise:
»Man sieht dergleichen hier nicht gerne. Vielleicht habe ich überhaupt schon viel zu viel gesagt.«
Er sah sich scheu um, blickte auch in die Höhe und deutete mit dem Zeigefinger auf den Hügel.

»Carus?« fragte Myiagros.
Jule nickte.
Myiagros flüsterte mit spitzbübischem Gesicht:
»Du weißt doch wohl, wer sich sein unmögliches Standbild ausgedacht hat? Ich! Könnte man ihm nicht einmal den Rest deines Sprengstoffes unter den Hintern binden und dann ...?«
»Psst!« sagte Jule erschrocken, und auch Hesper wedelte entsetzt mit der Hand.

Aber der Gott Carus hatte jedes Wort gehört und alles gesehen. Ihn ergriff göttlicher Zorn, dem *furor teutonicus* von einst sehr ähnlich.

»Und dann«, fuhr Myiagros scherzend fort, »und dann – so!«
Er nahm das Schaltbrett und zielte in übertreibender Gebärde mit dem Zeigefinger auf den Auslöseknopf.
»Gib her!« schrie Jule, aber Myiagros' Geste erstarrte. Seine Augen wurden groß vor Erstaunen über das, was ihm jetzt widerfuhr.
Jule sah, wie sich sein spitzbübisches Lächeln auf einmal zu einer Grimasse verzog, und wie sich, offenbar gegen seinen heftigen Widerstand, Myiagros' Zeigefinger, als werde er von einer fremden Kraft gezwungen, langsam dem Knopf näherte.
Jule rannte zu Hesper und der Werkbank, um den Draht vom Zünder zu reißen, aber es war schon zu spät.

Wo ist Jule?

Inuus fragte, ob Carus ihm eine Zigarette leihen könne. Bis morgen.
»Das wäre dann schon die achte. Sie sagen *immer* ›Bis morgen‹.«
»Sie bekommen sie gleich morgen früh, sobald Julia mir meine Tagesration hingelegt hat. Ich verspreche es Ihnen.«
»Ihre Ration ist genauso groß wie meine.«
»Das bestreite ich auch gar nicht«, antwortete Inuus. »Ich pumpe Sie nicht an, weil ich denke, Sie bekommen mehr als ich,

sondern weil ich meine letzte Zigarette schon vor einer Stunde geraucht habe. Ich mußte einfach rauchen: Es war alles so aufregend. Es war großartig, ebenso wie damals, als Iulius Longus hier zu Schaden kam. Wie machen Sie das bloß?«
Carus sagte: »Aber Hesper ist tot.«
»Der Sklave. Ja. Nun ja.«
»Sein Leben war hart, er hatte immer nur Unglück und war dennoch ein braver Mann. Er hat es nicht verdient.«
»Sie hätten ihn ja retten können«, sagte Inuus trocken.
»Das ist richtig, aber die Gelegenheit war so günstig, Myiagros in seiner Unverschämtheit sofort eine Lehre zu verpassen.«
»Die Menschen werden jetzt sagen: Da seht ihr mal wieder – die Götter!«
»Hesper hatte leider den Sprengstoff im Arm. Das war sein Unglück. Er hätte ihn hinwerfen und rausrennen können.«
»Diese Begründung würde die Menschen kaum von unserer Gerechtigkeit überzeugen. Sie werden sagen: Er war brav, und trotzdem haben ihn die Götter auf diese Weise umkommen lassen!«
»Die Menschen! Die Menschen! Mein Gott!« schrie Carus seinen Mitgott gereizt an, »jetzt soll ich wohl auch noch *Ihnen* Rechenschaft über mein Verhalten gegen die Menschen ablegen! Von denen werde ich ohnehin noch genug zu hören bekommen.«
»Das glaube ich auch«, sagte Inuus. »Vor allem von Julia. Es war dennoch großartig. Sie können sich mein Vergnügen nicht vorstellen, als ich sah, wie eine Gestalt aus dem Trümmerhaufen hervorkroch, die keine Kleider mehr am Leib hatte und der Haar und Augenbrauen verbrannt waren, die sich einmal die Hüften, dann die Knie, dann den Nacken hielt und die, als sie sich mühsam erhoben hatte und gehen wollte, erbärmlich hinkte.
Welch eine Verwandlung des jungen Herrn, der eine Stunde vorher geschniegelt und gebügelt und angenehm duftend in die Werkstatt geschritten war! Schade, dieser Bandit, der mir seinerzeit den Holzwurm ins Bein gesetzt hat, lebt noch. Feuer kann ihm anscheinend wenig anhaben.
Danke, ich wußte, daß ich Sie nicht vergebens bitten würde. Bis morgen früh also!«

»Wo ist Julia?« fragte Carus.
»Sie wird wohl noch immer weinend in dem Trümmerhaufen nach Iulius suchen. Nun, sie wird ihn finden. Hoffentlich kommt sie trotzdem noch zu uns. Sie singt immer so hübsch. Es wäre schade, wenn wir ihren Gesang entbehren müßten.«
»Sie wird ihn *nicht* finden. Er ist nicht unter den Trümmern«, sagte Carus.
»Nicht?«
»Nein.«
»Sie wollen mir nicht sagen, wo er ist?«
»Er wird uns keine Sorgen mehr machen. Ich habe ihn zurückbefördert. Er ist wieder in der Zukunft.«
Inuus inhalierte tief und atmete den Rauch langsam aus. Dann sagte er:
»Respekt!« und nach einer Weile: »Hochachtung!«
Er ließ wieder einige Zeit vergehen. Schließlich leitete er vorsichtig einen Gedanken ein, der ihm wohl nicht erst jetzt gekommen war, für den er nun aber mehr Chancen sah.
»Vielleicht könnte Julia in Zukunft auch nach meinem Teil des Tempels sehen und mir gelegentlich Gesellschaft leisten. Ich könnte dann zum Beispiel mit ihr musizieren, oder wir könnten uns sonstwie die Zeit vertreiben.
Wir brauchen ihr das ja nicht gleich anzutragen, sondern könnten aus Gründen des Takts noch etwas warten, bis sie darüber hinweg ist, daß sie Iulius nicht wiedersehen wird.«
»Das wird sich schwer machen lassen«, antwortete Carus, »denn Julia wird künftig mehr bei mir zu tun haben, weil Serena sich nicht ganz wohl fühlt und sich in der nächsten Zeit schonen muß.«
»Ich weiß, ich weiß. Gratuliere!«
»Sie wissen? Sie haben gehorcht!« rief Carus. »Serena hat es mir doch nur ganz leise ins Ohr geflüstert. Sie haben uns belauscht! Ich bin empört. Ich hätte das nicht von Ihnen erwartet.«
»Nein, mein Freund«, antwortete Inuus und lächelte mit archaisch hochgezogenen Mundwinkeln, »ich habe nur, als Serena ihren Dienst hier oben als Priesterin antrat, einen kleinen Blick in ihre Zukunft getan. Es wird ein Sohn.«

Meyer-Proske berichtet über ein letztes Gespräch mit Redlich

Jule las die Ablichtungen von Tante Patricias *scrapbook*, und ich las indessen den Leitartikel des *Schwarzwälder Boten.*

»Sehr interessant«, sagte Jule und wollte mir die Ablichtungen wiedergeben.

»Du kannst sie behalten. Ich habe einen Satz, einen anderen habe ich Redlich geschickt, und das Original hat Peggy.«

»Gut«, sagte Jule und legte die Fotokopien auf den Fernseher. »Sehr interessant« und »gut« – das war alles, was er sagte!

»Ja, aber freust du dich gar nicht? Wir brauchen jetzt Carows Manuskript überhaupt nicht mehr. Was in der *Times* steht, kann man unbesehen glauben. Das ist besser als ›notariell beglaubigt‹. Wir sind bestätigt!«

»Ach!« sagte Jule und seufzte.

»Ich sehe, du hast einen schlechten Tag, aber ein paar Fragen wirst du mir wohl beantworten. Also: Carow hatte dir doch verboten, dich mit Myiagros einzulassen. Stand so in seinem verlorengegangenen Manuskript.«

»Er hatte gewarnt, verboten hatte er gar nichts. Er war ein Gott, aber Myiagros brachte einen Befehl des Kaisers. Ich habe göttliche Warnung und kaiserlichen Befehl gewissenhaft gegeneinander abgewogen – ›Gebet dem Kaiser, was des Kaisers ist, und Gott, was Gottes ist!‹ – und dann eine politische Entscheidung getroffen.«

»Donnerwetter«, sagte ich dazu. »Eine ›politische Entscheidung‹ hast du getroffen! Das klingt ja ganz gewaltig, wo der Brief nicht einmal vom Kaiser kam.«

»Praktisch kam er *doch* vom Kaiser. Denkst du, ein Kaiser schreibt seine Briefe mit eigener Hand? Er hat, wie üblich, einen seiner Beamten beauftragt, den Brief zu schreiben. Unter dem Brief war sein Siegel, und jeder weiß, daß das im Grunde besser ist als eine Unterschrift. Daß der Brief gar nicht vom Kaiser stammte und was Malchas eigentlich im Sinn hatte, habe ich erst aus Carows Manuskript erfahren.«

»Aber wie ist es denn zu der Explosion gekommen?«

»Ich erinnere mich an nichts«, sagte Jule, »und das ist, wie dir jeder Mediziner sagen kann, ganz normal.

Ich weiß nur, daß Myiagros und ich in die Werkstatt gingen und daß Hesper uns begrüßte. Der nächste Eindruck in meinem Gedächtnis ist das Gesicht von Professor Hofer in seiner Klinik in St. Gallen, wie er mir in die Augen leuchtete, wahrscheinlich um zu sehen, ob da noch Reflexe festzustellen waren oder ob ich schon tot war.
Das ist alles. An alles, was dazwischen lag, kann ich mich nicht erinnern. Es tut mir leid.«
Auf dem Weg ins Hotel traf ich Jeannette.
»Depressionen«, sagte sie. »Er hat niemand, der ihm glaubt.«
»Ich glaube ihm.«
»Ja du!« antwortete sie, als ob ich gar nicht zählte.
»Gott sei Dank, daß er dann wenigstens dich hat«, erwiderte ich, aber sie bemerkte die feine Ironie gar nicht.
»Ach!« seufzte sie. »Er ist ja bei mir manchmal wie weggetreten; wie soll ich sagen: als ob nur noch eine Hülle von ihm hier ist, und er selbst ist ganz woanders.
Und heute früh kam der Brief von der KKWG in Karlsruhe. Für deren Forschungsabteilung hatte er doch damals eine Berechnung gemacht, durch die sie Millionen gespart haben. Sie haben ihm einen Posten mit gewaltigem Gehalt angeboten.«
»Welche Größenordnung etwa?« fragte ich, denn so was interessiert mich immer. »Etwa wie euer Intendant?«
»Du bist verrückt«, antwortete Jeannette. »Soviel kriegt doch bei uns nicht mal der Ministerpräsident.
Vorgestern war Jule bei dem Personalchef. Der las Jules Lebenslauf und stellte viele, wie Jule meinte, intelligente Fragen nach Velia und dem Leben in der Antike, so daß wir uns schon große Hoffnungen machten. Heute morgen kam die Absage, höflich, aber ganz kurz. Kein Zweifel: Die denken, Jule spinnt.
Das ist nun schon sein dritter Versuch, die Universität gar nicht mitgerechnet. Mit dieser Geschichte im Lebenslauf hat Jule nirgendwo Chancen. Er kriegt bei uns kein Bein mehr auf den Boden.«
»Jeannette«, sagte ich, »dann hilft alles nichts, dann mußt du ihn beim Funk unterbringen.«

Am Tage drauf war ich in Professor Hofers Sanatorium bei St. Gallen; aber die Dame in seinem Vorzimmer, die den Termin-

kalender führte, erkannte mich gleich wieder und sagte, der Herr Professor beantworte Fragen von Presseleuten grundsätzlich nur schriftlich.
Henri Hunziger war dagegen viel zugänglicher. Er hatte Blumen in seinem Einzelzimmer und war froh, Besuch zu bekommen. Wir saßen uns an einem weißgedeckten Metalltisch gegenüber. Als ich von Jule anfing, lächelte er amüsiert.
»Sie hatten mir einmal gesagt, Sie hätten ihn hier in der Klinik schon vor Jahrzehnten getroffen.«
»Ja«, gab Hunziger Auskunft. »Das ist sicher schon über zwanzig Jahre her. Motorradunfall, schweres Gehirntrauma.«
»Können Sie sich auch erinnern, wie und wann er zum zweitenmal eingeliefert wurde?«
»Zum zweitenmal? Ja, wann war das noch? Letzten Herbst. Oktober oder November, würde ich sagen. Die Polizei hatte ihn am Rand der Kurve gefunden, genau da, wo er seinen Unfall vor zwanzig Jahren hatte; aber diesmal war er mit dem Fahrrad verunglückt. Es lag daneben und war ganz kaputt.
Die Polizei konnte sich gar nicht erklären, wie das geschehen war. Außerdem hatte er Brandverletzungen im Gesicht, die bei Fahrradunfällen ja nicht gerade die Regel sind. Er war wochenlang ohne Bewußtsein. Wie war das eigentlich mit der Rose? Auf Englisch. Ich habe so oft darüber nachgedacht. Nicht leicht zu verstehen, aber sehr geheimnisvoll und sehr schön. Ich weiß nur noch den Anfang. Mein Gedächtnis! Mein Gedächtnis!«
Ich wußte nicht, was er meinte, und fragte ihn, wieviel Jahre Jule das erste Mal in der Klinik gewesen sei.
Henri Hunziger kniff ein Auge zu und sagte:
»Ich weiß genau, was Sie meinen! Sie wollen wissen, ob er vielleicht die letzten zwanzig Jahre hier gewesen ist? Da fragen Sie am besten Professor Hofer oder Jule selbst.«
»Jule behauptet, er sei die ganze Zeit in einer anderen Zeit gewesen. In der römischen Antike.«
Henri Hunziger schüttelte den Kopf und lachte vor sich hin:
»Auf was für Ideen die Leute doch manchmal kommen! Manchmal habe ich den Eindruck, ich bin der einzige Normale hier in dem Sanatorium, Ärzte und Pflegepersonal inbegriffen. Ich glaube, man sollte, was Jule erzählt, nicht immer ganz wörtlich nehmen.«

»Sie meinen, Jule hat nicht alle Tassen im Schrank.«
»Im Grunde ist er sicher ganz normal. Aber diese Geschichten, die er da von einer anderen Zeit erzählt, klingen doch sehr verdächtig. Finden Sie nicht auch?
Früher hätte man ihm ein paar Elektroschocks verpaßt. Dann wäre er gleich geheilt gewesen; aber Professor Hofer hält nichts mehr von dieser Therapie. Wissen Sie, was ich da in meinem Spind habe?«
Ich sagte: »Eine Maschinenpistole vielleicht?«
Er sah mich erstaunt an. Ich hätte das nicht sagen sollen, denn er wurde mißtrauisch.
»Wieso? Wie kommen Sie darauf? Ich hatte tatsächlich einmal eine, das ist richtig, aber was ich jetzt habe, ist viel wirksamer und diskreter.« Er kam mit dem Kopf näher und flüsterte: »Dioxin. Sie wissen: das Gift. Mit einem Milligramm können Sie tausend Menschen umbringen. Aber ich habe in dem Spind eine kleine Flasche, in dem ist ein halbes Gramm aufgelöst, fünfhundert Milligramm, reicht also für ganz Zürich, jedenfalls für die Stadt; für den Kanton reicht's nicht.«
»Und wo haben Sie das Gift her?«
»Basel. Mehr kann ich dazu nicht sagen. Beziehungen. Das kriegen die Ärzte und das Pflegepersonal eines Tages in ihre Bouillon. Soll ich es Ihnen einmal zeigen?«
»Um Gottes willen!« rief ich. »Nein!«
»Nicht?« fragte er. »Sie wollen das nicht sehen?«
Seine Augen blickten auf einmal böse und stechend. Die Nasenspitze war weiß, und seine Lippen waren ganz dünn geworden. Ich dachte, hoffentlich kommst du hier noch gesund und heil raus.
Er wechselte jedoch plötzlich das Thema und sagte:
»Es fing an: *A rose is a rose*; aber wie geht es weiter? Ich zerbreche mir schon wochenlang den Kopf.«
»*Is a rose*«, sagte ich. »Der ganze Vers lautet: *A rose is a rose is a rose.*«
Henri Hunzigers Züge entspannten sich sofort, und er wiederholte, still in sich hineinlächelnd, den Vers und schüttelte den Kopf über soviel Geheimnis und Schönheit.
»Danke!« sagte er ergriffen, nahm meine Hand in beide Hände und drückte sie. Er hatte einen eisernen Griff. »Ich bin Ihnen ja

so dankbar. Von alleine wäre ich nie drauf gekommen. *A rose is a rose is a rose!*«

Ich verabschiedete mich schnell und war in wenigen Sekunden draußen auf dem Gang und an der Pforte.

Peggy und ich blieben über Nacht in Zürich. Als wir am nächsten Mittag zurückkamen, lagen am Empfang im Hofgarten-Hotel fünf Nachrichten für mich. Sie waren alle von Redlich und forderten mich auf, ihn dringend im Kurhotel Badenerhöhe anzurufen.

Peggy und ich aßen erst einmal gemütlich Mittag, hielten eine gemütliche Siesta und dann rief ich ihn an.

Er beklagte sich, daß er mich tagelang nicht habe erreichen können, auch Herrn Sonnenfeld nicht, der stehe nicht einmal im Telefonbuch und sei hier womöglich gar nicht polizeilich gemeldet. Als auch er einmal Atem holen mußte, unterbrach ich ihn und sagte, um fünf Uhr sei ich bei ihm im Hotel.

»Bringen Sie Sonnenfeld mit!« rief er. Ich antwortete, ich wolle mich erkundigen, ob Herr Dr. Sommerfeld Zeit habe.

Redlich saß in einem der kleinen Salons und trank Tee. Er kam, als wir uns gesetzt hatten, gleich zur Sache. Ich bestellte Kaffee für Jule und für mich einen Whisky.

Redlich fing an: »Vermissen Sie nichts? Sie vermissen doch was.«

»Carows Manuskript«, antwortete ich, denn ich sah es neben ihm auf dem Stuhl. Redlich legte es mit Aplomb auf den Tisch.

»Sie wundern sich anscheinend gar nicht.«

Ich antwortete: »Nur mäßig, denn jetzt, wo die *Times* hinter uns steht und alles bestätigt, brauchen wir das Manuskript überhaupt nicht mehr.

Wo war's eigentlich?«

»Sie hatten es Renate mit einem Berg Ihrer Notizen geschickt, und sie fragte mich, ob sie etwa auch das ganze Manuskript abschreiben solle, oder ob eine Fotokopie genüge. Ich nahm es abends mit nach Hause und sagte ihr am nächsten Tag, davon brauchten wir nicht einmal eine Fotokopie. Das habe sich jetzt erledigt.«

»Wieso?« fragte ich.

»Sie haben es doch beide gelesen. Ist Ihnen da gar nichts aufgefallen? Ich fange immer bei der letzten Seite an, da kann man sich den Anfang gewöhnlich sparen. So auch hier.
Sie, Herr Doktor«, sagte er zu Jule, »haben das Manuskript doch, wie Sie behaupten, mit eigenen Händen in Glas und eine Metallkiste oder was weiß ich eingeschlossen und in Velia im Jahre zweihundertnochwas vergraben. *Vor* der Explosion. Stimmt's?«
»Ja.«
»Aber wie kommt es dann, daß in dem Buch die Explosion eingehend beschrieben ist, die sich erst danach ereignet hat und die Sie angeblich wieder hierher in unsere Zeit katapultiert hat?«
Ich sah Jule an. Das war in der Tat merkwürdig; daran hatte ich noch gar nicht gedacht.
Jule aber war gar nicht erschüttert. Er antwortete ruhig: »Ja, ich habe mich auch darüber gewundert.«
»Können Sie das erklären?«
»Nein«, sagte Jule.
»Es ist doch logisch unmöglich«, sagte Redlich, um seinen Punkt noch einmal und ganz überflüssigerweise klarzumachen, »es ist doch logisch unmöglich, daß die Explosion detailliert in dem Manuskript beschrieben wird, das Sie angeblich *vor* der Explosion eingemauert haben.«
»Sie haben durchaus recht«, sagte Jule.
»Und ebenso unmöglich ist es doch«, fuhr Redlich fort, »daß Sie es *nach* der Explosion eingemauert haben, da die Explosion Sie mit dem Luftdruck oder was weiß ich direkt in unsere Zeit zurückbefördert hat – wie Sie behaupten.«
»Nach unserer Logik unmöglich«, räumte Jule ein. »Sie haben durchaus recht. Es ist in der Tat merkwürdig. Ich habe auch erst aus Carows Manuskript von der Explosion erfahren und mir erst dann die Brandverletzungen erklären können, mit denen man mich aufgefunden hat.«
Redlich sah Jule mit runden Augen durch seine runde, kleine Nickelbrille an.
»Ach«, sagte er, »Sie haben von der Explosion überhaupt nichts gemerkt. Das finde ich gut!«
»Wenn unter Ihrem Sessel, Herr Redlich, eine Bombe liegt und

jetzt losgeht, sind Sie vermutlich der einzige in diesem Haus, der den Knall nicht hört.«
Redlichs Hand bewegte sich abwärts zum Sitz, aber er rief sich gleich wieder zur Ordnung, steckte sie in die Tasche und spielte mit seinen Schlüsseln.
»Gut«, sagte er, »lassen wir das! Aber wie erklären Sie sich den logischen Widerspruch denn?«
»Ich sagte Ihnen doch schon«, erwiderte Jule, »er läßt sich mit unserer Logik nicht erklären.«
»*Unserer?*« rief Redlich aufgebracht. »Er widerspricht *jeder* Logik, bitte sehr!«
Jule wiederholte mit Nachdruck:
»Er widerspricht *unserer Logik!*«
»Ah! Aha? Haha! Sie meinen also, es gäbe noch andere Logiken?«
»Ich halte das nicht für unmöglich«, antwortete Jule, »ich vermute das sogar stark. Und der von Ihnen angeführte unauflösbare Widerspruch deutet in die gleiche Richtung.«
»Und wie, bitte sehr, soll diese Logik beschaffen sein? Würden Sie wohl die Güte haben, mir davon ein ungefähres Bild zu geben?«
»Das kann ich leider nicht«, antwortete Jule. »Ich kann sie mir nicht einmal vorstellen; denn es ist keine menschliche und unserem Verstand zugängliche, ihm kompatible Logik.«
Ich dachte an meine Unterhaltung mit Henri Hunziger und fragte mich, ob und wie Elektroschocks Jules Argumentation wohl beeinflussen würden.
Redlich lehnte sich in seinen Sessel zurück:
»Aber was sagen Sie, wenn ich Ihnen den Widerspruch mit unserer altbackenen, hausgemachten Logik auflöse?«
»Bitte«, entgegnete Jule, »ich bin gespannt.«
»Das Manuskript hat nicht Professor Carow im Jahre zweihundertsoundsoviel in der römischen Kaiserzeit, sondern das haben Sie irgendwann in den letzten Jahren, im zwanzigsten Jahrhundert also, in Heidelberg oder in der Heilanstalt in St. Gallen oder sonstwo geschrieben, und dabei sind Ihnen unverzeihliche logische Schnitzer unterlaufen, die Sie, keinen Augenblick verlegen, gleich mit der abstrusen Theorie von einer anderen, wohl gar einer himmlischen Logik zu erklären versuchen.«

»Himmlisch?« Jule dachte nach, »na, auf eine solche Bezeichnung möchte ich mich nicht zu schnell festlegen; ich meine jedenfalls eine Logik, die auf anderen Axiomen beruht als unsere und die nicht auf die Antinomien und Aporien hinausläuft, vor die uns unsere Logik immer führt und dann ratlos stehen läßt, wenn wir einer entscheidenden Frage auf den Grund gehen wollen. Denn das werden Sie doch zugeben, daß unsere Logik nicht ausreicht, die Zeit und das Sein zu erklären.«
»Jule«, sagte ich, »ich flehe dich an: Kannst du nicht wenigstens den Gebrauch von Fremdwörtern einschränken und dich überhaupt so ausdrücken, daß auch halbgebildete Journalisten wie Redlich und ich dich verstehen können? Redlich weiß schon lange nicht mehr, wovon die Rede ist.«
»Da bin ich nicht so sicher«, antwortete Jule, »denn sein Einwand gegen den Schluß des Manuskripts war ja aus seiner Sicht berechtigt. Aber wenn Sie, Herr Redlich, nicht nur die letzte Seite, sondern das ganze Manuskript gelesen hätten, dann würden Sie wissen, daß der Gedanke, der die Grundlagen unseres Denkens und die Allgemeingültigkeit unserer Logik bezweifelt, nicht auf meinem Mist gewachsen ist, sondern auf dem der Pholé, und Sie würden außerdem noch eine Menge anderer scheinbarer Ungereimtheiten gefunden haben.«
»Davon bin ich überzeugt, auch ohne das ganze Manuskript gelesen zu haben«, erwiderte Redlich. »Ich sehe jedenfalls, daß Sie keine Erklärung für die gravierenden logischen Widersprüche in dem angeblich von Carow geschriebenen Manuskript haben.
Und unter diesen Umständen kann ich mich kurz fassen: Ich danke Ihnen, daß Sie uns Ihre Geschichte angeboten haben; aber für die Leser *dieser woche* ist sie leider ungeeignet. Vielleicht finden Sie einen Verleger in der Zeit, wo man nach Ihrer anderen Logik denkt.
Als ich das Buch von hinten zu lesen anfing, fand ich übrigens fünf Seiten, die irgendwo in der Mitte herausgenommen waren. Darin wird geschildert, wie Sie bei einer Schauvorführung ein Pferd und einen römischen Präfekten oder sowas erschießen. Mit einer Schweizer Maschinenpistole!«
»Was!« rief ich überrascht. »Den Gardepräfekten? Davon weiß ich ja gar nichts!«

»Also, Ihre Phantasie!« fuhr Redlich, zu Jule gewandt, fort. »Aber die Seiten haben Sie wohl rausgerissen, weil diese Geschichte selbst Ihnen zu absurd vorkam. Hier ist das Manuskript.«
Er schob es Jule über den Tisch zu.
Jule nahm es mit beiden Händen und stand auf. Seine Ohren waren rot, und das war immer ein Zeichen, daß ein Anfall unmittelbar bevorstand. Ich erwartete daher, er werde Redlich nun das Manuskript um die Ohren schlagen; einen Augenblick schien er mit sich zu kämpfen, aber dann verabschiedete er sich mit einer knappen Verbeugung. Und ging.
Ich bewunderte ihn, wie er sich trotz seiner Anlage zum Jähzorn im Zaum gehalten hatte. *Ich* hätte Redlich am liebsten in den Arsch getreten. Ich stand auf.
»MP!« sagte er.
»Iss was?« fragte ich und blieb stehen.
»Am Montag um zehn in der Redaktion.«
Ich suchte es Jule an Beherrschung gleichzutun, machte eine knappe Verbeugung und ließ ihn allein; aber an der Tür fiel mir ein, daß es als Zeichen schlechter Kinderstube gilt, ohne ein Wort des Abschieds zu gehen. Ich rief daher zurück:
»Wissen Sie, was Sie mich können?«
Ich wollte die Frage selbst beantworten, aber in diesem Augenblick kam der Ober mit dem Kaffee und Whisky, und ich mußte Redlich deshalb im ungewissen lassen.

»Was machen wir jetzt?« fragte ich, als wir auf der Schwarzwaldhochstraße nach Baden-Baden zurückfuhren.
»Du holst Peggy«, sagte Jule, »und ich hole Jeannette. Dann gehen wir allesamt gut essen und danach in die Spielbank.«
»Guter Gedanke! Was meinte er eigentlich ganz zum Schluß mit dem Präfekten, den du erschossen hast?«
»Das habe ich mich auch schon gefragt«, antwortete er. »Er muß das mißverstanden und den Schimmel mit dem Gardepräfekten verwechselt haben. Wo ist das Manuskript?«
Es lag zwischen uns. Jule nahm es auf seinen Schoß und ließ es nicht wieder los. Ich habe es nie wieder gesehen.
Abends bei Tisch boten wir Jule die Hälfte unserer Gewinne an, die wir in der Spielbank machen würden. Er weigerte sich aber,

und erst beim Nachtisch erklärte er sich schließlich bereit, fünfundzwanzig Prozent unter der Bedingung anzunehmen, daß wir seine Tips strikt befolgten.

Im Casino kaufte jeder für tausend Mark Spielmarken, auch Jule, der seine Jetons unter uns drei Spielern verteilte. Wir standen wohl eine halbe Stunde, ohne zu setzen, an dem Roulettetisch, wo der Höchsteinsatz für den, der auf *Plein*, das heißt auf eine einzelne Zahl setzt, fünfzehnhundert Mark war. Jule mußte auch diesmal erst den Lauf des Spiels ins Gefühl kriegen. Er sprach kein Wort, machte sich ab und zu Notizen und rechnete die ganze Zeit. Wir sahen ihn mit Ehrfurcht an, vor allem Peggy konnte die Augen nicht von ihm wenden.

Doch dann kam er zu uns und sagte, dieser Tisch sei für ihn zu schwierig. Er ging zu dem Tisch, an dem der Höchsteinsatz für *Plein* tausend Mark war, und versuchte dort, den Lauf des Spiels zu berechnen.

Plötzlich sagte er:

»Hier geht es. Fertig? Es tut mir leid, an diesem Tisch mit den niedrigeren Einsätzen müssen wir etwas länger spielen; aber ich bin hier sicherer. Wir setzen nur auf Zahl. Alle. Los!«

»Alles, was wir an Jetons haben?« fragte Peggy.

»Alles!« antwortete Jule, und Peggy klatschte vor Begeisterung in die Hände.

Von den nächsten drei Stunden werden die Croupiers, die anderen Spieler und die Zuschauer noch lange gesprochen haben. Die Gäste drängten sich so dicht um den Spieltisch, daß, wer hinten stand, gar nichts mehr sehen konnte. Bei einigen Spielen mußten wir aussetzen, weil Jule unsicher war. Ich mußte Peggys Hand festhalten, weil sie trotzdem setzen wollte. Jule erlaubte uns nur zu spielen, wenn er keine Zweifel hatte. Wie spielten ausschließlich auf Zahl.

Jule war großartig. Wenn er uns eine Zahl nannte, kam sie auch. Und bei *Plein* gewinnt man das Fünfunddreißigfache des Einsatzes. Als er uns das Zeichen gab, Schluß zu machen, hatte jeder von uns Jetons für achthundertdreißigtausend Mark vor sich auf dem Tisch.

Diesmal war es Peggy, die am Roulettetisch sitzen bleiben und unbedingt auf eigene Rechnung weiterspielen wollte. Jeannette und ich mußten sie bei den Armen packen und mit Gewalt vom

Tisch losreißen; sie hätte sonst am selben Abend alles wieder verspielt.
An der Kasse, wo wir die Spielmarken einwechselten, mußten wir etwas warten, bis das Geld gezählt war. Der Direktor stand am Ausgang, gab uns allen die Hand und gratulierte uns.
Ich schlug vor, Jules neues Wunder zu feiern, aber er winkte ab: Er sei dazu nicht fähig. Die Konzentration habe ihn zu sehr geschlaucht. Aber es war wohl eher die Unterredung mit Redlich, die ihn so mitgenommen hatte. Peggy und ich mußten deshalb allein feiern. Sie wollte mir die Hälfte ihres Gewinns geben, weil ich ihr vorher die paar tausend Mark geborgt hatte. Das war Peggy! Natürlich nahm ich keinen Pfennig.
Am Montag vormittag wartete Redlich vergeblich in der Redaktion auf mich; denn nachdem ich das Geld auf mein Bankkonto eingezahlt hatte, war ich ins Friedrichsbad gegangen. Da lag ich nun auf der Pritsche im Heißluftraum und stellte mir vor, wie er gerade bei Renate anrief, ob ich noch nicht im Büro sei. Ich konnte seine Stimme hören: »Aber wenn er da ist, soll er sofort zu mir kommen!«
Ich sah, wie Redlich, der die Lage noch immer nicht erfaßt hatte, Kraft bei seinem Nashorn tankte, um die richtigen Worte für das Gespräch mit mir zu finden; ich hörte, wie er sich, als ich mich nach einer halben Stunde noch immer nicht gemeldet hatte, mit dem Hofgarten-Hotel in Baden-Baden verbinden ließ und die Dame in der Telefonzentrale beleidigte, weil sie mich nicht finden konnte.
Ich ließ mir eine harte Bürstenmassage geben, setzte mich auf die oberste Marmorstufe des Dampfbads und blieb lange in dem salzig schmeckenden Dampf sitzen. Redlich würde jetzt in seinem Zimmer auf und ab stampfen und ein Fernschreiben an mich diktieren, den Text aber immer wieder neu und noch beleidigender formulieren.
Als ich im Heißwasserbecken lag, stand ein ganz anderer Redlich vor meinen Augen: Er saß nachdenklich an seinem Riesenschreibtisch und hatte die Brille abgenommen; ohne Brille sah er immer so verwundbar aus, und schon manch einer wurde dadurch zu dem Wahn verführt, Redlich sei im Grunde doch auch ein Mensch. Doch dann setzte er die Brille wieder auf, und dann schlug er zu.

Ich sah ihn am Tisch sitzen und die Brille mit seinem Taschentuch putzen. Wie ein Blitz hatte ihn eben der Gedanke durchzuckt, ich sei zur Konkurrenz gegangen. Und nun machte er sich mit Recht Gedanken darüber, ob es wirklich klug gewesen war, Jules Geschichte mit so fadenscheinigen Gründen abzulehnen und MP so zu verschnupfen, daß er zur Konkurrenz ging. *diese woche* konnte es sich einfach nicht leisten, diesen Star-Journalisten MP, den Meister der Feder, den Sprudel launiger Sprüche, der dachte, sprach und schrieb wie die Leser *dieser woche*, den unverzagten, lauteren Charakter, kurzum: diesen wunderbaren Menschen zu verlieren.
Die Leser würden den Kopf schütteln und Aufklärung verlangen. Verleger und Aufsichtsrat würden Redlich auffordern, MP sofort wieder einzustellen; und sie würden denken: Redlich läßt in letzter Zeit nach. Wir wüßten schon einen Nachfolger – aber den schmeißt er raus! Weil er ihn fürchtet. Zu Hause würde Herta mit ihm reden, und das war das Schlimmste; denn sie verehrte MP ja und sammelte alle seine Artikel.
Vielleicht konnte Renate vermitteln, dachte Redlich. Er rief sie an und schickte sie nach Baden-Baden, um MP auf den Knien zu bitten, zu *dieser woche* und zu Redlich zurückzukehren. Aber MP lag im Heißwasserbecken und antwortete: »Nein!!«
Der Mann neben mir, der Schultergymnastik machte, fragte, ob ich ihn gemeint hatte.
»Nein!« sagte ich, etwas leiser und begab mich in das flache Warmwasserbecken und erwischte eine der drei Stellen, wo das heilkräftige Mineralwasser aus dem Boden sprudelt.
Man lag hier auf dem Rücken, während der Strahl angenehm milde Schultern und Wirbelsäule umspülte, und sah hinauf in die Kuppel, die von römischen Eroten getragen wurde, und dachte daran, daß die Römer ja auch schon vor zweitausend Jahren hier in Baden-Baden über dem angenehm perlenden Sprudel gelegen hatten.
Ich stellte mir vor, wie damals der General im Lager rumbrüllte und den Hauptmann Titus Livius sehen wollte, um ihm seine Meinung zu sagen; dem aber war der General ganz egal. Er lag so wie ich über dem Strahl des warmen Mineralwassers und gedachte des Generals mit dem damals üblichen geflügelten Wort in lateinischer Sprache.

Jule sagte, er sei in Velia jeden Tag in das Badehaus der Pholarchie gegangen. In der letzten Zeit bekam seine Stimme oft einen wehmütigen Klang, wenn er von Velia sprach.
Maschinenpistole, Sprengstoff, Fahrrad – was für Ideen! Ich würde eher solche Sachen mitnehmen, wie Carow sie in seinen Koffern hatte: Sofortbild-Kamera mit unzähligen Filmen, Fernrohre, Tonbandgeräte, Kassettenrecorder, Taschenlampe, und einen kleinen Generator zum Aufladen der Batterien, Kompaß, all so was.
Ich hätte die Chance haben sollen! *Ich* hätte was draus gemacht. Nicht nur eine Artikel-Serie, nein, ein Dutzend. Außerdem Interviews nicht nur mit dem Kaiser, den Generälen, Senatoren, sondern auch mit dem Mann auf der Straße bis zu den Nutten, Strichjungen und Sklaven. Die ganze Welt der Antike, zum erstenmal original eingefangen und dargestellt von Meyer-Proske.
Mein Gott, was für eine Story könnte das geben! Aber nie im Leben für *diese woche*! Redlich konnte warten, bis er schwarz wurde. Ich war jetzt ein freier Mann, plätscherte mit dem Fuß im Wasser und ließ die Zeit einen guten Mann sein. Denn meine Mittel erlaubten mir das.
Am Nachmittag flog Peggy nach Rom, weil sie nichts mehr anzuziehen hatte und nur in Rom etwas Passendes finden konnte.
Ich flog mit und wollte mit einem Leihwagen schnell mal nach Velia fahren, mich da etwas umschauen und sehen, hinter welchem Stein im Brunnen Jule das Manuskript hervorgeholt hatte; aber ich mußte die ganze Zeit mit Peggy durch die Boutiquen ziehen, und als sie endlich mit ihren Einkäufen fertig war, fing es an zu regnen, so sehr, daß wir schon am Mittwoch nachmittag zurückflogen.
Auf dem Flugplatz vermißte ich meinen Paß. Ich suchte ihn verzweifelt in allen Taschen. Es war nicht da. Schließlich fiel Peggy ein, daß sie sich ja beide Pässe vom Hotelempfang hatte zurückgeben lassen. Er war in ihrer Handtasche.
Im Flugzeug – wir hatten uns gerade angeschnallt – legte sie die Hand auf mein Knie, lächelte, daß mich die Perlenreihe ihrer Zähne blendete, sah mich mit den unschuldigsten Augen an und sagte unvermittelt und ohne jegliche Vorwarnung:

»Was hast du eigentlich gegen deinen Vornamen? Du nennst mich ›Peggy‹, und ich sage jetzt immer ›Adi‹ zu dir. *What's wrong with ›Adolf‹?*«
Das traf mich mit solcher Wucht, daß ich in den Sitz zurückfiel und stöhnte wie ein waidwund geschossener Hirsch. Die Stewardess kam sofort und fragte besorgt, ob sie mir einen Whisky oder einen Kognak bringen dürfe. Peggy aber, als sie sah, wie ihre Worte mich getroffen hatten, war vor Schreck ganz blaß geworden, so daß man die Sommersprossen in ihrem Gesicht zählen konnte, und um zu zeigen, daß sie ihre Drohung nicht wahrmachen würde, nannte sie mich in jedem Satz mindestens einmal »MP«, also Emm Pi wie *Member of Parliament.*
Als wir in Baden-Baden ankamen, regnete es in Strömen.
Auf dem Schreibtisch im Wohnzimmer meiner Suite lag ein Stapel Fernschreiben. Alle von Redlich. Die legte ich erst mal beiseite.
Eine Notiz von der Telefonzentrale: Jeannette bat dringend um Rückruf.
Sie fragte: »Weißt du, wo Jule ist?«
»Nein. Wieso? Ich komme gerade aus Rom. Wie soll ich wissen, wo Jule ist!«
»Er ist weg«, antwortete sie, und ihre Stimme überschlug sich. »Verschwunden. Weg! Eben ist ein Brief von ihm angekommen.«
Ich sagte, sie solle erzählen, aber sie konnte nicht sprechen. Vermutlich weinte sie.
Ich sagte: »Ich komme!«
»Ja, bitte!« antwortete sie, und ihre Stimme klang ganz jämmerlich.
Da klopfte es an die Tür, und ein Piccolo vom Empfang brachte mir einen eingeschriebenen Brief. Er war von Jule.
»Ich verlasse Euch und kehre wieder zurück«, schrieb er. »Carows Manuskript werde ich noch einmal in Glas versiegeln und in Velia an derselben Stelle wieder einmauern. Es hat bei Euch heute ebensowenig Chancen wie ich selbst. Vielleicht entdeckt man es zu einer Zeit, die reifer ist und mehr Verständnis dafür hat.
Solltest du die Arbeit bei Redlich satt haben, kannst Du die Formel benutzen, die ich Dir als Dank für Dein Vertrauen aus-

gerechnet habe. Sie ist, wenn Du bei mir in Velia auf den Stufen von Carus' Tempel ankommen willst, nur am kommenden Samstag um neunzehn Uhr zu benutzen. Die anliegende Formel und Gebrauchsanweisung mußt Du peinlich genau beachten, dann kann nichts schief gehen. Wäre das für einen Journalisten nicht eine große Chance?«

Ich hatte weiche Knie, wankte zum Telefon und bestellte einen doppelten Kognak, dann ließ ich mich in den Sessel fallen. Heute war Mittwoch abend. Bis zum Samstag waren es nur noch drei Tage.

Ich saß im Sessel und sagte nur immer:

»Was soll ich bloß machen? Was soll ich bloß machen? Was soll ich bloß machen?«

Es war die schwerste Entscheidung meines Lebens.

Von Jules Gespräch mit dem Standbild

Die Sonne stand schon tief, sie stand hinter dem Vorgebirge mit der Akropolis, und bald würde sie im Meer untergehen.

Der kleine Tempel war wie neu. Die Säulen waren weiß verputzt, so daß sie von weitem aussahen wie aus Marmor, das Gebälk war rot, schwarz, grün und gelb bemalt, das ganze Dach neu gedeckt.

Eine Flöte spielte eine einfache, sehnsüchtige Melodie, und eine andere fiel anmutig tanzend und lockend ein. Die Töne wehten wie von fernen Hügeln herab und kamen doch aus dem kleinen Tempel.

Plötzlich und mitten in der Melodie brachen sie ab. Auf einmal war es ganz still. Selbst die Grillen zirpten nicht mehr. Ein Schwarm Dohlen, von der Akropolis her kommend, machte erschrocken kehrt und flog wieder zurück.

Vor einem Augenblick war niemand auf den Stufen des kleinen Tempels gewesen. Jetzt saß dort ein Mann. Er war nirgendwoher gekommen; er saß plötzlich da auf derselben Stufe, auf der Carow gesessen hatte, als er damals in Velia erschienen war. Er stützte seine Ellbogen auf die Knie und hielt die Hände vor das

Gesicht. Er war außer Atem, und sein Herz schlug schnell. Er mußte sich erst erholen.
Auf den Stufen um ihn herum lagen wild durcheinander über ein Dutzend große Leichtmetall-Koffer und drei Seesäcke. Auch sie waren vorher nicht dagewesen. Ein Nylonseil, durch alle Griffe gezogen, hielt sie zusammen.
Erst nach einer Weile wagte er es, die Hände herabzunehmen und die Augen zu öffnen. Er sah unten Stadt und Hafen Velia liegen. Da holte er tief Atem und lehnte sich erleichtert zurück. Er war wieder zu Hause! Das Schwerste hatte er hinter sich; nur das Gespräch mit Carow stand ihm noch bevor.
Es war Jule.

In der Cella blieb er nach dem ersten Schritt erschrocken stehen und setzte den Koffer ab. So furchtbar hatte er das Bild des Gottes nicht in Erinnerung. Der Kopf, so groß, daß er ihn mit beiden Armen nicht hätte umspannen können, saß auf dem Pfahl über den Schultern des Priapus-Torsos. Allein die Nase war so groß wie ein Unterarm. Den Kopf hatte man inzwischen mit kräftigeren Farben bemalt, und das ganze Standbild auf einen höheren Sockel gestellt, so daß man dem Gott in die Nasenlöcher sah. Sie waren blauschwarz. Den Backenknochen hatte man dunkles Rot aufgelegt. Die Augenbrauen, früher nur zwei dicke Pinselstriche, waren jetzt aus grellroter Wolle wie Bart und Kopfhaar und hingen buschig herab. Die aufgemalten Augen hatte man vergrößert, die Umrisse dicker gezogen und mit blauen Lidschatten umgeben. Der Mund war voller, und die Mundwinkel waren etwas emporgezogen. Das seitwärts gerichtete, halb zugekniffene Auge blickte auf den Boden, das andere starrte aufgerissen geradeaus auf Jule.
Er zögerte noch, aber er konnte dem Blick nicht standhalten, beugte ein Knie und ließ sich darauf nieder. Ein wenig verlegen, entschuldigte er die Geste vor sich damit, daß er ja nur der Statue, nicht dem Freund Carow diese kniefällige Reverenz erweise.
War der Gott hier? Hörte er die Menschen überhaupt? Oder hielt er sich weit in der Ferne auf, versunken in die Betrachtung von Sein und Zeit?
Das gemalte, geradeaus blickende Auge sah ihn an.

Jule erzählte, er habe das Manuskript ausgegraben, aber kaum jemand habe es ernst genommen. Er habe es nicht veröffentlichen können. Die Fotos und der Parmenides-Text seien durch scheinbare Zufälle zum Teufel gegangen. Vermutlich habe man »von gewisser Seite« nicht gerne gesehen, was er vorhatte; immer seien ihm Steine in den Weg gelegt worden, wenn er Carows Expedition in das antike Velia und römische Kaiserreich habe veröffentlichen wollen.

Ganz offensichtlich sei die Zeit gegen ihn gewesen und habe immer und überall Zweifel geweckt, wenn er seine Geschichte erzählt habe.

»Überall stellte sie mir ein Bein. Wenn immer ich etwas erzählte, erregte sie bei dem Zuhörer Verdacht und schuf Tatsachen, die den Verdacht bestärkten und nahm mir meine Beweise. Es war deprimierend.«

Der große Holzklotz stand regungslos auf dem Marmortorso. War Carow ganz in das Standbild eingegangen, und hatte er mit dem Menschlichen auch alle Erinnerung und Freundschaft abgestreift?

»Hörst du eigentlich zu?« fragte Jule. »Oder rede ich hier ins Leere? Es ist, das muß ich dir ganz offen und freundschaftlich sagen, äußerst unbefriedigend, gegen ein stummes Bildwerk zu sprechen.«

»Aber ich sehe dich doch«, hörte er aus weiter Ferne Carows Stimme. »Und du siehst mir doch ins Auge! Ich freue mich, daß du wieder hier bist und mir Gesellschaft leisten wirst. Du bist willkommen. Der Pholarch wird dich für die Pholé arbeiten lassen. Und du wirst mit Julia im Hause Serenas wohnen.«

»Ich danke dir«, sagte Jule und bemerkte jetzt, daß vor dem klotzigen Kopf, wie ein durchsichtiger Schatten, das Gesicht des Freundes und Gottes stand, das ihn mit dem weit geöffneten Auge des Kultbildes anstarrte.

»Ich freue mich, daß du heil wiedergekommen bist«, fuhr Carus fort. Leiser fügte er hinzu: »Hesper hat das Unglück nicht überlebt. Von Freundes Seite hörte ich Vorwürfe, da er doch ein braver und gottesfürchtiger Mann war. Ich habe im Zorn gehandelt.«

Jule schwieg lange. Schließlich sagte er:

»Es war aber doch meine Schuld. Du hattest mich ja vor Myiagros gewarnt. Ich hätte mich mit ihm nicht einlassen dürfen.«
»Das ist richtig«, antwortete Carus, »aber vielleicht hätte ich dir einen Fingerzeig über Myiagros' wirkliche Absichten geben sollen.«
»Nein«, sagte Jule. »Dann hätte ich ihn zwar abgewiesen, aber die Lektion hätte ich nicht gelernt.«
»Die Lektion?«
»Deinen Geboten zu gehorchen.«
Das große Auge des Gottes sah mit Wohlgefallen auf Jule, der einen linden Hauch wie von göttlichem Segen verspürte.
»Du brauchst dir meinetwegen keine Sorgen mehr zu machen«, sagte Jule. »Ich werde nicht wieder versuchen, die fortschrittliche Technik in Velia einzuführen.
Darum habe ich diesmal auch nur Sachen in meinem Gepäck, die das Leben hier bequemer machen: Insektenpulver, Rasierklingen, Seife, Antibiotika und andere Medizinen für gelegentliche Wunderheilungen, Kaffee zum eigenen Genuß und als Trankopfer, sowie für den Tempelbedarf eine Sprühdose mit einem Mittel gegen Holzwürmer. Außerdem habe ich dir ein Hemd mitgebracht.«
»Ein Hemd?« fragte der Gott.
»Ich habe es für dich anfertigen lassen. Es ist extrem weit, und du kannst es bis unten hin zuknöpfen.«
»So? Ach, ich verstehe. Ich danke dir, aber gib es Serena! Ich weiß nicht, was sie davon hält. Waffen?«
»Nichts. Ich habe keine Schußwaffe und keinen Sprengstoff mitgebracht, nicht ein einziges Gramm.«
Jule glaubte, von ferne die Stimme Carows zu hören:
»Nun, ein paar Kilo für etwaige Wunder wären dennoch nicht ungelegen gekommen.«
»Dafür ist doch gesorgt«, antwortete Jule eifrig. »Es muß ja noch eine ganze Kiste voll in meinem Zimmer in Serenas Haus unter Julias und meinem Bett stehen. In braunes Packpapier eingewickelt. Was noch drin ist, sollte für Dutzende von Wundern reichen.«
Das weit geöffnete göttliche Auge blickte freundlich, während das andere schräg auf den Koffer schielte.

»Was in diesem Koffer ist, bringe ich dir als Rauchopfer dar«, sagte Jule. »Ich habe draußen noch mehr. Du und Inuus, ihr werdet auf lange Zeit keinen Mangel leiden.«
Es schien Jule, als sehe ihn nun auch das abseits schielende Auge wohlwollend und dankbar an.
»Wie lange bin ich fort gewesen?« fragte Jule.
»Der Ginster blüht. Du kannst den Duft riechen. Es wird Mai oder Juni sein.«
»Und wo ist Julia?«
»Habe ich sie nicht vorhin in der Cella des Inuus Flöte spielen hören? Sie hat zwar letzthin zuweilen mit dem Gott gesungen, Flöte gespielt und ihn unterhalten, doch das wird sie nun, wo du da bist, wohl sofort einstellen. Es war übrigens weder in meinem noch in Serenas Sinn. Julias Platz ist in *dieser* Hälfte des Tempels. Aber des Nachts hat sie viel um dich geweint.«
»Ach! Ach! Ich gehe gleich zu ihr.«
»Du wirst wiederkommen und mir mehr erzählen? Hast du Rebekka gesehen?«
»Am letzten Tag«, antwortete Jule, »also gestern. Ich habe ihr beschrieben, wo und was du jetzt bist. Sie hat mir höflich zugehört, aber mich nicht ernst genommen. Ich habe ihr als Beweis dein Manuskript vorgelegt. Sie hat reingesehen, es mir aber wiedergegeben. Sie hat mir nicht einmal, wie ich befürchtet hatte, Schuld an deinem Verschwinden gegeben oder Vorwürfe gemacht. Sie hielt mich wohl einfach für verrückt. Harmlos, aber verrückt.«
»Ich werde ihr heute nacht im Traum erscheinen«, sagte Carus. »Sie wird dann bedauern, dir das Manuskript zurückgegeben zu haben.
Du wirst wiederkommen und mir mehr erzählen? Ich bin neugierig.«
»Morgen abend. Bist du immer hier anzutreffen?«
»Du mußt mich rufen, denn meine Sinne sind jetzt auf anderes gerichtet«, sagte Carus.
Jule wartete, aber der Gott wollte es anscheinend bei dieser Bemerkung bewenden lassen. Jule scheute sich zu fragen, aber dann erkundigte er sich doch:
»Auf die Zeit? Das Sein?«
Das große Auge blickte geradeaus und an ihm vorbei.